W0410095

GLI INSUPERABILI

76

In memoria di Charles Livingstone Ennis

Tutti i personaggi e i fatti di questo romanzo, tranne quelli di chiaro dominio pubblico, sono immaginari e qualunque somiglianza con persone reali, esistenti o esistite, è puramente casuale

Titolo originale: *The Malice of Fortune*
Copyright © 2012 by Michael Ennis
All rights reserved

Traduzione dall'inglese di Ilaria Natali
Prima edizione in questa collana: gennaio 2014
© 2013 Newton Compton editori s.r.l.
Roma, Casella postale 6214

ISBN 978-88-541-6047-7

www.newtoncompton.com

Realizzazione a cura di Francesca Magnanti
Stampato nel gennaio 2014 presso Puntoweb s.r.l., Ariccia (Roma) su carta prodotta con cellulose senza cloro gas provenienti da foreste controllate e certificate, nel rispetto delle normative ecologiche vigenti

Michael Ennis

La congiura Machiavelli

Newton Compton editori

Ringraziamenti

Molti romanzieri storici si avvalgono della guida di esperti in campi diversi, ma come storico dalla formazione accademica e giornalista professionista, preferisco vagare tra le rovine della storia da solo. Non si può mai dire quali curiosità sorprendenti si scopriranno.

Tuttavia, la stesura vera e propria di *La congiura Machiavelli* è stata una questione del tutto diversa, un processo che avrebbe potuto essere infinito (o semplicemente abbandonato) se non avessi portato la montagna dei miei manoscritti a Daniel Lazar, agente talentuoso e incredibilmente tenace, che ha passato due anni a cercare di domare una storia mostruosamente complessa. La persistenza di Dan ci ha portato a una curatrice altrettanto dotata e scrupolosa, Lara Hinchberger della McClelland & Stewart di Toronto, che ha tagliato i punti superflui della trama mentre sondava in profondità la psiche già complessa dei personaggi. A quel punto eravamo pronti per il nostro *deus ex machina*: Carol Baron della Knopf Doubleday non solo ha rivisto l'architettura globale della storia ma l'ha anche limata nei dettagli, poi ha contribuito a ogni aspetto della progettazione, commercializzazione e distribuzione dell'opera con la sua capacità di giudizio senza pari e il suo entusiasmo coinvolgente. Nell'epoca in cui gli autori celebrano la loro liberazione da intermediari e "guardiani", questo autore è in debito verso i professionisti editoriali la cui passione e straordinaria perizia hanno reso *La congiura Machiavelli* un testo migliore di qualsiasi cosa avrei potuto realizzare da solo.

Altre persone che hanno aggiunto idee e aiuti lungo la strada sono: Stephen Barr, Mary Jane Colpi, Genevieve Gagne-Hawes, Andrew Leinoff, Rhoda e Bernie Leinoff e Carter Ennis.

Da ultimo, ma di primaria importanza: nessuno ha sofferto di più nell'ardua composizione di *La congiura Machiavelli* di mia moglie Ellen e di nostra figlia Arielle. Questo libro, in realtà, tratta della forza infrangibile dei legami familiari, e senza il costante supporto della mia famiglia non sarebbe mai stato scritto.

Milano
DUCATO DI MILANO
REPUBBLICA
DI
VENEZIA
Genova
Mantova
Po
Venezia
MAR LIGURE
Ferrara
Bologna
Imola
Ravenna
ROMAGNA
Pisa
REPUBBLICA
Cesena
MAR ADRIATICO
Firenze
Rimini
DI FIRENZE
Siena
Pesaro
Sinigaglia
STATO
PONTIFICIO
MAR TIRRENO
Roma
L'ITALIA
NEL
1502
Capua
Napoli
N
REGNO
DI
NAPOLI

L'Italia nel 1502

Tratto da William Harrison Addington, *Cesare Borgia: A Study of the Renaissance* (*Cesare Borgia: Uno studio del Rinascimento*), Londra 1903.

La storia ci ha presentato di rado un paradosso più eclatante dell'Italia all'inizio del sedicesimo secolo. Mentre il Rinascimento raggiungeva nuove vette di splendore e innovazione (Leonardo, Michelangelo e Machiavelli allora si dividevano la scena), da un punto di vista politico l'Italia affondava in una palude di caos e disonestà. Frammentata in dozzine di unità autonome, che spaziavano da Stati nazionali temibili come la Repubblica di Venezia a miriadi di piccole città-Stato, la penisola italiana divenne un campo di battaglia, conteso tra potenti dinastie familiari, comandanti mercenari, detti "condottieri", ed eserciti di sovrani stranieri.

In mezzo a questo trambusto endemico, il popolo italiano disperava di trovare protezione in Dio e nella Chiesa; si riteneva, piuttosto, in balia della dea Fortuna (in un ritorno dell'antico culto romano di Fortuna), che era considerata, sia in letteratura, sia nel parlare quotidiano, come la dominatrice capricciosa e malevola delle vicende umane. Persino gli intelletti più illuminati del tempo non erano immuni dal credere in questa tirannia della Fortuna. Alla sua anarchia, Leonardo da Vinci contrappose una nuova visione del mondo naturale, dove l'ordine era stabilito dalla matematica e dall'esistenza di principi universali. Con finalità analoghe, Niccolò Machiavelli analizzò la storia antica e moderna per ricavarne alcuni principi fondamentali del comportamento umano, nella speranza che queste nuove conoscenze avrebbero consentito agli sfortunati governanti italiani di anticipare le crisi e prepararsi agli assalti della Fortuna. [...]

Il 1502 rappresentò il momento storico in cui l'intelletto umano iniziò a opporsi alla malvagità della potente Fortuna. Questa insurrezione della ragione e volontà umana, che avrebbe modificato il futuro corso della civilizzazione, non trovò il suo primo barlume nelle note capitali del Rinascimento, ma in una regione dimenticata, un'estesa e fertile pianura delimitata dal mar Adriatico e dagli Appennini, chiamata Romagna. Possedimento solo nominale della Chiesa Cattolica Romana per generazioni (uno dei cosiddetti Stati papali), la Romagna era rimasta un insieme deregolamentato di feudi, che una serie di papi deboli aveva ceduto all'avidità dei nobili locali, finché, nel 1492, Rodrigo Borgia ottenne il pontificato. Una volta assunto il nome di papa Alessandro VI, e proclamata l'intenzione di riconquistare e ampliare i domini temporali della Chiesa con imprese degne di Alessandro Magno, il pontefice Borgia accumulò fondi per la guerra vendendo uffici ecclesiastici e indulgenze con uno zelo senza precedenti. Inspiegabilmente, tuttavia, questo scaltro e infido conoscitore degli uomini affidò le proprie ambizioni militari nelle mani di un figlio illegittimo terribilmente inetto, Juan Borgia, duca di Gandia, che condusse l'esercito della Chiesa a una sequela di umilianti sconfitte. Soltanto dopo che Juan di Gandia fu assassinato in circostanze misteriose, nel 1497, papa Alessandro trovò uno strumento ideale in un altro suo bastardo papale: il fratello maggiore, prima sottovalutato, di Juan di Gandia, Cesare Borgia, che da sconosciuto cardinale si trasformò nell'illustre "duca Valentino" e riconquistò la Romagna con grande ingegno e audacia. Nel 1502, nessuno in Europa ispirava più speranza tra i popoli oppressi o causava più trepidazione tra i tiranni. [...]

Sebbene le sue conquiste fossero presagio di una nuova Italia, per ottenerle il Valentino fu costretto ad avvalersi di un male radicato da lunga data: i condottieri. Questi generali mercenari meritavano in pieno la loro pessima reputazione, poiché provocavano e alimentavano conflitti con cinismo, al solo scopo di permettersi una vita di lussi e piaceri sfrenati; condurre tali campagne presentava pochi rischi per i "soldati di fortuna", ma gravava in modo eccessivo sui contadini che si trovavano sul loro cammino e sulle popolazioni indifese delle città, sottoposte a bombardamenti, saccheggi e carenza di cibo. [...] papa Alessandro, tuttavia, sorvolò su una lunga storia di ostilità personale e impiegò i detestati condottieri per veder realizzate più rapidamente le proprie ambizioni. [...] Quando i condottieri costatarono sul campo sia il modo rapido e spietato in cui il Valentino consolidava il potere in Romagna, sia come si adoperasse a precettare e addestrare la propria milizia cittadina, ebbero sentore di una minaccia sempre più grave per il loro sostentamento e le loro stesse vite. [...] Nell'ottobre del 1502, i condottieri avviarono degli assalti armati su vasta scala ai danni delle roccaforti del papa in Romagna.

Tra i vari Stati sovrani d'Italia, a subire la minaccia più immediata da questa lotta sanguinaria era la neonata Repubblica di Firenze. I fiorentini avevano investito il loro ingegno civile nella cultura e nel commercio ed erano quasi incuranti della propria difesa, persino quando il più abile dei condottieri, Vitellozzo Vitelli, dichiarò la propria vendetta contro di loro; il *casus belli* era costituito dall'esecuzione del fratello da parte dei fiorentini, nel 1499, per tradimento. [...] Il duca

Valentino, che meglio conosceva il nemico comune, offrì a Firenze un accordo di mutua difesa. [...]

I governanti fiorentini, noti per la loro incostanza ed esitazione, erano riluttanti a legare il proprio destino a quello del Borgia. Si rifiutarono di mandare un vero e proprio ambasciatore al ridotto del Valentino, presso la città roccaforte di Imola, nel cuore della Romagna; vi inviarono, invece, un segretario della cancelleria di grado minore, al quale era stata negata ogni autorità di negoziare i termini, ma affidato l'ordine di acquietare il duca, sempre più impaziente, con facili promesse e motti arguti. Quest'inviato fiorentino giunse a Imola il 6 ottobre 1502, e sugli eventi dei tre mesi successivi avrebbe in seguito incentrato una delle opere cardine della storia del pensiero occidentale: *Il Principe* di Niccolò Machiavelli.

Personaggi

PAPA ALESSANDRO VI (RODRIGO BORGIA). Il papa più mondano e calcolatore della storia. Rodrigo Borgia acquistò il pontificato nel 1492, promettendo imprese e conquiste degne di Alessandro Magno. Ampliò ambiziosamente il potere temporale della Chiesa sotto l'egida del figlio Cesare (si veda Valentino), il più dotato dei sette figli illegittimi che gli sono stati attribuiti.

AGAPITO DA AMELIA. Segretario privato del Valentino e suo portavoce ufficiale.

ANTONIO BENIVIENI. Prominente medico fiorentino che documentò i suoi numerosi esami *post mortem* in una raccolta, *De abditis nonnullis ac mirandis morborum et sanationum causis*, considerata opera fondante della patologia scientifica.

JUAN BORGIA, DUCA DI GANDIA. L'uccisione del figlio prediletto di papa Alessandro, il 14 giugno 1497, fu il crimine più famigerato del Rinascimento; nell'autunno del 1502 era rimasto ancora clamorosamente irrisolto.

CAMILLA. Cameriera e dama di compagnia della cortigiana Damiata.

DAMIATA. Cortigiana romana colta e molto desiderabile, appartenente alla classe detta della "cortigiana onesta", spesso più colloquialmente intesa come "prostituta onesta". La sua relazione con il duca di Gandia e il ruolo che si sospettava avesse avuto nel suo omicidio sono storicamente documentati. "Damiata", tuttavia, era quasi certamente uno pseudonimo.

OLIVEROTTO DA FERMO. Orfano addestrato alla professione militare da Vitellozzo Vitelli, Oliverotto divenne signore della città di Fermo dopo aver brutalmente deposto lo zio. Dapprima servì il Valentino come condottiero (o generale mercenario), poi prese parte al complotto contro di lui.

GIACOMO (GIAN GIACOMO CAPROTTI). Servitore, apprendista e compagno di Leonardo da Vinci. Adottato da Leonardo quando aveva dieci anni, nel 1502 Giacomo era poco più che ventenne. Il suo soprannome, "Salai", significava "diavoletto".

GIOVANNI. Figlio di Damiata, nato nel 1498.

FRANCESCO GUICCIARDINI. Amico intimo e assiduo corrispondente di Machiavelli, oltre che destinatario del suo resoconto. Al tempo in cui scrive Machiavelli (1527), Guicciardini era Luogotenente generale dell'esercito di papa Clemente VII. In seguito, sarebbe divenuto pioniere del metodo storico moderno, in quanto autore dell'esemplare *Storia d'Italia*.

LEONARDO DA VINCI. Nominato ufficialmente ingegnere e architetto del duca Valentino, nel 1502 Leonardo aveva cinquant'anni. La mappa di Imola che disegnò in quella data è considerata una delle sue opere più rivoluzionarie; ora conservata nella raccolta della *Royal Library* del Castello di Windsor, è la prima mappa a essere stata realizzata con misurazioni precise e l'ausilio della bussola magnetica, anticipando così di secoli l'avvento della cartografia moderna.

RAMIRO DA LORCA. Dipendente di lunga data della famiglia Borgia, Ramiro conseguì notorietà e rispetto come inflessibile governatore militare della Romagna, per poi essere assegnato a doveri meno delicati sul piano politico, nell'autunno del 1502.

NICCOLÒ MACHIAVELLI. I titoli ufficiali di Niccolò Machiavelli al 1502 erano Secondo Cancelliere della Repubblica di Firenze (un incarico amministrativo di livello basso) e segretario dei Dieci della Guerra. Sebbene fosse il diplomatico fiorentino di più alto grado alla corte del duca Valentino, Machiavelli non aveva l'autorità di condurre negoziazioni dirette ed era considerato niente più di un portavoce del suo governo. A quel tempo aveva trentatré anni, e avrebbe scritto *Il Principe* solo undici anni dopo (1513).

MICHELOTTO (MICHELE DE COREGLIA). L'uomo più fidato del Valentino.

PAOLO ORSINI. Rampollo di una delle famiglie più potenti e spietate, Orsini divenne capitano dei condottieri che prima prestarono servizio al Valentino, poi cospirarono contro di lui nel 1502.

TOMMASO (TOMMASO DI GIOVANNI MASINI). Studente di alchimia e altre arti oscure, spesso menzionato con lo pseudonimo di Zoroastro, Tommaso si unì al circolo di Leonardo durante il lungo incarico di quest'ultimo (1482-99) alla corte di Ludovico Sforza, a Milano.

VALENTINO (CESARE BORGIA). Duca della Romagna e capitano generale dell'esercito della Santa Chiesa Romana. Nominato duca di Valentinois dal Re di Francia nel 1498 (con un accordo che garantì il divorzio a Luigi XII), il figlio bastardo di papa Alessandro era comunemente noto come il duca Valentino e, in un'abbreviazione indicativa della sua celebrità in tutta Europa, solo come il Valentino.

VITELLOZZO VITELLI. Uno dei condottieri italiani di maggiore esperienza e maestro di una nuova tecnologia, l'artiglieria, Vitellozzo essenzialmente ideò il moderno fuciliere di fanteria. Fu il sottoposto più valido del Valentino, prima di guidare la cospirazione contro di lui.

La congiura Machiavelli

La narrazione che segue è interamente basata su eventi reali.

Tutti i personaggi principali sono figure storiche e fanno esattamente ciò che gli archivi documentali ci dicono che hanno fatto, esattamente dove e quando l'hanno fatto. Quel che i resoconti omettono di dirci è come e perché l'hanno fatto. Ed è lì che si nasconde una storia...

A Messer Francesco Guicciardini
Luogotenente generale, statista e storico
9 gennaio 1527

Magnifico, vi ho inviato questo grande fascio di lettere per fornirvi un più accurato resoconto delle ultime settimane dell'anno 1502, periodo della violenta cospirazione dei condottieri contro il duca Valentino e suo padre, papa Alessandro VI. Come sapete, l'esser stato testimone diretto di quegli eventi ha ispirato il mio breve trattato, «Il Principe»; quel che non sapete è che, riguardo a questa faccenda, c'era da dire molto più di quanto non abbia ammesso. Perciò vi sottopongo questa lunga "confessione", nella speranza che non mi giudichiate (o che non inizierete a scrivere la vostra storia) finché non abbiate letto queste pagine nella loro interezza. Solo a quel punto potrete iniziare a comprendere la terribile natura del segreto che ho deliberatamente sepolto, per così dire, tra le righe del «Principe».

Troverete qui una narrazione divisa in quattro parti, tutte scritte da me eccetto una. L'eccezione è il resoconto che precede il mio, redatto ventiquattro anni fa da una signora che ho conosciuto come Damiata. Per un paio di settimane circa, questa donna colta annotò nei dettagli varie conversazioni e avvenimenti che, ne sono certo, vi intrigheranno. Ha scritto non solo per difendersi dalle accuse che le erano rivolte, ma anche per fornire l'ultimo testamento a suo figlio, Giovanni, concependo che questo documento gli fosse tenuto nascosto finché avesse raggiunto maturità sufficiente per comprendere tanto la verità, quanto la menzogna.

Mio caro Francesco, dovrei ricordarvi che la Fortuna raggiunge i suoi scopi peggiori facendo affidamento sull'ostinata cecità con la quale procediamo sui suoi sentieri contorti e oscuri. Quando leggerete queste pagine, vi meraviglierete dell'astuzia con la quale la Fortuna ci ha condotto lungo una strada pericolosa, sino alla soglia del diavolo. E vedrete quanto siamo rimasti ciechi, anche quando siamo stati faccia a faccia con il male.

Vostro,

Niccolò Machiavelli
Autore di storie, commedie e tragedie

Parte prima

Fate attenzione alla verità che cercate

Roma e Imola, 19 novembre – 8 dicembre 1502

1

Mio carissimo, adorato Giovanni,

vivevamo in due stanze a Trastevere. Questo quartiere di Roma è situato dalla parte opposta del Tevere rispetto alla collina del Campidoglio, sullo stesso versante del Vaticano e di Castel Sant'Angelo. Raccolto attorno alla chiesa di Santa Maria, Trastevere era un villaggio a sé stante, un labirinto di osterie, locande, concerie, vasche di tintori e case in rovina, probabilmente già vecchie quando Tito Flavio ritornò in trionfo dopo aver conquistato la Giudea; molti ebrei che abitavano là si dichiaravano discendenti dei suoi prigionieri. Ma i nostri vicini venivano da ogni parte del mondo: Siviglia, Corsica, Borgogna, Lombardia, persino Arabia. In un villaggio in cui tutti erano diversi tra loro, nessuno si faceva notare.

Le nostre stanze si trovavano al piano terra di una vecchia casa di mattoni che si affacciava su un vicolo stretto e fangoso, con botteghe e case ammassate ovunque; sopra di noi, i balconi e i terrazzi erano così vicini tra loro che ci sembrava sempre di uscire di notte, anche a mezzogiorno. Tenevo nascosti i libri e i cammei antichi, per non lasciare in vista niente che potesse tentare i ladri (o rivelare chi fossi stata in passato). Ma rimbiancavamo le pareti ogni anno, e le piastrelle erano sempre pulite; non hai mai dormito su materassi di paglia, solo su una buona imbottitura di cotone. Non c'era giorno in cui la nostra minuscola tavola fosse priva di fiori, o di verdura fresca, e non ci è mai mancata la pancetta nei fagioli.

La sera, mentre aspettavo che ti addormentassi, prima di uscire, ti leggevo Petrarca, o ti raccontavo delle storie. È questo che abbiamo fatto anche l'ultima notte trascorsa insieme: il 19 novembre, *Anno Domini* 1502. Ti mostrai il medaglione di bronzo su cui era inciso il ritratto di Claudio Cesare Nerone e ti narrai le sue vicende, così come le avevo lette nei testi di Tacito quando ero poco più di una ragazzina. Dopo aver saputo di tutti i suoi crimini, hai dato al signor Nerone un'occhiata molto severa e, agitando il dito, hai rimproverato il suo volto impresso sul bronzo, dicendogli: «Neanche un imperatore ha il lice... lice...».

«Neanche un imperatore ha il licet?», ti chiesi, facendoti rabbuiare come un banchiere tedesco, e aggiunsi, «Credo che la parola che cerchi sia "licenza"».

«Sì mamma, "licenza". Neanche un imperatore ha licenza di essere così crudele». La tua vocina friniva in tono molto serio. «Quindi, dovremo punire il signor Nerone. Niente dolce! I suoi confetti andranno tutti a Ermes».

Ti ricordi di Ermes, amore mio infinito? Era il nostro diletto Bichon Tenerife, che ti adorava tanto quanto tu adoravi lui. Quando lo chiamavi, dimenava tutto il suo didietro lanuginoso e, con la linguetta rosa, leccava la tua graziosa manina.

Camilla era seduta sul letto con noi, a rattoppare la sua sottana. Era la mia più cara amica, oltre che la mia devotissima cameriera. Ti portava tutti i giorni fino alla piazza di fronte a Santa Maria, quando non potevo uscire; dormiva al tuo fianco ogni notte, quando l'oscurità mi permetteva di lavorare. Zia Camilla non era veramente tua zia, ma era mia sorella in tutto, eccetto che per nascita; se un giorno non avessi fatto ritorno a casa, ero certa che lei ti avrebbe protetto, e si sarebbe assicurata che diventassi un uomo. Magra come un giunco, più alta di me, la nostra dolce Camilla aveva un viso pallido e serio, con gli occhi e la bocca come macchie scure che la facevano sembrare un grazioso fantasma, anche se era forte come un lottatore turco. Originaria di Napoli, la natura le aveva donato capelli di un colore nero corvino, come quello della tintura che uso adesso.

Potrei descrivere nei dettagli quella stanzetta a Trastevere, mio caro figlio adorato, ma non potrei mai descrivere l'amore di cui eri circondato là. E adesso la mia paura più grande è ritrovarci separati da un mare di tempo, un mare che nessuna parola riuscirà ad attraversare. Forse, tutto quel che ti ricorderai di me è che non sono tornata da te.

Accanto a noi, e sopra a una rumorosa osteria, abitava un anziano ebreo di nome Obadiah. Religioso, alto appena quel tanto che gli permetteva di guardare dal buco di una serratura, amava parlare delle opere di Giuseppe Flavio; spesso prendeva accordi con commercianti e cavatori che conosceva, perché potessi acquistare da loro delle antichità. Così, quando sentii battere alla nostra vecchia porta di quercia, non mi meravigliai affatto di trovarmi di fronte Obadiah, ma mi sorprese la sua premura. Il suo volto era simile a un bellissimo disegno su un'antica pergamena, dove ogni tratto era accuratamente marcato in inchiostro di seppia. Tuttavia, quando lo vidi affacciarsi alla porta, mi parve che la pergamena ingiallita del suo volto diventasse bianca in un istante.

Quei tre uomini erano già entrati in casa mentre il povero Obadiah si stava ancora accasciando a terra, e si assicurarono di mostrarci che erano armati di sciabola e pugnale. Ma tu non eri spaventato, e neanche Ermes, che li raggiunse per primo, abbaiando come una donna che grida; l'uomo con la sciabola lo spazzò via d'un colpo, e il nostro grazioso cagnolino sbatté contro il muro come un batuffolo di lana. Un istante, e ti stavi scontrando con le gambe di quell'uomo, che subito ti mise una mano sulla bocca e volse la punta della lama verso il tuo pancino. Gli intrusi erano entrati senza dire una parola; a questo punto, però, il primo uomo, che aveva un solo occhio (l'altro sembrava un uovo in camicia), disse in un rozzo accento napoletano: «Scanneremo il ragazzo come un maiale a novembre».

Volevo rispondergli: «Secondo me, chi vi manda non permetterà che uccidiate suo nipote». Se questi uomini li aveva mandati tuo nonno era stato molto astuto, perché assomigliavano abbastanza a dei ladri comuni da farmi sorgere il dubbio che lo fossero. Così dovetti dire: «Vi mostrerò dove tengo le mie cose».

Il secondo uomo mi prese alle spalle e mi spinse in bocca un tappo di legno, per farmi tacere; non mi fece saltare i denti per miracolo. Mi legò il cordone di pelle talmente stretto sulla nuca, che il nodo mi sembrava l'impugnatura di un coltello premuta sul cranio. Il legno mi asciugava la bocca, e non potei far altro che guardare mentre il terzo uomo imbavagliava Camilla. Non dimenticherò mai il suo sguardo, poco prima che la gettasse sul materasso.

L'orbo si avviò fuori dalla porta, stringendoti forte al suo petto, e tu scalciavi e ti agitavi tutto, finché ti disse: «Vuoi che uccida la tua mamma?». Anche se avevi meno di cinque anni, eri abbastanza sveglio da smettere subito di protestare. È a quel punto che vedesti il corpo del caro vecchio Obadiah disteso sulla nostra soglia, con la camicia zuppa di sangue come la mitria rossa di un cardinale. È morto cercando di avvertirci.

Quanto a me, fuggii verso la porta, perché preferivo morire cercando di riaverti, piuttosto che condividere il destino della nostra cara Camilla. Non mi costrinsero a tornare dentro; il secondo uomo mi afferrò per i capelli, poi iniziò a trascinarmi fianco a fianco a te e al suo complice, pungendomi alle costole con il coltello ogni volta che cercavo di divincolarmi. Le galline appollaiate sul balcone della casa accanto chiocciarono e schiamazzarono al nostro passaggio.

Non ci volle molto ad arrivare alla residenza di tuo nonno, anche se passammo dal retro. Mentre attraversavamo i labirinti del giardino, la basilica e il palazzo si stagliavano su di noi come montagne, con dozzine di finestre illuminate da lampade tremolanti. Un istante e fummo all'interno di quel grande edificio, tra un rapido balenare di mobili dorati e affreschi recenti, con i motivi colorati di arazzi e tappeti orientali che mi fluttuavano attorno come coriandoli a carnevale. L'intera casa trasudava piaceri: incensieri fumanti, acqua fresca alla rosa e all'arancia, carne arrostita, candele di cera e vino versato a terra.

A metà percorso, altri due uomini, incappucciati come frati, ti presero dal rapitore orbo. Non potei neanche dirti una parola d'addio, perché riuscivo solo a emettere terribili suoni strozzati che quasi mi soffocavano, tanto da farmi pensare che Iddio misericordioso mi avrebbe portata via con sé in quel momento. Ma di tutte le dimore di questo mondo peccaminoso, nostro Signore è meno presente proprio in quella dove eravamo appena stati fatti prigionieri.

Fui investita dalla luce che filtrava da una porta aperta, un fulgore simile all'esplosione di fuochi d'artificio. Mi accolse uno scoppio di risa, crudele come quello degli assassini di Cesare al suo arrivo al Senato. La stanza in cui mi spinsero era la grande Sala Reale, con il pavimento occupato in gran parte da una foresta di piedistalli per lampade di bronzo. In una scena che neanche Dante poté concepire, circa due dozzine di donne avanzavano carponi come maiali in cerca di ghiande, con i seni scoperti che ondeggiavano e i glutei bianchi che si agitavano, nudi; alcune si accovacciavano nel tentativo di recuperare il loro premio: castagne sparse sui tappeti turchi. Secondo le regole della casa, non potevano usare le mani o la bocca, e neanche le dita dei piedi.

Il maestro di quella pittoresca cerimonia era tuo nonno Rodrigo Borgia, che il resto del mondo cristiano chiama papa Alessandro VI. Sua Santità era seduto sul palco di legno rialzato, a una tavola coperta da una tovaglia d'oro, sulla quale le saliere davano vita a un convegno di dèi e dee in miniatura, in oro o in argento. Tra quelle piccole divinità, serpeggiavano dei dolci glassati a forma di cervo, delfino, unicorno e leone, come se una specie di arca dei pasticceri avesse espulso lì il proprio carico.

Mentre venivo trascinata verso il padrone di casa, gli uomini seduti alla sua tavola mi fissavano con gli occhi arrossati dal fumo. Nessuno indossava più la casacca; erano rimasti tutti in camicia e calzamaglia, o calzebrache, fra un luccichio di teste calve e tonsure. La camicia di seta bianca che tuo nonno indossava era così bagnata da sembrare una membrana lattiginosa che gli si era incollata all'ampio torace e al petto cadente, da anziano. Il cranio gli scintillava come una scodella di ottone, una ciotola bordata da una striscia di capelli castani che gli ricadevano sulle orecchie. Non lo vedevo da cinque anni, ma sembrava che tutto quel tempo fosse stato solo un'illusione.

Appoggiandosi allo schienale del suo immenso seggio dorato, mi esaminò scrupolosamente con le sue pupille scure, vuote come i fori negli occhi di un busto di marmo. Inclinò leggermente la testa per indicare l'uscita con il suo becco da predatore.

Non dovettero portarmi lontano, voltammo l'angolo solo due volte. Appena entrati negli appartamenti di tuo nonno, sapevo perfettamente quale delle stanze dagli affreschi sfarzosi sarebbe stata testimone del mio calvario. Era chiamata la Sala dei Santi: vuota, eccetto per qualche sedia e credenza. Al centro era rimasto un braciere, un tavolino intarsiato e una poltrona dal rivestimento di velluto scarlatto punteggiato di piccoli tori dorati, il simbolo della tua famiglia.

Dopo che mi ebbero legata a quel seggio, non tardò ad arrivare la prima visita, quella del comandante dell'artiglieria di tuo nonno, Lorenzo Beheim (lo stesso dei trattati sulla magia nera e delle procedure per evocare satana). Beheim si portava appresso una scatola di legno simile a quella dei medici. La sistemò sul tavolo accanto a me, aperta, così che potessi ammirare gli strumenti che conteneva. In effetti, sembravano quelli usati per ispezionare il grembo femminile, o estrarne i bambini che faticano a nascere: pinze, uncini, punteruoli e tenaglie. Avvicinò il braciere, naturalmente per poter arroventare i suoi attrezzi con più agio, e l'odore dei carboni ardenti mi invase subito le narici.

Terminati questi preparativi, se ne andò.

Non ero del tutto sola, comunque. Le mura che mi circondavano erano incorniciate, in alto, da imponenti volte dorate; Pinturicchio, il pittore, aveva riempito ogni mezzaluna con affreschi di storie dei santi, rappresentando le loro leggende come fastose cerimonie brulicanti di spettatori. La mia sedia era posizionata in modo che potessi vedere la lunetta di fronte alla finestra, dove si trovava il gigantesco dipinto della *Disputa di santa Caterina*, dominato dai toni del verde, del blu e dell'arancione.

Quel dipinto mi permise di rinnovare la conoscenza di alcuni dei bastardi di tuo nonno. Devi sapere che, alla corte del nonno, Pinturicchio aveva fatto posare persone di ogni genere per dipingere i personaggi della storia, anche se, nei pochi anni che impiegò a terminare la sua opera, il tempo e la Fortuna avevano già cambiato tutti. Al centro di quella maestosa rappresentazione c'era santa Caterina, che esponeva la sua difesa della fede cristiana all'imperatore Massimino e ai suoi filosofi. Santa Caterina aveva le sembianze di tua zia Lucrezia, l'attuale duchessa di Ferrara, con i capelli ondulati e biondissimi, le labbra dischiuse, rosse come ciliegie, lo sguardo ceruleo perduto in un sogno. Questo ritratto era più reale della vita stessa, perché avevo conosciuto

Lucrezia, e ogni volta che veniva sorpresa nei suoi pensieri, faceva subito mostra dei denti perfetti in un sorriso inteso a spostare l'attenzione dal suo sguardo disperato.

Una delle mie peggiori paure, mio caro, è che anche tu abbia conosciuto l'espressione di Lucrezia; ma se così fosse, probabilmente vi hai visto riflessa un'immagine imperfetta della tua mamma. Quando frequentavo la tua famiglia si diceva spesso, infatti, che assomigliavo a Madonna Lucrezia tanto da sembrarne la sorella maggiore. Non l'ho mai pensato; tua zia aveva il naso più piccolo, la fronte meno ampia, gli occhi un po' più chiari. Ma, forse, ora condivido con lei la stessa triste disperazione.

Le due figure ai lati della scena non erano meno realistiche di Lucrezia. Tuo nonno voleva che il figlio prediletto, Juan Borgia, duca di Gandia, facesse da modello per l'imperatore Massimino. Ma la visione di Pinturicchio era meno annebbiata dai sentimenti, e scelse invece un altro figlio bastardo, Cesare Borgia, per dar volto a quel sovrano potentissimo. Al momento in cui il dipinto fu realizzato, Cesare aveva vent'anni; era cardinale della Santa Romana Chiesa e aveva ancora la delicata bellezza della sorella Lucrezia. Pinturicchio, tuttavia, gli attribuì uno sguardo particolare: i suoi occhi color verde scuro guardavano lontano, verso qualcosa che non poteva essere racchiuso nell'affresco, come se Cesare stesse scrutando un regno che neanche il pittore poteva immaginare.

Di fronte a Cesare, all'altra estremità del pannello, Pinturicchio aveva ritratto Juan nelle vesti di un sultano turco, proprio il tipo di abbigliamento che questo figlio adorato preferiva anche nella vita: un grande turbante di lino avvolto attorno alla testa, la mantella e gli ampi pantaloni ornati di fregi orientali. Juan era più scuro rispetto ai propri fratelli e sorelle (Cesare e Lucrezia erano di carnagione piuttosto chiara), e in quel ritratto ha gli occhi da predatore, lo sguardo rabbioso ma al contempo circospetto di un falco. Nella realtà, se mai Juan è apparso così, era soltanto una posa.

Le mie riflessioni su quegli anni sfuggenti in cui, come direbbe Petrarca, «la morte vien dietro a gran giornate» furono interrotte dall'arrivo di tuo nonno. Affiancato da Beheim e ancora vestito della sua camicia sudata, Sua Santità portava solo una calzamaglia raggrinzita e delle pantofole scarlatte, niente di meglio per mostrare le gambe ancora robuste e tornite. Venne verso di me con il passo aggraziato di un uomo molto più giovane e i piedi all'infuori, come se fosse a lezione di danza. Solo quando mi fu abbastanza vicino da potermi toccare, mi accorsi di quanto era invecchiato: le macchie di fegato, la pelle sottile tesa sul naso gibboso e caparbio. Ma le labbra erano sempre lussuriose, delicatamente contratte, come se avesse appena sorseggiato un vino particolarmente pregiato e stesse cercando di assaporarlo appieno.

Fece un cenno di assenso a Beheim, che estrasse un coltello dalla sua scatola da medico. Pregai che la fine arrivasse velocemente. Ma Beheim si limitò a tagliare il laccio che mi teneva imbavagliata. Avevo la bocca così asciutta che non riuscivo a sputare il tappo di legno; Beheim lo estrasse con la punta del coltello.

Tuo nonno si chinò a guardarmi con i suoi occhi di ossidiana. «Damiata. Ho sempre saputo dov'eri». Aveva una voce profonda, ma la pronuncia un po' sibilante, retaggio della sua discendenza spagnola, nonostante la famiglia Borgia (la tua famiglia, carissimo) fosse già in Italia da generazioni. Il "serpente tra l'erba". O il serpente sull'albero.

Le sue dita mi scivolarono tra i capelli; non era una carezza, ma il gesto di uno scudiero che esamina la criniera di un cavallo malato. «Tingersi i capelli, nascondersi in qualche taverna di ebrei...». Scosse il capo lentamente. «Avrei potuto venire a prenderti in qualsiasi momento. Ogni tuo respiro, in questi cinque anni, è stato una mia concessione».

«E voi siete il principe delle concessioni, vero?», dissi. Tuo nonno vendeva indulgenze dagli altari delle chiese come una prostituta vende candele agli angoli delle strade; gli unici crimini che non avrebbe perdonato in cambio di denaro erano quelli commessi contro la sua persona, o in favore dei Turchi. «Forse potete persino permettervi di assolvere voi stesso. Stanotte, a casa mia, avete ucciso un pover'uomo che mi era caro. E l'amato cagnolino di vostro nipote». Non volevo tentare la Fortuna facendo ipotesi sul destino di Camilla.

Pensavo mi avrebbe colpita. Invece, si voltò di spalle e guardò in alto, verso Juan, il duca di Gandia vestito alla turca, quasi supplicasse il figlio prediletto di restituire la carne alle sue ossa cadenti. Dopo un po', tuo nonno sprofondò nelle spalle imponenti e spostò l'attenzione sull'immagine profetica del figlio ancora in vita: quel Cesare Borgia che, al momento in cui scrivo, è il capitano generale degli eserciti della Santa Romana Chiesa, conosciuto dal mondo cristiano come il Valentino, duca di Romagna, il prodigio che ha smesso lo zucchetto cardinalizio per indossare un elmo da guerriero, colui che trionfa sulla tirannia e conduce l'Italia alla salvezza. Il figlio che avrebbe reso possibile a tuo nonno, Sua Santità papa Alessandro VI, di conquistare regni in tutto il mondo senza alzarsi dal sacro trono di san Pietro. Forse, quando leggerai questa lettera, l'impero del papa si sarà ampliato ben oltre i suoi presenti confini, espandendosi dal cuore dell'Italia in ogni parte d'Europa.

Se i miei timori attuali si concretizzeranno, infatti, la Fortuna potrebbe averti già reso erede di quell'impero. In tal caso, i Borgia non avranno fatto altro che mentirti sul mio conto, eccetto nei casi in cui dirti la verità sia stato ancor peggio.

Infine, anche tuo nonno interruppe le sue meditazioni. «Juan era diretto a casa tua, la notte in cui fu assassinato. Solo tu ne eri al corrente. Soltanto tu puoi averne informato qualcuno».

Avevo già partecipato alla sua mensa pontificia e osservato i suoi metodi abbastanza spesso da sapere quanto fosse abile nel creare false accuse sulla base di fatti inoppugnabili. Da cinque anni ormai mi aspettavo quell'interrogatorio, quindi risposi: «Se sostenete che io abbia tradito Juan rivelando l'itinerario che lo avrebbe portato a casa mia, Iddio e la Madonna mi sono testimoni di quanto sarebbe stato più semplice per gli assassini seguirlo dall'alloggio di sua madre, sull'Esquilino, dove si era fermato a cenare, come sapeva più di mezza Roma. E, come tutti, siete al corrente che gli Orsini e i Vitelli intendevano ucciderlo. Sono quegli stessi condottieri che trarrebbero il profitto maggiore se i Borgia fossero eliminati dalla faccia della terra».

Adesso è necessario specificare che da generazioni noi italiani avevamo affidato la sopravvivenza di vari stati e principati nelle mani di questi condottieri, una confraternita di mercenari a capo di bande criminali: a carissimo prezzo, svolgevano quegli incarichi militari che il re di Francia avrebbe assegnato a un vasto esercito in servizio permanente, guidato da nobili che gli avevano giurato fedeltà. Qui in Italia, invece, è consuetudine assoldare i fautori della nostra stessa distruzione. Questi "soldati di fortuna" si pavoneggiavano come grandi uomini nelle loro armature cesellate, sbandieravano guerre fittizie tra di loro solo per togliere il pane di bocca ai contadini indifesi, e si alleavano con chiunque offrisse il contratto più succulento. Le due famiglie che tuttora comandano questa congiura di sanguisughe sono gli Orsini e i Vitelli.

«Avete nominato Juan capitano generale della Santa Romana Chiesa», accusai il mio accusatore, «un ruolo per cui era totalmente inadeguato e che neanche desiderava. Siete stato voi a ordinare al povero Juan di sferrare un attacco disperato dopo l'altro contro le fortezze degli Orsini, fuori Roma, che per di più erano difese da truppe al comando dei Vitelli. Persino una suora di clausura avrebbe capito che a uccidere Juan sono stati gli Orsini o i Vitelli. Oppure entrambi. Ma non li avete perseguiti, vero, Santità?». Se mi aspettavo una risposta, non sarebbe giunta. «Siete stato troppo debole per affrontare gli assassini di vostro figlio. Piuttosto, li avete usati».

Quel che intendevo gli era chiaro, anche se forse non lo sarà a te. I pontefici che precedettero tuo nonno avevano ceduto a una schiera di grandi e piccoli tiranni la maggior parte dei domini temporali della Chiesa, che attualmente occupano tutto il centro Italia e sono conosciuti come Stati pontifici. Senza l'aiuto degli Orsini e dei Vitelli, tuo nonno e il duca Valentino non si sarebbero mai sognati di sconfiggere questa confederazione di despoti. Così assoldarono quelli che erano stati i loro nemici, posero i condottieri sotto il comando dell'abile e intrepido Valentino e furono finalmente in grado di rivendicare gli stati papali con una rapidità che mise in soggezione tutta Europa; sentimmo parlare di queste vittorie persino nei vicoli semisepolti di Trastevere. Siccome tuo nonno non aveva alcuna voglia di accusare i suoi alleati, trovò molto più conveniente accusare me. Non avevo soldati che Sua Santità potesse assoldare.

«Non sei venuta da me quando trovammo Juan». La schiena di tuo nonno si sollevò un poco. «Quando avresti potuto proporci queste tue teorie. Al contrario, sei fuggita come una ladruncola».

«Ero lì, quando trovarono Juan. Avevo atteso accanto al fiume...». Per un momento indugiai in quel ricordo, potevo sentire le urla dei pescatori. «Appena lo vidi, capii che avreste preteso una mia confessione. Proprio come la esigete questa notte». Gettai lo sguardo sugli strumenti per l'interrogatorio, contenuti nella scatola al mio fianco. «Già sapevo di portare in grembo un figlio. Un figlio che avrei protetto a costo di sputare in faccia a Satana in persona».

Sua Santità si voltò, il suo eloquio si fece ancor più sibilante. «D'ora in poi, il ragazzo godrà della mia protezione. Qui, in Vaticano». Piansi ininterrottamente, fuori di me, poiché quelle parole mi avevano squarciata con più efficacia di qualsiasi strumento di Beheim.

Solo quando fui del tutto esausta, Dio misericordioso mi concesse una certa calma; in quel momento, mi trovai gli occhi di Satana talmente vicini al volto da poter sentire il suo alito che odorava di vino. «Bene bene», disse tuo nonno. «Ti ho aperto una finestra sul mio dolore. Qualche istante di quelle sofferenze che per me non hanno mai fine. Una camicia di fuoco che non sarò mai in grado di strapparmi di dosso».

«Anch'io piango Juan».

Liquidò il mio dolore in un attimo. «Hai chiamato il ragazzo Giovanni. Sapevo anche questo, naturalmente, dal giorno in cui è nato. Ma non penso tu abbia la certezza che il mio Juan sia il padre di Giovanni».

«È nato dal mio ventre e dalla mia anima. La Madre Santa e io sappiamo chi è il padre, l'uomo che ha donato il suo seme».

«Dopo che il ragazzo sarà rimasto qui per un po' di tempo, saprò chi è suo padre», disse tuo nonno, senza esitazioni. Fece un altro cenno a Beheim, che estrasse nuovamente il suo coltello da chirurgo.

In simili circostanze, ci si domanda solo dove sarà il primo taglio. Quando Beheim recise la corda che mi bloccava il braccio destro alla sedia, pensai intendesse stendermi l'arto, per iniziare subito la musica con una nota alta. Invece, tagliò anche la corda che mi legava il braccio sinistro.

«È nella scatola, Lorenzo», disse tuo nonno. «Daglielo».

Chiusi gli occhi e sentii la mano di Beheim sulle mie cosce, senza dubbio in procinto di sollevarmi le sottane. Controvoglia, guardai in basso.

Mi aveva messo sul grembo un borsello grande quanto il palmo della mia mano. Di lana rossa, sporco, con un lungo laccio rosso, era il tipo di talismano che metà delle prostitute e mezzane romane tenevano con sé, nella speranza che portasse fortuna, o una malia d'amore.

«Aprilo», disse Sua Santità.

Mi tremavano le mani; con un dito ne estrassi un foglietto di carta lungo quasi quanto il mio pollice, anch'esso legato con un filo di lana rossa. Era un *bollettino*, cosa che non si vede spesso a Roma: sono gli abitanti delle campagne che, di solito, portano al collo questa sorta di preghiere. La scrittura era ancora leggibile, nonostante l'avesse stilato una persona poco erudita, in un inchiostro da poco, leggermente più scuro della carta macchiata: *Sant'Antoni mi benefactor*. Una preghiera a Sant'Antonio, che protegge dai demoni, scribacchiata in qualche dialetto contadino.

Quando girai il pezzetto di carta, però, trovai un'altra scritta, questa volta vergata da mano esperta, in italiano corretto e inchiostro nero cinese: *Gli angoli dei venti*.

Guardai il papa e scossi il capo.

«Vuotalo», disse.

Il resto del contenuto mi rotolò in grembo. Due fave, un pezzetto di gesso grigio, un quattrino della croce (una moneta fusa perché assumesse la forma di una croce). Era il tipico incantesimo che poteva costringere un uomo a innamorarsi di chi lo portava. C'era un ultimo oggetto, tuttavia, che mi paralizzò le mani.

Vidi la miniatura in bronzo di una testa di toro, non più grande di un campanellino, con occhi enormi, corna piccole e un anello che sembrava uscire dalla sommità del minuscolo cranio, fatto per poterlo indossare come un amuleto. Era un'antichità etrusca, realizzata dalla remota stirpe che aveva preceduto i romani e dato il nome alla Toscana. Lo voltai e, dopo averlo esaminato per un attimo, trovai la piccola iscrizione in latino incisa sul retro: *Alexandri filius*. Figlio di Alessandro. Il giorno che Rodrigo Borgia fu incoronato papa come Alessandro VI e assunse il nome di un conquistatore pagano anziché quello di un santo, aveva donato quel pegno d'amore (e di ambizione terrena) al suo figliolo prediletto.

«Juan...». Il papa deglutì come se il vino che si percepiva nel suo alito gli fosse tornato alla gola. «Lo portava quella notte».

«Non se ne separava mai». Stranamente, speravo che questo potesse confortare il padre di Juan.

«È stato trovato a Imola», disse, riferendosi a un'insignificante città della Romagna. Questo era il più settentrionale degli Stati pontifici, situato su una vasta pianura tra gli Appennini e l'Adriatico. Dovrei dire, piuttosto, che Imola *era stata* una città insignificante, prima che il duca Valentino vi collocasse la sua corte, all'inizio di quell'anno. Si diceva che tutti gli ambasciatori, quelli dei vari Stati italiani ed europei, ma anche quelli della Turchia, si fossero recati là a presentare le proprie suppliche. In qualche modo, l'amuleto di Juan aveva viaggiato per cinque anni e per centinaia di miglia, attraversando l'Italia in lungo e in largo, per poi tornare nelle mani di suo padre. È così che la Fortuna manifesta la sua predilezione per l'ironia crudele.

«Come...».

«Davvero, come».

Guardai verso di lui. «Se avete seguito ogni mio respiro negli ultimi anni, sapete che, anche se fosse stato in mio possesso, non avrei potuto portarlo a Imola. Ho visto questo amuleto per l'ultima volta una settimana prima che Juan fosse ucciso. Per l'ultima volta...». Dovetti allontanare le immagini che mi si presentavano galleggiando su un fiume color rame, che non volevo più attraversare. «Non l'ho visto neanche su quella barca. Anche se potrebbe averlo preso un pescatore».

Il papa lanciò un'occhiata a Beheim. «Quei pescatori furono controllati con grande cura». Forse c'era un filo di spaventosa ironia sotteso a quel termine, "cura". In tal caso, il volto di Sua Santità non l'aveva lasciato trapelare. «Gli assassini di mio figlio glielo hanno strappato dal collo». Sua Santità mi tolse di mano l'amuleto, come se l'avessi rubato io. «L'hanno preso come trofeo».

«Sono certa che la donna che vi ha dato questo sacchetto per gli incantesimi potrà dirvi da chi lo ha ricevuto». Mi stupii del tono disperato della mia voce.

«Non può dirci niente. L'amuleto apparteneva a una donna morta. Glielo hanno trovato nella mano».

«Suppongo che qualcuno avrà riconosciuto il suo... il suo corpo».

Sua Santità contrasse le narici, come se avesse sentito l'odore dei resti in putrefazione. «A tal proposito, abbiamo incontrato impedimenti. I soldati del duca Valentino hanno rinvenuto le spoglie in un campo fuori Imola». Notai che parlava del figlio Cesare in modo molto formale. «La testa era recisa, e ancora non è stata ritrovata».

Mi feci il segno della croce. «Dunque, gli assassini presumevano che sarebbe stata riconosciuta come qualcuno della servitù del Valentino, se non della vostra gente. Aveva cicatrici o voglie?». Mi chiesi se si aspettassero che la riconoscessi, visto che ero a conoscenza dei segni distintivi di varie signore del mestiere.

Il papa mi studiò per istanti che parvero interminabili. «Ti manderò a Imola».

«A controllare i suoi resti?».

D'un tratto mi colpì alla sommità del cranio con tanta forza da farmi vedere le stelle. Mi afferrò per i capelli come se volesse strapparmi via lo scalpo e mi tirò indietro la testa. «Andrai a Imola e attenderai in un alloggio che ti fornirà la Santa Sede». Le parole gli schiumavano tra i denti. «Aspetterai là finché non riceverai le mie istruzioni».

Stavo guardando il volto lascivo di un satiro, così vicino a me che i nostri nasi si toccarono per un istante. Non sentivo più odore di vino nel suo alito. Questa volta era l'odore ripugnante e terroso di un cadavere sepolto da tempo.

Pensai: *Questo è l'odore dell'Inferno.*

Poco dopo il papa mi lasciò andare, fece un altro cenno a Beheim e uscì dalla stanza.

Sulla volta sovrastante la porta dalla quale entrasti poco dopo, Pinturicchio aveva rappresentato la Madonna nell'atto di mostrare il Bambino ai santi in adorazione. Le persone a servizio di tuo nonno ti avevano già fatto indossare un completino da caccia, con un giustacuore imbottito e stivali di pelle rossa che ti arrivavano alle ginocchia. Tra le tue braccia, si dimenava un grazioso Bichon

Tenerife quasi identico al nostro adorabile Ermes, che ti leccava il viso.

«Mamma! Mamma! Guarda!», gridasti come un carillon di campanelle. La voce di un angelo. «Finalmente ho incontrato mio nonno e mi ha regalato il fratello di Ermes! Domattina dovremmo tornare a casa nostra e prendere Ermes e ricucire il taglio che gli hanno fatto quegli uomini cattivi! Rimarrò qui con i cani mentre sei via, e imparerò a tirare di scherma e a cavalcare!». Mi balzasti in grembo e il vaporoso Tenerife iniziò a leccarmi il viso come un matto, ghiotto del sale nelle mie lacrime. «Mamma, il nonno dice che verremo tutti a vivere qui quando sarai tornata!».

Avevo appena calmato i miei singhiozzi, quando notai che tuo nonno era tornato e si era messo dietro di te. Le labbra carnose di Sua Santità fremevano e disegnavano una linea più dura. «Ora capisci perché sono pienamente convinto che andrai a Imola e farai quel che dico».

«Capisco», sussurrai, «che avete reso ostaggio vostro nipote perché vi obbedisca e porti a termine l'incarico».

Tuo nonno fece un cenno col capo a Beheim, che ti sottrasse delicatamente al mio abbraccio. Improvvisamente sentii lo stesso dolore del parto, quando una madre si distacca per la prima volta dalla creatura nel suo grembo. Sapevo che, se mi fossi aggrappata a te, ti avrei solo spaventato.

È attraverso l'amore, ha detto Platone, che l'uomo entra in un dialogo con Dio. La promessa solenne che ti ho sussurrato, quindi, era tanto per le orecchie di Dio, quanto per le tue. «Tornerò e ti terrò ancora tra le mie braccia, mio splendido tesoro. Presto. Appena mi sarà possibile. Fino a quel momento, devi essere coraggioso, e fare quel che ti dicono. E quando pensi a me, sappi che anche io ti sto pesando, e che ti adoro più dell'amore che muove le stelle, e quindi devi sorridere; fallo per me. Anche se ti succede cento volte al giorno, anche se ti succede soltanto una volta. Ogni volta che sorriderai, il mio cuore lo saprà».

Non ti eri ancora staccato dalle mie braccia che mi hai regalato il primo sorriso accattivante, malizioso e triste allo stesso tempo, un sorriso che mi ha ricordato tuo padre. Ti sei voltato, poi mi hai regalato il secondo sorriso mentre passavi al di sotto dell'immensa volta dorata che incorniciava la Madonna col Bambino; anche il cagnolino che tenevi tra le braccia si era girato a guardarmi, e i suoi grandi occhi indugiarono su di me più a lungo dei tuoi.

Tuo nonno non vide il nostro addio. Guardava nuovamente verso l'alto, guardava il figlio che aveva perduto. Per la prima volta, quella notte, rimasi da sola con lui. E non so dire il perché, ma avvertii una comunanza così forte tra di noi che singhiozzai, come se fossimo rimaste le ultime due persone in lutto presso il feretro di Juan.

«Non mi avvalgo più dei servizi degli Orsini e dei Vitelli». La voce del papa era sepolcrale. «Il mese scorso i condottieri si sono incontrati in segreto alla fortezza La Magione e hanno proclamato una ribellione armata contro il duca Valentino, la Santa Sede, e tutta la nostra impresa in Romagna. Vitellozzo Vitelli ha già attaccato i nostri presidi, nelle stesse roccaforti e cittadine che solo pochi mesi fa aveva conquistato per me dietro lauto compenso. Furfanti. Gli Orsini e i Vitelli non hanno tradito solo il loro Padre Celeste, ma anche il loro duca, il loro pontefice e le promesse che ci avevano fatto».

«Dunque, i condottieri non vi sono più utili», replicai. «Adesso lo sono io».

Il papa continuava a guardare il ritratto di Juan.

«Cinque anni, Vostra Santità. È quanto avete coltivato il vostro odio, mettendone da parte un po' ogni giorno, come il vino nella vostra cantina. Ma la vostra vendemmia sarà pessima, se pensate che io abbia avuto qualcosa a che fare con quegli uomini. Forse quella sfortunata aveva una connessione con i condottieri. È molto probabile che l'avesse». Sospirai di stanchezza. «Ma se mai l'ho conosciuta, non è stato per qualche comune relazione con gli Orsini o con i Vitelli».

Il papa si voltò, con occhi torvi come vetro nero al sole. Poiché conoscevo bene tuo nonno, tuttavia, mi accorsi di un certo artificio nella sua espressione che mi dette un filo di speranza. Avevo visto il suo volto contratto dal dubbio nello stesso modo la mattina di Pasqua, a San Pietro, quando alzò il calice d'oro pieno del sangue di Cristo; dopo aver venduto il perdono di Dio così di frequente, Sua Santità non era certo che sarebbe mai stato concesso a lui, a nessun prezzo. Sentiva già in bocca il fetore dell'Inferno.

Allo stesso modo, non era del tutto certo che fossi colpevole. Trovando un collegamento tra i condottieri e una donna senza volto, assassinata mentre custodiva l'amuleto di Juan nel suo sacchetto per incantesimi, avrei potuto dimostrargli la mia innocenza.
«Bene, Vostra Santità», sussurrai, «abbiamo un accordo. Mi stabilirò a Imola e là attenderò le vostre istruzioni».

C'è un'ultima cosa che dovresti sapere di quella notte: tutto quel che tuo nonno ti ha detto era una menzogna, eccetto il fatto che il Bichon Tenerife fosse il fratello del nostro amato Ermes. Sono quasi certa che Ermes e il cagnolino che ti ha regalato Sua Santità fossero nati nella stessa cucciolata, due mesi prima dell'omicidio di tuo padre.

II

La Fortuna è volubile per sua stessa natura. Un caro amico ha osservato, una volta, che quella malevola carogna sa che non può farci cadere in rovina se prima non ci esalta. Fu così che, quella notte stessa, tornai alla mia casa violata di Trastevere, per prepararmi al viaggio verso Imola; vi trovai Camilla, ancora viva e vegeta. Aveva già consegnato il corpo di Obadiah alla nostra piccola comunità ebraica, e pagato per esequie e inumazione; aveva anche sepolto Ermes nel giardino erboso dietro casa nostra. La trovai con un secchio d'acqua e liscivia, in procinto di pulire una grossa chiazza di sangue dal materasso sul quale l'avevo vista l'ultima volta. Prima di abbracciarci e lasciarci andare ai lamenti, come Troiane, per il bambino che avevamo perduto, i nostri sguardi tristi si incrociarono, e mi disse: «Non è il mio sangue, Madonna». Non indagai oltre. Come la tua mamma, la nostra amata Camilla veniva dal niente, e questo l'aveva resa una donna incredibilmente piena di risorse.

Prima che Camilla e io partissimo da Roma, riuscii a vendere la maggior parte dei miei medaglioni e cammei, in modo da poter acquistare quei generi di prima necessità cui la Santa Sede non avrebbe provveduto e riscattare alcuni dei miei abiti migliori dal prestatore di pegno. A tre giorni dalla mia visita forzata in Vaticano, Camilla e io eravamo nel giardino sul retro della nostra casa diroccata, pronte a montare sui muli che ci attendevano all'ingresso, già carichi dei nostri bauli da viaggio. Nei cinque anni trascorsi in quella piccola casa, avevamo lavorato molto per rendere il giardino tanto bello quanto utile, piantandovi cavoli, aglio, lattuga, e tutte le nostre erbe e fiori; potavamo il fico, il pero e l'albero di limoni; avevamo costruito dei sentieri e un pergolato.

La pioggia delicata era quasi una lente, attraverso la quale il nostro fogliame risplendeva di berillo e smeraldo. Tuttavia, quello scroscio d'acqua portò con sé anche un presagio (come se non avessimo già abbastanza motivi per temere il viaggio), perché, con la pioggia, vedemmo scendere anche dei fiocchi di neve.

«Sarà un inverno freddissimo», disse rattristata Camilla, che aveva il sangue caldo dei napoletani. «Gli uccelli sono già migrati».

Sapevo quanto le piacesse stare in giardino con il nostro Giovanni ed Ermes per guardare il volo giocoso di rondoni e scriccioli e, a volte, anche per inseguirli. La presi tra le braccia. «C'è un filo di speranza», dissi. «Il papa mi ha fornito una pista, e la seguirò. Credo che, se riuscirò a scoprire la verità sull'omicidio di Juan, potrò riportare a casa il nostro adorato bambino. Confido in questo, mia cara. Ritorneremo qui. Tutti insieme. Il sole ritornerà a splendere».

«Lo sto ricordando», disse Camilla, guardandosi attorno con stupore, come se vedesse il nostro giardino per la prima volta. Poi mi sorrise, con quell'incredibile innocenza che aveva mantenuto anche nei momenti più bui. «Se si ricorda qualcosa abbastanza bene, si è certi di tornare a rivederla».

Non sprecherò parole per descrivere i nostri spostamenti, basterà dire che trascorremmo una settimana in groppa a quei muli, e sui valichi di montagna c'era molta neve: nei punti dove era stata raccolta ai lati della strada, aveva formato dei mucchi che ci superavano in altezza.

Imola si trova ai piedi degli Appennini, sulla pianura color ruggine che si estende sino al mar Adriatico; è una di quelle città che i romani inserirono lungo la via Emilia come una pallina nell'asticella del pallottoliere. Si potrebbe far entrare tutta Imola in Campo Marzio, ma di per sé la città non ha grandi terreni da pascolo come Roma. È circondata da una spessa muraglia, all'interno della quale tutto è stretto e stipato; ci sono meno vecchie torri barcollanti di quante ne abbiamo a Roma, ma altrettanti palazzi moderni. Considerando tutti i soldati che vi si erano stanziati, e l'esercito degli opportunisti che li aveva seguiti, nel giorno del mio arrivo Imola conteneva tante anime quante Roma nel giorno della mia partenza.

Entrammo in città attraverso la porta che fronteggia gli Appennini, e che si chiama, appunto, Porta Montanara; il muro che superammo era tanto spesso da potervi costruire dentro una casa. Appena entrati, trovammo una folla che si agitava convulsa, come una pesca di piccoli granchi nel setaccio: prostitute "da candela" talmente truccate da sembrare maschere di Carnevale, portatori che tenevano dei fagotti in equilibrio sulla testa, contadini che invece vi trasportavano cesti d'uova o salsicce, mercanti in cappe guarnite di pelliccia, monaci con le loro ruvide tonache e truffatori con indosso corte giacche di velluto, che lasciavano in vista delle braghette tanto ampie da poter contenere un cavolo. A mantenere l'ordine era la milizia locale, formata da ragazzi di montagna dai volti rosei, che portavano giacche e maniche a sbuffo listate con i colori dei Borgia, il vermiglio e il giallo.

Il papa ci aveva procurato un alloggio in Palazzo Machirelli. Era una costruzione recente, poco distante dalla Rocca, ovvero quell'immenso forte di pietra a difesa del lato sud-ovest della città. Le mie due stanzette si trovavano al piano di sopra ed erano vuote, tranne che per una grande sedia di noce e un letto con la coperta imbottita. Camilla aprì le imposte, così potemmo vedere le colonne sottili e gli archi armoniosi dell'adorabile cortile, costruito nel nuovo stile "all'antica".

Nei giorni immediatamente successivi, togliemmo le nostre cose dai bauli e decidemmo cosa comprare; ottenemmo carbone, vino, pane e formaggio a fatica, dato che qui c'è penuria di tutto. Potevamo aprire solo uno spiraglio nelle imposte perché erano giornate troppo fredde, quindi sapevamo poco dei nostri vicini. Camilla e io, nonostante tutto, iniziammo a spiarli per gioco, proprio come facevamo quando le nostre finestre guardavano su via dei Banchi, qualche anno prima che Juan fosse assassinato. Appena sentivamo uno scricchiolio di passi sulla sabbia congelata, sbirciavamo fuori e ci mettevamo a spettegolare su uomini a noi sconosciuti.

«Mercante. Veneziano», Camilla disse di un gentiluomo ingrigito che aveva sia il copricapo, sia i baveri della cioppa di zibellino.

«Hai ragione sull'abbigliamento», dissi, «ma un veneziano della sua età si tingerebbe i capelli; e poi, quest'uomo è un po' curvo perché è stato seduto troppo a lungo, è proprio curvo come uno studioso. Ambasciatore. Ferrara, o Mantova».

«Poveretto», disse rattristata Camilla riferendosi a un uomo molto più giovane, che andò a prendere un mulo dalle stalle e iniziò diligentemente a farlo camminare per il cortile. Aveva addosso soltanto una sottile calzabraca e una casacca corta, talmente consunta che i pidocchi non avrebbero trovato niente a cui aggrapparsi.

«Guardagli i capelli», dissi con meno compassione, «ha la testa tutta scompigliata, come un'insalata di primavera. Messer Testa d'Insalata. Ma non è un servitore. Vedi l'inchiostro sulle sue dita? È il cancelliere di un ambasciatore. E il guardiano del mulo. Fiorentino. Sono una repubblica adesso, e le repubbliche non pagano i vestiti ai loro cancellieri».

Finito di girare attorno al cortile, il guardiano del mulo iniziò a offrirgli il fieno migliore direttamente dalle proprie mani, come fosse un figlio. Mentre era impegnato in questo atto di condivisione, un ragazzo che poteva avere dodici anni passò attraverso la stalla e andò dritto da lui. Aveva un mantello di crine, da contadino, le gambe scoperte e delle scarpe che sembravano zucche scavate. I due parlarono per un po', poi il guardiano estrasse una moneta d'argento dalla sua casacca lisa. Il visitatore la afferrò con avidità, per poi tornarsene di corsa da dove era venuto.

«Madonna?», disse Camilla.

Le strinsi la mano ma non risposi.

Al terzo giorno dal nostro arrivo a Imola, non avevo ancora ricevuto notizie dal papa. Quella mattina, quando Camilla uscì per procurarsi i generi di prima necessità, scoprì che anche gli imolesi avevano delle incertezze sul proprio destino. «Mi si dice che Vitellozzo Vitelli abbia preso Fossombrone il giorno di Ognissanti», riferì Camilla; era passato più di un mese da quella data, e Fossombrone era un forte di notevole importanza, sebbene piuttosto distante da lì, in direzione sud. «Dicono che le guarnigioni del Valentino siano state massacrate e ridotte a un solo uomo. La verità, Madonna, è che da allora nessuno ha più saputo niente, anche se tutti temono che i condottieri marceranno su Imola da un momento all'altro e metteranno sotto assedio la città».

Si poteva presumere che l'attacco di Vitellozzo Vitelli a Fossombrone fosse uno dei tradimenti che Sua Santità mi aveva riferito nella Sala dei Santi, poiché i condottieri avevano sottratto alle truppe ancora fedeli al Valentino un forte che, senza dubbio, solo pochi mesi prima avevano contribuito a conquistare. Come gli imolesi, potevo solo avanzare congetture sulla successiva avanzata dei condottieri ribelli, e questa incertezza rendeva il silenzio del papa ancor più inquietante. Sbirciai ansiosamente attraverso le imposte, quasi mi aspettassi di vedere gli invasori nel cortile.

Non avendo altro da fare, continuai a trascorrere il tempo alla finestra, e dopo poco mi trovai a osservare il guardiano del mulo che iniziava il suo giro, proprio come il giorno precedente. Quando passava davanti alle nostre stanze, però, guardava spesso in alto, come se sapesse che stavamo sbirciando.

«Non staremo spiando la spia del papa?», chiesi a Camilla. «Forse Sua Santità non mi ha ancora dato istruzioni perché si aspetta che qualche complice mi contatti, a dimostrazione della mia colpevolezza». Mi accorsi che mi stavo mordendo il labbro inferiore. «Cara, vai di sotto, senti che accento ha, e prova a farti un'idea di lui. Ma non dirgli niente di noi. Vediamo cosa è disposto a rivelare».

Percorsa la scalinata, Camilla fermò il guardiano del mulo, che era appena passato sotto la nostra finestra; non era molto più alto di lei, e quasi altrettanto magro. Mentre Camilla parlava, gli occhi scuri di lui brillavano e le labbra sottili disegnavano un sorriso sul volto affilato. Non ero sorpresa che la trovasse gradevole; quanto a Camilla, inclinava il capo, come fa spesso, mentre lui le rispondeva gesticolando vivacemente.

Poco dopo, Camilla tornò di sopra e disse: «Avevate ragione a supporre che fosse un erudito fiorentino: parla un toscano forbito. Ha fatto mille domande su di noi, ma non gli ho raccontato niente, neanche quando mi ha detto il suo nome, messer Niccolò. Crede che siamo qui per affari, o almeno è quello che lascia intendere». Scosse la testa. «Madonna, parola mia, non penso che sappia abbastanza di voi per essere una spia del papa».

A quel punto, il sorriso di Camilla, che non durava mai a lungo, si spense. «Mi ha detto qualcosa, però, che vorreste sentire. Si chiedeva se restassimo sempre in casa per via dell'omicidio avvenuto dieci giorni dopo Ognissanti. Quando gli ho chiesto di cosa stava parlando, ha detto che i contadini ancora non fanno altro che ciarlare dell'assassinio, mettendo in giro dicerie di ogni sorta. Madonna, quella donna è stata... tagliata... È stata tagliata in quattro pezzi». Camilla sgranava gli occhi. «E quei pezzi sono stati sparsi per la campagna. Ma la testa non è mai stata ritrovata».

«Dieci giorni dopo Ognissanti», dissi in modo indifferente, cercando di evitare le immagini che avevo nella testa. «Vale a dire, tre settimane fa. Quanto basta per informare il papa, affidarmi questo incarico e farci giungere qui. Dio santo. Deve essere la stessa donna che portava l'amuleto di Juan nel suo sacchetto per incantesimi».

Chiusi gli occhi, ma invano, perché quelle immagini mi aspettavano ancora nell'oscurità. Forse poteva esserci una ragione per tagliare la testa a quella donna. Ma a quale scopo macellarla come un bue al mercato del sabato?

Quella triste scoperta mi condusse a pormi una domanda più pressante: «Perché Sua Santità non mi ha detto niente sulle modalità della sua... dipartita, se tutti qui sembrano esserne a conoscenza? Non ha detto che era stata smembrata. Ha detto soltanto che è stata ritrovata in un campo». Guardai giù, nel cortile. Il fiorentino aveva ripreso il suo giro. Un momento dopo, sollevò lo sguardo, facendomi ritrarre. «"Gli angoli dei venti". Forse, i suoi assassini volevano ostentare di aver sparso i suoi resti ai quattro venti. Allo stesso modo, hanno lasciato l'amuleto di Juan nel sacchetto, per farsi vanto di aver ucciso anche lui. Non riesco a immaginare perché Sua Santità non abbia menzionato questo collegamento».

«Madonna, non pensate che Sua Santità volesse capire se ne eravate già al corrente?».

Sorrisi, ma soltanto perché Camilla era molto perspicace. «Forse, Sua Santità crede che questi angoli dei venti siano la chiave di tutto, che siano ancora più importanti dell'amuleto di Juan. E forse, come hai detto tu, si domandava se io ne sapessi qualcosa. O magari crede che ne scoprirò il significato per conto suo? Ma a meno che gli angoli dei venti non si trovino in queste stanze... che aspetta Sua Santità? Che i condottieri e i loro eserciti giungano alle porte di Imola?».

Arrivò anche il giovane amico del fiorentino, con le stesse modalità del giorno precedente. «Molto probabilmente, hai ragione a supporre che il tuo messer Niccolò non ci sta spiando, almeno non per conto del papa», dissi, mentre guardavo il messaggero riscuotere la sua paga e andarsene. «Tuttavia, quel ragazzo lo tiene informato su qualcosa».

Camilla, che da sempre era abituata a cercare un modo di rendersi utile (senza quell'istinto, non avrebbe superato l'infanzia), aveva iniziato a lucidare la nostra piccola vasca da bagno di rame con una manciata di sabbia presa dal cortile. Senza alzare la testa, chiese: «Pensate che stiano all'erta per via dei condottieri?».

Non lo pensavo. Ma non lo dissi. Invece, dalle profondità dei miei ricordi sentii la voce di mia madre: «Cercar Maria per Ravenna». Un proverbio che mi aveva insegnato quando ero soltanto una ragazzina; in caso tu non lo sapessi, viene dalla storia di un uomo che sta viaggiando alla volta di Ravenna, alla frenetica ricerca di una donna misteriosa che si chiama Maria, della quale è disperatamente innamorato. Quest'uomo raggiunge lo scopo della propria ricerca, solo per scoprire un terribile segreto su di lei, un segreto che finisce per essere la causa della sua morte. Perciò, il proverbio è un avvertimento: attenzione a quale verità cercate.

Guardai messer Niccolò riportare il suo animale nelle stalle. Ma vedevo ancor più nitido davanti a me il papa nella Sala dei Santi, con il volto contratto dal dubbio. Che poi si trasformò in profonda paura.

Mentre Camilla strofinava il rame, la sabbia bagnata strideva leggermente. Sussurrai così piano che non poté udirmi: «È questo che vi spaventa, vero, Vostra Santità? Che arriveremo a questi angoli dei venti, per trovare invece Maria a Ravenna».

Durante il nostro quarto giorno a Imola, osservammo nuovamente il rituale di messer Niccolò e l'arrivo del suo informatore. Un'ora dopo che quest'ultimo se ne era andato, qualcuno bussò alla porta; era la prima volta che accadeva, da quando eravamo giunte in quella città. Guardai Camilla e dissi con gioia artificiosa, «Vedi, Sua Santità non si è dimenticato di me».

Camilla era già andata alla porta. «Posso aprire?».

Annuii, con i nervi a fior di pelle.

Dalla camera da letto potevo vedere il nostro visitatore, sulla soglia. Quel ragazzo aveva il volto liscio e arrossato quasi quanto quello del giovane messaggero, ma portava abiti molto più costosi, che comprendevano calzabraca e casacca nei colori della casata del duca Valentino. Consegnò subito a Camilla un foglietto, si inchinò con eleganza e se ne andò.

Camilla aggrottò la fronte, come se la missiva avesse raggiunto la persona sbagliata. «Madonna, non è un messaggio di Sua Santità. Sua Eccellenza, il duca Valentino, manda un invito alla Rocca per questa sera, alla "Cena in Paradiso"».

Cena in Paradiso. Non sapevo cosa intendesse il Valentino con quell'espressione: mi sembrava un altro enigma, simile a quello di suo padre. Non riuscivo neanche a immaginare se mi avesse convocata per conto del papa o per motivi personali. Forse sapeva che migliaia di ricordi si sarebbero levati attorno a me come un campo di lavanda che cresce su un terreno spoglio, avvolgendomi in un profumo quasi soffocante. Per un attimo sentii che non riuscivo a respirare.

Quando fui in grado di parlare, dissi a Camilla: «Mi dovrai aiutare a lavarmi i capelli».

III

Quel breve pomeriggio stava volgendo al termine, mentre indossavo l'abito da sera che avevo tenuto piegato nel baule da viaggio, sotto uno strato di petali di rose secche. Era una camora delicata, leggera e di grande valore, dal velluto del cremisi più intenso che avessi mai visto, broccato con fili d'oro e d'argento che risaltavano sul tessuto scarlatto. Al collo misi un cammeo romano molto raro (il ritratto di una giovane, o forse della dea Luna, inciso nella sardonica), montato su un filo di perle veneziane; i miei capelli erano pettinati in trecce sulla nuca, nell'acconciatura del coazzone, e la rete che li raccoglieva era un intreccio di fili d'oro.

Camilla aveva portato uno specchio che mi ero procurata in tempi migliori; adesso lo detesto, perché il vetro rivestito di mercurio rivela ogni minimo difetto. Giuro sulle sette chiese che non avevo mai guardato in quello specchio della verità dalla settimana in cui Juan fu assassinato, quando i miei capelli erano ancora biondi. «Dio mio», dissi, «chi è questa donna?». Dopo cinque anni che mi tingevo, non pensavo ancora a me come a una bruna. E, naturalmente, non c'era più niente in me della ragazza, anche se forse già non c'era più quando mi ero guardata in quello specchio l'ultima volta. La forma del viso, però, non era cambiata: la fronte era ancora pallida, troppo ampia, il naso lungo, che mi è sempre sembrato troppo aquilino, la bocca delicata, troppo piccola e stretta, e il mento troppo affilato. «Sai cosa mi disse la mia mentore, Gambiera, la prima volta che mi preparò per il lavoro?», dissi a Camilla. «"Sembri una di quelle maschere d'uccello che le dame indossano a Carnevale"».

«Mi pare vi avesse anche detto che siete un uccellino splendido», mi rispose Camilla, tutta affaccendata con la mia rete per capelli. «Un incantevole usignolo dorato. Così, almeno, mi diceste una notte, dopo aver bevuto troppa Vernaccia».

Mi alzai e presi tra le mani il volto lungo, serio ed etereo di Camilla, come se stessi accarezzando un angelo. «Sai che sei la mia adorata sorella e la mia amica più cara, da sempre e per sempre». Poi, la lasciai andare, perché quando ci si stringe a qualcuno troppo a lungo, la Fortuna se ne accorge.

Nel caso non lo ricordassi, la Rocca, che si trova nella parte sud-ovest di Imola, è un quadrato tozzo e massiccio di pietra grigia, ha solide torri arrotondate a ogni angolo e un fossato che la circonda; quando attraversai quel fossato, l'acqua era già scura come la notte incipiente. Man mano che ci si avvicina, le mura sembrano innalzarsi fino al cielo: guardai in alto, e i corvi che volavano attorno ai bastioni sembravano poco più grandi di locuste.

Una volta entro le mura, mi annunciai alla guardia presso il cancello, e mi affidarono un soldato dalla corazza d'argento come scorta. Mi condusse attraverso una serie di soffitti a volta e stanze piene di picche, alabarde e palle di cannone. L'odore di tutto quel metallo lubrificato assomigliava talmente a quello del sangue secco che mi dette quasi allo stomaco.

Dopo essere passata attraverso quei magazzini che non lasciavano presagire niente di buono, fui lieta di entrare in un piccolo cortile, occupato soprattutto da alberi da frutta, che all'estremità era delimitato da un grazioso porticato di modeste dimensioni. Il mio accompagnatore mi condusse verso il porticato, bussò a un uscio, guardò all'interno, poi mi fece cenno di passare.

Anche se la stanza in cui entrai sarebbe stata troppo piccola per un grande evento pubblico, era più che sufficiente per una cena privata; il soffitto molto alto permetteva al fumo delle candele di innalzarsi verso le volte, così da lasciare una visuale nitida sui sontuosi arazzi alle pareti e sulla lunga tavola su cavalletti, ricoperta da una tovaglia d'oro talmente bella, che servirvi sopra del vino pareva un peccato mortale.

Conoscevo già alcuni dei gentiluomini, abbigliati con tuniche nere a bavero alto, che sedevano a quella tavola. Agapito da Amelia, il segretario personale del duca, si nascondeva la bocca con la mano mentre parlava a Michele de Coreglia, che tutti chiamavano Michelotto. Quest'ultimo aveva i lineamenti indistinti di un negoziante: se ci si volta un istante, si è a malapena in grado di ricordarne il volto. Per questo motivo, forse, si diceva che il Valentino gli affidasse gli incarichi più "delicati". Ramiro da Lorca era intimo sia con il papa, sia con il Valentino; sebbene non fosse giovanissimo, il viso fosco e altero da satrapo non ne rivelava l'età. Tra i vari uomini presenti che non erano della cerchia più intima, riconobbi l'ambasciatore del duca di Ferrara, Pandolfo Collenuccio, un illustre studioso canuto, dagli occhi stanchi; supponevo che a quella cena fossero stati convocati alcuni degli inviati più importanti, ma non riuscivo a immaginare a quale scopo.

La stanza era abbastanza riscaldata perché una dozzina di signore potessero abbigliarsi come a San Giovanni; erano dei boccioli radiosi al fianco dei loro seri gentiluomini in nero, con le labbra di un rosso intenso, i petti e le spalle scoperte rosate come l'alba, e qua e là un capezzolo rosso che faceva capolino tra merletti, trine e damasco lucido. Non c'era una sola donna che non avesse i capelli color "biondo veneziano", più splendente dei fili d'oro, che metteva in risalto il sorriso ancor più di una collana di perle attorno a un collo elegante. Queste donne hanno un nome che, quando lasciai il mestiere, era appena entrato nel gergo: "cortigiane oneste", sebbene lessicografi meno comprensivi direbbero "prostitute oneste".

A capo di quella sontuosa tavola, da solo, sedeva il duca Valentino, signore della Romagna e idolo di tutta Italia; aveva concretizzato ambizioni che appartenevano soltanto alla fantasia di suo padre (il nostro Santo Padre), quando scelse il povero Juan come suo fragile strumento. Il duca annuì bruscamente, al che un paggio mi accompagnò alla sedia.

Al contrario di suo fratello Juan, il Valentino mostrava una spiccata preferenza per l'abbigliamento sobrio: il colletto attillato della sua casacca di velluto nero rivelava soltanto una striscia sottile della camicia bianca. La luce delle candele risplendeva sul pallore della sua carnagione e i capelli ramati gli ricadevano, lisci, sulle spalle, incorniciando un volto sottile, da santo, che Dio aveva sistemato su un collo da lottatore. I baffi e la barba rada erano molto curati, così che quest'ultima sembrava ruggine sulle sue mascelle, robuste come lastre di ferro. Tuttavia, le caratteristiche femminili del Valentino erano quelle che colpivano maggiormente: il delicato sporgere del labbro inferiore, un naso sottile che le donne avrebbero potuto invidiargli. Le sopracciglia, come ali di falco, sovrastavano di poco gli occhi penetranti, in cui la pupilla e l'iride verde erano attorniate da un biancore insolito.

All'estremità della tavola si esibiva un'ensemble di alta cappella, e una giovane dalla voce dolce cantava la triste *O mia cieca e dura sorte*. Non appena mi accomodai sul cuscino, il Valentino sollevò il dito e fermò la musica.

Tutti gli occhi erano rivolti al duca, che teneva i suoi semichiusi, sbattendo le palpebre. «Sono certo che tutti voi conoscete la rivelazione di san Giovanni di Patmos, che vide la nuova città di Gerusalemme scendere dal Cielo. Una città fatta di diaspro e oro». La voce del Valentino era debole, quasi fioca.

Sembrava che non avrebbe proseguito, ma improvvisamente aprì gli occhi, e parlò in modo talmente deciso che tutti drizzarono la schiena. «Sua Santità e io non intendiamo attendere che le grandi città piovano dal cielo. Ho parlato con il mio architetto e ingegnere generale: voi tutti conoscete maestro Leonardo da Vinci. Il nostro stimato maestro è a sua volta artefice di nuove rivelazioni, visioni di città in cui non può diffondersi la peste, fumi e cattivi odori non impregnano l'aria, le strade non sono pervase di prostitute, ciarlatani e ruffiani, ma sono invece spaziose, aperte alle forme più utili di commercio. Città in cui mulini e attrezzature meccaniche svolgeranno il lavoro di uomini e animali. Città in cui tutti potranno godere di giustizia e *libertas*, indipendentemente dal rango e dal patrimonio».

Il Valentino percorse tutto il tavolo con lo sguardo, come per sfidare uno di noi a contestare la sua visione. «Questa notte voglio proporre di fare un primo passo verso questa città, perché, come Giacobbe, dobbiamo iniziare a salire i gradini del Paradiso, anziché attendere il suono delle trombe del Giudizio». Sollevò il calice. «Abbiamo completato gli articoli di un accordo che ristabilirà la pace in Romagna. Solo quando questo trattato sarà firmato, potremo iniziare a costruire la nostra nuova Gerusalemme sulla terra».

Il sangue doveva essermi defluito dalla testa. Tutto ciò che avevo sentito dalle labbra di Sua Santità, o dalle strade di Imola, mi aveva fatto pensare che in Romagna sarebbe stata presto l'Apocalisse, poiché il Valentino era costretto a difendere le sue conquiste contro quegli stessi condottieri che l'avevano aiutato a vincere. Ma quel "trattato" poteva solo significare che i mercenari, dopo aver dichiarato guerra al loro stesso signore, sarebbero stati riaccolti a baci e abbracci. E se la pace tra il Valentino e i condottieri era imminente, tutte le mie supposizioni riguardo all'incarico affidatomi dal papa erano da scartare. Sua Santità avrebbe avuto ben poco interesse a mettere in luce un collegamento tra la donna assassinata, l'amuleto di Juan e i suoi precedenti e ora futuri alleati.

Mentre ascoltavo il resto del discorso del Valentino, mi pareva di avere un cuscino sulla testa: «Per questo nuovo inizio, sono grato ai nostri onorevoli ospiti». Il Valentino inclinò leggermente il calice verso il capo opposto della tavola. «Ai miei stimati fratelli d'arme, il signor Paolo Orsini e il signor Oliverotto da Fermo, che viene per conto dell'eccellente Vitellozzo Vitelli».

I due uomini seduti all'altra estremità della tavola annuirono e sollevarono i calici; entrando nella stanza, li avevo degnati soltanto di un'occhiata disinteressata. Ora, nella testa una voce quasi gridava: *Gli assassini di Juan sono qui, a questa tavola.* E quelle mani insanguinate stavano per firmare un trattato con il padre, che ancora piangeva la loro vittima, e il fratello, l'unico ad avere la capacità e il coraggio di vendicarsi.

Paolo Orsini portava i segni dei suoi eccessi sul volto gonfio e cadente; solo il disegno arrogante della mascella e la gobba enorme sul naso suggerivano che fosse stato da sempre un uomo d'armi. Ma il suo compare, il signor Oliverotto da Fermo, poteva essere un principe del campo di battaglia. Aveva forse l'età del Valentino, e assomigliava ai busti d'atleta dell'antica Grecia; anche sotto la casacca di velluto, si potevano distinguere le spalle da lanciatore del disco, sulle quali ricadevano dei riccioli di bronzo lucente. I suoi occhi chiari e distanziati vagavano per la tavola, soffermandosi brevemente su ogni volto.

Nelle ore successive mi limitai ad assaggiare le varie portate, mentre i camerieri in livrea facevano sfilare un vassoio dopo l'altro: melone, gelatina, frutta candita, salsiccia di fegato, lombata di maiale, ravioli in brodo e pinoli zuccherati. Il trebbiano e il frascati scorrevano come le acque di Petriolo. La conversazione fluiva altrettanto copiosa, con molte citazioni dagli antichi (tra cui Platone, Orazio, Epitteto e Marco Aurelio).

Intanto, il Valentino era silenzioso, mangiava poco più di me ed evitava con attenzione il mio sguardo; trovavo la sua studiata indifferenza piuttosto sconcertante, non meno del suo annuncio riguardo ai condottieri. Se il trattato era quasi sigillato, il Valentino, che evidentemente vi sperava, doveva avere ancor meno interesse di suo padre a lasciarmi indagare sull'omicidio di Juan. Forse rappresentavo ancora il capro espiatorio ideale: una mia "confessione" forzata poteva assolvere i condottieri da ogni colpa ed evitare che il papa e il Valentino fossero accusati di barattare la pace dell'anima di Juan con la pace col diavolo.

Alla fine, spostò la sedia e scivolò fuori dalla stanza, senza dire una parola. I legni e il trombone suonavano ancora; intanto, i volti iniziavano ad avvampare e le mani a insinuarsi tra sottane di damasco e sottovesti di lino. La cena non terminò fin quando messer Agapito non si alzò, con un'espressione di lieve sofferenza sul piccolo volto astuto; spazzò via le briciole dalla casacca di velluto e si rivolse a noi per conto del duca. «I precedenti despoti di Imola, che il nostro duca ha deposto in omaggio al popolo di questa città, si riferivano a quest'ala della Rocca come al Paradiso». Ecco perché l'invito a cena in Paradiso. «Ma ora tutti noi lasceremo il Paradiso», aggiunse Agapito con un ghigno riluttante, mostrando denti simili a chicchi di riso. «Siamo stati convocati all'Inferno».

IV

Agapito ci condusse in lunga processione attraverso una porta situata all'estremità della sala da pranzo; giungemmo a un ripostiglio pieno di sacchi di granaglie e barili d'olio, poi a un altro deposito, più buio, che puzzava di polvere da sparo. Una breve rampa di scale portava alla stanza più buia in assoluto. Attorno a me sentii dei risolini inquieti, subito seguiti dal suono di una porta pesante che si chiudeva dietro di noi.

Quel posto odorava come lo studio di un pittore, profumava di oli e vernici. Altri suoni: baci succulenti, fruscio di sottane, lamentele per il troppo freddo. Sentii qualcuno dire che la torre nella quale eravamo entrati si chiamava Inferno perché i proprietari precedenti l'avevano pensata come una prigione…

D'improvviso, sembrò che il sole sfolgorasse in una notte senza luna. In un attimo vidi tutte le persone presenti e mi sembrò di poter distinguere ogni perla, ogni trama di tessuto, ogni ombra di barba sul volto degli uomini. Quella luce innaturale cessò in pochi istanti, seguita da un tonfo sordo, simile a quello di una dozzina di persone che battono contemporaneamente un tappeto.

Seguirono delle urla. Era difficile pensare tra tutte quelle grida di terrore; mi chiesi se qualcuno avesse fatto cadere una torcia in uno dei barili di polvere da sparo stipati dietro di noi.

Nel buio, comparvero dei teschi, sei o otto, distribuiti in tutta la stanza e appesi come candelieri a muri drappeggiati di velluto nero. Dentro ogni teschio, una candela faceva filtrare la luce dai fori del naso e dalle orbite. In questo modo, il "divertimento" era divenuto visibile a tutti;

pare che il personale del Valentino avesse dato fuoco alle esalazioni che avevo percepito appena entrata (un'esplosione del tutto innocua, eccetto per i nostri nervi).

Nell'aria risuonavano ancora risatine inquiete, quando si aprì una tenda di velluto e fece il suo ingresso un piccolo carro dai colori sgargianti, di quelli che si usano per portare in trionfo i vincitori; sembrava muoversi senza trazione. Su quel carro privo di cavalli stavano in piedi tre donne, completamente nude e schiena contro schiena, a formare una sorta di tripode umano; ai loro piedi, delle teste di grifone in stucco dorato facevano sgorgare vino in bacinelle d'argento. Mancando i calici, le signore e i signori iniziarono a portarsi il vino alla bocca con le mani. Non ci misero molto a inzupparsi di vino; camicie e vesti bagnate lasciavano pochi dubbi riguardo alla direzione che stava prendendo il divertimento.

Trovai un angolo appartato, in compagnia di alcune signore che non desideravano macchiare le loro sete orientali e i filati di Reims. Una delle bionde si mise a conversare con me: «Siamo quasi tutte di Venezia», disse. «I nostri commercianti sono sempre quaggiù, nei tempi migliori così come nei peggiori, e prediligono le stesse pietanze che gustano a casa propria».

D'improvviso, le signore attorno a lei fecero una profonda riverenza; la mia amica veneziana si affrettò a unirsi a loro. Intuii quale fosse l'oggetto di questa frenesia di ossequi, così mi voltai e mi inchinai anch'io.

Il duca Valentino accennò un inchino prima di offrirmi la mano, elegantemente guantata in pelle di capretto. Mentre l'accettavo, non potei fare a meno di tremare. Ci allontanammo, tra i risolini di rabbia delle mie compagne.

«Le stanze ti sono sufficienti?». Stavamo camminando lentamente, a passi brevi, con un'andatura più adatta agli amanti. Il Valentino non aspettò la mia risposta. «Se finora ho tralasciato di mandarti un messaggio, è soltanto perché questo trattato con i condottieri ha messo in agitazione tutti i rappresentanti di governo presenti qui: sono convinti che, in qualche modo, li metterà a rischio. Nessuno è più preoccupato dei fiorentini, e devo convincerli che questa pace non darà a Vitelli, con il quale hanno trascorsi sgradevoli, la libertà di attaccarli. Continuo a offrire ai fiorentini un accordo separato, per garantire la loro sicurezza, e in cambio mi hanno inviato un divertente segretario, per ritardare tutto a tempo indeterminato. I mercanti e i banchieri di Firenze trovano che le spese per la pace siano troppo gravose, senza tener conto di quanto siano più alte le esazioni di guerra».

Il Valentino si fermò e si voltò verso di me, tenendo gli occhi bassi. «Ma se mi chiedi cosa sia più difficile», disse, quasi sottovoce, «se fare la guerra o stipulare la pace, ti dirò che è la seconda». Spostò lo sguardo su Oliverotto da Fermo e Paolo Orsini, che inclinavano la testa l'uno verso l'altro per consultarsi come farisei; potevo solo supporre che qualsiasi osservazione si premurassero di tenere per sé sarebbe stata subito condivisa con Vitellozzo Vitelli.

«È ancor più difficile credere che il tradimento di questi gentiluomini sia la sola offesa da perdonare», dissi con la voce che mi tremava, sapendo che avevo a disposizione solo poche parole per salvare il mio bambino. «Sapete meglio di me chi ha messo l'amuleto di Juan nel sacchetto per gli incantesimi di quella povera donna».

Il Valentino mi prese il braccio e ci spostammo ancor più verso l'angolo della stanza, con i drappi di velluto che quasi ci avvolgevano. «Abbiamo inviato delle navi attraverso l'oceano e scoperto un nuovo mondo, che mio padre ha suddiviso tra Spagna e Portogallo. Forse quello sarà il patrimonio di tali nazioni, mentre ci affacciamo in questa nuova era». Il suo sguardo era così serio che non mi chiesi neppure cosa avessero a che fare le suddivisioni del nuovo mondo con l'omicidio di suo fratello. «Ma noi italiani abbiamo l'opportunità di mettere fine a questa guerra continua, e costruire il nuovo mondo qui, sul nostro suolo nativo. Damiata, non hai mai visto cose simili a quelle che disegna Leonardo. Inizieremo da Cesena e Cesenatico, per proseguire nel resto della Romagna, e poi in tutta Italia. Porti, canali, nuove strade, tutti i doni che la nuova scienza ci offre. Oppure, possiamo continuare con guerre e fazioni, rifiutandoci di andare avanti, restando impotenti mentre il nostro popolo diventa schiavo degli stranieri». Dilatò le narici. «Ammettiamo che le tue accuse siano fondate. Anche se attraversassi la stanza ed estorcessi una confessione a quei due, Juan sarebbe ancora sepolto sotto al pavimento di Santa Maria Maggiore. Le sue ossa non salveranno l'Italia, così come conoscere l'identità dei suoi assassini non ci porterà la pace».

Chiusi gli occhi, come se il Valentino avesse scoperchiato il pavimento della chiesa per mostrarmi quelle ossa. «Quindi, è questo che mi volevate dire stanotte. Non ci saranno istruzioni da Roma». Mi si strinse la gola. «Ho già finito, qui».

«Non sei più d'interesse per Roma. Ho chiarito a mio padre che io posso valutare al meglio la tua utilità». Aprii gli occhi e vidi i suoi, chiari come giada. «Sua Santità è d'accordo».

Ricambiai il suo sguardo. Il papa aveva già messo il mio destino nelle sue mani? Prima che potessi anche solo proferire una domanda, il duca Valentino accennò un inchino, con il braccio a cingere la vita, e si allontanò.

Solo a quel punto mi ricordai che avevo ancora una carta da giocare, per così dire. Lo chiamai: «Vostra Eccellenza».

Il Valentino si girò di scatto, quasi lo avessi minacciato. Sollevò la mano guantata, come per schernirsi. «Non devi chiamarmi "Vostra Eccellenza". Mi conosci».

Non conoscevo affatto il duca Valentino. Ma in quel momento riaffiorò spontaneamente un ricordo della mia vita precedente, quando lui era soltanto Cesare. La mia casa in via dei Banchi in un pomeriggio d'inverno, le imposte socchiuse su un cielo rigato di pioggia, un corvo rannicchiato sull'ampio davanzale di pietra. Dietro ordine di suo padre, Juan era accampato di fronte al castello Orsini di Bracciano; stava cercando di radunare le truppe e l'artiglieria, un compito che odiava con tutto se stesso. Cesare era piuttosto risentito che suo padre avesse preso la scandalosa decisione di farlo cardinale, ovvero poco più di un canale per le entrate d'ufficio; in altre parole, un guardaporta, uno zimbello. Io, invece, non ero triste solo per l'assenza di Juan; una volta iniziata la campagna contro gli Orsini, Juan era lontano anche quando era fisicamente presente. Così, suonavo *O mia cieca* per il fratello corrucciato del mio amante, e mi prendevo gioco di me stessa e di lui cantando i versi malinconici: «O miseria di mia vita / Tristo annuncio alla mia morte...». Poco dopo, Cesare e io ci passavamo continuamente la lira da braccio e cantavamo tutti i versi più tragici con sospiri esagerati, mimando le nostre sofferenze come attori di commedia; ridevamo fino alle lacrime.

Ma forse quel Cesare era morto insieme al mio caro Juan, per rinascere poco dopo come il duca Valentino. Posi quindi la mia domanda a quell'uomo sconosciuto, che la Fortuna aveva favorito nei cinque anni successivi alla morte del fratello più di quanto non avesse osteggiato me. «Perché pensi che abbiano tagliato quella povera donna in quattro pezzi?».

Il Valentino emise un soffio, come se stesse spegnendo con delicatezza la fiamma di una candela. Ma non disse niente.

«Gli angoli dei venti», aggiunsi. «È un'espressione particolare. Come può avere gli angoli il vento? Senza dubbio significa qualcosa».

«Significa molte cose». Quando sbatté le palpebre vidi un'ombra vaga dell'uomo che avevo conosciuto. «Ma, come ti ho detto, mio padre ha lasciato l'intera faccenda al mio giudizio».

A questo punto si allontanò nuovamente, senza neanche un cenno. E adesso conoscevo il duca Valentino abbastanza da capire che non avrei potuto chiamarlo una seconda volta.

Aspettai ad andarmene quanto bastava per evitare di uscire subito dopo il duca. Non attesi neanche una scorta che mi accompagnasse attraverso le armerie, ora silenziose come tombe. Mi fermai davanti al ponte levatoio; il nevischio scendeva sibilando, e mi chiusi il cappuccio della cioppa attorno al viso. Il fossato che avevo davanti era nero come il fiume Lete, dove i morti lavano via tutti i ricordi delle loro vite.

«Posso accompagnarvi?».

Quando mi voltai, il signor Oliverotto da Fermo era già al mio fianco. Mi guardò con il capo lievemente reclinato e gli occhi chiari che brillavano come ghiaccio. Il suo volto da atleta era senza rughe, salvo due pieghe appena percettibili che incorniciavano come parentesi la bocca delicata, quasi dolce. «Sarebbe un piacere per me scortarvi al vostro alloggio».

«La disturberei inutilmente, signore. Non devo andare lontano».

Non avevo intenzione di far sapere all'incaricato di Vitellozzo Vitelli dove abitassi.

«Avete una bella voce. Cantate? Noi resteremo qui a Imola ancora per un po'».

Naturalmente, avevo capito cosa mi stava chiedendo. Ma, senza volere, mi aveva anche detto che il trattato fra il Valentino e i condottieri non era ancora firmato e sigillato. C'erano dei dettagli in sospeso, che forse riguardavano Firenze, come aveva suggerito il Valentino.

«Non sono più in affari», dissi. «Presumo, tuttavia, che voi lo siate».

«Sembra che voi e il duca Valentino siate intimi», disse, forse con una punta d'ironia. «Quindi, sapete che non cede facilmente. Ma anche i Vitelli e io abbiamo i nostri interessi». Reclinò il capo in modo più austero, come se a quel punto dovesse esaminarmi con maggiore attenzione. Mi sovvenne che quell'uomo poteva sapere che mi aveva mandata il papa e, in tal caso, sarebbe stato molto interessato alle decisioni di Sua Santità riguardo all'omicidio di Juan. Forse si chiedeva fino a che punto si sarebbe spinto il papa per aver ragione dell'assassinio di suo figlio. «Abbiamo intenzione di lavorare con rinnovato impegno, così da soddisfare tutte le fazioni». Tese le mani e abbassò il capo scoperto in un breve inchino, facendo un passo indietro. «Permettetemi di dire quanto rimarrei deluso se il nostro lavoro qui si concludesse prima di potervi sentir cantare».

Guardai il signor Oliverotto attraversare il ponte levatoio e avanzare sulla strada che porta oltre la cattedrale di Imola, non lontano da Porta Montanara. Mi assicurai, così, che non potesse attendermi nel tragitto per Palazzo Machirelli, poiché i miei alloggi erano nella direzione opposta.

Tuttavia, non riuscivo ancora ad attraversare il fossato. Non era più il Lete, l'acqua scura davanti a me era diventata un fiume di ricordi.

Estate, la notte del 14 giugno, *Anno Domini* 1497, a più di cinque anni dalla data in cui scrivo. Ero ancora nella mia casa in via dei Banchi, a Roma, ma erano passati sei mesi da quando avevo cantato *O mia cieca* con tuo zio. Affacciata alla stessa finestra dalla quale ci aveva osservato il corvo, guardavo oltre il Tevere, verso Castel Sant'Angelo e la sua imponente torre, che tuo nonno fece costruire su quell'antico forte rotondo. Era all'incirca l'ottava ora di una notte di luna piena. Il Tevere sembrava spezzato in una serie di laghetti argentati, poiché si intravedeva qua e là negli spazi tra i palazzi e i magazzini che fronteggiavano la riva. In lontananza si udivano un monotono gracidio di rane, uno sporadico grido, o qualche latrato.

Juan aveva fatto ritorno dalla campagna d'inverno contro Orsini e Vitelli, poiché il papa aveva ottenuto una tregua difficile e incerta (simile all'attuale accordo di pace). Quella sera Juan era andato a cena con Cesare presso la madre, sull'Esquilino, vicino all'antico Colosseo. Uno dei suoi servitori gli aveva riferito che l'avrei aspettato a casa mia non più tardi della quinta ora della notte. Pregavo sempre Juan di indossare la sua armatura perché, nonostante la tregua, ero certa che gli Orsini e i Vitelli avrebbero cercato vendetta contro gli attacchi del papa. Sapevano che, tagliando la gola al suo adorato figlio, in un solo colpo avrebbero affondato il coltello anche nel cuore di Sua Santità. Ma Juan pensava fosse sufficiente venire a casa mia cambiando spesso tragitto e orari. Alla settima ora, avevo detto a uno dei bravi che sorvegliava casa mia di chiedere in giro se qualcuno avesse visto passare Juan; i bravi erano uomini molto affidabili, che conoscevano la città di notte tanto intimamente quanto un pastore conosce i pascoli alla luce del giorno.

Quindi, ero alla finestra a osservare la città inargentata dalla luna, quando il bravo mi gridò dalla strada che Juan era stato visto vicino a Santa Maria del Popolo, una zona molto distante dal percorso prestabilito. O aveva allungato notevolmente il tragitto, per ingannare chiunque lo stesse inseguendo, oppure aveva deciso di incontrarsi con una nuova amante.

Juan non giunse mai a casa mia quella notte. Non ritornò neanche ai suoi alloggi in Vaticano, il giorno seguente. La seconda notte, il papa inviò il suo agente più fidato e implacabile, Ramiro da Lorca, a perquisire casa mia. Delicato come un toro spagnolo, Ramiro rovesciò ogni vaso e ogni cofanetto di gioielli, sparse ovunque le pagine dei libri e gettò i miei abiti da una parte. Naturalmente, non trovò niente. La mattina, fu l'intera città a essere messa sottosopra, e i soldati del papa invasero tutte le strade; si diceva che avrebbero attaccato Palazzo Orsini, sul monte Giordano.

A breve, però, Sua Santità e i suoi uomini trovarono un commerciante di legna che aveva visto gettare un corpo nel fiume, la sera in cui Juan era sparito; al che, tutti i pescatori di Roma furono mandati a esplorare le profondità del Tevere. Camminai su e giù lungo gli argini dal pomeriggio del 16 fino al giorno successivo. Per tutta la notte, osservai il fiume scuro e fetido dalla superficie color ossidiana e, anche se non ero certa che fosse ancora a questo mondo, sussurravo a tuo padre: «Ti prometto che rinuncerò a tutto, anche alla mia stessa anima, per proteggere questo bambino».

Eri tu il bambino che sentivo già nel mio grembo.

A mezzogiorno si levarono delle voci dal fiume. Il Tevere non era più scuro: tutto era pervaso di una foschia color rame. I pescatori si erano radunati al centro del fiume. Corsi come una Furia verso la riva opposta, e ordinai a un pescatore di portarmi là.

Non ho mai smesso di vedere il corpo di Juan disteso sul fondo di quella piccola barca che galleggiava sul Tevere. Gli avevano lavato via il fango di dosso; era completamente vestito, con tunica e calzamaglia, il borsello e i guanti da cavallerizzo ancora infilati nella cintura. I suoi lineamenti erano sereni, inalterati; l'avevo visto dormire così centinaia di volte. Ma la serenità era svanita dal volto del povero Juan, anche nel sonno, da quando suo padre aveva iniziato a esercitare pressioni (nessuna prepotenza, ma assidui incoraggiamenti) perché intraprendesse un'impresa militare dopo l'altra, a dispetto degli insuccessi. Per questo aveva iniziato ad andare altrove di notte, in cerca di nuovi volti che non avrebbero rispecchiato il suo cambiamento.

«È morto? Non è morto!», continuavo a gridare, e gridare. Gli strappai la casacca, pensando che potesse riprendere a respirare se i suoi polmoni non fossero stati più costretti. Fu allora che vidi le ferite da coltello, una mezza dozzina soltanto sul torace. Non sanguinavano più, ma l'acqua le aveva allargate come piccole bocche oscene: pelle bianca sulle labbra, e rosa pallido all'interno. Nessuna delle metamorfosi descritte da Ovidio era sconvolgente quanto quella; sembrava che il bellissimo Juan, dal volto perfetto, fosse stato trasformato in una creatura acquatica ricoperta di bocche da pesce, aperte. Lo squarcio nella sua gola era di gran lunga la più grande e profonda di quelle ferite; all'interno, si vedevano le ossa bianche del collo. L'avevano quasi decapitato.

Così, vita mia, anima mia, ora sai cosa vede la tua mamma quando guarda nell'acqua scura.

V

Feci ritorno nelle mie stanze, e rimasi a letto, sveglia. Forse mi addormentai poco prima dell'alba, perché quando riaprii gli occhi, il sole che filtrava dalle fessure delle imposte era insopportabile, per quanto era intenso.

«Moltissima neve», disse Camilla, mentre ravvivava il fuoco nel braciere accanto al letto. «È caduta per tutta la notte».

Con addosso soltanto la camicia, camminai scalza sulle piastrelle gelide e andai ad aprire le imposte. La luce mi sembrava mille volte più accecante dell'esplosione escogitata dal Valentino all'Inferno. Con la mano mi riparai gli occhi; sentivo a malapena il freddo.

Nostro Signore ha assegnato a Donna Fortuna (la dea che gli antichi romani chiamavano Fortuna) una grande influenza sul mondo, soprattutto a vantaggio di chi ordisce perfidi complotti; è loro che quella carogna favorisce, rispetto ai buoni e giusti. Ma, dopo aver minacciato il peggio, la Fortuna mi aveva accordato una breve tregua. I dettagli dell'accordo del Valentino erano ancora da stabilire, quindi c'era tempo per trovare un legame diretto tra la donna assassinata, l'amuleto di Juan e i condottieri; questo avrebbe provato la mia innocenza agli occhi del papa, a dispetto dal fatto che il Valentino volesse tener nascosta la verità. E non avevo intenzione di aspettare che stabilisse quanto potessi essergli "utile".

«Devo sapere la verità su quella povera sfortunata», dissi, guardando la neve alta nel cortile; il fiorentino e il suo mulo avevano già tracciato una profonda ellissi sulla sua superficie lucente. «Devo sapere delle sue frequentazioni, e perché è stata uccisa». Dopo un momento di riflessione, aggiunsi: «Nel mestiere, qui, ci sono dame degne di riguardo. Alcune devono aver tenuto compagnia ai condottieri, prima che lasciassero il servizio del Valentino. E non c'è bisogno che ti dica dove possiamo trovare tutte queste signore: bisogna ottenere un invito alle cene degli ambasciatori».

«Volete che parli ancora con messer Niccolò?», chiese Camilla, che mi aveva raggiunta alla finestra.

Annuii in modo assente. «Potrebbe essere sensato iniziare da lì. È certamente stipendiato dall'ambasciata fiorentina». Sospirai. «Suppongo che dovrei fare la sua conoscenza. Vado a vestirmi».

Indossai la mia calzamaglia più spessa, stivaletti di vitello e il vestito pesante, di lana, che avevo portato per la maggior parte del viaggio d'andata. Avevo appena preso la mia cappa più semplice dal baule, quando sentii che Camilla diceva: «Madonna, il ragazzo è arrivato».

Tornai alla finestra e scorsi lo stesso ragazzo che avevamo già visto nelle occasioni precedenti. Adesso, però, il suo viso era rosso come il dorso di un'aragosta; lo sentii farfugliare in dialetto romagnolo, un idioma che suona estraneo alle orecchie degli italiani, tanto che potrebbe essere scambiato per l'eloquio di un tedesco che cerca di farsi capire mescolando francese e latino.

Il fiorentino sembrava capirlo abbastanza bene. Annuì, consegnò al ragazzo una moneta e, appena il suo piccolo informatore si allontanò, salì di corsa le scale in fondo al cortile. Nel tempo che si impiega a recitare un'Ave Maria, era già ridisceso, con una cappa pesante di lana sulle spalle e, senza fermarsi un momento, afferrò la cavezza del mulo e lo riportò nella stalla.

«Madonna, sta uscendo».

«Metti la spranga e apri soltanto a me», mi raccomandai, quando ero già alla porta. «Quel ragazzo è una sorta di spia. E ha scoperto qualcosa».

«Ma cosa, Madonna?», chiese Camilla, quasi in un lamento.

Ero già sul pianerottolo, mi girai per rispondere. Ma mi limitai a scuotere il capo.

Come sospettava Camilla, il fiorentino non era nella stalla a badare al suo mulo. Però, non lo vidi neanche sulla strada che porta oltre la cattedrale, quindi procedetti rapidamente lungo il nostro palazzo fino alla via Emilia, da dove si poteva vedere tutto il centro città. Quella strada antica, che taglia in due Imola, era poco meno affollata di una parata di Carnevale: tra carri, muli e gente di tutti i tipi ci sarà stata una dozzina di uomini che portavano una cappa grigia simile a quella del fiorentino, e tutti erano voltati di spalle. Tuttavia, non ci misi molto a riconoscere la testa d'insalata che sfrecciava da un lato all'altro della strada, prima scansando un carro di verdura, poi schivando un conclave di monaci tonsurati.

Iniziai a fare un percorso analogo, sollevando le sottane dal pantano nevoso. Mentre mi facevo strada, mi stupii di vedere un numero di soldati quasi pari a quello delle prostitute; molti di loro avevano facce da contadinelli. Ma rimasi concentrata sul fiorentino, che raggiunse rapidamente piazza Maggiore, nel centro della città, senza entrarvi: scomparve invece in via Appia che, insieme alla via Emilia, segna una croce nel centro della città. Raggiunsi velocemente l'incrocio e lo individuai di nuovo, mentre era in attesa sull'angolo, a tre strade di distanza.

Quando arrivai all'angolo di fronte, non si era ancora mosso di un passo. Mi nascosi dietro alla moglie di un agricoltore, incinta e rotonda come un uovo; e stava vendendo proprio delle uova di gallina che teneva nel grembiule, appoggiandole sulla pancia, come fosse una mensola.

Dall'altra parte della strada, il fiorentino era impegnato a conversare con una venditrice di candele, che aveva aperto la cappa per mostrargli il seno. Poi, lei si morse il pollice guardandolo e si allontanò, infuriata; a quel punto, il fiorentino esaminò con più attenzione i palazzi sul lato opposto della via. Giunsi alla conclusione che stava osservando l'edificio più ampio, il terzo a partire dall'angolo, con un enorme portone di quercia scura che sembrava lo scafo di una nave da carico genovese. La neve sciolta scorreva continuamente dalla gronda del tetto di tegole ampie, gocciolando sul marciapiede come uno scroscio di pioggia.

Attesi ferma sull'angolo, felice di poter riprendere fiato, visto che a spingermi all'inseguimento era stata poco più che un'intuizione disperata. Il ragazzo che mi aveva persuasa a uscire era certamente il figlio di un agricoltore, e sospettavo che qualsiasi notizia avesse comunicato a messer Niccolò ci avrebbe condotti in campagna, dove abbondavano le dicerie sulla donna smembrata, come lo stesso messere aveva raccontato a Camilla.

Mi domandavo, a quel punto, se ci fosse della verità in tali dicerie, e se i testimoni fossero troppo spaventati per uscire allo scoperto: magari avevano visto qualcosa che aveva a che fare con i condottieri. Forse quel passaparola era giunto ai fiorentini, che avevano tutte le ragioni di essere interessati alla questione, perché, come mi aveva detto il Valentino la notte precedente, consideravano l'imminente trattato una minaccia alla loro Repubblica. Se messer Niccolò era un cancelliere dell'ambasciata fiorentina, come supponevo, allora poteva anche stipendiare una giovane spia, per tenersi aggiornato sulle voci che circolavano nelle campagne (e che potevano condurlo a certi testimoni).

Ma non stavamo andando verso la campagna. Anzi, mentre restavo ferma a quell'angolo di strada, un sospetto sgradevole iniziò a inquietarmi: forse quel ragazzo non era a stipendio per riportare le dicerie del contado, ma per tenere d'occhio il palazzo che aveva rapito l'attenzione di messer Niccolò. Anche questa attesa poteva dimostrarsi vana. Era già passata mezz'ora, almeno così mi parve, senza nessun indizio che stesse per accadere qualcosa degno di nota in quella strada, e meno che mai davanti a quel particolare palazzo. Rimpiansi di aver sprecato del tempo prezioso (un dono che la Fortuna mi avrebbe presto strappato via) solo per delle ipotesi affrettate.

Improvvisamente, la porta pedonale all'interno del grande portone di quercia si aprì con fragore, e ne uscì un giovane di circa diciotto anni, il cui aspetto mi lasciò quasi senza fiato. Era bello come l'angelo di una pala d'altare, con una massa di riccioli biondi che gli ricadevano sulle spalle. Il suo abbigliamento non era meno sfolgorante: nessuna cappa, solo delle calzabrache rosa che mostravano delle gambe ben tornite, e una casacca corta color carne che non gli copriva il grazioso sedere. L'effetto dell'insieme era un po' sciupato, però, da un paio di stivali neri da agricoltore; e, cosa ancora più strana, aveva legato alla schiena un grosso arnese di qualche tipo, una sorta di grande ruota al cui asse era fissato un lungo manico. Poteva sembrare una carriola senza cassone.

Un istante più tardi, a quel bel ragazzo si unì un uomo piuttosto alto, con una cappa di crine e quel tipo di berretta nera di velluto che è molto apprezzato tra i "dottori" in astrologia; dalla sua sommità ricadeva una lanugine di capelli sporchi, a incorniciare il pallore del viso allungato e un naso quasi camuso, come quello dei Mori. Sulle spalle, portava due badili e un sacco di tela. Subito dopo, comparve un terzo uomo, ancor più alto. Lo riconobbi subito, anche se non lo avevo mai visto prima.

Devi sapere che negli anni immediatamente successivi all'arrivo dell'esercito francese in Italia (prima che tu nascessi), mi vantavo spesso che re Carlo il gobbo avesse sbavato mentre mi salutava col baciamano, ma sa Iddio che Sua Cristiana Maestà mi aveva soltanto dato un bacio umido; poco dopo, tuttavia, mi coprì il collo di saliva. Duchi, papi, cardinali, il fratello del sultano turco: se mi è concessa questa punta di vanità, posso dire che tutti hanno inclinato il capo verso di me, in intime conversazioni. Ma fino a quel giorno non avevo mai visto il maestro più famoso del mondo cristiano.

Avvolto in una cappa di camoscio marrone chiaro, Leonardo da Vinci poteva sembrare Apollo in incognito; più alto di una testa rispetto alla maggior parte degli altri uomini, i suoi lineamenti erano belli quanto quelli del giovane che l'aveva preceduto: una fronte decisa, un naso lungo e dritto, dalle proporzioni perfette. Dalla scriminatura al centro della testa, una chioma di peltro gli ricadeva ai lati del volto come la criniera di un leone, segno di saggezza divina senza tempo, piuttosto che dell'avanzare degli anni. Come i suoi compagni, il grande maestro portava sulle spalle un pesante sacco di tela. Aveva in mano una scatolina, che maneggiava con cura, come se fosse il reliquiario del dito di un santo.

A questo punto, una piccola processione iniziò a serpeggiare per le strade fangose e affollate; a guidarla era Leonardo da Vinci con i suoi due compagni, il fiorentino li seguiva a distanza di una ventina di passi, mentre io mi trovavo ad altre dodici braccia di distanza. Il nostro percorso ci riportò in via Emilia, ma questa volta stavamo proseguendo verso i confini della città, dal lato opposto rispetto alla Rocca e ai miei alloggi.

Nel mio precedente impiego, avevo imparato a fare il punto delle situazioni e delle persone che vi erano coinvolte. L'ingegnere generale del duca Valentino si accingeva a svolgere qualche compito particolare; sia lui che i suoi assistenti erano vestiti da campagna, e procedevano in quella direzione. Senza dubbio, il fiorentino che lo seguiva aveva tenuto d'occhio la casa di maestro Leonardo, e sembrava sapere in anticipo di questa escursione. Potevo solo pregare che la Fortuna non avesse architettato qualche scherzo crudele, e che il compito del maestro avesse veramente qualcosa a che fare con la sconosciuta senza volto, nata sotto una cattiva stella, della quale sapevo soltanto che aveva un sacchetto per incantesimi; eppure, il mio destino e quello del mio adorato figlio erano strettamente legati a lei.

Giungemmo rapidamente a Porta Faenza, uno dei quattro ingressi che si aprono sull'imponente muro di cinta di Imola. Nella piazzetta di fronte al portale, i soldati del Valentino avevano bloccato il flusso dei passanti, così che i doganieri potessero ispezionarne i carichi. Ma questi ufficiali si limitarono ad annuire a Leonardo e alla sua compagnia, lasciando che oltrepassassero subito l'arco.

Anche il fiorentino evitò di attendere tra i numerosi mercanti e agricoltori; mostrò un foglio a un doganiere, senza dubbio un salvacondotto. Mentre l'ufficiale si era soffermato a leggerlo, il fiorentino guardava impaziente in direzione di Leonardo, allungando il collo.

Mi accorsi che senza lasciapassare avrei dovuto convincere gli ufficiali a lasciarmi uscire e, con quel ritardo, rischiavo di perdere di vista chi stavo inseguendo. Così, mi precipitai al fianco del fiorentino, gli presi il braccio, gli diedi un bacetto sulla guancia, e dissi: «Ho deciso di venire lo stesso, nonostante tutti i problemi che mi hai creato ieri notte». A quel punto presentai all'ufficiale della dogana il mio sorriso più persuasivo accompagnato da una riverenza seducente. Ma non ero proprio vestita in modo adatto per il ruolo, e l'ufficiale strinse gli occhi.

«Se proprio devi». Il fiorentino si rivolse a me in tono pungente e con un sorrisetto tirato. «Non dire che non ti avevo avvertita».

Gli restituirono il salvacondotto; l'ufficiale fece un cenno verso la porta. Senza neanche un tentativo di liberarsi dal mio braccio, o una parola di protesta, il fiorentino mi accompagnò verso la campagna.

Maestro Leonardo e il suo gruppo ci precedevano di un centinaio di braccia; lo vidi dirigersi verso un ponticello di assi, su quel canale del mulino che circonda tutta Imola. Il mio nuovo compare e io non potevamo permetterci il lusso di soffermarci a conversare. Di certo l'andatura rapida di Leonardo ci avrebbe lasciati molto indietro, se il ragazzo carino non fosse stato tanto pigro: ogni volta che Leonardo si girava verso di lui per schioccare le dita, iniziava a vacillare sotto il peso del suo fardello come Cristo che porta la croce.

Il mio accompagnatore non era più alto di quel che ci era parso nel cortile, quindi, non molto più di me. Ma ora che gli ero accanto, percepivo una corporatura agile e nerboruta come quella di Mercurio. Ancora al suo braccio, mi presentai: «Sono Madonna Damiata, di Roma».

«Messer Niccolò, come sono certo vi abbia detto la vostra cameriera. Niccolò Machiavelli, di Firenze, segretario dei Dieci della Guerra».

Perciò, sembrava fosse di rango più elevato di un cancelliere a guardia del mulo; era un segretario dei più alti ordini del suo governo, per il quale forse era anche di qualche utilità. Quando svolgevo la mia precedente occupazione, reputai necessario tenere a mente i nomi di tutte le famiglie più importanti d'Italia, ma non ricordavo alcun Machiavelli in quella lista. «Quindi, messer Niccolò Machiavelli, devo presumere che siate il legato dell'ambasciatore fiorentino». Si voltò verso di me per studiarmi, e io feci lo stesso con lui. Aveva una fronte bianca da erudito e un naso fino che, però, terminava con una punta aguzza e maliziosa, quasi bruciata dal freddo. I suoi occhi scuri brillavano. «Se fossi legato, come avete detto, la corda sarebbe piuttosto lunga: l'ambasciatore è a Firenze». Aveva la risposta pronta, parlava in modo brioso e spontaneo. Capii subito perché Camilla ne era rimasta affascinata.

«Capisco. Ieri sera, quando ho cenato con il duca Valentino, mi ha detto che Firenze gli aveva inviato un divertente segretario per ritardare la negoziazione di un patto di alleanza. Presumo che Sua Eccellenza stesse parlando di voi».

Le mie parole cancellarono il sorriso dal volto di messer Niccolò. Mi guardò nuovamente, e questa volta sembrava valutare il grado di confidenza che avessi con il duca. «Non è certo un segreto», disse, «che Sua Eccellenza si sia stancato di ascoltare le circonlocuzioni del mio governo, mentre io mi devo esibire nella stessa cantafavola ogni volta che ci incontriamo».

«Senza dubbio le vostre Signorie a Firenze vi manderanno un nuovo spartito», dissi, «se il Valentino non riuscirà a concludere il trattato con i condottieri».

Non esitò neanche un istante. «La speranza più fervente delle mie Signorie è che questo trattato non si firmi mai: pregano per questo tre volte al giorno, durante le Lodi, la Terza e i Vespri».

Notai un tono di scherno. «E voi non credete che queste preghiere saranno ascoltate».

«Temo che questo trattato sia già sul punto di essere firmato e sigillato».

Giungemmo al canale presso il mulino. Fluiva con l'armonia di un ruscello, anche se le sponde erano coperte di neve; mentre attraversavamo le assi ghiacciate, fui costretta ad aggrapparmi al braccio di messer Niccolò più saldamente di quanto avrei voluto.

A quel punto, il gruppo di Leonardo aveva raggiunto il ponte di legno sul Santerno, che in inverno era un lago fangoso largo più di cento braccia. Anche se era enorme, la struttura temporanea del ponte sembrava fatta di stecchini. Il pensiero di doverla attraversare mi dava i brividi.

«Messer Niccolò, vi dirò perché ho deciso di seguirvi, così come voi state seguendo maestro Leonardo». Gli lasciai il tempo di dire qualcosa di arguto, ma non lo fece. «Come ho detto, vengo da Roma. Un incarico di papa Alessandro. Sua Santità mi ha ordinato di indagare sull'omicidio della donna che è stata tagliata in quattro pezzi e sparsa per la campagna».

«Cinque. Se tenete conto della testa, sono cinque».

Mi aspettavo di farlo trasalire, ma la sua risposta pronta mi fece rabbrividire. «Già, la testa», dissi. «Che ancora non è stata ritrovata, e che potrebbe aiutarci a identificare quella povera donna, così potremmo ottenere informazioni sulle sue frequentazioni».

Messer Niccolò rimase prudentemente in silenzio, non avrei saputo dire se perché avevo ecceduto nelle speculazioni, o perché si era pentito di aver rivelato il suo interesse nella vicenda.

Poco dopo raggiungemmo il ponte sul Santerno. Il gruppo di Leonardo l'aveva già superato, poi aveva abbandonato la strada per proseguire lungo un declivio che portava alla riva opposta del fiume, coperta di giunchi innevati. Quando iniziammo ad attraversare il ponte, riuscivo a malapena a stare in piedi; uno strato di neve compatta copriva le assi sistemate con così poca cura, che potevo vedere l'acqua fangosa scorrerci sotto i piedi. L'intera struttura mi oscillava davanti come un ramo al vento, e non c'era alcun tipo di sostegno ai lati.

Devo aver senz'altro recitato l'Ave Maria mille volte prima di arrivare dall'altra parte. Qui, messer Niccolò si fermò a osservare la riva destra, dove si vedeva spuntare la testa di peltro di Leonardo che camminava fra i giunchi, a più di cento braccia da noi.

«Questa zona è piena di cave di ghiaia e sabbie mobili», disse messer Niccolò, che evidentemente pensava di dissuadermi dall'accompagnarlo oltre.

«Tuttavia, eccovi qua, messere», risposi, «impaziente di seguire l'ingegnere militare del duca in un pantano ghiacciato». Non mi presi la briga di fare una pausa prima di aggiungere: «Perché il vostro governo è tanto interessato alle escursioni in campagna di Leonardo?».

Messer Niccolò guardò al di sopra dei giunchi, in cerca del gruppo che stava sparendo alla vista. Improvvisamente si fece il segno della croce come un attore da commedia, quasi si stesse prendendo gioco dei pericoli che ci aspettavano. «Se volete venire, faremmo bene a muoverci subito».

Non avevamo fatto più di venti passi tra i giunchi che finii in una pozza di acqua gelida fino alle ginocchia. Ma, ancor più risoluta, proseguii, mentre la ghiaia si spostava continuamente sotto ai piedi, spesso minacciando di inghiottirmi e l'acqua, a volte, mi arrivava sino alle cosce. Davanti a me, non vedevo nient'altro che la schiena snella di messer Niccolò Machiavelli, segretario dei Dieci della Guerra. Ogni tanto si voltava a controllare dove fossi; non saprei dire se lo facesse per potermi prestare subito soccorso in caso di necessità, o perché sperava di non vedermi più.

Proprio quando temevo di aver perso di vista messer Niccolò, quasi lo calpestai, perché si era rannicchiato tra i giunchi. Mi fece segno di stare in silenzio, ma io non potevo fare a meno di sbuffare come un cavallo dopo il Palio, per la mancanza di fiato. Qualcuno stava parlando, proprio di fronte a noi, con una voce acuta da tenore: «Iniziate a spalare la neve. È sepolta qui da qualche parte».

Scambiai un'occhiata con messer Niccolò, che mi indicò il punto in cui la riva si ergeva da quell'atroce palude. Ci muovemmo di soppiatto; uscimmo dalla ghiaia congelata, e salimmo di circa cento braccia prima che messer Niccolò si fermasse in un boschetto di pioppi, ridotti a scheletri grigi dal freddo invernale.

Avevamo una buona visuale sui tre uomini indaffarati tra i giunchi, e i tetti innevati di Imola erano a mezzo miglio di distanza da noi. Mi ero appena alzata in piedi, riparandomi gli occhi dal bagliore, quando ebbi una rivelazione così clamorosa, che mi sentii san Giovanni di Patmos folgorato dai nunzi celesti del Giudizio.

Perché la mia voce non raggiungesse i tre, dissi a messer Niccolò in un rapido sussurro: «Pensano che la testa sia sepolta qui». Il freddo l'avrebbe preservata abbastanza da rivelare l'identità della donna e, con essa, le sfortunate frequentazioni che avevano portato alla sua morte.

Guardai il suo sospiro condensarsi in una nuvoletta. «Non ne sono certo».

«Leonardo ha detto che era sepolta qui, l'ho sentito bene».

«Be', sono sicuro che si aspettino di trovare qualcosa sotto la neve».

Messer Niccolò non specificò cosa pensava potesse esserci; mi rivolse, invece, uno sguardo penetrante. «Sapevo che eravate di Roma, mi era già stato detto dal custode del palazzo. E ho visto il messaggero del duca giungere a casa vostra, ieri, così la storia della cena con Sua Eccellenza è del tutto credibile». Aggrottò la fronte, perché senz'altro si domandava come mai il duca non mi avesse fornito un lasciapassare per unirmi a maestro Leonardo, nelle campagne. «Le voci che girano sulla donna uccisa suggeriscono una connessione con l'omicidio del duca di Gandia».

Così, fui testimone di una nuova rivelazione: i fiorentini sospettavano già che l'assassinio della donna avesse a che fare con quello di Juan, anche se, forse, stavano solo dando peso a vaghe dicerie. Comunque, questo spiegava il loro notevole interesse nella faccenda: se fossero riusciti a collegare i condottieri a quel crimine, avrebbero potuto far sì che il papa rifiutasse l'accordo in procinto di essere firmato, per quanto il Valentino volesse tener nascosta la verità.

Va anche detto che, con questa domanda, messer Niccolò stava mettendo alla prova la mia buona fede; forse i fiorentini avevano già una spiegazione soddisfacente, o forse no. In ogni caso, se volevo sapere qualcosa delle loro indagini, dovevo dare una risposta. Così ammisi: «Posso dirvi che Sua Santità ritiene ci sia un collegamento con l'assassinio di suo figlio». Se messer Niccolò avesse saputo dell'amuleto di Juan, avrebbe potuto leggere tra le righe; in caso contrario, non era certo mia intenzione offrirgli dei doni, per così dire.

Messer Niccolò non rivelò molto, quando disse, pensieroso: «Una connessione che il duca Valentino troverebbe scomoda, se spera di concludere il trattato di pace con i condottieri. Non ha ancora la firma di Vitellozzo Vitelli».

Come pensavo. «E se Vitelli fosse sospettato dell'omicidio del duca di Gandia», dissi, «immagino che invece di pregare tre volte al giorno, voi fiorentini intonereste un Osanna alla vostra liberazione».

Credevo che avrei visto il suo sorrisetto ironico. Invece, si limitò a guardare verso Leonardo e i suoi compagni. «Certo, un tale evento sarebbe miracoloso», disse messer Niccolò, «perché senza di esso, o altri capricci simili della Fortuna, nel giro di due mesi possiamo aspettarci di trovare l'esercito di Vitellozzo Vitelli alle porte di Firenze».

Strinse gli occhi. «L'hanno trovata».

Leonardo e i suoi assistenti si erano radunati attorno a qualcosa, tra i giunchi, e spazzavano via la neve con le mani. In poco tempo portarono alla luce una piccola piramide di pietre levigate, che arrivava alla vita di Leonardo. Tuttavia, per la fretta di rinvenire il tumulo, i tre uomini non fecero alcuna fatica a smantellarlo.

«È sicuramente sepolta là sotto», dissi.

«Non è la testa», fu la secca risposta di Niccolò. «Credo che sia il luogo in cui hanno trovato uno dei suoi pezzi».

«Intende dire che l'assassino ha marcato i luoghi esatti?»

«No, a meno che l'assassino non sia Leonardo», disse Niccolò. «Credo che il maestro abbia costruito il contrassegno per poter tornare in quel punto preciso».

Ecco giungere la terza rivelazione: Messer Niccolò aveva tenuto d'occhio la casa di Leonardo, perché sapeva che l'ingegnere del duca aveva già indagato sull'omicidio, e probabilmente sarebbe tornato in campagna per ulteriori accertamenti. Allora chiesi: «È stato il maestro a trovare le parti del corpo?»

«No, dei contadini, prima che gli animali iniziassero a far pulizia». Sollevò leggermente un sopracciglio, come se lo trovasse curioso. «Leonardo è stato mandato a raccogliere i pezzi: quella povera donna non era il primo cadavere che esaminava nel suo seminterrato. Ma forse è stata la prima ad arrivarci già smembrata».

Non avevo tenuto conto che l'interesse di maestro Leonardo per il cadavere potesse essere puramente anatomico; vari artisti contemporanei, così come alcuni medici, avevano intrapreso quel tipo di studi, per meglio decifrare i segreti della Natura. Conobbi anche degli eruditi gentiluomini che presenziavano alle dissezioni, come si trattasse di spettacoli teatrali.

In ogni caso, riuscivo con difficoltà a immaginare che Leonardo potesse esaminare i resti della donna senza il beneplacito del Valentino, così come in quel momento non stava certo vagando per le campagne di propria iniziativa.

«E ora dove sta andando, quello?», disse messer Niccolò. Il ragazzo carino, facilmente riconoscibile dalla casacca chiara, si allontanava da solo, senza la sua carriola priva di cassone. Camminava a fatica tra i giunchi, diretto verso le colline che incorniciavano la parte occidentale della città. Mentre ne studiavamo i movimenti, vedemmo un luccichio. Mi accorsi che maestro Leonardo aveva appoggiato sul cumulo di pietre quel piccolo reliquiario che aveva portato con sé da casa; la parte superiore doveva essere di vetro, dal momento che rifletteva i raggi del sole. Leonardo squadrò ripetutamente il suo apparecchio, con la testa che andava su e giù. Ogni tanto, con la mano dava un colpetto alla scatola.

«È una bussola da navigatore, vero?», chiesi, poiché una volta avevo conosciuto un cardinale che aveva lo studiolo invaso di astrolabi, bussole e altri strumenti astronomici, o di navigazione. Sul quadrante di quelle bussole era sempre disegnata una rosa dei venti, vale a dire un cerchio diviso in ottavi, in cui ogni punto cardinale prende il nome di uno degli otto venti principali.

Quasi trasalii. *Gli angoli dei venti*. La pila di pietre sotto di noi marcava forse uno di quegli angoli?

Non dissi niente di quella supposizione, neanche quando Leonardo e i suoi assistenti iniziarono a fare delle strane misurazioni. Dopo essersi arrampicato sulle colline, il ragazzo carino si fermò a più di un quarto di miglio di distanza e si voltò. Fece qualche passo prima da un lato e poi dall'altro, mentre Leonardo muoveva il braccio come una banderuola, cercando evidentemente di sistemare il suo contrassegno rosa su una specifica direzione della bussola. Fatto questo, il maestro e il suo astrologo si gettarono i fagotti di tela sulle spalle e iniziarono a muoversi. L'astrologo mise a terra la carriola priva di cassone e la spinse avanti a sé, nella neve, in direzione del ragazzo carino. Leonardo lo seguiva con la bussola-reliquiario in mano, come se lui e il suo astrologo fossero una strana processione di preti di campagna.

Messer Niccolò e io ci affrettammo a seguirli. Nonostante la neve, il digradare delle colline permetteva di procedere molto più rapidamente del greto paludoso; poco dopo, Leonardo e il suo assistente giunsero al contrassegno. A quel punto, girarono ad angolo retto e salirono gli erti pendii più distanti da Imola, dove file di vecchi alberi d'olivo crescono in spirali di imponenti tronchi grigi. Di quando in quando, Leonardo si inginocchiava per consultare la sua bussola, e correggeva la traiettoria di quella carriola senza cassone.

«Vitruvio ha descritto questo tipo di carriola», dissi durante una di quelle pause, «mi ricordo di aver letto che...».

«*De architectura*», disse impaziente Niccolò. «La ruota ha una circonferenza di misura regolare, credo che...».

«E sull'orlo è apposto un segno», mi affrettai ad aggiungere. «Se si conta ogni rivoluzione della ruota, si ottengono le distanze per moltiplicazione».

«Sì. Vogliono stabilire la distanza esatta dalla piramide precedente».

Tuttavia, Niccolò non sembrava convinto di quell'affermazione quanto delle precedenti.

Continuai a tacere degli "angoli dei venti". Come le portate di una cena, o i favori di un'amante, le informazioni si offrono a piccole dosi.

Leonardo e i suoi arrivarono infine a un piccolo uliveto di forma quadrata, recintato da un parapetto di pietre ben accatastate. Sollevarono rapidamente la loro ruota vitruviana al di sopra del muretto, e avanzarono.

Messer Niccolò e io strisciammo fino al parapetto e ci nascondemmo lì dietro. Guardammo giù, verso la città; ci eravamo arrampicati sino al livello delle sue agili torri, e il sole risplendeva sui mattoni rendendoli quasi rosa. In direzione opposta, a sud e a ovest, le montagne formavano delle grandi onde bianche.

«Dieci», qualcuno gridò con voce profonda come quella di Plutone a teatro. Come in un mottetto, uno squillo da tenore rispose: «Seicentoventi braccia». Celebrando in questo modo ogni decima rivoluzione della ruota, gli uomini proseguirono il loro duetto fin quasi al parapetto, all'estremità dell'uliveto. Ma non superarono quel muro; fecero cadere i loro sacchi di tela proprio in quel punto. Leonardo e l'astrologo estrassero subito le vanghe.

Feci rapidamente i miei calcoli, come se fossi seduta a un tavolo da *primero*, e dovessi decidere se passare la mano o alzare la posta.

Mi alzai, sistemai le sottane tra le gambe e mi arrampicai al di là del muro.

VI

«*Cacasangue che pazzarone*». Questa imprecazione veniva da dietro di me. Messer Niccolò mi aveva seguita oltre il muro, anche se sembrava non essere ancora pronto a rivelarsi.

«Lasciate che parli per entrambi», dissi, senza smettere di inerpicarmi.

Avevamo risalito soltanto una piccola parte della collina quando ci videro. Tutti e tre si avviarono verso il declivio, l'astrologo di Leonardo aveva ancora in mano la sua vanga. Le ombre allungate dalla luce pomeridiana li accompagnavano sulla neve come giannizzeri fantasma.

«Maestro Leonardo!». Speravo che la potenza della mia voce avrebbe nascosto la paura. «Sono Madonna Damiata. La Suprema autorità Apostolica, Sua Santità papa Alessandro, mi ha inviata da Roma a indagare su questa faccenda!».

Leonardo si fermò, come se gliel'avessi ordinato. Non era a più di sei braccia da me, con gli zoccoli di legno da agricoltore sepolti per metà dalla neve. Il suo viso era liscio quasi quanto quello di un giovane.

Le labbra del maestro si muovevano, ma non ne usciva nessun suono. Non guardava me, ma dirigeva i suoi occhi color malachite verso messer Niccolò, al quale disse: «Vi conosco, siete il latinista che è stato mandato dai Dieci della Guerra». La sua voce da tenore assomigliava più a un lamento infantile. «Perché siete qui?»

«È stata uccisa una donna. Se si accerta che era una cittadina fiorentina, il mio governo ne deve essere informato». Messer Niccolò aveva dato un'altra delle sue risposte pronte, che sembrava aver preparato in anticipo: senza dubbio, stava cercando di dissimulare i veri motivi d'interesse del suo governo. «E ritengo che quella vostra ruota arriverà presto alla quinta parte del corpo».

«La vostra ipotesi è errata. Stiamo facendo "esperienza"». La voce di Leonardo aveva assunto una qualità musicale, come note suonate su un organo di cattedrale.

Messer Niccolò reclinò la testa. «Esperienza?». Presumo avessimo entrambi inteso il termine non nel significato consueto, ma in riferimento alle osservazioni raccolte per scopi scientifici.

«Misurazioni!». Quell'esclamazione rimase nell'aria come il suono di una campana. «Misurazioni ed esperimenti sono i pilastri del sapere. Non c'è niente che non possa essere conosciuto se può essere misurato, e niente che possa essere conosciuto se non può essere misurato. Ma non mi aspetto che comprendiate: immaginate di averlo letto in qualche testo antico, e credeteci per la fede che avete nei confronti dei classici, come fate spesso voi uomini di lettere».

«Quindi, possiamo presumere che la vostra ruota per le misurazioni sia una nuova invenzione», disse Niccolò, indirizzandomi un accenno di sorriso. «Rimane da stabilire se è per autorità antica o moderna che state esaminando questo preciso lembo di terra della campagna».

Leonardo congiunse le mani all'altezza dell'inguine, quasi a proteggere la propria mascolinità. L'astrologo scese di qualche altro passo, con la vanga avanti a sé come una picca svizzera. Il sole brillava sulla spilla applicata alla sua berretta; non si trattava del segno zodiacale che mi aspettavo, ma di un simbolo alchemico d'argento, il cerchio con la croce che rappresenta Mercurio. Ringhiò: «Maestro Leonardo è l'architetto del duca e il suo ingegnere generale. Stiamo esaminando la zona per volere del duca Valentino».

«Ed è stato il duca stesso a dirvi cosa potreste trovare alla sommità della collina?». Niccolò sollevò il mento quasi a indicare il luogo esatto. Per la prima volta mi accorsi che la neve, lassù, era stata smossa, lasciando in vista il terreno sabbioso.

A quel punto, Leonardo dette una rapida occhiata al ragazzo carino, la cui bocca imbronciata (aveva le labbra quasi color porpora) sembrava quella di un angelo caduto, uno della turba di Lucifero. Il giovane estrasse un pericoloso stiletto dalla cintura, studiò la lama e commentò languidamente: «Glielo metterò tra i denti».

«Maestro!», gridai. «Nell'intimità dei suoi appartamenti in Vaticano, Sua Santità mi ha mostrato il bollettino rinvenuto sul corpo di quella povera donna». Ormai mi stavo giocando tutto, e dichiarai con voce stridula: «Se siete in grado di spiegarmi cosa sono "gli angoli dei venti", Sua Santità si aspetterà che forniate ulteriori dettagli. Mostrateci cosa avete trovato lassù».

Leonardo mi guardava, come meravigliato che una scimmia avesse acquisito il dono della parola. Gli "angoli dei venti" era senza dubbio un'espressione nota solo alla cerchia ristretta dei Borgia, in cui Leonardo era incluso: avevo stabilito, così, la mia *bona fides*, con sua grande sorpresa ed evidente cruccio. Per qualche istante, sembrò parlare al vuoto, in silenzio. Non avendo ricevuto risposta soddisfacente, torse la bocca in un'espressione contrariata, si voltò e iniziò a condurci verso l'estremità dell'uliveto, con le spalle curve e le mani lungo i fianchi, che sbattevano come pesci sugli scogli.

Sulla cima del boschetto, gli alberi d'olivo erano molto distanziati; ovunque la neve luccicava al sole, salvo nei punti in cui il terreno era stato intaccato. Ci fermammo. La terra sabbiosa color ocra era stata certamente sollevata dagli stessi animali che avevano lasciato varie impronte nella neve circostante.

«Lupi», disse Leonardo, raccogliendo la vanga.

«Quindi, l'hanno portata via», dissi.

«La vostra ipotesi è errata». D'un tratto, Leonardo conficcò la vanga nel terriccio sollevato. La punta entrò a malapena, sebbene il terreno non sembrasse congelato. Il suono sordo pareva piuttosto quello del metallo sull'osso.

«Tommaso!». Al suo ordine, l'astrologo (o, per essere corretti, ora che avevo visto bene il simbolo, l'alchimista) si unì a Leonardo per raschiare lo strato superficiale di terra sabbiosa. In poco tempo portarono alla luce alcune assi di legno, che ricordavano il coperchio di una bara. Leonardo ne esaminò una, larga forse quanto una mano. «È una barriera per gli animali».

In effetti, le assi non erano inchiodate a una bara, ma soltanto tenute ferme con delle grandi pietre poste alle loro estremità. Quando Leonardo e Tommaso le spostarono, furono in grado di sollevare del tutto la prima tavola, scoprendo una sorta di cripta, circondata da sassi più piccoli.

Qualcosa di chiaro brillava all'interno. Mi feci il segno della croce. Leonardo e i suoi assistenti spostarono altre due assi. Entrò la luce del sole.

Quel che vidi somigliava al frammento di una statua antica disseppellita, poi ripulita strofinando fino al punto che il marmo bianco sembra quasi gesso. Ma, in realtà, si trattava del lato destro di un torace femminile, troncato all'altezza del collo e tagliato a metà in quel punto; lo squarcio era preciso come quello prodotto dal coltello di un chirurgo. L'unico seno era intatto, anche se il capezzolo non era visibile. Il braccio era appoggiato sul fianco, piegato in modo che la mano si trovasse sotto alle costole, le dita bianche lievemente incurvate. Questo artefatto stranamente gradevole finiva laddove mi sarei aspettata di trovare l'ombelico, se la parte superiore del corpo non fosse stata disgiunta da quella inferiore, assente, al di sopra del bacino.

Come sai, avevo già visto la morte. Come le ferite di Juan mi sembrarono molto più terribili dopo aver visto la serenità del suo adorato volto, allo stesso modo trovai quel frammento di donna, esposta come un'antichità nello studiolo di un cardinale, più impressionante di un impiccato gocciolante di urina. Temetti di svenire.

«Quegli idioti l'hanno spolverata di calce». Dopo questa osservazione, Leonardo si inginocchiò sull'asse rimanente. «Credono che questa procedura acceleri la decomposizione. Se si basassero sulla effettiva "esperienza", invece di fare affidamento sulla saggezza delle lavandaie e dei saccheggiatori di tombe, saprebbero che la calce ritarda la putrefazione». Poi, il maestro si sporse, con la mano ora salda, e passò il dito sul torace imbiancato, proprio sotto il petto; rimosse la calce per rivelare una striscia di pelle violacea larga quanto un dito. Si portò l'indice alle narici e annusò in modo udibile.

Senza una parola, messer Niccolò si inginocchiò accanto al maestro e passò il dito sulla pancia del cadavere, svelando un'altra striscia violacea, e portò anch'egli il dito al naso; ma girò immediatamente la testa, come se avesse sentito un odore insopportabile.

Ero presa dalle mie considerazioni. «La calce si è indurita», dissi, «dove suppongo dovrebbe essere il suo capezzolo». Mi si rivoltò lo stomaco mentre lo dicevo.

Leonardo guardò nel sepolcro di pietra. «È stato tagliato». Scosse la testa tremante. «Lo avevamo già constatato nei resti precedenti».

La bocca di messer Niccolò era stretta come una morsa. Senza dubbio ci domandavamo entrambi se fossero i resti di una seconda donna.

Mi rivolsi al maestro, nonostante il cuore mi scoppiasse in petto. «Nella vittima precedente, entrambe le metà del torace erano prive dei capezzoli?».

Leonardo annuì.

«Quindi, i pezzi di una vittima sono stati ritrovati quasi subito», disse messer Niccolò in tono pensieroso, «perché sono stati lasciati all'aperto, nei campi». Supponevo che il giovane informatore di Niccolò gli avesse fornito quei dettagli. «Invece, i pezzi della seconda vittima sono stati sepolti con cura, in questo modo».

«La vostra ipotesi è errata», ripeté il maestro. «Non abbiamo ancora individuato gli altri tre pezzi. Se mai si troveranno». Quindi, quello era il primo di quattro pezzi. O cinque. Ora capivo perché messer Niccolò aveva menzionato "l'autorità" che aveva condotto Leonardo in quel luogo. «Maestro», dissi, «dobbiamo sapere chi vi ha suggerito di cercare qui».

Leonardo mosse le labbra in silenzio.

«Contadini», rispose Tommaso. «Alcuni di loro hanno visto qui un branco di lupi scavare il terreno con le zampe. Non siamo stati noi a mettere qui i resti».

Messer Niccolò mi guardò. Aveva l'espressione di un ragazzo che abbia portato una rana alla messa, sotto il cappotto, per farla gracidare durante l'omelia. «Nessuno ha mai insinuato che l'aveste fatto», disse a Tommaso. «È solo che sembrava sapeste dove andare. E avete attentamente misurato e registrato tutto il percorso».

Seguì un lungo silenzio, rotto soltanto dai corvi gracchianti. Alla fine

Tommaso parlò, ma non in merito alla questione sollevata da Niccolò. «Cosa c'è nella mano?».

Leonardo si sporse ancora nella cripta. Le sue lunghe dita eleganti sembravano muoversi come le zampe di una candida tarantola mentre scioglievano un nastro rosso dalla mano bianca, di gesso, che non era rigida quanto avevo immaginato. Il maestro riuscì ad aprire delicatamente le dita, come toccasse una donna addormentata, e scoprì un foglietto nel palmo. Appena preso con delicatezza il bollettino, lo portò vicino agli occhi.

Quasi fosse disgustato dalle parole che aveva appena letto, Leonardo mi passò subito la preghiera.

Quel bollettino non era diverso da quello che mi aveva mostrato il papa, il dozzinale pezzetto di carta coperto da una calligrafia grezza, ma leggibile. *«Gévol int la carafa»*, lessi a tutti i presenti. Gli astanti non includevano il ragazzo carino, che era svanito improvvisamente, come se fosse stato portato via dai lupi. Aggiunsi: «Suppongo sia dialetto romagnolo».

«"Il diavolo in una caraffa"». Non mi sorprendeva che l'alchimista, Tommaso, conoscesse già quell'espressione. «Il diavolo compare in una fiasca d'acqua ed evoca immagini di perdute…».

«Una stupida superstizione», sbottò Leonardo. «Di tutte le credenze sciocche sbandierate come fieri vessilli dalla mandria della gente ignorante, l'esistenza degli spiriti è la più asinesca, offensiva per la Natura e per la scienza. Per i poteri che vengono loro attribuiti, questi spiriti sarebbero entità incorporee, che la Natura definisce come vuoto…».

«Magari non avrà senso, ma non credo si tratti di una superstizione contadina». Durante l'anatema scagliato da Leonardo contro gli spiriti e chi vi crede, messer Niccolò si era avvicinato verso di me per strapparmi di mano il bollettino. Adesso, teneva il pezzo di carta in modo tale che sia io, sia il maestro potessimo vedere di cosa stava parlando.

In inchiostro nero cinese, una persona istruita aveva scritto un messaggio in toscano con la stessa calligrafia che avevo visto nella Sala dei Santi. Lo lessi ad alta voce, come avevo fatto prima, ma non trovai il testo meno oscuro: «Il cerchio nel quadrato».

Messer Niccolò guardò all'interno della cripta, gonfiando le guance magre, prima di soffiare per il fastidio. Qualsiasi cosa avesse pensato di dire, aveva cambiato idea.

Leonardo balzò in piedi. «Giacomo! Cosa hai trovato?».

Il ragazzo carino se ne stava a circa due dozzine di braccia di distanza, sull'altro lato del parapetto, immerso nella boscaglia più fitta sino alla vita. Avrebbe potuto essere lontano un miglio, per quanto la sua pigra pronuncia milanese era difficile da distinguere. «È passato qualcosa, da qui. Ci sono delle tracce, e non sono umane».

«Lupi», Leonardo disse spazientito.

«Non sono neanche di animali». Giacomo sembrava trovare quell'indovinello divertente.

«Dunque, che cosa sono, Giacomo?», chiese Leonardo, come se il suo assistente non avesse più credibilità di un bambino.

Nel vento freddo d'inverno, la voce di Giacomo ci raggiungeva a malapena; esitò e disse: «Il diavolo ha lasciato le sue impronte quassù».

VII

«Trampoli». Maestro Leonardo si sollevò, dopo essersi chinato a guardare le tracce che avevamo seguito attraverso una boscaglia fitta e ispida, simile alla vegetazione diffusa nella campagna che circondava Roma, ma cresciuta all'ombra di querce enormi. Quelle tracce avanzavano ad angolo retto da un sentiero innevato, tempestato di orme di lupo: sebbene appaiate come le impronte umane, erano molto più piccole, e alcune avevano impresso nel terreno il segno distinguibile di uno zoccolo fesso, non più grande di quello di una capra.

«Camminava sui trampoli», continuò Leonardo. «Le impronte hanno un contorno del tutto uniforme, e una profondità regolare. Ha intagliato le estremità dei trampoli in uno stupido tentativo di ingannarci».

«Di ingannare *noi*?». Niccolò reclinò il capo. «Forse vuole che i raccoglitori di olive e i cercatori di ghiande attribuiscano questo crimine al diavolo. Per tenerli lontani».

Sembrava che nessuno dei presenti intendesse commentare oltre, quindi avanzai la mia proposta. «Finché c'è ancora luce», dissi, «dovremmo seguire queste tracce, e vedere dove portano».

Messer Niccolò si avviò immediatamente. Ma credo che il maestro, seguito dagli assistenti riluttanti, ci seguì solamente perché non voleva rischiare che venissimo a sapere qualcosa in più rispetto a lui.

Seguimmo le tracce per circa un miglio, in direzione delle montagne, percorrendo colline ondulate e, di quando in quando, attraversando dei vigneti, in cui le viti spoglie uscivano dal terreno come gli aculei di un porcospino. Ma, per la maggior parte del tempo, camminammo alla scura penombra delle querce antiche. Anche dove il sottobosco era fitto, non perdemmo le tracce, poiché continuavamo a cercare presso gli stretti sentieri realizzati dai cercatori di ghiande.

Avviliti da quanto avevamo visto nell'uliveto, camminavamo in silenzio. Dopo un po', presi il braccio di messer Niccolò e lo feci rallentare, in modo da rimanere a distanza da Leonardo e dai suoi. «Quindi, credete non sia un caso che i contadini abbiano trovato i pezzi di questi corpi», gli sussurrai. «Pensate che siano stati pagati per informare gli uomini del duca?»

«Non sarebbe difficile persuaderli a farlo», mi disse Niccolò all'orecchio. «Le campagne hanno sofferto terribilmente, con tutti quei soldati che hanno vissuto alle spese di questa povera gente. Un quattrino basterebbe».

«Ma se sono stati i condottieri… Capisco perché possano voler far danni qui, e magari provocare il papa uccidendo una donna che in qualche modo è collegata all'assassinio di suo figlio». Anche in quel caso, pensai non fosse saggio rivelare che i condottieri avevano dileggiato il papa attraverso l'amuleto del figlio defunto. Quindi proseguii: «Si può pensare che quella povera donna laggiù rappresenti un'altra provocazione simile. Ma perché adesso, quando i condottieri sono venuti a Imola a trattare la pace?». Temevo, in effetti, di essermi fatta un'opinione completamente sbagliata di tutta la faccenda.

«Non sono certo che tutti i condottieri vogliano questa pace, almeno non alle condizioni vigenti. Gli Orsini, sì. I Vitelli…». Messer Niccolò alzò le spalle, come a dire "non molto". Avanzò di vari passi guardando il terreno, poi aggiunse: «Ogni giorno che passa, i condottieri stipendiano più soldati. Il Valentino, invece, si libera dei mercenari perché non si fida di loro. Credo che i Vitelli vogliano tenere il cardo, per così dire, nel sedere del papa, per cercare di ritardare la firma e migliorare ulteriormente la propria situazione. Il loro obiettivo, penserei, non è rifiutare del tutto il nuovo trattato, ma costringere il duca a fare ulteriori concessioni».

«Che tipo di concess…?». Mi interruppi perché eravamo giunti a pochi passi dal gruppo di Leonardo. Giacomo indicò un boschetto di querce alla nostra sinistra.

«L'avete visto?», chiese Niccolò.

Giacomo lasciò cadere il braccio in modo stanco. «Se n'è andato».

Domandai: «Era sui trampoli?».

Giacomo scosse la testa. «Portava un cappuccio da monaco».

«L'avete visto in volto?».

Giacomo rispose a Niccolò scuotendo di nuovo la testa. Ma poi aggiunse: «Aveva la barba bianca, proprio come una capra». Avrei detto che Giacomo amava le "invenzioni", ma non si era sbagliato riguardo alle orme del diavolo, anche se erano un raggiro.

«Assomigliava a una capra», disse Leonardo in tono più sdegnoso che convinto, prima di riprendere il cammino.

«Trampoli da carnevale. E una maschera da carnevale», disse Niccolò, annuendo verso Giacomo. «Cercheremo questo finto diavolo».

«Sì», dissi. Il vento freddo mi sferzava la schiena. «Sicuramente ci sta già osservando».

Le tracce demoniache ci condussero, infine, a una grande fattoria di mattoni d'argilla chiara. Le stalle erano al piano terra, sovrastate dalle stanze dell'agricoltore. L'abitazione era inerpicata sulla cima di una collina che dominava il Santerno; il fiume gorgogliava fluendo rapido tra gli argini ripidi e sassosi. La casa colonica e vari capanni di legno delimitavano il cortile, il giardino e il porcile, ma non si intravedevano né erba né fango sotto la neve. Non c'erano neanche animali.

Le impronte di zoccoli terminavano dove finiva anche il manto nevoso, presso un portico dal pavimento sporco proprio di fronte alle stalle. Niccolò indicò delle parole segnate in gesso, con scrittura irregolare, sulle colonne tozze e quadrate del portico. «Qui hanno alloggiato dei soldati, forse l'agricoltore ha portato via tutto il foraggio e le provviste della sua cantina prima del loro arrivo, e quindi non si sono fermati. Ma l'agricoltore non ha mai fatto ritorno».

Sarei stata molto meno spaventata nel sapere che il luogo era occupato da qualcuno.

Giacomo sguainò nuovamente quel coltello impressionante che teneva alla cintura e, incauto, vagò sotto il portico, lasciando che Leonardo inveisse inutilmente contro di lui; poi, il maestro e Tommaso lo seguirono malvolentieri. Niccolò alzò le sopracciglia e scrollò le spalle. Prima di unirmi a lui, lasciai scivolare nella mano il manico del coltello che porto sempre nella manica.

Tommaso rimase sotto il portico, a sorvegliare, mentre il resto di noi entrò direttamente nelle stalle; forse il cancello era stato rimosso per essere usato come legna da ardere. Non trovammo niente di più di un tappeto di terra, che poteva esser stato ripulito da un'invasione di locuste, anche se il posto odorava ancora di animali. Niccolò, Leonardo e Giacomo iniziarono a esaminare il soffitto di travi a vista, supportato da pesanti assi trasversali. Suppongo cercassero la botola che solitamente dà accesso alla camera da letto dell'agricoltore, al piano superiore: serve a poter controllare con rapidità il bestiame, se si sente un rumore in piena notte.

«Maestro!», gridò Tommaso dalla sua postazione nel portico. «Siamo stati seguiti».

Guardai fuori e vidi tre uomini proprio vicino al portico. A Imola ero rimasta colpita dai volti attraenti e dal portamento fiero di molti contadini romagnoli. Quei tre, invece, vestiti di cappe di crine, a gambe nude, erano così miseri e sofferenti da sembrare bestie: uno aveva pelle da elefante sulle guance e sul collo, che trasudava pus (quel che chiamano la malattia di Giobbe), mentre l'altro al posto del naso aveva un pezzo di cuoio della forma della parte mancante, ma verniciato di un colore troppo chiaro rispetto alla sua pelle rubiconda. I denti neri del terzo uomo erano seghettati come quelli di una lampreda. Brandiva un falcetto, mentre i suoi compari erano armati di una "forchetta" da fornaio, e di un forcone. Nessuno di loro, però, aveva la barba bianca, o poteva assomigliare in qualche modo a una capra.

Appena li scorgemmo, dietro di me sentii Giacomo dire: «Scommetto che è di sopra». Mi voltai e lo vidi che indicava il soffitto.

Avvicinandosi a Giacomo, messer Niccolò lanciò un'occhiata furtiva alle tre bestie, che erano ben illuminate dal sole riflesso sulla neve. «Sollevatemi adesso», disse, «prima che decidano di entrare».

Leonardo stesso circondò con le braccia le ginocchia di messer Niccolò e lo sollevò come un bambino. Il segretario batté col palmo delle mani contro le linee di giunzione ai lati della botola, senza sortire alcun effetto; sicuramente, il paletto poteva essere aperto solo dal piano di sopra.

«Arrivano!», gridò Tommaso dal portico, in un ruggito che si era fatto più acuto per l'urgenza. In effetti, i tre uomini si erano separati: un po' accucciati, strisciavano lentamente verso l'alchimista come un branco di lupi.

Con un contegno piuttosto controllato, messer Niccolò disse: «Sarà meglio che mostriamo loro quanti siamo». Appena Leonardo lo riportò sul pavimento, si precipitarono fuori dal portico seguiti da Giacomo col suo stiletto. «Voi non fatevi vedere», mi ordinò Niccolò.

Le due fazioni si fronteggiavano a vari passi di distanza; la loro era superiore in armi, mentre noi eravamo favoriti dai numeri e dalla statura. I tre intrusi si guardarono, scuotendo la testa, e conversarono nel gutturale dialetto romagnolo, quindi non capii niente. Ma non sembravano intenzionati a ritirarsi.

«Attendono rinforzi?», chiese Niccolò.

Il suono venne dalle mie spalle, ma fu come se un enorme cumulo di neve si fosse staccato dal tetto, precipitando a terra. Proprio in quel momento intravidi qualcosa di nero con l'angolo dell'occhio e immaginai che il soffitto avesse iniziato a crollarmi attorno.

Mi voltai e vidi la botola che pendeva dai cardini, dondolando avanti e indietro come un vessillo al vento. Mi mancò il respiro mentre guardavo nel buio dell'apertura rettangolare sul soffitto.

Corsi fuori dal portico. Lì, vidi i tre intrusi che fuggivano repentinamente, senza dubbio indotti a scappare dal rumore della botola. Poteva essere davvero il diavolo a inseguirli, per quanto furono veloci a sparire oltre il limite della fattoria.

Messer Niccolò si precipitò di nuovo nelle stalle. In un attimo, tutti i gentiluomini presenti si erano radunati a guardare la botola che pendeva; la struttura di assicelle di legno e sostegni trasversali cigolò brevemente, prima di fermarsi del tutto.

Non si sentiva un fiato, solo il sibilo del vento e lo scorrere del fiume, che ora sembrava un sospiro profondo e stridente.

Messer Niccolò si mise direttamente sotto l'apertura e guardò nell'oscurità che lo sovrastava. Rimase lì ad ascoltare, forse ad aspettare che comparisse il volto (o la maschera) della capra. Alla fine sospirò con rassegnazione. «Sollevatemi di nuovo».

La bocca di Leonardo si piegò verso il basso come quella di un vecchio arcigno. Dopo un attimo di pausa, issò messer Niccolò, che si afferrò con le mani ai lati dell'apertura e si sollevò nella stanza di sopra.

Lo potevamo vedere, in piedi, che si guardava attorno. Poi scomparve nell'oscurità, e presto non potemmo più sentire neanche i suoi passi sulle tavole del pavimento. Giacomo sollevò il coltello, come se dovesse accorrere in aiuto di Niccolò. Ma il maestro fermò subito il suo braccio con una mano.

Quanto a me, recitavo silenziosamente un'Ave Maria per messer Niccolò. Avrei avuto tempo di recitare anche diversi Padre Nostro mentre aspettavamo, sempre più ansiosi. Ogni tanto sentivo dei tonfi sordi, ma non sapevo se erano colpi, rumori di qualcuno che spostava oggetti, oppure semplici passi smorzati.

All'improvviso, un volto pallido fluttuò sopra di noi. Mi sfuggì un grido, e persino a Leonardo si spezzò il respiro, prima di riconoscere messer Niccolò.

«Niente», riferì. «Non c'è un solo frammento di mobile quassù, né un orinale, o una macina. Niente, eccetto questo». Messer Niccolò si sedette sul bordo dell'apertura, le gambe penzoloni, e si sporse verso di noi, tenendo in mano un semplice recipiente di ceramica per il burro.

Per qualche motivo, il maestro e i suoi erano restii ad accettare quell'offerta. Presi il recipiente, e desiderai non averlo fatto, quando sentii l'odore di quel che conteneva. Era mezzo pieno di quella sorta di unguento che le signore romane di solito comprano dalle anziane di Israele, le cui misture di mirra, zolfo e lardo di maiale sono molto usate per mantenere bella la pelle. Ma c'erano altri odori in quella particolare ricetta: il fetore orribilmente amaro della belladonna appena schiacciata, e anche mandragora, forse mista a giusquiamo ed elleboro.

Stranamente, per un momento mi sembrò di rivivere ogni presagio della mia vita.

Messer Niccolò scese al suolo quasi senza fare rumore. Dopo essersi sistemato e spolverato le maniche della casacca, mi disse: «Fatelo annusare al maestro. Riconoscerà l'odore».

Trasalii. Sia messer Niccolò, sia maestro Leonardo si erano annusati le punte delle dita dopo averle passate sul corpo di quella povera donna macellata. Adesso capivo perché Leonardo era rimasto apparentemente indifferente a quel ritrovamento; sapeva già cosa c'era in quel recipiente.

«Questo unguento le è stato spalmato sul corpo, non è vero?», dissi in tono di lamento, più che di domanda. «Ed è stato trovato anche sui resti della prima donna».

Leonardo annuì in un tremito, le sue narici si contraevano. «Sì». La sua voce da tenore era un po' fioca. «Su entrambe».

Messer Niccolò gettò un'occhiata nell'oscurità che aveva appena esplorato. «Di una cosa sono certo», disse, «è qui che le hanno macellate».

VIII

Tornammo tutti e cinque verso Imola al tramonto, dopo esserci soffermati brevemente all'uliveto per risistemare le tavole sopra la cripta a tenere lontani i lupi, fin quando Leonardo non avesse mandato dei soldati per recuperare il brandello umano. Non riuscii ad avvicinarmi alla tomba. Mentre aspettavo, a una certa distanza dagli altri, sentii una presenza vaga, ma sempre più percepibile, e improvvisamente rabbrividii.

Corsi da messer Niccolò. «Ci sta osservando, proprio adesso».

Niccolò mi rivolse uno sguardo penetrante, come se avessi affermato di vedere la Vergine Maria.

Insistetti. «Ci aspettava alla fattoria, non è vero? Deve essere uscito da una finestra poco prima che saliste al piano di sopra. Credete che quei tre uomini fossero lì per aiutarlo a fuggire?»

«Lo stavano cercando», rispose Niccolò. «Non so a quale scopo. Ma non sono certo che fosse lassù. Il paletto era rotto. Forse avevo allentato la botola, così è caduta mentre eravamo tutti voltati». Sollevò lo sguardo come se stesse scrutando nel bosco scuro, dietro di me. Poi mi guardò di nuovo, controvoglia.

So quando un uomo è attratto da me, anche se cerca di dissimularlo. Quell'attrazione era palpabile nello sguardo di messer Niccolò, come in vari altri sguardi che avevo ricevuto quel giorno. Tuttavia, c'era qualcosa di più, che presto mi spiegò. «Dovreste prendere in considerazione l'idea di andarvene da Imola».

Mi domandai se sperasse di farmi da protettore; magari pensava che gli avrei offerto un addio molto generoso prima di tornare a Roma. «Perché lo dite?»

«Perché anch'io sono sicuro che il diavolo ci abbia visti». Naturalmente, lo intesi come "l'uomo che si era travestito da diavolo". «Adesso sa chi siamo».

Messer Niccolò e io lasciammo Leonardo e i suoi assistenti all'inizio di via Emilia. Continuai a mentire, e dissi al maestro: «Scriverò subito a Sua Santità, per informarlo che c'è stato un altro delitto». Anche se Leonardo non disse niente, non dubitavo che avrebbe informato subito il duca Valentino di come avevo sfacciatamente seguito il suo ingegnere generale nelle campagne e mi ero intromessa nelle sue indagini.

La strada era invasa dalle voci dei commercianti e delle venditrici di candele, che gridavano: «Assaggiate questa castagna!», «Niente sifilide qui!». Quella cacofonia di suoni si faceva più intensa di fronte alla Taverna Testa di Moro, dove molte passeggiatrici si erano riunite per adescare i viaggiatori e i messaggeri che entravano e uscivano dalle stalle. Superata questa zona, quando potevamo parlare senza alzare la voce, messer Niccolò mi guardò e disse: «Leonardo è implicato in questa faccenda».

«In che modo?».

Scosse il capo. «Di certo, non è un assassino. Non è nella sua natura. Ma sta cercando di nascondere troppe cose. E con scarso successo: l'avete visto. I suoi quadri possono illuderci tutti, per quanto sembrano reali. Ma nell'arte dell'inganno, non è proprio un maestro».

Dissi all'orecchio di Niccolò: «Come ingegnere militare, Leonardo deve aver lavorato con i condottieri, prima della loro defezione. Forse l'hanno abbindolato».

Niccolò annuì. «C'è qualcosa in questa faccenda che conoscono soltanto il maestro e l'assassino. Qualcosa per cui il maestro si comporta come se fosse lui a meritare la pena di morte».

Messer Niccolò e io voltammo l'angolo. Non molto più avanti, su quella strada, la Rocca si stagliava come un immenso monolite grigio, in contrasto con un cielo di un porpora così intenso da sembrare inchiostro di calamaro; il fossato era già scuro. Entrammo dentro Palazzo Machirelli attraverso il cancello della stalla, dalla quale, qualche ora prima, eravamo usciti separatamente, quando ero ancora all'oscuro di molte cose (e molto meno perplessa riguardo all'intera questione). Nelle stalle, gli animali scalpitarono al nostro passaggio, come se davvero il diavolo ci avesse seguiti.

«Devo prendermi cura del mio mulo», disse Niccolò. Ero spaventata persino di accedere al cortile da sola, così lo seguii sino al suo reparto della stalla.

«Siete affezionato a questa bestia in modo straordinario», gli dissi. Era rimasta abbastanza luce da poter vedere l'animale che stringeva gli occhi per la gratitudine, mentre Niccolò gli strigliava il muso.

«L'ho avuto da un carbonaio che lo stava facendo impazzire di lavoro: questa povera creatura era carica di fasci di vite, impilati l'uno sull'altro fino a raggiungere il livello dei balconi, e la sua pancia strisciava nella sporcizia. Persuasi il *cacapensieri* che quell'animale avrebbe avuto più valore da vivo, con me, piuttosto che da morto, con lui. È mia intenzione fargli recuperare le forze e montarlo fino a Firenze».

Adesso capivo la natura dell'affetto di messer Niccolò: il mulo era la promessa che aveva fatto a se stesso di tornare a casa. Appena pensai di aver intuito i suoi sentimenti, vidi che mi scrutava.

A giudicare dalla sua espressione, aveva scoperto qualcosa che meritava di essere condiviso. «Non sono più tanto sicuro», disse quasi con tristezza, «che questi omicidi abbiano qualcosa a che fare con il Valentino e i condottieri».

Ne dedussi che Niccolò non sapeva davvero niente dell'amuleto di Juan, altrimenti sarebbe stato dell'opinione, come me, che lo scopo del primo omicidio era provocare il papa. Forse, il secondo omicidio, commesso con modalità analoghe, era un beffardo promemoria, un *memento mori* terribilmente crudele. Come aveva detto lo stesso messer Niccolò qualche ora prima, era nell'interesse dei Vitelli tenere una spina nel fianco di Sua Santità, per prolungare le trattative.

Ma non conoscevo messer Niccolò abbastanza bene da poter condividere con lui questi segreti. Gli chiesi soltanto, in modo vago: «Cosa ve lo fa pensare?»

«La cura nello smembrare il corpo. Il capezzolo amputato. L'unguento, intriso di erbe narcotiche, spalmato sulla pelle. La faccenda degli angoli dei venti». A questo punto fece un cenno in avanti con la testa che mi colpì più di un'accusa esplicita, perché mi ricordava che gli avevo omesso quell'informazione. «Le misurazioni di Leonardo, il biglietto riguardante cerchi e quadrati. Fa tutto parte dello stesso disegno. Un grande rebus, o enigma, fatto di carne umana. Forse il crudele passatempo di un solo uomo».

«Sì», dissi. «Non c'è limite agli enigmi e ai misteri che possono dilettare le persone. *La Chiave di Salomone*, la Cabala, l'*Heptaplus*, i misteri di Ermete Trismegisto e dei Pitagorici, per tacere del fatto che ho conosciuto vari uomini che traggono piacere dal ferire le donne con un coltello».

Messer Niccolò mi sorrise con l'amarezza di un uomo che conosce il mondo anche troppo bene.

«Ma», continuai, «credo che questo passatempo sia concepito con un unico scopo: provocare il papa. Per tornare alla teoria che avete esposto oggi pomeriggio, forse ci sono i Vitelli dietro a quanto accade, perché non ritengono che il trattato con il Valentino sia abbastanza vantaggioso per loro. Se ritardano le trattative con questi giochi astuti e crudeli, possono ottenere le concessioni di cui dicevate».

A quel punto, presi il braccio di messer Niccolò e lo condussi verso il cortile; mi fu improvvisamente chiaro cosa fare. Quando raggiungemmo le scale che conducevano al mio alloggio, dissi: «Manderò da voi la mia ragazza con del cibo e del vino». Non volevo fare da mezzana: pensavo solo che l'affascinante (seppur casta) compagnia di Camilla avrebbe potuto riempirgli gli occhi, o almeno lo stomaco. Non sembrava che mangiasse molto.

Ovviamente mi aspettavo che messer Niccolò avrebbe espresso del disappunto, nel sapere che avrebbe cenato con me solo per interposta persona. Rimasi sorpresa, quindi (e forse anche un po' delusa, vanitosa come sono), che non mostrasse alcun segno di dispiacere. Anzi, sembrava sollevato che non sarei stata presente. Limitandosi a un breve inchino ironico, si avviò verso le sue stanze.

Nonostante la sua indifferenza, temevo che messer Niccolò Machiavelli mi avrebbe spiata da dietro le imposte, come avevo fatto spesso io con lui. Salii le scale, stanca, e abbracciai Camilla per ringraziarla, poi la mandai dall'altro lato del cortile con pane, formaggio, vino e del cappone lesso.

Appena rimasi da sola mi feci coraggio, mi lavai il viso e mi cambiai d'abito.

Non avevo il lasciapassare per la Rocca, ma fui abbastanza fortunata da individuare la stessa guardia che mi aveva scortata la sera precedente; per abitudine, tendo a far sì che gli uomini si ricordino di me, anche se ci sono scarse possibilità che si rivelino utili in seguito.

Anche se chiesi di vedere il segretario del duca, messer Agapito, il mio percorso terminò comunque nella stessa sala dove avevo cenato la sera precedente. Quando entrai, la trovai trasformata: il tavolo di legno, ora senza tovaglia, sembrava molto più piccolo; anche gli arazzi erano stati tolti dalle pareti spoglie, e sostituiti solo da un crocifisso d'oro e un'antica icona.

Agapito, sempre vestito in velluto nero, aveva a disposizione un intero lato di quel tavolo rimpicciolito; sedeva di fronte a vari gentiluomini e una donna dai capelli color rame. Trafisse un pezzo di carne con il coltello, poi sollevò gli occhi dal piatto. Con altrettanta velocità riabbassò lo sguardo, con la mascella pronunciata che pulsava.

Mi avvicinai, passando alle sue spalle, e gli sussurrai all'orecchio: «Oggi ho visto qualcosa che interesserà a Sua Eccellenza. Qualcosa che il vostro ingegnere generale ha omesso». Speravo, in questo modo, di anticipare l'inevitabile rapporto di Leonardo e, al contempo, stuzzicare il Valentino con l'idea che il maestro avesse trascurato qualcosa. Certo, era un gioco pericoloso. Ma il Valentino si sarebbe infuriato in ogni caso, appena saputo che non avevo atteso di conoscere la sua opinione sulla mia "utilità".

Agapito si limitava a masticare come un bue e mi costringeva a stare in piedi accanto a lui, come se dovessi reggergli il tovagliolo. Guardai verso l'altro lato del tavolo. Due degli uomini presenti erano ambasciatori, a giudicare dai baveri di zibellino che circondavano i loro volti seri. Accanto a loro, sedeva l'emissario Oliverotto da Fermo, quasi l'avessi evocato menzionando Vitellozzo Vitelli meno di un'ora prima. L'emissario era in compagnia della signora dai capelli color rame, una "primadonna" veneziana con splendidi riccioli e seni tondi, sodi come arance, che il corsetto di broccato alla milanese le sollevava fino quasi alle clavicole.

Senza dirmi una parola, Agapito si alzò, andò verso la rampa di scale ben illuminata che si trovava a uno degli angoli della stanza e vi svanì.

Il signor Oliverotto guardò Agapito andarsene, poi mi fece un cenno con il capo.

Ricambiai il suo saluto. «Buonasera, signore».

«Ero quasi certo che ci saremmo incontrati di nuovo». Se la voce di maestro Leonardo era il suono di un organo a canne, quella del signor Oliverotto veniva dai toni più bassi di un liuto. «Come vi ho detto, resterò qui per un po'».

Non potei fare a meno di domandarmi se, da quando era in città, avesse avuto tempo di uccidere una donna, attendere che il suo sacchetto per gli incantesimi fosse inviato a Roma dal papa, per poi ucciderne un'altra con lo stesso metodo brutale e meticoloso, poco dopo l'arrivo dell'emissaria di Sua Santità.

La sua signora mi fece un cenno. «È un abito così bello», disse con una voce dolce, da cetra. «Non si trova più velluto allucciolato di questa qualità, al giorno d'oggi. Devono avervi cucito quest'abito anni fa». Soffocai una risata: sembrava già una moglie gelosa. Avrei potuto facilmente trasformare quella gelosia in invidia, sentimento molto più amaro, se solo fossi stata interessata al suo signore.

Ma non avevo alcun bisogno di incoraggiare il signor Oliverotto. Si voltò verso la sua cortigiana e le disse: «Suona qualcosa, senza cantare».

Silenziosamente, la ragazza prese la sua lira da braccio dalla sedia accanto, e si allontanò dal tavolo come una damigella al servizio che si distacca dalla sua duchessa. Iniziò a suonare *Gelosia*; teneva l'archetto sottile con due dita e il pollice, e passava il fascio di crine sulle corde della lira con la grazia flessuosa di una ballerina (sebbene la sua musica non fosse altrettanto seducente).

Mentre suonava, il suo compagno spostò l'attenzione su un piatto d'argento pieno di piccole olive. Le mani del signor Oliverotto sembravano più ampie di quelle della maggior parte degli uomini, tuttavia iniziò a spostare quelle piccole olive secondo un qualche disegno, non molto chiaro all'inizio. Non alzò lo sguardo finché non ebbe finito, al che la ferocia dei suoi occhi mi sconvolse talmente che non riuscii a guardare cosa aveva creato. «Imparerà», mi disse, in un tono più gentile di quanto fosse il suo sguardo. «La lira, come la guerra, richiede molta pratica quando si è ancora giovani. Può trarre benefici da qualche lezione». A questo punto reclinò il capo, come aveva fatto la notte precedente sul ponte levatoio. «Ma a voi non dovrei insegnare nulla, vero?».

Il signor Oliverotto accennò un sorriso e spostò cautamente il piatto delle olive verso di me. Poi, si alzò e mi lasciò con una sorta di saluto: si toccò il cappuccio di velluto. Prima di uscire, afferrò il braccio della ragazza con tanta rapidità che l'arco delicato stridette sulle corde della lira. Guardai nel piatto solo dopo che se ne fu andato. Il signor Oliverotto aveva disegnato una spirale perfetta.

Aspettai un'ora prima che messer Agapito tornasse; mi disse di attendere ancora, prima di sparire nuovamente. In quella notte che non passava mai, furono convocati gli ambasciatori, uno dopo l'altro, in lunghe udienze. Anche Ramiro da Lorca andava e veniva, in un ticchettio furioso di tacchi di stivali, con l'incarnato scuro che si era fatto quasi color mattone; non gli fu chiesto di aspettare, e il suo incontro con il duca fu breve. Mi passò davanti degnandomi a malapena di uno sguardo, anche se certamente sapeva che ero la stessa donna famigerata alla quale aveva perquisito la casa con tanta perizia, il giorno successivo all'omicidio di Juan.

Alla fine, Agapito arrivò dalla scalinata, e mi si fermò di fronte, silenzioso, come un prete alla messa, quasi offrendomi l'assoluzione. «Sua Eccellenza è pronto per voi».

La scalinata era illuminata da un ampio candelabro; lo trovai singolare, perché una piccola lampada a olio sarebbe stata sufficiente. Agapito bussò all'unica porta che si apriva sul pianerottolo, poi l'aprì rapidamente. Una donna ne scivolò fuori, quasi uno spettro. Portava una sottoveste bianca come la neve, i capezzoli erano puntini scuri sotto la stoffa sottile; per il freddo, pensai. Finché non le vidi gli occhi.

Conoscevo quell'espressione, anche se non mi è capitato di vederla spesso, perché le signore del mestiere sanno badare a se stesse; in caso contrario, sono perdute, immediatamente. E lei era perduta, perduta in un vasto oceano, senza stelle o strumenti che potessero guidarla: desiderava solo il contatto con l'uomo che aveva appena lasciato. C'è una terribile schiavitù in sguardi come quello, e paura, sempre.

In tali circostanze, ci si abbandona anche del tutto ai sensi, ed era evidente dalla sua bocca; il labbro inferiore, per quanto sottile, era ancora gonfio, e il sudore le imperlava la pelle sopra il labbro superiore.

Quando vidi che i suoi capelli erano biondi come i miei, cinque anni prima, mi scostai da lei con un sussulto; per un momento, pensai che si trattasse della sorella del duca, Lucrezia, ora duchessa di Ferrara. Ero particolarmente sconvolta perché non avevo mai dato credito alle voci, secondo le quali il Valentino era l'amante di Lucrezia; d'altra parte, si diceva anche che Juan fosse l'amante del papa.

Non riuscii a vedere il resto del volto della donna, perché era coperto da una maschera di carnevale da uccello. Lei tenne lo sguardo fisso su di me, voltandosi anche mentre mi passava accanto, ma non come se fossi una rivale. Sembrava riconoscere una comunanza tra le nostre anime.

Quando entrai nell'oscurità della stanza, però, fu come se il suo fantasma fosse svanito. Il duca Valentino sedeva al tavolo di uno studio altrimenti spoglio; era immerso nella lettura di documenti, alla luce di una sola lampada. Aveva la casacca allacciata quasi fino al mento e la sua scrivania era coperta da pile di carte.

Il Valentino spostò la lampada di bronzo e si appoggiò allo schienale della sedia, intrecciando le mani guantate sul petto. Era completamente vestito di nero, per cui il suo viso lungo sembrava galleggiare nell'oscurità. Mi studiò, in silenzio, con un'attenzione che trovai piuttosto inquietante; nella migliore delle ipotesi, mi aspettavo un brusco ammonimento a rimanere nelle mie stanze finché non fossi stata rimandata a Roma. E non volevo pensare all'ipotesi peggiore.

«Lascia che ti mostri una cosa che ha disegnato maestro Leonardo». Capii subito che aveva parlato con Leonardo mentre io aspettavo in

"Paradiso"; senza dubbio, quella stanza aveva altri accessi. Proprio in quel momento, infatti, notai una porticina alle sue spalle.

Il Valentino balzò dalla sedia come una pantera che attacca la preda, poi passò di fronte al suo tavolo con la stessa eleganza languida con cui si muovono quegli animali dopo esser stati nutriti e legati al guinzaglio. Abbassò il capo e iniziò a sfogliare una pila di fogli. Poco dopo, ne estrasse vari disegni, che mise sotto la luce della lampada. «Vieni», disse, «guarda qui».

Era lo studio di un braccio maschile, in gesso rossastro; le linee dei muscoli erano disegnate con eleganza e riproducevano perfettamente la realtà, ma mancava la pelle. Una miriade di vene esposte formava un intreccio simile a quello di alberi spogli, e i vasi più grandi si diramavano in ramoscelli e stecchi, per così dire.

«Maestro Leonardo ha realizzato vari studi come questo», disse il Valentino. Lo stomaco mi doleva: mi domandai se il maestro volesse fare disegni simili anche delle braccia delle donne uccise. «I nostri pittori moderni ci offrono una rappresentazione convincente delle forme umane, così come credono Dio le abbia create. Ma solo il maestro ci mostra il mondo nascosto sotto la nostra pelle. Solo in questi disegni possiamo vedere la perfezione che ci ha donato la Natura, che consiste in una "invenzione" intricata di tubi e meccanismi». Mosse il dito in cerchio sul disegno, quasi stesse tracciando la spirale del signor Oliverotto. «Maestro Leonardo ha già dei progetti di macchine che riusciranno a imitare la Natura in vari modi, congegni che possono camminare come un uomo, o anche volare come un uccello».

Non avevo ancora digerito tanta ambizione, che sembrava sfidare Dio e la Natura, quando il Valentino spostò il disegno e scoprì quello sottostante, più grande, in vivido acquerello su carta; ai miei occhi, si trattava di qualche "fantasia" architettonica, il progetto per una villa o un palazzo di incredibile complessità. Il colore chiaro dei mattoni contrastava con una linea blu serpeggiante, dipinta un pollice più in basso rispetto al palazzo immaginario, come un immenso vessillo al vento.

D'improvviso mi sembrò di trovarmi a cento piedi dal suolo, con le spalle tra gli artigli di un'aquila, mentre guardavo in basso, verso una città cinta da mura; in realtà, era la città di Imola, che avevo osservato dalle colline proprio quel giorno. Comunque, quella era Imola vista da chi ha le ali e gli occhi di un uccello: ogni fortificazione, casa, cortile, ogni fiume (perché il serpente blu era il fiume Santerno) si trovava esattamente al suo posto, ma tutto era visto da una grande altezza. Nella vita, mi era capitato di sedermi su un cuscino dorato degli appartamenti vaticani e guardare le mappe che guidavano i nostri navigatori verso le nuove terre. Ma non avevo mai visto niente del genere.

«Capisci cosa ha fatto il maestro?». Il Valentino parlava a voce così bassa che faticai a udirlo, anche nel silenzio di quella stanza. «Non solo può vedere dentro i nostri corpi, ma sa anche rappresentare il mondo da una prospettiva sconosciuta. Se si misura questa distanza sulla mappa…», puntò un dito sulla Rocca all'angolo della città, facilmente riconoscibile dalle torri circolari, poi uno su piazza Maggiore, nel centro città, «…e quest'altra distanza…», disse muovendo il dito verso il Santerno, fuori le mura, «otterremo esattamente la stessa proporzione che risulta misurando il terreno a passi, o con attrezzature meccaniche. La mappa di Leonardo è un'immagine del mondo che ne rispecchia ogni caratteristica, ma ridotta a una scala tale da poterla tenere tra le mani».

Mentre il Valentino magnificava quella mappa straordinaria, capii subito che la nuova prospettiva e l'inquietante fedeltà dell'opera non erano le sue sole caratteristiche degne di nota. Il centro della mappa era anche il centro della città, dove si incrociano le due antiche strade romane, la via Emilia e la via Appia. Quell'intersezione sulla mappa era anche il fulcro di una circonferenza, disegnata in inchiostro, che circondava l'intera città e i campi al di fuori delle mura. Come tutti i geografi, Leonardo aveva indicato i punti cardinali con una rosa dei venti, segnando con precisione otto linee che procedevano dal centro alla circonferenza del cerchio e lo dividevano in otto spicchi equidistanti. Nel punto in cui ogni linea della rosa dei venti incontrava la circonferenza, come il raggio di una ruota, era scritto in calligrafia piccola e accurata: *Septantrione*, il vento del nord; *Greco*, il vento di nord-est; *Levante*, il vento dell'est; *Scirocho*, il vento di sud-est, e così via per tutte le direzioni e gli otto venti principali.

«È questo, non è vero?». Appoggiai un dito sulla mappa, esattamente dove la linea direzionale chiamata *Scirocho* incontrava il cerchio circo-

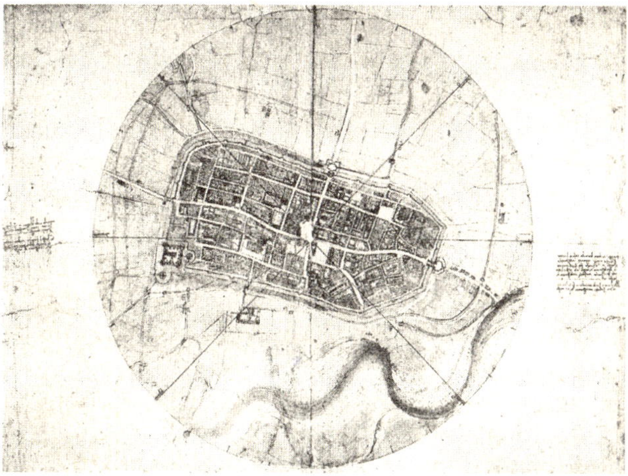

La mappa di Leonardo da Vinci

scritto alla città, in corrispondenza a una curvatura del Santerno. «Credo sia qui che è stato trovato un pezzo della prima vittima. Oggi ho visto il cumulo di pietre che il maestro aveva lasciato vicino al fiume».

Saltando le linee intermedie, elencai rapidamente altre tre direzioni della rosa dei venti che intersecavano il cerchio, mentre ne leggevo i nomi: «*Libecco*, *Maestro*, *Greco*». Sud-ovest, nord-ovest (il vento più forte, o dominante), nord-est. «Ogni punto è l'angolo di un quadrato immaginario, che possiamo vedere solo grazie alla straordinaria mappa di maestro Leonardo. È per questo, che l'assassino si è vantato di aver lasciato i pezzi delle sue vittime a ogni angolo dei venti. Santo Cielo. Chiunque l'abbia fatto, deve aver visto questa mappa».

Ovviamente, davo per scontato che i condottieri del Valentino avessero avuto il privilegio di vedere la mappa, prima di tradirlo.

Il Valentino non fece neanche un cenno. «Ma non hai finito», disse in tono monotono. «Mostrami il resto».

La mappa di Leonardo era così precisa che fui in grado di rintracciare il tragitto compiuto nel pomeriggio, dalla catasta di pietre presso il fiume fino alle colline meridionali, scorrendo con il dito sulla linea della bussola contrassegnata con *Mezzodì*, il vento del sud. Mentre cercavo di valutare le distanze sulla mappa in proporzione a quelle che avevamo percorso, compresi che c'era una pecca nel mio ragionamento: dovetti togliere il dito dalla mappa.

«Credevo che avrebbe disegnato un'altra figura geometrica», dissi, «e che avrebbe seguito i punti della mappa. Di certo, è per questo che Leonardo prendeva misure, oggi pomeriggio». Scossi la testa. «A meno che la mappa non si sbagli, quel che abbiamo trovato oggi», mi feci il segno della croce, «non si trova sui punti cardinali».

«Il maestro sta proseguendo le sue misurazioni». A questo punto, il Valentino fece un cenno d'assenso, come soddisfatto di aver sondato quanto sapessi della faccenda (e quanto, invece, ne fossi all'oscuro).

«In qualche modo, questo assassino vuole creare un cerchio all'interno di un quadrato», aggiunsi, poiché supponevo che Leonardo gli avesse già detto del bollettino. «Quindi, questa figura non è completa. Ci sarà dell'altro». Con "altro" intendevo nuove parti del corpo.

Siccome non rispose, gli chiesi: «Ramiro da Lorca ha l'ordine di cercare i resti di quella donna?». Mi sembrava possibile, poiché avevo appena visto Ramiro andare e venire con una certa fretta; di tutti gli uomini del Valentino, era quello che meglio conosceva l'omicidio di Juan, come sapevo bene anch'io.

Scosse la testa distrattamente. «No, ho inviato Ramiro al comando della guarnigione di Rimini. I suoi metodi investigativi sono vecchio stile. Ruota, corde e ferri arroventati. Leonardo usa i metodi della *scienza*».

Senza dubbio, la mia espressione tradì sorpresa e paura. Ramiro era stato uno dei più fidati servitori del papa, prima che Sua Santità lo mettesse a servizio del Valentino, e ancora sembrava essere più fedele al padre che al figlio. Escludendo Ramiro dalle indagini, mi domandavo se il Valentino cercasse il pieno controllo di quanto suo padre avrebbe saputo della vicenda. E, se il secondo omicidio ribadiva la provocazione del primo, forse credeva fosse nel suo interesse (o nell'interesse della pace) non divulgare certe informazioni a suo padre.

Gli angoli dei venti

▲ "Gli angoli dei venti": resti della prima vittima

◆ Busto della seconda vittima

Non commentò l'allontanamento di Ramiro, e tornò alla mia teoria precedente. «Ritieni che si faranno altre scoperte. Provocazioni». Fece una lunga pausa, dilatando spesso le narici. «Sì, ce ne saranno ancora».

Questa convinzione non fu espressa in modo da sollecitare altre domande, ma piuttosto da impedirle. Mi preparai a essere congedata, se non condannata. Mi guardò di nuovo, per un istante. Tuttavia, ricordavo bene quella sua espressione; precedeva un silenzio in cui chiedeva (o implorava) che gli si confessassero i propri desideri più intimi. Era l'unico modo di conquistarlo: se gran parte degli uomini desiderano solo entrare dentro di te e riempirti, con i loro uccelli, pensieri e sentimenti (spesso ugualmente flosci), egli invece era pronto ad accogliere una donna interamente dentro di sé. Non sentiva di esistere finché l'anima femminile non si riversava nella sua.

Così, dopo un momento di silenzio, gli confidai qualcosa. «La donna che era qui. Ti ama con ogni fibra del suo essere. Spero che sarai compassionevole». Forse stavo solo implorando pietà per me stessa.

Chiuse gli occhi. «Non sa niente di me. Non conosce altro che la carne. Solo i sentimenti che risiedono sulle punte delle dita».

Poco dopo, il Valentino guardò in basso e prese nuovamente la mappa di Leonardo. «Ci sono stati dati i mezzi per tenere tra le mani l'intero globo terrestre. Lo dobbiamo solo misurare, per poterlo possedere». Quel che disse dopo, quasi sottovoce, non sembrava rivolto a me.

«Ma non dobbiamo affidare questo nuovo mondo alla Fortuna, al caos e alla guerra».

Il duca mosse la testa verso la porta. «Il maestro continuerà a studiare la faccenda», disse con meno sentimento di quel che risiede sulle punte delle dita. «Quando avrà completato il suo esame, parleremo ancora».

IX

Quella notte, passai sul ponte levatoio di corsa, immaginando che delle mani mi afferrassero emergendo dall'acqua scura. Quando raggiunsi la strada, ero avvolta dalla nuvola di condensa del mio respiro. Per tutto il tempo in cui avevo atteso il Valentino, la neve aveva continuato a scendere dalle montagne e ora i fiocchi portati dal vento mi pungevano il viso.

Accecata dalla neve, mi trovai di fronte alla verità che non avevo voluto affrontare nello studio del Valentino. Mi avrebbe messa da parte con la stessa leggerezza con la quale aveva abbandonato la donna che lo amava in modo tanto evidente. Non sarei stata strangolata o "interrogata": se avesse voluto togliermi di mezzo, avrebbe potuto farlo quella notte. Mi avrebbe lasciata, invece, libera di curiosare per Imola; magari, avrei potuto venire a sapere qualcosa che gli avrebbe permesso di ottenere condizioni favorevoli dai condottieri. Supponevo, infatti, che questo fosse il motivo per cui aveva ordinato a un uomo di corte di grande valore come Leonardo di continuare a cercare una verità che intendeva solo seppellire. Entro poco, pochissimo tempo, il signor Oliverotto avrebbe trasmesso i documenti a Vitellozzo Vitelli perché li firmasse e, da quel momento, il trattato avrebbe legato tutte le fazioni.

A quel punto sarei tornata a Roma viva e vegeta, ma troppo tardi per riavere il mio bambino. Il nome dell'assassino di suo padre non sarebbe più stato di nessun valore, avrebbe solo avvelenato la ferita nel petto del nonno. Senza altra vendetta a disposizione, Sua Santità si sarebbe divertito a vedere come mi trascinavo verso una morte dolorosa. Anche con la Santa Madre a intercedere per me in cielo, avrei sofferto eterni tormenti, più atroci di qualsiasi punizione infernale, sapendo di aver lasciato che il mio adorato figlio crescesse nella casa del diavolo.

Dopo aver fatto ritorno nel nostro palazzo, mi avventurai attraverso il cortile, salendo le scale per il "piano nobile" dell'ala opposta alla nostra. Battei alla porta di messer Niccolò e fui accolta da un fantasma, o almeno così mi parve: il giovane in camicia da notte era così pallido e magro che mi sembrò un miracolo che fosse riuscito a spostare il chiavistello, figurarsi a sollevare la spranga. Non aveva ancora diciassette anni, ma la vitalità di un vecchio: mi guardò con un occhio cisposo, l'altro quasi chiuso da quanto era incrostato, e barcollò di nuovo verso l'interno.

Seguii quello spaventapasseri nella camera da letto, dove sprofondò sul materasso con un lamento pietoso. Di fronte alla finestra con le imposte chiuse c'era un tavolino, illuminato da una candela di sego e coperto di libri e fogli impilati, con solo un piccolo spazio libero per il calamaio.

Messer Niccolò si era addormentato a quel tavolino; era rimasto su una vecchia sedia, ancora vestito in camicia e calzebrache con la testa piegata come quella di un impiccato. Curiosai un po' tra le sue ricerche. Oltre a mucchi di lettere piegate e dispacci diplomatici, trovai un testo latino, le *Decadi* di Tito Livio. C'era anche una lettera ancora incompleta, che iniziava con le parole "Magnifici Domini", senza dubbio destinata ai suoi superiori, a Firenze.

Gli detti un colpetto poco delicato alla spalla. «Messer Niccolò», dissi, «spero che abbiate trovato la cena gradevole».

Balzò in piedi, sbatté gli occhi e mosse la mano in segno di saluto, un gesto che sembrava uno scherno per entrambi. «Antonio l'ha trovata particolarmente gradevole: è riuscito ad alzarsi dal letto e mangiare. Il miracolo di Imola». Guardò il ragazzo sul letto e sussurrò: «Il mio servitore ha fatto del mio materasso il suo letto di malato, lasciandomi libero di scegliere tra questo lettino e questa sedia. Quando non è malato, Antonio deve cercare solo di rimettersi in salute. Quando è malato, devo cercare io di rimetterlo in salute, mentre mi prendo cura anche di me stesso». Aggiunse: «Ho perso il mio entusiasmo per Terenzio», riferendosi a quelle commedie dove i servitori dettano le vite dei loro signori.

«È per questo che cercate svago negli autori latini più seri? La vostra copia di Livio è piena di sottolineature».

Si passò la mano sul cespo d'insalata che aveva in testa. «Tito Livio ci dice che lo studio della storia è la medicina migliore per i malanni attuali».

«Ah. Quindi, non siete solo il medico del vostro servitore, ma anche di tutta l'Italia».

Sollevò appena un sopracciglio.

«Bene, dottore», continuai, «mi trovate d'accordo con quel che mi avete detto oggi. Tutto questo ha a che fare con qualsiasi cosa maestro Leonardo stia misurando».

Si strofinò gli occhi. «Ha a che fare con molto più di quello. Ma dobbiamo iniziare con quel che sta misurando Leonardo, se non altro perché ci porterà a capire quali sono le motivazioni di quest'uomo. E qual è la sua natura».

«Motivazioni?». Sembrava un'elucubrazione filosofica di qualche tipo. «Non mi interessa quali siano la natura o le motivazioni di quel vile assassino, voglio il suo nome». Ma non pensavo che fosse ancora il momento di rivelare i miei forti sospetti su Oliverotto da Fermo.

«In ogni caso, non credo che verremo a sapere il suo nome prima di comprenderne le motivazioni», rispose Niccolò. Alla luce della candela, era difficile dire se la sua espressione fosse più simile a quella di un ragazzo dispettoso o del diavolo stesso.

A quel punto, pensai che avremmo potuto aiutarci a vicenda. «Ho visto gli angoli dei venti». Presi a raccontargli della mappa di Imola disegnata da Leonardo e descrissi come i pezzi della prima donna fossero stati posizionati esattamente in corrispondenza di punti equidistanti della rosa dei venti.

Quando conclusi, Niccolò guardò in basso, e mise la punte delle dita sul volume di Tito Livio. «Sì. Un disegno, tratteggiato con carne umana. Ma Leonardo già lo sapeva. Cos'è, quindi, che sta misurando ora il nostro maestro?».

Scossi la testa. «Il punto che il maestro ha misurato in quell'uliveto non è sulla sua mappa. Avete detto voi stesso che questo era tutto un enigma o un rebus. Penso che la collocazione dell'uliveto sia una sorta di chiave di quel rebus. Forse Leonardo crede che le sue misurazioni lo porteranno alla testa della prima vittima».

«Non mi sono mai dato alla geometria». Le dita di messer Niccolò rimasero sul libro di Tito Livio. «La prima domanda da porsi è: perché un enigma?»

«Per dileggiare il papa», dissi impaziente, poiché ricordavo anche troppo bene la furia di Sua Santità nella Sala dei Santi. «Per confonderlo e irritarlo con questi giochetti, cosi sarà il papa stesso a ritardare le trattative, anziché i Vitelli, i cui compari condottieri sono molto più bendisposti alla pace. Credo che siate stato voi a parlarmi di queste "ulteriori concessioni" che i Vitelli sperano di ottenere con la forza, se avranno il tempo di assoldare più soldati e raggiungere la superiorità numerica». Non mi spiegavo perché dovessi continuamente ricordare a messer Niccolò le sue stesse parole.

«Non lo so. Magari è questa la motivazione dell'assassino, tormentare il papa. O magari uccidere è semplicemente nella sua natura».

Non avevo abbastanza tempo per altre insensatezze filosofiche. «Lasciate che vi faccia una proposta, messer Niccolò. Voglio esaminare lo studio di maestro Leonardo, in cerca di disegni o annotazioni che riguardino le figure geometriche che questo assassino sta seguendo. Vi invito a venire con me».

«Intendete fargli visita? O mandare Camilla con la cena, prima di battere alla sua porta nel bel mezzo della notte?». Non fece alcuno sforzo per nascondere quanto trovasse spassosa la cosa.

«Intendo fargli visita», dissi, «questa notte stessa. Ma non credo che busserò».

Ancora una volta avevo cancellato il sorriso dal suo volto. Messer Niccolò fece scivolare le dita sulla pagina sottostante, come se accarezzasse il volto di un bambino. Quando sollevò gli occhi scuri verso di me, scintillavano della luce delle candele; potevo vedere il desiderio che si era premurato di nascondere con tanta cura. Allo stesso tempo, vedevo anche che non si fidava di me.

Alla fine scosse il capo, evidentemente poco convinto della sua stessa decisione, e disse: «Se volete andare subito, devo solo prendere la cappa».

Appena messer Niccolò vi si avvolse, lo condussi alle mie stanze, attraverso il cortile, per potermi cambiare d'abito ancora una volta, velocemente. Mentre attendeva fuori dalla mia camera da letto, dissi a Camilla dove avevo intenzione di andare, e lei mi vestì nel modo più adatto: una calzamaglia, un giacchetto da ragazzo e i capelli raccolti in una berretta.

Quando tornammo da messer Niccolò, raccomandai a Camilla: «Sbarra la porta, naturalmente. Non ti saluto neanche, perché sarò di ritorno in un attimo».

La mia cara Camilla mi sorrise, in un modo che mi trafisse il cuore come la lancia di uno stradiotto.

Adesso suppongo che dovrei dirti qualcosa di più di tua zia Camilla, che, con la sua bontà, avrebbe messo in ombra i Serafini. Giunse da me nell'*Anno Domini* 1494, quando i francesi invasero Roma. Alla fine di dicembre, Carlo VIII era arrivato con un'enorme armata, facendo sì che, dal Vaticano, papa Alessandro riparasse a Castel Sant'Angelo. Sua Santità, per quanto debole in armamenti e soldati, era troppo astuto per quel piccolo re dagli occhi lacrimosi, che sbavava molto. Con l'aiuto del mio caro, vecchio patrono, il cardinale Ascanio Sforza, fu firmata una tregua che era molto più vantaggiosa per il papa che per la Sua Cristiana Maestà.

I soldati francesi entrarono a Roma come pantere al guinzaglio. La maggior parte di loro era tenuta a freno, ma altri si liberarono e saccheggiarono dozzine di case, facendo falò di tavoli e sedie mentre bevevano i nostri vini migliori e assaggiavano prelibatezze di ogni tipo senza risarcirle (sebbene re Carlo avesse emesso un decreto affinché non fosse fatto del male alle cortigiane). Non furono risparmiate neanche le case del ciambellano pontificio e della madre dei figli di Sua Santità (tua nonna). Ai servitori sfortunati, o agli ebrei, spesso andava poco meglio che ai mobili delle case.

Avevo ventisei anni all'epoca, e non c'era un solo uomo in tutta Roma, dal follatore che pigiava schifezze nei suoi tini a Trastevere al papa sul trono di san Pietro che non conoscesse il mio nome; il prezzo della mia notorietà mi aveva procurato la casa più bella di via dei Banchi. Tuttora riesco a sentire l'odore di quelle stanze, pervase di acqua all'arancia e lavanda, o il profumo dei fiori che avevo ogni giorno, in primavera e in estate: rose, garofani, gelsomini e giacinti.

Ma c'era ancora poco di tutta quella bellezza, il giorno che incontrai tua zia Camilla. Ero fuori, sotto una pioggia fredda, con i *bravi* che sorvegliavano sempre la mia casa: in quei giorni difficili, mi informavano anche sugli spostamenti dei saccheggiatori francesi, in caso dovessimo fuggire. Guardavo l'evacuazione della zona oltre Ponte Sant'Angelo, da dove pennacchi di fumo indistinto si alzavano nel cielo plumbeo. I rifugiati avevano caricato i loro muli con tutto quello che speravano di salvare: scrigni di denaro, abiti, scodelle d'argento, ogni cosa. Accolsi alcune di quelle anime sconvolte, che avevano creduto ingenuamente alle garanzie dei francesi; stavo per chiudere la porta, quando vidi due persone su un mulo che trottava proprio in via dei Banchi, ma in direzione dei disordini. L'uomo aveva due belle protuberanze sul naso e delle cicatrici bianche tra la barba ispida. La ragazza non aveva più di quattordici anni, la metà di quelli di lui, un volto sottile da bambina e occhi color carbone che avevano già visto tutto. Sospettai che sia il mulo, sia la ragazza fossero stati rubati: agitai il braccio per fermare il ladro. «Messere», dissi, «dove andate con il mulo della mia amica?».

Si tolse il cappuccio e fece per afferrare la spada alla cintura, poi vide i miei bravi di fronte alla porta. «Come avete detto che si chiama la vostra amica?», chiese con gli occhi come due fessure.

«Donna Vannozza Cattanei», dissi; era il nome di tua nonna, che ho menzionato prima, ma il fatto che il mulo appartenesse a lei era tutta una mia invenzione. Volevo che il ladro pensasse di aver appena incontrato una ladra migliore di lui.

Il furfante mi sorrise a trentadue denti. «È proprio così. Madonna Vannozza mi ha dato questo mulo con l'ordine di venderlo agli "oltramontani", prima che le fosse sottratto». Fece un cenno verso i pennacchi di fumo.

Sapevo cosa aveva intenzione di vendere ai francesi. «Chi è la ragazza?»

«Mia sorella. Quando ho saputo di quel che le facevano i monaci a Santa Cecilia, ho portato via da lì la carne della mia carne, così da darle un destino migliore».

«Davvero? E pensare che stavo cercando qualcuno per recitare la Litania dei Santi». Dai piedi scalzi e arrossati della ragazza, capii che veniva dai tini per la tintura, anziché dal convento, ma non avrei saputo dire cosa fosse peggio. «Per cosa credete che pagheranno di più i francesi, per la vostra cara sorellina o per il mulo?».

Iniziò a premere i calcagni sulle costole del mulo, ma feci cenno ai miei ragazzi di afferrare la cavezza. Dissi al furfante: «Credo che agli oltramontani importerà meno se il mulo è già stato montato». Poi, guardai con attenzione la ragazza. «Vuoi andare con lui?».

Capii cosa dicevano i suoi occhi. Poco dopo, scosse la testa.

«Messere», dissi, stendendo le braccia verso la ragazza, «vi lascio il mulo».

Fu così che Camilla entrò nella mia casa.

Non si fidò di me per due settimane, anche se mangiava la mia zuppa e il mio arrosto, e osservava tutto con quegli occhi agili e divoratori. Di certo pensava che l'avrei trattata così come ero stata trattata io alla sua età: come la ragazza di Andro[1]. Ma, un giorno, mi seguì nella camera da letto e si mise a guardare tutti i miei vasi greci e i medaglioni romani, con uno sguardo tale che temevo avesse intenzione di afferrare qualcosa e fuggire. Invece emise questa vocina: «Madonna, posso restare qui fino a Pasqua?».

Presi Camilla tra le braccia per la prima volta da quando l'avevo sollevata da quel mulo. La coprii di una dozzina di baci, poi le dissi: «Puoi stare qui per sempre».

Allora, iniziò a raccontarmi la sua storia. Come me, era nata tra la sporcizia, nel suo caso tra la polvere rossa di Napoli. Tutto quel che veniva dopo era una faccenda ingarbugliata, e neanche lei riuscì a spiegarla granché. Basti dire che fu venduta come un cesto di grosse olive spagnole a un'altra famiglia, perché tenesse compagnia alla figlia, per poi essere abbandonata in strada quando la bambina morì di peste.

[1] Il riferimento è all'omonima commedia di Terenzio (*n.d.t.*).

In seguito, provò tante sofferenze quante la Mestra di Ovidio, finché si ritrovò a pigiare stoffa in una tintoria vicino a Monte Mario; da lì, dovette sfuggire ai saccheggi dei soldati francesi. Non avendo dove andare, accettò la malevola carità dello zoticone dal quale l'avevo salvata.

Insegnai a leggere alla mia cara Camilla, così come l'aveva insegnato a me mia madre, e quello fu l'inizio del nostro innamoramento. In definitiva, non ne trasse un gran vantaggio, perché trascorse più anni con me nella modesta casa di Trastevere che nel bel palazzo di via dei Banchi. Ma senza Camilla non sarei sopravvissuta al giorno in cui sei nato; avrebbe potuto farsi la sua vita, ma preferì restare con te, mio adorato bambino, come se fossi anche suo. Lei è stata la mia prima figlia, tu il secondo. Io ero la tua prima mamma, lei la seconda.

Non dirò altro, a parte che l'amore del nostro angelo s'intreccia all'ordito della tua anima, come della mia, e niente potrà mai disperderlo.

X

Una volta raggiunto l'angolo dal quale messer Niccolò aveva tenuto d'occhio il palazzo di Leonardo, gli dissi: «C'è un vicolo che lo costeggia»; anche io avevo studiato con attenzione quel grande edificio. «Vediamo cosa c'è sul retro». Sulla facciata imponente si vedevano solo delle grandi finestre sbarrate e il maestoso portone di quercia.

Il vicolo sterrato ci condusse a un giardino poco curato, dove le piante erano cresciute sino a invadere il piccolo frutteto, pieno di vasi da fiori rovesciati. Delimitato da un muretto di mattoni, un terreno spoglio, coltivato per di più a zucchine, era ricoperto da un tappeto di neve che si estendeva fino alle mura della città. Per un istante mi guardai attorno con uno stupore nostalgico, perché ricordai il nostro giardinetto a Trastevere. Ti vidi correre qua e là con il tuo piccolo Ermes, e Camilla vi rincorreva entrambi. Tutto quel che volevo, adesso, era sentirti ridere ancora.

Messer Niccolò e io esaminammo il retro della casa. Le finestre, più piccole, del piano terra erano protette da sbarre di ferro; quelle ad arco del piano nobile avevano solo le imposte chiuse, ma erano a più di dieci braccia d'altezza. Dopo aver frugato tra i cespugli innevati, individuammo una rudimentale scala a pioli, costituita soltanto da un lungo paletto sul quale erano stati inchiodati dei pezzetti di legno distanti l'uno dall'altro circa un braccio.

Appena riuscimmo ad appoggiare la scala al davanzale di pietra di una delle finestre, dissi a Niccolò: «Entro io».

Mi guardò come se fossi pazza.

«Vorreste dire che vi siete guadagnata da vivere rubando nelle case degli uomini?».

Accennò un sorriso fugace ma triste. «Io, come onesto servitore della Repubblica fiorentina, non mi guadagno affatto da vivere. Mi sono indebitato per via delle spese che ho sostenuto qui e sto ancora aspettando i miei fondi».

Iniziai ad arrampicarmi; i pezzi di legno che facevano da gradini cigolavano, e le schegge mi tagliavano i guanti. Raggiunte le imposte, le forzai col mio coltello e mi sedetti sull'ampio davanzale, con le gambe all'interno della casa. Potevo scorgere una stanza piuttosto ampia, che forse era stata la "sala grande" di un vescovo. Sembrava infatti pronta per un banchetto, con tre grandi tavoli pieni di oggetti che non riuscivo a distinguere.

Mi sarebbe bastato un piccolo balzo per arrivare al pavimento, ma mi si fermò il respiro ancor prima che potessi muovermi.

Quasi di fronte a me vidi un volto spettrale, senza espressione. Pensai: *Ho trovato la testa.*

Invece, era qualcosa di un po' meno macabro. Un cranio umano sbiancato era stato appoggiato sull'ampia cornice che circondava il muro, così come si mettono in mostra le antichità. Nel dubbio che la stanza potesse contenere altre parti di corpi umani, decisi di ispezionarla per prima.

Vidi la luce flebile di un braciere accanto alla porta aperta, e mi avvicinai per accendervi la candela che tenevo nella cintura. Quando mi girai, scoprii un nuovo mondo, tutto sparpagliato e rovesciato sui tavoli da banchetto.

A ogni passo, la mia luce tremolante illuminava una meraviglia dopo l'altra: l'osso sbiancato di un femore disposto accanto a un volume di Erodoto rilegato in pelle, su cui poggiava una sorta di macina in miniatura, con una serie di minuscole dentellature e rotelle di legno. I disegni erano ovunque, come le foglie a novembre; alcuni raffiguravano il corpo umano visto dall'esterno, altri erano simili a quello che mi aveva mostrato il Valentino: il reticolo di ossa, tendini, nervi e vene sembrava esser stato strappato, intatto, dalla carne che lo circondava, come una lisca dal pesce. La luce si rifletteva su specchi, lenti, compassi e bilance.

Una miriade di foglietti riportava liste di misure, annotazioni di quantità e dimostrazioni geometriche. Quel che più attrasse il mio sguardo, tuttavia, erano le forme che si ripetevano in oggetti diversi: la spirale di una conchiglia fossile si trasformava nell'ingranaggio di una strana macchina di legno, per poi ripresentarsi in bizzarri disegni di vortici e mulinelli in movimento.

Vagai per un po', talmente rapita che quasi non mi accorsi di passare davanti al disegno più importante della stanza, o almeno il più importante per il mio caso. Circondato dal disordine di vari taccuini e poligoni di legno, il diagramma era realizzato in gesso rosso su un sottile foglio traslucido, di quelli che gli artisti impiegano per il ricalco.

«Santo cielo», dissi ad alta voce. «È questo che stava misurando».

XI

Il foglio traslucido era poco più grande della mappa che il Valentino mi aveva mostrato appena un'ora prima. Maestro Leonardo vi aveva disegnato un cerchio suddiviso in ottavi, identico alla rosa dei venti; sembrava, infatti, che avesse ricalcato lo schema dalla sua mappa di Imola. Aveva anche aggiunto dei puntini rossi a ognuno dei quattro punti equidistanti del cerchione della ruota, per così dire. Senza dubbio, come mi aveva mostrato il Valentino, corrispondevano agli angoli dei venti. Leonardo aveva congiunto questi punti con delle rette, tracciando un quadrato perfettamente incluso nel cerchio, che lo intersecava soltanto in corrispondenza degli angoli.

Avrei potuto aspettarmi qualcosa del genere. Ma Leonardo aveva disegnato anche altro: un quadrato più grande, circoscritto alla circonferenza, che toccava solo in quattro punti; le tangenti erano i quattro angoli dei venti. Il quadrato più grande appariva quindi inclinato rispetto a quello più piccolo, in una successione di figure geometriche che combaciavano l'una con l'altra in modo preciso.

«Il cerchio nel quadrato», dissi ad alta voce, anche se al momento non riuscivo a comprenderlo del tutto. D'improvviso, la luce della mia candela sembrò aumentare visibilmente. Mi voltai.

Maestro Leonardo da Vinci era sulla soglia, in camicia da agricoltore e con un grembiale coperto di macchie scure difformi, che pensai fossero di vernice. Nella mano destra reggeva una lampada a candela; le dita di tarantola della mano sinistra si muovevano sul grembiale all'altezza del petto. Solo in seguito mi ricordai delle voci secondo le quali Leonardo sezionava cadaveri nel seminterrato, e capii che la sopravve-

Il cerchio nel quadrato

▲ "Gli angoli dei venti": resti della prima vittima
◆ Resti della seconda vittima

ste da macellaio era macchiata di sangue, lo stesso sangue dal quale si stava pulendo le dita.

«Cosa credete di vedere?».

La sua voce tagliente non aveva quel piglio autoritario nell'uliveto; Leonardo sembrava trarre forza dal disordine abbagliante del proprio intelletto. Venne verso di me con il passo felpato di un grosso leone.

Per qualche motivo, tuttavia, non ero spaventata. Quando fu accanto a me, gli dissi: «Il duca mi ha mostrato la vostra mappa. E gli angoli dei venti».

«La vostra ipotesi è errata». Il tono della sua voce si era fatto più alto, querulo. «Questi angoli dei venti non sono una mia creazione».

«No. Ma l'assassino li ha fatti combaciare con la vostra rosa di venti». Appoggiai il dito sulla carta traslucida, in corrispondenza di uno degli angoli del quadrato più grande. «Supponiamo che questo punto rappresenti il luogo che abbiamo visitato oggi, nell'uliveto, dove abbiamo trovato un pezzo della seconda donna». Mossi rapidamente il dito sugli altri angoli del quadrato, in sequenza. «Gli angoli di questo quadrato sono i punti in cui avete trovato gli altri tre pezzi». Forse Leonardo e i suoi assistenti erano tornati là durante la notte, oppure gli uomini del Valentino erano stati mandati negli altri tre siti, nel corso della giornata. «Dopo aver preso misure fino all'uliveto, avete capito come disegnare il cerchio dentro al quadrato, perché il cerchio era la vostra rosa dei venti, e quindi avevate il primo punto del quadrato».

«Le vostre ipotesi sono ancora errate. Non abbiamo recuperato niente dagli altri tre siti. I soldati del duca li sorveglieranno, finché non potremo operare con un'illuminazione appropriata».

Per quanto le mie teorie fossero affrettate, non avevo dubbi che le parti rimanenti del corpo sarebbero state ritrovate in altre cripte rudimentali. «Maestro, questo assassino sta usando la vostra mappa», gli dissi in tono acuto. «Vi ha basato il suo schema, come dimostra il vostro disegno. Chi potrebbe aver studiato così nel dettaglio la vostra mappa?».

Mosse le labbra in silenzio, e pensai che si rivolgesse al vuoto. «Sono un ingegnere militare», disse poi. «La difesa della città richiede una serie di misurazioni molto impegnative».

«Suppongo, quindi, che gli ufficiali del duca e la sua cerchia più ristretta conoscessero bene la vostra mappa». Come avevo detto a messer Niccolò, l'ingegnere generale del duca aveva senz'altro lavorato con i condottieri, prima della loro defezione. Dal momento che Leonardo non aveva confutato la mia precedente ipotesi, cambiai argomento d'improvviso, sperando di coglierlo di sorpresa: «Maestro, avete qualche tipo di connessione con il signor Oliverotto da Fermo?».

Le zampette di tarantola ripresero a tormentare il grembiale, come se Leonardo volesse scavarsi il petto. «Solo in quanto legato di Vitellozzo Vitelli».

Quindi li conosceva entrambi, in particolare Vitellozzo Vitelli, proprio il condottiero che avrebbe tratto profitto dall'inviare un suo emissario a Imola con l'ordine di impedire segretamente i negoziati di pace nel modo più perverso. Il maestro aveva suffragato i miei sospetti sul signor Oliverotto solo perché non si aspettava una domanda tanto diretta; non mi avrebbe più risposto così prontamente. Quindi mi limitai a dire: «Mille grazie, maestro. Ora, mi permettereste di uscire dalla porta principale?».

Leonardo mi condusse in silenzio lungo una scalinata di legno scricchiolante, fino al vestibolo dell'entrata. Si fermò sul portone di quercia, e studiò ogni mio lineamento, come se stesse esaminando i tessuti sotto alla pelle. Poi, si chinò ad aprire la porta pedonale.

«Maestro», dissi, «qualcuno si è premurato di tagliare a pezzi due sventurate e di posizionarle in corrispondenza dei punti della vostra mappa. È corretto presumere che il responsabile potrebbe impegnarsi altrettanto a far sì che un'altra persona sia accusata del crimine?». Alludevo al fatto che Vitellozzo Vitelli, una volta avuta la meglio nelle trattative, avrebbe potuto ritenere opportuno trovare un capro espiatorio per i crimini che avevano ritardato l'accordo; più di altri, l'ingegnere generale del duca e io rischiavamo di diventare quel capro espiatorio.

Continuando a osservarmi, Leonardo aprì la porta. «Quando la buona Fortuna entra in una casa, l'Invidia la cinge d'assedio». Chiuse gli occhi, come stesse ricordando. «E l'Invidia è armata soprattutto di false accuse».

Appena la porta si chiuse dietro di me, mi precipitai nel vicolo, verso il retro della casa. Messer Niccolò, con la testa e le spalle spruzzate di neve, non si era mosso dalla scala. Nel vedermi girare l'angolo, trasalì e iniziò a spostare l'attrezzo di legno; poi mi riconobbe. Vestita a quel modo, avrei potuto benissimo essere un servitore o un bravo del maestro. Lo presi per mano e lo portai di corsa verso la strada, senza rallentare finché arrivammo in via Appia.

«Cos'è successo?», chiese. «Ho visto le luci. Avete svegliato tutta la casa?».

Gli lasciai la mano e gli dissi di tutto quel che avevo visto nello studio di Leonardo. Eravamo giunti a metà di via Emilia quando finii il mio racconto: «Questo macellaio ha disegnato un quadrato all'interno del cerchio di Leonardo e un altro al suo esterno: le figure aderiscono l'una all'altra come un uovo al suo guscio. Il maestro pensa che il responsabile tenterà di accusarlo, per invidia o per rivalità». Mi ricordai di quanto il Valentino avesse magnificato i progetti di Leonardo per la Romagna; forse, i condottieri, che conoscevano solo l'arte della distruzione, temevano e invidiavano allo stesso tempo l'ingegnere che minacciava di costruire città in cui avrebbe regnato la pace e la prosperità. «Questo spiegherebbe perché l'assassino segue tanto fedelmente la mappa del maestro».

Dovetti aspettare un'altra dozzina di passi, tra la neve fitta che ci sferzava il volto, perché Niccolò avanzasse la sua ipotesi. «Sì, quest'uomo è molto interessato a Leonardo», disse con la sua solita espressione pensierosa. «Invidia? È possibile. Ma sono più propenso a credere che l'assassino si stia semplicemente divertendo: lo svago gli deriva soprattutto dalla nostra perplessità. Ogni volta che analizziamo il disegno che ha creato, ci sembra più difficile venirne a capo».

Si scosse la neve dalla testa. «No, non vuole ricoprire il maestro di false accuse, vuole coinvolgerlo in un gioco atroce».

Non riuscivo a starlo a sentire. «Adesso, è questo che pensate», alzai il tono della voce, «che quel macellaio e il maestro si metteranno a un tavolo, a giocare a *tric trac*?».

Niccolò mi guardò con cautela. «Ricordate, maestro Leonardo ci ha detto che i contadini gli avevano indicato il luogo del ritrovamento di oggi. Ma da quel che mi avete appena rivelato, Leonardo è giunto alle altre tre parti di cadavere solo grazie alle misurazioni compiute a partire dal primo ritrovamento».

«Dato un angolo del quadrato», dissi impaziente, schivando una pozza di fango, «poteva misurare agevolmente la posizione degli altri tre, sulla base della rosa dei venti».

«Sì, esatto. I resti della prima vittima sono stati posti sugli angoli dei venti. L'assassino ha pagato i contadini perché rendessero nota la loro posizione, ma non li toccassero, così che sarebbero stati ritrovati in quei punti esatti. Punti che maestro Leonardo avrebbe senz'altro riconosciuto. Allo stesso modo, i contadini hanno informato gli uomini del Valentino della cripta che abbiamo aperto oggi. Ma l'assassino non li ha pagati perché menzionassero di aver visto scavare degli animali dove sono sepolti gli altri tre pezzi. Ha sfidato Leonardo a dedurne la disposizione geometrica». Voltammo sulla strada che conduce alla Rocca, nascosta da un velo di neve. «Capite? Con la prima vittima, ha stabilito le regole del gioco. Con la seconda, ha invitato Leonardo a una partita contro di lui. È per questo che ha sepolto i pezzi della seconda vittima, perché non venissero spostati prima che Leonardo prendesse le sue misure, e scoprisse il nuovo quadrato circoscritto al cerchio, o rosa dei venti, così da individuare la posizione del corpo».

Stavo per dirgli dell'amuleto del duca di Gandia, così avrei dimostrato senza ombra di dubbio che l'obiettivo di quel gioco senza senso, in realtà, era provocare la rabbia del Vaticano (e, probabilmente, far ricadere i sospetti sull'ingegnere generale). Invece, mi limitai a commentare i metodi discutibili di messer Niccolò, nella speranza che non avrei più dovuto ascoltare le sue teorie. «Come dice Lucrezio, deduciamo molto da piccoli indizi, così ci inganniamo e le nostre attese restano deluse».

Non mi sorprese che si mettesse a ridere, anche se era lui a sembrare ridicolo.

Raggiunto il nostro palazzo, entrammo dalla porta pedonale delle stalle, dove trovammo gli animali stretti l'uno contro l'altro per il freddo. Nell'accedere al cortile, guardai verso le nostre imposte. Erano chiuse, ma la luce della lampada di Camilla filtrava, rassicurante, attraverso le fessure.

Notai qualcosa muoversi al di sopra delle nostre finestre. Attraverso la neve mi sembrò di vedere il volto spettrale e bianco di un grosso gufo, appollaiato sul cornicione. Quell'enorme creatura svanì quasi immediatamente nel cielo grigio.

«L'avete visto?», chiesi a Niccolò, voltandomi.

Niccolò si precipitò verso la scalinata che conduceva al mio appartamento, e io rimasi a guardare disorientata mentre saliva le scale a balzi e scompariva sul pianerottolo.

Non so perché, ma guardai ai miei piedi. C'erano due serie di impronte che arrivavano alla mia scalinata, una delle quali era appena stata prodotta da Niccolò.

Lo seguii di sopra in tutta fretta; mi sembrava che i piedi non toccassero neanche i gradini. La porta era spalancata, così potei vedere direttamente la camera da letto. La candela sul tavolino sottostante la finestra era ancora accesa. D'un tratto, Niccolò comparve sulla soglia, col viso bianco quanto quello del gufo che avevo appena visto.

Gli corsi incontro. «Ditemi che è ancora lì!», gridai.

Niccolò mi spinse indietro come fossi un'intrusa, tenendomi una mano sulla nuca e il volto nascosto nella sua cappa. Non vedevo altro che la fattoria abbandonata dove erano già state macellate due donne.

«È ancora lì», disse. Una volta, Camilla e io salimmo la collina dell'Esquilino per vedere le rovine della Domus Aurea di Nerone, e ci chiamavamo a vicenda per far echeggiare il suono in quelle stanze enormi; la voce di Niccolò aveva la stessa distante profondità. «Non dovete entrare».

XII

Non sarei sopravvissuta alla notte più buia della mia vita, se messer Niccolò non fosse stato con me nei giorni seguenti. Dapprima mi tenne lontana dalla camera da letto, anche se dovette quasi soffocarmi per farlo. Poi, quando caddi nel cupo torpore della sofferenza, si occupò delle disposizioni che i viventi devono dare per i loro morti. Dormii sul lettino del servitore, nelle sue stanze, perché non sopportavo di attraversare la mia soglia. Feci affidamento su Niccolò, che mi portò vestiti e altri generi di prima necessità.

Iniziai a risalire dall'abisso il giorno seguente, quando Niccolò mi costrinse a fare un bagno. Trasportò la vasca di rame dalle mie stanze e si fece portare dell'acqua calda dalla guardia, poi mi lasciò per andare a prendersi cura del suo mulo. Mi infilai nella piccola vasca che Camilla aveva lucidato per me; ero grata per quest'ultimo ricordo della sua incessante operosità, ma, allo stesso tempo, mi infuriai come Elettra perché mi era rimasta solo questa conchiglia di metallo a cingermi, e non più le braccia affettuose del mio angelo. Anche dopo che l'acqua era divenuta fredda, rimasi nella vasca come in un'armatura, cercando di difendermi da un dolore che non potevo sconfiggere.

Sarei rimasta così per sempre, se Niccolò non mi avesse trovata ancora lì, ripiegata su me stessa come un feto nel ventre materno. «*Cacasangue*», disse. Percepii vagamente che mi si muoveva attorno, avvolgendomi di asciugamani. «Dovete vestirvi».

Mi alzai, senza preoccuparmi di coprirmi, ma Niccolò si era già ritirato nella stanza da letto. Mi asciugai appena e indossai la sottoveste sulla pelle bagnata. Avevo ancora i piedi nella vasca, quando Niccolò dette un'occhiata e corse da me, afferrando degli asciugamani che erano caduti a terra. Mi girò di spalle e iniziò ad asciugarmi i capelli, come aveva sempre fatto Camilla.

«Ci sapete fare con le donne, messer Niccolò». Era come se l'avesse detto qualcun altro. Sapevo, però, che era vero; molti uomini non desiderano altro che mettere le mani su una donna, ma pochi sanno davvero come toccarla; tutti gli uomini della tua famiglia sono del secondo tipo. Sono certa che tu abbia ereditato questo dono.

«Conosci le donne, non è vero, Niccolò? Non solo le mogli e le sorelle». Nei brevi intervalli di lucidità durante la veglia funebre, ero venuta a sapere molte cose di lui. Aveva una giovane moglie, che veniva da una famiglia facoltosa, ma aveva portato una dote molto scarsa; non era difficile capire perché quella ragazza viziata e il segretario vestito di stracci non fossero coinvolti in un amore leggendario. Sua moglie, Marietta, si era persino rifiutata di scrivergli durante la sua permanenza a Imola, nonostante avessero già una bambina di quasi un anno.

Ma Niccolò aveva una confidenza con le donne che non gli veniva dal rimboccare le coperte a una moglie poco più che adolescente. «Ci conosci», continuai con la voce da oracolo, «ci osservi, girandoci attorno come un falco. Attendi il momento giusto…».

Mi girai verso di lui. Forse le ferite della mia anima si erano aperte, sanguinando dolore, rabbia, e un desiderio che avevo disatteso dalla morte di tuo padre.

Guardai in basso, in un pudico invito che ero abituata a fare, e vidi che l'orlo della sottoveste blandiva l'acqua della vasca. La raggomitolai e la strizzai, con l'acqua che gocciolava tra le mie gambe.

Quando guardai Niccolò, mi aspettavo della sensualità nel suo sorriso stretto. Ma solo gli occhi gli brillavano di tentazione. Nella mia vita precedente, trovavo le conferme più gradite della mia vanità proprio in queste sottili manifestazioni di desiderio. Ancor di più in questo caso, perché, prima, Niccolò mi era stato indifferente. Se il suo corpo avesse fatto un gesto altrettanto sottile, l'avrei divorato come una baccante.

Le nostre bocche erano a meno di un palmo di distanza. Sussurrai, mentre le mie stesse parole mi davano un brivido: «È il tuo momento».

Sentii il tepore del suo sospiro. Chiuse gli occhi, che tremarono dietro alle palpebre.

Quando li riaprì, vi lessi solo compassione.

Chiusi i miei come se stessi pregando. «Niccolò, sono una bugiarda, una ladra e una prostituta». Feci questa confessione con una voce infinitamente stanca. «Tutti quelli che amo sono maledetti dalla Fortuna, che, crudele nei miei confronti, me li porta via».

Sperai che avrebbe dato ascolto al mio avvertimento, invece rimase con me. «Asciugati», disse. «Mettiti i vestiti, e infilati sotto il mio copriletto». Mi domandai confusamente perché non avesse preso il copriletto della mia stanza, che era molto più spesso. «Cercherò un po' di minestra da riscaldare sul braciere».

Uscendo, Niccolò chiuse la porta, e io mi rannicchiai a quel rumore sordo. Nel silenzio che seguì, mi resi conto che se fossi morta in Romagna, la mia confessione di pochi istanti prima sarebbe stata il mio solo epitaffio. Di tutto quel che ho fatto nella vita, di tutte le persone che ho amato, eri rimasto soltanto tu. Un prigioniero in casa di tuo nonno, cui avrei lasciato solo dubbi. E rabbia.

Fu quel pensiero a darmi la forza di uscire dall'acqua fredda e iniziare a risalire, a poco a poco, dalle profondità dell'Inferno sino all'oblio ristoratore del sonno.

Il giorno seguente avevo iniziato a recuperare lucidità e risolutezza. Mi procurai cinquanta soldi di candele di cera per il funerale, che celebrammo in una bella chiesa benedettina vicino al centro della città. La seppellimmo all'ombra del campanile della chiesa, dove le antiche pietre sepolcrali si ammassavano come i denti di una vecchia. Prima di calare la mia amata Camilla nel suolo consacrato, presi Niccolò da una parte, sotto l'arcata scura del negozio di un intagliatore che confinava proprio con il cimitero; vi stavano scolpendo la sua lapide con dei versi che avevo tratto da Petrarca: «Da lei vien l'animosa leggiadria / Ch'al ciel ti scorge per destro sentiero».

Mi aprii la cappa e mi tolsi una collana dal collo, la consegnai alle mani fredde di Niccolò e gli chiesi di metterla nella bara. Non riuscivo a guardare nella cassa di quercia, ma non volevo neanche che i resti mortali del mio angelo restassero senza un simbolo della sua famiglia.

«Puoi guardare», dissi a Niccolò, che aveva serrato la collanina nella mano. «È il cammeo del volto di Giovanni, quando era più piccolo». Durante la veglia, dissi molte cose di te a Niccolò. Ma non chi fosse tuo padre.

Niccolò mi studiò con attenzione per un momento. Quando stava per parlare, lo interruppi. «Mio caro Niccolò», dissi, guardandolo negli occhi, «quando Sua Santità mi ha inviata qui, ha tenuto un ostaggio in Vaticano, per assicurarsi la mia piena cooperazione. Il mio Giovanni. Il mio bambino è la garanzia che obbedirò al papa in questo incarico. Avrei dovuto dirtelo. Ma adesso so che anche la vita della tua bambina è a repentaglio, in tutto questo». Sapevo quanto disperatamente gli mancasse sua figlia. «Non posso più chiederti di rischiare, per lei, e anche per il bene del mio bambino».

Niccolò strinse le labbra. Le sue narici formarono una nuvola di condensa. Non ero certa di quale sentimento si sforzasse di reprimere. Ma poco dopo si girò per farsi strada tra le lapidi accavallate.

Quando finì la veglia, dissi a Niccolò: «Non posso tornare là». Naturalmente intendevo nel luogo dove era morta Camilla. Gli presi il braccio e camminammo fino alla piazza centrale di Imola, dove si era raccolta gente di tutti i tipi: c'erano abbastanza operai in grembiale da scavare un canale, e altrettanti mercanti stranieri; molti degli abitanti più ricchi, con colletti, baveri e copricapo bordati di zibellino o ermellino erano accompagnati da paggi o bravi in calzamaglie dai colori vivaci e giacchette imbottite. Anche le signore erano uscite, sia le venditrici di candele, sia le cortigiane dalle chiome scintillanti di gioielli. I soldati rubizzi del Valentino, con gli elmetti d'acciaio, erano ovunque, appoggiati alle loro picche germaniche.

«Pensano che stia per succedere qualcosa», disse Niccolò. «Circolano voci che il Valentino lascerà presto Imola».

«Sono attendibili?». In tal caso, probabilmente sarei stata rimandata a Roma, verso un destino ancora più crudele. «E dove dovrebbe andare?»

«Per come la vedo io», disse Niccolò, «quando Vitellozzo Vitelli avrà dettato le sue condizioni, il Valentino sarà costretto a levare le tende da Imola e spostare il suo esercito a sud, per unirsi alle armate dei condottieri e progettare la campagna di primavera. E appena questa riconciliazione avrà luogo, noi fiorentini perderemo tutto: il denaro, la vita, la *libertas*».

«Sei proprio certo che il Valentino permetterà a Vitellozzo Vitelli di distruggere Firenze?»

«Vorrei non esserlo. In questa cospirazione, Vitellozzo è il maestro di ballo di corte, gli Orsini e Oliverotto da Fermo si limitano a mettere i piedi dove indica lui. Tre anni fa, la Repubblica di Firenze assoldò il fratello di Vitellozzo, Paolo, perché riprendesse la nostra città portuale di Pisa dai ribelli al salario del duca di Milano, la stessa canaglia che, in precedenza, aveva incoraggiato i francesi a venire in Italia, rendendoci tutti schiavi della dinastia dei Valois. Avevamo fatto breccia nelle mura e la fanteria attendeva di assaltare la città, quando Paolo Vitelli decise di sospendere l'attacco. Una decisione simile era del tutto priva di senso, a meno che non fosse stato corrotto dal duca di Milano. I ribelli pisani ripararono le mura, e rimanemmo senza città portuale. Alcuni di noi ebbero il coraggio di far sì che Paolo Vitelli fosse giustiziato per tradimento: da allora, Vitellozzo Vitelli non ha avuto nient'altro in mente che distruggere Firenze».

Ci eravamo avvicinati a una di quelle cucine all'aperto formate da una grande griglia di ferro posta al di sopra di un cumulo di carboni ardenti. Un cuoco dal grembiule di cuoio cercò di tentarci con delle anguille allo spiedo.

«Credo che, per ottenere la pace che desidera», proseguì Niccolò, mentre faceva di no con la testa al venditore, «il Valentino sarà costretto a inserire un codicillo segreto nel trattato, offrendo Firenze ai Vitelli».

Mi fermai e mi girai verso di lui. Avevo già pensato che l'annientamento della Repubblica fiorentina potesse essere una conseguenza del trattato del Valentino, ma non mi era mai sovvenuto che il sacrificio di Firenze potesse essere una condizione, senza la quale Vitellozzo Vitelli non avrebbe firmato. Questa rivelazione mi fu annunciata da uno squillo acuto nelle orecchie: Firenze era proprio "l'ulteriore concessione" che Vitellozzo aveva cercato di estorcere per tutto il tempo, nel modo più crudele immaginabile.

«E capisci bene», disse Niccolò, «che Vitellozzo Vitelli e Oliverotto da Fermo entreranno a Firenze come hanno fatto a Capua».

«Capua?». Persino a Trastevere, chi ama chiacchierare degli ultimi avvenimenti aveva sentito parlare di quella città fortificata, che blocca l'accesso a Napoli. E il solo nome incuteva terrore.

«L'anno scorso il Valentino ha condotto un nutrito esercito verso Capua», rispose Niccolò, «su ordine del padre, che aveva ordito il piano di consegnare Napoli ai suoi alleati francesi e spagnoli; anche questi ultimi contribuirono alla campagna, inviando delle truppe. Per quanto il Valentino fosse ufficialmente al comando, la maggior parte dei soldati che marciarono verso Capua erano Guasconi, o mercenari tedeschi assoldati dai condottieri. Aperta una breccia nelle mura, la città fu messa a ferro e fuoco: migliaia di persone, che potevano solo ripararsi nelle loro case, furono costrette a uscire in strada, dove vennero trafitte dalle lance e fatte a pezzi. Uomini, donne, bambini. Senza distinzioni. Senza pietà». Niccolò scuoteva la testa, come se si rifiutasse di vedere quelle cose. «Adesso, il duca impicca i propri soldati se si danno al saccheggio, e bisogna dargli credito perché non ha permesso loro di saltare alla gola dei romagnoli. Ma, anche volendo, non sarà in grado di trattenere i condottieri e i loro mercenari. Non ci è riuscito, a Capua. Se il Valentino chiude il trattato, i condottieri trascineranno la sua anima all'Inferno».

Con le orecchie che mi squillavano ancora, dissi: «Forse il Valentino crede che la ricerca di pace e giustizia per tutti cancellerà quella macchia dal suo onore».

«E il mio timore più grande», aggiunse Niccolò, «è che il duca possa ottenere quella pace solo al costo di un'altra Capua».

Continuando la nostra passeggiata malinconica, giungemmo al Palazzo Civico, all'estremità della piazza. Al di sotto della facciata in pietra grezza, un gruppetto di braccianti e lavoratori erano avvolti in cappucci color fango. Si erano raccolti attorno a un cantastorie di strada, che sedeva su una cassa di vino, con le gambe che penzolavano come quelle di una marionetta; strimpellava il liuto e intonava la diffusa *cantafavola* di Ginevra degli Amieri, una signora fiorentina sepolta viva dal ricco marito, che la credeva morta di peste. L'ambulante cantava il lamento del marito, mimando alla perfezione il suo dolore simulato, poi la sua recitazione si fece ancor più persuasiva, quando si alzò in piedi con il liuto fra le braccia per rappresentare Ginevra nel proprio feretro. Chiuse gli occhi, e rimase talmente fermo che la folla si agitò inquieta; poi, tutti sussultarono e gioirono appena li riaprì, correndo qua e là in un sepolcro immaginario. Sortì un effetto simile quando recitò la fuga di Ginevra dalla cripta, alla quale seguiva la decisione di non fare più ritorno nella casa del marito. In questa sua seconda vita, Ginevra trovò riparo presso un uomo povero che aveva sempre amato in modo sincero.

Appena finito lo spettacolo, ci facemmo strada tra la folla che agitava i copricapo; dissi a Niccolò: «Sai, Platone credeva che, alla nostra morte, l'anima rinasca in un altro corpo; saremmo liberi, quindi, di scegliere la nostra vita futura, anche se influenzati dal desiderio di evitare gli errori già commessi». Quest'idea mi confortava un poco; il pensiero che Camilla avesse già scelto di vivere in una casa, senza doverla abbandonare.

«Allora, sono stato un uomo ricco, prima», disse Niccolò, «al servizio di pochi signori, tutti saggi e coraggiosi». Accennò un sorrisetto tanto pungente, quanto i suoi occhi erano velati.

«Niccolò, se con un solo passo potessi andartene di qui, adesso, e scegliere una nuova vita, come Ginevra degli Amieri... Lo faresti?».

Chiuse gli occhi, come se stesse mimando Ginevra morta. Temetti che interpretasse la mia domanda come l'ennesima tentazione di una donna che doveva ancora recuperare la ragione.

Ma questa volta, quando Niccolò riaprì gli occhi, vi lessi una risposta del tutto diversa.

Proseguimmo fino alla Taverna Testa di Moro, dove una dozzina di messaggeri in giacchetta e stivali da cavallerizzo si accalcavano davanti alle stalle. Mentre ci facevamo strada attraverso la folla, Niccolò si voltò indietro, come aveva già fatto altre volte da quando eravamo usciti dalla piazza.

«Lo conosci?». Mi prese da una parte e fece un cenno con il capo, indicando un uomo alto e robusto con una lunga cioppa dal colletto di zibellino, fermo a circa venti passi da noi, nella loggia di un farmacista, i cui tavoli brillavano di fiaschette di vetro e fiale. Senza sforzarsi di nascondere il suo interesse, il signor Oliverotto da Fermo toccò il cappuccio di velluto che gli incorniciava i riccioli color sabbia. Il sorriso gli accentuava le pieghe ai lati della bocca, tanto da farle sembrare cicatrici.

«L'ha uccisa lui. Ha ucciso il mio angelo». La mia voce da oracolo era tornata. Ma Niccolò mi si era già messo davanti, stringendomi le braccia con mani come morse.

«Se è stato lui», disse Niccolò a denti stretti, «non puoi regolare i conti qui». Mi spinse indietro con un grugnito, anche se gemevo di rabbia per la sua intrusione. «Raccoglieremo prove contro di lui. Non potrai fare niente per Camilla, o per tuo figlio, se lo affronti adesso».

Non parlammo più fino all'entrata delle nostre stalle. Niccolò mi studiò e arrossì, poi sospirò. «Perché pensi che Oliverotto da Fermo abbia ucciso Camilla?».

Meritava di conoscere la verità, e quello era il momento giusto. «Niccolò, come sospettavi, tutto questo ha a che fare con l'omicidio del duca di Gandia. Un amuleto che Sua Santità aveva dato a suo figlio è stato ritrovato nel sacchetto per gli incantesimi della prima donna...». Respinsi l'immagine che mi si presentava. «Quell'amuleto poteva solo essere stato preso dal corpo di Juan, la notte che fu ucciso».

Fece solo un cenno d'assenso, ma riuscii quasi a sentire gli ingranaggi del suo cervello, per così dire, che cigolavano come una macina. «Quindi, il papa crede davvero che siano stati i condottieri ad assassinare suo figlio».

«Credo che, dentro di sé, Sua Santità sappia che sono stati loro», risposi. «Ma cerca disperatamente di respingere la verità. Perché se riconoscesse che i condottieri hanno ucciso Juan, dovrebbe anche ammettere di aver gettato il figlio prediletto nella fossa dei leoni, come un agnello, quando lo ha mandato ad attaccare gli Orsini e i Vitelli».

Niccolò si guardava i piedi, risparmiandomi, così, sguardi di accusa o di sospetto. «Sì, quando il duca di Gandia fu assassinato, gli Orsini probabilmente volevano la pace con il papa: anche se Juan di Gandia non aveva ottenuto niente, di certo i costi sostenuti per difendere le proprietà e i forti erano diventati gravosi. Per gli Orsini, la ricchezza è più importante di qualsiasi altra cosa. Ma i Vitelli, effettivamente, avevano combattuto molto a favore degli Orsini. Nei dintorni di Roma non avevano possedimenti da difendere, quindi, una guerra tra i Borgia e gli Orsini sarebbe andata solo a loro vantaggio». Era quanto ricordavo anch'io. «E Oliverotto da Fermo è una creatura dei Vitelli: l'hanno accolto da orfano e l'hanno cresciuto come un figlio, e ora è sposato con la figlia di Vitellozzo». Non sapevo che fossero una famiglia vera e propria. «Era a Roma quando fu ucciso il duca di Gandia?»

«Non saprei».

«È capace anche di peggio». Niccolò mi guardò con diffidenza. «Suppongo tu sappia della faccenda di suo zio».

«So solo che il nome di Oliverotto da Fermo è tristemente famoso quasi quanto Capua. Ma a Trastevere non è facile ottenere dettagli attendibili».

«All'inizio di quest'anno, Oliverotto è tornato a casa, dopo esserne rimasto lontano a lungo per le campagne militari dei Vitelli. Ha organizzato una cena in onore dello zio, il signore di Fermo, alla quale erano invitati alcuni degli uomini più importanti della città. Dopo aver servito le varie portate, Oliverotto ha radunato lo zio e gli altri ospiti in una stanza più piccola, perché il dolce fosse servito in intimità...». Niccolò espirò, e intorno a lui si formò una nuvola di condensa. «Sono stati uccisi tutti. Poi, i criminali al servizio di Oliverotto hanno cavalcato verso le abitazioni di questi gentiluomini...». Abbassò il capo come se anche lui fosse colpevole. «Basti dire che Oliverotto non teme rivali, come solo e legittimo signore di Fermo».

Sebbene Niccolò avesse omesso i dettagli più cruenti, capii che Oliverotto aveva fatto uccidere anche i figli dei nobiluomini più importanti. In ogni caso, nella mia mente non c'erano le immagini che aveva cercato di risparmiarmi: c'era solo un panorama di grigie rovine fumanti, ridotte in cenere e lapilli dall'ambizione di uomini come Oliverotto, e persino del papa stesso.

«Niccolò, sono arrivata a Imola con una sola certezza», dissi in tono disperato, come se comunicarla mi permettesse di rimanervi ancorata. «Credevo che, dopo aver ucciso il figlio del papa, i condottieri avessero assassinato anche quella povera donna, e che avrei scoperto in che modo fosse legata a quegli uomini malvagi, poi Camilla e io saremmo tornate a Roma con le prove, e avrei usato quel segreto per riavere il mio adorato bambino, lasciando così che il papa si vendicasse con chi era veramente colpevole, piuttosto che con gli innocenti...».

Mi fermai, quasi strozzata dal mio primo singhiozzo. Niccolò mi sostenne mentre piangevo fino ad avere dei conati, come se dovessi rimettere l'anima. Tutto quel che mi era rimasto era un figlio che mi aspettava pazientemente a Roma, e non sapeva ancora che dietro l'affascinante sorriso del nonno, o le sue facili promesse, c'era il ghigno del diavolo.

Alla fine, mi asciugai le lacrime. «Niccolò, devo andare lassù, adesso». Intendevo nelle mie stanze. «Non devi più difendermi dalla verità. È ora che tu mi dica cosa hai trovato».

XIII

Immagino che Niccolò avesse chiuso la porta col chiavistello per proteggere i miei averi, perché aprì con la chiave. Dalle fessure delle imposte filtrava un po' di luce. Accanto alla nostra cassa di vino, piena di bottiglie ancora avvolte nella paglia, si trovava un cesto di carbone. Il contenuto del braciere di ferro era ridotto in cenere da tempo, e la stanza sembrava più fredda della strada.

Andai alla soglia della camera da letto e mi fermai per un momento. «Aprile», dissi a Niccolò, che era di fronte alle imposte, ma sembrava aspettare il mio permesso.

I nostri bauli da viaggio di noce erano ancora sul pavimento, in fondo al letto; quello di Camilla, contenente la leggenda della mite Griselda, che tanto le si addiceva, era dipinto sul lato, mentre il mio era decorato con una scena di san Giorgio che uccide il drago, una storia che ho sempre amato. La nostra credenza di seconda mano era alla destra del letto, e conteneva la brocca e la bacinella di ceramica di Faenza, gli asciugamani e i vasi di cosmetici, sistemati accanto ai pettini. Sul tavolino accanto alla finestra, il candelabro d'ottone era quasi sepolto dalla cera indurita. Persino la copia del *Canzoniere* di Petrarca di Camilla era ancora aperta. Solo quando vidi quel libro, pensai che avrei pianto.

Niccolò era stato attento a non toccare niente, era evidente; tuttavia, il materasso di cotone era spoglio, privo della coperta. Gesticolai verso il letto, senza riuscire ad articolare la domanda.

«Il portinaio l'ha bruciata».

Continuai a guardare Niccolò, e capii soltanto in quel momento che il suo volto tirato e sofferente rispecchiava certamente il mio. «Dimmelo adesso», gli chiesi. «Non sarà mai altrettanto facile, per nessuno dei due. Non l'hanno tagliata a pezzi, vero?».

Il suo volto era pallido quasi come quella notte. «La testa...».

«Lo so, Niccolò». L'avevo capito quando insisteva perché non la vedessi. «Come quella donna?». Intendevo la donna della quale avevamo trovato metà del torace nell'uliveto, il collo ridotto a un colletto ornato di pizzo di carne dal taglio pulito e preciso. Volevo la stessa atroce pietà per la mia amata Camilla.

«Le ha tagliato parte del collo... con un coltello. Per l'altra parte... la carne era straziata».

Ebbi un brivido così forte che pensai mi sarei piegata come una marionetta. Quell'essere le aveva quasi strappato via la testa. «Era un uomo forte», dissi, pensando alle mani enormi del signor Oliverotto. «C'è... dell'altro?»

«Non le ha tolto i vestiti, né applicato l'unguento. Ma... le ha staccato... un braccio. Il braccio destro. Stesse modalità della testa. Prima un taglio parziale... e poi...».

In modo perverso, cercai di immaginarlo. «È tutto qui?»

«Tutto qui. E non ha lasciato oggetti o messaggi su di lei».

«Ma ha portato via la testa. E il braccio. Con la mano in cui di solito metteva i messaggi». Mi stupii di riuscire a fare una simile osservazione.

Niccolò scosse la testa. I suoi occhi vagarono un po' attorno.

Gli gridai: «Cosa c'è?».

Deglutì come se le parole gli si fossero bloccate in gola. «Credo che commetteresti un errore a considerare l'omicidio della povera Camilla analogo agli altri due».

«Follia!», strillai. «Puoi davvero credere una cosa del genere? Che non siano collegati?»

«Credo che siano collegati. Ma qui non c'era la stessa motivazione. Non credo nemmeno si trattasse dello stesso uomo».

Ascoltai cosa aveva da dire, glielo dovevo. Mi accorsi che lo avevo costretto a rivivere gli orrori di quella stanza, forse spingendolo ai limiti della ragione più di quanto non lo fossi già io. «Perché lo pensi, Niccolò?»

«I primi due omicidi erano meticolosi. Nessun medico avrebbe potuto praticare incisioni più precise. I capezzoli tagliati via. L'unguento sulla pelle. Gli enigmi sui bollettini, le figure geometriche tratte dalla mappa di Leonardo...».

«Queste cose le hai già dette».

«E mi hanno portato a capire le motivazioni di quell'uomo».

«È motivato a tormentare e provocare il papa», dissi. «Oppure, se proprio vuoi restare della tua idea, desidera solo coinvolgerci nel suo gioco crudele».

«Mi rendo conto solo adesso, che per lui rappresenta più di un gioco. La vanità è la sua motivazione. Ha creato questo "disegno" di carne umana, e non ne è meno orgoglioso di un maestro di pittura, scultura o architettura. Noi siamo il suo pubblico e dobbiamo ammirare l'ingegnosa armonia della sua creazione».

«Il papa è il suo pubblico», dissi, rimanendo del mio parere. «Non gli importa di nessun altro».

«No. Sin dall'inizio era tanto interessato a Leonardo quanto lo era al papa. E ora... Come hai visto, ci stava osservando, l'altro giorno. Stava osservando te, temo». Il sole del tardo pomeriggio doveva venire da dietro le nuvole, riflettendosi sul tetto opposto, perché una luce brillante creò un alone attorno alla testa di Niccolò. «Appena ti ha riconosciuta, ha mandato qualcuno nelle tue stanze, per scoprire qualcosa su di te».

«Ha "mandato qualcuno"?»

«Non poteva farlo di persona. Come tutti i maestri di bottega, ha apprendisti e assistenti: in questo caso, devono essere uno o due, per la natura stessa della sua arte. L'uomo che impersonava il diavolo è certamente uno di loro. Immagino che aiutino il loro maestro a prendere misure in campagna, per mettere i pezzi dei corpi sui punti di una rosa dei venti. Non è molto diverso da quello che fanno Leonardo e i suoi». Dallo sguardo, sembrava che avesse assaggiato carne andata a male. «Ma credo che questo apprendista rapisca anche le donne in anticipo».

Mi coprii gli occhi con la mano. «Voleva portare la mia Camilla in quella fattoria. Ma lei non ha lasciato che la trascinasse oltre la soglia. Il diavolo in persona non sarebbe riuscito a costringerla. Avrebbe reagito... Hai trovato il suo coltello?»

«No. Forse quell'uomo l'ha portato via. Ma c'è una cosa che devi capire: l'apprendista ha ucciso la tua cara amica in un accesso di rabbia, perché non è riuscito a ottenere quel che voleva. Non ha potuto fare quel che credo il suo maestro gli aveva detto di fare. Il maestro di bottega non gli avrebbe permesso di...». Niccolò sollevò entrambe le mani come un prete che benedice. «Questo crudele maestro non uccide per rabbia. Lo fa con premeditazione. Con un disprezzo inesorabile per le sue vittime. Non credo che uccida con alcun tipo di sentimento».

Improvvisamente, ero così stanca che crollai sulla sedia antica a fianco del tavolino. Dove sedeva la mia bellissima Camilla, negli ultimi momenti della sua vita tra noi miserabili e poveri peccatori.

«Niccolò, io so chi è stato. L'ho guardato in faccia. Negli occhi. E non mi importa perché uccide, se non posso stabilire che è stato lui». Gli parlai con quanta più gentilezza potevo. «Mi servono soltanto le prove. Forse maestro Leonardo troverà qualcosa in questa nuova figura geometrica, una chiave che ci porterà alle... teste». Magari anche a quella della mia adorabile Camilla. «Il freddo deve averle preservate. Quando troveremo la testa della prima donna, capiremo. Potremo collegare quest'uomo malvagio ai suoi crimini».

Niccolò sbatté rapidamente le palpebre. «No. La ruota per le misure, le mappe e tutte le figure geometriche di Leonardo non ti porteranno da nessuna parte. Il viaggio che dobbiamo intraprendere è dentro quell'uomo. Dentro la sua mente. Che questo maestro di bottega sia Oliverotto da Fermo o qualcun altro, dobbiamo innanzi tutto entrare nella sua testa».

Viviamo in un'era di magnifiche "invenzioni", nella quale anche un oscuro segretario può porsi al di sopra degli antichi e aspirare a elaborare una sorta di scienza umana. Ma avevo visto i disegni anatomici di Leonardo, e mi sembrava molto più capace di esplorare la mente umana di messer Niccolò.

«Mille, mille grazie, mio carissimo Niccolò», gli dissi, «non potrò mai ringraziarti abbastanza per tutto quel che hai fatto per me. E per la mia Camilla. Te ne sarò sempre grata». Mi alzai per abbracciarlo, anche se mi sembrava di portare sulle spalle tutto il peso del mondo. «Ora vorrei rimanere da sola con il mio dolore».

Niccolò mi guardò con sospetto. Forse si preoccupava che uscissi di senno, così come io mi preoccupavo che lo facesse lui. Aprì la bocca per parlare, ma si interruppe; chiuse gli occhi, si girò e uscì.

Quando mi misi nuovamente a sedere, non ero più in quella stanza. Come Simonide che ricostruisce il suo palazzo della memoria, il mio pensiero tornò al nostro giardinetto a Trastevere, che la mia amata Camilla aveva registrato nella mente meno di due settimane prima. Mi aspettava già lì, come nel nostro primo giorno in quella casa, otto mesi dopo l'assassinio di tuo padre. In quel periodo, non avevamo trascorso più di tre notti di fila sotto lo stesso tetto, alloggiando presso varie signore del mestiere che conoscevo; a volte stavamo nascoste in un guardaroba, a dormire con la servitù, altre volte nella latrina sotto alle scale. Ci eravamo sempre congedate prima che la nostra ospite cedesse alla tentazione di mettere le mani sui trenta pezzi d'argento del ricchissimo tesoro di tuo nonno. Fu Camilla a trovare il nostro rifugio a Trastevere, nel tuo primo giorno di vita: ci portò lì in un carro da conciatore, nascosti sotto delle pelli di vacca rigide e puzzolenti. Avevo la secondina[2] legata alla coscia con un laccio perché la levatrice non aveva avuto tempo di estrarla, e temeva che rientrasse, avvelenandomi. Quel giorno, il giardinetto mi era sembrato quello del Getsemani, perché ero convinta che gli uomini di tuo nonno ci avrebbero rintracciati anche là; era un luogo crudele come il mondo dal quale eravamo fuggite, oscuro e intricato, con alberi pietosi strangolati dalle viti, e una tana di ratti.

Tuttavia, Camilla e io trasformammo il giardino del Getsemani in quello dell'Eden. È questo il giardino che ricordavo, quei lunghi giorni di primavera trascorsi a zappare, potare, piantare erbe, fiori e alberi da frutta, a livellare sentieri di ghiaia e costruire il nostro traliccio. Intanto ti guardavamo crescere, e il nostro bambino si faceva sempre più somigliante a suo padre.

Rimasi in quel giardino fino al tramonto, quando il vento freddo frusciava tra le pagine aperte sul tavolino accanto a me. Avevo dato il libro di Petrarca a Camilla anni fa, e lei vi aveva tracciato con l'inchiostro

[2] Placenta (*n.d.t.*).

dei segni a forma di piccolo medaglione accanto ai suoi versi preferiti. Vidi che aveva sottolineato questo: «et se 'l tempo è contrario ai be' desiri…».

Mi alzai, chiusi le imposte e mi distesi sul materasso spoglio, coprendomi con la mia cioppa bordata di pelliccia. Non credevo che avrei dormito, invece mi sembrò di essere trasportata da un sogno all'altro, in una spasmodica serie di immagini che includevano i vivi, i morti, e le molte facce del rimpianto.

Ricordo soltanto l'ultima di quelle visioni. Ero nella mia bella camera da letto che dava su via dei Banchi. C'era un uomo, davanti alle imposte. Il sole lo aveva trasformato in un essere di luce, immateriale come una fiamma dorata, scintillante e lucente. Si girò verso di me, lentamente; anche se non potevo distinguerne il volto, sapevo che era Juan, perché il suo corpo era coperto di ferite scure, dalle quali filtrava l'oscurità anziché la luce, e quell'oscurità si coagulava subito in sangue nero.

Cercai di svegliarmi, ma un volto pallido mi sovrastava, e una mano sulla bocca non mi permetteva di respirare. Credo mi abbia sussurrato: «Vorrei sentirvi cantare».

Poi sentii che la mia mente gridava: *Questo non è un sogno*!

XIV

Il peso che mi premeva sul naso e sulla bocca sembrava poco più di un cuscino di piume, ma nei polmoni non mi entrava aria. Un'altra voce sussurrò il mio nome, usando un diminutivo che non sentivo da anni. Pensai fosse Juan che mi risvegliava dal mio sogno, per portarmi verso la morte.

«Dami, Dami. Non urlare. Sono Cesare. Non urlare». L'uomo che tutta Europa conosce come il Valentino mi spostò la mano dalla bocca.

«Madre di Dio», sussultai. Potevo a malapena vedere i lineamenti del suo bel volto cupo e allungato; pareva che Cristo in persona fosse venuto a sedersi sul mio letto.

«Sono dovuto entrare come uno scassinatore». Sussurrava con voce acuta. Forse, anche spaventata. «La guardia sta dormendo. Non potevo rischiare che mi vedesse».

«Perché? Sei il duca».

«Non posso fidarmi di nessuno, neanche di mio padre. Le guardie sono al suo servizio. Non ho potuto neanche mandarti Michelotto. Dami?». Si tolse un guanto e mi toccò delicatamente il volto con il dorso della mano. «Sei molto fredda, Dami. Non c'è niente per riscaldarsi, qua dentro». Invece, era la sua mano a sembrarmi fredda.

«Me la ricordo bene, la tua Camilla. Era adorabile, piena di vita. Se potessi, ti offrirei il conforto della fede che ho perduto tanti anni fa, se mai l'ho avuta». Anche da quel poco che riuscivo a vedere del suo volto, mi accorsi che si era rattristato. «Mio padre non avrebbe dovuto mandarti qui. Doveva lasciare che Juan riposasse in pace, e doveva lasciare a te il tuo bambino. E adesso, questo...».

Si sedette con il busto eretto, come se fosse in piedi. «Quando gli uomini in cerca di Juan tornarono dal fiume per dire a mio padre che era stato trovato, non si voltò neanche a guardarmi». La sua voce era distante. «Pensai semplicemente che gli fosse intollerabile che la Fortuna avesse risparmiato me, e portato via, invece, il suo gioiello più prezioso. Ricordo la prima volta che mi guardò di nuovo. Si era chiuso in camera da letto da cinque giorni, senza cibo né acqua. Entrai in quel sepolcro con una candela, e non riuscivo a riconoscere mio padre. Gli occhi erano due grandi ferite, tutti rossi e viola eccetto la pupilla, come se avesse tentato di cavarseli dalle orbite». Sentii un sospiro sfuggirgli dalle narici. «Quando mi guardò attraverso quelle piaghe, per la prima volta nella vita pensai: *Mio padre mi vede*. Poi, capii subito che credeva fossi complice e istigatore non solo della Fortuna, ma anche degli uomini che brandirono i coltelli». Mentre ricordava, mi sembrò che il Valentino tenesse gli occhi chiusi, poi vi percepii un debole barlume. «A volte penso non ci sia nessuno che il papa non sospetti. Anche oggi».

«Allora, è ancor più essenziale che i condottieri siano ritenuti responsabili del crimine».

Scosse la testa, e non capii se lo facesse perché era in disaccordo, o perché si era rassegnato a non ottenere giustizia. «Dami, c'è qualcos'altro che devi sapere sulla mappa di Leonardo. Il maestro non l'ha completata prima di metà ottobre. In quel periodo, i condottieri avevano già annunciato la loro defezione e ribellione. Nessuno di loro è tornato a Imola prima dell'inizio di quest'estate».

«E Oliverotto da Fermo?»

«È arrivato una settimana fa, con Paolo Orsini».

Non riuscivo ad accettarlo: la prima donna era stata macellata da almeno tre settimane.

«Dami, capisci quel che sto dicendo? C'è un traditore, sotto il mio tetto. Forse più di uno. Non tutti i cospiratori sono usciti allo scoperto a ottobre».

Quindi, Niccolò aveva proprio ragione: l'assassino (il maestro di bottega) aveva ricevuto qualche tipo di aiuto. E sarebbe stato molto più difficile mettere in relazione questi crimini con i condottieri, se avevano assoldato dei mandatari (forse, tra gli stessi uomini del Valentino) per commettere gli omicidi.

Il Valentino si piegò su di me, e mi mise le mani ai lati della testa, quasi stesse per montarmi sopra. «Juan non pretendeva niente da se stesso», sussurrò, «ma era come un magnete per gli altri, pretendeva (e prendeva) tutto da chiunque toccasse. È ancora così, anche nella morte. A volte penso che questa non sia la Nuova Gerusalemme che Sua Santità vede scendere dal cielo, ma la resurrezione di Juan».

Gli risposi in un sussurro, «Anche tu pretendi tutto».

Sollevò la mano destra, rimanendo appoggiato all'altra, e mi accarezzò la guancia con il dorso; adesso, il suo tocco era caldo come un ferro rovente. Un contatto che mi fece ritornare alla camera da letto che dava su via dei Banchi. Un tardo pomeriggio d'estate, il sole aveva trasformato tutto in pietra bianca, come se la stanza e il suo mobilio fossero scavati nella sardonica chiara. Anche le lenzuola e la mia pelle nuda avevano la stessa forte luminosità.

Gli tremava la mano. Il suo volto era talmente vicino al mio che potevo sentire l'odore di rosmarino nel suo alito. «So cose che tu non sai. Questioni che non sono giunte nemmeno a mio padre. E pensavo fosse meglio non dirti niente...». Si sedette di nuovo. «Sulla donna, quella che aveva l'amuleto di Juan».

Il mio cuore sembrava scalciare contro le costole. «Sai chi era?»

«Non conosco il suo nome, né la fattoria, o la baracca in cui abitava. Ma capisci bene perché ho tenuto il segreto: era la prostituta di Vitellozzo Vitelli».

«Santo cielo». Pensai che avessero ritrovato la testa, forse anche prima del nostro ultimo incontro. «L'hai vista in volto?»

«No, la testa non è stata ritrovata». Si fermò, come pentito di averlo rivelato. «Ma ho saputo che, quando era qui a Imola, Vitellozzo aveva un'amante nel bordello vicino allo stabilimento dei francescani. Una ragazza di campagna. Gli piace vedere la sporcizia sulla pianta dei piedi, quando li solleva. Questa donna faceva parte di un "gioco" con altre prostitute».

«Intendi dire che prendeva parte al "gioco di Diana"?». Stregoneria. Tutti a Trastevere e nei luoghi dove sono cresciuta conoscevano le streghe e il gioco di Diana. Le congreghe si chiamano, appunto, "giochi".

«Le loro attività consistono soprattutto nel danzare nude, di notte, nei campi di grano e andare in fregola come cagne con dei contadinelli che si fanno chiamare maghi», disse il Valentino. «Non le condanno e non credo dovremmo bruciarle. Ma mi si dice che il "gioco"di queste streghe includa le divinazioni».

«*Gévol int la carafa*», dissi. Secondo l'assistente di Leonardo, Tommaso, era una sorta di pronostico da farsi con un recipiente d'acqua. «Il diavolo nella caraffa».

Il Valentino annuì. «È uno dei loro "giochi". Ce n'è un altro, "cavalcare la capra". Uno stato di trance prodotto da un unguento narcotico».

L'odore del recipiente che avevamo trovato in quella fattoria maledetta mi pervase la memoria.

«Le streghe credono le renda capaci di volare in luoghi lontani sul dorso del diavolo, che prende la forma di una capra», disse. «Leonardo ha trovato lo stesso unguento su tutti i corpi, o meglio, su tutte le loro parti. Ne erano ricoperte».

«Quindi, l'assassino usa gli incantesimi delle streghe contro di loro. Come se un ladro rapinasse un macellaio puntandogli lo stesso coltello che usa per tagliare la carne».

Annuì. «Rende più facile rapirle».

«Ma perché? Perché non un colpo in testa?». O una mano sulla bocca. «Perché tutto questo, la mappa, i giochi, gli enigmi...». Tutte le cose che aveva menzionato Niccolò. «E la mia adorata Camilla... Perché?»

«Non so cosa dire riguardo a Camilla... Non ne ho idea». Scosse il capo con un certo vigore. O con frustrazione. «Ma non penso che le streghe massacrate fossero solo accessori dell'enigma che tu e il maestro Leonardo mi avete descritto». Fece una pausa, quasi le sue parole seguenti fossero un giuramento. «Credo che quelle streghe sapessero qualcosa».

«Qualcosa dei condottieri».

Sentii un altro sospiro. «Qualcosa che risale al delitto di Juan. Qualcosa che va anche oltre la faccenda dell'amuleto».

«Forse la prostituta di Vitellozzo Vitelli ha ascoltato una conversazione e, poi, ha raccontato tutto alla sua amica riguardo il gioco? Sapevano cose per cui entrambe dovevano essere messe a tacere».

Il Valentino si alzò, guardò per un momento nel braciere accanto al letto. «Devi comprare del carbone». Si voltò verso le imposte. «Non si tratta più di guerra o pace. È una questione d'onore per il nostro casato. Mio padre medita vendetta da cinque anni. È l'unica cosa che gli arde nel petto...». Era del tutto immobile. «Avrei potuto occuparmi dei condottieri al momento più opportuno. Ma Juan deve sempre essere al primo posto, sempre. Dovremmo aprire la sua bara e portare il suo corpo in parata lungo la via Alessandrina». Non cercò di dissimulare l'amarezza. «Non posso più tollerarlo. Dobbiamo scoprire cosa sapevano quelle donne. Finché Juan non riposerà in pace, neanche l'Italia potrà avere la sua, di pace».

«Vuoi che vada a vedere cosa posso trovare al bordello?»

«Non lo so, devo valutare quale sarà il prossimo...».

D'improvviso scattò verso la porta, lasciando la risposta in sospeso. Quando sentii il catenaccio, lo chiamai.

«Cesare, tuo padre sospetta che Giovanni possa essere figlio tuo. Così almeno mi ha fatto intendere. Ha detto che presto sarebbe venuto a sapere chi è il suo vero padre».

Sentii solo la porta che si chiudeva.

Subito dopo l'alba, attraversai il cortile. Il garzone spettrale mi aprì la porta, e questa volta Niccolò dormiva nel lettino del ragazzo, coperto della sua cappa; con quei capelli scarmigliati e quel volto da ragazzo, sembrava un servitore male in arnese.

Per abitudine andai in camera da letto, aprii una fessura nelle imposte e sfogliai le carte e i libri che erano sul tavolo. Non si vedevano dispacci indirizzati ai superiori di Niccolò a Firenze, ma la sua copia delle *Decadi* di Livio era ancora aperta. Sulle pagine a stampa era appoggiato un pezzetto di carta, senza dubbio strappato da una missiva, sul quale Niccolò aveva appuntato due liste. La prima era una lista di nomi:

Alessandro di Fere
Perseo
Demetrio

Silla
Caligola
Nerone

Credo che i primi tre siano menzionati nelle *Vite parallele* di Plutarco. Silla, naturalmente, era il crudele dittatore romano, mentre Caligola e Nerone si erano conquistati una fama di imperatori depravati. Sotto questa lista del male, Niccolò aveva scritto:

Divertimento
Arroganza
Vanità
Ambizione
Spietatezza
Venerazione

Scossi il capo, perplessa. Non riuscivo a immaginare il significato della seconda lista, ma la prima suggeriva che volesse cercare l'assassino tra i personaggi più malvagi della storia: uomini morti da tempo, che in qualche modo avevano fatto ritorno per massacrare delle streghe in Romagna. Decisi che era arrivato il momento di svegliarlo, in vari sensi.

«Niccolò!».

Non sobbalzò, ma i suoi arti si disposero in posizione seduta con una gran confusione. Si mise una mano sulla nuca, e cercò di girarsi verso di me.

«Mettiti la casacca». Aveva dormito in camicia e calzebrache. «Andiamo nelle mie stanze, ho molto da dirti».

Dopo aver dato fuoco al mio carbone con un accenditoio che avevo avviato sul braciere di Niccolò, lo portai verso il mio materasso e lo misi a sedere contro i cuscini, poi coprii entrambi con la mia cioppa e la cappa di lana. Pensavo che non avremmo dato peso al fatto che avessi incoraggiato delle intimità fra di noi, quando ero sconvolta dal dolore.

«Sei stato molto buono con me, Niccolò. Più di quanto non meriti questa peccatrice. Quindi, voglio dirti qualcosa che è giusto che tu sappia». Aspettai di avere la sua completa attenzione. «Il mio Giovanni, che mi aspetta a Roma, è figlio del duca di Gandia».

Lo sguardo di Niccolò non lasciò trapelare alcuna sorpresa. Ma sentii il suo corpo sobbalzare, come in uno di quegli spasmi prima del sonno.

«C'è di più, Niccolò. Sua Santità crede che io sia complice nell'omicidio del padre di mio figlio. Come ti ho detto, ha preso in ostaggio il mio bambino adorato, e non posso sperare di riaverlo finché non dimostrerò che i condottieri hanno ucciso Juan. Non ti dico queste cose per avere la tua compassione e chiederti di aiutarmi ancora. Ma solo come avvertimento, perché tu sappia quale è la posta in gioco per me, e quanto sono pronta a rischiare. Quindi, ti chiedo, Niccolò, quanto sei pronto a rischiare tu per la tua Repubblica, che ti ha mandato nella fossa dei leoni senza preoccuparsi di te, o di tua figlia? È una vergogna, che per tutto questo tempo non abbiano mandato un ambasciatore, né pagato le tue spese».

Si risollevò un po' con quell'allegria che si prova quando si è coscienti che il peggio è diventato realtà. «Mi si promettono sempre dei fondi con il prossimo messaggero: in una città di mercanti e banchieri, le promesse sono un modo di saldare i conti. Sperano che muoia prima che mi sia versata la cifra».

«Niccolò, magari avessi seguito il consiglio che mi hai dato nell'uliveto. Ma lascia che sia io a darlo a te, adesso. Lascia Imola. Vattene oggi stesso. Se è una questione di denaro, posso darti tutto ciò di cui hai bisogno. Chiunque abbia un pizzico di onestà si guarderebbe bene dall'accusarti di aver abbandonato una missione che può solo finire con una terribile calamità per Firenze. Vai a casa. La tua bambina ha bisogno di te, nonostante il disamore di tua moglie».

«C'è solo una cosa che desidero per la mia Primerana». La voce di Niccolò sembrava suonare le nude corde del mio dolore. «Lo stesso sogno che i miei poveri genitori avevano per me. Che cresca in una Firenze libera».

Resistetti alla tentazione di abbracciarlo. «Niccolò», gli sussurrai, «la donna che aveva l'amuleto di Juan nel suo sacchetto per incantesimi era la prostituta di Vitellozzo Vitelli».

«Come sei venuta a saperlo? Da Leonardo?», chiese, ma non sembrava incredulo.

In precedenza, avrei lasciato che le sue ipotesi offuscassero la verità. Ora gli dissi: «Me lo ha detto il duca Valentino». Non rivelai, però, come ci eravamo incontrati. «Crede che lavorasse nel bordello vicino ai francescani. Forse ci lavorava anche l'altra donna. Ma è certo che entrambe facessero parte dello stesso "gioco" di streghe».

«Sì, mi sembra un collegamento plausibile».

«C'è di più, Niccolò. Hai mai sentito parlare di "cavalcare la capra"?».

Annuì. «Mio padre era proprietario di una piccola fattoria vicino a Firenze. Da ragazzo, sentivo i fittavoli parlare di come le streghe potessero volare di notte, per andare ai giochi di Diana. Sul dorso delle capre».

«È una specie di trance. Il Valentino dice che si cospargono il corpo di un unguento narcotico. Quello che hai trovato ispezionando la fattoria, e che hai sentito quando hai annusato i corpi. Il duca crede che questo narcotico abbia facilitato i rapimenti».

Niccolò si girò verso di me, e lessi la domanda nei suoi occhi: *Perché il duca Valentino ha aspettato tanto a dirtelo?* Ma era un diplomatico abbastanza esperto da rimanere in silenzio; spesso è la domanda che non viene posta a ricevere la risposta migliore. E, forse, quella risposta l'aveva trovata da solo: *il Valentino non si fida di suo padre, e di conseguenza neanche della sua emissaria.*

Continuai: «Niccolò, devo chiederti scusa, perché anche il duca crede che questo assassino abbia un apprendista, come hai detto tu. Oliverotto da Fermo non era a Imola quando ha avuto luogo il primo omicidio, quindi suppongo che abbia inviato qui i suoi schemi, su un foglio di carta arrotolato come il cartone dei pittori, affidando al suo assistente il compito, per così dire, di aggiungervi i colori».

«Quindi, il duca è della tua stessa opinione», disse Niccolò, «ritiene che Oliverotto da Fermo sia il maestro di bottega?»

«Il duca Valentino non ha detto quale fosse la sua opinione».

Il petto di Niccolò si sollevò e si abbassò varie volte, prima che dicesse: «Dobbiamo essere del tutto certi di chi sia il responsabile. Se accusiamo Oliverotto da Fermo, e invece il maestro di bottega è Vitellozzo

Vitelli, i condottieri faranno ben di peggio che dileggiarci. Abbiamo a che fare con gli uomini più potenti e crudeli d'Italia, che sono anche dei professionisti della menzogna. Se possono dimostrare che ci siamo sbagliati su un'accusa, o su un dettaglio qualsiasi, ci rivolteranno tutto contro. Ci schiacceranno come insetti. Neppure il duca potrà evitarlo».

Mi avvolsi nelle coperte fino al mento. «Hai ragione, Niccolò. Finché non avrò delle prove, l'assassino rimarrà senza nome. Ma devi anche mettere da parte questa faccenda di entrare nella mente dell'omicida e... smettere di cercarlo nei libri di storia. Cosa c'entrano con tutto questo Alessandro di Fere e Nerone? Ci incoraggiano forse a riflettere sulla natura malvagia dell'umanità?».

Quasi mi rincuorò vedergli balenare in volto un accenno di sorriso. «Per capire veramente la natura dell'umanità», disse, «bisogna individuare gli aspetti che ci accomunano tutti, in ogni luogo e in ogni tempo».

«Ah. Quindi anche tu hai la tua "scienza"». Non ero persuasa, ma neanche del tutto incredula. «Dovrei supporre che tu stia cercando i principi basilari della natura umana, come i matematici cercano i principi comuni al cono e alla sfera?»

«Perché non dovrei? I tempi cambiano, ma la natura umana rimane sempre la stessa».

Iniziai a cogliere il sottile filo del suo ragionamento. «Quindi, credi che se esaminerai le azioni malvagie di un Nerone, o di un Caligola, potrai capire la natura di questo assassino».

«Attraverso uno studio accurato, sarebbe possibile fare dei confronti utili. Come Plutarco nelle *Vite parallele*».

«Ti concedo che Plutarco dimostri come l'attitudine di un uomo possa determinare le fortune di uno stato, o persino di un impero. Ma, Niccolò, mi chiedo se Tito Livio, Plutarco o Svetonio ci abbiano detto davvero cosa c'era nelle menti di quegli uomini, o solo cosa c'era nelle menti di Tito Livio, Plutarco e Svetonio».

Tirò fuori un braccio dalle coperte e si passò la mano sui capelli spettinati, come per cercare di abbassarli. «L'astuzia dello storico sta nel valutare le azioni di un uomo in rapporto alle circostanze che lo hanno spinto ad agire, giungendo così a farsi un'opinione del suo carattere».

«In ogni caso, stai facendo affidamento solo sugli antichi per giudicare quegli uomini».

«No». Quasi si drizzò a sedere. «Guardo oltre il giudizio degli storiografi. Devo pescare al fondo, come si suol dire».

«Ah. Quindi ora devi solo gettare una rete nell'Abisso e sperare di tirare su qualcosa».

Dal suo largo sorriso, sembrava quasi fosse arrivato il denaro che aspettava. «Lascia che faccia un esempio: Annibale. Se volessi davvero comprendere Annibale, dovrei rivolgermi a lui come se fosse qui, accanto a me, in carne e ossa. E gli direi: "Dopo la battaglia di Canne, i tuoi uomini più assennati ti hanno consigliato di accontentarti di quella vittoria, e di usarla per ottenere la pace con Roma a delle condizioni favorevoli per Cartagine. Ma altri, presso il tuo senato, pensavano che ti aspettassero vittorie ancora più grandi e che avresti potuto conquistare Roma stessa. Perché hai scelto la strada che ha condotto alla rovina della tua nazione?". E, studiando con cura la questione, potrei entrare nella mente di Annibale». Si appoggiò un dito sulla fronte. «È qui, che Annibale mi risponderà».

«Sì, hai qualcosa nella rete da pesca», dissi, «ma non so se è carne o pesce». Anche se molti avrebbero considerato la conversazione con Annibale un segno di pazzia, se non una strana forma di necromanzia, avevo veramente capito il ragionamento di Niccolò. «Secondo lo stesso principio, credi di poter chiedere all'assassino perché ha fatto quelle cose orribili. Mi sembra molto più difficile parlare a quel macellaio che ad Annibale: quest'ultimo è stato descritto in molti libri di storia, e le sue parole, così come le sue gesta, sono note persino agli scolari. E sei stato tu il primo a insistere che, invece, non possiamo neanche supporre di conoscere il nome dell'omicida; di lui abbiamo solo due messaggi: "gli angoli dei venti" e "il cerchio nel quadrato"».

«È per questo che sono in difficoltà». A giudicare dal tono calmo della sua voce, Niccolò non era molto preoccupato delle lacune del suo metodo. «Ma confido nel fatto che quest'uomo inizierà a rispondermi. E molto presto individuerò il suo volto».

Cercai la sua mano e la strinsi. Forse la strana "scienza umana" di messer Niccolò Machiavelli avrebbe dimostrato tutto il suo valore, un giorno; ma era molto più probabile che fosse una follia che avrebbe presto dimenticato. Comunque, era un uomo buono e coraggioso, e se voleva sfuggire alla sua valle di lacrime conversando con i generali dell'antichità, non stava a me dare giudizi.

«Mio carissimo Niccolò», gli dissi, «se il gioco delle donne uccise è ancora in corso, probabilmente le streghe sono tuttora in quel bordello. Voglio andarci stanotte». Ritenni che l'ambiguità (o confusione) del Valentino a riguardo costituisse un'autorizzazione più che sufficiente. «Ancora una volta, però, mi serve il tuo aiuto».

Avevo la netta sensazione che mi avrebbe detto di no. Sarebbe stato difficile fargliene una colpa.

Il suo "sì" uscì in un sospiro. «Tutto il necessario».

«Se la Fortuna ci farà una piccola concessione», dissi, nuovamente speranzosa, «entro domani mattina potresti essere in grado di aggiungere il nome di questo assassino alla tua lista dei mostri della storia».

XV

Quel che il Valentino aveva definito lo "stabilimento dei francescani" era un vecchio monastero imponente dedicato a quest'ordine, con i mattoni ingrigiti dal tempo; era annesso a una chiesa ancor più antica. Quando Niccolò e io vi giungemmo, quella sera, la strada era affollata di venditrici di candele; le signore avevano aperto bottega, per così dire, per tutti quei vigorosi braccianti e artigiani che avevano chiuso le loro. Numerosi ambulanti mettevano in mostra merci di ogni tipo, dagli specchi ai fiammiferi, dal sapone ai biscotti. Le loro torce lasciavano una scia attraverso il crepuscolo, che si faceva rapidamente oscurità.

La nostra destinazione era un palazzo ancora più antico della chiesa e del monastero. Un tempo, probabilmente, era la residenza di un vescovo; la Chiesa non considera una trasgressione affittare i propri possedimenti ai bordelli, ma intanto lancia anatemi su quello stesso peccato dal quale trae i suoi profitti. All'enorme portone di quercia stava di guardia solo un bravo, con il suo stiletto alla cintura. Era un giovane dall'aria inacidita che indossava una camicia intagliata sulle maniche, come quella delle cortigiane, e un giustacuore corto, che non gli arrivava a un palmo dal sedere, per mettere in mostra una braghetta grande quanto mezzo melone.

Presi da una parte Niccolò. «Ho bisogno che tu rimanga alla porta», lo istruii. A Trastevere, avevo saputo molto più di quanto avrei voluto su luoghi di questa sorta, poiché avevo dato riparo a delle donne che ne erano fuggite. «Se trovo la persona giusta, molto probabilmente fuggirà il più lontano possibile da me, visti i rischi che corre. Non lasciarla scappare. Il bravo ti aiuterà di sicuro, per mettere le mani su quel che crederà abbia rubato al suo protettore».

I gradini bassi di quell'antico edificio erano talmente consumati dal viavai continuo dei visitatori che sembravano affossati al centro. Mentre stavo per salire, giuro sulle sette chiese che quei pochi gradini mi si stagliavano di fronte come la montagna del Purgatorio.

Mio caro, se vuoi capire almeno in parte il terrore che mi suscitava quel bordello, devi dimenticare ogni candore infantile e guardarmi faccia a faccia, come direbbe l'Apostolo di nostro Signore. Questo richiederà che ti racconti cose della tua mamma che, forse, preferiresti non sapere. Ora, se la Fortuna ha deciso che tu rimanessi presso i Borgia, senza dubbio la tua famiglia ti avrà già detto chi ero. In questo, i Borgia sono sempre stati repubblicani, anziché monarchici: tutti i loro figli erano uguali, che fossero usciti dalla *potta* di una puttana o dalla vagina profumata di una duchessa. Non ti scusare, quindi, con i tuoi cugini, che sono venuti al mondo da quest'ultima; il tuo casato è pieno di zii e cugini che, come te, sono nati dalla prima.

Allo stesso modo, neanche io intendo scusarmi. Vedi, quando a generare è il seme del testicolo sinistro dell'uomo, ne nascono figlie femmine, che hanno solo e soltanto le seguenti opportunità: diventare una moglie, una suora o una prostituta. Se il padre può permettersi una dote, si sceglie la prima strada; la donna cede verginità, possedimenti e *libertas* al marito, e prega la Santa Vergine che suo padre le abbia acquistato un uomo per bene. In caso il padre non abbia una dote, o l'abbia sperperata tutta per la primogenita, oppure voglia riservarla alla figlia più bella, può sempre scegliere Cristo come suo genero; è tanto conveniente, che i nostri conventi sono affollati, e quei parassiti che si fanno chiamare monaci sono sempre più ansiosi di mettere le corna al loro Padre Celeste.

Poi, c'è la prostituta. Tanto per iniziare, non sa chi e quando coglierà il suo frutto così come non lo sanno la moglie con dote, o la sposa di Cristo; la verità è che per me non c'è alcuna differenza. E questa è la mia storia.

Negli anni della mia crescita, mia madre (tua nonna) e io ci trasferivamo da una città all'altra, e sempre in piccole località, come Carpi o Lucca; mi portò a Roma solo quando avevo dodici anni. Quella città mi fece ammutolire dal terrore: era incredibilmente affollata di gente che veniva da tutto il mondo cristiano, così come dal Levante, e affluiva per le strade, farfugliando in una Babele di lingue. Per di più, mia madre dovette andare in un ospedale, perché soffriva di terribili catarri che la tormentavano da mesi. Così, un giorno mi lasciò alle cure di una certa Madonna Taddea, che viveva al terzo piano di un antico palazzo vicino a Campo dei Fiori, circondata di vecchi mobili massicci e frammenti di statue antiche. Era la prima donna a cui vedevo portare la parrucca, e il suo volto invecchiato era dipinto come l'effigie di un santo.

Dopo alcune settimane, mamma non aveva fatto ritorno; un pomeriggio, Madonna Taddea ricevette la visita di una signora molto più giovane, che non assomigliava ad alcuna creatura vivente a me conosciuta. Era come se fosse stata evocata dalle canzoni del Petrarca, o dalle favole del Pulci. Le bastava un poco di belletto sul volto di panna; aveva occhi color agata e labbra talmente rosse, che sembravano sanguinare.

«Sono Madonna Gambiera, figlia naturale del principe di Squillace», mi disse quella visione, facendo sgorgare le parole come acqua da una fonte. Intendeva dire che era la figlia illegittima del principe; ero troppo ingenua per capire che anche questo legame di parentela era una sua invenzione. Dopo essersi presentata, Gambiera iniziò a punzecchiarmi come un medico, e mi esaminò i denti, quasi fossi un cavallo al mercato rionale. Finita l'ispezione, annunciò: «Sei mia sorella. E ti chiami Sancia». Annuì come se un messaggero divino le avesse sussurrato quel nome all'orecchio. «Adesso, verrai a vivere a casa mia».

«Ma la mia mamma tornerà presto», dissi. «Come farà a trovare la nostra casa?».

Gli occhi d'agata di Gambiera si fecero quasi dorati, mentre gettava uno sguardo a Madonna Taddea. Poi mi si rivolse con l'espressione più incantevole che avessi mai visto, quasi fosse un angelo, disceso per rassicurarmi che quell'inezia non avrebbe creato il minimo problema né a me, né alla mia mamma. «Abito in via Giulia, a un tiro di sasso da qui. Niente che possa preoccupare la tua mamma».

Iniziai, quindi, la mia vita da sorella minore di Gambiera, e lo spazio di due Bibbie non basterebbe a raccontartene soltanto la metà. La sua casa in via Giulia non era magnifica, come quella che avrei avuto io nel giro di dieci anni, in via dei Banchi; tuttavia, mi sembrò di andare a vivere in Paradiso, quando mi fece salire le scale che conducevano al salone, dove il profumo dei fiori e delle essenze mi fece svenire. Non uscii di casa per mesi, mentre Gambiera mi preparava al mestiere; già in molte occasioni, mi aveva vestita e truccata come una bambola. Alla fine, una volta mi portò fuori con lei.

La mia prima cena "di lavoro" fu al palazzo di «Sua Eccellenza»; adesso, so che era solo un qualche segretario contasoldi del cardinale, ma allora, per me avrebbe potuto essere il papa. Non era giovane e, anche se si tingeva i capelli, gli occhi cadenti rivelavano la sua età. C'erano molti altri ospiti, e Gambiera li intratteneva tutti con il suo ruscello di chiacchiere, parlando per di più in italiano, anche se a volte usava espressioni francesi o latine.

In quella casa, la cena fu per me la meraviglia più grande: non avevo mai visto dolci a forma di sculture e statue. Nel corso di tutta la vita non avevo mangiato tanta carne di maiale e cappone quanta ne era avanzata a quella tavola. Appena finii di rosicchiare il mio unicorno di zucchero caramellato, Gambiera mi portò con sé alle latrine e disse: «Stanotte sarai di Sua Eccellenza. Adesso guardami bene: non ha pagato per niente di più di questo», e mimò un uomo che teneva il coso in mano, strofinandolo tra le mie gambe. «Tirati su le sottane, tieni le gambe chiuse, anche se lui cerca di divaricarle, e lascia che lo strofini tra le cosce. Non ha pagato per toccarti lì». Diede una strizzata alla mia cosina glabra. «Se fa così, urla, e verrò da te. Il suo seme ti finirà sulle gambe, quindi, quando ha finito, torna qui e lavati. Può baciarti, ma non prendere in bocca la sua lingua, o nient'altro. Ti voglio conservare per qualcosa di meglio».

Aggiungerò soltanto che feci come mi era stato detto, poi andai nella latrina, dove iniziai a pulirmi con un asciugamano che avevo inumidito nella bacinella accanto al letto di Sua Eccellenza. Ero in piedi, al buio, a ripulirmi le gambe da quella vile secrezione; non avrei mai immaginato che il "seme" di un uomo potesse essere diverso dai semi che gli agricoltori gettano nei campi. In quel momento, capii che la mamma non sarebbe più tornata da me.

Non mi misi a piangere, come si potrebbe pensare. Invece, mi ricordai dell'*Inferno*, il primo libro che avessi mai letto, in cui il poeta attraversa le mura della città di Dite e vede un vasto cimitero di tombe infuocate, che si estende in ogni direzione, fino a dove può giungere lo sguardo. Ero ancora una ragazzina, e vedevo di fronte a me una vita terribile e inevitabile quanto la città di Dite, un destino al quale credevo che mia madre mi avesse abbandonata. Così, incolpai lei delle decisioni prese da altre persone.

Proprio in quel momento, Gambiera irruppe nelle latrine, con gli occhi scuri che vagavano in tutte le direzioni. «Ce ne andiamo, adesso», disse in un sussurro stridulo. Mi prese per mano ancor prima che potessi risistemarmi le sottane; invece di scendere al piano di sotto, però, ci addentrammo ancor di più nella casa e, poco dopo, entrammo in una stanza magnifica. Era illuminata solo da una lampada, ma si potevano vedere antichità e libri sparsi ovunque.

Gambiera ruotava la testa come un gufo, mentre ammirava tutti quei tesori. «Prendi qualcosa», sussurrò malevola.

Un istante più tardi, si scagliò verso uno dei tavoli con le mani che sembravano artigli, e afferrò la sua "mancia", come era solita chiamare quei furti. Vidi solo che aveva ghermito qualcosa di simile a un'enorme moneta; senza dubbio era un medaglione antico di qualche tipo. «Se non prendi qualcosa ogni volta», disse trafiggendomi con lo sguardo, «finirai in uno di quei bordelli, dove ogni stupido e deforme pendaglio da forca infilerà il suo uccello da somaro nella tua cosina».

Terrorizzata al solo pensiero di un destino peggiore di quello al quale ero già condannata, presi un libro, più piccolo degli altri, la cui rilegatura di pelle era annerita dall'unto e, mentre Gambiera mi trascinava in strada, lo tenni stretto come fosse la mia ultima speranza.

Quando feci ritorno nella mia camera da letto, a casa di Gambiera, lessi il titolo sulla copertina: *Regulae grammaticales*. Non sapevo che fosse una grammatica latina, o che fosse il primo libro che i bambini incontrano, appena si avventurano oltre il vernacolo. Mentre ne voltavo le pagine, osservavo stupita quelle strane e affascinanti parole in latino. Mi sembravano la risposta a ogni mistero dell'universo.

Dopo questo modesto inizio, per più di un anno accompagnai la mia "sorella" dalla mano lunga a cene, feste in giardino, concerti, spettacoli teatrali e balli. Era quasi giunto il momento di rinunciare alla mia castità, che Gambiera aveva custodito con tanta attenzione per il miglior offerente: un vecchio e grasso cardinale tedesco che gemeva e grugniva come un cavatore, e che pagò quattrocento ducati per quel piacere che a entrambi non sembrò valere più di un carlino.

Intanto, dalle mie *Regulae grammaticales* ero passata a Ovidio e Orazio, poi continuai con Cicerone e Tacito. Presto, diventai abbastanza saggia da capire che ero in grado di sottrarre il sapere dal cervello degli uomini istruiti con la stessa facilità con la quale potevo rubare un manoscritto dal loro studiolo. In questo modo, mi guadagnai una fama che in seguito mi portò alla tavola dei più illustri uomini di lettere, e dei principi della Chiesa. Quando Rodrigo Borgia divenne papa, una carica che non avrebbe potuto comperare senza l'aiuto del mio grande amico e patrono, il cardinale Ascanio Sforza, ero tra gli ospiti che cenarono con lui il giorno successivo all'elezione; una ventiquattrenne occupava una sedia per la quale qualsiasi romano avrebbe dato la mano destra (e forse anche il testicolo destro).

La mia ascesa su questa scala di Giacobbe non si interruppe finché non incontrai tuo padre. Dopo aver trascorso alcuni anni in Spagna, era tornato a Roma per diventare capitano generale dell'esercito pontificio, un ruolo agognato da tutti, pare, salvo da Juan; tuo padre era il primo uomo che avessi mai incontrato a dare più importanza all'amore, per quanto folle e sconsiderato, che alla propria ambizione e all'avidità. Ridevano tutti della vanità di Juan, dei suoi sciocchi abiti alla turca, ma non si rendevano conto che era lui a prendersi gioco della loro vanità e presunzione, e che voleva soltanto vivere ogni giorno come se fosse l'ultimo in cui vedeva la luce del sole. Amavo le sue virtù, e non capii che non sarebbe sopravvissuto ai propri difetti. Prego solo che tu abbia ereditato le prime, e pochi dei secondi.

Quindi, tesoro mio, in questo modo trassi il meglio dalla scelta che era stata fatta per me. Anno dopo anno, ampliai il tesoro delle mie conoscenze e acquisii una *libertas* che suore o mogli possono solo immaginare: avevo comprato una casa mia, ero libera di conversare con chi volevo degli argomenti che più mi interessavano. Mi trovai al centro di grandi eventi, e conoscevo bene, spesso a mio vantaggio, non solo molti degli uomini più importanti, ma anche le loro peculiarità.

Anche una "cortigiana onesta", abbastanza fortunata da aver saputo padroneggiare il mestiere, deve temere l'inevitabile perdita delle sue risorse, la bellezza e la gioventù. Quando arriva il momento in cui Geras[3] ci stringe al suo petto avvizzito, alcune cortigiane, che hanno saputo gestire bene i loro introiti, possono ritirarsi in un modesto benessere. Ma la maggior parte deve continuare a lavorare, anche quando sono diventate degli scarti, e le tristi vestigia della loro gioventù appassiscono dentro di loro come semi in un terreno arido. Se una cortigiana deve trasferirsi in un bordello, molto probabilmente ne uscirà solo in una bara. E pregherà che ogni giorno sia l'ultimo. È la pura verità, ne è testimone il Signore, che una "cortigiana onesta" preferirebbe entrare in un cimitero e gettarsi in una tomba, piuttosto che attraversare la porta di un bordello.

[3] Nella mitologia greca, il dio della vecchiaia (*n.d.t.*).

XVI

L'unica cosa che temevo ancor più del bordello, però, era che tu rimanessi in casa di tuo nonno. Così, aspettai che il cuore mi uscisse dalla gola, mi costrinsi a fare un lungo respiro, e salii le scale.

Il bravo mi venne incontro sulla porta d'ingresso; i suoi occhi sonnolenti vagarono su di me mentre mi faceva entrare in una stanza piuttosto grande, illuminata da candele di sego e da un vivace focolare dalla cappa di terracotta ampia come il tetto di una piccola fattoria. I tavoli erano fatti di assi spoglie, coperte di brocche, bicchieri, piatti e ossa. Su delle panche grezze sedevano uomini di tutti i tipi: segretari, agricoltori, mercanti in cappe bordate di pelliccia, ufficiali di cavalleria in giacche impunturate d'oro. Le ragazze che sfilavano per loro portavano dei vestiti di lana che un servo non metterebbe di domenica. Alcune mostravano i segni del tempo, altre avevano cicatrici da vaiolo e pustole, tutte cose che neanche una giara di biacca avrebbe potuto nascondere. Solo poche avevano ancora quella bellezza semplice, tipica delle ragazze di campagna. Mandai una benedizione a quelle signore, sapendo bene che, in quel luogo, sarebbero state private a poco a poco di quella piccola grazia concessa loro da Dio.

Nonostante la folla, non mi fu difficile individuare il protettore: nessuno che facesse un altro mestiere avrebbe portato delle scarpe spagnole tanto lunghe e appuntite, da poterci infilzare un cappone. Alzai una mano per avere la sua attenzione.

Venne da me col bacino in avanti; le calzebrache multicolore erano talmente aderenti da diventare rosa sulle ginocchia e non c'era dubbio che la braghetta fosse ricavata dall'altra metà del melone del bravo.

La sifilide gli aveva lasciato il volto ruvido come un nocciolo di pesca. Più rapido del ciambellano di un cardinale che si appropria della sua mancia, mi mise una mano sul sedere.

«Non sono qui per lavorare per uno straccione impestato come te», dissi, e lo feci infuriare tanto che sollevò il braccio, come per colpirmi l'orecchio; lo abbassò solamente perché avevo già tirato fuori qualche ducato dalla fodera della cappa. «Voglio delle ragazze. C'è un venditore di lane fiorentino al mio palazzo che ha ingurgitato ogni pezzo di carne che gli abbiamo lanciato, e ancora non si alza da tavola. Se muovi quel culo cadente, andrei di sopra a dare un'occhiata».

Il protettore mi seguì al piano di sopra, dove delle tende di separazione avevano moltiplicato le stanze disponibili. Un musicista suonava il trombone a volume piuttosto alto, così i lamenti e i grugniti di quelle passioni fugaci si sentivano solo di quando in quando; dovetti alzare la voce, per dare ulteriori istruzioni. «Ho bisogno di una ragazza carina, che parli toscano: a lui piace chiedere di fare questo e quest'altro, e pagherà dieci ducati per non dover parlare a gesti. E vorrei una che conoscesse i gusti degli uomini di un certo livello, se sai cosa intendo». Naturalmente intendevo i gentiluomini come i condottieri.

Con un grugnito, il protettore mi oltrepassò, avanzando quasi sino alla fine del salone; poi, tirò una tenda fatta di lenzuola, che era stata usata molto, ma mai lavata. La signora all'interno, ancora in sottoveste, era in ginocchio su un letto di paglia, poco migliore di quelli che vendono ai pellegrini per il giubileo; la testa copriva le parti intime del suo ospite, che si era sollevato la grezza tunica da campagna.

Stavo per protestare che la ragazza non sembrava aver molta familiarità con gli uomini di un certo livello. Ma in quel momento, l'agricoltore mi sorrise, come se si aspettasse che mi unissi alla giovane.

Riconobbi i suoi denti neri da lampreda, che scomparvero subito, appena anche lui capì chi ero; evidentemente, mi aveva vista abbastanza bene, in quell'orribile fattoria. Scostò la testa della ragazza e si gettò contro di me con tale rapidità che ebbi solo il tempo di voltarmi e rannicchiarmi. Mi aspettavo di essere colpita, invece lo vidi fuggire dalla porta, mentre ancora si tirava su le brache.

«Fermatelo!», gridai.

Il protettore si rivolse alla ragazza, che si era alzata dall'altare, per così dire. «Ha pagato?».

Era evidente che si fosse schiarita le lunghe trecce durante l'estate, perché da allora era ricresciuto un palmo di capelli scuri, come un elmetto. Il suo viso era una maschera di belletto bianco, la bocca sembrava una cicatrice rosa, molto meno brillante dei pomelli rossi sulle sue guance, grandi e tondi come le sfere che si usano per il gioco della palla. Lanciava occhiate veloci ovunque. Fece cenno di sì al protettore.

Il magnaccia reclinò il capo, nel gesto di scrollare le spalle. A quel punto, la ragazza fuggì di corsa. Non avevo mai visto una donna in sottoveste muoversi così velocemente da quando Gambiera, mia mentore nel furto, attraversò di corsa Ponte Sant'Angelo con l'ambasciatore veneziano che la seguiva a due passi. E tu non hai mai visto una donna vestita a lutto correre veloce come feci io per inseguirla.

La porta d'entrata non era sorvegliata; accarezzai la speranza che il bravo avesse cercato di fermare la prostituta in fuga. Ma sembrava fosse andato a sedare una rissa, o qualcosa del genere, perché quando raggiunsi la scalinata, vidi che la ragazza aveva artigliato il viso di Niccolò come una virago, mentre la lampreda lo stava raggiungendo alle spalle. Ma non sembrava armato, e io avevo estratto il mio coltello dalla manica; tenendolo sopra la testa, gridai: «Tu! Quando dirò al mio bravo di lasciare la ragazza e occuparsi di te, ti terremo fermo e ci assicureremo che assaggi quello stesso pezzo di carne che hai servito a lei! Ti farebbe piacere?».

Gli uomini hanno sempre molta più paura di una donna armata di coltello che di un uomo, perché pensano che non siamo governate dalla ragione. Qualsiasi interesse avesse la lampreda ad assicurarsi la libertà della ragazza, scomparve tanto rapidamente quanto lui svanì nella folla. Senza dubbio, avevamo nella rete un uccellino più propenso a cantare.

Strattonai i capelli bicolore di quell'usignolo urlante con tanta forza, che smise di strillare contro Niccolò e mise giù gli artigli, sperando di mantenere lo scalpo attaccato al cranio. Ottenuta la sua attenzione, le mostrai il coltello che aveva messo in fuga con tanta efficacia il suo compagno. «Ora, se la smetti e parli con noi», dissi a denti stretti, «per te questa notte finirà molto meglio di come è iniziata. Sennò...», sollevai il coltello alla sua guancia, «ci sarà un po' meno di te di quanto non ci sia adesso».

Le passò ogni istinto di lotta, forse perché aspettava il momento giusto per la fuga.

Nell'allontanarmi da quella strada, acquistai diverse cose: della corda e una torcia dal venditore di cianfrusaglie, un mantello da un commerciante di abiti di seconda mano e un buon fagiano arrosto da una delle griglie a carbone. Non avevo intenzione di far sfilare quella povera ragazza attraverso la città, anche perché avrebbe potuto attirare l'attenzione su di noi, e non era quel che volevamo. Decisi, quindi, che avremmo risolto la faccenda in un vicolo nelle vicinanze. Ne trovammo uno dall'altro lato della strada, dietro a un enorme palazzo, una costruzione moderna che di recente era stata l'abitazione dei despoti locali esiliati dal Valentino. Non c'erano scalinate esterne o balconi su cui affacciarsi, quindi eravamo abbastanza riparati.

Niccolò teneva ferma la prigioniera mentre le legavo le caviglie e le mani dietro la schiena. Appena fu immobilizzata, le misi la torcia scoppiettante abbastanza vicino al volto da poterla vedere bene. Sotto la maschera di biacca, c'era una ragazza che non aveva ancora vent'anni; gli occhi, dal taglio allungato, le brillavano di una malvagità inquietante. Le domandai: «Chi era l'uomo che te l'aveva messo in bocca? Pensava valesse la pena di salvarti, finché non gli ho chiesto se avrebbe rischiato l'uccello».

«Carogna», sputò fuori.

Niccolò si rivolse con calma alla ragazza: «Il tuo amico è un *meg*». Mi guardò e tradusse dal dialetto romagnolo, "mago". Vale a dire, un uomo che probabilmente partecipava ai "giochi" per dare protezione alle streghe; se era abbastanza fortunato, poteva ottenere il ruolo del diavolo tra le prostitute demoniache, quando i rituali si trasformavano in un baccanale. «Credo che gli uomini che erano alla fattoria quel giorno fossero tutti dei maghi», aggiunse Niccolò.

La ragazza iniziò a mormorare: «*Sant'Antoni mi benefactor*», mentre cercava di liberarsi le braccia. Sembrava volesse farsi il segno della croce, o forse fare le corna contro il malocchio.

Le dissi: «Se parli toscano, possiamo aiutarti. So perché il tuo amico è fuggito. Lo avevo già visto prima. Ma tu, per me, potevi essere una prostituta qualsiasi: perché sei scappata?».

La mascella le tremava. «Moriremo tutti». Il suo toscano era abbastanza buono, anche se si sentiva l'accento locale.

«Chi morirà?»

«Io. Loro. Voi».

«E come moriremo?»

«Cavalcando la capra».

«Le tue amiche hanno cavalcato la capra?». Sapeva cosa intendessi, ma mi guardò con insolenza. Quindi aggiunsi: «Le due ragazze dei vostri "giochi" che adesso sono morte, hanno cavalcato la capra. Sai che qualcuno ti cerca, vero? Credi che sia venuta al bordello per farti cavalcare la capra?».

A questo punto, sputò a terra e iniziò a ripetere continuamente: «*Sant'Antoni mi benefactor*».

Solo allora notai il laccio rosso attorno al collo. Sfilai il bollettino dalla sua sottoveste. Il ritornello era stato scritto su un foglietto: *Sant'Antoni mi benefactor.* Una supplica a Sant'Antonio. Lo girai, per trovarvi un'altra preghiera: *Angelo bianc, per vostr santite.* Era piuttosto simile al toscano: «Angelo bianco, per la vostra santità». "Angelo bianco" era un altro nome di Lucifero.

Sotto l'invocazione all'angelo dell'Inferno era stato segnato un nome: *Zeja Caterina.* «*Zeja*?»

«Zia», disse, impaziente di prendersi gioco di me.

«Ah, una zia», dissi a Niccolò, che lanciava occhiate oblique alla ragazza. «Non c'è dubbio che sia una di quelle ziette che fanno nodi ai fazzoletti degli uomini per farli innamorare di te, o estraggono una radice di mandragora annaffiata con l'urina di un uomo morto per proteggerti dalle maledizioni. Ogni prostituta a Roma ha una zia così. E tutti gli altri la chiamano strega». Mi rivolsi alla ragazza: «Sei tu, questa zia Caterina?».

Arricciò le labbra e sbuffò con disprezzo. «Non la troverete. Da nessuna parte».

«Davvero?». Piuttosto che chiederle direttamente perché zia Caterina si preoccupasse tanto di tagliare la corda, affrontai la cosa passando per la Calabria, per così dire. «Da quanto tempo lavori in quel bordello?»

«Dieci *mes*».

Dieci mesi; era già al bordello mentre i condottieri pianificavano la loro cospirazione. «Conosci una ragazza che lavorava con un soldato? Un soldato molto importante, un condottiero».

I suoi occhi si fecero fessure, come quelli di Giuda in un dipinto.

«Si chiamava Vitellozzo Vitelli?»

«Vitello», disse, menzionando l'animale in toscano. Scosse la testa come se avessi descritto un essere per metà uomo e per metà bestia, come un minotauro. «Vitello? No».

«Oliverotto da Fermo?».

Questa volta scosse la testa velocemente, quasi annoiata, come se stesse ascoltando un *pazzarone* che recitava nomi senza senso.

Le afferrai il mento con la mano. «Hai mai visto un amuleto non più grande del tuo pollice, con la forma della testa di un toro? Un amuleto molto antico?».

Quasi si mise a ridere alla mia domanda, come se tirassi fuori cose assurde. Niccolò mi toccò il braccio, per avvertirmi che non sarei arrivata da nessuna parte.

Sarei rimasta del tutto delusa, se il Valentino non mi avesse confidato che, secondo lui, gli omicidi non avevano a che fare solo con l'amuleto di Juan.

«Le tue amiche che hanno cavalcato la capra e non sono tornate», le dissi, «sapevano qualcosa, non è vero? Un segreto che hanno sentito da questo soldato».

«*Secrét*», ripeté, sibilando in dialetto romagnolo. Aggrottò la fronte come se avessi detto qualcosa che aveva un po' di senso, ma non era del tutto comprensibile.

«Qual è il segreto?», chiesi con gentilezza. «Riguarda un uomo che è stato ucciso?».

Gli occhi da Giuda si allargarono e spostò la testa all'indietro, come se fossi stata io a rivelarle il segreto.

Improvvisamente, Niccolò allungò la mano, come se volesse afferrare il collo della ragazza; ma voleva solo prendere il bollettino. Comunque, a lei non sembrò che il suo interesse fosse benevolo. Le tornò negli occhi la malvagità da serpente.

«*Zeja* Caterina conosce questo segreto», disse Niccolò; l'aveva dedotto dal fatto che questa *zeja* aveva delle buone ragioni per restare nascosta. «Dove possiamo trovare *zeja* Caterina?»

«*Caz*», gli gridò.

Niccolò mi guardò. «*Zeja* Caterina è al centro di tutto».

Annuii, e lui aggiunse: «Se vogliamo sperare di trovarla, avremo bisogno di prendere delle misure più energiche».

In realtà, mi ero preparata all'evenienza, anche se speravo non ce ne fosse bisogno. Presi il mantello di seconda mano che avevo sistemato a terra, poi il fagiano arrosto che vi avevo appoggiato sopra, e iniziai a mangiarlo con gusto. «Di certo ha un sapore migliore della salsiccia che hai assaggiato prima», le dissi. «Posso avvolgerti in questo mantello e mandarti via con il resto del fagiano. Oppure posso tenermi il mantello, mangiare il mio fagiano e mandarti via in sottoveste. E per ricordarti con affetto, mi terrò il tuo naso».

Avrei potuto piantarmi il coltello nella pancia, quando vidi la sua indifferenza. «Vogliamo parlare con *zeja* Caterina», dissi disperata. «Nient'altro. La possiamo aiutare. Gli uomini che la stanno cercando faranno ben di peggio che tagliarle il naso».

«*Angelo bianc per vostr santite! Angelo bianc per vostr santite! Angelo bianc per vostr santite*!».

Sbattendola contro il muro di mattoni del palazzo le gridai: «Adesso i santi del Cielo non sono forti abbastanza, eh? Ora il *gévol* è il tuo *benefactor,* non è vero?». Le misi la punta del coltello tra l'occhio e il naso, facendole uscire del sangue. «Ma né il cielo, né l'Inferno potranno salvarti la faccia».

Sapendo cosa rischiavo, e cosa avevo già perso, mi ero preparata a tagliare, quando Niccolò mi fermò il polso e disse: «Aspetta». Mi tirò indietro il braccio e mi prese il coltello dalla mano irrigidita. Non avevo deciso se volevo maledirlo o ringraziarlo, quando diresse la punta del coltello dritta verso il collo della ragazza. Gridammo allo stesso tempo.

Con un solo movimento, Niccolò tagliò il laccio del bollettino e lo prese dal suo petto.

«*Angelo bianc per vostr santite! Sant'Antoni mi benefactor!*». La povera ragazza continuava a ripetere la sua invocazione al cielo e all'Inferno, finché le lacrime segnarono delle righe sul suo belletto bianco.

Stava ancora singhiozzando, quando Niccolò disse, calmo: «Riavrai il tuo bollettino quando ci avrai portati da *zeja* Caterina».

Rabbrividì e, quasi in un grugnito, disse: «A roccia del cerbiatto. *Dmananserа*».

«Cos'è la "roccia del cerbiatto"?», le chiese Niccolò.

«In direzione Bologna, tre miglia. Roccia del cerbiatto, vedrete. Grande roccia, con sopra cerbiatto».

«Proseguiamo su via Emilia, verso Bologna, per tre miglia», disse Niccolò. «E lei ci incontrerà alla roccia del cerbiatto? Domani sera?»

«Sì. *Dmananserа*. Verranno».

Le labbra sottili di Niccolò erano quasi livide. «Spero che *zeja* Caterina non ci deluderà. Ho intenzione di lasciare a lei il tuo bollettino. Se non verrà, lo userò per fare un maleficio».

Deglutì e annuì.

«Dovremmo slegare questa donna», disse Niccolò. «E pagarle il dovuto».

La ragazza si avvolse nel mantello, raccolse la faraona e svanì come un'ombra nella strada di fronte.

D'improvviso ero così stanca, triste e spaventata che non potei fare a meno di dire ad alta voce quello che sapevo già dentro di me. «Niccolò, non mi piace la piega che hanno preso le cose. Moriremo, là fuori».

«Sì, credo che probabilmente qualcuno cercherà di ucciderci». Niccolò stava quasi borbottando come Leonardo. «E vorrei proprio sapere chi».

XVII

Niccolò mi accompagnò a casa e sedette sul letto accanto a me per un po', anche se non ci scambiammo una parola. Credo sapesse, come lo sapevo io, che, se doveva essere l'ultima notte delle nostre vite, tutti i pensieri dovevano andare a quelli per cui abbiamo vissuto, e per i quali saremmo presto morti. Anche mentre sedevamo accanto, in silenzio, avevo la strana sensazione che, in qualche modo, le nostre anime si fossero incontrate molto prima di tutto questo, forse nei Campi Elisi, dove Platone dice che si sceglie la vita successiva. E là, le nostre anime si erano accordate per incontrarsi ancora a Imola, per condividere lo stesso destino.

Dopo un quarto d'ora circa, Niccolò disse che doveva scrivere delle lettere prima della partenza, e mi lasciò raccomandandomi di sprangare la porta.

Mio carissimo, adorato Giovanni, ho iniziato a scrivere questo resoconto ancor prima che Camilla e io partissimo da Roma, nella speranza che un giorno sarai in grado di capire le circostanze della nostra separazione. Vi ho riportato le istruzioni che mi ha dato il papa e tutti gli eventi che ne sono seguiti, perché so che degli uomini potenti potrebbero cercare di stravolgere i fatti a mio svantaggio, e mi servirà una cronaca abbastanza completa e precisa di come sono andate le cose, da non lasciare dubbi sull'onestà delle mie intenzioni; potrebbe anche servirmi a menzionare dettagli che altrimenti finirei per dimenticare.

Ma non voglio che un bambino legga queste pagine. Avevo dodici anni, quando la mia cara mamma mi lasciò a casa di Madonna Taddea e, per anni, mi fu più facile cercare di dimenticarla, anziché ricordarmi di lei con rabbia e incertezza, chiedendomi perché non fosse tornata da me. Se non riuscirò a tornare a Roma, crescerai nella casa dei Borgia. E per un bambino è più facile dimenticare, che difendere un vago ricordo da accuse che non può neanche comprendere. Però, so per esperienza che arriverà il giorno in cui avrai delle domande, e la verità che era rimasta sepolta si trasformerà in un dolore che ti punge il petto. Nel tuo caso, le menzogne che ti sono state dette potrebbero anche mettere a rischio la tua incolumità, in quella casa. È per questo che mi era di conforto pensare che la nostra amata Camilla sarebbe sopravvissuta, se io non ce l'avessi fatta: in qualche modo, ti avrebbe detto la verità, appena saresti stato pronto a sentirla.

Ma quella carogna del destino aveva altri progetti. Ora, è mia intenzione incartare questo mucchio di pagine e spedirle con un messaggero alla banca dei Függer a Roma, assieme a una lettera di istruzioni secondo le quali questo pacchetto ti dovrà essere consegnato il 10 febbraio, *Anno Domini* 1518. Il giorno del tuo ventesimo compleanno, quando sarai diventato un uomo, pronto a farsi strada in questo mondo bellissimo e terribile. E forse, allora, sarai anche pronto a ricordarti di me.

Quindi, capisci, mio adorato, mio carissimo figlio, scrivo queste parole confidando nel fatto che, se le stai leggendo, per grazia di Dio sarai già diventato un uomo. E per la malvagità della Fortuna io sarò un mucchio di ossa e di polvere, morta già da quindici anni.

Quindi, qui la mia storia deve giungere alla fine. Il modo migliore di terminarla è raccontarti come è iniziata.

La mia storia ha inizio con una ragazzina nata, credo, in qualche villaggio o fattoria della valle del Po; non ne sono mai stata certa. Anche se la sua mamma non l'ha mai detto, qualche furfante di campagna l'aveva senz'altro lasciata con una "pagnotta nel forno" e delle vuote promesse. Poi, visto che non voleva gettare la sua bambina illegittima nel Po, o in qualche fossato, probabilmente non è più stata la benvenuta a casa propria, o nel villaggio dove è cresciuta. Dopo esser state cacciate da casa, questa ragazzina e la sua mamma, che non aveva più di quindici anni, hanno vagato da un villaggio all'altro; mamma vendeva gli unici beni in suo possesso, che di solito erano prodotti nella bottega tra le sue gambe, e si trasferiva ogni volta che le arpie del villaggio la inseguivano, lanciandole pietre e maledizioni. Non c'era mai molto da mangiare: polenta di castagne, fagioli con un po' di pancetta o, a volte, solo quel che la gente di campagna chiama il "pane dei serpenti", che è radice di gigaro bollita come un cardo. Riesci a immaginare quanto quella mamma amasse la sua bambina? Avrebbe potuto lasciarla su una soglia qualsiasi (o peggio) e andarsene per conto suo, ritornando una verginella. Neanche nostro Signore ci ama così tanto. So che soffrì sulla croce, ma fu solo per un giorno. Quanto può aver sofferto mia madre tutti quegli anni, ogni volta che si trovava addosso qualche zoticone grasso e fetente, con la barba da porcospino e la bocca da latrina?

Le due donne ebbero un sacco di avventure, spostandosi dai paesini a cittadine come Modena e Lucca, e impararono a vivere sulla strada, per così dire. A quel tempo, la ragazzina portava sulla testa un cesto di mele cotte, che vendeva per la città, mentre la mamma era a casa a vendere se stessa. Quando la ragazza tornava, la sera, sentiva sempre l'odore degli uomini, dei loro profumi e pomate; quell'effluvio le piaceva, perché spesso significava che con i fagioli ci sarebbe stato qualcosa di più della pancetta. A volte mangiavano costolette di maiale o tordi; la ragazza riuscì anche ad avere i suoi primi zoccoli di legno, così poteva immaginare di essere una di quelle signore importanti che camminano rumorosamente sul ghiaino con le loro alte sovrascarpe.

Un anno, subito dopo Carnevale, le cose peggiorarono. C'era un uomo che tornava di continuo; la ragazza non lo vide mai, ma ne riconosceva l'odore, aspro come quello delle mandorle. Venne ogni giorno per mesi, finché madre e figlia non si ritrovarono a mangiare di nuovo polenta di castagne e cardi. La mamma era diventata uno spettro, la sua pelle era come la cartapecora ruvida che si usa per coprire le finestre. La ragazza maledisse Dio, perché credeva che sua madre stesse morendo.

Ma, un giorno, quando la ragazza tornò col suo cesto vuoto, la mamma le disse che aveva qualcosa da mostrarle. Sciolse i lacci di pelle di quel che sembrava un'antica reliquia; portava i segni dei morsi dei topi e degli insetti. Poi aprì quell'oggetto lacero, per mostrare alla figlia le pagine che conteneva. Senza dubbio era una pergamena molto economica, di terza mano, coperta da un'orrenda trascrizione. Ma per quella semplice ragazzina, che vedeva un libro per la prima volta, quelle pagine grezze erano meravigliose come le cose che oggi si vendono alla tipografia di Aldo Manuzio.

«*La Divina Commedia*», disse la mamma della ragazza, indicando le parole scritte sulla prima pagina. «Dante Alighieri». Guardò sua figlia con lo stesso volto di Beatrice quando si toglie il velo per la prima volta, abbagliando Dante con il suo splendore. «È nostra, adesso. Per imparare a leggere questo libro ho impiegato quasi tanti mesi quanti ti ho portata in grembo. E ora lo insegnerò a te».

Per tutto quel tempo, la mamma non si era solo venduta per poter acquistare quel libro; aveva anche pagato un insegnante. I sacerdoti direbbero che ha comprato quel libro e quelle conoscenze con i peccati della sua carne corrotta, ma non è vero. Ha comprato quel libro con l'amore, puro amore celeste, un amore che va oltre ogni comprensione. Un amore grande come la compassione infinita che muove le eterne sfere. L'amore di una madre.

Scrivo queste cose sulla carta macchiata dalle lacrime, che si saranno seccate come ossa antiche tra quindici anni; ma forse riuscirai ancora a vedere dove hanno sbaffato l'inchiostro. Sai già che la stessa cara mamma che ha sacrificato tanto per me non fece più ritorno. Sono certa che morì poco dopo avermi lasciata da Madonna Taddea, a Roma, ma non so esattamente come andò in cielo, così come tu, probabilmente, non saprai mai di preciso come è finito il percorso della mia vita. Nella mia anima, però, sono convinta che la mamma morì in ospedale, portata via da febbri deliranti, e pronunciò il mio nome nel suo ultimo respiro spezzato: Laura, il nome dell'amata di Petrarca. Laura, che divenne poi Sancia, la figlia illegittima del principe di Squillace e, in seguito, Damiata, l'Afrodite della Curia vaticana. Il nome di una ragazzina nata fra il fango della vallata del Po, che è stata amata più di ogni cosa in cielo e in terra dalla sua santa mamma, la cui memoria è eternamente benedetta. La stessa ragazzina che ora sta scrivendo il suo ultimo testamento in una fredda stanza di Imola, nel mezzo della gelida Romagna.

Devo andarmene, adesso, mio adorato Giovanni, il mio tesoro che oggi è diventato uomo, e conosce la sua mamma solo attraverso una nebbia di ricordi di una casetta a Trastevere e queste poche parole, che sembrano gli ultimi sogni agitati prima di un sonno eterno. Ma ti prego di impregnare di queste parole la tua anima, anche se le trovi poca cosa. Poi, guarda negli occhi delle persone che ami di più, e là cerca il riflesso del mio amore per te, che non ha fine.

Al Magnifico Francesco Guicciardini
9 gennaio 1527

Qui si interrompe il resoconto di Damiata. Così come l'«Eneide» segue all'«Iliade», vi presento, adesso, in tre parti, la mia continuazione della sua storia. Al tempo degli eventi capii, come Damiata, che ogni dettaglio era fondamentale, quindi presi nota delle conversazioni e dei fatti che trovate riportati qui ora per ora, o giorno per giorno. Ho iniziato a raccogliere tutte queste osservazioni in una narrazione coerente soltanto qualche mese fa. Tuttavia, non ho tentato di riassumere gli eventi in una fitta trama; vi offro, piuttosto, quel che Cesare descrisse nella «Guerra civile» come «il nuovo tessuto della storia». Quando inizierete a scrivere la vostra Storia relativa a quegli anni, sarà vostra cura setacciare le mie parole, cardarle e binarle, per poi procedere a intrecciarle all'ordito che state tessendo.

Platone credeva che ogni nuovo nato sia un'anima che torna alla vita. Mentre riempivo queste pagine, ero tanto assorbito dai miei ricordi, che credo di avervi fatto ritorno prima del tempo, per riabitare il mio corpo di ventiquattro anni prima; quando ero giovane, sembrava che un nuovo mondo attendesse di essere scoperto, che la nostra Repubblica avrebbe prosperato, e che la nostra Italia potesse ancora essere salvata. Ahimè, come scrisse Seneca, «Sed fatis trahimur»: «ma siamo spinti dal destino».

Addio,

Niccolò Machiavelli

Parte seconda

La natura umana

Imola e Cesena, 9-26 dicembre 1502

Capitolo 1

> [...] è assai meglio tentar la fortuna, dov'ella ti possa favorire, che non la tentando vedere la tua certa ruina.

Il motto che precede è una citazione dal mio trattato *Dell'arte della guerra*. Sostituisce una prefazione che descriva tutto ciò che segue in questo capitolo, che non è degno di un drammaturgo. Avanzando nella lettura, capirete perché ho corso alcuni rischi, piuttosto che scegliere di barricarmi nelle mie stanze in attesa di una rovina sicura.

Quando lasciai Damiata, dopo la nostra visita al bordello, passai quasi tutta la notte al mio scrittoio. Ancora una volta, esortai i miei superiori di Palazzo della Signoria a inviare un ambasciatore con pieni poteri, per giungere a un accordo con il Valentino; alla luce dei sospetti del duca sui condottieri, tale accordo avrebbe potuto incoraggiarlo a revocare il trattato di pace, con il fruttuoso effetto di salvare la nostra Repubblica. Ma avevo poche speranze che i ciechi riprendessero a vedere all'improvviso.

Il giorno seguente, mi preparai all'eventualità di non fare ritorno dall'incontro di quella sera; il mio primo pensiero fu assicurarmi che la piccola Primerana e mia moglie ricevessero quei fondi che ancora dovevano arrivarmi da Firenze. Mi occupai anche del mulo e del mio sventurato garzone, che avrebbe avuto bisogno di cure. Non furono faccende semplici da sbrigare, e finii soltanto poco prima della partenza.

Tuttavia, Damiata e io attraversammo le mura della città proprio quando ci eravamo prefissati, due ore prima del crepuscolo; la "roccia del cerbiatto" non doveva essere a più di un'ora da Imola, sulla via Emilia. Vi saremmo giunti, quindi, alla luce del giorno, per poter esplorare la zona circostante e verificare se ci avevano teso un tranello, o se eravamo stati seguiti da Imola. Non volevo affaticare il mio mulo prima che fosse pronto, quindi ne presi in affitto un altro abbastanza robusto da portare due persone; comunque, io decisi di camminare al fianco del mulo, mentre Damiata stava in groppa, in modo da conservare le forze dell'animale per dopo, quando, forse, ne avremmo avuto bisogno per sopravvivere.

Fuori dalle porte della città, la strada e la campagna circostante erano coperte della neve di gennaio, che era giunta con un mese di anticipo: è una neve densa ma asciutta, come grano macinato in modo grossolano. Il vento del nord che spazzava la pianura era freddo, pungente; trasportava ancora dei fiocchi gelati che scendevano dal cielo plumbeo. Ci eravamo attrezzati al meglio: il cappuccio e il mantello di Damiata erano orlati di zibellino e, mentre era sul mulo, vidi che portava calzamaglia di lana spessa, oltre a una seconda camicia, sotto il vestito da lutto. Io avevo indosso la maggior parte del mio guardaroba e, ai piedi, portavo delle scarpe di legno da contadino, che almeno mi tenevano asciutto. In ogni caso, avremmo dovuto sbrigare in fretta la questione con *zeja* Caterina, o il freddo si sarebbe fatto beffe degli altri nostri timori (o ce li avrebbe fatti scordare).

Il suolo rossastro della pianura sembrava dipinto di bianco, così l'impronta lasciata dagli antichi romani nella zona era ancor più evidente. La linea retta della via Emilia non era il solo testamento dei loro ingegneri, le cui conoscenze abbiamo oggi dimenticato; l'intera pianura era suddivisa in una scacchiera di campi, quadrati perfetti di uguale misura, tutti perfettamente allineati alla strada, come i mattoni al filo a piombo di un muratore. Nel corso dei secoli, i confini di questi campi erano stati contrassegnati in vari modi: canali d'irrigazione, stradine di terriccio e ghiaia, file di gelsi o cipressi, siepi di arboscelli e cespugli.

La vasta griglia della pianura era del tutto diversa dalla campagna che conoscevo sin da ragazzo. Mio padre possedeva un piccolo appezzamento e un podere a Sant'Andrea, vicino Percussina, a circa sei miglia dalle mura di Firenze: era la nostra principale fonte di sostentamento. Là, le dolci colline erano drappeggiate di campi, uliveti, vigneti e foreste, in un mosaico che avrebbe potuto essere opera di una bottega d'artista. Nelle mattinate piene di luce, ad agosto, correvo tra steli di lino alti quasi quanto me, coperti di fiori azzurri: se socchiudevo gli occhi, potevo immaginare di essere in un oceano. Un istante più tardi, sparivo all'ombra dei boschi, gli stessi che ci fornivano la legna per il fuoco, dove sentivo fuggire conigli e faraone al mio passaggio; poi, ecco che mi ritrovavo in un recinto di polli, o in un porcile.

Quel freddo pomeriggio non avevamo molta compagnia sulla strada, a parte una fila di muli carichi di voluminose ceste di carbone e un piccolo gruppo di contadini a capo scoperto, uno dei quali teneva sulle spalle un paio di conigli morti. Lo scarso movimento di persone e il magro bottino del cacciatore mettevano in evidenza come quella regione mancasse di tutto, sia per il clima, sia per gli eserciti che avevano sfruttato le campagne. Quando videro che eravamo stranieri, i contadini sputarono nella neve e fecero le corna contro il malocchio.

Il vento rendeva difficile conversare, ma non ci rallentò molto; credo fossimo partiti da poco più di un'ora, quando gridai: «Vedo la nostra pietra!». Avevamo già superato una dozzina d'incroci circa, ma questo crocevia era diverso dagli altri perché era in piena vista. Un'enorme lastra di pietra calcarea emergeva dal suolo sul nostro lato dell'incrocio; era consumata dal tempo e, forse, mezza sepolta dalla neve, nonostante la parte ancora in vista fosse alta quasi quanto me. Mi aspettavo che vi avremmo trovato un cerbiatto scolpito nella roccia secoli prima.

Invece, quando ci avvicinammo per osservare l'incisione, scoprimmo che non era così. Delle lettere scolpite in profondità, grandi quanto la mia mano, formavano un'iscrizione latina ancora ben leggibile: SANCTISSIMIS FAUNIBUS, un'antica preghiera ai santi Fauni.

«La roccia del fauno», dissi, chiedendomi se questa non fosse la più banale, tra tutte le mie deduzioni errate. Sull'altro lato della strada, presso l'angolo che delimitava il campo, vidi un pozzo, un cilindro grigio in muratura che si stagliava sulla neve e, accanto, una carrucola di legno per il secchio. «Aspettiamo là», dissi. «Potrebbe rivelarsi utile, in caso dovessimo nasconderci».

Attraversammo la strada, che sembrava proseguire oltre l'orizzonte appiattito, forse fino alla costa adriatica. Una linea bianca perfetta, contornata da file interminabili di gelsi spogli, i cui rami aguzzi si univano a formare delicate reti di ramoscelli, quasi un pizzo nero che fregiava i campi innevati.

Damiata si fermò a osservare la strada, studiando quel connubio di arte umana e naturale come se fosse un presagio del nostro destino. «Leonardo ha fatto disegni simili a questo», disse, quasi estasiata. «Non ho mai visto niente del genere. Ha strappato via la carne per mettere a nudo vene, nervi e tendini che scorrono come fiumi, ruscelli e torrenti. O che si intrecciano come questi rami di ginepro». Si voltò verso di me. «Il maestro ha scoperto un mondo segreto sotto la nostra pelle».

Il cappuccio sollevato le lasciava in vista soltanto il volto e, per quanto possibile, quella cornice scura rendeva l'azzurro dei suoi occhi ancor più intenso. Se l'azzurro più vivace usato dai nostri pittori si chiama "oltremare", per ottenere quella tonalità si sarebbe dovuta attraversare tutta la distesa d'acqua tra qui e il "mondo nuovo" del nostro amico di benedetta memoria, Amerigo Vespucci.

Quello sguardo, tuttavia, si poteva trasformare in un istante; un attimo prima era tormentato, un attimo dopo scintillava come il sole che si riflette sulle onde. Guardare Damiata per più di un istante non significava solo restarne affascinati nel senso moderno del termine, ma anche nella sua accezione originaria di "fascinare", essere in preda a una malia.

Potevo sembrare diffidente ai suoi occhi, ma era solo perché li consideravo due ladri inveterati della ragione e del buon senso.

A piccoli passi, Damiata raggiunse il margine ghiacciato del pozzo. Dette un'occhiata all'interno, poi si ritrasse velocemente.

La raggiunsi e guardai giù anch'io, chiedendomi cosa avesse visto; ma c'erano solo vuoto e oscurità. In quel periodo della mia vita avevo appena iniziato gli studi sulla natura degli uomini, la mia "scienza umana". Quel pozzo era un'allegoria dei miei sforzi di immaginare il volto dell'assassino: guardare nell'oscurità, nella convinzione che vi sia qualcosa sul fondo, ma senza poter vedere niente.

«Supponiamo che le due streghe siano morte a causa di un segreto riguardante l'omicidio del duca di Gandia», dissi, sapendo che Damiata ne era già convinta. «Quell'uomo ha ucciso le streghe per tener nascosto il segreto, o perché gli fosse rivelato?»

«Senza dubbio per tenerlo nascosto», rispose subito Damiata. «I condottieri sanno qualcosa che cercano di insabbiare».

«È la conclusione più ragionevole. Ma, allora, perché sistemare i resti in modo da attirare l'attenzione sulle vittime?».

Damiata inclinò il capo. «Cosa cerchi di dire, Niccolò?»

«Probabilmente c'è un segreto che queste streghe hanno tenuto ben nascosto, ma non credo ci dirà chi ha ucciso Juan di Gandia, né le altre donne».

Fece uno sbuffo quasi di scherno. «Quindi, pensi che siamo giunti fin qui per niente, tanto per andare incontro alla morte».

«Cerchiamo un uomo dalla natura peculiare», spiegai. «Una natura molto insolita. E non credo che riusciremo a trovarlo se prima non verremo a conoscenza di un altro tipo di segreto, che non si trova qui, nella pianura, ma dentro di lui. Qualcosa che lo rende diverso dagli altri».

Damiata aggrottò la fronte e si rabbuiò (un'espressione che mi fece quasi impazzire di desiderio). Mi ci volle un po', quindi, per comprendere che stava esprimendo il suo più profondo scetticismo. «Vuoi parlare ancora della sua vanità? O del suo interesse per enigmi e rompicapo, Niccolò? Perché non è una cosa insolita, è nella natura di moltissimi uomini che ho conosciuto. Soprattutto di quelli di alto lignaggio».

Sapevo bene che non avrei convinto facilmente Damiata, perché in realtà non convincevo del tutto neanche me stesso. Scivolavo spesso nella retorica, in quei giorni, e speravo sempre di trovare un appiglio prima di cadervi del tutto.

«Non credo che sia un uomo comune», dissi, «perché persone di questo tipo si incontrano di rado nelle storie».

«Anch'io ho letto Erodoto e Tacito, come te, Niccolò». In effetti, le colte provocazioni di Damiata al mio intelletto mi avevano sedotto tanto quanto la sua bellezza. «La storia non è altro che una lista di uomini crudeli e vanitosi».

«Uomini che uccidono sempre per assecondare passioni, o sentimenti», dissi. «Ambizione. Gelosia per il potere altrui. Giunti alla vetta, sono consumati dal sospetto e temono di perdere tutto a favore di qualcun altro simile a loro».

«Sì, hai già detto che queste passioni, o questi sentimenti non sono ravvisabili negli omicidi». Era irritata. «Ma non è più ragionevole pensare che il più grande timore di quest'uomo sia veder rivelati i suoi crimini al papa e al Valentino, che si vendicheranno, privandolo del suo rango e della sua stessa vita?»

«Cerco di dire che la ragione non ci fornisce una spiegazione chiara delle azioni di quest'uomo...».

«Allora credi che sia una sorta di folle. Ha qualche eccesso di bile nera nel cervello».

«No, tieni conto della premeditazione, l'attenzione ai dettagli, il meticoloso smembramento dei corpi. Sembra essere pienamente in possesso delle sue facoltà». Mentre parlavo, urtai con la manica un cumulo di neve, che cadde nel pozzo; quella pioggia di luce svanì prima di essere inghiottita dall'acqua nera. «Neanche i più grandi, tra gli antichi, sono riusciti a comprendere appieno questo tipo di uomo».

Damiata si tolse qualche filo di paglia dalla fronte; nel guanto di pelle grigia di capretto, la sua mano sottile era più bella di quella marmorea di una statua di Afrodite. «Ma, Niccolò, credi di aver fatto una lista di uomini come lui, è questo che credi?».

Scrollai le spalle. «Plutarco ci dice che Alessandro, tiranno dell'antica città di Fere, in Tessaglia, massacrò popoli interi senza motivo: era perverso, macellava le persone solo per svago. Adorava come una divinità la lancia sulla quale aveva impalato il suo predecessore; non provava mai alcun rimorso, e piangeva soltanto quando mettevano in scena le sofferenze di Ecuba e Andromaca. Tuttavia, Plutarco non definisce Alessandro di Fere un uomo fuori dal comune, neanche quando lo confronta con altri tiranni. La storia narra di vari personaggi che si divertivano a torturare e uccidere: ad esempio Demetrio e Perseo, il dittatore romano Silla, gli imperatori Caligola e Nerone. Platone riteneva che tutta quella depravazione fosse dovuta a una "malattia dell'anima". Ma questa malattia, o deformità, è talmente rara che né Ippocrate né Galeno (e neanche Marco Aurelio o Sant'Agostino) l'hanno mai descritta».

«Niccolò, se quest'uomo è tanto diverso dagli altri, non dovremmo individuarlo subito? I romani non si erano forse accorti della follia di Nerone e Caligola, anche se non avevano il potere di opporsi?»

«È questo che mi confonde. Per un certo periodo Nerone e Caligola ingannarono anche i cittadini romani, incluso chi visse a stretto contatto con loro. Accadde così anche per Silla. Quegli uomini sembravano capaci di mascherare la loro vera natura, finché non consolidavano il loro potere abbastanza da potersi permettere ogni tipo di eccesso».

«Che tipo di maschera?». Mi rivolse un sorrisetto ironico. «Immagino non ti stia riferendo a quella da diavolo che ha visto l'assistente di Leonardo».

Nonostante la questione fosse di fondamentale importanza, non avevo una risposta. Guardai nel pozzo come in uno specchio nero. «Forse è questo il suo segreto», dissi, «è l'enigma della Sfinge».

Damiata sapeva già che l'ignoranza fu fatale ai viaggiatori incapaci di dare una risposta all'enigma della Sfinge. «In questo senso, forse hai ragione, Niccolò. Stanotte dovremo risolvere il suo enigma, o la Fortuna ci condurrà al termine del nostro cammino». Mi prese il braccio e si avvicinò. «So di avertelo già chiesto, Niccolò. Conosci donne di ogni tipo, non è vero?».

Diciamo che avevo già "conversato" con le cortigiane meno belle della corte di Francia, a Lione, per tacere di cantanti e ballerine di interludio, a Firenze. Però, non avevo mai conosciuto una donna come lei.

Damiata interpretò il mio silenzio, o la mia espressione, e aggiunse: «È per questo che non ti fidi di me?».

Le risposi semplicemente: «Confidavo che fossi onesta anche quando mi dicevi di non farlo», senza bisogno di ripetere i peccati che mi aveva confessato: bugiarda, ladra e prostituta.

Il suo sorriso scoprì dei denti perfetti, come perle. «Se solo ti avessi conosciuto a Roma, prima di tutto questo... Saremmo stati grandi amici. E non avrei dovuto conquistarmi la tua fiducia».

«Se mi avessi incontrato a Roma, sarei stato solo uno tra le dozzine di studiosi accampati sulla soglia di casa tua e non avrei potuto sperare in niente di più di un tuo cenno di saluto». Era un modo garbato di dire che una sola notte con lei mi sarebbe costata un anno di paga.

Abbassò lo sguardo. «No, credo che ti avrei trovato diverso dagli altri. Ma forse sto lusingando me stessa, e non te: nei giorni della mia ascesa, non ero molto saggia...». Quando sollevò gli occhi, era come se mi avesse messo un dito sul cuore (e una mano sulle brache). «C'è un legame tra di noi, Niccolò». Si mordicchiava il labbro inferiore. «E ci spaventa entrambi. È come se le nostre anime si fossero messe d'accordo, molto tempo fa, per portarci qui, insieme. Questa notte».

Forse non avrei descritto il legame in quei termini, ma avevo la stessa sensazione. Scrutai l'oceano dei suoi occhi, incapace di stabilire se Damiata fosse la Beatrice dantesca, che mi avrebbe condotto sino alle Sfere più alte, oppure una Circe, che già mi aveva incantato mente e corpo.

Capitolo 2

[...] perché sempre avviene
che dove men si sa, più si sospetta.

Quando il ragazzo giunse alla pietra del fauno, le stelle avevano già coperto metà del cielo, e un quarto di luna faceva capolino tra le nuvole rimaste. «Deve essere il loro ricognitore», dissi, mentre attraversavamo il campo per andargli incontro, senza separarci dal mulo.

Era persino più giovane del ragazzo del luogo che avevo assoldato per spiare la casa di Leonardo; non penso avesse più di dieci anni, era biondo, ma con quel volto strano, serio e cupo, tipico di molti bambini romagnoli, che sembrava non avessero mai provato felicità. I volti dei bambini erano una delle ragioni per cui credevo profondamente nel progetto del Valentino, una Romagna in cui tutti i cittadini potessero vivere in pace e in giustizia, che erano state loro negate per troppo tempo. Al momento, tuttavia, la guerra aveva reso le campagne un luogo ancora più disagiato.

Il ragazzo vestiva l'uniforme del contado: camicia di canapa, mantello di crine e zoccoli. Avevamo a malapena detto «Buonasera» che la sua domanda risuonò acuta nel buio: «Volete *el gévol int la carafa*?»

«Con *zeja* Caterina», dissi.

«Sì, è qui».

«Dove?».

Sollevò un braccio e indicò il nord, verso quell'infinita strada costeggiata di ginepri. «Pianura».

Salii sul mulo con Damiata, poiché non volevo offrire a quella gente l'opportunità di separarci facilmente. Non mi pentii di essere stato tanto prudente: il ragazzo afferrò la cavezza e iniziò a correre come un messaggero, a un passo che difficilmente avrei potuto sostenere con i miei goffi zoccoli. Quando ci aveva già portato a un paio di miglia dal crocevia, le nuvole erano quasi scomparse e la luna crescente era accompagnata da una larga scia di stelle al centro del cielo, come se una strada celeste rispecchiasse il nostro percorso.

Più rapido del balzo di una pulce, il ragazzo svoltò in un sentiero stretto, che vedemmo solo all'ultimo momento. In alcuni punti, i rami spogli formavano un pergolato sulle nostre teste. Quella notte aveva un odore che non potrò mai dimenticare, in cui la freschezza della neve si combinava con il profumo di Damiata: arance, tintura di rose e un'acuta fragranza di giglio, che spesso mi ritorna alla mente, anche quando non penso a lei. Raggiungemmo un viottolo che costeggiava un canale d'irrigazione. Il ragazzo dovette persuadere il nostro mulo a percorrerlo, o meglio, a entrarvi, perché i rami di ginepro erano fitti su entrambi i lati e ci sfioravano come dita. Dopo aver avviato il mulo nella giusta direzione, il ragazzo andò alle sue spalle, presumibilmente per spingerlo dal posteriore. Invece, lo sentii dire: «Andate. *Zeja* Caterina». Dette una pacca sul fianco al mulo e, nel tempo che impiegai a girarmi verso di lui, era già svanito nella griglia di campi argentei.

Proseguimmo per qualche centinaio di passi, poi Damiata disse: «Lo senti, Niccolò? Quel lieve tintinnio. Come monete nel sacchetto per incantesimi di una strega».

«Qualcuno ci sta pedinando».

Per qualche istante, il tintinnio risuonò più acuto e regolare, poi scomparve, lasciando solo il suono del vento tra i rami di ginepro.

Avevamo percorso circa un altro quarto di miglio quando sentimmo una specie di brontolio, come di un vecchio che si schiarisce la gola. Mi si drizzarono i capelli sulla nuca.

Il mastino era grande come un verro. Il suo profilo si era stagliato nella neve talmente all'improvviso, che sembrava evocato da una strega. Mentre procedeva a passi felpati verso di noi, iniziai a distinguere i suoi denti bianchi e la testa, grande quanto un cesto da semina. Poi, vidi un uomo accucciato dietro di lui.

Il mastino si fermò, fremendo in attesa dell'attacco; il suo custode gli aveva accorciato il guinzaglio come un balestriere che tende la corda della sua arma.

Le parole di quell'uomo quasi galleggiarono verso di noi, ognuna in un'esalazione di fiato: «Voi, *gévol int la carafa*?».

Rispondemmo subito: «Sì, sì».

Il custode del mastino lasciò che la sua bestia letale scattasse in avanti con un ringhio, prima di tirare il guinzaglio e riportare indietro quella testa da bue. «Allora, di qua».

L'uomo incappucciato afferrò la cavezza, come aveva fatto la nostra guida precedente, e ci condusse lungo un tragitto più tortuoso del percorso di Ulisse da Troia a Itaca: attraversammo un campo dopo l'altro, e a volte si avanzava in una direzione, per poi tornare sul sentiero già percorso. Feci di tutto per orientarmi con le stelle, perché non trovai altri punti di riferimento riconoscibili.

Non so da quanto stessimo vagando in quel modo, quando Damiata si girò verso di me con la flessibilità di un'acrobata, mi gettò le braccia al collo e poggiò il naso e la fronte sui miei. Gli occhi le brillavano e il suo profumo mi spazzava via ogni pensiero dalla mente.

«Niccolò», sussurrò in fretta, «se succedesse qualcosa, stanotte, devi lasciarmi qui e andare a casa. Torna dalla tua bambina e impara ad amare la tua giovane moglie. È solo una ragazza. Amala, e crescerà per te». Le sue labbra erano talmente vicine alle mie che potevo letteralmente sentire il tepore delle sue parole. «Ma devi sapere anche questo. Non mi sarei offerta a te, anche nel dolore, se non l'avessi voluto davvero. Se sopravviveremo a questa notte…».

Un gufo volò sopra le nostre teste, gemendo come uno spirito. Come se ne stesse seguendo il volo, la nostra guida dette uno strattone alla cavezza del mulo, che spezzò il velo di ghiaccio su un canale d'irrigazione, bagnandoci i piedi di acqua gelata. Intrecciai le mani sotto il cuore di Damiata, per non essere sbalzato via.

Poco dopo, vidi dei bagliori arancioni sul limitare di un vasto campo, poi la sagoma di una guardiola. Quella rustica abitazione era più grande del consueto (al suo interno avrebbe potuto stringersi una famiglia intera), ma, come le altre baracche, sembrava una bottega da rigattiere fatta di pietre, giunchi e assi di recupero; il tetto era un mucchio di tegole sconnesse, impilate le une sulle altre. Il custode del mastino ci fece cenno di smontare lì.

Damiata disse, in tono serio: «Così, siamo a Ravenna», richiamando il detto già menzionato. Non potevo fare a meno di domandarmi se la verità che avremmo scoperto là dentro ci avrebbe davvero condotti alla morte. La porta era un sottile divisorio fatto di rami intrecciati; la guida ci fece segno di entrare, ma lui e il suo cane non ci seguirono. All'interno, un falò di viti e cespugli secchi ardeva direttamente sul pavimento sporco. Dietro al fuoco, illuminata come la Vergine in trono di una rappresentazione sacra, sedeva una donna. La sua sedia era completamente nascosta da enormi sottane e dai vari strati di sottovesti. Aveva lineamenti forti, mascolini, ma si era assottigliata le sopracciglia in due archi stretti, come le mogli dei banchieri; la testa era coperta da un fazzoletto verde. Sembrava avere venticinque anni, ma forse era solo una diciassettenne. Nella pianura romagnola, all'età di Damiata una donna è già vecchia.

Con un improvviso movimento ferino, volse lo sguardo nella nostra direzione. Damiata ebbe un sussulto, e io potevo sentire la paura scorrermi in corpo, fino alla punta delle dita. Gli occhi quasi bianchi avevano un bagliore argenteo, come quelli dei lupi. I contadini li chiamano "occhi burberi", o feroci.

Mosse le mani aperte sul grembo, come per spazzare via delle briciole dalla montagna delle sue sottane; aveva un anello a ogni dito e bracciali di poco valore ai polsi. «Sono Caterina. Cosa state cercando?». Il suo toscano era sorprendentemente buono.

«Un assassino», rispose Damiata, più pronta di me. «Un uomo che ha ucciso la mia migliore amica e altre due donne innocenti».

Gli occhi feroci della donna si strinsero, come quelli di un gatto alla luce di una torcia. «Volete chiedere ad *Angelo bianc*?»

«Sì», rispose Damiata. Mi guardò, dubbiosa. Ma non si poteva tornare indietro.

La porta rudimentale cigolò ed entrò un'altra donna. Più alta, più scura e più magra di Damiata, indossava metà degli anelli, braccialetti e sottane da contadina che aveva *zeja* Caterina. La sua testa oscillava leggermente e gli occhi vagavano da una parte all'altra, come se fosse sotto l'effetto dell'oppio. O se avesse appena cavalcato la capra.

Un uomo in tunica di lana seguì la strega; lo riconobbi subito dal naso di cuoio, di un bianco innaturale. Come sospettavo, i contadini che avevamo visto alla fattoria abbandonata erano dei maghi. Mi sorprese, invece, veder entrare anche un bambino e una bambina di non più di otto o dieci anni, in camicia di canapa e con un'espressione triste; tenevano in mano delle candele di cera, accese, quasi fossero nel coro della processione del *Corpus Christi*. Si sistemarono dietro al trono della strega, dove era stata costruita una piccola tenda ricavata da cappe di crine e rami. I bambini si affrettarono a entrarvi, come topi che tornano nella loro tana.

Naso di cuoio spostò il trono della *zeja* quanto bastava a rivelare un altro oggetto di scena: su un tavolino era appoggiata una fiaschetta di vetro chiaro, sufficiente a contenere il vino di una bottiglia, ma che era stata riempita soltanto di acqua.

Le mani di *zeja* Caterina ripeterono il movimento di spazzare il grembo. Adesso, però, sulle sottane aveva un libro già aperto e ne stendeva le pagine. Ero certo di essermi perso l'entrata in scena di quest'oggetto quando osservavo i bambini; probabilmente, il libro era avvolto nelle sottane. Se fossi stato più ingenuo, mi sarebbe parsa una materializzazione prodigiosa.

Mentre la *zeja* voltava le pagine, notai che non si trattava di un libro a stampa: il testo era stato copiato in una singola colonna, con ampi margini, su una pergamena rigida macchiata quanto la rilegatura di pelle. Sembrava un testo di scuola, forse di geometria. Anche se l'inchiostro era sbiadito, mi sembrò di vedere dei quadrati e dei cerchi disegnati sui margini.

«Ci sono molti incantesimi potenti in questo libro», disse l'incantatrice, mentre continuava a sfogliarne le pagine; la strega e il mago dal naso di cuoio la guardavano come se avesse esibito una reliquia della Croce. Alla fine, *zeja* Caterina sembrò aver trovato l'incantesimo adatto. Si affacciò alla tenda e parlò con i bambini così velocemente, in dialetto romagnolo, che non capii quel che diceva meglio di quanto si possa comprendere il cinguettio di un passero ai suoi piccoli.

Le istruzioni furono seguite da un momento di silenzio, interrotto solo dal fuoco che scoppiettava e i cigolii delle pareti sottili della guardiola, che pareva scossa dal vento. Anche i bambini iniziarono a cinguettare in romagnolo, a una cadenza spasmodica, ma capivo cosa dicevano: «*Angelo bianc, per vostr santite e mia purite*». Compresi allora l'importanza di quei passerotti: Lucifero poteva essere evocato solo dalla purezza (verginità) di un bambino.

Non vidi la *zeja* allungare la mano verso la fiaschetta, sul tavolo di fronte; eppure doveva averlo fatto, lasciandovi cadere qualcosa di argenteo, perché l'acqua ondeggiava, e si era fatta di un colorito rossastro punteggiato di scintille, alcune delle quali brillavano come lucciole.

«Le nuvole si sono aperte», disse la *zeja*. «Il re è giunto». Nella sua mano si era materializzata una penna, che si chinò a immergere in un calamaio di creta; non avevo visto nessuno di qugli oggetti prima di allora, anche se il piccolo recipiente ora era in piena vista, sul tavolo. «Chi lo interpella?»

«Damiata». Sollevò il mento senza timore.

«Allora tu scrive», disse la *zeja*, voltando il libro di lato sul suo grembo.

Damiata passò di fianco al fuoco, con l'orlo della sottana che sollevava cenere ardente dai carboni. Giunta dal lato opposto, prese la penna e si chinò. La sua cappa, che si allargava su vari strati di sottane, mi impediva di vedere sia il libro, sia il suo volto. Studiai attentamente i movimenti della sua schiena, ma non ebbe alcun sussulto rivelatore, né mi fornì altri indizi di quel che vedeva da quell'angolazione. Non saprei dire, quindi, se Damiata stesse fingendo quando pose la sua domanda con voce tremante, o se provasse davvero una paura radicata in qualche superstizione infantile: «Metterò a rischio la mia anima?».

Gli occhi da lupo della strega divorarono Damiata. «Molte grandi signorie ha firmato».

Figurarsi quanto avrei voluto sapere i nomi di quelle "grandi signorie". Se uno di loro era Oliverotto da Fermo o Vitellozzo Vitelli (o persino Paolo Orsini), la firma poteva mettere in relazione i condottieri con l'omicidio del figlio del papa. Però, mi rendevo conto che sarebbe bastato un mio colpo di tosse a far uccidere Damiata in un istante.

Damiata iniziò a voltare le pagine, facendole frusciare come foglie di quercia secche. A ogni movimento del braccio, le spalle fremevano leggermente. Mi fu abbastanza evidente, quindi, quando smise di sfogliare: le sue spalle si sollevarono in un sobbalzo.

Questa volta, ero certo che la voce tremante di Damiata non fosse una finzione. «Hai visto questi uomini firmare?».

Le narici della strega si contrassero. Dietro di lei, i bambini ridacchiavano. Gli occhi feroci della *zeja* erano ancora fissi sul volto di Damiata, mentre faceva un piccolo cenno di assenso. Se disse qualcosa, io non fui in grado di sentirla.

Invece sentii bene la voce della guida venire da fuori, dietro di me. «*Licorn*». Unicorno. Pensai che fosse una parola d'ordine.

Il guardiano del mastino mi passò davanti di corsa, come spinto dal vento.

Damiata si girò altrettanto rapidamente, col volto pallido. «Prendi il libro!», mi gridò. «Ci sono tutti, lì…».

Il guardiano le afferrò le trecce e le puntò il coltello alla gola. Prima che potessi saltare al di là del fuoco, sentii un colpo forte quanto una palla di cannone alla nuca, che mi fece vedere una luce brillante, seguita da un'oscurità che minacciava di inghiottirmi.

Rimasi accecato solo per un momento, ma, quando mi ripresi, ero a terra e l'aggressore di Damiata mi stava già scavalcando per raggiungere la porta aperta.

«Inseguilo!», gridò Damiata. Era naso di cuoio a tenerla ferma adesso, afferrandole un braccio e i capelli. «Ha preso il libro!».

Uscii barcollando. Il campo innevato davanti a me era luminoso come madreperla, così al suo limitare vidi il fuggitivo e il suo cane scivolare lungo una striscia di boscaglia.

Dietro di me, un tintinnio.

Mi girai, e vidi quelle che sembravano le nari tremanti di un cavallo, che sovrastavano la barba di una capra.

Questa volta, la palla di cannone mi raggiunse alla tempia: la luce fu un'esplosione di sole e l'oscurità fu totale.

Capitolo 3

> Sono mossi più gli uomini dalla speranza dell'acquistare che dal timore di perdere.

Mi risvegliai all'Inferno, dove la mia punizione era adeguata alle colpe che avevo commesso in vita.

Io, che non potevo mai stare fermo, o restare a lungo in un posto (come si sono lamentati spesso i miei familiari e amici), ero bloccato per l'eternità nella posizione che assume un bambino all'interno del ventre materno, con le gambe e le braccia sollevate, quasi mi dovessi difendere dai mali del mondo.

Io, che radunavo sempre le persone e guidavo le conversazioni, ero sia imbavagliato, sia isolato in un'oscurità infinita.

In qualche modo, riuscivo a capire perché io, che non sapevo soffermarmi su un'idea per più di un istante, ero condannato a osservare migliaia di visioni in un solo momento: vidi una processione di tutti quelli che avessi mai conosciuto e amato, insieme a molte altre creature e demoni che non sono mai esistiti; vidi grandi battaglie, come quelle di Carre e Farsalo, combattute sotto di me nel brulicare di un formicaio, e non potevo dar loro un senso; l'intero Senato dell'antica Roma mi passò accanto, ma non ebbi modo di porre neanche una domanda. Rivisitai posti dove ero già stato (Lione, Siena, Pistoia, Forlì) e volai come un uccello su luoghi che nessuno ha mai visto, città simili a scrigni pieni di gioielli lucenti, con mura d'avorio tempestate di perle. Volavo senza fine attraverso meraviglie che il mio corpo immobile non avrebbe mai toccato e la mia mente intorpidita non poteva sperare di comprendere.

Però, all'Inferno esiste anche il sonno, o almeno esisteva in quell'Inferno. Quando mi risvegliai, la luce non era meno brillante e dolorosa di quella che vidi nell'ultimo istante in cui fui cosciente: mi parve che mi avessero spruzzato dell'aceto negli occhi. Riuscivo a muovermi, anche se non avrei voluto. Le mani mi si contraevano involontariamente, le ginocchia si sollevavano quasi fino al naso in spasmi di tormento.

Potevo anche parlare. Mi riapparve mio padre e discorremmo per ore come lavandaie: la legge, i Medici, i Savonarola, le *Storie* del Biondo, l'*Etica* di Aristotele, il *De officiis* di Cicerone. Le mie sorelle mi fecero cantare le lodi che mia madre scriveva sempre: *O castità bel fiore, che ti sostiene amore...* Ma questa lode non finiva mai, non erano dozzine di versi, ma centinaia. Litigai furiosamente con Albertaccio Corsini, *pater familias* del clan di Marietta, sull'eventualità di mandare la mia piccola Primerana a balia a Terranuova. Era presente anche Marietta, che piangeva, ma quando allungai le braccia verso di lei, si allontanò; e questo succedeva anche quando ero in vita.

Infine, appena iniziai a comprendere la vera natura della mia situazione, seppur vagamente, mi sentii come Archimede che aveva appena intuito i segreti del cosmo mentre faceva il bagno. La luce era una lancia gettata dal sole attraverso le feritoie di una guardiola, che era molto più piccola di quella dove ero stato in precedenza. Il pavimento spoglio era freddo come una lapide e io ero nudo come un neonato. Il luogo odorava come se mille guaritori di campagna l'avessero riempito sino al tetto di tutti i loro sgradevoli unguenti e impiastri.

Riconobbi quel fetore.

Mi alzai di scatto, mentre la testa mi pulsava come se l'avesse calciata un cavallo. Una resina maleodorante mi aderiva a tutto il corpo: gambe, naso, petto, schiena, testicoli. Mi ripulii gli occhi da quella roba e mi guardai attorno. Mi avevano messo addosso una coperta di crine; i miei abiti e le scarpe di legno erano impilati ai miei piedi. Chiunque mi avesse spostato lì, mi aveva risparmiato di proposito. E aveva anche lasciato sul pavimento accanto a me un vasetto di argilla. Era quasi vuoto, ma c'era un residuo della sostanza che mi era stata spalmata addosso: un unguento di elleboro, giusquiamo, mandragora e belladonna.

La notte precedente, ero stato portato a cavalcare la capra.

Nonostante gli spasmi alle gambe e alle mani, che continuavano ad afferrare il vuoto, fui in grado di rivestirmi e barcollare fuori. All'inizio, il riflesso del sole sulla distesa di neve mi accecava quasi, ma poco dopo iniziai a distinguere le orme di un uomo che, evidentemente, mi aveva portato lì da solo; aveva piedi grandi, ma senz'altro umani. Invece, la serie d'impronte che uscivano dalla guardiola erano quelle del diavolo. Vale a dire, di un uomo che camminava su trampoli intagliati in modo da sembrare zoccoli fessi, lo stesso uomo che, la notte prima, aveva anche indossato una maschera demoniaca da capra.

Intorpidito, iniziai a seguire quelle tracce: speravo mi portassero da Damiata, ma ero certo che, se non altro, mi avrebbero condotto a una strada. Mentre camminavo incespicando, la verità iniziò a solleticarmi il cervello. L'unguento che mi aveva immobilizzato le membra per tutta la notte era stato cosparso anche su quelle povere donne che non si erano risvegliate, la mattina successiva. Per poterle smembrare con precisione, le avevano ridotte a uno stato di paralisi (una sorta di "prima morte"). Tuttavia, per una ragione a me oscura, mi era stata data la prima morte, ma non la seconda.

Ero quasi certo che Damiata fosse stata immobilizzata con lo stesso sistema. Il diavolo non poteva averci risparmiato entrambi, me lo sentivo nelle ossa congelate.

Giunsi subito a uno dei canali d'irrigazione ghiacciati che separano i campi. Sembrava che l'apprendista con la maschera da diavolo avesse incontrato un complice, o comunque un altro uomo, perché il ghiaccio era rotto in due direzioni opposte. Mi avventurai in una delle direzioni, solo per scoprire che non c'era più alcuna traccia di passi, su trampoli o a piedi, oltre una fila di cipressi. Tornai indietro e avanzai nell'altro senso, ma, anche in questo caso, il ghiaccio rotto si interrompeva in un boschetto di ginepri. Era come se entrambe queste creature avessero proseguito saltando di albero in albero, o in volo.

Ancora confuso, vagai per i campi fin quando il sole del pomeriggio iniziò a trasformare la neve in fanghiglia, e continuai a chiamare Damiata sino a diventare rauco. Non riuscii nemmeno a stanare gli abitanti di quella pianura sconfinata. Vedevo spesso delle colonne di fumo grigio stagliarsi sulla pianura bianca come gesso, ma quando raggiungevo le fattorie, il fuoco sembrava spento e nessuno rispondeva mai alle mie urla o al mio bussare.

Alla fine decisi che il modo migliore per aiutare Damiata era tornare a Imola e organizzare una ricerca. Quando ritrovai via Emilia, il cielo era già diventato color carbonella e il vento portava l'odore della neve. Stranamente, però, i miei piedi erano mossi da un'energica determinazione, se non da fiducia. A ispirarmi erano le ultime parole che mi aveva detto Damiata: «Ci sono tutti, lì...». Sicuramente, intendeva che i vari condottieri erano le "grandi signorie" che avevano firmato il libro degli incantesimi di *zeja* Caterina. Quindi, quel libro doveva essere il "testo sacro" che collegava i condottieri alle donne uccise e li accusava dell'omicidio di Juan Borgia.

Mentre sgretolavo blocchi grigi di fanghiglia congelata sotto i piedi, mi resi conto che, in qualche modo, il responsabile di tutti i miei tormenti, l'apprendista del diavolo, aveva seguito Damiata e me fino al *gévol int la carafa*, nonostante quelli del "gioco" avessero fatto tanto per evitarlo. Se avesse ottenuto il libro che stava cercando, non gli sarei stato più di nessuna utilità (e la mia cavalcata avrebbe avuto un esito differente). Ero stato risparmiato solo perché quel libro era ancora da qualche parte nella pianura, nelle mani di qualche strega o mago disperati dal terrore; io rappresentavo l'unica speranza di ritrovarlo.

Potevo supporre che anche Damiata fosse stata risparmiata per lo stesso motivo. A dire il vero, sarebbe anche potuta essergli sfuggita; era lecito pensare che, dopo avermi fatto perdere i sensi con quel colpo alla testa, l'apprendista del diavolo avesse inseguito il custode del mastino in fuga con il testo sacro.

Giunsi a Imola con il buio, e la trovai trasformata rispetto al pomeriggio precedente. Carri e muli avevano invaso le strade, carichi di ogni tipo di merce: sedie pieghevoli, telai, sacchi di semi e cesti di castagne. L'intera popolazione sembrava aver preso parte a quella processione; mercanti frenetici con i loro bravi, venditrici di candele, ambulanti disorientati, sacerdoti dallo sguardo avido (per loro ogni tumulto è una speranza di fare profitti) e braccianti spaventati, in cappe di crine.

La mia mente era ancora così instabile, che a malapena degnai tutta quell'attività della mia attenzione. Andai subito a Palazzo Machirelli, e salii di corsa le scale verso la stanza di Damiata, folle di speranza di trovarla lì, in disperata attesa del mio ritorno. Devo aver battuto alla sua porta come un *pazzarone*, perché Sebastino, la giovane guardia che puzzava come il fondo di una bottiglia, venne a dirmi che non era tornata a casa.

A fatica, attraversai il cortile e salii le scale. Appoggiato alla mia porta, notai quel che sembrava un mantello arrotolato. E una gamba bianca che sporgeva.

Con speranza e orrore allo stesso tempo, superai gli ultimi scalini a balzi.

Il penitente appoggiato alla mia porta sollevò la testa, sepolta dal mantello.

«Luca!», gridai. «In nome di Dio, cosa stai facendo qui?». Era la mia giovane spia, alla quale avevo riconfermato l'incarico anche durante la mia assenza, soprattutto perché aveva bisogno di quei pochi soldi che gli davo.

«*Msir* Niccolò, portano altre cose».

I timori che credevo di aver accantonato sulla via Emilia, insieme a tutti i veleni che mi circolavano in corpo, mi si affollarono rapidamente nel cuore.

Sapevo bene che tipo di "cose" erano state portate al laboratorio di anatomia di Leonardo.

Capitolo 4

> […] non si debbono fidare gli assediati d'alcuna cosa che vedano fare al nimico continuamente, ma credano sempre che vi sia sotto l'inganno.

Giunto al palazzo di Leonardo, battei vigorosamente alla porta pedonale dell'immensa entrata e gridai: «Sono atteso!». La grata dello spioncino si aprì ed entrai senza problemi (quel tipo di saluto, di solito, sortisce il suo effetto). Mi trovai all'ingresso di un ampio cortile interno, illuminato da una strana luce che proveniva da una porta sul fondo.

«Dov'è il maestro?», chiesi a un servitore non rasato, ma ben vestito; gli invidiavo la tunica di damasco verde. Però, lo sfortunato aveva un solo occhio e una sola mano, forse in seguito alla punizione per aver commesso un furto, o altre trasgressioni. Era evidente che la casa di Leonardo fosse un rifugio per criminali, ritardati e ciarlatani. Prima che il servitore potesse rispondermi, sentii in lontananza un suono sospetto, un «Aaahh».

Fui investito da un odore ripugnante, un fetore che mi si attaccò alla radice della lingua.

«Aaahh». Ora il sospiro era più intenso e acuto. Un ragazzo. O una donna.

«Aghh! Aghh! Aghh!». Era il tipo di lamento che avrei sentito anni dopo, quando i Medici mi avrebbero rinchiuso nel carcere delle Stinche.

Corsi verso la porta illuminata e attraversai un corridoio umido che aveva lo stesso odore di una chiesa a luglio, quando i corpi sepolti sotto al pavimento iniziano a essudare. Vedevo la luce intensificarsi a ogni passo; appena girai l'angolo, mi investì del tutto, riflessa dalle piastrelle.

Dovetti sbattere le palpebre per un po', prima di riuscire a distinguere i gradini che scendevano di fronte a me.

Uno scantinato. L'odore, adesso, assomigliava di più a quello di un funerale ad agosto.

«Agghh! Agghh! Aggghhh!». Non era né una donna, né un animale, ma qualche diabolico connubio di entrambi.

Mi affrettai a scendere le scale con un gran fracasso, sicuro di essere giunto nel preciso istante in cui Damiata veniva tagliata a pezzi.

L'abisso in cui ero sceso non è mai stato descritto, né rappresentato in alcun dipinto del Giudizio finale. Uno zodiaco di globi luminosi fluttuava sul banchetto di Satana, la cui portata principale era su un tavolo: il cadavere gonfio di una donna, aperto dalla gola all'inguine come una scrofa sventrata. Gridai: «Ma che diavolo le state facendo?»

«È stata trovata questa mattina presso una fattoria, vicino a Cantalupo, e non aveva segni di violenza sul corpo». Nella luce abbagliante dei globi sospesi, cercai di distinguere chi mi aveva fornito questa pedante risposta: Leonardo da Vinci era in piedi accanto al muro del suo scantinato, e si stava pulendo le mani su un grembiale da macellaio.

Malvolentieri, guardai di nuovo il corpo. Una donna corpulenta e completamente nuda stava distesa con le braccia bianche lungo i fianchi e le gambe leggermente divaricate; il telo che copriva il tavolo era talmente macchiato e sporco, che persino un inglese si sarebbe rifiutato di usarlo. I capelli scuri le incorniciavano il volto livido; anche in piena luce, le orbite erano due fosse nere, vuote. Era evidente che la violenza le era stata fatta in quel luogo, con le seghe e le lame che le luccicavano accanto. Nessuno strumento d'anatomia, però, poteva aver trasformato tanto la mia Damiata. Per la prima volta da quando era sparita, mi sentii sollevato di doverla cercare altrove.

«Abbiamo identificato la causa della morte», disse Leonardo. Stava in piedi di fronte a una tinozza di piombo dalla forma di una bara, che una piattaforma di pietra rialzava fino all'altezza della sua vita. All'estremità della vasca di metallo brillava un sole in miniatura, montato su un supporto per lampade: la fonte di luce era, in realtà, una candela inserita al centro di una grande sfera di vetro, che sembrava riempita d'acqua. Era chiaro che quell'apparato creava un riverbero innaturale.

«Come ci si può aspettare da questa capitale della stupidità», continuò Leonardo con la sua voce da organo di teatro, «quei gran sapienti che vivono nei campi attribuiscono la sua morte a un qualche intermediario del diavolo. Pur disponendo di ogni mezzo possibile di distruzione, almeno da quel che si dice, Satana avrebbe ordinato a uno dei suoi servi di incastrare un pezzo di mela essiccata nell'apertura del condotto respiratorio di questa donna. Giacomo, mostraglielo».

Mi girai, e vidi l'Adone di Leonardo, messer Giacomo, indaffarato al suo tavolo, sul quale campeggiavano vari organi, in apparenza quelli rimossi dal corpo della donna. Ai miei occhi inesperti, erano disposti in modo da assomigliare a una zampogna; lo strumento aveva, però, un'unica canna, spessa come una fune da barca, lunga soltanto metà del mio braccio e incorniciata da una sorta di cresta all'estremità. All'altro capo, la canna si congiungeva a due vesciche di un rosso brillante, che facevano venire in mente il fegato fresco di un bue. Messer Giacomo strinse la corona superiore della canna con una mano e premette le vesciche con l'altra.

«Ah! Ah! Agghh!».

A quel punto capii che le vesciche erano polmoni, e la canna era una trachea; Giacomo aveva suonato queste note sgraziate dagli organi di quel povero cadavere. Con tutte le leggende e le menzogne che esistono sui cadaveri che parlano, nessun cantastorie avrebbe mai potuto immaginare una realtà come quella.

Finito il suo concerto, il maestro di polmoni di Leonardo prese qualcosa dal tavolo e lo mostrò, tenendolo con delicatezza tra il pollice e l'indice. Il frammento marrone non era più grande di un'oliva spagnola.

«Credo sia sensato concludere che la donna l'abbia inghiottito spontaneamente», disse Leonardo. «Come abbiamo dimostrato, i polmoni, la laringe, l'intero l'apparato respiratorio non hanno subito alcun danno. Se avesse risputato quel pezzetto di cibo, o l'avesse masticato meglio, avrebbe potuto vivere per altri quarant'anni».

«Quindi, l'ha uccisa la Fortuna», dissi, ricomponendomi. «Maestro, sto cercando...».

Mi bloccai, perché vidi qualcosa che mi fece drizzare i capelli sulla testa. «Cosa c'è in quella tinozza, maestro?».

Senza neanche aspettare una risposta, mi feci strada sul retro dello scantinato; i miei sospetti trovarono conferma ancor prima che raggiungessi la vasca di metallo, che, in effetti, era una specie di bara. Nel recipiente si vedevano i fori d'entrata e uscita di un tubo, che vi faceva scorrere l'acqua come un ruscello.

Sotto la superficie dell'acqua si distinguevano due oggetti color alabastro. Uno era un gluteo tagliato al di sopra dell'inguine e lungo il pube, ancora attaccato alla coscia; fui capace di orientarmi tra le parti anatomiche grazie alla macchia di peluria rimasta, che si muoveva alla corrente come muschio sul fondo di un ruscello trasparente. Il secondo oggetto era la parte inferiore della stessa gamba, recisa all'altezza del ginocchio.

Non riuscivo ad accettare la sconfitta a cui mi trovavo di fronte. «Damiata è stata rapita nella pianura, la scorsa notte. È questo che le hanno fatto?»

«Vediamo».

«Vediamo?»

«Se corrispondono». Avevo un'idea molto confusa di cosa intendesse per "corrispondere". Leonardo prese un taccuino da uno dei tavoli. «Mi dovete mostrare quanto è alta, e siate più preciso che potete».

Sapevo a che altezza si trovavano gli occhi di Damiata rispetto ai miei, quando mi stava di fronte. Lo mostrai al maestro con la mano tremante. Con un lungo bastone, Leonardo prese la misura da me indicata, poi scrisse qualcosa sul suo taccuino. «Portava degli stivaletti?».

Annuii, irrigidito. A mani nude, Leonardo estrasse i resti dalla tinozza, come un pescatore che svuota la sua rete, e li poggiò entrambi sul lenzuolo macchiato che copriva il tavolo. Non riuscii più a guardare, mentre prendeva la misura della tibia.

Di quando in quando, sentivo il gesso graffiare il taccuino; subito dopo, Leonardo ne voltava le pagine, producendo lo stesso rumore di un musicista di corte che cerca una canzone. Lo sentii anche dire cose come «G sta ad A come R sta a S...», ma il borbottio andava e veniva.

Mentre il maestro era impegnato in quella snervante "esperienza", dei passi scossero la scala di legno. Entrò l'alchimista, Tommaso, del quale si vedevano solo la testa (compresa la lanugine scura dei capelli che gli usciva da quella stupida berretta) e gli stivali. Il resto era nascosto da uno di quei grandi cesti di vimini che si usano per raccogliere l'uva; sono a forma di urna, per evitare che si rovescino, ma hanno il bordo così ampio che persino Tommaso, largo quanto un pellicano ad ali spiegate, faticava a tenerne uno tra le braccia. Consegnò il suo raccolto a Leonardo, che vuotò il cesto sul tavolo.

Le parti di corpo massacrato rotolarono fuori come i frammenti di una statua rotta. Tuttavia, nei punti dove i pezzi erano stati tagliati, i margini quasi rosati erano perfettamente dritti e regolari. C'era un torace spaccato a metà e privo del braccio, staccato all'altezza della spalla; dal seno, di un azzurro vitreo, mancava il capezzolo, e al suo posto si vedeva solo un'areola scura. C'era anche un'altra gamba, in due pezzi; la parte superiore era incorniciata dalla peluria del pube, lungo il taglio che aveva diviso il tronco a metà. Il braccio e la mano, contratti, dovevano essere quelli che mancavano dal tronco.

Non fu tanto la vista di quei resti, quanto il loro fetore (lo stesso odore acre che prima mi si era attaccato addosso) a farmi girare la testa. La stanza iniziò a ondeggiare intorno a me.

Leonardo aveva già iniziato a spostare quegli orrendi pezzi di corpo sul tavolo, come se cercasse di ricomporre il cadavere. Sentii la sua voce, lontana, che diceva: «Ti sei accertato delle posizioni precise?»

«Di tutte, a parte quella del braccio», rispose Tommaso. «Dei ragazzi ci avevano giocato».

Leonardo si soffermò a studiare i resti come se dovesse dipingere un affresco e stesse meditando su quali colori usare. Poco dopo, credo di averlo sentito mormorare un «Dimmi», come se implorasse quel corpo a pezzi di parlargli. Qualsiasi fosse la sua domanda, la carne inerte non gli aveva risposto, perché il maestro aggrottò le ciglia, si girò e salì le scale di corsa.

Raggiunsi Leonardo nel suo studio. Anche lì vari globi illuminavano la stanza, rivelandone il disordine che Damiata mi aveva già descritto. Il maestro iniziò a sfogliare un manoscritto rilegato (vidi subito che era in latino) dopo averlo scelto in fretta tra vari volumi accatastati sul tavolo; i libri erano ammucchiati con tanta trascuratezza, che sembrava volesse farne un falò.

«Vitruvio ha stabilito che le parti del corpo umano sono in proporzione matematica tra loro», disse Leonardo, picchiando il dito su una pagina del suo libro. «Qui, l'altezza di un uomo equivale a ventiquattro palmi e le misure delle altre membra sono dei multipli, o delle frazioni di quel numero. Il mio caro amico Fra' Luca Pacioli l'ha rappresentato con un'equazione. Il dottor Savonarola, precursore dei fanatici, ha compilato delle utili tabelle, basate su un concetto molto simile...». Leonardo aggrottò la fronte e scrisse altri numeri sul suo taccuino.

Ero più paralizzato del giorno precedente. Aveva visto qualcosa. «Cosa avete trovato?».

Il maestro estrasse di nuovo il gesso e il taccuino per fare un'annotazione conclusiva. Scosse il capo.

Gridai: «Per l'amor del cielo, chi era la donna che Tommaso ha portato qui nel cesto?»

«Non è lei».

Il cuore mi si gonfiò in petto. Tuttavia, riuscii solo a fare un commento degno di uno studente un po' tardo: «Quindi, state dicendo che quei pezzi di cadavere non corrispondono a una persona della statura di Damiata».

Mi guardò come se gli avessi appena chiesto come si vuota un vaso da notte. «I pezzi non sono in proporzione tra loro. Una di queste poverette era tre sedicesimi di braccio più alta di Damiata, l'altra un ottavo di braccio più bassa».

Lo guardai, perplesso.

«Non sono corrispondenti», disse Leonardo. «La lunghezza della tibia non è in proporzione con la sezione di bacino e il femore». Si riferiva ai due frammenti che avevo visto nella tinozza, sui quali, evidentemente, aveva basato il suo processo deduttivo. «Se misuriamo le parti che ha raccolto Tommaso, vi troveremo la stessa variazione».

Chiusi gli occhi. «Intendete dire...».

«Che non vengono dallo stesso corpo».

Rimasi lì, pazzo di speranza. Damiata poteva essere viva.

Ma, al suo posto, erano state massacrate altre due donne: ero abbastanza sicuro che fossero *zeja* Caterina e la strega che ci aveva raggiunto più tardi; avevo notato che quest'ultima era più alta di Damiata. La bocca mi si riempì di un sapore disgustoso quanto l'odore che avevo ancora sulla pelle.

Dopo avermi confortato con tanta indifferenza, Leonardo iniziò a cercare tra i cumuli di oggetti sui tavoli, come non fossi neanche presente. Se Damiata era rimasta stupita di trovare un ordine nascosto in quel caos (i numeri e le misure segnati sui modelli e gli apparecchi del maestro), io, invece, avevo una sensazione molto diversa. Non c'era niente che fosse stato completato. I disegni erano pieni di correzioni e annotazioni sul margine. I modellini di legno, che si trattasse di un fortino o di qualche aggeggio pieno di ingranaggi e rotelle, erano tutti circondati di pezzi che dovevano ancora essere montati, o che ne erano stati rimossi.

Come Damiata, prima di arrivare a Imola non conoscevo Leonardo da Vinci di persona; in seguito, lo avevo solo visto andare e venire dalla Rocca in qualche occasione. Mi ero interessato a lui soltanto dopo aver saputo che aveva raccolto i pezzi di una donna, smembrata in modo molto strano; mi furono anche riferite delle voci secondo le quali il crimine era connesso ai condottieri e al papa. Quindi, assoldai il ragazzo, Luca, perché tenesse d'occhio il palazzo del maestro e mi tenesse informato su cosa (e chi) entrava o usciva. Tuttavia, non avevo mai scambiato una parola con Leonardo prima di quel pomeriggio all'uliveto.

Sapevo abbastanza di lui, però, da poter riconoscere nel disordine del suo studio una metafora della sua vita. Trent'anni prima era stato esiliato da Firenze per un'accusa di sodomia, dalla quale i suoi patroni, i Medici, avrebbero dovuto difenderlo. I suoi lavori successivi risultarono inutili quando il duca di Milano tradì lui e tutta l'Italia; in seguito, lo stimato maestro fu allontanato da Mantova e da Venezia. La nostra Repubblica lo aveva riaccolto, due anni prima, commissionandogli un incarico alla Santissima Annunziata. Tuttavia, quando il Valentino lo chiamò, Leonardo se ne andò lasciando ai frati solo un'immensa bozza; eppure, quello schizzo riceveva la sciocca ammirazione delle folle, come se Botticelli avesse ripreso in mano il pennello.

Dalla confusione dei suoi prodigi mai terminati, Leonardo estrasse una delle poche cose che forse aveva completato: la mappa di Imola che Damiata mi aveva descritto nei dettagli. Supponevo che il duca l'avesse restituita a Leonardo per facilitare le sue indagini. E devo confessare che, quando vidi quella mappa, la sensazione di guardare la terra dall'alto, come un uccello, mi lasciò a bocca aperta.

Leonardo sovrappose subito alla mappa un foglio di lucido per ricalco che attirò la mia attenzione: in gesso rosso, vi erano stati tracciati un quadrato, un cerchio e un secondo quadrato, le stesse figure che aveva visto Damiata. Quel disegno combaciava perfettamente con la mappa sottostante: il cerchio tracciato sul lucido e quello della rosa dei venti avevano lo stesso diametro, anche se il foglio della copia era più grande della mappa.

«Tommaso!». Leonardo chiamò il suo assistente, che mi aveva seguito al piano di sopra. Quando Tommaso lo raggiunse, il maestro sollevò il lucido, scoprendo di nuovo la mappa. «Indicami dove sono stati trovati, con più precisione possibile».

«Qui c'era il primo pezzo». Tommaso appoggiò il dito sul quadratino vuoto al centro della mappa; era piazza Maggiore, la piazza principale di Imola.

«Sì, il bacino e il femore», disse Leonardo, che si riferiva certamente al fianco di donna che avevo visto nella sua tinozza da anatomista.

«La parte inferiore della gamba era qui». L'alchimista indicò la riproduzione in scala di una strada di fronte alla chiesa dominicana, ben riconoscibile nonostante le proporzioni minuscole. Nella realtà, quell'edificio era situato ad alcune centinaia di braccia a nord-est di piazza Maggiore. «Mi dicono che il braccio fosse qui», e indicò un punto subito fuori Porta Appia, a varie centinaia di braccia a est della piazza.

Ogni volta che Tommaso indicava un luogo, Leonardo riappoggiava il foglio di lucido sulla mappa, segnava il punto e vi annotava a fianco la parte del corpo ritrovata. Ripeté questo procedimento per sette volte: il mezzo torace senza braccio era stato trovato fuori Porta Faenza, a est, tra il canale del mulino e le porte della città. Il secondo fianco e coscia si trovavano, invece, sull'altro lato del Santerno, a sud, sul margine estremo della grande circonferenza, o rosa dei venti, disegnata sulla mappa di Leonardo. La seconda tibia, invece, era fuori dal cerchio, sulle colline a sud-est della città.

A quel punto fui spinto a chiedere: «Le parti dei corpi erano sepolte, o in superficie?». Propendevo per la seconda ipotesi.

«Erano in piena vista». Una volta finito di segnare i luoghi indicati da Tommaso, Leonardo aveva iniziato a collegare i punti con un righello. In realtà, non stava tracciando delle linee sulla carta, ma si vedeva che stava disegnando figure geometriche nella sua mente, e che immaginava triangoli e altri poligoni.

«Ma gli animali non hanno spostato i pezzi», notai.

«Abbiamo detto ai villici che li avremmo pagati se, dopo aver trovato i pezzi, non li avessero toccati, e non avessero lasciato che gli animali vi infierissero. Al momento, non li abbiamo ritrovati tutti».

Feci un macabro inventario dei pezzi rinvenuti: data la nuova suddivisione in otto parti, mancavano ancora nove frammenti. Senza tener conto delle teste.

Leonardo aveva ripreso a conversare con se stesso, mentre muoveva il righello come l'archetto di una lira da braccio. Continuava a scuotere la testa, quasi non riuscisse a suonare le note giuste.

Alla fine, dissi: «Maestro, forse in questo caso non c'è alcuna figura geometrica, nessun tipo di disegno».

«Dopo tanto impegno per ideare questo meccanismo», disse Leonardo indicando il foglio di lucido, «perché dovrebbe abbandonare la sua opera?». Il maestro, che aveva lasciato incompiuti così tanti dei suoi lavori, non percepiva l'ironia insita nella sua domanda.

«Forse quell'uomo voleva che il disegno mancasse», dissi, «perché ha cambiato metodo».

Ancora chino sul suo schema, Leonardo mi dette un'occhiata. «Ha variato il suo metodo solo per quanto riguarda lo smembramento e la disposizione dei corpi. Ha variato nello scegliere di sotterrare o lasciare in vista i resti. E ora ha suddiviso gli arti in modo da ottenere un maggior numero di punti per le sue figure, ma il disegno c'è. Solo che non riusciamo a vederlo».

Dentro di me, notai le similitudini tra la natura di Leonardo e quella dell'assassino: entrambi potevano concepire degli arti sezionati come "punti" di una figura geometrica. «Di certo, *vuole* che ci aspettiamo un nuovo disegno», dissi. «Ma forse, in questo caso, sta cercando di confonderci, deludendo le nostre aspettative».

«Sta cercando di creare un enigma, impiegando delle figure geometriche».

«A quale scopo, maestro?»

«Non voglio azzardare ipotesi».

«Ci vuole coinvolgere. Non vuole che perdiamo interesse, o che iniziamo a trovare il suo disegno prevedibile. Per questo ha cambiato metodo, e non ha creato figure geometriche dove, invece, ci aspettavamo di trovarle». Misi un dito sulle figure del lucido. «In realtà, non abbiamo bisogno di capire le figure geometriche, quando possiamo capire le motivazioni che lo hanno portato a crearle. Qual è il motivo di tutto questo?».

Leonardo scosse la testa con tanto impeto che i riccioli grigi oscillarono. «Perché dobbiamo assistere a questa incessante orgia di speculazioni? Ritorniamo sulla terra ferma, all'"esperienza"!».

Il maestro si mise di nuovo a cercare sui tavoli. Metà delle cose ammucchiate là sopra non erano di alcuna utilità per la sua arte o la sua scienza; piuttosto, sembravano uscite dalla bottega di uno speziale: fazzoletti e lenzuola, ciotole di terracotta con del carbone, una scatola di chiodi e dei barattoli di vetro pieni di roba di tutti i tipi, da argento vivo luccicante a chicchi di riso. Il maestro, alla fine, scelse uno dei barattoli e mi ritornò accanto. Iniziò a estrarre una serie di fagioli neri essiccati, mettendoli sul suo schema uno alla volta, in corrispondenza dei punti che indicavano i ritrovamenti.

Tuttavia, i fagioli mostravano ancor meglio la terribile perfezione nel distribuire le parti dei primi due cadaveri, e l'anarchia nella sistemazione degli altri. Per la frustrazione, Leonardo rovesciò tutto il barattolo sul foglio, gridando: «C'è di più! Il disegno è legato a quel che lo ha preceduto, come la sfera iscritta al cilindro nella costruzione planare di Archimede… Dove la base è il cerchio più grande di una sfera… la superficie con la sua base è tre mezzi… Non riesco a vederlo. Mancano dei punti». Allungò l'indice e spostò con cura i fagioli in una sequenza casuale, come un folle che cercasse di contarli. «Archimede. Devo leggere il mio testo di Archimede». D'improvviso, spazzò via tutti i fagioli. «Tommaso! Dobbiamo prepararci per il viaggio. C'è molto da fare. Molto…».

«Viaggio?». Quella parola mi colpì come una pietra caduta dal paranco di un bracciante; ero ancor più stordito perché avrei dovuto accorgermene subito, dopo aver visto tutta quell'attività per le strade. Mi uscì una voce gracchiante: «Dov'e il duca, adesso?»

«È partito per Cesena questa mattina», disse Leonardo in modo distratto. «Con tutto l'esercito. Vista l'urgenza della questione, il duca ci ha dato disposizione di completare la nostra "esperienza". Ma dobbiamo partire domani».

Come Giobbe seduto sulla cenere, guardai il foglio di lucido, ancora punteggiato di qualche fagiolo. La partenza del Valentino e del suo esercito poteva solo voler dire che le trattative non erano concluse del tutto; il duca e i suoi condottieri si sarebbero incontrati a Cesena, o in qualche altra città a sud di Imola, per sigillare il loro accordo e unire gli eserciti in uno sforzo comune, molto probabilmente la conquista di Firenze. E io ero vincolato dagli ordini del mio governo, che mi erano stati ripetuti nel dispaccio più recente giunto da Palazzo della Signoria: seguire il duca Valentino ovunque andasse, e qualsiasi fosse il suo destino, o il mio. Anche io avevo molte cose da fare, se volevo raggiungere lui e il suo esercito.

Mi era rimasta solo una pietra da lanciare contro la malvagità della Fortuna. «Maestro, quando vedrete Sua Eccellenza il duca, dovete dirgli che c'è un libro che può mettere in relazione i condottieri con l'omicidio di suo fratello; al momento, è in possesso del "gioco" di streghe delle quali avete esaminato i corpi nello scantinato. Damiata e io lo abbiamo visto nella pianura, poco prima che lei scomparisse e che io perdessi i sensi, colpito alla testa dallo stesso apprendista mascherato da diavolo che aveva visto il vostro Giacomo. Credo che il libro, e forse Damiata stessa, siano ancora da qualche parte nella pianura. Il duca potrebbe inviare degli uomini a cavallo da Cesena, per iniziare le ricerche».

In realtà, si poteva sperare in un risultato solo se una compagnia numerosa di cavalieri avesse passato al setaccio rapidamente tutta la zona.

Leonardo mi guardò e annuì. Iniziò a camminare tra i tavoli, un leone grigio che si premeva le mani sulle tempie e scostava la criniera dal volto, come se volesse tagliarla del tutto. «Dimmi!». Leonardo marcava la "d" come un'esplosione, mentre il resto della parola era una sorta di lamento. «Dimmi, dimmi!».

Guardai Tommaso, che scuoteva la testa. Avevo detto tutto quel che potevo, prima di incontrare il duca a Cesena, quindi mi avviai alla porta. Mi fermai un momento sulla soglia.

Voltandomi verso lo studio in disordine, mi chiesi se la panoplia di meraviglie incompiute di Leonardo fosse anche metafora di un impegno ancor più ambizioso, che, come gli altri, non sarebbe mai stato realizzato: la nuova Italia del Valentino, una visione che il duca aveva evidentemente abbandonato in favore dei piani dei condottieri.

Capitolo 5

> [...] chi vuole vedere quello che ha ad essere, consideri quello che è stato.

Il giorno seguente, di prima mattina, riuscii a trovare un messaggero che doveva consegnare un cavallo a Cesena; anche questa città è sulla via Emilia, trenta miglia a sud di Imola. Non si può dire che ottenere quell'animale fosse stata una fortuna; era ammaestrato male, difficile da gestire, e rimediargli il foraggio mi rallentò notevolmente. Impiegai tre giorni per un tragitto che, in condizioni normali, avrei potuto compiere in mezza giornata.

Condividevo quelle sofferenze con un esercito di sacerdoti, monaci, prostitute, ladri, contadini, ambulanti e opportunisti di ogni tipo, che avevano seguito l'esercito del Valentino per tutta la spedizione in Romagna. Viaggiavamo giorno e notte, chi a piedi, chi pesando sulla groppa di poveri muli o buoi mezzi morti di fame, ma restavamo tutti in fila sulla via Emilia, poiché passare dove la neve non era stata ancora calpestata significava doversi fermare presto.

A Cesena, finalmente, ricevetti una buona notizia: il Valentino e il suo esercito si erano fermati lì e sembrava volessero trattenersi. Cesena era sicuramente in grado di fornire provviste all'esercito per un po' di tempo e, in più, poteva essere difesa con facilità: Imola e Cesena, infatti, erano entrambe fortificate, avevano pressappoco le stesse dimensioni, ma la seconda città si trovava ai piedi di una fortezza grande quanto una cittadella, inerpicata sulla cima di una ripida altura. Se, prima di unire irrevocabilmente le forze, il Valentino si fosse ricreduto sull'accordo da stipulare con gli assassini di suo fratello, avrebbe trovato in Cesena un ridotto ideale.

Sia la città, sia le campagne circostanti erano affollate dei soldati del

Valentino, che presero alloggio ovunque. Con vari espedienti, riuscii comunque a trovare una stanza in un ampio palazzo vicino alla piazza centrale. Ero certo che l'unguento narcotico che mi avevano spalmato addosso fosse penetrato anche nel sangue, poiché mi sentivo debole e febbricitante; per qualche giorno, mentre tentavo di riprendermi da quei malanni, mi sforzai di procurarmi cibo e carbone, e di occuparmi dei miei dispacci. A tal fine, dovevo accertarmi di avere informazioni attendibili riguardo alle truppe del Valentino. Agli occhi dei cesenati che lo dovevano accogliere, l'esercito del duca era costituito da una miriade di soldati; ma io ero seriamente preoccupato che, in realtà, fosse numericamente inferiore alle truppe dei condottieri, una volta che avessero unito le loro forze. Quindi, sospettavo che il Valentino si stesse dirigendo a sud per firmare una resa, più che una pace. Il destino di Damiata e quello di Firenze erano legati; chiesi più volte udienza al duca attraverso Agapito, per sollevare la questione. Non ricevetti alcuna risposta, a riprova del fatto che il Valentino non doveva più essere particolarmente interessato né all'una, né all'altra cosa.

Se di giorno ero tormentato dalle necessità quotidiane, la notte ero ostaggio di desideri ancor più importuni. Così come per Petrarca la distanza (e la morte) di Laura aveva rafforzato solo il suo attaccamento, il ricordo di Damiata mi legava a lei con disperazione crescente, mentre i giorni passavano senza che ne sapessi più niente. Di notte, Damiata veniva da me come una succube; a volte era febbricitante, come me, e riscaldava il letto con il calore del suo corpo; altre volte, invece, aveva le ciglia imperlate di ghiaccio e le braccia gelide come quelle di un cadavere.

Ogni notte mi svegliavo con un senso di colpa quasi insopportabile, perché sentivo di averla abbandonata nella pianura. In realtà, la rimpiangevo, come se dentro di me sapessi già che era morta. Mi sembrava di essere una sorta di Ginevra degli Amieri, ma meno fortunata, poiché ero sfuggito alla morte per ritrovarmi in un'altra tomba oscura, che sarebbe rimasta sigillata per sempre.

Alla fine del mio ottavo giorno a Cesena stavo ancora scrivendo i miei dispacci, quando sussultai nel sentir bussare alla porta. Il soldato che aspettava fuori, con una cappa pesante sulla corazza da cavaliere, non ebbe bisogno di dirmi che era mandato dal duca; a Imola ero stato convocato allo stesso modo. Pensai di dover presentare al Valentino quella che poteva essere la mia ultima *cantafavola* fiorentina, spettacolo oramai tedioso per il cantante quanto per gli spettatori.

La destinazione era il Palazzo del Governatore, un edificio che, senza tener conto della torre, non era molto più grande di molti palazzi privati fiorentini. Messer Agapito mi aspettava in un piccolo vestibolo. «Sua Eccellenza vi riceverà subito».

Il segretario del duca mi condusse in una camera molto più ampia, illuminata da un camino e vari candelabri di ottone. Le pareti erano drappeggiate da arazzi (uno raffigurava una caccia agli unicorni) e tende di velluto rosso; davanti al fuoco erano state sistemate due sedie imbottite. Il Valentino era in piedi accanto alle sedie, in camicia bianca e brache da cavallerizzo; i capelli lunghi e rossastri, che sembravano bagnati, gli arrivavano al colletto.

Il duca non mi aveva mai ricevuto in un'atmosfera tanto informale. A Imola, dove l'avevo atteso anche fino alla quarta o alla quinta ora della notte, mi ero abituato a un preciso rituale: dopo aver atteso nella luce intensa fuori dal suo studio, ci si sentiva ancor più a disagio nel vedere il suo volto magro, energico ma quasi dolente, illuminato solo dalla luce fioca riflessa dalla sua lampada.

Quel che colpiva maggiormente del duca non erano i suoi lineamenti. A soli ventisei anni, il Valentino aveva già la *gravitas*, per usare il termine degli antichi romani, di un uomo molto più maturo; inoltre, la sua aria autoritaria e risoluta aveva fatto congedare condottieri e diplomatici esperti con le mani tremanti e il volto sbiancato. Soltanto più tardi, si capiva che non esistevano urla o minacce.

«Segretario». Questo almeno non era cambiato: il Valentino si rivolgeva a me solo come "segretario", per sottolineare come i miei superiori di Palazzo della Signoria non avessero voluto mandargli un vero e proprio ambasciatore. Mi fece segno di accomodarmi davanti al fuoco e si sedette accanto a me, con le braccia conserte.

Continuò a guardare il fuoco senza dire altro; nel tempo che trascorse, avrei potuto recitare una mezza dozzina di Padre Nostro. Alla fine, a voce bassa, quasi distratto, disse: «Sapete, qui le persone fanno cadere delle gocce d'olio sul ceppo natalizio. Dicono di poter trarre delle profezie dai vari colori che assume la fiamma, quando il ceppo brucia».

Seguì un altro silenzio, poi mi chiese: «Come sconfiggereste la Fortuna, Segretario?».

Nel corso dei nostri incontri precedenti, il duca e io avevamo discusso di affari di stato, e pensavo che desse valore alla mia opinione sull'argomento, anche se non credeva nella serietà delle posizioni del mio governo. Quindi risposi a questa domanda con franchezza, per quanto sembrasse più adeguata a una conversazione filosofica da salotto. «Per prima cosa, è necessario togliere le bende che abbiamo tutti sugli occhi, quando la Fortuna si sta preparando al peggio e gli eventi stanno per travolgerci. Per sconfiggere la Fortuna, bisogna anticipare quegli eventi infausti prima che si verifichino, ed essere tanto prudenti da evitarli. Quando le acque sono già alte, è troppo tardi per costruire dighe e argini».

Mosse la mano con uno scatto. «Ma gli uomini agiscono solo quando la Fortuna, o chi per lei, ha già minato le fondamenta della loro sicurezza. E quando l'edificio inizia a crollare, ci si può solo affrettare all'uscita. Perché credete che gli uomini si rifiutino di comprendere quel che sta per accadere?»

«È nella natura umana vedere le cose come sono, e non come saranno», risposi. «Però, abbiamo dimenticato la scienza di anticipare gli eventi sviluppata dagli antichi. Dalla fine dell'Impero romano, l'umanità ha affidato il proprio destino alle mani di Dio, della Fortuna e della Chiesa, che non ci salveranno, quando le acque si faranno troppo alte, o le colonne della casa inizieranno a cadere».

«La scienza delle previsioni. Guardare avanti, scrutare oltre la nebbia dell'autocompiacimento senza affidarsi agli imbrogli di profeti, veggenti e astrologi». Il Valentino parlava come se stesse esaminando un nuovo oggetto antico o una curiosità in uno studiolo. «Se si anticipano gli eventi prima della Fortuna stessa, si può far girare la sua ruota. Ma voi come elaborereste una scienza simile?»

«Mi baserei su quel che è stato già fatto dagli antichi. Da storici come Tito Livio ed Erodoto. Studierei il passato, come hanno fatto loro, perché, nella storia, le forze che provocano l'ascesa e la caduta di nazioni e imperi si ripetono sempre, in un ciclo infinito. Comprendere il passato per poter anticipare il futuro. Comprendere la natura degli uomini, per poterne anticipare le azioni».

Annuì, ma non sembrava essere pienamente d'accordo con la mia soluzione. «Allora è questo l'errore, nella scienza delle previsioni. La natura umana. Sono certo che, in questa nuova era, l'era della rinascita dell'umanità, siamo tutti cambiati, siamo diversi dai nostri padri. Come si può anticipare un uomo nuovo?».

Aveva minato le fondamenta della mia scienza; se non avessi avuto delle certezze irremovibili, o se la domanda fosse stata più indiretta, avrei accusato il colpo. Invece gli risposi: «I tempi cambiano. Gli eventi favoriscono la personalità o la natura di un uomo rispetto a quelle di un altro. Sì, la nuova era agevolerà un nuovo tipo d'uomo, che inizierà la sua ascesa; quelli che, invece, hanno una natura meno adeguata ai tempi, conosceranno il declino. Ma la natura umana non cambia. I nostri desideri, le nostre paure, i nostri bisogni sono rimasti gli stessi in tutte le epoche».

Si voltò leggermente, ancora senza guardarmi in volto. «Ma si può cambiare la propria natura».

Nessun uomo al mondo aveva più ragione di proporre quell'idea: in pochi anni, il Valentino si era trasformato da un cardinale di poco conto in un principe della guerra, con un'intelligenza e un'ambizione paragonabili a quelle del suo omonimo, Giulio Cesare.

«Proprio perché la natura umana non cambia», dissi, «neanche la natura di un uomo può mutare. Forse, egli può apparire improvvisamente diverso, se la sua vera natura è rimasta nascosta a lungo. Ma ha solo scoperto i doni che sono sempre stati dentro di lui».

«I doni che gli ha dato la Natura». Il duca annuì con vigore, perché la soluzione che avevo trovato alla questione dell'immutabilità della natura umana soddisfaceva entrambi. Nella brace si accese una fiamma con uno schiocco, come se gli elementi fossero d'accordo con noi. Ma il Valentino non sembrò notare quella piccola profezia, perché mi chiese subito: «Non sapete niente di lei?».

Il tono era così ambiguo che non capii se la sua fosse una domanda, o un'affermazione. Ma sapevo bene chi era "lei". A quanto pare, Leonardo aveva riferito il mio messaggio.

«Non ho sentito più niente da quando Damiata è scomparsa nella pianura», gli dissi. «Il giorno prima che lasciaste Imola».

Nel silenzio che seguì, pensai di essere cauto: ora che il Valentino stava affidando al trattato con i condottieri non solo il suo esercito, ma anche il suo destino, avrebbe potuto sperare che il libro degli incantesimi di *zeja* Caterina sparisse, con la prova della colpevolezza dei suoi alleati.

Si girò verso di me, faccia a faccia, in un'intimità inquietante; era chiaro che aveva ideato tutta la scenografia a quello scopo.

«E il libro che avete menzionato al mio ingegnere generale». Il Valentino appoggiò le mani bianche sulle cosce. «Avete visto di cosa si tratta?».

Dovetti deglutire la roccia che avevo in gola prima di poter scuotere il capo. «Damiata l'ha visto, ha letto i nomi che contiene».

«È una copia degli *Elementi* di Euclide. Geometria per scolari. Ma all'ingenuità dei contadini può benissimo sembrare la magia di Salomone. Quelle donne, le streghe, lo portarono alla Rocca. Non di recente. Più di un anno fa, quando tutti i miei condottieri erano ancora a Imola: Vitellozzo, Oliverotto, Paolo, erano tutti là. C'era anche un altro cugino di Orsini». Sentivo degli aghi sul cuoio capelluto. «Ci divertimmo tutti. Queste streghe di campagna con le loro profezie fasulle. E i "giochi" che seguirono. Banali giochi da streghe».

Non avevo bisogno di aggiungere niente: lo stesso duca aveva appena accusato i condottieri dell'omicidio di suo fratello.

Poi, il Valentino parlò in tono pensieroso, come se volesse solo distrarsi dalla triste verità scritta sulle pagine di un libro di geometria per bambini. «Per sconfiggere la Fortuna, segretario, non è sufficiente anticipare i suoi inevitabili e catastrofici cambiamenti. Nella migliore delle ipotesi, si diventa suoi complici; più spesso, se ne diventa degli schiavi, che aspettano solo di fare del male agli altri. No. Per sconfiggere la fortuna non basta scrutare il passato e trovarvi uno specchio del presente. Bisogna guardare avanti e vedere cose che non sono mai state viste. Un futuro che neanche la Fortuna ha mai immaginato». Si girò di nuovo verso il fuoco. «Segretario, sto portando avanti un grande progetto in Romagna. Quel che costruiremo qui porterà presto alla salvezza di tutta l'Italia. Motivo per cui la Fortuna ha scelto proprio questo momento per ordire un tale intrigo contro di me».

Aspettai che si spiegasse. Ma non volevo che le mie ultime speranze scivolassero via così, nel suo silenzio, quindi dissi: «I condottieri…».

La sua mano si alzò davanti al mio volto così in fretta, che credevo mi volesse colpire. Invece, la tenne sollevata, con le dita allargate, forse a un palmo da me. «Sì, voi vedete nei condottieri i principali responsabili, perché sapete delle passate inimicizie con la mia famiglia. Ma, Segretario, sotto questo tetto, i gentiluomini di cui mi posso fidare senza riserve, quelli che non si lascerebbero comprare, si contano sulle dita di questa mano».

Non ne ero molto sorpreso: Damiata mi aveva detto che il Valentino sospettava ci fosse un traditore nella sua cerchia più ristretta. Era difficile credere che l'intero casato fosse contro di lui, ma ritenevo che qualcuno lo tradisse davvero: un uomo che conosceva la mappa di Leonardo nei dettagli, e li aveva resi noti all'assassino.

«E, Segretario, c'è qualcos'altro che state trascurando». Il Valentino abbassò la mano. «Ascoltatemi bene». La sua voce sibilava appena, come la brezza che muove le foglie di faggio in estate. «Non sapete niente di lei».

Questa volta ne ero sicuro: non era una domanda.

Capitolo 6

> Non sai tu quanto poco bene si truova nelle cose che l'uomo desidera, rispetto a quello che l'uomo ha presupposto trovarvi?

«Il giorno in cui ho visto Damiata per la prima volta... avevo vent'anni». Il Valentino si appoggiò allo schienale, facendo cigolare lievemente la sedia. «Era un giorno ceruleo di primavera, dopo la pioggia; eravamo nel meraviglioso giardino della residenza di Ascanio Sforza, fra cespugli di taglio ornamentale e un'intera piantagione di alberi da frutto: melograni, limoni, aranci». Ne parlava come se il tempo non fosse mai passato. «Lei era in quella piccola piantagione, con le spalle d'alabastro scoperte e un vestito così aderente, che il ricamo dorato sembrava il reticolo delle vene su una pelle di seta. Fino a quel giorno, avevo creduto non ci fosse donna più bella di mia sorella...». Scosse la testa in rapidi scatti. «Damiata non era una donna che passeggiava con sottane e pantofole decorate di perle. Era Diana, spiata mentre faceva il bagno. I suoi capelli, allora, erano biondi, e la brezza li raccoglieva con dita invisibili, come fili d'oro intessuti di luce».

Guardò nel fuoco, quasi la sua visione fosse lì, tra i carboni ardenti. «Ero un piccolo cardinale, uno sciocco in mitra rossa che serviva solo a fare da cestino per la raccolta dei benefici e degli altri redditi dell'ufficio; a malapena mi avrebbero lasciato tenere la porta aperta durante gli eventi più importanti. La mia vita scorreva giù per le latrine del Vaticano. Ma quel giorno, in quel giardino, vidi una dea scesa dal cielo, una messaggera divina che era venuta soltanto per me. E mi feci una promessa». Il sibilo nella sua voce era diventato un lieve tremolio. Chiuse gli occhi. «Una nuova vita».

Non osai dirgli quanto potessi capire quella promessa.

«Voglio credere in quella donna, Segretario. Voglio credere in lei, perché è parte di me, di quel che sono diventato». Iniziò a tamburellare le dita sulle gambe. «Ma mio padre non l'ha più sentita. Voi non l'avete più sentita. Ho mandato dei soldati a Imola perché la cercassero. Abbiamo guardato ovunque senza trovare neanche un suo capello».

In parte, ero sollevato di sapere che gli uomini del Valentino erano veramente andati a cercarla, come avevo richiesto con tanta urgenza. Ma perché il duca mi convocava solo adesso, quando avrei potuto rendermi più utile di chiunque altro, durante le ricerche?

Proseguì: «Non abbiamo trovato indizi che le sia successo qualcosa. Né che sia andata altrove. Niente di niente». Continuò a tamburellare le dita sulle gambe. «Sì, voglio credere in lei. Ma ha tradito mio fratello». Il Valentino lasciò in sospeso quell'accusa, quasi soddisfatto di far riecheggiare i sospetti di suo padre. Quando arrivò, la sua spiegazione era il mormorio di una preghiera, o di una confessione. «Lo abbiamo tradito entrambi».

Mi si aprì un abisso ai piedi.

«Divenne mia amante solo poche settimane prima che Juan fosse assassinato. Non posso dire di essere stato sedotto».

Riuscivo solo a pensare: *Che altro mi ha nascosto*?

«Di tutto quel che era stato dato a Juan, e di tutto quello che, invece, era stato rifiutato a me, era lei che desideravo di più, ancor più della gloria e della ricchezza. E credetemi, Segretario, sotto quell'assurdo copricapo cardinalizio che mi aveva sbattuto in testa mio padre, bramavo gloria e ricchezza come lo stomaco di un uomo che sta morendo di fame reclama una crosta di pane. E lei conosceva le mie aspirazioni». Un solo dito si muoveva su e giù. «Abbiamo tradito mio fratello due volte, nel letto di lei. Dopo la prima volta, giurai che non sarei mai tornato da Damiata. Ma non potevo resistere...». Scosse la testa, quasi meravigliato dell'incredibile attrazione che Damiata esercitava su di lui. «La seconda volta, è stata l'ultimo giorno di vita di mio fratello. Nel pomeriggio, perché lui l'avrebbe raggiunta quella sera. Lei si aspettava che Juan venisse dal Vaticano, attraverso Ponte Sant'Angelo. Le dissi di no, che avrei cenato con Juan al vigneto di nostra madre sull'Esquilino, vicino a San Martino ai Monti. Credo sapesse che Juan le stava mentendo e che, dopo cena, aveva intenzione di far visita alla Contessa della Mirandola, vicino a Santa Maria del Popolo». Il duca espirò in modo udibile. «A oggi, non ne sono certo. Ma ancora mi chiedo...».

Aprì gli occhi e si spostò in avanti sulla sedia. «Era risaputo, che i condottieri volevano uccidere Juan. Primo, perché aveva fatto infuriare gli Orsini con la campagna contro di loro, anche se non aveva ottenuto niente. Secondo, perché i Vitelli, che avevano combattuto per gli Orsini, ritenevano vantaggioso far proseguire le ostilità con mio padre, anche quando gli Orsini erano pronti a discutere la pace. Però, Juan non faceva niente per la propria sicurezza. Quando usciva di notte, portava con sé un paio di palafrenieri ubriachi e non indossava quasi mai l'armatura. La sua unica difesa era la sua natura di girovago: nessuno sapeva mai dove fosse, o dove sarebbe andato». Il Valentino ora tamburellava le dita sulle gambe così rapidamente, che sembrava stesse suonando una "moresca" con il flauto. «Mi sono sempre chiesto se Damiata abbia rivelato dove fosse Juan quella notte, o dove sarebbe andato più tardi. Credo possa averlo rivelato a uno dei Vitelli. O forse lo ha semplicemente detto a qualcuno che l'ha riportato ai Vitelli. Era furiosa per il fatto che Juan amoreggiasse con la contessa. Di solito sapeva nascondere la rabbia, come molte altre cose. Ma quel giorno ero con lei, e ho visto...». Sbatté le palpebre, come per cercare di vedere la sua amante di un tempo attraverso il velo degli anni. «Damiata aveva occhi e orecchie in tutta la città. Avrebbe potuto trovare mille modi per tradirlo».

Le dita si bloccarono. Si guardò le mani, come chiedendosi perché si erano fermate. «E io, a modo mio, sono stato suo complice. Le ho detto quali erano i veri programmi di Juan per quella notte, pur sapendo che avrei fomentato la sua rabbia per questa nuova amante. Naturalmente, ero pazzo di desiderio per lei, e credevo fosse un altro dei doni che Juan sprecava con tanta noncuranza. Quindi, anch'io ho intenzionalmente tradito mio fratello». Queste parole gli strinsero le labbra, come se avesse assaggiato un vino acetoso. «Il Signore impose a Caino un segno, perché non lo colpisse chiunque l'avesse incontrato...».

«Eccellenza, credo che lei amasse davvero vostro fratello». Se Damiata non aveva amato Juan di Gandia, quanto era vero quel "legame" che diceva esserci tra di noi?

«Lo amava. Sì, ci credo». Il Valentino riconobbe quel sentimento, come se l'amore stesso fosse un crimine evidente e penoso. «Comunque, mi chiedo se abbia tradito non solo Juan, ma anche mio padre, me, e persino voi». Si voltò di nuovo nella mia direzione. «Segretario, è possibile che Damiata sia fuggita con il libro?».

La speranza iniziò a scorrermi nelle vene alla sola ipotesi che Damiata fosse ancora viva. E fu seguita dalla paura; se i sospetti del Valentino erano fondati, forse si era allontanata con il libro perché non poteva fidarsi di lui.

Cercai di calmarmi, e constatai che, anche se non potevo dire al Valentino molto più di quanto già non sapesse sugli eventi accaduti in pianura, avrei potuto capire meglio le sue intenzioni da come avrebbe reagito al mio racconto. Quindi, gli descrissi in dettaglio il *gévol int la carafa* e il padrone del mastino che fuggiva con il "libro degli incantesimi", oltre al mio incontro con l'apprendista mascherato da diavolo; tralasciai solo quel che avevo visto nella mia mente quando cavalcavo la capra.

«Non vedo come Damiata abbia potuto inseguire il padrone del mastino con esito migliore dell'uomo che mi ha colpito alla testa», conclusi. «E, come vi ho detto, non credo che quell'apprendista sia in possesso del libro; in tal caso, avrebbe di certo posto fine al mio coinvolgimento nella faccenda».

Gli occhi del duca, socchiusi, non si spostavano dai tizzoni ardenti, come se volesse provocarne la conflagrazione.

«Dovete pensarci bene, Segretario». Dopo un lungo silenzio, la sua domanda mi colpì come uno stiletto. «Avete visto il mago, quello con il cane, portar via il libro mentre fuggiva dalla guardiola?»

«Ero a terra. Ero...». Capii cosa mi stava chiedendo il Valentino. Avevo semplicemente dato per scontato che Damiata dicesse la verità, quando ha gridato: «Ha il libro». Aggiunsi: «No. Non ho visto il libro».

«Pensateci, Segretario. È possibile che Damiata volesse farvi inseguire quell'uomo, per essere libera di trattare con quella gente? Suppongo avesse portato con sé parecchio denaro. E come sapete, è intelligente e persuasiva». Oltre a una ladra e una bugiarda rea confessa. «Non sareste il primo che ha ingannato».

E non sarebbe stata la prima donna ad avermi ingannato.

«Mio padre ha commesso un grave errore a coinvolgere Damiata», disse il Valentino, in un tono che rispecchiava il mio rammarico. «Soprattutto, perché ha usato il bambino in quel modo. Il suo desiderio di riavere il figlio è più che sincero, non ne ho dubbi. Sua Santità le ha soltanto inflitto un dolore, oltre a darle un motivo per cercare vendetta».

Annuii. Se fosse stato necessario, Damiata avrebbe arruolato il demonio stesso per raggiungere il suo scopo.

«Segretario, avete detto che per sconfiggere la Fortuna dobbiamo anticipare gli eventi. Se Damiata avesse preso il libro, cosa ne farebbe? Andrebbe da mio padre, fiduciosa di riavere suo figlio? Oppure sarebbe pronta a scommettere che, davanti all'opportunità di distruggere le prove del loro legame con le donne uccise, i condottieri le garantirebbero suo figlio in cambio del libro?».

A mio parere, il Valentino intendeva dire che i condottieri avrebbero "garantito" il rilascio del bambino con le stesse sottili coercizioni con cui lo avevano costretto a lasciare Imola; o, magari, minacciando apertamente di attaccare il Vaticano. Il solo fatto di aver posto quella domanda rivelava che la posizione del Valentino era sempre più debole.

«Viste la difficoltà nei rapporti con vostro padre», dissi, «avrebbe buone ragioni di andare dai condottieri».

«Sono d'accordo. A maggior ragione, se avessero già avuto dei contatti in precedenza».

Questi "contatti" includevano la cospirazione per uccidere Juan di Gandia. Tuttavia, il duca aveva formulato la frase in forma ipotetica.

Il Valentino si accomodò sulla sedia con le spalle e il mento abbassati, un moto di stanchezza che non avevo mai visto prima in lui: «Segretario, conoscete la suora di Mantova?». Ora, in effetti, sembrava che parlasse nel sonno. «Quella veggente o profetessa di cui tutti parlano? Osana, è questo il suo nome. Ha profetizzato che il regno dei Borgia sarebbe stato "un fuoco di paglia"».

Il caminetto emise un debole lamento: il rumore del vapore che usciva dalla legna.

«Iniziamo a rincorrere la Fortuna sin dal nostro primo vagito». Parlava come se già si fosse rassegnato a non poterla vincere. «Disegna una mappa delle nostre vite, segnandovi quanto siamo distanti dalla morte; vuole che la raggiungiamo, che la superiamo, fino all'oblio che c'è oltre. Ma, santa Maria, la distanza è poca, e poco lo spazio per correre».

Mi parve di vedere qualcosa che gli luccicava all'angolo dell'occhio. «Forse quella suora di Mantova ha visto la mappa della mia vita che ha disegnato la Fortuna. Perché, se non trovo quel libro di geometria per bambini, tutto questo, tutte le mie speranze di una nuova Italia, tutto quanto sarà bruciato anche più rapidamente di un fuoco di paglia».

Capitolo 7

> […] perché tutto netto, tutto sanza sospetto non si truova mai.

Dopo essere uscito dal Palazzo del Governatore, mi parve di vagare per le strade di Cesena per un secolo; mi trascinai da un angolo all'altro di quella cittadina, terribilmente perplesso. Ogni fibra del mio intelletto credeva che i sospetti del Valentino fossero sinceri, e in parte fondati; lui la conosceva meglio di quel che potessi immaginare. L'aveva tenuta tra le braccia, nuda, petto contro petto; questo mi fomentava una gelosia che fino ad allora avevo creduto aliena alla mia natura. Era evidente che non ero nello stato mentale giusto. Però, credevo ancora in Damiata con tutta l'anima, con una convinzione che il mio intelletto non poteva piegare. Forse il Valentino si sbagliava, perché era annebbiato dai propri sensi di colpa; di certo, a parte loro due qualcun altro conosceva l'itinerario che avrebbe percorso il duca, la notte che fu ucciso. Comunque, persino la mia anima dovette ammettere che Damiata sapeva bene cos'era in gioco nell'indagine per la morte di Juan, eppure aveva mantenuto il silenzio su come aveva tradito il duca di Gandia, diventando l'amante di suo fratello. Quel silenzio non era meno grave di una bugia.

D'altra parte, neanche le intenzioni del Valentino erano del tutto chiare; il suo presentimento che la fine fosse vicina mi pareva ambiguo. Secondo lui, le prove che avrebbero impedito l'accordo con i condottieri erano l'ostacolo principale alla costruzione della sua nuova Italia? Oppure pensava che fossero i condottieri a rappresentare la minaccia più grave per le sue ambizioni, o persino per la sua stessa vita? Nel secondo caso, ritirarsi da Imola e dall'accordo con i condottieri poteva essere una follia simulata, uno stratagemma per trarre in inganno gli stessi fautori dell'"intrigo", fin quando non si fosse assicurato gli *Elementi* e, con essi, le prove che li avrebbero condannati. Nel primo caso, invece, forse il duca voleva il libro per distruggerlo (o offrirlo ai condottieri insieme alla sua resa).

Così, continuavo a ragionare a vuoto, mentre camminavo senza meta per Cesena.

Dovevo aver camminato fin dopo la settima ora della notte, quando mi fermai presso l'entrata di un palazzo non lontano dal mio; d'improvviso, provai una stanchezza insopportabile. Mentre cercavo un buon punto d'appoggio, il piede scricchiolò sul pavimento ghiacciato. Attorno a me, Cesena era diventata silenziosa come una tomba.

Poco dopo sentii un rumore assordante: lo conoscevo bene, anche se non l'avevo udito in quel luogo, né di recente.

Era il fracasso di un'altra città, di Firenze che si svegliava a un nuovo giorno; il cantare del gallo, latrati, ragli di animali e di esseri umani; il tintinnio di carri, un carillon di martelli da fabbro e scalpelli da muratore. In un inferno sospeso tra il ricordo e le visioni di qualche giorno prima, avevo di nuovo poco più di sette anni e mi trovavo sulla porta della nostra casa in via di Piazza.

Era il primo giorno di lezione con il mio nuovo tutore di latino, Ser Battista, che aveva il suo studiolo nella chiesa di San Benedetto, accanto al Duomo. Non avevo mai attraversato l'Arno da solo, figurarsi mezza città, quindi a colazione tremavo un po'. Di sicuro, la mamma se ne era accorta, perché mi aveva preparato dei dolcetti di farina fritti e li aveva riempiti con pasta di ciliegie. Intanto, cantava una delle sue Lodi: «Il Signore che rende giustizia agli oppressi, il Signore che dà il pane agli affamati e ci libera dalle nostre catene…».

Quando fui alla porta, mi dette un dolcetto avvolto in un tovagliolo. «Mio caro Niccolò, mio primo figlio maschio», disse mia madre mentre mettevo l'involucro nella borsa con la lavagnetta, «la tua vita è là fuori». Mamma fece un cenno verso la città. «Diventerai un uomo istruito, un uomo di lettere, come tuo padre. Ma ho anche grande fiducia che otterrai una carica importante; entrerai nel governo della nostra Repubblica».

Quella profezia mi sembrò frutto della sua fantasia. Mio padre non aveva mai avuto una carica governativa e non poteva neanche sperare di ottenerla; non era tra i favoriti dei Medici, gli unici a poter aspirare a potere e ricchezza. La repubblica stessa era soltanto il sogno di gente di poco conto, come i miei genitori. Loro chiudevano le imposte quando Lorenzo de' Medici passava a cavallo, in testa a un'altra gioiosa parata di Carnevale, con un immenso serpente colorato di sicofanti e servitori al seguito.

Mia madre mi accarezzò la guancia con mani secche e ruvide. Aveva quasi quarant'anni quando nacqui, e in quel momento mi sembrava una vecchia; ricordai la fronte segnata dalle rughe, le labbra sottili e quasi bianche. «Niccolò, molto prima che tu nascessi, ho fatto una solenne promessa a Nostro Signore: ho giurato di dare il mio primo figlio alla nostra bella Firenze e alla sua *libertas*». I suoi occhi distanziati, da gatta, mi guardarono dentro. «Oggi inizierai a mantenere quella promessa. Vedrai, imparerai ad amare la nostra Firenze, poi capirai perché la devi salvare, perché devi restituire la *libertas* alla sua gente. A tutti, non solo a pochi».

Fu con queste parole che mia madre mi dette a Firenze. Mentre attraversavo Ponte Vecchio, le lacrime mi velavano gli occhi, perché sapevo che non avrei più seguito la mamma per casa come un cucciolo. E quel giorno non mi innamorai della mia bella Firenze; ero troppo spaventato.

Tuttavia, neanche una settimana dopo, feci colazione, balzai fuori dalla porta e corsi lungo il ponte, a qualche centinaio di passi dal ruggente cuore del commercio europeo. Ai miei occhi, gli edifici ai lati della strada erano grandi velieri, perché le facciate imponenti dei negozi di seta erano sempre drappeggiate di enormi vessilli di damasco lucente; per di più, dalle finestre delle manifatture di lana, grandi quanto un palazzo, ondeggiavano rotoli di tessuto appena lavato, fine come seta. Trasportato dal flusso della gente, passai per via Calzaiuoli, così chiamata per i numerosi negozi di maglieria che vi erano allineati; tuttavia, sotto alle volte, i portici delle botteghe ospitavano anche altre attività: calzolai, orefici, miniatori, rilegatori, il nostro primo negozio di stampe.

Tra tutto quel commercio, che mi sembrava una battaglia affascinante, trovai una meraviglia ancor più sorprendente. In via Calzaiuoli, potevo girare attorno al blocco grigio della chiesa di Orsanmichele, guardando le statue dei santi patroni di tutte le gilde, tra cui il San Marco e il San Giorgio di Donatello. Sembravano quasi vivi, un miracolo in confronto ai rigidi spaventapasseri scolpiti nei secoli precedenti all'attuale rinascita delle arti e delle lettere. Da quella strada, si giungeva all'immenso Duomo, in marmo bianco e verde, sovrastato dalla prodigiosa cupola di mattoni del Brunelleschi. Ogni volta che passavo di fronte al Duomo, piegavo la testa all'indietro fin quasi a cadere e, per l'orgoglio, i piedi quasi non toccavano terra: pensavo che gli uomini che avevano dato vita a quelle "invenzioni" erano dei fiorentini, come me.

C'era una meraviglia ancora più grande, nella mia bella Firenze: l'austera piazza della Signoria, delimitata a est dal palazzo di pietra dove, molti anni dopo, avrei servito la Repubblica, come mia madre aveva previsto. piazza della Signoria era un mercato di idee, dove si scambiavano pensieri come le monete nelle casse dei banchieri che affollavano la strada adiacente. Lì si radunavano uomini di tutti i ranghi, da fabbri in grembiale di pelle ad avvocati o commercianti in cappa bordata di pelliccia. Discutevano di cose che non capivo bene, anche quando riuscivo a udirle in mezzo a tutto quel fracasso; ma ero affascinato dal solo vederli parlare, e studiavo il modo in cui gesticolavano, annuivano, storcevano il viso, riflettevano e si rivolgevano l'uno all'altro.

Forse, una parte di me era ancora presso l'entrata di un palazzo di Cesena, ma la mia mente era completamente assorta in contemplazione del passato; ero un ragazzino di sette anni che osservava piazza della Signoria, ammaliato dalla vita che mi stava di fronte. Quando questo ricordo svanì, scivolò via così lentamente che, per un attimo, mi sentii smarrito. Non ero in un luogo, né nell'altro, ero svuotato di tutto, tranne del desiderio di sentire la voce di mia madre e di camminare per le strade di Firenze.

Quando mi resi conto di dov'ero, trovai la risposta. Non ero andato fino a Cesena perché mi fidassi di qualcuno, del Valentino, di Damiata, o persino dei Dieci della Guerra.

«Appartengo alla Repubblica, alla nostra *libertas* e alla nostra bella Firenze», sussurrai, guardando le mie parole che si condensavano nell'aria fredda e si sollevavano come il fumo dal turibolo di un prete. «Farò tutto quel che è necessario, per salvare la città che amo».

Appena fatto quel giuramento, mi accorsi che avevo un testimone; sembrava un fantasma, dal volto sbiadito come quelli dei fiorentini che avevo lasciato tempo addietro. Era a circa cinquanta braccia di distanza da me, in piedi sotto al portico di un negozio. La sua cappa era poco più di un'ombra davanti alle imposte del palazzo e il suo viso era quasi completamente avvolto nel cappuccio, tanto da farlo sembrare una maschera di carnevale da teschio; pareva il volto scheletrico della morte, piuttosto che il diavolo caprino che avevo visto per un attimo nella pianura. Però, d'un tratto ebbi la sensazione orribile che quell'uomo fosse presente quella notte.

Non mi sarei sentito al sicuro, limitandomi a cambiare percorso. Se era l'apprendista dell'assassino (o persino il maestro di bottega) la mia fuga avrebbe solo posticipato quell'incontro a un'occasione in cui, forse, sarei stato meno all'erta.

Andai verso di lui con il petto che mi martellava. Giunto a metà della distanza che ci separava, non vedevo ancora niente del suo volto, a parte una macchia bianca indistinta.

Con lo stesso disperato coraggio di un eretico impenitente, gli gridai contro: «Ehi, tu! Hai una nuova maschera?».

Il suo cappuccio ondeggiò in una strana metamorfosi, e il teschio bianco iniziò a coprirsi di carne. Potevo vedere le orbite scure, ma non gli occhi.

Il suo mantello si allargò come le ali di un'aquila pronta a spiccare il volo, e mi preparai a essere aggredito. Invece si girò, fuggendo tanto rapidamente da uscire dal portico ancor prima che potessi fiatare. Quando svanì del tutto, mi accorsi che andava in direzione del mio alloggio; avrebbe potuto nascondersi da qualche parte nelle vicinanze.

Mi affrettai talmente a inseguirlo che l'aria fredda mi offuscava la vista e i piedi scivolarono nel voltare l'angolo...

Slittando, mi fermai a meno di un braccio dalla punta di uno stiletto.

«Lo avete visto?».

Sollevai lo sguardo. Quel volto era del tutto umano, anche se la bocca sembrava bloccata in una «Oh». Lo riconobbi appena sentii la sua voce. «Giacomo?»

«Mi è passato proprio accanto», disse indignato l'assistente di Leonardo. «Mi avrebbe gettato a terra, se non mi fossi scostato».

«L'avete visto in volto?».

Scosse il capo. «Non era un uomo».

«Ma neanche la maschera che avevate visto nei boschi quel giorno». La stessa maschera che avevo visto anche io nella pianura.

«No. Il volto della luna. O un gufo». Giacomo studiò il suo stiletto, che ancora non aveva riposto nella cintura. «Oppure un uomo senza faccia».

Annuii a quest'ultima descrizione, che mi sembrava più calzante di "maschera della Morte". La mia scienza, se potevo definirla tale, non era riuscita a portarmi al volto dell'assassino. Vedevo solo maschere, o uomini senza volto.

Mentre riflettevo su quelle cose, pensai di chiedere a Giacomo: «Perché siete qui in giro?»

«Aspettavo voi». Lo disse come se io fossi la causa del suo disagio e dell'incontro con il demone senza faccia. «Il maestro mi ha mandato a prendervi».

Almeno, c'era una domanda alla quale avevo risposta: ero certo che il Valentino avesse già riferito la nostra conversazione a Leonardo, che mi aveva mandato a chiamare dietro richiesta del duca. «Il maestro vorrà vedermi anche a quest'ora?».

Giacomo annuì e aggiunse con la sua languida cadenza milanese: «Il maestro non dorme mai».

Capitolo 8

> [...] a molte cose che la ragione non t'induce t'induce la necessità.

Giacomo mi condusse all'altro capo della città, dove ci fermammo presso una sorta di refettorio di una chiesa abbandonata. Dagli spiragli delle imposte, vidi che all'interno quella specie di deposito era illuminato a giorno. Salimmo le scale, poi Giacomo bussò alla porta come fossimo due ufficiali della prigione in procinto di compiere un arresto.

Mi preparai a una nuova discesa nell'Inferno.

Entrai in una stanza molto ampia, che una volta doveva essere un'austera sala da pranzo; se c'erano mai stati affreschi alle pareti, ora erano stati cancellati. Forse erano stati i monaci a lasciare i due tavoli enormi che campeggiavano al centro della stanza; di certo, il refettorio aveva assunto una funzione che quei succhia-zuppa non avrebbero mai immaginato. E neanche io.

Esclusi i tavoli, tutto quello che si trovava nel salone era stato costruito dal maestro: congegni con rotelle e ingranaggi, modellini di navi, strane scale a pioli, un'enorme balestra, una ruota che arrivava fino alle travi del soffitto, alla quale erano appesi almeno due dozzine di cesti. E mille altre cose che non saprei descrivere.

Leonardo, con la sua cappa di camoscio e l'abito di seta rosso, fissava un disegno costituito da figure geometriche irregolari, simili a denti; ciascuna figura era quasi interamente coperta di numeri. Mi affrettai al suo fianco, convinto che quei calcoli avessero a che fare con il "disegno" dell'omicida, o con la statura delle vittime.

«Costruiremo un'intera città, il duca e io. Qui, a Cesena». A quel punto capii che stava analizzando la bozza di una mappa, che riportava misure dettagliate di varie parti della città; probabilmente, aveva iniziato così anche la mappa di Imola. «Una nuova città che persino gli antichi ci invidierebbero, con tubazioni, fogne, canali, chiuse, ospedali, tribunali ed edifici pubblici che onorano la ragione e la libertà. Ho già preparato i disegni, e li realizzerò con il duca. Un mondo senza squallore, fame e oscurità: tutto avrà inizio qui».

L'avrei preso per pazzo, se anch'io non fossi stato convinto che solo il Valentino avrebbe potuto veramente costruire un mondo nuovo. Ma il duca non aveva certo chiesto al suo ingegnere generale di mandarmi a chiamare per mostrarmi queste cose. «Perché tutta questa urgenza, maestro?». Mi tenni pronto a un'altra lezione di anatomia.

«Ci è stato portato due giorni fa, da Imola. È stato trovato dai soldati che Sua Eccellenza ha inviato in cerca di Madonna Damiata». Ero un po' sorpreso che l'avesse menzionata con tanto rispetto, quasi fosse la Santa Madre.

Leonardo infilò due dita nel borsello di pelle che teneva legato alla cintura e ne estrasse un filo di lana rossa; dovetti chiudere gli occhi, quando vidi che all'estremità del filo era legato un bigliettino. «Come è stato ritrovato?»

«In una mano. Un braccio che non eravamo riusciti a individuare prima della partenza da Imola».

«Intendete il braccio di una delle due streghe. Non potrebbe essere di Damiata?»

«No, non è suo». Mi diede il bollettino. «Vi dice niente?».

La carta era rossastra, forse a causa dei fluidi corporei, o forse della neve sciolta mista a terra della pianura. Nonostante le macchie e la scrittura irregolare, si leggevano ancora due invocazioni contraddittorie: *Sant'Antoni mi benefactor. Angelo bianc, per vostr santite.*

«Calligrafia e inchiostro sono identici a quelli del bollettino che abbiamo trovato nell'uliveto», dissi a Leonardo. «Suppongo l'abbia scritto *zeja* Caterina». Per un istante, mi riapparvero gli occhi quasi bianchi della strega morta. «Sono abbastanza certo che fosse l'unica del "gioco" a saper leggere e scrivere, anche se solo in dialetto».

Girando il biglietto, non fui stupito di trovare un'altra scritta, minuscola, in toscano corretto. «Anche la seconda calligrafia e l'inchiostro cinese», dissi, «sono gli stessi che abbiamo visto sul retro di quel bollettino. Maestro, suppongo che abbiate visto anche il primo biglietto, quello che è stato inviato in Vaticano». Mi riferivo al bollettino che il papa aveva mostrato a Damiata; Leonardo aveva recuperato i resti straziati della donna che lo portava nel suo sacchetto per incantesimi, quindi avevo buona ragione di credere che il maestro avesse visto tutto ciò che portava con sé, compreso l'amuleto di Juan di Gandia. Aggiunsi: «Suppongo che "gli angoli dei venti" fosse scritto nella stessa calligrafia».

Leonardo guardò il biglietto che tenevo tra le dita come se dovesse prendere fuoco da un momento all'altro. «La vostra ipotesi è corretta. Riguardo a entrambi i bollettini. Ma dovete leggere questo».

Dovetti stringere un po' gli occhi per decifrare la scritta minuscola.

«*Il quadrato è il primo cerchio*», lessi. «Quindi, è una figura geometrica, come le prime due. E come le prime due, è suggerita attraverso un enigma, o un indovinello. Dunque, il primo cerchio era la rosa dei venti, circoscritta alla vostra mappa, mentre il quadrato rappresentava gli angoli dei venti. Sta rievocando quelle figure, forse per farci notare qualcosa che ci è sfuggito?». Appena lo dissi, però, capii a che gioco stava giocando quell'uomo.

«Descrive il suo nuovo disegno». Com'era ovvio, Leonardo restava della sua idea. «Giacomo!». L'assistente sembrava sul punto di trascinarsi a letto. «Tommaso ha trovato il mio testo di Archimede?».

Giacomo scosse la testa, come se fosse esausto di domande simili. Lo capii: anch'io trovavo stancante il caos dell'intelletto di Leonardo e il suo modo di gettare i suoi pensieri qua e là, come faceva con gli oggetti. Dovevo ammettere, però, che da quel punto di vista mi assomigliava più di quanto volessi.

«Troveremo il testo di Archimede», disse Leonardo, con un cenno di assenso che sembrava poco convinto. «La soluzione è lì. Sono certo che questo "primo cerchio" sia in una delle dimostrazioni di Archimede».

Leonardo iniziò a frugare tra vari manoscritti, rilegati e non, che si erano già accumulati sul tavolo davanti a lui; evidentemente, non aveva intenzione di aspettare Tommaso. «Siccome ci siamo trasferiti, adesso è tutto in disordine», spiegò. Ancora una volta, senza neanche una punta di ironia.

Mentre Leonardo era distratto, colsi l'occasione per leggere alcuni dei fogli sparsi; mi ricordavano i manoscritti non rilegati che mio padre conservava nella sua biblioteca. La maggior parte dei testi trattava di matematica; alcuni erano in latino, altri, più antichi, in greco. La scrittura fitta era spesso interrotta da schemi numerati, o elaborati disegni di vari poligoni. Non ero in grado di capirli.

Poco dopo, trovai un manoscritto in latino, che non era nella calligrafia di Leonardo; lo esaminai più attentamente e mi accorsi che descriveva il caso di un uomo affetto da una malattia cerebrale che i greci chiamavano *kephalgia*, che «aliena la mente, porta alla perdita della parola e, infine, priva della forza vitale». Mentre Leonardo continuava a passare al setaccio i suoi libri e le sue carte, vidi un intero mucchio di fogli scritti dalla stessa mano; quella del medico, o del suo copista. Il testo descriveva affezioni di tutti i tipi e necroscopie, però, era in gran parte dedicato alle malattie del cervello: allucinazioni, amnesia, perdita della parola, catatonia e una follia violenta che i greci chiamavano *phrenesis*. Mi interessai talmente al caso di un criminale che era stato giustiziato, da azzardarmi a interrompere l'inutile ricerca di Leonardo. «Maestro, questi resoconti medici... dove li avete trovati?»

«Sono casi di Benivieni», disse. Sembrava parlasse a un contadino che gli aveva chiesto da dove venisse lo sterco sui propri stivali. «Antonio Benivieni», specificò, notando la mia esitazione. «Il medico fiorentino».

Mi tornò alla mente. Benivieni era un medico piuttosto conosciuto; si diceva che avesse dissezionato dei cadaveri, come Leonardo.

«Non si può ottenere niente dalla scienza anatomica se non si conosce bene la matematica», disse Leonardo. «Come vedete, l'opera di Benivieni è del tutto priva di valore. Non ha misurato niente».

Non ero solito pronunciarmi in difesa dei medici, ma in questo caso, dissi: «Una volta misurata e identificata questa nuova figura geometrica, mio caro maestro, cosa vi aspettate di scoprire sulla natura dell'assassino che l'ha creata?»

«Vedremo».

Pensai fosse il momento di riportare a scuola il maestro, per così dire. «Questa notte, il vostro Giacomo e io abbiamo visto in strada l'omicida, o il suo apprendista. È evidente che quegli uomini indossano almeno due diverse maschere di carnevale, quando si dedicano alle loro crudeli operazioni: una maschera da Diavolo e una da Morte, per quanto ho potuto vedere. Credo che il "maestro di bottega" continuerà a ingannarci, mostrandoci altre maschere, enigmi e figure geometriche; vuol farci conoscere le sue opere, ma non il suo volto. Per questo è così determinato a procurarsi quella copia degli *Elementi* di Euclide: sono certo che contenga il suo nome».

Leonardo mi ascoltava e muoveva le labbra, senza dire niente.

«Maestro, credo che quest'uomo sia tra di noi ogni giorno, senza maschera, perché, in qualche modo, è capace di nascondere il suo vero volto. Come vi ho già detto, sono del tutto convinto che non potremo identificarlo finché non saremo entrati nella sua mente e avremo compreso le sue motivazioni...».

«Motivazioni?». La voce di Leonardo improvvisamente risuonò come la nota alta di un piffero. «Ma siete almeno in grado di comprendere il significato delle parole che usate? Sapete cosa sono queste "motivazioni" che menzionate senza sosta? Voi, voi non siete altro che un latinista con il naso sempre tra i libri antichi!». Leonardo tirò indietro la testa, come fosse inorridito. «Credete che le dimostrazioni geometriche che sto cercando siano fatte di parole altisonanti di oratori come voi? Che cosa avete misurato, voi? Dov'è la vostra "esperienza"?»

«Per quanto esaminiate il cranio di un uomo con la vostra riga», risposi, «non capirete mai quali desideri e quali necessità contenesse la sua testa».

Leonardo agitò l'indice verso di me. «Ditemi, dunque, stimato uomo di lettere, quali sono i vostri strumenti per misurare i desideri che esistono solo nella mente umana? Io ho sezionato ogni ventricolo del cervello, eppure ne devo ancora comprendere i meccanismi. Proponete di stendere le braccia come uno sciocco che misura il suo orticello, e dirmi che solo voi sapete calcolare la grandezza dei desideri umani? Dovreste misurarvi qualcos'altro, piuttosto!».

«Il mio strumento di misura, se proprio è necessario averne uno, è la saggezza di chi ha osservato la storia e ne ha compreso gli insegnamenti. Erodoto, Plutarco, Tucidide, Tito Livio: loro ci hanno offerto ogni possibile misurazione dei desideri e delle ambizioni umane. Come dice Livio, "Nella storia si possono trovare infinite variazioni dell'esperienza umana". È questa la mia "esperienza"!».

«Non nego che lo studio della storia sia nutrimento per l'intelletto», disse Leonardo con meno fervore. «Ma voi... Voi non osservate gli elementi concreti del crimine, ve ne rendete conto?»

«"Elementi concreti", maestro? Intendete le spoglie mortali di queste poverette? Avete studiato come sono state smembrate, come ci si aspettava che fossero ritrovate e anche il sistema secondo il quale sono state disposte (o l'assenza di tale sistema); e tutto questo vi ha condotto in una foresta oscura, a cercare qualche disegno che si trova solamente nei ventricoli del vostro cervello!».

Mi fermai e studiai con attenzione Leonardo. D'improvviso mi si accapponò la pelle. «C'è dell'altro, non è vero maestro? Qualcosa che non mi avete detto».

Con quelle dita agilissime si tormentava la cappa, come tentasse di strapparne via delle lappole; le mani si muovevano in modo indipendente l'una dall'altra. «Il cuore è un muscolo... di forza e vitalità eccezionali», disse infine. «La Natura ne ha disegnato le valvole con tale ingegno... permettono un flusso costante in una sola delle direzioni che il nostro sangue turbolento segue nelle arterie... come un fiume che scorre impetuosamente attraverso uno stretto canale». Il maestro descrisse quel moto vivace in un sussurro frammentato, come se uno dei suoi muti discorsi avesse trovato voce. «Quando si studia il corso dei fiumi, si osserva che, con il tempo, l'acqua è in grado di scavare dei passaggi nella roccia più dura... Nel corpo, questo fluire di liquidi diviene così vigoroso che può far rompere una vena nella testa... Tra le persone anziane, causa un indurimento e un ispessimento delle pareti delle vene, fin quando il sangue non circola più in quantità sufficiente... a...».

Il mio, di sangue, si gelò nelle vene. «Terminate la vostra riflessione, maestro. So che queste donne non sono morte per un ispessimento delle arterie».

«Il sangue ristagna nella sezione inferiore degli arti... quando la circolazione si ferma. Ma quel... quello stato di riposo non era riscontrabile nei resti che mi sono stati portati». Il volto di Leonardo era pallido e tremante. «L'operazione di smembramento deve essere stata congiunta a dissanguamento».

Ricordavo bene quando avevo cavalcato la capra. Quell'intruglio mi aveva immobilizzato senza rendermi insensibile al dolore; mentre mi sforzavo di riprendere a muovere gli arti, mi pareva che dei punteruoli mi ferissero muscoli e giunture. Quelle povere donne erano state macellate sotto l'effetto paralizzante dei narcotici e, forse, non erano neanche riuscite a gridare. Ma potevano sentire paura e dolore, nell'orribile coscienza che la loro carne veniva tagliata.

Guardai i fogli che stavo leggendo poco prima. «Maestro», bisbigliai, «se ritenete prive di valore le carte del dottor Benivieni, posso prenderne alcune?».

Leonardo fece il gesto di una vecchia signora che scaccia una mosca. «Prendete quel che volete», sussurrò. «Come vi ho detto, Benivieni non ha misurato niente».

Appena sprangata la porta, accesi una candela e mi sedetti al tavolino che mi ero fatto portare come scrittoio. Lo sgomberai delle mie carte e vi appoggiai i manoscritti di Benivieni. Il caso che mi aveva tanto interessato nel refettorio di Leonardo trattava di una certa canaglia di nome Jacopo, ladro inveterato che fu condannato all'impiccagione per i suoi numerosi crimini. Quando lo tirarono giù dalla forca, però, si accorsero che Jacopo era ancora vivo, e si riprese presto, dopo essere stato curato. A causa della sua natura malvagia, Jacopo disdegnò quella risurrezione miracolosa e tornò a commettere gli stessi crimini; fu impiccato di nuovo, e questa volta con i risultati sperati.

Il dottor Benivieni aveva condotto varie necroscopie per accertare le cause anatomiche di malattie e decessi, così decise di cercare la causa del comportamento incorreggibile di Jacopo. Dopo aver sezionato il cadavere, il medico concentrò l'attenzione sulla nuca, dove si trova il ventricolo cerebrale conosciuto come *memoriae sedes*, vale a dire "la sede della memoria", o, in senso più metaforico, "il seggio della memoria". Benivieni osservò che, nel caso di Jacopo, quella regione conteneva una quantità di materia cerebrale molto inferiore alla norma.

Sulla base di questa caratteristica, il medico scrisse che Jacopo «poteva a malapena ricordare i suoi reati precedenti e le punizioni già ricevute, quindi, ritornava ai suoi crimini come un cane al vomito, senza vergogna, fino a infilare la testa nel nodo scorsoio che portò a termine la sua vita».

Rimasi sulla mia sedia cigolante, picchiettando il dito su quest'ultima frase. Ero certo che le conclusioni di Benivieni non avessero senso. Nonostante l'anomalia del cervello, era inconcepibile che Jacopo non ricordasse i suoi crimini; ricordava molto bene, ad esempio, come commetterli. Tuttavia, non fui in grado di ricusare del tutto le osservazioni del medico. Mi pareva che questo Jacopo, un uomo ordinario, fosse della stessa pasta di quel raro tipo di persone che stavo catalogando dai libri di storia: Alessandro di Fere, il dittatore romano Silla, gli imperatori Caligola e Nerone. Tutti loro, in un modo o nell'altro, avevano reiterato i loro crimini in modo costante, senza alcun segno di vergogna o rimorso e senza timore di essere puniti (la storia, in effetti, dimostra che i tiranni non morivano spesso di morte naturale). Questo insignificante Jacopo non aveva mai disposto dell'autorità per assecondare appieno la sua natura malvagia, ma non abbandonò le sue attività criminali fino alla fine. Nerone beneficiava del potere assoluto, ma ritengo che se anche fosse stato un pastore, o un ciabattino, la brutalità gli avrebbe comunque dato un piacere inspiegabile. L'espressione di Benivieni era molto calzante: «come un cane che torna al vomito», questi uomini erano spinti da qualche istinto animalesco a ripetere più e più volte i crimini di cui si erano già macchiati.

Come avevo detto al duca, la natura umana non cambia secondo le diverse epoche e, allo stesso tempo, ognuno di noi nasce con una natura che non può modificarsi. Quindi, non potevo che propendere per la teoria di Benivieni: questa anomalia, che si voglia definirla una «malattia dell'anima», come dice Platone, o una vera e propria deformità del cervello, era sempre stata presente nelle persone che ne soffrivano. La Natura li aveva creati così; né l'uomo, né la Fortuna avrebbero mai potuto cambiarli.

Il vento gelido fece scuotere le imposte. Mi strinsi nella casacca e mi immaginai sulla soglia della mente di quest'insolito tipo d'uomo, pressappoco nello stesso modo in cui ero entrato nell'intelletto di Annibale e Cesare, per porre loro delle domande. L'istinto mi diceva di fuggire, ma continuai a esplorare quell'orribile labirinto, rivolgendomi a lui in silenzio.

Quel che ti spinge è solo la volontà di distruggere la vita; le sofferenze delle tue vittime innocenti ti appagano senza rimorsi o compassione. Questa è la tua natura, da quando hai preso vita nel grembo di tua madre. In qualche modo, però sei sempre stato in grado di occultare il tuo volto di mostro dietro la maschera di un uomo.

Il vento sibilava dagli spiragli della porta, che non si chiudeva bene.

Ma adesso ti conosco, anche se non so il tuo nome e non ti ho mai visto in faccia. Perché sono l'unico a sapere qual è il segreto che sin dal tuo primo vagito ti ha sempre distinto dagli altri. Non è un segreto che tieni nascosto in un'anima malata. È un'insidia molto più spaventosa.

Sei nato senza l'anima.

Capitolo 9

> [...] il maggior rimedio che si usi contro a uno disegno del nimico, è fare volontario quello ch'egli disegna che tu faccia per forza.

Due giorni dopo (il giorno seguente al solstizio d'inverno), ancora nessun segno da Damiata e nessun indizio delle intenzioni del Valentino. Nella città di Cesena, intanto, si era celebrata un'occasione di svago mai vista prima.

Il ballo si tenne al Palazzo Civico, che delimita il lato nord della piazza principale, ai piedi della cittadella. Con i due livelli di finestre ad arco della sua facciata, il Palazzo Civico è annesso a un forte che ha lo stesso stile sobrio di quello in collina; è, però, molto più piccolo, una "rocchetta" piuttosto che una rocca vera e propria, con una sola torre di guardia. Connessi a un'estremità, il Palazzo Civico e la piccola rocca costituiscono un immenso massiccio di pietra. In quella sera particolare, il muro della piccola rocca era buio come il fondo di un pozzo, mentre il palazzo era illuminato come una bottega d'armaiolo.

I cesenati avevano trasformato il grande salone in modo ammirevole; per decorare le pareti, non solo vi avevano affisso tutti gli arazzi della città, ma anche una foresta di ghirlande di pino e rami tempestati di melograni. Le stanze adiacenti erano arredate con tavoli da ricevimento che potevano solo essere stati raccolti da una dozzina di altri palazzi, ed erano tutti provvisti di un'ampia varietà di vini caldi speziati, pasticci di carne, dolci di caramello e frutta candita.

Alla festa non mancava la musica, con almeno cinque tromboni, una decina di oboi e flauti, e altrettante lire da braccio, oltre a un organo portatile da teatro. Molti diplomatici (e cortigiane) che avevano trascorso l'autunno a Imola erano rimasti a Cesena per l'arrivo dell'inverno. Si spinse fino in città persino la famosa ermafrodita conosciuta come "La Portoghese", che avrebbe potuto essere un'adolescente triste e tozza, con un corsetto di raso che le sollevava dei seni simili al petto di un uomo grasso.

Quanto alle altre signore, le matrone di Cesena furono ben felici di lasciare i mariti ad allinearsi davanti ai tavoli imbanditi e di ricevere, piuttosto, le attenzioni degli uomini di mondo, tra i quali fui accettato con riluttanza e solo perché gli ambasciatori avevano iniziato ad apprezzare il mio fiuto per le informazioni utili. Ero circondato, quindi, da tutte queste signore entusiaste, che quasi mi calpestarono quando la fanfara le fece accorrere verso l'entrata, tuonando: «È arrivato il duca! Il duca è qui!».

Il Valentino non deluse il suo pubblico; fece un magnifico inchino e ci condusse al *Lioncello*. La sua compagna era una graziosissima nobildonna del luogo, dal seno ben in mostra, e che ben meritava di esser mostrato. Tuttavia, non era che un'appendice del duca, sul quale erano fissati tutti gli sguardi. Snello, ma non esile nel suo abito nero, danzava con un perfetto equilibrio di leggiadria e vigore. Intanto, io ero alla mercé di una ragazza del posto, più o meno della stessa età di mia moglie e, per certi aspetti, così simile a lei che mi stringeva il cuore; era meno bionda di Marietta, ma aveva lo stesso naso minuto e la stessa espressione da ragazzina orgogliosa. Anche l'impulsività e la grazia con cui ballava erano le stesse, così come la facilità con cui passava dalla diffidenza all'entusiasmo in un istante. Per la prima volta da quando ero partito da Firenze, desideravo avere Marietta tra le braccia, ma solo per confortarla e dirle quanto fossi dispiaciuto di quel matrimonio che entrambi non avevamo voluto.

La mia giovane compagna e io incontrammo qualche difficoltà con *Gelosia*, e mi trovai estromesso dal cerchio delle danze come un seme di melone. Mi ritirai, quindi, presso uno dei tavoli dell'anticamera, mi versai un Sangiovese e cercai di annegare i miei problemi nel calice d'argento. L'orchestra si lanciò in una moresca e, mentre le guance dei pifferai si gonfiavano come mantici, i ballerini volteggiavano sulla pista.

Per poco non mi strozzai con il vino. Quasi fosse comparso dal nulla, il signor Oliverotto fece la sua apparizione, come il demonio in una rappresentazione della Passione, e iniziò a piroettare con la sua diva veneziana dai capelli color rame, in un ondeggiare di abbondanti chiome ricce (i capelli di lui erano lunghi quasi quanto quelli della sua compagna). Non avevo saputo niente del signor Oliverotto da quando ero arrivato a Cesena; quest'apparizione mi sembrò, quindi, di pessimo auspicio. Era molto probabile che fosse venuto a sistemare i dettagli della riconciliazione finale tra il Valentino e i condottieri.

Il caotico turbinio della moresca si adattava bene al districarsi degli eventi attorno a me, e la musica seguiva il ritmo della mia testa: anch'essa aveva iniziato a girare. Sentii un tocco delicato sulla mano, ma mi servì un momento per mettere a fuoco; vidi una delle maschere di Carnevale che erano diventate una sorta di moda alla corte del Valentino, in ogni stagione. Quella era di seta verde, con pietre attorno ai fori per gli occhi; il naso della signora era nascosto da un becco di pappagallo.

Invece di condurmi verso le danze, mi spinse verso un'entrata sul retro dell'anticamera, che dava accesso a un piccolo vestibolo, o salottino. All'interno, intravidi delle gambe bianche allacciate ad altre cosce bianche, e sentii dei gemiti amorosi. Cercai invano di distinguere il volto della mia nuova compagna, perché la maschera ne rivelava solo le labbra e gli occhi.

«Volete sapere cos'è successo alla vostra amica?». La sua voce esile tremolava.

Capii subito chi fosse quell'"amica". «È ancora viva? Dov'è?».

La signora mascherata mi prese la mano e mi trascinò oltre i due che si accoppiavano. Il corridoio in cui entrammo era freddo e odorava di pietra umida. Arrivati in fondo, la donna aprì una porticina; mi chinai per passare sotto alla trave, e mi ritrovai all'esterno.

Su di noi incombeva un muro enorme, come un'ombra: era il bastione che collegava il Palazzo Civico alla torre della piccola rocca. La mia guida indicò una scaletta spaventosamente lunga, che andava dal cortile gelato alla cima della muraglia.

«Chi vi ha mand...».

Aveva già chiuso la porta dietro di me. Quanto tentai di riaprirla, mi stupii che non fosse chiusa a chiave. Tuttavia, scartai subito l'idea di seguirla; probabilmente, aveva solo ricevuto un paio di ducati da un intermediario, e non avrebbe neanche saputo dirmi chi le aveva affidato l'incarico. Adesso, la testa mi girava di nuovo, mentre vagliavo tutti gli scenari possibili. Il Valentino aveva trovato Damiata e l'aveva rinchiusa nella piccola rocca? Oppure Oliverotto, come legato di Vitellozzo Vitelli, aveva insistito perché fosse imprigionata? O, ancora peggio, era finita là dentro perché il papa non venisse a sapere cosa aveva visto nella pianura?

Mi arrampicai su quella scala lunghissima con l'abilità di una scimmia e, forse, con altrettanto buon senso. Raggiunta la cima del bastione, guardai in basso, verso il camminatoio che lo attraversava per tutta la lunghezza, incorniciato da un parapetto di pietra che arrivava all'altezza delle spalle. Ero solo. Mi lasciai cadere sul pavimento gelato e mi avventurai fino a uno dei merli del parapetto, dal lato che dominava la città. Il cielo era velato di nuvole leggere e alte. I camini di Cesena emettevano braci scintillanti, mentre dalle fattorie sparse nella pianura circostante salivano delle alte colonne di fumo nell'aria fredda. Nell'oscurità, al confine della mia visuale, si intuiva la costa Adriatica; oltre Cesena, la via Emilia inizia a correre lungo il mare. E, da qualche parte sulle coste di quelle acque scure, erano in attesa gli eserciti dei condottieri.

La torre situata all'estremità del camminatoio (dove probabilmente un tempo tenevano i prigionieri) era ottagonale anziché rotonda, con un ampio portale che dava sul bastione. Vi scivolai con la dovuta cautela; eppure, quasi caddi in un'apertura rettangolare sul pavimento, da dove dei gradini stretti portavano alle stanze sottostanti.

Scrutai in un'oscurità così fitta che avrei potuto afferrarla con le mani.

Il volto emerse così d'improvviso dalle tenebre, che pensai mi avessero gettato una testa mozzata addosso. Inciampai all'indietro e caddi battendo la testa.

Quando mi ripresi, il fantasma era in piedi accanto a me, con le gambe muscolose fasciate da calzebrache nere. La testa, ben più in alto, era una nebulosa indistinta.

«Alzatevi». Mi porse una mano grossa, aiutandomi a rimettermi in piedi.

Riconobbi il volto scuro di Ramiro da Lorca, l'uomo al quale il papa, cinque anni prima, aveva affidato le indagini iniziali sulla morte del figlio; di recente, il Valentino lo aveva mandato a Rimini, per toglierselo di torno. Ramiro aveva un profumo stucchevole e i capelli attaccati alla testa con un impiastro nero. Anche con quel carapace levigato, la sua testa era troppo massiccia e grossa per le sue fattezze orientali, quasi delicate.

«I miei uomini stanno ancora perlustrando le celle, laggiù», disse Ramiro, come fossero del tutto autorizzati a farlo. «Non avreste dovuto ficcare il vostro naso fiorentino in tutto questo. Ma l'avete fatto...». Emise vapore dalle narici. «Non siete il primo che è rimasto abbindolato dalla prostituta del duca di Gandia. Capite perché il Valentino vorrebbe imprigionarla?».

Annuii, ma faticavo a pensare.

«L'ho creato io». La voce di Ramiro era lontana, e i suoi occhi fissavano il bastione ghiacciato dietro di me. «Dopo l'omicidio del duca di Gandia, fu deciso che Cesare avrebbe preso il suo posto. Sua Santità mi chiese di portare il ragazzo in Francia perché ottenesse un ducato e sposasse, come d'accordo, Carlotta d'Aragona; quel fidanzamento era il prezzo che avevamo concordato per la rottura del matrimonio di re Luigi». Notai l'espressione "avevamo concordato"; sembrava che Ramiro ritenesse di aver collaborato con il papa nel prendere quelle decisioni. «Non avreste mai riconosciuto il damerino che giunse a Chinon su un cavallo dalla criniera cosparsa di perle. L'intera corte di Francia rise della sua vanità, e lo chiamò "il piccolo duca"».

All'improvviso, Ramiro guardò verso la scalinata scura ai nostri piedi e sollevò la mano per farmi segno di fare silenzio. Non sentii niente. Dopo un istante, riprese il suo racconto: «Quando Carlotta d'Aragona si unì al coro dei dileggiatori e rifiutò Cesare, fui io a impedirgli di fuggire dalla Francia e tornare alla sua tonsura, come un fraticello. Fui io a negoziare il suo matrimonio con Charlotte d'Albret e ottenere il ducato di Valentinois dal padre di lei. Ho creato io l'uomo che ora si chiama il Valentino». Gli occhi di Ramiro erano completamente neri, come se vi avesse applicato della belladonna. «La Romagna è la terra del Signore Gesù, donata a questo stato dal Supremo Pontefice. Non è il duca Valentino, lui non può gettarla in pasto a quei cani».

A questo punto, diciamo così, iniziò a sorgere l'alba. Nonostante i suoi sospetti su Damiata, Ramiro era probabilmente un mio (o nostro) alleato in tutta la vicenda. «Che intendete fare?», chiesi. «Riportare Damiata a Roma?»

«Devo sapere dov'è quel libro», rispose Ramiro. «Lo ha forse portato via?».

Sentii un brivido freddo scendermi lungo la schiena. Era probabile che Ramiro fosse presente quando le streghe avevano portato "quel libro" alla Rocca, a Imola; forse aveva anche partecipato ai "giochi". Ma non credevo possibile che il Valentino, dopo aver esiliato Ramiro a Rimini, lo avesse messo a parte dei dettagli del nostro *gévol int la carafa*, particolari che avevo condiviso solamente con il duca e con il suo ingegnere generale.

Ramiro aveva "interrogato" centinaia di uomini quando prestava servizio ai Borgia; intuì subito i miei sospetti. «Non ho portato con me a Rimini tutti gli uomini ancora fedeli a Sua Santità. Solo un pazzo traditore l'avrebbe fatto». Emise di nuovo vapore dalle narici. «Ho fatto pedinare la prostituta di Gandia, tutto il tempo. Anche in pianura».

Non sapevo che carte avesse in mano, ma feci una puntata. «Ho visto la maschera del vostro uomo. Una maschera da diavolo, in quel caso, se ben ricordo. Suppongo mi abbia risparmiato perché non aveva trovato il libro».

Mi aspettavo che Ramiro, colpevole, avrebbe negato. Invece mi rivolse un'occhiata glaciale e rispose: «All'arrivo di quell'uomo, in molti sono fuggiti dalla guardiola; uomini, donne, bambini. Solo voi, e altre due persone, non siete andati lontano». Ero quasi certo che le altre "due persone" fossero quelle povere streghe. Tuttavia, non riuscivo a capire se l'uomo di Ramiro mi aveva messo fuori gioco ed era il responsabile di quanto accaduto alle due donne, o se era soltanto un testimone. «Dopo un lungo inseguimento, il mio sottoposto ha trovato uno di quelli che erano fuggiti. L'uomo e il suo cane. Avevano entrambi la gola tagliata. Sul cadavere non c'era alcun libro, ma ha visto delle impronte di cavallo che si allontanavano».

«Un cavallo», dissi scioccamente. «Chi era in groppa?».

Ramiro sollevò la sua mascella quadrata e volitiva. «Lo scopriremo presto. Molto probabilmente l'uomo col cane era un'esca, a servizio dalla prostituta del duca di Gandia». Quest'idea concordava con la teoria del Valentino secondo cui Damiata avrebbe usato il libro per raggiungere i suoi scopi.

Andando verso la porta, Ramiro guardò di nuovo il bastione. Tornò rapidamente verso di me, con gli occhi scuri che brillavano di un sentimento che non seppi riconoscere: forse paura, o rabbia. Forse entrambe. «Chiedetevi questo», sussurrò con voce roca. «Perché il duca Valentino dovrebbe proteggere Oliverotto da Fermo?»

«Suppongo perché Sua Eccellenza non ha più alcuna scelta. Deve accettare i termini che gli sono dettati dai condottieri».

Ramiro inspirò. «Se lo pensate, non siete pronto a rispondere. L'omicida era a Capua. Capite?». Sapevo che molti dei condottieri avevano partecipato all'assedio di Capua, diciotto mesi prima. «Lo stesso uomo che ha ucciso il duca di Gandia e quelle donne ha anche massacrato i cittadini di Capua». Guardò ancora verso la porta, parlando più velocemente. «Chiedete al duca Valentino delle donne di Capua. Chiedetegli cosa è successo a quelle donne». Quasi trascinando con sé queste ultime parole, Ramiro si diresse verso il bastione ghiacciato; a un terzo circa del tragitto si fermò e allargò i piedi, con la schiena dritta. Il respiro gli si condensava attorno in una nuvola.

Si erano sollevate quattro di quelle nuvole, quando vidi chi stava aspettando.

Capitolo 10

> Debbe, adunque, uno principe che si vuole guardare dalle congiure, temere più coloro a chi elli ha fatto troppi piaceri, che quelli a chi egli avesse fatte troppe ingiurie.

I cinque uomini comparvero all'estremità del bastione all'improvviso, o almeno così mi parve. I due che erano disarmati precedevano i tre con la balestra; riconobbi il profilo dei due in testa al gruppo ancor prima di poterne vedere il volto. Il Valentino, vestito di nero, sembrava esile accanto a Oliverotto da Fermo, che sulla tunica portava una sopravveste di zibellino senza maniche.

Oliverotto non aveva alcuna espressione particolare. Quando il Valentino si avvicinò, invece, mi accorsi che i suoi occhi sembravano danzare tutto attorno. Comunque, non si fermò fin quando non fu abbastanza vicino da poter stringere la mano di Ramiro. O da poterlo colpire.

Non fece né l'una né l'altra cosa, e con un tono molto più fermo dei suoi occhi, disse: «Ti ho dato istruzioni di venire direttamente da me, appena fossi arrivato». Era chiaro che avesse fatto richiamare Ramiro da Rimini. «Mi si dice che i tuoi uomini stiano ficcando il naso ovunque, quassù. Perché?»

«Sto cercando la prostituta mandata da Sua Santità».

«E credevi che fosse mia prigioniera?»

«La sospettate di complicità nell'omicidio di vostro fratello», rispose Ramiro. «Come tutti, del resto».

«L'avete trovata?»

«La stiamo ancora cercando».

«Non la troverete». Il Valentino si girò verso Oliverotto. «Sapete dov'è quella signora?»

«Se volete trovare la prostituta di Gandia, gettate il vostro messer Ramiro in prigione e chiedeteglielo». Oliverotto aveva allargato le gambe e agganciato i pollici alla cintura, in una posizione insolente quanto il suo tono. «Scoprirete che sa tutto di lei. È lui, il traditore che sta sotto il vostro tetto».

Il collo di Ramiro si tese. «Quanto continuerete a proteggere questo farabutto?».

Oliverotto disse divertito: «Vorreste accusare me?»

«Eccellenza, tornate in voi!» Il volto di Ramiro era talmente infiammato dalla collera che aveva assunto il colore di un Moro. «I vostri nemici lo hanno trovato in un fossato e lo hanno reso un signore». Si rivolse a Oliverotto. «È uscito dal culo sanguinante di Vitellozzo Vitelli, dopo che l'aveva fottuto suo fratello».

Di quel che accadde dopo credo di avere solo un'immagine ricostruita dalla mia mente. Oliverotto si scagliò contro Ramiro, che fece un passo indietro; nello stesso istante, il Valentino balzò in avanti per frapporsi ai due. Ma tutto questo accadde in un batter d'occhio.

Da quel momento in poi, la mia memoria è più affidabile.

Il Valentino e Oliverotto rimasero fermi come statue: sembrava che lo sguardo di Medusa li avesse trasformati in pietra. Oliverotto era stato trattenuto mentre si scagliava in avanti; il suo pugno enorme, vicino al ventre del Valentino, era bloccato dalle mani di entrambi i suoi avversari, piccole come quelle di due bambini in confronto alla sua. Si sentiva solo il suono distante e soffocato dei tromboni che suonavano nel Palazzo.

Il Valentino sollevò lentamente la testa, guardando prima il proprio ventre, poi il viso di Oliverotto, che non era più pallido.

«Un solo pollice… e mi avreste squartato», disse il Valentino, con la voce carica di tensione.

«Sapete che quel coltello non era indirizzato a voi», rispose Oliverotto.

Stranamente, però, nessuno di loro si spostava da quella posizione, come se lo scontro di forze e di volontà, per quanto accidentale, dovesse risolversi in qualche modo.

«Fu il fratello di vostra madre ad accogliervi dopo la morte di vostro padre, non è vero?», chiese il Valentino, come se stessero facendo conversazione a un banchetto. «Sì, quel gentiluomo si chiamava Giovanni Fogliano», proseguì, rispondendo alla sua stessa domanda. «E vostro zio Giovanni vi fece un enorme favore, giusto? Vi mandò dalla famiglia Vitelli per ricevere un'istruzione adeguata. Vitellozzo e Camillo (senza dimenticare Paolo, di benedetta memoria), divennero i vostri padri. Imparaste l'arte e la scienza della guerra ancor prima di radervi il volto». A quel punto, le spalle del Valentino ebbero un sussulto, come se ripetesse il gesto che gli aveva salvato la vita. «Vi invidio, signore. Avevo diciassette anni quando mio padre mi dette una mitra cardinalizia. Tanto valeva castrarmi e farmi cantare in un coro». Il duca accennò un sorriso amaro. «Tuttavia, sono diventato il più devoto servitore di Sua Santità. Mentre voi avete tradito vostro zio».

«Vi ricordo che feci l'interesse dei Borgia, quella notte», disse Oliverotto a denti stretti. «Mio zio voleva formare un'alleanza contro il papa. Eccellenza, più di ogni altro dovreste sapere che certe azioni sono necessarie, a volte, se gli uomini più capaci vogliono prendere il posto dei meno competenti».

Gli occhi del Valentino si fermarono. «Siete in vena di rivolgere accuse, questa notte?». Il suo tono era più alto, canzonatore. «Vi assicuro di aver già sentito questi discorsi, quindi potete unirvi al coro. Ma nessuno ha avuto il coraggio di dirmelo in faccia. Voi, sì; la famiglia Vitelli, bisogna riconoscerlo, vi ha reso forte. E così mi accusate dell'omicidio di mio fratello, signore. Ditemi apertamente quel che avete appena insinuato, dite che tradendo mio fratello sono subentrato a un uomo che non sapeva tenere in mano una spada».

Oliverotto reclinò un po' il capo. Le sue spalle erculee si rilassarono quasi subito, e si staccò dal duca, senza però retrocedere di un passo. Il Valentino gli stringeva ancora il pugno.

Oliverotto evitò il suo sguardo. «Non intendevo accusarvi di niente, Sua Eccellenza».

Il Valentino annuì e lasciò andare la mano di Oliverotto. Questi girò agilmente la lama del coltello verso il proprio ventre e mostrò il manico d'avorio al suo avversario. «Avete ammirato questo coltello, l'altro giorno», disse. «Ora è vostro, con le mie scuse».

«No, potete tenerlo», rispose il duca in modo impenetrabile.

Si rivolse a Ramiro. «Vai laggiù con i tuoi uomini e porta a termine la ricerca», gli disse. «Verifica i tuoi sospetti, poi parleremo».

Ramiro sembrava convinto quanto me che il Valentino avesse già verificato i propri, di sospetti. Prima di fare un breve inchino e obbedire agli ordini, mi lanciò uno sguardo quasi triste, come se fossi stato l'unico testimone del suo ultimo testamento. Quando Ramiro scomparve nella tromba delle scale, il Valentino fece un cenno a uno dei suoi balestrieri, che lo seguì al piano di sotto.

«Signor Oliverotto». Il Valentino gli si rivolse in tono gelido e formale. «Vi ho dato la risposta che Vitellozzo attendeva. Ora, è tempo che torniate dai vostri amici per concludere la faccenda». Era chiaro che si riferisse al trattato con i condottieri; molto probabilmente, quella "faccenda" era il codicillo segreto che riguardava Firenze.

Oliverotto si inchinò rispettosamente e iniziò a ritirarsi come un cortigiano, senza voltare le spalle al duca.

«Un'ultima cosa, signore». Il Valentino avanzò di due lunghi passi, cancellando la distanza che Oliverotto aveva percorso. «Me lo sono sempre chiesto. Avete guardato in faccia vostro zio, quando si è reso conto che l'avevate tradito?».

Oliverotto inclinò il capo con sguardo indagatore, come se ponendogli quella domanda, il Valentino avesse rivelato una propria debolezza.

«Non dovete rispondermi adesso. Ora avrete ricostruito un'immagine nella vostra memoria, come un pittore che crede di poter vedere il volto sofferente di Cristo. Dovete pensarci più a lungo. Ma il viso di vostro zio vi tornerà alla mente quando meno ve lo aspettate. Presto, credo». Il Valentino si piegò verso di lui, quasi stesse cercando di annusarlo. «Quando ci rivedremo, vi chiederò di darmi una risposta».

Oliverotto inclinò ancora di più il capo, con gli occhi chiari come neve alla luce della luna. Poi si voltò bruscamente e si allontanò, dando le spalle al duca.

Il Valentino fece un cenno col capo. Dopo aver atteso un momento, i due balestrieri rimasti si avviarono lungo il bastione, nella stessa direzione di Oliverotto.

Potete immaginare quali pensieri mi affollassero la mente, nel trovarmi da solo nell'oscurità di quel bastione con il Valentino. Camminò verso il parapetto e si guardò intorno in silenzio. «Segretario», disse, facendo cenno che mi avvicinassi.

«Vedete il progetto alla base di tutto questo?». Mosse il braccio a includere l'orizzonte. «I romani suddivisero tutte le terre su questo lato della via Emilia». Sul tappeto di neve della campagna, la griglia scura di alberi, siepi, fossati e strade che contrassegnavano gli antichi confini tra i campi romani si vedeva anche di notte. «Lo chiamavano "centuriare", proprio come le unità del loro esercito si chiamavano "centurie". Assegnavano questi appezzamenti alle milizie cittadine che avevano terminato il servizio». Annuì in segno di approvazione. «Con la fatica e la forza di volontà, i romani avevano dato un ordine al mondo». Si voltò di scatto verso di me, tanto che indietreggiai. «Ramiro vi ha fatto chiamare qui».

«Sì», risposi all'affermazione del duca. «Pensa che Damiata sia confinata nella torre».

«E voi?»

«Ho capito che sospettate di lei».

«Avete la mia parola d'onore che non so dove si trovi».

Davo più credito al senso dell'onore del Valentino che alla sua fede, nel caso avesse giurato su Dio. «Eccellenza, voi credete a Oliverotto, quando dice di non sapere dove si trovi Damiata?».

Non rispose subito. «Temo che il signor Oliverotto sappia dov'è. In tal caso, Vitellozzo Vitelli potrebbe già avere il libro».

Come nelle altre occasioni, i sospetti del Valentino erano ambigui, almeno riguardo a Damiata. Pensava che Oliverotto da Fermo l'avesse uccisa quella notte, mentre tentava di fuggire con la copia degli *Elementi*? Oppure credeva che Damiata avesse semplicemente portato il libro ai condottieri, nella speranza di poterlo barattare con il figlio?

In ogni caso, ero propenso a credere al resoconto di Ramiro, secondo il quale Vitellozzo avrebbe potuto appropriarsi degli *Elementi* anche in altro modo. Non era intenzione di Ramiro dimostrare l'innocenza di Damiata, ma il suo racconto non presupponeva che fosse colpevole. «Eccellenza, Ramiro ci aveva seguiti nella pianura. Sostiene che un uomo a cavallo abbia raggiunto il padrone del mastino prima della sua spia. Gli ha tagliato la gola e, forse, si è appropriato del libro». Feci una pausa prima di rivolgere delle accuse; poi le presentai in forma di domanda: «Il signor Oliverotto era ancora a Imola, in quel periodo?».

Il Valentino non lasciava trapelare quasi mai il disappunto, ma in quel caso contrasse il volto, proprio come aveva fatto quando parlava del proprio ruolo di principe della Chiesa. «Che altro vi ha detto Ramiro?».

Pensai che si stesse preparando a "interrogarmi". Dovevo stare attento a non nascondergli quel che Ramiro avrebbe potuto confessare senza indugio.

«Mi ha raccontato di avervi accompagnato in Francia, Sua Eccellenza. Si attribuisce il merito del vostro successo, là. E si domanda perché proteggiate Oliverotto». Dissi queste cose come una lista, per non dare particolare enfasi a nessun elemento. «Ha insistito, poi, che vi domandassi delle donne di Capua».

Il Valentino chiuse gli occhi e continuò ad annuire lentamente, in silenzio. «Capua... A Capua ho visto e sentito cose che non posso...». Gli pulsava il collo. «Preferirei veder pendere dalla forca mille soldati per saccheggio, che assistere a quel che i nostri mercenari fecero ai bambini strappati dalle braccia delle loro madri. E, dopo, a quelle povere donne in ginocchio per il dolore. Bestie. Animali sudici e fetenti. Neanche: demoni dell'abisso. Se chiudo gli occhi, i suoni, quegli strepiti di morte...». Da come scosse la testa, mi aspettavo che avrebbe anche premuto le mani sulle orecchie. «Preferirei diventare sordo che sentire ancora... Segretario, avevo sotto il mio comando diretto un soldato su dieci, a Capua. Ma questo non mi libera da colpe. Avrei dovuto difendere l'onore di quelle donne, come avrei fatto per mia sorella».

Guardò il grande "disegno" dei romani per qualche momento, come se in quel mondo ordinato potesse trovare la redenzione per i peccati commessi a Capua.

«Segretario». Mi chiamò con tono deciso, interrompendo le sue riflessioni. «Chi credete sia l'assassino di mio fratello?».

Guardai la nuvola del mio respiro dirigersi verso la piazza congelata, sotto di noi. «Lo stesso uomo che ha ucciso quelle poverette a Imola». Soppesai le parole, poi aggiunsi: «E che era presente anche a Capua», ripetendo quel che Ramiro mi aveva detto poco prima. «Credo che abbia affinato le sue capacità in quell'occasione».

«Credete ancora che sia un condottiero», disse il Valentino, quasi distratto, come un insegnante che si perde in pensieri più elevati. «Ma quale? Come sapete, non sono tutti d'accordo, e non hanno tutti gli stessi obiettivi. È questa, la loro debolezza».

Fui rincuorato dal suo interesse per le debolezze dei condottieri. «Quell'uomo è diverso dagli altri condottieri. Diverso da tutti gli altri uomini. Ma... non so dire con certezza...». Lasciai cadere il discorso, perché mi resi conto che, forse, l'assassino era di fronte a noi qualche istante prima. Tuttavia, non potevo dire di averlo visto in volto. Era ragionevole sospettare di Ramiro quanto di Oliverotto, o di qualsiasi altro condottiero. Fino a poco tempo prima, Ramiro aveva fatto rispettare le leggi in tutta la Romagna; conosceva molto bene le campagne, e senz'altro aveva visto la mappa di Leonardo. I romagnoli lo consideravano un uomo dalla crudeltà proverbiale: circolavano voci sulle sue impiccagioni arbitrarie, e si diceva torturasse persino i ragazzini. Era questo che mi irritava. A nessuno di quegli uomini mancavano le caratteristiche di un crudele assassino.

Il Valentino borbottò appena, come se avessi detto cose senza senso (e forse aveva ragione). Tuttavia, rimasi della mia convinzione: non avremmo mai potuto identificare quell'uomo cercando di capire da che parte stava. Poteva cambiare schieramento, ma non la sua stessa natura.

«Non si vede da questa angolazione, ma il Rubicone è laggiù». Il Valentino indicò a est, verso l'orizzonte scuro. «*Alea iacta est*». Il dado è tratto. «È questo che Cesare disse quando passò il Rubicone. Segretario, presto il dado sarà tratto. Tra pochi giorni. Ma non dobbiamo permettere che sia la Fortuna a lanciarlo al posto nostro; altrimenti, ci scaveremo la fossa con le nostre mani».

L'imperscrutabile Valentino non avrebbe potuto rivelare più chiaramente che sperava ancora di sconfiggere la Fortuna e il suo esercito di condottieri. C'era poco tempo, ma ritenevo che potesse ancora far valere la propria causa.

Almeno, era questo che il duca voleva farmi pensare con le sue parole, perché la nostra conversazione finì lì. Si avviò verso la torre scura, dove suppongo avrebbe parlato con Ramiro da Lorca, in qualche stanza appartata. Dopo aver fatto pochi passi, si girò di scatto, in uno scricchiolare di suole sul ghiaccio, come se avesse dimenticato qualcosa di fondamentale.

«Segretario, come vi ho detto, c'eravamo tutti a Capua. Vitellozzo Vitelli, Oliverotto da Fermo e Ramiro da Lorca. Paolo Orsini e i suoi cugini. Anch'io ero lì». Nonostante l'oscurità, potevo distinguere il verde dei suoi occhi. «Nessuno di noi è innocente».

Capitolo 11

[...] non si può deviare da quello a che la natura l'inclina.

La biblioteca Malatestiana di Cesena è tuttora una delle più belle e moderne d'Europa. L'entrata assomiglia a quella di un piccolo tempio greco, con un elefante scolpito sulla porta, insieme al motto del costruttore Malatesta Novello: «L'elefante indiano non teme le zanzare». A mio avviso, quella frase riflette l'arroganza dei condottieri, divenuti elefanti per aver banchettato sulle vite di quelle povere zanzare che tanto disprezzano.

Il giorno seguente era soleggiato, cosa rara in quell'inverno, e quella zanzara era molto ansiosa di entrare nella biblioteca dell'elefante. La Malatestiana sembra una cattedrale della conoscenza: suddivisa in tre navate, si sviluppa in una lunga serie di colonne e archi. Contiene dozzine di banchi per la lettura, che hanno ripiani come i leggii, per potervi riporre i libri.

Chiesi a un monaco dove trovare le *Vite dei dodici Cesari* di Svetonio Tranquillo e mi diressi verso uno dei banchi. Il volume, rilegato in pelle color ambra, era fissato allo scaffale da una catena di ferro. Il testo latino era copiato a mano su due colonne per pagina, ma in una calligrafia così precisa da sembrare uscito da una stamperia.

Lieto della luce che filtrava dalle grandi finestre ad arco, iniziai a scorrere il libro come se stessi entrando in una taverna piena di vecchi amici, poiché avevo già una certa familiarità con le biografie degli antichi imperatori romani. In particolare, stavo cercando la chiave per comprendere la natura di un uomo singolare, che nascondeva un terribile segreto.

Dopo aver letto, tre notti prima, la necroscopia che il dottor Benivieni aveva condotto su un criminale inveterato e privo di rimorsi, giunsi alla conclusione che l'assassino era nato con una natura anomala; perciò, avrebbe dovuto manifestarne i segni anche da bambino. Svetonio forniva testimonianze dirette su alcuni dei dodici Cesari e uno studio accurato della documentazione riguardante i loro predecessori, ma anche una relazione particolareggiata delle informazioni che aveva rinvenuto sulla loro gioventù. Grazie al testo di Svetonio, avrei potuto capire se le mie teorie erano corrette.

Trascorsi ore leggendo di varie dinastie, come i Giulio-Claudi, che cedettero all'ambizione, all'avidità e alla paura, lasciando che il potere li trasformasse in mostri. Solo i primi due esponenti della dinastia Flavia, Vespasiano e Tito, sembravano essere sfuggiti alla corruzione dilagante; il secondo aveva dato prova di un'avidità triviale in gioventù, ma si corresse una volta divenuto imperatore, tra la sorpresa di tutti (eccetto, forse, di chi lo conosceva bene e aveva percepito la sua innata bontà).

Nerone e Caligola avevano caratteristiche diverse dagli altri. Entrambi si guadagnarono l'infamia eterna per la crudeltà dei loro crimini, ed entrambi mostrarono indizi evidenti della loro natura in gioventù, quando ancora il potere non aveva potuto rubar loro l'anima. L'imperatore Tiberio, che aveva cresciuto Caligola, confessò: «Sto allevando una vipera in seno al popolo romano e un Fetonte per il mondo intero». Fetonte era il figlio del dio Elio; sottrasse il carro del sole al padre e cadde sulla terra, riducendo l'Africa a un deserto.

Come il mostro del quale conoscevo gli omicidi meticolosi, Caligola non voleva che le sue crudeltà si consumassero in breve tempo, perché il dolore delle vittime gli dava piacere; comandava ai suoi carnefici di infliggere molte ferite superficiali, anziché dare la morte in un solo colpo. La famosa condanna di Caligola, «Deve sentire che sta morendo», era divenuta proverbiale a Roma. Svetonio attribuiva l'anormalità di Caligola a una *mentis valetudini*, una "malattia della mente" che si manifestava nell'epilessia; non credevo, però, che fosse un'ipotesi corretta. L'epilessia è un disturbo passeggero, che si manifesta sporadicamente; la "malattia dell'anima" di Caligola era invece un difetto di nascita, che si mostrò costantemente in tutto il corso della vita. Mi sembrava che il caso di Caligola non fosse diverso da quello dell'uomo che cercavo: in entrambi, l'anima (o forse dovrei dire la compassione, la pietà, il rimorso e tutti i sentimenti che costituiscono la parte migliore della nostra natura) non era malata o danneggiata, ma del tutto assente.

Questo era vero anche per Nerone: a soli dieci anni, aveva rivelato delle caratteristiche tali che il suo tutore, il filosofo Seneca, ebbe degli incubi nei quali Caligola era rinato nel giovane che aveva a carico. In gioventù, però, Caligola e Nerone riuscirono a nascondere la loro vera natura; il secondo era così mite, che di lui si diceva: «Nessuno può essere uno schiavo migliore, o un padrone peggiore». Nerone era così abituato ad abbandonarsi di nascosto ai suoi vizi che, anche con un palazzo degno di un dio a disposizione, continuò le sue scorribande notturne a Roma. Si camuffava, o indossava una parrucca, in modo da sembrare un tagliagole qualsiasi; poi rubava e stuprava come alla luce del giorno, ma con molta più brutalità.

Stavo riflettendo su quei dettagli, quando mi si avvicinò un'ombra; comparve talmente all'improvviso che mi sembrò di essere affiancato da un uccello predatore. Ma il volto pallido di questa creatura era incorniciato dallo zibellino che ornava il cappuccio.

Prima che potessi dire una parola, appoggiò le labbra sulle mie.

Capitolo 12

[...] quanto felice sia ciascun sel vede,
chi nasce sciocco ed ogni cosa crede.

Come descrivere quel bacio? Era un bacio che ne valeva tanti quanti i granelli di sabbia nei deserti africani in cirenaica, come disse una volta Catullo. Un bacio che «mi corre al cor e sì forte l'infiamma, / come s'ei fosse pur di solfo e d'esca», come scrisse Petrarca. Un bacio che mi fece sciogliere la carne e mi ridusse l'anima in cenere. Quel bacio era tutti i baci che avrei mai dato a ogni donna amata, il bacio che toglie l'ultimo respiro al moribondo, il bacio che dà vita alla pietra.

«Santo Cielo». Damiata premette la fronte contro la mia e mi accarezzò il viso. «Mio caro Niccolò».

Il pallore della sua pelle era quasi accecante, e credetti che il suo profumo di acqua alle rose e giglio mi avrebbe soffocato. C'era un coro greco nella mia testa, perché ogni sentimento gridava, allo stesso tempo, con un tono differente: sorpresa, gioia, sollievo. Ma anche rabbia, sospetto, persino gelosia.

«Dove...?». Non riuscii neanche a finire la domanda.

«Sono fuggita e mi sono nascosta in campagna, in casa di agricoltori e fittavoli. Mi hanno protetta, Niccolò; sono della brava gente. Gente che viene dal niente, come me». Iniziò a coprirmi il volto di caldi baci. «La Vergine ha tenuto in vita anche te, come l'ho pregata di fare mille volte».

Mi sforzai di trovare un granello di ragione nella mia mente confusa. Sapevo di avere altre domande. Troppe. «Come sei fuggita?»

«Quel mago col naso di cuoio mi ha puntato il coltello alla gola e mi ha trascinata fuori. Gli è bastato semplicemente sfondare il retro della guardiola con un calcio, da quanto era sottile». Se era stata trascinata via dal retro, non aveva potuto vedermi, disteso davanti all'entrata. «I bambini erano usciti con noi. Sono riuscita a fuggire solo quando avevamo già percorso due, o tre miglia. A quel punto non sapevo neanche in che direzione andare. Ho trovato una fattoria, e mi hanno accolta. Niccolò, tu come sei fuggito?»

«Cavalcando una capra. Appena uscito dalla guardiola mi hanno colpito alla testa; è stato l'uomo con la maschera da diavolo e la barbetta da capra, quello descritto da Giacomo. Mi sono svegliato in un'altra baracca, da qualche parte nella pianura, ricoperto dell'unguento di Ecate. Anche le due streghe hanno cavalcato la capra quella notte, ma sono finite nello scantinato di Leonardo».

Damiata si fece il segno della croce per due volte. «Non avrei mai dovuto trascinarti là. Posso solo chiederti scusa, mille volte».

Prese le mie mani tra le sue, cercando di trattenere le lacrime. Non riuscivo più a guardarla; nonostante pensassi che i suoi sentimenti non fossero sinceri, il suo volto pieno di rimorso mi stava per trasformare in gelatina. Anche solo per evitare di commuovermi, mi sforzai di chiedere: «Il libro. Cosa hai visto nel libro?».

Si asciugò gli occhi e si guardò intorno. Solo il monaco sembrava interessato a noi. «È solo un libro di scuola, gli *Elementi* di Euclide, tradotto in latino».

Corrispondeva a quel che mi aveva detto il Valentino, quindi continuai: «Hai detto che c'erano "tutti". Intendevi tutti i nomi dei condottieri?»

«Hanno firmato sul margine, proprio come stavo per fare io. Vitellozzo Vitelli, Paolo e Roberto Orsini, Oliverotto da Fermo».

Quella lista mi fece tornare in me, come mi avessero gettato della neve sul viso, e tornai alla ragione. «La lista dei peggiori furfanti d'Italia», commentai.

«*Zeja* Caterina ha messo in scena il *gévol int la carafa* per tutti loro». Anche questo collimava con quel che sapevo dal Valentino. «Ma, Niccolò, la strega ha scritto anche altre cose sul margine. Resoconti di divinazioni, cose e persone evocate dal *gévol*, o almeno credo. Scriveva in un miscuglio di toscano e romagnolo, e non ho avuto molto tempo di leggere».

«Allora, *zeja* Caterina potrebbe aver annotato anche il nome della strega che aveva l'amuleto del duca di Gandia», dissi. «È possibile che ci sia anche una descrizione dell'amuleto?». In quel caso, persino un cieco avrebbe potuto vedere che i condottieri erano implicati nell'omicidio del duca di Gandia.

«Non ne ho idea. Niccolò, tu sai che ne è stato dell'uomo che è fuggito con il libro? Quello con il cane?».

Non potei fare a meno di chiedermi se quella domanda era solo un raggiro; sia il Valentino che Ramiro sospettavano, e non senza ragione, che Damiata avesse usato l'uomo col cane come esca, mentre lei si appropriava del libro. «Ramiro da Lorca ci ha fatto seguire da una spia», dissi con prudenza. «Uno dei suoi ufficiali, credo. Lo hai visto?».

Scosse la testa. «Non ho visto nessuno».

«Ramiro stesso mi ha detto che questa spia ha trovato l'uomo e il cane, entrambi morti. Il libro non c'era».

Damiata si fece ancora il segno della croce. «Allora chi...?».

Mi sembrava di avere più motivo di porre io quella domanda a lei. Tuttavia, cercai di chiarire i miei dubbi in modo meno diretto. «Dove sei stata, dopo la fuga nella pianura?»

«Quando mi è sembrato sicuro tornare a Imola, eravate già partiti tutti. Tu, il Valentino, l'esercito, maestro Leonardo. Ho dovuto farmi mandare del denaro dalla mia banca di Roma. Poi, mi sono diretta qui».

Sentii un'altra eco dei sospetti del Valentino. Forse Damiata aveva aspettato a Imola, per iniziare le trattative con i condottieri e barattare il libro con suo figlio. Forse era a Cesena per questo.

Le lasciai le mani e mi costrinsi a guardare in quegli occhi, azzurri come la base di una fiamma. «Sai che il Valentino ti crede complice dei condottieri? Sia nell'omicidio di suo fratello, sia nella faccenda del libro».

Le fiammelle blu guizzarono. «Non ti credo... Non può essersi lasciato influenzare da suo padre... No».

«Eri la sua amante?».

Chiuse gli occhi. Come il Valentino quando me lo aveva confessato.

«Sì», disse con un sospiro. «Niccolò, non te l'ho detto...». Sembrava essersi dimenticata perché l'aveva omesso. Le scese una lacrima dall'angolo dell'occhio, e le labbra le tremarono.

Non sapevo cosa dire, in quel silenzio; non sapevo neanche cosa provare. Da qualche parte, nella "sede" della mia memoria, trovai una specie di parabola, certamente ispirata al contesto in cui ci trovavamo. «Ricordo che, quando ero un ragazzino, la biblioteca di mio padre mi spaventava e mi faceva sentire piccolo. In realtà, era solo uno studiolo al secondo piano della nostra casetta. Una finestra, un leggio e tre sedie; probabilmente, era in grado di contenere una dozzina di libri, forse venti, perché mio padre li comprava e li rivendeva molto spesso. Entravo là dentro ancor prima di saper leggere in latino, per toccare le pagine, sentire l'odore dell'inchiostro e delle rilegature di pelle, per cercare di dare un senso a quelle parole».

Damiata si avvicinò, come la succube dei miei sogni febbricitanti.

«Certi libri, li aveva solo papà in tutta Firenze. Libri di antiche leggi romane. Mi diceva: "Niccolò, la verità non è nei nostri cuori, e neanche nelle buone intenzioni. La verità è in questi libri. E gli uomini possono far sì che persino questi libri mentano; ma le stamperie renderanno queste leggi disponibili a tutti, perché ognuno sappia se le parole sono impiegate a scopo benefico o meno. Solo con delle buone leggi e una loro equa applicazione potremo reclamare la nostra *libertas* dai Medici e da tutte le oligarchie"».

Mio padre se ne era andato da due anni, quando dicevo queste cose; per un attimo, il dolore riemerse dal profondo, e mi interruppi.

«Quindi, mio padre nutriva la speranza», dissi, giungendo al punto, «che caratteri a stampa e presse avrebbero portato la verità ovunque, e le persone l'avrebbero riconosciuta. Certo, oggi abbiamo a disposizione almeno trenta volte i libri che c'erano quando mio padre era ragazzo, e i copisti erano l'unica risorsa. Però, se la saggezza e la verità che l'umanità ha acquisito sono state moltiplicate per mille volte dalle tipografie, questo vale anche per le menzogne e gli inganni. Non si può più dar credito a una verità solo perché viene resa pubblica, o ripetuta spesso».

Damiata capì cosa intendevo: non mi fidavo più di lei. Si voltò verso di me, con gli occhi pieni di lacrime. Ma le sue labbra sottili accennarono un sorriso. «Allora nel mondo moderno», disse, «la bugia migliore è verità, se si dice per novantanove volte. Solo alla centesima, ripeterla significherebbe mentire».

Dovetti sorridere anch'io, nonostante tutto. «E la verità migliore sarebbe novantanove parti di bugia, e una di verità».

Attese che mi spiegassi, ma lasciai che fosse lei a chiedere. «Perché, Niccolò?»

«Perché ci vuole tutta la nostra fede per credere a quella scheggia di verità».

Damiata mi strinse le mani. «Hai letto abbastanza dei tuoi antichi? Andiamo a fare una passeggiata».

Prima di uscire sulla strada, Damiata si coprì il volto con la pelliccia del cappuccio. Finché non sollevava gli occhi, neanche io l'avrei distinta dalle cortigiane che spesso passavano di lì. La nostra passeggiata ci portò alla piazza centrale, dove la piccola rocca che aveva testimoniato così tante cose, la sera prima, era già diventata grigia all'oscurità incipiente. Vidi due cancellieri di Ferrara che conoscevo, così pallidi che mi sembrò di guardarmi in uno specchio (anche se loro avrebbero considerato il mio guardaroba degno di un cenciaiolo). «Ditemi che l'esercito non si sta muovendo ancora a sud», commentai, dopo averli salutati.

«Ramiro da Lorca è ospite in casa propria», mi informò uno dei due, indicandomi la piccola rocca con un cenno del capo. «Il duca sta iniziando a mettere in prigione chi abita sotto il suo stesso tetto».

Damiata mi si strinse al braccio.

Chiesi: «Anche Oliverotto da Fermo è quel tipo di ospite?».

L'altro si strinse nelle spalle. «Non credo. Il signor Oliverotto e Sua Eccellenza sembravano in ottimi rapporti, ieri notte».

Quando riprendemmo a camminare, dissi: «Non sapevi niente di Ramiro?».

Scosse il capo. Quella notizia era un pessimo presagio, per lei più che per me, poiché voleva dire che il Valentino si era allontanato ulteriormente da suo padre. Quanto a me, sapevo che Ramiro era in arresto da quando il Valentino lo aveva mandato alla torre; quel che aveva dovuto confessare più tardi gli era valso un'accusa di tradimento. Ma queste erano solo delle voci.

«Ero presente, quando il Valentino ha deciso di imprigionare Ramiro», confessai, restando sul vago. «C'era anche Oliverotto. Una storia complicata. Non sono certo di quel che ho visto, né di cosa significhi».

Damiata non mi chiese dettagli, ma affermò: «Avrei dovuto dirti la verità. Sul Valentino. Dunque, ti ha detto che ho tradito Juan nel suo ultimo giorno di vita».

«Ha detto che quella era la seconda occasione in cui vi siete... amati». Mi sorpresi di quanto mi fosse difficile pronunciare quella parola. «Insiste di averti rivelato l'itinerario di Juan, che teme tu abbia riferito ai suoi assassini. Forse, i Vitelli».

Damiata si morse le labbra. «Veramente, quel pomeriggio fui io a dire a Cesare...». La sentii scrollare le spalle. «Non mi metterò a discutere con il Valentino riguardo a chi abbia detto a chi quale fosse l'itinerario previsto di Juan. Mi dispiace che sospetti di me per gli stessi motivi per cui io potrei sospettare di lui».

Passammo per una strada che dava sul lato sud della piazza. Damiata si fermò in mezzo alla folla e mi guardò in volto. «Ti giuro sul velo della Santa Vergine e su Dio in croce che il Valentino si sbaglia sul mio conto. Proprio come suo padre si sbaglia sul suo». Strinse appena gli occhi. «Forse non lo sai, Niccolò, ma il papa sospetta che il Valentino stesso sia implicato nell'omicidio di Juan».

Anche all'imbrunire, i colori di Damiata, il viso, gli occhi, le labbra rosse, non sembravano reali; era come se un raggio di luce celeste fosse sceso come una freccia per illuminare solo il suo volto. Le sue espressioni, però, rimanevano per me impenetrabili, come il mistero nascosto dietro gli occhi di giada del Valentino. In sostanza, pensai che non avrei mai potuto riconoscere la verità su quel volto adorabile, per quanto lei lo volesse. E anche se ci fossi riuscito, come avrei potuto essere certo che non mi stesse offrendo una parte di verità, per mascherare un mucchio di bugie?

«Allora, penso che dovresti andare dal duca», le dissi, «e dissipare i suoi sospetti. I colpevoli uniscono le loro forze, non possiamo permettere che gli innocenti rimangano divisi dalla diffidenza». Non sapevo se avrei mai potuto credere in pieno all'innocenza di Damiata, a meno che non lo facesse anche il Valentino.

Damiata si strinse a me, con il seno appoggiato al mio braccio, mentre i nostri piedi scricchiolavano sul pavimento ghiacciato. «No. Il Valentino può covare i suoi sospetti ancora per un po'. Non posso essere certa che non usi le mie informazioni per arrivare al libro e poi farlo sparire, in modo da assicurarsi che il trattato vada a buon fine».

«Credo che userebbe quelle prove per accusare i condottieri», dissi. «Questo è quanto mi ha suggerito».

«E tu gli credi?».

Dato che mio padre era avvocato, già da ragazzo avevo imparato come accentuare o mettere in ombra certe parti del discorso. In seguito avevo approfondito molto quelle tecniche prestando servizio in cancelleria e durante le missioni diplomatiche. Tuttavia, fu Damiata a farmi notare che il Valentino non mi aveva garantito niente, e non mi aveva manifestato le sue intenzioni in modo innegabile. Era un uomo d'onore, ne ero certo, ma quel che voleva fare riguardo ai condottieri era soltanto "suggerito", per citare le mie stesse parole.

Damiata ascoltò il mio silenzio. «D'ora in poi, Niccolò, credo che sia meglio che il papa e il duca mi credano morta». Strinse di più il cappuccio attorno al viso, avvicinandosi ancora, come se potesse nascondersi dietro il mio braccio. «Mi serve quel libro per provare la mia innocenza. Così come a te serve per salvare la tua Repubblica».

«Ma dov'è adesso?». Per quanto Damiata mi avesse annebbiato di nuovo la ragione, continuavo a sospettare che conoscesse la risposta.

«Credo al racconto di Ramiro», disse. «Qualcuno ha trovato quell'uomo con il cane prima della spia. E hai visto anche tu che Oliverotto da Fermo mi seguiva».

«Credi che ci abbia seguiti anche nella pianura?». Mi riuscì difficile essere scettico, perché avevo ventilato la stessa ipotesi al duca, la notte precedente. «Se Oliverotto aveva già il libro, perché mi ha risparmiato? Se non servo per trovare quel testo, non sono di alcuna utilità per lui».

«Forse sapeva di aver bisogno di un testimone».

Mi colse di sorpresa. «Per cosa?»

«Forse perché tu possa confermare l'autenticità del libro, o dichiarare che l'hai visto usare dalle streghe per una divinazione».

Mi sembrava ancora di guardare attraverso una lente scura. «Supponiamo che Oliverotto si sia procurato gli *Elementi*, quella notte», dissi. «In quel libro c'è il suo nome, insieme a quello del suo mentore e patrono Vitellozzo Vitelli. L'avrebbe certamente bruciato prima del sorgere del sole».

«C'è anche un altro nome».

«Intendi un altro condott...». Non solo mi interruppi, ma mi fermai anche. «Stai dicendo...».

Il suo sguardo riluttante mi convinceva più di mille accuse. «Il Valentino era presente a uno di questi *gévol int la carafa*», disse, quasi in un sussurro. «Il suo nome è nel libro della strega».

«Sì, sapeva già degli *Elementi* e del "gioco", quando gliene ho parlato». E ora capivo perché il Valentino potesse essere costretto a "proteggere" Oliverotto da Fermo, come diceva Ramiro. «Il Valentino crede che la sua partecipazione ai "giochi" possa essere usata per accrescere i sospetti di suo padre. Il Valentino, Vitellozzo, Oliverotto... sono tutti connessi all'amuleto di Juan. Chiunque, tra loro, avrebbe potuto massacrare la prima strega e mettere l'amuleto nel sacchetto per gli incantesimi, certo che sarebbe stato inviato al papa. Ma solo uno di loro ha concepito questo disegno spaventoso...». Lasciai cadere il discorso, ammutolito dalla mia paura più grande. Riuscii a esprimerla: «È probabile che adesso il disegno si concluderà con la distruzione di Firenze. Se i condottieri sono in possesso degli *Elementi*, non avranno neanche bisogno della superiorità numerica per forzare la mano al Valentino. Dio Santo...».

Damiata non mi rispose, come se solo il silenzio mi potesse confortare. Prese di nuovo il mio braccio e mi portò un poco più avanti su quella strada, poi si fermò accanto a un palazzo in stile veneziano, dalla muratura lavorata come una trina.

«Ho una stanzetta qui», disse. Un sorriso spento e triste le mosse gli angoli della bocca. «E un po' di cibo da condividere per cena».

Ero là, in mezzo alla strada ghiacciata, e pensavo a quel che aveva scritto Boccaccio: «Meglio fare e pentere, che starsi e pentersi».

Una volta entrati dalla porta pedonale, scoprimmo che nella corte centrale si teneva un ballo. Non si può dire che fosse all'altezza di quello cui avevo partecipato la sera prima; assomigliava più a un gioco del calcio praticato da una dozzina di squadre contemporaneamente. I legni e i tromboni squillavano tra le grida degli uomini e gli strilli delle donne. Non si riuscivano a distinguere le prostitute dalle signore della città, se non che queste ultime avevano gioielli più belli e abiti più lascivi. Mancavano ancora quasi due settimane all'Epifania, ma metà degli ospiti era già in maschera; alcuni avevano il nasone che doveva richiamare il fallo semieretto di Priapo, altri, invece, portavano la solita maschera da teschio, la Morte Secca, che forse Giacomo e io avevamo visto per strada.

Il palazzo era diviso in appartamenti. Salimmo le scale fino al terzo e ultimo piano, attraversando stanze che erano state completamente svuotate, salvo per delle massicce credenze antiche. Quando mi sembrò che avessimo percorso tutta la casa, ci fermammo a una porta. Damiata estrasse la chiave per aprirla, e disse: «Aspetta». Dal vano della porta, la guardai accendere varie candele e inserirle in lampade di ceramica.

Con un cenno, mi chiamò in una piccola camera da letto (o un grande stanzino), che in confronto al mio alloggio sembrava il paradiso: alle due estremità dell'ampio letto c'erano un tappeto orientale appeso al muro e un cassone, sul quale era dipinta una scena dell'*Orlando innamorato*: nella foresta, gli innamorati stavano bevendo le pozioni di amore e disamore dal pozzo di Merlino e dal ruscello di Eros. Le lampade erano sistemate su un tavolino, accanto a un coltello, del formaggio di Parma, del salame e una bottiglia di vino.

Damiata mi fece segno di sedermi sul letto e ravvivò i carboni nel braciere. Si tolse la cioppa e la stese accanto a me, svelando un abito di raso grigioverde che le scopriva il collo e le spalle, bianche come la striscia di camicia che spuntava dal corsetto. Versò del Sangiovese per entrambi e tagliò qualche fetta di salame, poi si sedette accanto a me. «Ti avevo avvertito che c'era solo un po' di cibo», disse.

«Non sarebbe la prima volta che mi avverti di qualcosa». Non pensavo alla sua confessione, quando si era offerta a me, quasi impazzita. Pensavo, invece, alla nostra notte nella pianura, in cui mi disse cosa sarebbe avvenuto tra noi, se fossimo sopravvissuti. Però, al momento non ero più molto sicuro di cosa intendesse, o se lo ricordasse.

Damiata mordicchiò il salame come un topolino. Poi rispose: «So cosa ho detto». Finì il boccone e si appoggiò il calice in grembo. «Niccolò, davvero credi che userei la vita della tua bambina per salvare mio figlio?».

Non mi guardò, mentre faceva questa domanda. Anch'io distolsi lo sguardo, ma la vedevo molto bene.

«No, non credo che lo faresti», dissi. «Non vorresti mai che tuo figlio vivesse a discapito di un altro bambino».

Sospirò, come se la mia risposta le avesse alleviato un grande dolore. «Quando ti ho avvertito...». Il vino si agitò al lieve tremare delle sue mani. «Ti ho avvertito perché volevo che mi amassi. Non in un breve atto, ma totalmente... è l'amore più crudele, vero? Essere condannati a portare il fardello insopportabile di Amore, come la povera Psiche».

«Come ha descritto l'amore il Petrarca?», dissi. «"Morte et vita insieme"».

«Oppure, un Inferno che gli stolti rendono il loro Paradiso», aggiunse. Sentivo il suo sguardo su di me. «Credo che ci amiamo già, Niccolò. Come amici che hanno visto e vissuto cose orribili insieme. E che si assomigliano molto. Entrambi leggiamo gli antichi, entrambi siamo persone semplici che si sono trovate tra i grandi (e siamo tra i pochi a sapere che sono solo persone comuni). Tu hai la tua scienza della natura umana, io suppongo di aver avuto la mia, un tempo, anche se non l'ho ricavata da Tito Livio, o da Tacito. Poi, come ti ho detto, c'è qualcosa di più. Qualcosa che ci unisce... Forse, se si deve credere a Platone...». La sentii scrollare le spalle. «Dovremmo scendere di sotto, a ballare».

Non ero più preoccupato che Damiata mi avesse stregato; potevo trattenere a malapena il senso di desiderio e rimpianto che avevo provato quando era lontana. Una volta fuori dalla sua stanza, forse sarei sfuggito anche dai tormenti di Amore. Ma temevo che avrei lasciato l'anima là dentro.

Damiata si alzò e mi prese per mano, così avrei dovuto limitarmi a stare al suo fianco; tanto valeva infilare la testa in un cappio. Sapevo che, con questa sua condanna, credeva di concedermi la grazia.

Mi passò le braccia dietro alla schiena, come se dovessimo ballare nella sua stanza, e poggiò la sua guancia calda sulla mia.

«Niccolò... Saremo ancora vivi tra una settimana? Prenderemo di nuovo tra le braccia i nostri figli?».

Riuscii solo a rispondere: «Lo spero».

«Sai cosa dice Petrarca della speranza».

Mi sfuggì una risata. Eravamo simili anche da quel punto di vista; eravamo capaci di farci sorridere a vicenda, anche a un passo dal patibolo. «"O speranza, o desir sempre fallace"».

La sua risata fece eco alla mia, ma con un suono di campanelli. Sfregò la guancia e il naso contro di me, poi le sue labbra vagarono sul mio volto e trovarono le mie. Il bacio fu più profondo del primo, i nostri denti si toccarono appena, le nostre lingue si sfiorarono.

«Ti ho sciolto le gambe?», disse, prendendosi gioco del suo stesso fascino.

A dire il vero, le aveva fatte tremare.

Mi sospirò queste parole all'orecchio: «Lo percepisco, tesoro. Nel profondo. In acque più profonde di quanto non potremmo mai esplorare. Qualcosa di più del disegno di Fortuna, o del desiderio di Amore. Un segreto comune alle nostre anime».

«Forse è come dice Platone», sussurrai, completando la sua frase di poco prima. «Ho iniziato questa vita con una scelta. Solo alla fine ho scoperto di aver scelto te».

Il bacio che seguì non aveva niente dei precedenti. Era il bacio del Lete, che portò via con sé ogni ricordo della mia vita precedente.

Capitolo 13

Gli uomini sono spinti da due cose principali; o dall'amore, o dal timore.

Ci sono immagini di quella notte che vedrò nel momento in cui i miei occhi si spegneranno. La sottoveste che le cadeva dalle spalle e dai fianchi, soffice come la neve. La forma di alabastro che avrebbe fatto piangere Michelangelo Buonarroti, perché non ne era il creatore. La peluria delicata, color del grano, tra le sue gambe; i capezzoli scuri come il vino e dritti come punte delle dita. Ma non faceva l'amore come con un'etera greca, o la schiava di un harem, esperta di ogni tecnica; lo faceva come una vergine mai sfiorata dal senso di colpa, o dal rimorso. *Amore*, *tesoro*, *anima mia*: queste parole, sussurrate o ansimate al mio orecchio, mi accarezzavano come le sue dita, che esploravano la pelle. Ci furono momenti tanto selvaggi che sembrava avremmo iniziato a divorarci l'un l'altra come baccanti, e momenti in cui sembrava che non ci fosse neanche carne tra noi, come se stessimo stringendo tra le braccia lo *Scirocho*.

Aprii gli occhi, il mattino seguente, e trovai Damiata ancora addormentata accanto a me. Studiai ogni dettaglio del suo volto, la leggera infossatura della tempia, le lentiggini e i piccoli nei che disturbavano la perfezione della sua pelle, l'arrotondarsi del suo labbro superiore. La mia nuova vita era già iniziata.

Trascorremmo il primo giorno in camera di Damiata; dato che Ramiro era stato arrestato, lei temeva che il Valentino, che la stava già cercando, potesse considerare inopportuna anche la sua connessione con il papa. Però, accarezzavamo la speranza che le cose non stessero come sembrava, e che Ramiro sarebbe stato assolto e rilasciato.

Era circa mezzogiorno, quando mangiammo il resto del formaggio e del salame, seduti sul letto; nella sua nudità, Damiata era innocente come Eva nell'Eden. «In tutti quegli anni a Trastevere», disse, «non uscivo mai durante il giorno, se non per andare in giardino. Dovevo uscire la notte, per guadagnarmi da vivere».

Scrollai le spalle, ma mi sentii ferito, come se avesse fatto luce sulla nostra intimità.

Mi prese tra le braccia e mi baciò il collo. «Commerciavo in antichità. Medaglioni romani, monete, cammei e statuette. Cose che potevo nascondere. E manoscritti greci e latini. Voglio che tu lo sappia, Niccolò, anche se non mi credi. Da quel pomeriggio...». Sapevo che intendeva il giorno in cui Juan di Gandia era scomparso. «Da allora, sono stata casta come Atena».

Le credei, ma percepivo una triste ironia; avrei potuto perdonarle mille amanti (e forse l'ho fatto), ma non riuscivo proprio a perdonare Marietta per averne avuto uno.

Nonostante quei brevi rimpianti, i problemi della mia vecchia vita sembravano lontani, come il mondo esterno. La compagna perfetta del mio intelletto e della mia carne combaciavano in una creatura divina. Quando la carne era sazia e ancora fremente, Damiata stimolava l'intelletto; le nostre conversazioni erano inesauribili, come la nostra passione. Passammo delle ore paragonando Catullo a Tibullo, il *Cesare* di Sallustio al *Cesare* di Cesare, Pico della Mirandola a Platone. Un momento prima stavamo facendo riferimento alle *Metamorfosi* di Ovidio, o alle *Egloghe* di Virgilio, un momento dopo ridevamo del piacere che un certo cardinale traeva dalla sua collezione di cetrioli di vetro di Murano.

Poi, improvvisamente, la nostra carne riprendeva a parlare in modi che solo le nostre anime furtive potevano iniziare a comprendere.

Il secondo giorno della mia nuova vita era Natale. «Avrei voluto andare a messa», dissi a Damiata quella mattina. In lontananza, mi sembrava di sentir suonare il motivo di *O magnum mysterium* nella cattedrale in fondo alla strada. «Sarebbe la prima volta da quando sono partito da Firenze, possa benedirmi la buonanima di mia madre. Adesso che è tra le braccia di Dio, prego che Lui non le lasci vedere la mia apostasia. La mia fede nella Santa Romana Chiesa può restare in letargo per un altro anno, visto che le ho risparmiato anche questo breve risveglio».

Damiata si fece il segno della croce. «Non ci sono dubbi che la Santa Madre soffra nel vedere cosa è diventata la Chiesa», disse con tanta serietà che avrei potuto mettermi a ridere. Ma il suo dono più grande era aver mantenuto quell'innocenza, a dispetto di tutto il male che aveva visto, in particolare di tutto ciò che sapeva della Chiesa.

Alla fine, quel giorno uscii, ma dopo il crepuscolo; volevo andare in cerca di informazioni al Palazzo del Governatore. Mi feci strada in un vestibolo affollato di ambasciatori, dove fui avvicinato dal mio amico Pandolfo Collenuccio, in rappresentanza di Ferrara; il suo volto segnato dalle preoccupazioni era quasi divorato dal colletto e dal cappuccio di zibellino. «Non si è fatto vedere neanche Agapito, stanotte», disse, accigliato. «Questa corte è blindata. Dunque, cosa credi che possa voler dire?»

«Quando il Valentino ci renderà noto il destino di Ramiro», risposi, «ci mostrerà anche il dado che ha tratto. Se ci diranno che Ramiro non è colpevole, credo che il duca rimarrà a Cesena per difendersi dagli attacchi dei condottieri». Non sapendo cosa fosse stato di Oliverotto da Fermo, non mi azzardai a dire che, se Ramiro fosse stato assolto, forse il duca avrebbe preso in ostaggio Oliverotto. «Se Ramiro sarà meno fortunato, ne dovremo dedurre che il duca non ha molta fiducia nelle sue possibilità, e ancor meno nelle sue forze. In tal caso, il Valentino sposterà le truppe a Rimini, o forse anche più a sud. E lì, il Valentino e i suoi si congiungeranno alle armate dei condottieri per perseguire gli scopi di Vitellozzo Vitelli, piuttosto che i progetti della Santa Sede».

«Questa è saggezza». Collenuccio mi rivolse un sorriso triste. «Abbiamo un po' di Vernaccia nel nostro alloggio. Vieni a brindare alla Natività di Nostro Signore, o alla fine dei giorni, come preferisci».

«Dovrei piuttosto scrivere ai Dieci della Guerra», obiettai, anche se in realtà non avevo intenzione di scrivere al mio governo finché non avessi saputo qualcosa di Ramiro. Con più sincerità, aggiunsi, «Se Ramiro sopravvivrà, lo farà anche la speranza».

Nell'universo abitato da me e da Damiata, il silenzio riguardo al destino di Ramiro ci confermava che avevamo fermato sia la ruota della Fortuna, sia il movimento delle Sfere celesti: il tempo non esisteva più nel nostro rifugio. Cenammo tardi, poi, mentre ci abbracciavamo al buio, Damiata sussurrò: «Avviamoci al "sonno di eterna notte"», citando i versi di Catullo sulla morte. «Niccolò, questa sarà la nostra notte eterna», mormorò con le labbra sulle mie, alitando le parole in me. «Ma senza sonno».

Quella notte divisi con lei il mio corpo rinato, svuotato di tutte le scorie della vita precedente. Immaginai di essere Dante tra le braccia di Beatrice; trasformato dall'ineffabile luminosità dell'amore celeste, volavo come un fulmine verso l'alto, in un vasto zenit sconosciuto. E, in quel Cielo, niente brillava con più splendore del barlume velato negli occhi di Damiata.

Quasi alla fine di quella notte dominata dal silenzio, Damiata mi sussurrò: «Niccolò, quando dovremo lasciare questa stanza, sarai in grado di fidarti di me?».

Prima che me lo chiedesse, non avrei immaginato di incontrare tanta difficoltà nel rispondere a quella domanda.

«Dovrei raccontarti del giorno del mio matrimonio», dissi come preambolo. «L'ultima cosa che mio padre fece per me, appena tre settimane prima di morire, fu combinare il fidanzamento con Marietta. Avrei disonorato la sua memoria se l'avessi rotto. Ad agosto, l'intera famiglia Corsini fece sfilare Marietta su Ponte Vecchio come fosse Cesare, anziché una sposa; era seduta su una sedia dorata simile a un trono e vestita di un abito bianco con maniche di broccato d'oro; il velo era tempestato di tante perle, da sembrare coperto di nevischio. La seguiva metà della gilda dei lanaioli, ma sembrava che si fosse accodata alla processione anche l'intera popolazione di Fiesole e di Terranuova».

Il mio racconto si fece più difficile. «Il giorno del fidanzamento, Marietta era una bambina, e assomigliava alle bambole di porcellana che teneva sul suo letto. In meno di un anno era miracolosamente diventata una donna. Tuttavia, pareva entusiasta di diventare mia moglie quanto la sua bambola di porcellana; pensai fosse colpa dei nervi e del caldo. Solo quando il banchetto di nozze si era ormai protratto fino a sera, mi accorsi che Marietta era già legata a qualcun altro».

«E il suo amore era lì? Spero non fosse un parente».

Mi misi a ridere. «In effetti mi fu presentato come un parente. Era un ragazzo attraente della sua età, con naso e mento da uomo e la carnagione di un cherubino. Mi sembrava di essere lo spettatore di una commedia, visto come si comportavano: sospiri, sguardi, persino qualche bacio rubato di nascosto. Ma non ero l'unico ad aver notato tale spettacolo: i loro sentimenti erano così evidenti, che persino quei terribili ficcanaso dei Corsini dovettero commentare, "Oh, ma guardate che dolci, i cugini si vogliono davvero bene". In realtà, venni presto a sapere che quel ragazzo era solo un cugino di suo cognato. Eccoti, quindi, una storia che avrebbe potuto scrivere Boccaccio; pensavo che la prima notte di nozze avrei dovuto persuadere Marietta ad abbandonare la sua indifferenza giovanile verso gli uomini. Non avrei mai immaginato che avesse già affinato i suoi gusti».

«Ma ha dormito con te».

«Era l'unico modo di togliersi di torno tutti i Corsini che vagavano fuori dalla porta socchiusa della camera da letto, battendo pentole e bricchi, mentre aspettavano di vedere il lenzuolo macchiato di sangue. Sono quasi certo che Marietta si sia morsa un labbro per assicurarsi che fossero soddisfatti».

«Non tutte le ragazze sanguinano la prima volta». Damiata soffocò una risatina prima di aggiungere: «Solo io ho sanguinato la prima dozzina di volte».

«Ti assicuro che non ho accusato Marietta di ingannarmi. La gelosia non è una delle mie tante colpe come marito...». Mi chiusi nel silenzio. Giunto a quel punto, non potevo dire di più.

Il volto di Damiata era in ombra, sopra di me. «Santo Cielo». Vedevo i suoi occhi luccicare. «Ora capisco».

«Primerana è nata otto mesi e tre settimane dopo la nostra prima notte di nozze». La verità infine era emersa, amara come un fiume di fiele. «Dio mi perdoni. Non credo che quell'adorabile bambina sia mia figlia».

Damiata mi accarezzò il viso. «Non si può mai dire. Tra gli otto e i dieci mesi, non ci sono certezze. È probabile che sia tua. So che la ami molto; puoi dire di non vedere niente di te in lei?»

«L'ho vista a malapena: prima è stata mandata a balia a Terranuova, poi c'è stato questo incarico. E ora, Marietta ha già portato Primerana con sé a casa di suo cognato, proprio il cugino del suo giovane amante. Se non ritornerò a Firenze, la famiglia Corsini le farà sue, come se i Machiavelli non fossero mai esistiti. Se Primerana è davvero mia figlia, non avrà neanche un ricordo di me. Non mi sentirà neppure nominare».

Sapevo che quella profezia detta con leggerezza aveva ferito Damiata, perché sentii quel piccolo tremito che precedeva il suo silenzio. Poi disse: «Io, invece, temo che il mio amato Giovanni ricorderà il mio nome. E lo pronuncerà come fosse una bestemmia». Il suo alito sul mio volto sembrava più freddo. «Se non altro, i Borgia si assicureranno di influenzarlo in tal senso».

Così quella notte non portò il sonno, ma non fu neanche eterna. Tenevo ancora Damiata tra le mie braccia, quando vidi che l'alba filtrava attraverso le imposte della finestra disegnando delle linee grigie. Poco dopo, anche i suoni invasero il nostro piccolo rifugio, ma non era il rumore della macina del destino che iniziava a muoversi, né della cittadina che si risvegliava. Era un lieve ronzio, come se un gruppo di persone si fosse messo a conversare proprio sotto alla nostra finestra, o fuori dalla nostra porta.

Mi alzai e mi vestii. Avevo già indossato la cappa; Damiata aprì un occhio per guardarsi intorno e mi sorrise. Le dissi: «Forse l'esercito si sta preparando a qualcosa». Rimasi sul vago di proposito, per non lasciar trapelare le mie peggiori paure: temevo che le truppe del Valentino, sempre più esigue, si stessero preparando a lasciare Cesena e procedere a sud, per congiungersi alle folte schiere dei condottieri. «Esco a vedere».

Scesi nella strada ghiacciata, sotto un cielo grigio come un guscio d'ostrica. Cadeva ancora qualche fiocco di neve isolato. Girato l'angolo, vidi qualche bracciante senza cappuccio che andava di fretta, ma, a parte loro, la strada era vuota. Il suono che mi aveva attirato fuori, comunque, era più percepibile: un ronzio che sembrava venire dalle prossimità della piazza. Il mormorio di una folla pacata e riguardosa.

Attraversai varie strade e raggiunsi la piazza, che abbracciai in un solo sguardo; sembrava che vi si fosse raccolta tutta la città, da quanto era affollata. Non avevo bisogno di chiedere il motivo di questo assembramento. La torre della piccola rocca si ergeva come un Titano nella fossa dell'Inferno, su un lago di cappucci di lana e cappe di pelliccia. Ero certo che il condannato sarebbe comparso presto dalla finestra più alta.

In mezzo a quel mare di cappucci notai la criniera grigia di Leonardo da Vinci, tanto vicina ai piedi della torre da rischiare un calcio alla testa, quando il condannato avesse raggiunto la fine della corda. Iniziai a farmi strada verso di lui e, a mano a mano che avanzavo in quel lago di persone, rimasi colpito dai cambiamenti nell'umore collettivo della folla. Le ipotesi bisbigliate in romagnolo che avevo sentito appena arrivato si fecero prima preghiere sussurrate con ansia, poi quel silenzio reverenziale che di solito infonde solo il sudario di Cristo. Ero appena entrato nella zona di muta riverenza, ancora a otto o dieci braccia da Leonardo, quando vidi Ramiro da Lorca.

I suoi occhi chiusi erano talmente gonfi e scuri che sembravano di piombo. Il resto del volto squadrato era coperto di contusioni, ciascuna causata da una domanda alla quale non aveva risposto, o da una risposta che richiedeva un'altra domanda. Feci un altro paio di passi e mi accorsi che la testa malridotta di Ramiro era sollevata solo da una picca, conficcata nel suo collo mozzato.

Stordito non solo da quella scena lugubre, ma anche dal veder morire le mie speranze, non fui in grado di osservare l'intero spettacolo finché non raggiunsi Leonardo. Un semplice tappeto di lino copriva la neve più recente, proprio ai piedi della torre massiccia. Su quel telo era disteso il corpo di Ramiro, ancora vestito in abiti di prezioso broccato, accanto a un ceppo da boia e a una mannaia insanguinata, dalla lama lunga quanto il mio avambraccio.

I capelli grigi e il volto tirato di Leonardo sembravano in perfetta armonia con quel mondo che sembrava ridotto in cenere. Non pensavo avesse notato il mio arrivo, invece si girò subito e mi disse: «Dovete venire con me. Ho trovato la spiegazione».

Capitolo 14

> Nissuna cosa è più degna d'un capitano, che presentire i partiti del nimico.

Seguendo l'andatura scattante di Leonardo attraversai la città così rapidamente, che mi sembrò di aver volato sul dorso di una capra fino al deposito, illuminato dai globi luminosi come un giorno di primavera. Raggiungemmo uno dei tavoli da banchetto; questa volta era ricoperto da mucchi dei modelli di solidi geometrici che si trovano negli studioli degli uomini di cultura: coni, cilindri e poliedri complessi, realizzati con carta o sottili fogli di legno.

Davanti a noi c'era un macchinario formato da una scatola di legno alta un palmo e larga un braccio, con un bastone e una piccola manovella che sporgevano da un lato. Sulla scatola vidi un pezzo di legno piatto e rotondo, simile a un vassoio, che era ampio quasi quanto la scatola stessa e che brillava in superficie come fosse cosparso del lucido dei vasai. Il vassoio di legno non poggiava direttamente sulla scatola, ma rimaneva sospeso attraverso un'asse centrale, come la ruota di un carro rovesciata sul fianco.

Non che mi sorprendesse, ma Leonardo non mi spiegò subito lo scopo di quell'affare; allungò un braccio lungo come l'ala di una gru e raccolse un volume che non avevo notato, da quanto era coperto di fogli. La rilegatura era in costoso marocchino color rosso porpora.

«Archimede ha scritto un trattato noto come *Sulle spirali*», disse Leonardo mentre apriva il libro e iniziava a sfogliarne le pagine ingiallite. Il testo era in greco, copiato in bella scrittura; ma Leonardo si fermò dove un'altra scrittura, altrettanto accurata, aveva annotato qualcosa in latino sul margine, con pennino differente e inchiostro più scuro.

«Leggetelo», mi ordinò il maestro, come fossi uno dei suoi apprendisti di bottega.

Lo feci ad alta voce, traducendo il testo in italiano:

> Se una retta gira uniformemente su un piano attorno alla sua estremità fissa sino a tornare alla posizione di partenza e se, nello stesso tempo in cui questa linea retta gira, un punto si muove di moto uniforme su di essa dall'estremità fissa, quel punto descriverà una spirale sul piano.

La mia espressione sconcertata spinse Leonardo ad aggiungere: «Ve lo dimostro». Tornò alla sua scatola col vassoio, e notai che quel piatto di legno rotondo era coperto da un sottile strato di cera. Leonardo girò lentamente la manovella con la mano destra, così che la ruota di legno girasse a velocità costante. Con la mano sinistra, il maestro prese un pennino d'argento da disegnatore e lo posizionò al centro della ruota; mentre quest'ultima girava, spostò il pennino in linea retta verso l'esterno. Quel movimento rettilineo combinato alla rotazione della ruota creò una spirale uniforme sulla cera.

La spirale di Archimede

«Ho appena disegnato una spirale di Archimede», disse Leonardo, riprendendo in mano il trattato. «La sua costruzione ha fornito dimostrazioni importanti ad Archimede. Dimostrazioni che non possono essere comprese senza questa definizione». Iniziò a leggere, traducendo dal greco: «"La distanza percorsa dal punto che si muove lungo la retta in una rivoluzione si dica *prima distanza*"». Il maestro estrasse uno dei suoi taccuini e un gesso. Iniziò a disegnare dal centro della pagina, tracciando una linea curva come la spirale sul vassoio di legno; si fermò, però, appena ebbe compiuto il primo giro attorno al punto centrale. Senza l'aiuto di stecche o righelli, tracciò anche una linea retta che congiungeva il centro al punto in cui la spirale aveva completato la prima rivoluzione.

Voltò una pagina del trattato e riprese a disegnare sul suo taccuino. Senza compasso o calibro, disegnò un cerchio quasi perfetto, che aveva come raggio la retta tracciata in precedenza. «Archimede dice: "Il cerchio disegnato sull'origine della spirale con raggio pari alla prima distanza si dica *primo cerchio*"».

Primo cerchio

«Il quadrato è il primo cerchio», dissi, ripetendo il testo del bollettino che mi aveva mostrato qualche giorno prima. Mi si drizzarono i capelli sulla nuca. «In nome di Dio, cosa…».

Leonardo aveva già preso la mappa di Imola; senza i suoi tipici tremolii, vi sovrappose il lucido che mi aveva mostrato a Imola, contenente il cerchio iscritto al quadrato. Poi, però, aggiunse un nuovo foglio di lucido della stessa grandezza e lo distese con la mano, così che potessi vedere le figure che vi erano tracciate.

Leonardo si era dimostrato un profeta migliore di me. Non era soltanto un "disegno".

Era la mappa del male, del diavolo stesso.

Il quadrato nel primo cerchio

"Gli angoli dei venti": resti della prima vittima

▲ Resti della seconda vittima

◆ Resti della terza e quarta vittima

●

L'ultimo dei lucidi che Leonardo aveva sovrapposto alla mappa era simile a quello che avevo visto nel suo studio più di due settimane prima, e che, innervosito, aveva coperto di fagioli. Senza i fagioli, potevo vedere bene i punti in cui erano stati ritrovati i resti straziati delle due donne. Anche se la loro disposizione all'inizio mi era parsa totalmente casuale, ora mi rendevo conto che erano connessi da una linea curva simile al contorno di una conchiglia di nautilo. Per essere più precisi, i punti seguivano la prima rivoluzione di una spirale di Archimede. Il maestro aveva disegnato sul foglio anche il "primo cerchio", con la "prima distanza" come raggio.

La spirale non era la cosa più sorprendente della nuova costruzione. Leonardo aveva indicato sul lucido i quattro punti cardinali, in corrispondenza della prima serie di resti ritrovati, e li aveva congiunti con una circonferenza (la stessa che circondava la città di Imola nella mappa originale). Inoltre, aveva segnato i quattro punti in cui aveva rinvenuto la seconda serie di vittime, disegnando il quadrato circoscritto alla circonferenza. Quel quadrato, a sua volta, era iscritto nel "primo cerchio" definito dalla prima rivoluzione della spirale. Cerchio, quadrato, ancora cerchio, tutti combaciavano perfettamente l'uno con l'altro.

«Avevate ragione, maestro», dovetti ammettere. «È tutto parte dello stesso schema. Non ha gettato i resti delle ultime vittime in luoghi casuali, come avevo erroneamente ipotizzato. Ha completato il "disegno" con la più terribile e meravigliosa delle sue figure».

Leonardo non sembrava soddisfatto della sua vittoria. Aveva il volto spento, un autoritratto della sua anima stanca. «Vorrei solo trovare la Luce Vera», sussurrò. «Questo "disegno" è mirato a danneggiarmi e a distruggere tutto quello che il duca e io vorremmo costruire».

Indicai il libro rilegato di marocchino, certo che il ladro ne avesse studiato le pagine che avevamo appena letto. «Maestro, dove avete preso la vostra copia di Archimede?»

«Un regalo del duca».

«Ramiro da Lorca sapeva di questo dono?». Gli rivolsi questa domanda nella (vaga) speranza che il macellaio fosse già stato giustiziato.

«Ramiro mi considerava un rivale». Senza dubbio, il duca gli aveva preferito Leonardo, come responsabile delle indagini. «Non parlavamo molto».

«È possibile che Ramiro, in qualche modo, abbia consultato in segreto questo libro e ne abbia ricavato il "disegno"? Per tenervi in pugno e disonorare il duca?».

La mascella di Leonardo ebbe un lieve tremito. Incrociò le mani davanti all'inguine.

Conoscevo i maldestri sforzi del maestro di nascondere le cose, quindi gli posi una domanda che mi bruciava sulla lingua da quando avevo visto la testa di Ramiro. «Il duca o qualcuno dei suoi vi ha detto quali erano le accuse per le quali hanno giustiziato Ramiro?»

«Speculazione sul grano. E crimini contro il popolo della Romagna».

Era chiaro che il Valentino non volesse lasciar trapelare accidentalmente qualcosa sulla questione dell'omicidio di suo fratello. Ma se i condottieri si aspettavano un segno, la testa di Ramiro poteva essere considerata un atto di sottomissione soddisfacente da parte del duca.

A quel punto posi una domanda che mi fece drizzare i capelli sulla testa: «È possibile che uno dei precedenti condottieri del Valentino sapesse della vostra copia di Archimede?».

Leonardo assunse l'aspetto di chi sta per essere gettato nel vuoto. Era questa la verità che nascondeva dietro le mani incrociate.

«Maestro?»

«Vitellozzo Vitelli l'ha visto, prima di tradire il duca. Anche lui è interessato ad Archimede, perché è un artigliere». In effetti, Vitellozzo Vitelli era il primo artigliere del mondo cristiano, un maestro dell'arte moderna della guerra. «Come lo fu Archimede stesso, che disegnò mangani e prodigiose balestre da assedio per difendere Siracusa. Vitellozzo si stava occupando di equazioni e proposizioni riguardanti le parabole, con le quali si può descrivere il moto di un proiettile».

La natura aveva dato a Vitellozzo Vitelli un temperamento selvaggio, ma anche dei grandi doni. Come innovatore delle tattiche militari, il suo unico rivale era il Valentino; aveva escogitato un sistema per ammassare gli "scoppiettieri" e creare un muro impenetrabile di colpi d'arma da fuoco, un'invenzione che aveva trasformato quel piccolo archibugio in uno strumento capace di sconfiggere una carica di lancieri.

Lo scoppietto, che può essere trasportato da un solo soldato e spara un proiettile grande quanto un chicco d'uva, fino a poco tempo prima era considerato soltanto una curiosità.

Decisi di tenere per me i miei sospetti su Vitellozzo, a quel punto ben fondati. Dunque, con piena fiducia nelle doti del maestro (e scarsa nei miei ragionamenti lacunosi), gli rivolsi questa domanda: «Indipendentemente da chi sia il mostro, maestro, diciamo solo per ipotesi che sia ancora tra di noi. Cosa credete che farà adesso? Inizierà un progetto completamente nuovo?».

Leonardo iniziò a disegnare nell'aria con le mani, mentre le dita di una mano saettavano attorno all'altra come martore in lotta. «Come gli ingranaggi a denti piccoli... accelerazione... vortici d'acqua e vento... indotti dalla massa e dall'impulso del loro mezzo... verso il centro». Mi guardò. «Questa figura gli permette un numero infinito di variazioni».

Non compresi la spiegazione matematica di quelle "infinite variazioni" più di quanto Leonardo capisse che quell'uomo aveva una necessità continua di nutrirsi di sofferenza e morte. Non mi sentivo a mio agio a lasciare Damiata da sola troppo a lungo, quindi studiai per l'ultima volta quella mappa del male. Mentre i miei occhi seguivano ogni elegante figura geometrica, l'anima mi diceva, infuriata, che ogni punto di quel disegno rappresentava la vita di un'innocente. Tuttavia, chiunque avesse creato quel rebus orribile l'aveva pensato non solo per imitare il grande intelletto di Leonardo, ma soprattutto per fare appello al particolare interesse del maestro per mulinelli, gorghi e altri vortici, evidente in molti dei suoi disegni. Leonardo aveva persino creato ingranaggi, meccanismi e viti a forma di spirale.

Quindi, c'era un'altra domanda che mi faceva scorrere sudore freddo lungo la schiena. E se quell'atroce geografo avesse disegnato qualcosa anche per me, un disegno che si prendeva gioco del mio sforzo di entrargli nella mente? La spirale poteva essere anche il labirinto in cui mi ero affacciato furtivamente per cercare quell'essere metà uomo e metà animale, e la sua tana piena di ossa?

Ansioso di tornare da Damiata, condivisi con Leonardo un pensiero conclusivo. «Credo che abbiate ragione anche questa volta, maestro. Tra poco, ci offrirà una nuova variazione».

Corsi all'alloggio di Damiata tanto rapidamente quanto le strade ghiacciate me lo permettevano. Aveva chiuso a chiave la porta della sua stanza, per cautela, durante la mia assenza. Quando l'aprì, la trovai vestita di una semplice camora nera. Mi prese le mani senza dire una parola.

Iniziai dalla questione di Ramiro, sulla quale avevo da esporre nuove riflessioni. «È probabile che io abbia raccolto l'ultimo testamento di Ramiro, poco prima che il Valentino lo arrestasse», le dissi. «Ramiro insinuava che il Valentino stesse proteggendo Oliverotto. E non perché Oliverotto e Vitellozzo lo stessero mettendo alle strette sul piano militare. Ramiro ha detto anche che l'omicida era a Capua. Ha insistito che chiedessi al duca delle donne di Capua, così mi ha detto. Suppongo intendesse che il Valentino e Oliverotto stanno nascondendo qualcosa che è successo a Capua, qualcosa che ha a che fare con le donne della città, ne sono abbastanza certo. Devi aver sentito delle voci».

Damiata scosse il capo. «Non sono arrivate fino a Trastevere».

«Poco dopo il sacco di Capua, circolarono delle lettere anonime in tutte le capitali italiane. Contenevano varie accuse. Raccontavano di donne prese in ostaggio, alle quali era stato garantito un salvacondotto, che furono violentate e uccise appena fuori dalla città. Ebbe ampia diffusione anche un resoconto che parlava di quaranta vergini inviate in Vaticano, per il divertimento del papa. Al tempo considerai tutte queste cose delle calunnie ben concertate, il tipo di trovata di cui sono esperti i veneziani; hanno visto a lungo nella Romagna il proprio stato vassallo, e non hanno gradito l'ascesa del Valentino. Forse, però, in questo caso i fatti sono abbastanza vicini alle calunnie. O persino peggiori. Forse il Valentino ha permesso che accadesse qualcosa, nel furore della battaglia, di cui ora si pente. Qualcosa di più abominevole dei crimini per i quali è divenuto famoso Oliverotto da Fermo».

Damiata mi lasciò la mano e si fece il segno della croce.

«Chi ti ha detto», chiesi, «che Oliverotto non era a Imola quando è stata uccisa la prima donna?»

«Il Valentino», sussurrò Damiata.

«Allora credo sia proprio così. Il Valentino sta proteggendo Oliverotto, e non perché ha bisogno del suo assenso per il trattato».

Il petto di Damiata si sollevò. «Una volta mi hai detto che i condottieri avrebbero trascinato l'anima del Valentino all'Inferno. Forse l'hanno già fatto, a Capua».

Annuii. «In qualunque modo abbia infamato se stesso a Capua, il duca non può redimersi abbandonando l'Italia nelle mani dei condottieri».

Damiata si morse le labbra, smarrita nei suoi ragionamenti.

Le raccontai anche il resto, tutto quello che avevo visto e sentito da Leonardo. Quando descrissi la mappa del male, sbiancò in volto e dovette sedersi sul letto. Tremante, disegnò una spirale in aria.

«Il maestro di bottega sta giocando al gioco del demonio», dissi. «Sa che lo stiamo cercando, e si fa beffe di noi».

Damiata rimase a lungo in silenzio, come se raccogliesse le forze per guardarmi. Quando alzò lo sguardo, aveva gli occhi pieni di lacrime. «Non puoi dire che non sia un folle, Niccolò». Sembrava arrabbiata con me. «Non puoi più dirlo».

La mia scienza aveva già ricevuto abbastanza attacchi per quel giorno, e non avevo voglia di mettermi a discutere. «Pazzo o non pazzo, ha escogitato questa mappa con destrezza per portarci fuori strada. Non dobbiamo dimenticare che gli *Elementi* rimangono la chiave di tutto. Se non possiamo provare che i condottieri sono collegati all'amuleto di Juan, non possiamo neanche rendere pubblico niente di tutto questo».

Damiata inspirò profondamente e riprese un po' colore. «Se i condottieri hanno il libro, lo terranno. Come garanzia contro il Valentino».

«Credo che uno di loro lo abbia. E lo terrà, come garanzia contro tutti gli altri. La domanda è: chi? Sarei propenso a dire Vitellozzo Vitelli, con la complicità del suo leccapiedi Oliverotto. Come faremo a prenderlo? Tu o io finiremmo strangolati prima ancora di arrivare alla soglia di Vitellozzo».

Damiata abbassò rapidamente lo sguardo. Scosse la testa, demoralizzata, e riuscì solo a dire: «Non so...», prima di emettere un singhiozzo strozzato.

Mi sedetti accanto a lei e tenni le sue mani fredde strette nelle mie per un po'. Però, gli eventi incalzavano e dovetti presto alzarmi. «Devo tornare nella mia stanza e scrivere al mio governo cosa ho visto. Credo che il cadavere di Ramiro preannunci che il Valentino lascerà presto Cesena. Non abbiamo altra scelta che seguirlo. Possiamo sperare di trovare gli *Elementi* solo alla fine di questa lunga strada». Non avevo bisogno di specificare che alla fine della strada, in ogni caso, ci avrebbero aspettato i condottieri.

Damiata guardò il pavimento. «Sì, dobbiamo prepararci alla partenza». Mi rivolse un sorriso malinconico. «Un'altra piccola casa». Mi guardò con quegli occhi di un blu indescrivibile. «Niccolò, qualsiasi cosa accada nei prossimi giorni o nelle prossime settimane, voglio che ti ricordi questo. Devi ricordarlo, se ci dovessimo separare. In particolare, devi ricordarlo se ricevi la benedizione di poter riabbracciare la tua Primerana, come supplico la Vergine che accada. Caro Niccolò, tesoro mio. L'amore più grande è solo fiducia. Una fiducia che può sopportare ogni fardello, ogni dubbio e non esaurirsi mai».

Si alzò, mi strinse in un abbraccio e mi sussurrò: «Per amare davvero qualcuno, ci vuole più fede di quanta ce ne chieda il Signore».

Parte terza

Oltre le rive fatali

Cesena e Sinigaglia, 26-31 dicembre 1502

Capitolo 15

Chi vede il diavol daddovero,
lo vede con men corna e manco nero.

Nonostante la nostra giornata fosse iniziata così presto, con il presagio sfavorevole del corpo di Ramiro, la Fortuna stabilì che si sarebbe protratta ancora a lungo. Dopo aver lasciato la stanza di Damiata, mi fermai al Palazzo del Governatore e trovai la loggia affollata di ambasciatori e segretari, come accadeva di solito nelle ore più tarde del giorno. Venni subito a sapere che non era stato possibile parlare della morte di Ramiro con nessuno della cerchia più ristretta del Valentino; erano tutti in viaggio lungo la via Emilia, ad almeno quindici miglia a sud di Cesena. Era evidente che intendessero radunare le truppe sparse e marciare verso Rimini. Mi soffermai comunque davanti al palazzo disabitato, per confrontare le mie stime sull'esercito del Valentino con quelle delle altre ambasciate.

Quando tornai nelle mie stanze, verso metà mattina, trovai un messaggero che mi aspettava con vari pacchetti da Firenze. Il mio amico Biagio mi riferiva che mia moglie «malediceva Dio» per il nostro matrimonio e chiedeva incessantemente che le mandassi del denaro, neanche fossi un alchimista capace di trasformare il metallo in oro. Gettai la lettera da una parte con uno sbuffo di fastidio. Il secondo dispaccio veniva dal mio governo e comprendeva dei ducati che mi sarebbero bastati per tre settimane, se avessi vissuto come un frate mendicante. Quel magro stipendio era accompagnato da nuovi ordini di seguire costantemente il Valentino, finché non fossi stato dispensato dall'incarico. I miei superiori a Firenze non si preoccupavano particolarmente del mio benessere o della mia incolumità, ma si fidavano molto delle mie osservazioni.

Oltre a quelle missive, il mio tavolo era affollato di carte riguardanti gli interessi commerciali di Firenze in Romagna, che avrei dovuto studiare prima di seguire la marcia sconsiderata del Valentino attraverso il Rubicone. Perciò, quando inviai a Firenze i dispacci in cui informavo le Sue Eccellenze degli ultimi eventi, era già quasi l'imbrunire; subito dopo, tornai alla stanza di Damiata.

Salii le scale a balzi, certo di trovare consolazione dalla piega disastrosa che aveva preso la giornata; un'altra notte tra le braccia di Damiata mi avrebbe trasportato dove la Fortuna non avrebbe potuto raggiungermi. La porta era chiusa a chiave, come mi aspettavo; ma anche se bussai a lungo, non ebbi risposta. Pensai che i preparativi per il viaggio fossero stati problematici anche per lei, e che fosse andata in città per delle commissioni.

Camminai diverse ore per Cesena, ma senza incontrare Damiata; tornai anche varie volte alla sua stanza, per vedere se era rientrata. Al terzo tentativo fui preso dall'ansia. Il mio primo timore fu che il Valentino avesse scoperto il rifugio di Damiata a Cesena, nonostante tutti i tentativi di restare nascosti. Era probabile che, una volta scovato il suo nascondiglio, avesse mandato qualcuno ad arrestarla, visto che ormai era così determinato a proteggere i condottieri dalle conseguenze delle indagini, per potersi gettare tra le loro braccia.

Tuttavia, nel palazzo nessuno aveva visto Damiata uscire, né tantomeno qualcuno che la portava via a forza. Pensai di rompere la serratura della porta, ma avrei solo messo a rischio le sue cose durante la confusione che ci sarebbe stata in seguito: molto probabilmente avrei trovato la stanza come l'avevo lasciata. Quindi, tornai a bussare alla sua porta ogni ora, per tutta la notte; una notte che fu tanto infelice quanto era stata straordinaria la precedente. Alla fine i miei timori presero il sopravvento su ragione e sentimenti.

Circa un'ora prima dell'alba, rientrai da uno di quei viaggi inutili e mi fermai davanti alla mia porta. Sentii un lieve tintinnio, come il rumore delle monete in un borsello, e mi voltai rapidamente.

Il cortiletto era vuoto. D'un tratto, ebbi una sensazione netta, che mi attraversò il corpo come uno spasmo, e tornai di corsa alla mia porta.

Per un attimo mi stupii di non vedere qualcuno (o qualcosa) sulla mia soglia. Il tintinnio sembrava venire dal cielo; guardai verso il muro di corona del tetto, due piani più in alto.

Il volto della luna, o forse un gufo. Oppure, un uomo senza faccia. Parve librarsi sul cornicione per un istante, tanto da sembrare un'apparizione. Quando svanì, il tintinnio si trasformò in un leggero calpestio, come un roditore che stesse correndo sulle tegole.

Mi affrettai a scendere nel cortile, poi uscii in strada, nel tentativo di scorgere quella creatura in fuga. Ma non vidi e non sentii niente muoversi sui tetti. Mentre mi affacciavo al vicolo che separava il mio palazzo da quello adiacente, mi tornò alla mente la notte in cui trovai il corpo della povera Camilla. Ero riuscito solo a intravedere il "gufo" che Damiata aveva notato sull'edificio; più o meno in quel momento mi accorsi delle orme che andavano verso la sua stanza e mi precipitai a seguirle. Quel che trovai dopo nella sua camera mi fece dimenticare il fantasma sul tetto. Alla luce dei fatti, potevo supporre che l'uomo-gufo fosse presente anche la notte dell'omicidio; quell'apprendista di crudeltà inaudita continuava a pedinarci, nascosto dietro a una maschera della Morte.

Fu così che giunsi a una deduzione ancor più sconvolgente: l'apprendista del diavolo mi aveva spiato quando ero entrato in casa di Damiata e aveva atteso che uscissi. Rividi il corpo di Camilla, il sangue fresco ovunque, come una fontana di sangue, le ossa del collo e del braccio che sporgevano come le giunture di un maiale macellato.

Presi a correre come se mi avesse colpito un fulmine: avrei preferito morire, piuttosto che abbandonare Damiata allo stesso destino della povera Camilla.

D'un tratto mi fermai. Damiata non era in attesa nella sua stanza, come Camilla quella notte; era assente da ore. Avrei trovato la porta aperta, se l'apprendista dell'assassino avesse ucciso anche lei. Invece il gufo era lì, che mi guardava. Forse Damiata era riuscita a sfuggirgli e si nascondeva ancora. E lui sperava di trovarla con me.

Decisi di escogitare una trappola per catturare quella creatura. Rientrai nelle mie stanze passando dal vicolo.

Nella fretta di cercare Damiata, non avevo messo il chiavistello alla porta; la sbarrai dietro di me. Probabilmente, quell'essere si aspettava di vedermi tornare da Damiata; pensai di confonderlo, deludendo le sue aspettative. Sarei rimasto in casa finché non fosse venuto lui da me.

Accesi una candela e iniziai a perlustrare la stanza in cerca di qualcosa da usare come arma, ma con scarsi risultati; avevo già raccolto tutte le mie cose, in vista della partenza. Il pavimento freddo era talmente vuoto che sembrava l'avessi spazzato, salvo per il braciere e un inutile attizzatoio arrugginito. Avevo anche liberato il tavolino da carte e manoscritti...

Mi cadde di mano la candela. Ai miei piedi, la fiammella tremolante dello stoppino faceva ancora un po' di luce. In quel tenue chiarore, pregai in maniera disarticolata che quel che avevo visto sul tavolo fosse solo l'allucinazione di una mente stanca e disperata.

Poi, ricordo solo di aver iniziato a correre per strada, con la ragione appesa a un filo molto sottile.

Capitolo 16

> Ancora che per la invida natura degli uomini sia sempre suto non altrimenti periculoso trovare modi ed ordini nuovi che si fusse cercare acque e terre incognite.

I globi luminosi di maestro Leonardo luccicavano attraverso le fessure delle imposte, come bronzo fuso nell'officina di un armaiolo. La porta non offrì resistenza, così irruppi subito nel refettorio abbandonato, dove Leonardo e i suoi assistenti si voltarono a guardarmi come fossi impazzito. Stavano raccogliendo vari attrezzi disseminati sul pavimento; se fossi ancora stato in me, avrei capito che la partenza improvvisa del Valentino aveva preso alla sprovvista il suo ingegnere generale.

Ma non ero in me. Corsi direttamente dal maestro e gli gridai in faccia: «Dovete venire subito! E portate con voi quei diavolo di attrezzi di misura».

«Sapete cosa vi sto chiedendo», dissi risoluto a Leonardo. Giacomo aveva appoggiato una lanterna riflettente sul mio tavolo, così che potessimo vedere meglio.

Leonardo si chinò, portando il volto a un palmo dalla mano mozzata. «È di una donna», disse senza la tipica melodia della sua voce.

Non mi sembrava la mano di Damiata, ma non potevo esserne certo. Quella spaventosa appendice a chiazze rosse e violette era leggermente gonfia, le dita in particolare. L'avevano tranciata di netto all'altezza del polso.

Mi dovetti voltare, mentre Leonardo cominciava a prendere le sue misure. Questa volta non sentii il rumore inquietante del gesso che graffiava uno dei suoi taccuini per prevedere il destino con lettere e numeri. Disse: «Questo l'avevate visto?».

La cordicella rossa scendeva sulla mano di Leonardo come una striscia di sangue, ma il biglietto che vi era legato non era macchiato. Leonardo me lo porse col gesto di un sacerdote che distribuisce le ostie durante la messa.

In quel bollettino non c'erano preghiere al diavolo; da un lato, il foglietto era vuoto. Mi tremavano le dita mentre lo giravo. L'annotazione sull'altro lato era nel solito toscano impeccabile, vergato in inchiostro nero cinese. Ma il testo sembrava una di quelle cose che si sentono in sogno.

Il sale più profondo a Cesenatico.

Cesenatico è il porto di Cesena, una città a circa dieci miglia in direzione est, sulla costa adriatica. «Ma non significa niente», dissi.

«Ci sono molte saline a Cesenatico», rispose Leonardo. Con la luce del globo che lo illuminava dal basso, il suo volto sembrava distorto, quasi mostruoso.

Ma fu il suo silenzio ad allarmarmi. «Ditemi, maestro!». Mi resi conto che parlavo e mi comportavo da folle. «Sapete già qualcosa? È la mano di Damiata?».

Leonardo scosse la testa, sconcertato. «Non posso determinarlo da... questo», disse con la voce roca. «La mano può variare molto, rispetto alle proporzioni degli altri arti. Posso solo dire che è stata separata da un corpo ancora in vita da non più di un giorno o due. Ci sono dei fluidi...».

Improvvisamente le dita da ragno di Leonardo si scagliarono sul bollettino, strappandomelo dalle mani indebolite.

Esaminò quel messaggio criptico, scuotendo la testa nel suo solito tremore. Finalmente trovò le parole. «Forse la mano è per voi», sospirò, stringendosi il bollettino al petto. «E questo è per me».

Per spiegare con quanta abilità quel crudele assassino fosse entrato nella testa di Leonardo, basti dire che pochi istanti dopo aver letto il testo sibillino del macellaio, l'ingegnere generale del Valentino aveva accantonato l'idea di seguire l'esercito del duca. La sua voce riacquistò il suo piglio autoritario, e ordinò ai suoi assistenti di prepararsi a partire alla volta di Cesenatico. Poi si rivolse a me, e disse: «Mi servirà qualche ora per preparare l'apparecchiatura necessaria a esaminare le saline». Ricordai la grande ruota provvista di cestelli che avevo visto nel magazzino del maestro, e mi chiesi se quella "apparecchiatura" servisse per scavare, o dragare. «Dovete essere pronto a partire in giornata. Indossate tutto ciò che avete: sono quasi certo che ci sarà una tempesta».

Prima di uscire, Leonardo ripose con cura la mano mozzata in un sacchetto di tela. Appena chiusi la porta dietro di lui, riuscii solo a pensare: *Appena due giorni fa ho baciato quella mano calda e soffice, la mano che mi ha incendiato il corpo e guarito l'anima, che mi ha portato a nuova vita. Ora non è altro che un pezzo di carne macellata.*

A Cesenatico sarei stato condannato a trovare i suoi resti, pallidi e inerti, pezzo dopo pezzo?

Il maestro tornò da me a mezzogiorno, da solo. Spiegò che aveva mandato avanti i suoi assistenti e stava per mettersi in cammino alla volta di Cesenatico, poiché era certo di poter procedere più rapidamente a piedi che sul mulo.

Non ebbi problemi a tenere il passo di Leonardo; ero talmente ansioso di sapere cosa fosse accaduto a Damiata, che avrei potuto coprire l'intera distanza di corsa, anche se non avevo ancora dormito dal risveglio mattutino del giorno precedente. Dopo aver attraversato le porte della città, che non erano sorvegliate, proseguimmo verso est. Ero certo che quella strada non fosse stata costruita dai romani, perché non era in linea retta; solo i loro ingegneri avevano saputo creare quella simmetria perfetta che invece era evidente nei confini precisi dei campi.

A un miglio circa dalle mura della città, ci accorgemmo di non essere soli. C'erano dei gruppi che variavano in numero da quattro o cinque sino a venti o trenta elementi, ma non era gente delle campagne. Le loro cappe grossolane potevano trarre in inganno, finché non si notava che alcuni avevano i piedi fasciati con pezzi di stoffa e altri erano scalzi come san Francesco. Quei mendicanti disperati erano gli stessi compagni di viaggio con i quali avevo seguito l'esercito del Valentino da Imola. Mentre le prostitute e i preti che si erano spostati a sud non avevano avuto problemi a trovare mezzi di sussistenza, quei contadini potevano solo sperare di raccogliere qualcosa dalla campagna cesenate, che era stata spogliata di tutto, proprio come i campi di Imola dai quali erano fuggiti di recente.

«Cercano delle fattorie», disse Leonardo, scuotendo la testa in qualcosa di simile alla compassione. «È consuetudine tra questi contadini ignoranti aprire le porte ai defunti tra Natale e l'Epifania. Quegli imbecilli riempiono i tavoli di vettovaglie, come se gli spiriti incorporei di cui credono di essere circondati avessero organi digestivi».

«Questa notte, i casi sono due: o i vivi mangeranno il pasto dei morti, o li raggiungeranno presto», dissi guardando un gruppo che aveva già lasciato la strada. Come animali scuri senza forma, questi poveracci viaggiavano a piccoli branchi attraverso i campi coperti di neve, con lo stomaco vuoto a far loro da bussola.

Superammo presto i gruppi di mendicanti che arrancavano in cerca di cibo. Qualche miglio più avanti, mi arrischiai a suscitare il biasimo di Leonardo, proponendogli le mie teorie riguardo al crudele maestro che ci aveva fatti partire per quella spaventosa missione.

«Credo che la natura di quell'uomo presenti una particolare anomalia», iniziai, «anche se non saprei bene come descriverla. La Chiesa direbbe che è opera del diavolo. Ma se il diavolo avesse davvero il potere di creare un individuo tanto singolare, perché allora non ne avrebbe plasmati altri centomila, a inondare il mondo di sangue? No. Sono più propenso a credere che nel corso della storia, la Natura previdente, per qualche scopo che non ci è dato comprendere, ha creato degli uomini con questo raro difetto. Sono nati senza quelle facoltà dell'intelletto e del sentimento che potremmo definire "anima"».

Mi stupii nel vedere Leonardo che annuiva. «Non ci sono altri mostri, eccetto quelli che crea la Natura. Ci sono persone di una bellezza divina, altre di una deformità grottesca, e poi tutte le sfumature intermedie. Perché non dovrebbe esserci una stessa variazione tra le facoltà del *sensus communis*, nel quale ha sede l'anima?»

«Dunque, siamo della stessa opinione», dissi, incredulo di fronte a tale consenso.

Stavamo già camminando rapidamente, ma Leonardo accelerò l'andatura. «Siamo d'accordo su questo punto specifico. Ma dovete capire che i desideri umani, e gli eventi causati da questi desideri, sono sempre casuali e resi ancor più disordinati dai capricci della Fortuna». Dal tono, si intuiva che fosse molto dispiaciuto di quello stato delle cose. «Non si possono studiare le menti e le azioni umane, o azzardare delle ipotesi a riguardo, come invece è possibile fare con l'armonica proporzione che caratterizza la Natura e tutti i suoi elementi».

In quel modo Leonardo screditava del tutto i miei studi, sebbene fossi lusingato che li ritenesse degni di una discussione ragionata. Quindi, risposi: «L'uomo crea disordine in molte cose, di proposito o per trascuratezza; ma la Natura fa altrettanto. Potrei guardare la natura e dire: cosa ci offre se non una cronaca del caos? Tempeste, inondazioni, grandine, terremoti, siccità, malattie. In che modo questo disordine è diverso da quello creato dagli esseri umani?»

«Siete troppo ignorante per vedere che i fenomeni naturali sono sempre guidati dalle stesse leggi: l'aria è sempre la stessa, sia che crei una brezza o il più terribile dei vortici. Nessuna forza, in natura, va dispersa: è solo trasferita da una forma all'altra. Nel suo complesso, la Natura raggiunge un'unità perfetta. Sapevate che suono, luce e acqua obbediscono agli stessi principi?»

«In che modo?»

«Il suono, la luce e l'acqua si propagano tutti attraverso onde».

«Onde?». Anche se facevo domande sciocche a Leonardo, mi rendevo conto che quelle "onde" potevano rappresentare un modello molto utile.

«Al momento non posso spargere della paglia sull'acqua e dimostrarvi il principio», disse Leonardo in modo brusco, «né posso mostrarvi che le stesse proporzioni numeriche che governano il corpo umano e gli edifici si estendono anche alle armonie del suono...».

«Dunque, perché le guerre, le rivoluzioni, l'ascesa o il declino di stati e imperi non possono essere governati da leggi e principi simili? Solo perché questi principi non sono ancora stati individuati? Non ho mai visto le onde che trasmettono il suono e la luce, eppure mi dite che siano uno dei fondamenti della Natura. Credo che i fatti riportati dalla storia si muovano in modo simile. Potremmo prendere in considerazione una serie infinita di esempi: gli assiri, i persiani, la Grecia, Roma. Vedete che tutti gli imperi sono costruiti grazie alle loro virtù e decadono a causa dei loro vizi? L'eterna successione di ascesa e declino degli stati è un ciclo necessario e inesorabile quanto il sollevarsi e abbassarsi di quelle onde che trasmettono i diversi elementi».

Leonardo alzò le mani al cielo come un sacerdote che solleva l'ostia benedetta. «Quindi considerate lo Stato come un organismo, eppure ci dite che lo sapete spiegare nella sua interezza esaminandone solo la nascita e la morte. Santo Dio! La natura ha mai creato qualcosa che si può comprendere con tanta facilità? Guardate quante cose dobbiamo sapere per spiegare i meccanismi di quella macchina incredibile che è il corpo umano. Non solo ogni sua parte ha una conformazione particolare, ma anche una funzione specifica: quale sensazione trasmette ogni nervo, come si muove ogni muscolo e dove si congiunge all'osso, quali di queste parti concorrono a farci sbadigliare o muovere gli occhi in modo uniforme e coordinato? Come si muove il cibo attraverso gli organi digestivi, e come fanno gli occhi a raddrizzare l'immagine, se non è possibile farlo in una camera oscura? Queste sono verità che si determinano solo attraverso studi incessanti e interminabili! Misurazioni! Voi... Il vostro Livio e il vostro Erodoto vi forniscono questo tipo di "esperienza"? Potete sperare di esaminare tutto il corso della storia umana e stabilire connessioni dettagliate tra gli eventi, navigando in un mare che nessuno conosce?».

Quel giorno non seppi rispondere al maestro. La mia risposta è nel lavoro di una vita, in particolare nei *Discorsi sulla prima deca di Tito Livio*, ma anche nel mio trattatello *Il Principe*. Nonostante quel che è stato detto, non ho intrapreso questo viaggio per mostrare agli uomini come far trionfare il male, ma per provare che il male trionferà certamente se gli uomini onesti non imparano dal passato. Ora che non sono più utile, e che la mia vita volge al termine, posso dire dinanzi a Dio e all'umanità di aver accettato la sfida che il grande maestro di benedetta memoria mi ha proposto sulla strada di Cesenatico. Perché con il lavoro di una vita ho solcato quel mare sconosciuto e ho indicato la rotta a tutti coloro che verranno dopo di me, in cerca di pace e sicurezza.

Mentre il pomeriggio volgeva al termine, assistemmo a un esempio perfetto della capricciosa malvagità della Natura. Dapprima il cielo si fece di un grigio cupo, abbassandosi come se dovesse crollarci addosso. Poi, assunse una tonalità più chiara, cinerea, e iniziò a cadere una neve abbondante. Il vento ululava, soffiando dal mare. Era come se la mano di Dio avesse deciso di fermare il nostro cammino.

Però, la cortina di neve si apriva di quando in quando, finché riuscimmo a intravedere la città. Cesenatico non aveva niente a che vedere con un porto di mare come Pisa: la cittadina era costituita da poche chiese, depositi, botteghe e palazzi allineati ai lati di un canale che confluiva nel mare. A formare il porto era soltanto la bocca più ampia di quel canale, e qualche banchina costruita lungo una lingua di terra proiettata sul mare.

«Il duca intende costruire un grande porto, qui», disse Leonardo, dando le spalle al vento perché sentissi la sua voce. «Sto progettando di dragare e scavare il canale più in profondità, espandere il porto e apportare migliorie alle fortificazioni, così che queste nuove opere possano essere difese. Poi trasformeremo tutta Cesenatico, così come creeremo una nuova Romagna». Non si stava rivolgendo a me: quelle note da organo da cattedrale si innalzavano direttamente verso Dio.

Non pensavo che il Valentino volesse ancora costruire qualcosa: a mio parere, avrebbe presto abbandonato quell'impero della speranza che aveva costruito solo nelle nostre menti. L'impero di Leonardo vantava città più perfette di quelle immaginate da Platone o sant'Agostino. Il mio impero, invece, era un'Italia difesa da milizie cittadine piuttosto che da criminali mercenari, libera da tirannia e dalle armate straniere, dove regnava giustizia per tutti, a prescindere dal ceto sociale o dalla ricchezza. Ma temevo di essere giunto fino a Cesenatico solo per vagare tra le sue rovine.

«Ecco il sale». Leonardo indicò oltre la riva sinistra del canale, proprio dietro a una fila di depositi. Ero certo che le saline fossero state costruite dai romani, perché erano ordinate in una griglia simile a quella dei campi, con i bordi definiti da piccoli argini, alti pressappoco la metà di me. Le vasche creavano una scacchiera larga e lunga quanto la città stessa; a separarle dal mare erano solo un argine più alto e una duna costiera. I colori dei riquadri spaziavano dal nero, in caso la vasca fosse appena stata riempita di acqua marina, al bianco-neve, laddove l'acqua era evaporata del tutto e il sale era pronto a essere raccolto. Un alto mucchio di sale asciutto, ancora da suddividere in sacchi, si innalzava di fronte a uno dei depositi, ma il suo contorno era reso indistinto dal fitto cadere della neve.

Leonardo si girò a esaminare il mare. «Dobbiamo affrettarci».

Vidi il motivo della sua preoccupazione. Il vento sollevava onde lunghe che le raffiche continuavano a spingere contro la riva; avrebbero presto superato l'argine più alto, all'estremità delle saline, iniziando a inondarle.

Entrammo in città dalla riva sinistra e restammo sulla strada che scorreva davanti ai depositi, con le saline alla nostra sinistra. Dobbiamo aver proseguito fin quasi a raggiungere il mare, perché, nonostante il fischio del vento, si poteva udire il rumore delle onde infrangersi sulla costa. Dietro a un velo di neve, vidi una figura stagliarsi su uno degli argini, con i capelli lunghi e la cappa sollevati dal vento. Avrei potuto immaginare che fosse la moglie di Lot; invece, il mio primo pensiero, altrettanto fantasioso, fu che avevo trovato Damiata.

«Giacomo!», gridò Leonardo mentre correva verso il suo assistente; prima che li raggiungessi, si scambiarono qualche parola. Mentre mi arrampicavo anch'io sull'argine, scoprii che era fatto di un'argilla densa e appiccicosa. Guardai in una vasca, scura come inchiostro cinese. Il vento ne increspava la superficie, ma quelle piccole onde non erano niente in confronto a quelle che ci venivano incontro dal mare, percuotendo la spiaggia in un'esplosione di spruzzi.

«*Cacasangue d'un cazzo!*», gridai, e quasi saltai fuori dalla mia pelle.

Il demone che spuntò dall'acqua nera ai nostri piedi aveva occhi grandi come due sottocoppe e la testa di una locusta gigante, oltre a un'enorme proboscide d'elefante. Se nella vita ho mai creduto che i servi di Satana abitino sotto ai nostri piedi, è stato in quel momento. La creatura gigante si elevò in tutta la sua altezza e iniziò a togliersi la testa da insetto con degli strattoni vigorosi.

«Tommaso!», gridò Leonardo. «L'hai trovato?».

L'assistente di Leonardo, ora di fronte a noi, teneva sotto il braccio l'elmetto provvisto di lenti che prima gli fasciava completamente la testa. «È qui, l'ho preso!». Con la mano libera, Tommaso agitava un grosso sacco di tela.

Mentre Leonardo alleggeriva Tommaso del suo fardello, Giacomo afferrò la proboscide dell'elmetto, che, in effetti, era costituita da due tubi, e la tirò come un pescatore fa con la rete. Con quel gesto, portò sulla terraferma un galleggiante di legno a forma di campana, al quale erano collegati i tubi. Purtroppo, non ebbi modo o tempo di studiare questo dispositivo acquatico, perché Leonardo si allontanò subito, lasciando che i suoi assistenti si occupassero di trasportarlo.

Leonardo ci condusse in uno dei depositi a fianco delle saline. Era un vecchio edificio con un tetto di tegole rosse e ampie porte su ogni lato. In tempi meno difficili, ci si sarebbe aspettati di vederlo pieno di sacchi di sale, ma c'era solo qualche barilotto sparso qua e là. Gli assistenti di Leonardo avevano appoggiato delle assi su due di quei barilotti, per ottenere un tavolo. Tommaso se ne stava in brache e camicia, zuppo, con la pelle quasi bianca e le labbra tendenti al viola.

«Che macchinario è questo?», chiesi a Giacomo, che posava l'elmetto, il galleggiante e i tubi sul pavimento senza riguardo. Supponevo che fosse qualche "invenzione" per convogliare l'aria, in modo da poter rimanere sott'acqua a lungo, come un pesce.

«Non dovete dire niente di questo congegno per le immersioni», mi ammonì Leonardo. «Se si venisse a sapere, potreste mettere un'arma malefica nelle mani di intelletti inferiori. Un solo sciocco potrebbe affondare un'intera flotta». Mentre parlava, il maestro iniziò a svuotare i contenuti del sacco di Tommaso su quel tavolo di fortuna.

I resti erano ancora coperti di argilla; sembravano includere braccia, gambe e costole, oltre a una porzione di cranio. *Non può essere tutto ciò che resta di lei*, mi dissi, incapace di pensare ad altro.

Leonardo si arrotolò le maniche sino al gomito, poi analizzò le ossa l'una dopo l'altra; prima raschiava il fango, poi li studiava da diverse angolazioni. Alla fine, scosse la testa come un medico che avesse appena appoggiato l'orecchio su un petto e sentito il rantolo della morte. «Queste ossa sono molto antiche. È tutto?»

«Sono stato sott'acqua più di un quarto d'ora», disse Tommaso. I suoi denti battevano come le nacchere di una ballerina spagnola.

«Allora dobbiamo immergerci di nuovo». Leonardo mi guardò. «C'è un pozzo in quella vasca: vi hanno scavato il fango, perché è apprezzato per i suoi effetti salutari. Lo abbiamo scoperto quando facevamo i nostri rilevamenti nel porto».

Quindi, quel pozzo era la salina più profonda di Cesenatico. Mi domandavo, comunque, se Leonardo capiva davvero quel che stava dicendo. «Quindi, chiunque vi ha mandato qui sapeva non solo che avete effettuato rilievi nell'area, un fatto di cui presumo molti fossero al corrente, sia a corte, sia in città. Sapeva anche che cosa avete scoperto in particolare».

Leonardo mi rivolse uno sguardo triste. «Lo sapevano tutti. Il rilevamento è stato condotto ad agosto. In quel periodo, mandammo secchi di quel fango salutifero al duca e ai suoi. Inclusi Vitellozzo Vitelli, Paolo Orsini e Oliverotto da Fermo». Si lasciò andare a un sospiro che assomigliava all'ultimo respiro di un moribondo. «Chiunque di loro potrebbe aver…».

Avevamo percorso dieci miglia per raggiungere Cesenatico, ed eravamo ancora a centinaia di miglia dalla verità.

Restammo lì in silenzio, investiti da un ruggito immenso che veniva da fuori, dove il vento e le onde avevano creato un nuovo e terribile strumento musicale. L'acqua invase il deposito, immergendoci i piedi in un pantano gelido.

Gli occhi di Leonardo sembravano vedere una catastrofe molto più grave. Appena l'acqua si abbassò, corse verso la porta aperta. Lo seguii, e fuori mi accorsi che il mare ci aveva raggiunto. Si stava ritirando, quindi la cima dell'argine che separava le saline dal mare era di nuovo visibile; gli argini più bassi che dividevano le vasche, invece, erano completamente sommersi.

«Non potete mandare di nuovo Tommaso là fuori!», gridai.

Leonardo si girò a studiare Giacomo, come per valutare quanto fosse adatto a quel compito. Poi disse: «Qui abbiamo finito. Domani non ci sarà rimasto più niente. Tutto spazzato via dal mare». Sbatté le palpebre per gli schizzi delle onde; si poteva anche pensare che stesse piangendo. «È questo che accade, quando si cerca la Luce Vera».

Ci rifugiammo di nuovo nel deposito, anche se mi resi conto che là dentro avremmo potuto annegare con altrettanta facilità che nelle saline, se le onde si fossero alzate ancora. Leonardo recuperò la sua apparecchiatura da immersione, stringendola tra le braccia come un pastore che tiene la sua pecora morta.

«Avete preso in considerazione», gli chiesi, «che forse state pensando troppo ai vostri rilevamenti e non alle parole esatte che sono scritte su quel bollettino? "Il sale più profondo a Cesenatico"».

Leonardo non mi stava ascoltando.

Proseguii la mia riflessione, perché Tommaso e Giacomo mi guardavano con aspettativa. «Forse non dovremmo cercare la salina più profonda, ma la profondità maggiore del sale stesso».

Leonardo si girò verso di me. I suoi capelli grigi, calce sulla pelle altrettanto grigia, lo facevano sembrare vecchio come Matusalemme. «La profondità maggiore del sale? Dimmi». Era un sussurro, anziché la sua solita richiesta lacerante. «Dimmi, papà. Dimmi».

Capitolo 17

> [...] la prudenzia consiste in sapere conoscere le qualità delli inconvenienti, e pigliare il men tristo per buono.

Mentre conducevo Leonardo e i suoi assistenti al grande cumulo di sale che avevo visto appena entrato in città, il vento era divenuto ancora più selvaggio e mi premeva la schiena come un'enorme mano; la neve scendeva così copiosamente che sembrava ci avrebbe soffocati.

«Non si può sperare di scavarlo!», gridò Leonardo quando raggiungemmo la montagna bianca, che era quasi il doppio della mia altezza. «Ci vorranno molti uomini, e macchinari!».

«Non possono averlo scavato da soli un paio di uomini, allora!».

Leonardo annuì, mentre la neve gli sciamava attorno al volto. «Dobbiamo dividere il perimetro per quattro e girarvi attorno nella stessa direzione». Disse ai suoi assistenti: «Scavate con le mani, alla base, dove il sale è più profondo!».

Il sale era pesante, rappreso e ruvido: le mani iniziarono subito a bruciarmi per il freddo e i tagli. Non mi curavo affatto di quegli inconvenienti, perché ero intento a scoprire cosa era successo a Damiata. Neanche mi accorsi del ruggito crescente; l'acqua mi colpì mentre ero ancora in ginocchio, con un'onda talmente violenta che mi trascinò a due dozzine di braccia.

Leonardo mi sollevò per il colletto e mi tenne in piedi mentre sputavo acqua salmastra. Quando ci affannammo a tornare al cumulo, con l'acqua a metà ginocchia e le correnti che ci afferravano i piedi, vidi che la base si era assottigliata di circa due braccia su ogni lato. Qualsiasi cosa fosse sepolta lì, molto probabilmente era stata trascinata via.

Sentii Giacomo che urlava: «I capelli! L'ho presa per i capelli!».

Mi attaccai a una speranza disperata: *Quella donna potrebbe essere viva. Ha ancora la testa.*

Come posseduto da un demone, lottai con le correnti fino a raggiungere Giacomo, che era sul lato più vicino alle saline, dove la corrente era più forte. Stava in piedi con il braccio alzato, come se sollevasse una lanterna.

La testa mozzata pendeva da un lungo groviglio di capelli. Una donna: il volto scuro come cuoio, la pelle inaridita tesa sul cranio. Le labbra si erano ritirate dai denti, scoperti come una molva salata. Fu una benedizione per me, seppure non per lei, perché vidi che i suoi denti imperfetti non erano le perle adorabili di Damiata.

Il sollievo fu più un senso di torpore che altro. E non durò a lungo.

«Eccone un'altra!», gridò Leonardo. Riuscii a dare solo uno sguardo alla testa oscillante e al volto sul quale aderivano i capelli neri, perché subito gridò di nuovo: «Un'altra! Tommaso! Venite! Niccolò!».

Tommaso giunse per primo, e immerse le braccia nell'acqua. In pochi attimi accanto a lui comparve una testa, come un galleggiante da pescatore. La voltai convulsamente per guardarla in volto, ma vidi solo la pelle terribilmente avvizzita; non riuscii a immaginare un universo nel quale le labbra e gli occhi che avevo baciato solo due giorni prima si fossero trasformati così rapidamente.

Agitai le braccia nell'acqua torbida e iniziai a scavare il sale come un pazzo; qualcosa di simile ad alghe mi toccò le braccia. Mi avvolsi quel viticcio attorno alla mano e tirai con forza. La testa saltò fuori come una mela dal barile. Mi parve che mi stesse guardando, anche se le palpebre raggrinzite erano completamente chiuse. I denti scoperti erano quasi perfetti. Mentre cercavo di identificarla, mi domandai se sarei stato in grado di riconoscere Damiata, se l'avessi trovata. E se sarei riuscito a recuperare la ragione, in quel caso.

Continuammo la nostra esplorazione per quel che mi sembrò un secolo di orrori, sebbene può darsi che, in realtà, fossero solo pochi minuti. «Ne abbiamo cinque!», Leonardo gridò, tenendole per i capelli come un condottiero barbaro che metta in mostra i suoi trofei.

Mi alzai, e feci un po' di calcoli. Le cinque teste erano le streghe massacrate, più la povera Camilla. Se la mano che avevo trovato sul tavolo della mia stanza implicava una sesta vittima, come era molto probabile, la sua testa poteva essere ancora nella montagnola.

«Scatole! Qui ci sono delle scatole!».

Mi feci strada verso Tommaso, che stava cercando di raccogliere varie scatole di legno ondeggianti, della dimensione di una bara da bambino; mi era persino difficile pensare che non lo fossero veramente. Lo aiutai ad afferrarne una, ma le altre furono risucchiate in mare. L'acqua si alzò improvvisamente attorno a me, così, per evitare di essere portato via dalle onde, mi aggrappai a una sporgenza dura, di sale compatto. Ne frantumai un pezzo abbastanza largo da permettere all'acqua di riversarsi all'interno e portare via altri pezzi più grandi.

Come uno sciame di vespe che volano fuori dal nido, dozzine di meloni scuri si riversarono nell'onda; alcuni vennero trascinati via, altri mi colpirono le braccia e il petto. Mentre li respingevo, sentii i capelli aggrovigliati e la pelle rugosa come un fico secco, ancor prima di vedere i denti scoperti e le orbite affossate.

«Ne ha uccise molte più di cinque!», gridai nel vento. Ed evidentemente l'aveva fatto per molto tempo, perché queste teste erano molto più avvizzite di quelle delle vittime recenti.

La testa mi girava. Sapevo che quel macellaio era sempre stato spinto dalla sua natura malvagia, ma non avrei mai immaginato di scoprire il macabro e brutale archivio storico di un uomo inconsueto.

Leonardo seguì con occhi disperati gli spaventosi relitti riversarsi nel mare.

«Dobbiamo andare sul terreno sopraelevato, adesso!» gridò, e iniziò subito a muoversi, trascinando con sé la sua raccolta raccapricciante.

Sollevai gli occhi e vidi un'onda che si sollevava di due braccia sulla superficie dell'acqua. E ci veniva incontro alla velocità di un destriero.

Dopo, ricordo solo di essere stato sollevato e di aver ruotato su me stesso, mentre gli occhi e le narici mi bruciavano. L'onda accelerò la mia corsa di almeno cento passi, finché caddi al suolo come una conchiglia vuota. Affondai le mani nella creta bagnata e mi aggrappai con forza, perché sapevo che se fossi stato trascinato verso il mare, avrei potuto sparire per sempre.

Alla fine, l'acqua lasciò la presa. Mi rialzai e mi misi a correre verso la neve accecante, con il vento alle spalle come unica certezza che stessi correndo dalla parte opposta rispetto al mare. Non capii di aver raggiunto una zona sicura fin quando non mi trovai ad arrancare tra i detriti non ancora toccati dalle onde divoranti.

Mi fermai a guardarmi attorno, ma non vedevo a un palmo dal mio naso. «Maestro!», chiamai, stupito di come la neve mi avesse attutito la voce, quasi avessi gridato in un cuscino.

Sembrava che avessi perso i miei compagni. Non potevo tornare a Cesenatico, perché poteva essere sommersa dall'acqua. Pensai che la mia salvezza sarebbe stata incappare in una delle baracche o fattorie che avevo visto avvicinandomi alla città. Avrei dovuto fidarmi dell'infida Fortuna e sperare di trovare un riparo prima di perdere la sensibilità degli arti e arrendermi alla neve.

Mentre avanzavo nella tormenta, iniziai ad avere una visuale un po' migliore, il che non mi confortava molto. La bufera non era solo un manto gelido, ma un oceano di neve fluttuante. A volte immaginai persino di vedere dei leviatani scuri che mi nuotavano accanto, ma di certo erano soltanto nugoli più densi di neve spinti dal vento.

Per un istante, una di queste visioni prese una forma riconoscibile. Gridai: «Maestro!».

Il fantasma che correva verso di me era indubbiamente un uomo.

«Tommaso!», gridai, pensando che si fosse messo di nuovo l'elmo da immersione: non sarebbe stata un'idea troppo stupida, vista la situazione. Ma poi mi ricordai che lo strano costume di Tommaso era rimasto nel deposito.

Dalla coltre di neve emerse un volto. Una barba bianca da capra. Il naso lungo di un cavallo, e una criniera chiara. Al centro della fronte, un solo corno, nero.

Licorn. Unicorno. La parola che avevo sentito un istante prima che finisse il nostro *gévol int la carafa*. Non era una parola d'ordine. La maschera che avevo solo intravisto quella notte, e che Giacomo aveva scorto in lontananza, non era il volto caprino del diavolo, ma piuttosto un demone cornuto in parte capra e in parte cavallo. L'unicorno, simbolo di purezza e passione indomita, era stato snaturato in una maschera di ferocia indicibile. *Licorn* era il nome che un "gioco" terrorizzato di streghe e maghi aveva dato all'apprendista del diavolo.

L'unicorno era armato dello strumento principe della sua mostruosa attività, un'arma più simile a una spada che a un coltello, curva come la scimitarra di un turco. Non era il coltello decorato che Oliverotto da Fermo aveva mostrato in precedenza, ma la statura dell'uomo che la brandiva (per tacere dell'enorme mano che la impugnava) era talmente simile a quella del signor Oliverotto che solo uno sciocco sarebbe rimasto ingannato dalla maschera.

«Signor Oliverotto!», gridai nella tempesta. «Ho visto la vostra collezione di teste! È questo che ci avete chiamati a vedere?».

Quando fu abbastanza vicino da sventrarmi con un solo colpo, si fermò. Un altro uomo stava comparendo dietro a lui, come se il turbinio di neve si stesse compattando per dargli forma.

D'improvviso, buttai fuori il respiro; il cervello mi informò che la scimitarra mi aveva colpito alle costole con tanta forza che avevo espulso tutta l'aria dai polmoni. Fu altrettanto strano che, nonostante il sibilo della tempesta, avessi sentito nitidamente il mio mantello strapparsi mentre la lama lo squarciava.

Sdraiato sulla schiena, guardavo la maschera da unicorno, mentre la neve mi copriva come la cenere della mia stessa pira funebre.

Capitolo 18

> [...] quelli [...] che sono più propinqui alla Chiesa romana, capo della religione nostra, hanno meno religione.

Il mio aggressore si piegò su un ginocchio, accanto a me, e sollevò la spada in modo da falciarmi il collo. Vidi lampeggiare davanti a me dei ritratti in miniatura, quasi illuminati da lampi; mamma e papà, la piccola cara Primerana, le mie sorelle, persino Marietta, una visione della quale fui stranamente grato, come se fosse un modo per scusarmi con lei prima di morire. Però, nell'ombra, mi soffermai soprattutto su Damiata. Mi sussurrò che, quando avessi raggiunto la riva lontana, mi avrebbe rivelato i segreti della mia stessa anima.

Il corpo dell'unicorno e la lama scesero su di me con un solo movimento; chiusi gli occhi, per non vedere la mia stessa morte.

Sentii solo un enorme peso sul petto.

«Siete vivo, messer Niccolò?». Qulle parole sembravano scese dal cielo.

Giacomo era in piedi accanto a me.

Il mio aggressore si lamentava, il suo corpo rabbrividiva sul mio. Giacomo si chinò a prendere qualcosa dall'immensa schiena della creatura. Ne estrasse un coltello, ma non vidi se era insanguinato. Quando l'unicorno tossì, sentii che i suoi polmoni erano pieni di liquido. Iniziò a gorgogliare un'Ave Maria.

Con l'aiuto di Giacomo, mi liberai del peso quasi morto che mi opprimeva. Quando mi rimisi in piedi, barcollando, mi accorsi di essere illeso: forse l'assalitore mi aveva colpito con una spalla, o col braccio, mentre la lama mi aveva solo strappato il mantello. In ogni caso, l'assistente sbadato di Leonardo mi aveva salvato la vita.

«Quest'uomo è ancora vivo!», gridai. Volevo strappargli la maschera e usare la sua stessa scimitarra, se necessario, per scoprire cosa aveva fatto a Damiata.

«Il maestro è lassù!». Giacomo indicò un punto indefinito nella tormenta.

Decisi che avrei consegnato quel macellaio a Leonardo; avrebbe saputo come svuotargli la gola dal sangue per ottenere la sua confessione. Giacomo e io afferrammo l'unicorno dagli abiti e iniziammo a trascinarlo su un declivio che sembrava più ripido a ogni passo. Iniziai a sentire la disperazione di Sisifo, condannato a spingere il suo fardello sulla cima di un monte per l'eternità; avevo gli arti completamente congelati. Se la nostra atroce zavorra non avesse emesso un gemito di tanto in tanto, lo sforzo mi sarebbe sembrato inutile.

All'improvviso, Giacomo si gettò in avanti, tra la neve. Prima di avere il tempo di chiamarlo, lo vidi battere alla porta nebbiosa di quel che pareva lo spettro di una casa. Quasi subito, svanì all'interno.

Giunto sulla stessa soglia, mi trovai di fronte a un miracolo. La sala da pranzo di un contadino, riscaldata da un caminetto fumante, con davanti un tavolo cosparso di offerte natalizie: salsicce, tordi arrosto, pane, fagioli e polenta. L'agricoltore e sua moglie non si vedevano (forse non volevano più essere importunati dai rifugiati imolesi), ma i defunti erano senz'altro arrivati a cibarsi. Leonardo era inginocchiato sul pavimento accanto al tavolo, con il suo raccolto di meloni, le cinque teste, che lo circondava. Stava mettendo le dita nella bocca spalancata di una di quelle terribili teste, che parevano di cuoio, quasi credesse di trovarvi qualcosa nascosto, forse un messaggio dell'assassino. Anche Tommaso era impegnato: stava forzando il coperchio della scatola di legno che aveva recuperato.

«Ho qui il responsabile della loro morte», dissi, trascinando l'unicorno attraverso la soglia, con la neve che soffiava all'interno. «Avrebbe preso una nuova testa, se Giacomo non mi avesse salvato. Sono in debito con lui per la vita». (Un debito che messer Giacomo si assicurò che pagassi, ma questa è tutta un'altra storia, e riguarda quella strana faccenda del ritratto della Gioconda).

Leonardo si chinò accanto al nostro prigioniero e ascoltò un'altra Ave Maria gorgogliata. Mise le dita sul collo della bestia, senz'altro per sentirne le pulsazioni, e trovò un laccetto; tirandolo, estrasse un sacchettino rosso di pelle.

Misi subito le dita in quel sacchetto per incantesimi e ne estrassi il contenuto: soltanto tre campanellini opachi, ammaccati e di forma quadrata. Tintinnarono leggermente, mentre li esaminavo. «Campanelli da strega», dissi. «I fittavoli di mio padre li portavano addosso, perché credevano che le streghe si sarebbero fermate a contare ogni scampanellio, distraendosi così dal loro proposito crudele». Mi percorse un brivido che mi fece battere i denti. Quelle campanelle avevano annunciato a Damiata, a me, così come alle povere vittime la sgradita compagnia dell'apprendista del diavolo. O forse del diavolo in persona.

«Dobbiamo togliergli la maschera, prima che soffochi», disse Leonardo, che ora esaminava quella maschera a elmetto, ancor più realistica alla luce: era stata ricavata combinando la pelle bianca di uno stallone con la barba di una capra e il corno di un'antilope. «È fatta abbastanza bene da ingannare la Natura stessa», disse il maestro in tono di ammirazione.

Chiesi a Giacomo: «Potrebbe essere la stessa maschera che avevate visto nei boschi quel giorno?».

Dopo un po', Giacomo annuì a fatica. «Abbastanza simile al diavolo, vero?».

Leonardo ci guardò, prima di sfilare abilmente la maschera dalla testa del moribondo.

Restammo tutti senza fiato.

«Nessuna faccia». Giacomo ripeté le parole di alcune notti prima, quando avevamo incontrato... sempre quell'uomo.

E la descrizione di Giacomo non era meno adatta di quanto non lo fosse stata quella notte. La Natura sembrava aver dato all'unicorno solo un abbozzo di viso, poiché il resto era una cicatrice rosa e bianca, con due granelli al posto degli occhi, due fessure al posto del naso, e una terza fessura come bocca. La carne straziata sembrava meno livida di quanto ci si potesse aspettare, dal momento che era ricoperta dal residuo luccicante di qualche tipo di polvere chiara.

«Credo che sia pietra di luna», dissi; vicino a Imola c'erano delle vene di questo minerale luminoso. «Sembrerebbe che le due maschere, in effetti, siano una sola. A volte, quest'uomo portava la maschera da unicorno, a volte mostrava semplicemente il suo volto annientato, coperto di quella polvere, come una prostituta che nasconde la sifilide dietro uno strato di belletto».

Mi inginocchiai al suo fianco, ansioso di spegnere la scintilla di pietà che provavo per la sua deformazione. «Che ti è successo?».

Volse lo sguardo verso di me, due grani di pepe neri e privi di palpebre e sopracciglia. Mi rispose in italiano corretto, con solo un lieve accento romagnolo, mentre il sangue gli schiumava dalla fessura della bocca. «Sono stato... girato... sul fuoco». Stranamente, sembrava fiero di quel supplizio e del suo terribile risultato. «Per salvarmi... l'anima».

«Quando un bambino nasce podalico», disse Tommaso, «da queste parti le levatrici lo legano a uno spiedo e lo girano sul fuoco per tre volte. Altrimenti, si darà alla stregoneria».

«Quegli idioti creduloni sono solo riusciti a bruciarlo come una balla di fieno», disse Leonardo con una smorfia di disprezzo.

Guardai di nuovo la macabra mietitura dell'unicorno, per essere certo del mio calcolo. «Hai portato un'altra testa di donna a Cesenatico negli ultimi due giorni?». Leonardo aveva detto che la mano era stata tagliata in quell'arco di tempo.

Mosse la testa da una parte all'altra. «Tre settimane...fa. Due streghe... di Imola».

Sentii riaccendersi la speranza; era evidente che *zeja* Caterina e la sua complice erano state le ultime due. Dovetti chiedere conferma: «La mano che hai lasciato nella mia stanza. Dove l'hai presa?»

«Imola... la strega... l'abbiamo tenuta... nella neve».

Le labbra di Leonardo fremettero. Non aveva preso in considerazione che la mano potesse essere stata sepolta nella neve; forse aveva anche dimenticato di non aver ancora recuperato tutti i pezzi dei corpi delle ultime due streghe.

Mi pervase un grande senso di sollievo. Anche se il destino di Damiata era ancora un'incognita, avevo ragione di pensare che, almeno, non fosse stata massacrata dal mostro. Tuttavia, dovevo ancora arrivare alla cruda verità. Afferrai la mascella della bestia con tanto impeto che le mie dita avrebbero potuto trafiggergli le cicatrici; sentii che, in tanti anni, la sua pelle non si era ispessita in callosità, ma era liscia e sottile al tatto come quella di una rana. «Hai detto "l'*abbiamo* tenuta", al plurale. Chi è l'altro?».

Quell'essere volse lo sguardo verso Leonardo. Non so come quella fessura sanguinante potesse accennare un sorriso, ma lo fece. Comunque, non cercò neanche di rispondere.

Chiesi: «Vuoi un prete?». Non che fossimo preparati a trovarne uno, ma speravo di potergli offrire quella salvezza illusoria in cambio di una piena confessione.

Uno zampillo di sangue gli uscì dalla bocca. «Sono io… un prete».

Ci eravamo abituati all'indegna depravazione dei curati di campagna, per non parlare della Curia Vaticana, ma la vocazione di quell'uomo lasciò basito anche me.

«Ecco spiegato perché fosse del tutto libero di vagare in campagna per portare a termine i suoi orribili incarichi», dissi a Leonardo. «Godeva dell'autorizzazione di Dio e del permesso del diavolo allo stesso tempo. Il maestro di bottega ha scelto bene il suo apprendista». I contadini sapevano che, anche se avessero denunciato i crimini di quel prete alle autorità, sarebbe stato soggetto solo alle leggi canoniche.

La Chiesa era molto zelante nel punire gli ecclesiastici per eresia, ma quando i preti rubavano, stupravano o uccidevano, lasciava spesso che continuassero a svolgere le loro attività, indisturbati; per giunta, quelli spesso si vendicavano di chi li aveva accusati, senza timore di essere perseguiti.

Leonardo scosse la testa, disgustato. «Queste sono le conseguenze, se la Chiesa non riconosce il male dentro di sé».

«Maestro». Facendo leva, Tommaso aveva finalmente sollevato il coperchio inchiodato sulla piccola bara di legno. La stanza era già piena dell'odore del cibo e della pelle salata, ma mi raggiunse comunque un profumo di zibetto e rose appassite.

Tommaso estrasse il contenuto odoroso della scatola; un barattolo delle dimensioni di una bottiglia, di vetro trasparente veneziano, con l'imboccatura sigillata dalla cera. Era pieno di un liquido ambrato in cui sembravano nuotare numerosi gusci di vongola, grandi quanto un'unghia di pollice e quasi tutti di un colore rossastro tendente al grigio.

Leonardo prese subito lo strano recipiente dalle mani del suo assistente e lo sollevò accanto alla lanterna più vicina: lo guardava come se contenesse davvero il diavolo.

«Cos'è, maestro?»

«Capezzoli. Umani». Leonardo si voltò verso di me. «Capezzoli femminili, almeno una sessantina».

Dovetti appoggiare le mani sulle ginocchia. In ogni omicidio che avevo visto, sia all'uliveto, sia nel seminterrato di Leonardo, dal seno altrimenti intatto erano sempre stati rimossi i capezzoli. Sapevo abbastanza dell'omicida per essere quasi certo che fossero stati tagliati prima della morte. «Almeno una sessantina», aveva detto Leonardo. Quindi, almeno trenta donne avevano subito quel massacro.

Mi chinai e sussurrai all'orecchio del mostro: «Le scatole. Le riempivi tu?».

Tossì sangue e scosse il capo. «Io... le sotterravo... soltanto».

Gli credevo. Sollevai lo sguardo verso Leonardo e gli dissi: «Maestro, quelle teste avvizzite. Da quel poco che avete visto, è possibile che le donne siano state uccise più o meno nello stesso arco di tempo?».

Visto che avevo rinnovato la mia fede nella *sua* scienza, Leonardo sembrava quasi grato. «A giudicare dalle apparenze, è possibile supporre che tutte quelle teste siano state disgiunte dal corpo in un breve arco di tempo». L'errore commesso in precedenza lo rendeva ancora cauto. «Mostravano tutte un'analoga galleggiabilità. Ma non possiamo esserne certi».

«E a quando presumete che risalga quell'arco di tempo?»

«Dovrei azzardare un'ipotesi». La parola "ipotesi" sembrava avergli lasciato un gusto amaro in bocca. «Preservate nel sale... post mortem... Direi molti mesi».

«Anche un anno o due?»

«Non sarebbe un errore supporlo».

«Erano quasi tutte, se non tutte, teste di donna?». Così mi era sembrato, a giudicare da capelli, dimensione del cranio e quel che avevo percepito dei tratti deformati. Ma avrebbero potuto essere dei ragazzi.

Leonardo si limitò ad annuire, brontolando il suo assenso.

Avevo sentito abbastanza. «Maestro», dissi rapidamente, «i capezzoli in quel barattolo maledetto corrispondono in numero alle teste che si sono rovesciate fuori dalla montagnola di sale. Credo che siano i resti di crimini avvenuti ancor prima che questo essere divenisse l'apprendista del diavolo. Inoltre, sono convinto che queste donne siano state uccise a Capua, circa diciotto mesi fa». Quindi, quella parte del testamento di Ramiro da Lorca corrispondeva a verità, come del resto avevo sempre pensato. L'assassino era stato a Capua, dove aveva perfezionato la sua arte brutale.

Mi rivolsi di nuovo a quella creatura, chiedendogli di rispondere a varie domande. «Chi ti ha dato le casse che hai sepolto nel sale?».

Agitò solo un poco il capo.

Affrontai la questione in modo più indiretto. «Quante donne l'hai aiutato a uccidere?»

«Cinque», disse in un sospiro, come fossero state le sue amanti. Ero certo che si riferisse alle cinque vittime più recenti. «Prostitute!». Sputò fuori quella parola con impeto, spruzzando sangue. «Prostitute… del diavolo. Tutte».

Non potevo fare a meno di ripensare alla folle brutalità con cui aveva infierito sulla povera Camilla. Forse, il maestro di bottega aveva fatto credere a quel pazzo che le amanti del diavolo meritavano di subire i tormenti dell'Inferno mentre erano ancora in vita.

«Dunque, è stata opera di Dio». Mi si strozzavano le parole in gola, ma dovevo cercare di entrare in quella mente malata.

Di nuovo quel sorrisetto diabolico.

«Ma ho visto la tua opera, quando il maestro è assente. Un'imitazione scarsa».

Gli uscì sangue da quel moncone con le narici a forma di branchie. Prima che morisse, volevo almeno riuscire a ottenere vendetta per Camilla.

«La donna che hai ucciso a Palazzo Machirelli non era una strega, qualsiasi cosa ti abbia detto il tuo padrone», dissi. «Il Signore lo sa». Sentivo il sangue che gli schiumava dalla bocca. «Ma con il tuo padrone assente, non sei stato in grado di fermarti. Hai massacrato un'innocente. E per aver ucciso una donna buona stai per andare all'Inferno, a soffrire tormenti ben peggiori dei suoi, ogni ora di ogni giorno, per tutta l'eternità».

I suoi occhi vagavano disperati. Non era una punizione adeguata, ma mi assicurai che lasciasse questo mondo terrorizzato di finire all'Inferno.

«Perché l'uomo che ti ha mostrato la strada per l'Inferno dovrebbe vivere bene e a lungo, mentre tu sarai l'unico a finire nell'abisso? Dimmi, chi era il tuo padrone?».

La sua gola emise un gorgoglio.

«Ti voglio aiutare. Era Oliverotto da Fermo? Vitellozzo Vitelli? O entrambi ti hanno esposto a tutto questo? Quei grandi signori rideranno della tua morte e solleveranno i calici al tuo tormento eterno».

Il vento sibilava alla porta. Dante narra che si può dire solo la verità nel regno di Satana; sembrava che quel demonio sentisse le mie domande da un orecchio, e le grida dei dannati dall'altro. «*Speja*».

Pensai che avesse detto *zeja*. «Una strega?»

«Spia», tradusse, sputando sangue.

«Che spia?».

Avvicinai l'orecchio alla sua bocca. Le sue ultime parole furono un sibilo, non molto diverso dal suo ultimo respiro, che arrivò subito dopo. Non ero certo di aver capito.

Leonardo mi guardò con impazienza febbrile, tanto che pensai mi avrebbe urlato il suo: «Dimmi! Dimmi!». Invece, si rivolse a me in tono asciutto e pacato, come se avesse appena visto morire un parente, e mi chiese: «Qual è il nome?»

«Non mi ha detto un nome», dissi. «Le sue ultime parole sono state: "Lui guarda"».

«Lui guarda», ripeté Leonardo come un bambino un po' lento.

In quel momento vidi il volto di Oliverotto da Fermo sul bastione, a Cesena, con il capo leggermente piegato e gli occhi che sembravano penetrare l'anima del Valentino. Lo guardava, credo, per cercare il suo punto debole.

Decisi di buttare fuori il corpo dell'unicorno e lasciarlo là sulla pianura ghiacciata, nello stesso modo in cui lui aveva gettato i resti delle sue vittime. Non chiesi aiuto, ma domandai a Giacomo di rimanere sulla soglia e gridare: «Siamo qui!», a intervalli regolari, fino al mio ritorno.

Ero spinto da una rabbia che non avevo provato nel veder morire quell'animale; così, in poco tempo trascinai il corpo per varie dozzine di braccia. Sentivo ancora Giacomo, in lontananza. Mi resi conto, però, che ero stato uno sciocco a non perquisire gli abiti del mostro: avrei potuto trovare qualcosa che mi dicesse di più del suo padrone. Mi inginocchiai e lo esaminai con cura, cercando anche nei gambali e nelle scarpe; trovai solo qualche ducato nella fodera del mantello. Per quanto fossi bisognoso di denaro, non volevo quei soldi, e glieli lasciai per Caronte.

Quando mi rialzai, il vento freddo mi colpì come un mattone. A un tratto, il turbinio di fiocchi di neve sembrò di nuovo assumere forma solida; mi domandai se Giacomo mi avesse raggiunto dalla fattoria.

Ma non si trattava di un essere umano. Avevo appena vinto un mostro mitologico per ritrovarmi subito in pericolo di vita, per l'attacco di un altro?

«Ce n'è soltanto uno», sussurrai, anche se, ovviamente, quella cosa non mi poteva sentire.

Capitolo 19

[Fortuna] sopra un palazzo d'ogni parte aperto
regnar si vede, e a verun non toglie
l'entrar in quel, ma è l'uscir incerto.

Vidi soltanto il profilo confuso di un uomo, che pareva avesse le zampe anteriori di un cavallo: se qualcuno aveva realizzato con tanta abilità la maschera da unicorno, poteva esser riuscito a dar forma anche a un centauro molto realistico. L'illusione svanì solo quando l'enorme destriero si ribellò al morso, scuotendo la testa da una parte all'altra.

Non mi resi neanche conto degli uomini alle mie spalle.

All'improvviso, mi infilarono un cappuccio in testa e mi legarono i polsi con forza dietro la schiena. Fui issato in sella e un istante dopo eravamo già partiti. Non avevo staffe o briglie, né le mani libere per afferrarmi alla criniera, quindi tutti i miei sforzi erano concentrati a rimanere sul cavallo.

Non è neanche immaginabile: trovarsi su un cavallo al galoppo con il solo appoggio delle gambe, legato e incappucciato, completamente cieco in un mondo dove niente sembrava quel che era. Con il cuore in gola mi chiedevo: *Perché non mi hanno ucciso*?

Da allora ho passato notti peggiori, soprattutto nel carcere delle Stinche; anche in quel caso mi legarono le mani dietro la schiena, poi passarono la corda sopra un'asse e mi sollevarono. Mentre le giunture si rompevano con uno schiocco, mi dissero che sarei rimasto nel tormento di quella posizione finché non avessi fatto il nome di uomini innocenti; se mi fossi rifiutato, mi avrebbero tagliato la testa. Ho lasciato quella prigione senza rompere il silenzio e senza intaccare il mio onore, ma le spalle mi dolgono ancora ogni inverno.

Quella notte fu già abbastanza atroce per un giovane che ha ancora paura della morte. A darmi coraggio, la vaga speranza suscitata dalle parole di una creatura che strisciava già nella melma fetida dell'Inferno. *Damiata è viva*.

Per più di un'ora ci dirigemmo verso l'entroterra, almeno a giudicare dai venti; forse stavamo tornando a Cesena. Ebbi modo, quindi, di valutare la situazione, o, se non altro, di mettere insieme alcuni dei pensieri che vagavano nella mia mente come rondoni. L'unicorno, oltre ad almeno un uomo a cavallo (da quel che aveva detto Ramiro) mi avevano seguito quando mi ero recato in pianura con Damiata; l'unica possibilità era che, questa volta, mi avessero seguito durante la spedizione con Leonardo. Non sapevo se l'unicorno e i cavalieri agissero di comune accordo; soprattutto, mi era ancora più oscuro dove mi stessero portando, e perché.

Svoltammo all'improvviso, e sentii che la tempesta ci sferzava le spalle. Non avvertii altre variazioni nel tratto di strada, quindi immaginai di essere su via Emilia, oltre Cesena, diretto a sud come la Bora.

Procedemmo su quella strada per varie ore, ma in quelle condizioni mi sembrarono giorni. Dopo aver cambiato cavallo come i messaggeri, iniziai a sentire di nuovo il rumore delle onde che sovrastava quello del vento. Ne dedussi che dovevamo essere arrivati all'altezza di Rimini, dove la via Emilia scorre lungo la costa. E, in effetti, l'odore del sale si mischiava a quello della neve.

Dopo un altro periodo di tempo infinito, almeno il cielo iniziò a schiarirsi; dovrei dire, piuttosto, che il mondo racchiuso nel mio cappuccio si illuminò un po'. Fui in grado di fare una stima approssimativa dei tempi, e calcolai che a quel passo dovevamo aver superato Pesaro, che contrassegnava il confine meridionale dei domini del Valentino. Il territorio a sud di Pesaro era occupato dai condottieri e dalle loro truppe.

Non mi serviva una mappa, e neanche la vista, per ipotizzare che alla fine del percorso avrei trovato quasi certamente un uomo dalla natura insolita e spaventosa, che ci aveva disorientati con i suoi giochi crudeli e orribili.

Circa un'ora dopo aver percepito il chiarore dell'alba, svoltammo ancora in direzione della costa. Iniziò un saliscendi di colline, ma anche in quel caso si procedeva abbastanza in linea retta; pensai, quindi, di essere sulla via Flaminia, che ha origine a Fano, il termine costiero di un'altra strada degli antichi romani.

Alla fine, sentii delle grida davanti a noi. Girammo di nuovo, per imboccare una strada lastricata molto scoscesa, il che mi fece pensare di essere entrato in una città. Quando ci fermammo e mi fecero scendere da cavallo, non riuscivo a stare saldo sulle gambe; caddi, suscitando grandi risate, che però erano comunque meglio dei calci alle costole. Mi sollevarono in piedi, tra i ceffoni, e mi costrinsero a salire una scala, dopodiché avanzai tra quel che penso fosse una serie di logge e corridoi; c'era odore di polvere da sparo. Iniziai a tremare, anche se dal giorno prima non mi ero mai sentito meno infreddolito.

Ci fermammo in una stanza che odorava di umidità e di vino, come la cantina di un vinaio. Ma era ancora più forte l'aroma dei profumi costosi, quindi capii subito di trovarmi alla presenza di alcuni dei grandi signori d'Italia. Anche il mio odore aveva fatto colpo, perché qualcuno disse: «Puzza di pesce».

Mi fecero sedere e mi tolsero il cappuccio. Luci e ombre mi fluttuavano attorno in onde marroni e gialle, quasi fossi immerso in un fiume fangoso. Quella luce tremolante veniva dalle fiamme di un camino in muratura, largo abbastanza da contenere una guardiola; ne sentivo il calore sul viso. Il soffitto era attraversato da immense travi di quercia antiche. Ero seduto poco distante dal camino, in compagnia di tre uomini e una donna, a un tavolo cosparso di carte da primero e calici d'argento.

La prima sedia era occupata da Vitellozzo Vitelli, una sorta di cardinale su un trono decorato di nappe di seta e pomelli di ottone. Sulla camicia di lino indossava solo una pettorina di raso, che metteva in mostra il suo torace, largo quanto un barile, e le braccia grosse come tronchi d'albero. Non lo vedevo da tre anni, da quando il nostro governo lo aveva assoldato per aiutare il fratello Paolo nella campagna contro i ribelli di Pisa. A quei tempi, era considerato un uomo dalla forza proverbiale, come si poteva intuire dal collo, più largo della testa, e dalla mascella da cavallo, se non da mulo. L'aspetto di Vitellozzo, però, era cambiato: il viso possente era gonfio, l'osso protruso della fronte lo faceva sembrare una scimmia, e i capelli corti che gli circondavano la carne sovrabbondante sembravano un berretto da ragazzino. Le palpebre erano talmente calanti e gonfie, che si poteva pensare fosse in preda al sonno.

Seduto alla destra di Vitellozzo c'era Paolo Orsini, riguardoso come un garzone. Come aveva detto Damiata, neanche quel satiro tozzo dalle labbra tumide e dagli occhi cadenti portava bene i suoi anni. Il terzo uomo e il signor Paolo erano separati da una donna, sicuramente una "cortigiana onesta", molto probabilmente veneziana; era bionda e bellissima come le Grazie del Botticelli. Non la conoscevo, anche se avrei voluto conoscerla. L'uomo alla sua destra, invece, mi era certamente familiare.

Oliverotto da Fermo era vestito come se avesse appena finito le esercitazioni militari: portava un copricapo da cavaliere in velluto e una cotta di maglia appena verniciata. I suoi occhi vagavano in modo apparentemente casuale ma attento, come se cercasse un dettaglio che potesse tradirci tutti.

Mi accorsi che, con il mio arrivo, avevo interrotto una mano di primero. Vitellozzo sollevò l'angolo di una carta e sbirciò sotto. «Che vada a farsi fottere. Figura», disse in un grugnito simile al romagnolo. «Devo sperare in un *coro* o posso lasciare adesso?». Sospirò in modo teatrale. «Sapete che hanno fatto i fiorentini?». Indirizzò la domanda al tavolo, con la voce che non aveva più il piglio da attore. «Sono talmente codardi di natura che invece di inviare al duca Valentino un ambasciatore, gli hanno inviato questo segretariuccio. Meglio che per i loro peccati muoia questa pulce, piuttosto che qualche ricco mercante con la villa in Mugello; vale a dire, uno di quei codardi rompicoglioni che hanno perso Pisa, poi smaniavano tanto per dare la colpa a qualcun altro da uccidere mio fratello, piuttosto che ammettere la loro incompetenza. Quei codardi *cacasangue* di Firenze, con la spina dorsale che gli basta appena a sollevare i coltelli da portata per difendere la loro cosiddetta Repubblica, sono usciti tutti a celebrare il martirio di mio fratello. Dove eravate quella notte, messer Macchia?».

Aveva usato il soprannome con cui un tempo mi chiamavano affettuosamente gli amici (e, ultimamente anche i nemici), "Macchia". Vitellozzo Vitelli si sbagliava se pensava di farmi passare da codardo, perché avrei nominato il nome di Dio invano, piuttosto che lasciar correre un insulto al nome di mio padre.

«Abbiamo perso Pisa perché vostro fratello ci ha tradito», risposi. «Abbiamo perso Pisa perché vostro fratello attese due giorni che la breccia nel muro venisse richiusa, poi ritirò le truppe, dichiarando di non poter attaccare se le difese della città erano intatte. Abbiamo perso Pisa perché vostro fratello era un codardo, oppure un traditore, scegliete voi». Per un istante, vidi la testa di Paolo Vitelli, tutta luci e ombre, illuminata dall'unica torcia della piazza buia, con il sangue nero che scorreva lungo il collo. «E io ho gridato le mie lodi alla giustizia di Dio, quando il boia ha sollevato la testa di vostro fratello».

Mi ero già preparato all'idea di morire per quelle parole e, in qualche fantasia ingenua, pensavo che la Repubblica avrebbe commemorato il mio coraggio. Ma Vitellozzo non si alzò neanche dal suo trono da cardinale. «Forse vi lasceremo vivere, messer Macchia, perché vediate i Vitelli penetrare prima a Firenze, poi le vostre donne». Aveva lo sguardo così assonnato che sembrava stesse per addormentarsi. «O forse no». Sollevò l'angolo di un'altra carta. «Ma va' a farti fottere, un'altra figura».

Dopo che Vitellozzo finì di rimpiangere il fratello defunto (e le sue carte), Oliverotto vinse la posta in gioco con solo un quaranta. Prima che fossero distribuite di nuovo le carte, Vitellozzo prese un fagotto dal grembo. Lo gettò in mezzo al tavolo, quasi fosse la posta per la mano successiva. Riconobbi subito il libro sottile, rilegato in cuoio unto e macchiato. Non mi sorprese molto trovarlo là.

«Non è granché, vero? Eppure mi domando se qualcuno di voi potrebbe permettersi di giocarselo». Vitellozzo fece un cenno col capo a Paolo Orsini. «Forse tu, Paolo. Noi Vitelli abbiamo messo al sicuro le ricchezze della tua famiglia da chi voleva strappartele». Naturalmente, intendeva il papa.

Il signore della guerra Orsini, tutto agghindato, non poté sostenere lo sguardo di Vitellozzo, come se il custode delle sue ricchezze lo spaventasse più dell'idea di perdere tutto.

«E tu, Liverotto, dovresti uccidere qualche altro zio. O vendere i capelli a un negozio di parrucche». Le dita a salsicciotto di Vitellozzo mimarono il gesto di accarezzare delle lunghe trecce immaginarie. Alzò un sopracciglio e fece un sorriso tirato all'uomo che aveva educato sin da bambino; l'espressione di un padre severo, abituato a prendersi gioco del figlio.

"Liverotto" accolse quell'espressione con una ancor meno gioviale, anche se sembrava stesse solo spostando il capo.

Vitellozzo iniziò a voltare le pagine del testo di geometria, con gli occhi ora ben vigili che scorrevano rapidamente i fogli. «Potreste domandarvi: "Come mai questo eminente artigliere, questo maestro dell'arte della guerra è tanto interessato a un testo di Euclide per la scuola?"». Fece scivolare il libro ancora aperto dall'altra parte del tavolo, davanti a me. «Forse voi sapete dirmelo, messer Macchia».

Ruotai il libro in modo da poterlo leggere, e mi sforzai di non tremare. La pergamena raschiata era stata riutilizzata almeno una volta, il testo latino era trascritto frettolosamente e senza cura, in un inchiostro mezzo sbiadito. L'annotazione vergata sull'ampio margine, invece, era ancora peggio; uno scarabocchio infantile, a malapena leggibile, in un inchiostro economico ottenuto dalle galle di quercia: *Gévol int la carafa*. Il diavolo nella caraffa. Seguiva una lista delle streghe presenti: *Zeja* Virginia, *zeja* Maddalena, *zeja* Francesca e, infine, *zeja* Caterina, la veggente dagli occhi quasi bianchi che guidava la divinazione alla quale avevamo assistito Damiata e io (e che era quasi certamente l'autrice di quelle note a margine).

Un altro breve elenco seguiva la lista delle streghe predestinate; la calligrafia era molto più elegante degli scarabocchi della strega, anche se ogni nome era scritto da una mano differente: Vitellozzo Vitelli, Paolo Orsini, Oliverotto da Fermo.

Il conto dei partecipanti era seguito dalla solita invocazione: *Angelo bianc, per vostr santite e mia purite*. Sotto la preghiera diabolica, in un misto di romagnolo e italiano, *zeja* Caterina aveva riportato una domanda alla quale solo il diavolo avrebbe potuto rispondere: *Gévol int la carafa, dicci chi muore qui prima due capodanni*.

Poggiai il dito sull'angolo del foglio, per voltarlo e leggere la risposta.

Ma, d'un tratto, Vitellozzo allungò l'enorme zampa rigonfia verso di me e mi bloccò la mano congelata.

«Non siate impaziente, messer Macchia. Lo condivideremo con voi tra un momento. Il mio Liverotto mi dice che avete una certa familiarità con questo tipo di divinazione. Voi e la prostituta mandata dal papa».

Come avevo sospettato, quella notte Oliverotto doveva averci seguiti fino alla guardiola e, forse, era anche l'uomo a cavallo che aveva inseguito il padrone del cane per prendergli il libro. «Allora sono certo che il signor Oliverotto vi abbia anche detto che il nostro *gévol int la carafa* è stato interrotto».

«Raccontatecelo comunque. Altrimenti dovremo supporre che siate un'inutile scimmietta rumorosa, che abbiamo portato alla nostra tavola con grande fatica solo per vederla tirare la sua cacca ovunque. E dovreste sentire come grida una scimmietta quando le si strappano le braccia».

La presi come una minaccia molto attendibile. «La *zeja* presenta questa copia degli *Elementi* come un "libro degli incantesimi" e si avvale di alcuni bambini, vergini, per chiedere a Lucifero di comparire nella sua brocca d'acqua», gli dissi con la lingua secca. «A quel punto immagino che il demone dia alla *zeja* le risposte alle domande dei richiedenti, ma, come ho detto, la mia divinazione è stata interrotta».

Le spalle di Vitellozzo sobbalzavano per il divertimento, come se una risata vera e propria gli potesse causare sofferenze indicibili. «Ora voltate pagina, messer Macchia».

L'ampio margine del foglio seguente era pieno di figure geometriche disegnate con righello e inchiostro di seppia, evidentemente opera di uno studente. Ma, sul fondo, *zeja* Caterina aveva riportato in romagnolo la breve risposta riguardo a chi tra i presenti sarebbe morto prima dell'imminente anno nuovo: *Tot mort*. Tutti morti.

«Quella strega era solo una mezza imbrogliona», disse Vitellozzo. «Lei e il resto delle sue prostitute hanno esaudito la loro parte della profezia. Voltate ancora pagina».

I margini erano quasi pieni di annotazioni. In cima c'era la solita lista dei partecipanti, un elenco delle streghe morte e i tre condottieri presenti a quel tavolo. Ma i nomi erano seguiti dalle parole *traget di capra*. "Capra" mi era più che chiaro; "traget" mi lasciava perplesso. Significava "tragitto"?

Cavalcare la capra.

Quello che seguiva era più confuso. Scribacchiata sui margini di quel foglio e del seguente, in alcuni punti anche sopra al testo latino, era riportata un'accozzaglia di nomi, parole e frasi senza senso, la maggior parte nella pessima scrittura della *zeja* e, in alcuni casi, in un toscano non del tutto corretto. I nomi dei presenti erano scritti in modo sbagliato: *Ursin*, *Vitel*, *Ferm*. Altri, invece, erano corretti: *il papa*, *duca Valentin*. Seguivano luoghi reali e immaginari: *Roma*, *Paradisio*, *Inferno*; cose sublimi e profane: *tesoro di mi cuor*, *milli diamanti*, *potta*, *fotta*. Feci solo in tempo a scorrere rapidamente le note a margine prima che la mano di Vitellozzo si allungasse ancora attraverso il tavolo, questa volta per togliermi il libro. Proprio mentre lo afferrava, mi sembrò di leggere il nome *Ganda*, forse un riferimento al defunto duca di Gandia.

«Voi sapete cosa stavamo facendo, messer Scimmacchia. Ditemi».

«Le streghe usano un unguento che contiene elleboro, giusquiamo e belladonna tritati, lo spalmano su tutto il corpo nudo; questa ricetta induce uno stato che chiamano "cavalcare la capra", nel quale maghi e streghe immaginano di essere trasportati in luoghi lontani. Come sono certo che voi gentiluomini già sappiate, di solito questa "cavalcata" è preludio ai "giochi di Diana". Giochi da streghe, che sembrano piuttosto un baccanale: un'orgia».

«È vero, scimmietta. Il mio Liverotto era con questa prostituta di una strega che farfugliava ancor prima che lui le avesse spalmato l'unguento fra le gambe. Poi... Non avete idea che cosa è riuscito a farle. Ma continuate, sapete che c'è dell'altro».

«Quell'intruglio induce anche uno stato di paralisi», dissi. «Gli arti sono bloccati, tanto che potrebbero essere tranciati dal corpo senza che la vittima si metta a gridare». Mi costrinsi a guardare nelle fessure degli occhi di Vitellozzo, chiedendomi se aveva visto anche questo. «Intanto però si rimane del tutto sensibili al dolore».

Vitellozzo sollevò la mano gonfia e la fece roteare, in un gesto che richiedeva di continuare.

«Mentre gli arti riacquistano motilità», dissi, «i narcotici incoraggiano a parlare. Anche con una certa libertà, e rivolgendosi a persone che non sono presenti».

Qui Vitellozzo finse un piccolo applauso. «Adoro i cuccioli intelligenti. E tu, Paolo? Questa cosa di cavalcare la capra mi è sembrata la più interessante. Ma il mio caro Liverotto non fu per niente contento di rivedere lo zio Giovanni».

Sentii delle dita fredde scorrermi lungo la schiena. Ebbi la sensazione che Vitellozzo si fosse limitato a guardare, mentre i suoi soci cavalcavano la capra. Le ultime parole dell'apprendista, «Lui guarda», assumevano un significato completamente nuovo.

Nelle fessure animalesche di Vitellozzo si accesero scintille. Aveva riconosciuto la mia paura. «Ma sapete di non aver finito, vero, Scimmacchia. Concludete».

«Posso solo giudicare da quel che mi avete permesso di vedere. Suppongo che quando i loro arti si sbloccarono, la *zeja* e questi gentiluomini furono in grado di annotare le loro riflessioni. È possibile che abbiano anche confessato certi peccati, o parlato di un oggetto che era stato tolto a un cadavere». Naturalmente intendevo l'amuleto che, secondo me, qualcuno a quel tavolo aveva strappato dalla gola insanguinata del duca di Gandia, poi l'aveva fatto scivolare nel sacchetto per incantesimi di una strega che aveva meticolosamente fatto a pezzi.

La massa enorme di Vitellozzo riprese a sobbalzare, ma il sorriso sofferto sparì rapidamente da quel viso gonfio. «Quindi credete di sapere cosa abbiamo qui, vero, messer Macchia?».

Annuii lentamente, chiedendomi se non avessi già messo il piede in trappola.

«Allora non siete una scimmietta fiorentina poi tanto intelligente». Vitellozzo schioccò le dita gonfie verso Oliverotto, producendo un colpo secco, come se stesse chiamando un garzone.

Probabilmente era abituato da tempo a quel servilismo, perché si alzò subito e andò verso una porta di quercia nera. Ricomparve presto in compagnia di due soldati, anche loro in maglia di cotta. Solo quando Oliverotto spostò la sua sedia e avanzò verso di me, mi accorsi che aveva in mano un cappio.

Vitellozzo aspettò che Oliverotto si mettesse dietro di me. Guardò il suo pupillo e iniziò a voltare dozzine di pagine del testo di geometria; vidi che la maggior parte dei margini erano annotati dalla scrittura della strega. Era evidente che avesse trovato qualcosa di interessante per entrambi, perché girò il libro e lo spinse di nuovo verso di me.

Su quel margine era riportato un *gévol int la carafa* quasi identico al precedente, con la stessa lista di streghe. Però, aveva firmato solo un richiedente, con nome e titolo in latino: *Dux Romandiole Valentieque*. Quel nome mi confermava che Damiata non avesse mentito riguardo alla presenza del Valentino sul libro. Sotto la firma ufficiale del duca, *zeja* Caterina aveva annotato una domanda: *Gévol int la carafa, dicci chi uccide duca Ganda*.

«Abbiamo scoperto questa *zeja* Caterina e il suo gioco di prostitute e streghe quando eravamo a Imola, quasi due anni fa», disse Vitellozzo. «A quel tempo, il nostro duca Valentino stava appena iniziando la sua conquista della Romagna. Quando gli dissi del nostro passatempo ne rimase intrigato, ma non credo abbia provato quel diversivo fino alla fine di quest'estate, dopo che i gentiluomini qui presenti e io avevamo già deciso di abbandonare il suo servizio. Bene, ora vedete quale domanda lo angustiava».

Nel riprendersi gli *Elementi*, fu tanto accurato quanto prima era stato impulsivo. «Sarà più interessante per voi, se non potete sbirciare. Come credete che abbia risposto il "diavolo nella caraffa" alla domanda del duca?».

Supponevo che la risposta fosse nella pagina seguente. «Direi che la *zeja* ha dato al Valentino la risposta che lui si aspettava».

«E cosa credete che si aspettasse il duca?».

Forse Vitellozzo aveva gettato un'esca per vedere di chi sospettavo, dato che avevo studiato molto la faccenda. «Il duca di Gandia si era fatto un certo numero di nemici quando fu ucciso. Nomi conosciuti in tutta Italia. La *zeja* potrebbe avergli detto alcuni di quei nomi. O anche tutti».

«"Nomi conosciuti in tutta Italia". Voi diplomatici avete il culo al posto della bocca».

Fui strattonato e alzato in piedi, intanto il cappuccio mi coprì di nuovo la faccia. In quella nuova oscurità, mi aspettavo il cappio di Oliverotto attorno al collo. Invece, lo strinse attorno ai polsi, e me li legò dietro la schiena. Mentre mi spingevano verso la porta, facendomi inciampare, Vitellozzo mi chiamò.

«Messer Macchia! Dovreste sapere una cosa, prima che vi impicchiamo». Aspettò che i suoi sgherri mi facessero fermare accanto alla finestra. «La vostra amica, quella grande puttana del Vaticano, è già venuta a farmi visita».

Capitolo 20

E quando viene il mal, che viene ognora,
mandalo giù come una medicina,
ché pazzo è chi la gusta o l'assapora.

Mi trascinarono giù per una scala, legato e incappucciato; sentii il rumore metallico di un chiavistello e mi gettarono su un pavimento di pietra. La porta sferragliò alle mie spalle. Scoprii presto che toccavo i muri della cella da un lato con la testa e dall'altro con i piedi. Puzzava di carne in putrefazione.

Questi disagi non erano niente in confronto agli orrori che avevo nella testa. Non credevo che Damiata fosse "andata a far visita" a Vitellozzo Vitelli più di quanto avessi fatto io; se si fosse recata fin lì di sua spontanea volontà, non avrebbe lasciato la stanza di Cesena senza dirmi una parola. Quindi, la mia cella si affollò di immagini peggiori di qualsiasi penitenza infernale; impotente, ero condannato a immaginare cosa avevano già fatto alla donna che amavo.

Oggi, so di aver trascorso solo una notte in quella cella. Ma quando la porta si aprì stridendo, non avevo nozione di quanto tempo fosse passato. Ancora legato e incappucciato, mi rimisero in piedi e mi trascinarono qua e là, finché non mi ritrovai di nuovo in groppa a un cavallo.

Attraversammo delle colline, poi mi fecero smontare dalla sella, e questa volta riuscii a stare in piedi. Quando mi strapparono il cappuccio dalla testa, la luce della neve mi esplose sul viso come uno scoppio di polvere da sparo. Ero in un piccolo campo, circondato da una dozzina di appezzamenti irregolari sparsi per le colline, tutti ammassati come se si fossero scontrati a caso; assomigliava più alla nostra campagna Toscana che alla pianura romagnola. In lontananza si vedevano dei rilievi più alti e spogli, rivestiti di ghiaccio e avvolti dalle nuvole.

In mezzo a questo paesaggio malinconico, Vitellozzo Vitelli sedeva sullo stesso trono decorato che occupava al tavolo da primero. Stranamente, con quella luce intensa i suoi lineamenti sembravano meno rigonfi e deturpati.

Ad assisterlo c'era Oliverotto da Fermo, che portava la stessa cotta di maglia e lo stesso copricapo del giorno precedente. I due condottieri (il signor Paolo, per qualche ragione, non si era unito a loro) erano accompagnati da sei o sette soldati in giustacuore imbottito. La maggior parte di loro era armata di balestra, ma due erano scoppiettieri, e tenevano l'impugnatura delle loro armi piantata nella neve. Nel campo alle loro spalle, una dozzina di staffieri badavano ad altrettanti destrieri e muli. Sapevo che c'erano soldati anche dietro di me.

Devo confessare di aver usato un po' di arte favolistica per descrivere quella scena, perché iniziai a guardarmi intorno solo dopo essere rimasto lì per qualche tempo. In realtà, appena mi tolsero il cappuccio dalla testa, quasi caddi in ginocchio per la gratitudine e il sollievo.

Damiata era accanto al trono di Vitellozzo, con una tenda bianca di neve alle spalle. Il cappuccio di zibellino incorniciava il suo volto perfetto, colorito da un lieve rossore sulle guance.

Non mi aspettavo che i suoi occhi cercassero i miei; a dire il vero, le fui grato di non avermi lanciato neanche uno sguardo. Tuttavia, non potevo fare a meno di guardare quel volto bello come un busto di Afrodite. Non sembrava aver sofferto gli orrori che avevo immaginato.

«Dobbiamo concludere velocemente la questione», disse Vitellozzo, distogliendo la mia attenzione da Damiata. «Il duca Valentino si unirà alle nostre forze per sferrare l'attacco finale alla fortezza di Sinigaglia». Sinigaglia era una delle città fortificate più importanti della costa adriatica, e non si era ancora sottomessa al papa. «Quando avremo preso Sinigaglia, la Romagna sarà ben salda, e potremo muovere i nostri eserciti a nord». Vitellozzo sollevò la mano alla fronte come se vedesse quella vittoria cruciale all'orizzonte, dietro di me. «Prima di Capodanno, il duca e io prepareremo un progetto per la conquista di Firenze».

Anche se avevo evocato quella triste profezia mille volte nella mia mente, sentire le parole "conquista di Firenze" dalla bocca dell'uomo che più di tutti sapeva (e voleva) metterla in atto fu quasi un calcio nei testicoli; solo con uno sforzo di volontà, riuscii a trattenermi dal piegarmi in due.

Appena Vitellozzo annunciò il destino della mia Repubblica, Oliverotto da Fermo indicò gli uomini alle mie spalle. Un momento dopo, sentii il crepitio di una spoletta accesa, seguito dal boato acuto di uno scoppietto, per due volte, in rapida sequenza.

Ma non avevo carne lacerata, né ossa spezzate. Era impossibile che i tiratori scelti avessero sbagliato da quella distanza, quindi mi azzardai a voltarmi.

I due scoppiettieri erano avvolti da una nuvola di fumo. A circa cento braccia da loro, un uomo vestito di una tunica da contadino color sabbia era legato a un palo molto alto. Il tappo di legno rotondo che gli avevano infilato in bocca gli dava un aspetto orribile, da pesce fuor d'acqua, mentre si dimenava e agitava il capo cercando di liberarsi delle corde.

Mi voltai subito per non vedere quel gioco orribile.

«Il problema dello scoppietto sono gli uomini, non la matematica», disse Vitellozzo, approfittando della mia espressione di terrore. «Con l'artiglieria fissa, se la fonderia è affidabile e la polvere è buona, devo solo applicare la matematica. C'è anche il vento, ma il più delle volte si può prevedere. Invece, lo scoppiettiero si muove secondo gli scatti e i capricci del momento. Una volta spara con un braccio leggermente abbassato, un'altra volta s'inclina a destra. Un'altra variabile da considerare può essere la forza che l'arma esercita su di lui quando espelle il proiettile. Ma è anche per questo che l'arma è così utile, non è vero, mio adorato Liverotto?». Guardò il suo pupillo con rimprovero, piuttosto che in attesa di una risposta. «L'estro di chi spara ci offrirà un tiro matematicamente corretto? Lo sa solo la Fortuna». Annuì verso quelli dietro di me. «Neanche il bersaglio lo può sapere. Ogni sparo a vuoto non fa che accrescere il suo terrore».

Vitellozzo passò a un altro argomento. «Questa prostituta, mandata dal papa per trovare l'assassino di suo figlio». Indicò Damiata con un cenno del capo. «La conoscete».

«Sì, conosco la signora».

«La prostituta», mi corresse Vitellozzo. «Forse non ha convinto voi di essere una prostituta, ma ha convinto noi». Oliverotto accennò un sorriso, come se il suo mentore l'avesse finalmente divertito. «Dice che il papa si fida di lei. E io dovrei fidarmi, secondo voi?».

Pensai che Damiata avesse usato il suo legame con il papa nel tentativo disperato di salvare se stessa e suo figlio. «Il papa si fida di lei», dissi, convinto che la verità potesse solo aiutarla. «Tiene suo figlio in ostaggio».

Vitellozzo accolse la notizia senza cambiare espressione. Forse lo sapeva già.

Dietro di me le spolette mandarono delle faville e gli scoppietti replicarono quel suono orribile. I due spari furono abbastanza distanziati da poter sentire il fischio di ciascuna palla. La seconda colpì il bersaglio, col suono di un bue che calpesta un melone.

Vitellozzo diede un'occhiata dietro di me. «Ecco, questa sì che è una svolta della Fortuna. Ma passiamo a un'altra questione».

A quel punto, Vitellozzo infilò una mano nel suo mantello da cavallerizzo e ne estrasse la copia degli *Elementi* che avevamo esaminato al tavolo da primero. «Dobbiamo finire la storia di ieri, non è vero?». Sfogliò rapidamente il libro. «Mi pare fossimo rimasti al duca Valentino che aspettava una risposta dal "diavolo nella caraffa" riguardo all'omicidio di suo fratello».

Vitellozzo fece un cenno a Oliverotto, che prese dalla cintura lo stesso pugnale col manico d'avorio con il quale voleva sventrare Ramiro da Lorca. Oliverotto finse di scagliarsi contro di me, come un attore che mima un attacco. Soddisfatto di avermi fatto istintivamente ritrarre, mi passò un braccio attorno alla schiena e tagliò la corda che mi legava le mani con un colpo così rapido da scalfirmi il polso.

«Attento a dove sanguinate», disse Vitellozzo, passandomi la copia degli *Elementi*.

Mi pulii il sangue sulla giacchetta e presi il libro. Vitellozzo lo aveva aperto sulla domanda del giorno precedente: *Gévol int la carafa, dicci chi uccide duca Ganda.*

Vitellozzo sussurrò: «Voltate la pagina e troverete la risposta».

Mi tremavano le mani, anche se la risposta della veggente non era certamente credibile. La pergamena crepitò come se le avessi dato fuoco con le dita.

Zeja Caterina aveva scritto i nomi in modo sbagliato, ma erano abbastanza chiari: *Sgnor Vitel. Sgnor Ferm.* E l'ultimo: *Madona Damata.*

Incrociai lo sguardo di Vitellozzo e gli dissi cosa ne pensavo: «Il duca ha ricevuto la risposta che si aspettava. Come avete detto, *zeja* Caterina era un'astuta imbrogliona». Mi venne in mente che la veggente poteva aver ricavato il nome di Damiata e i suoi presunti crimini dagli sproloqui dei condottieri che avevano cavalcato la capra; oppure, lo aveva "divinato" da altri membri della corte del Valentino. Però mi dissi: *Anche un'imbrogliona può dire la verità, una volta tanto.* O forse, in questo caso, due verità e una bugia.

Il corpo di Vitellozzo fremeva, le spalle sobbalzavano. «Voltate pagina».

Anche le uniche parole sul margine della pagina seguente erano scribacchiate dalla strega: *Traget di capra. Zeja Caterina, duca Valentin.*

«Solo loro due», disse Vitellozzo. «A cavalcare la capra assieme. Immagino che mentre si ungevano a vicenda, il nostro prode Valentino debba aver fatto vedere a quella strega delle cose che non gli aveva mostrato neanche il diavolo, o il nostro caro Liverotto, qui. Ah, ma avete trovato la cosa più strana».

Mancava la pagina seguente. Si vedeva bene la striscia di carta rimasta lungo la rilegatura, dove la pergamena era stata tagliata con un coltello. Sembrava tolta di recente, perché il bordo del taglio non era sporco come il resto del libro.

«Qualcuno ha tagliato una pagina dal libro, vero, messer Scimmacchia? Immagino, come sono certo farete voi, che sia stata rimossa perché il Valentino ha detto qualcosa di compromettente durante il suo viaggio in groppa alla capra. O alla strega». Vitellozzo mi rivolse il solito sorriso sofferto. «Quindi, mio caro animaletto da compagnia fiorentino, di cosa credete che abbia parlato il duca con quella prostituta di una strega? O magari ha parlato a qualcuno che non c'era, nell'estasi provocata dall'unguento».

Guardai Oliverotto. I suoi occhi, quasi grigioblu come la luce che ci circondava, sembravano indugiare davanti a me. Solo in quel momento mi venne in mente che forse il Valentino proteggeva Oliverotto perché stavano entrambi cospirando contro Vitellozzo Vitelli; in fondo, Oliverotto aveva già tradito lo zio.

Presentai a Vitellozzo l'ipotesi più realistica. «Credo che il duca abbia confessato i crimini commessi a Capua».

«C'eravamo tutti, a Capua», disse Vitellozzo senza scomporsi. Aveva usato le stesse parole del Valentino.

«Allora capite bene il suo rimorso». Non potei fare a meno di dirlo con una punta di ironia.

Vitellozzo sobbalzò un po', non saprei dire con quale sentimento, ma sembrava considerarmi uno sciocco. «Ho un'ultima domanda per voi», disse, mentre la parola "ultima" mi gelava il sangue. «Voi, chi credete abbia ucciso il duca di Gandia?».

Forse era la mia ultima possibilità di rivelare quel che sapevo sull'assassino. «È lo stesso uomo che ha tagliato in quattro pezzi una strega romagnola e l'ha disposta sugli angoli dei venti, poi ha disegnato una spirale di Archimede con i resti dell'intero "gioco" di streghe; si è fatto aiutare in tutto questo da un prete senza faccia». Cercai invano qualcosa nei suoi occhi, due fessure non più ampie dello spessore di una moneta. «A Cesenatico, ha creato una tomba di sale in cui ha nascosto le teste delle streghe e un reliquiario di crani, assieme ad altri cimeli delle donne che ha stuprato e massacrato a Capua». Aspettavo ancora un segno. «Signore, l'uomo che ha ucciso il duca di Gandia non è un individuo comune. Per vivere, deve prendere delle vite. Deve uccidere così come noi dobbiamo respirare».

Vitellozzo mi guardava come una lucertola su uno steccato, con le narici che condensavano vapore nell'aria. Poco dopo sollevò una mano gonfia e la lasciò cadere pesantemente sul grembo.

Attorno alla sua sedia si affollarono vari servitori in livrea, che la sollevarono e la trasportarono come una lettiga verso i cavalli in attesa. Il resto della compagnia lo seguì in fretta.

Prima che Damiata si unisse al corteo, il suo sguardo incontrò il mio. I poeti scrivono di un solo sguardo che può perseguitare per la vita e tiene sotto un incantesimo che non si può spezzare. Ma quegli occhi blu trasparenti, invece, in cui il dolore e il rimorso erano così evidenti, risposero alle domande di una vita. Nella mia anima rinata, credevo che Damiata mi amasse ancora, anche se doveva abbandonarmi.

Poi, si voltò anche lei.

Il seguito di Vitellozzo sparì rapidamente dietro alla collina più vicina; Damiata svanì dalla vista cavalcando all'amazzone una giumenta bianca, con i drappi del mantello rosso al vento che la facevano sembrare la duchessa di una miniatura. Dopo, sentii solo il suono del vento sulla neve.

Feci il punto della situazione. Non mangiavo da quasi due giorni, ma ero vestito a sufficienza. Ancora una volta, mi sembrò di essere stato risparmiato di proposito; forse, la mia storia dell'assassino aveva convinto Vitellozzo Vitelli che, se non altro, ero un testimone attendibile e utile; un po' come il mio governo mi riteneva un osservatore affidabile.

Ma mi sbagliavo. Mentre continuavo a guardare la collinetta che mi ostruiva la visuale sul gruppo di Vitellozzo, ne emerse silenziosamente un uomo su un destriero bianco. Si fermò un istante sulla cima, poi venne verso di me al galoppo; la neve si sollevava in una nuvola ogni volta che gli zoccoli toccavano terra, come il fumo di dozzine di scoppietti fatti esplodere in sequenza.

Mi chiedevo se Oliverotto da Fermo si sarebbe limitato a travolgermi. Invece tirò le redini con forza e fece fermare bruscamente lo stallone, che agitò le zampe anteriori in aria. Smontò e mi raggiunse velocemente, accompagnato dal tintinnio della cotta di maglia.

Non si avventò contro di me con il coltello, né per scherzo, né sul serio. Si fermò, allargò i piedi e prese a sistemarsi i riccioli biondi con le dita, come se fossi un servitore che gli reggeva lo specchio. Quando mi piantò addosso gli occhi azzurri, inclinò appena il capo, come se non avesse bisogno di una prospettiva molto diversa per trovare il mio punto debole. «Avete parlato con Ramiro da Lorca quella notte, vero? Di me».

Ovviamente si riferiva ai momenti che avevano preceduto l'arresto di Ramiro. Annuii.

«Che cosa vi ha detto?».

Pensai che, anche in quel caso, solo la verità avrebbe potuto salvarmi.

«Ha detto che il Valentino vi stava proteggendo, e mi ha invitato a chiedermi il perché».

«Lo sapete?»

«Sospetto che sia perché eravate entrambi a Capua, signore. E avete visto qualcosa che Sua Eccellenza non vorrebbe che il resto d'Italia sapesse».

Inclinò ancora la testa. «Ho imparato diverse cose ancor prima di iniziare a radermi il volto». Oliverotto citava le stesse parole del Valentino sul bastione; per quanto fosse un'espressione di uso comune, era un modo di richiamare alla mia mente quella conversazione. «Me le ha insegnate mio padre, Vitellozzo».

Sollevò le mani enormi e le aprì di fronte a me, allargando le dita, come se pensasse di avere le stimmate. Invece, le girò rapidamente e le strinse in una specie di collare attorno al mio collo, senza toccarmi. Contrassi ogni muscolo del corpo, pronto a morire.

«Se strangolate una donna mentre ve la state facendo, aumentate il suo piacere. Giunge alla soglia della morte poi torna da voi, e vi è profondamente grata. Quasi tutte lo vogliono fare ancora. Ma se non vi fermate in tempo...», Oliverotto scrollò le spalle massicce. «Posso dirvi, perdio, che c'è una sensazione strana anche in quel caso. Non è spaventata finché l'ultima scintilla di vita non la sta abbandonando. È una cosa meravigliosa da vedere. In quel momento, non credo che ci sia uomo che possa trattenersi dallo spargere il proprio seme».

Oliverotto abbassò le mani e guardò il suo coltello nel fodero. «E poi, questo», rifletté. «Se sventrate velocemente un uomo con questo, vedete lo sguardo di sorpresa nei suoi occhi. Poi indugia. Deve dire addio a tutti i volti che ha nella mente». Scosse il capo, come se quell'attaccamento alla vita gli avesse posto un quesito filosofico molto complesso. «Credo sia meglio osservare un uomo mentre guarda morire sua moglie, o i suoi figli. O la sua amante. Si svuota, gli restano solo la paura e il dolore di un bambino che si affaccia al mondo per la prima volta. Quando esaurisce la rabbia, quell'uomo vorrà solo strisciare di nuovo nel grembo materno. Lo vedrete con i vostri occhi, quando saremo a Firenze. O forse prima, se arriverete in tempo a Sinigaglia».

Le pieghe profonde come cicatrici che incorniciavano la bocca di Oliverotto si contrassero in modo più evidente delle labbra, mentre godeva della disperazione nel mio sguardo. La mia angoscia, in confronto, era un'inezia che poteva trascurare. Si voltò e andò verso il cavallo.

«È per questo che mi avete risparmiato?», gridai, con la voce e le gambe che mi tremavano. «Così che possa essere testimone di una nuova Capua?».

Oliverotto strattonò la sella e il suo cavallo fece un lungo sbuffo. Poi si voltò a guardarmi.

Raccolsi tutto il mio coraggio e mi avvicinai di un passo. «Ho una domanda per lei, se posso, signore». Sapevo di mettere a rischio la grazia che mi avevano concesso. «È la stessa domanda che vi ha rivolto il duca, quando lo avete incontrato a Cesena». Gli aveva chiesto quale fosse l'espressione dello zio, quando si rese conto che Oliverotto lo aveva tradito. «Avete avuto modo di pensare alla risposta?».

Mi sorrise in un modo che le donne avrebbero considerato affascinante. «Il caro zio Giovanni mi guardò e basta», disse serenamente, come se fossero chiacchiere da salotto. «Senza paura, senza rabbia. Niente. Non era neanche sorpreso. Sapeva che sarebbe accaduto quasi dal giorno in cui arrivai nella sua casa. Da quando avevo sei anni».

Mi si drizzarono i capelli; secondo le mie ipotesi, quell'uomo insolito aveva manifestato la sua natura quando era ancora molto giovane. Chiesi con cautela: «Perché pensate che lo sapesse da quando eravate bambino?»

«Perché mio zio mi vendette come schiavo quando avevo sei anni». A differenza del precedente, questo sorriso era rivolto a un nemico. «Fu allora che mio zio mi mandò dai Vitelli. Tre fratelli, Paolo, Camillo e Vitellozzo. Iniziarono a educarmi in una vecchia casa vuota, a Città di Castello. La prima mattina mi portarono un cucciolo perché mi facesse compagnia. Quella sera mi costrinsero a ucciderlo con le mie mani. Il giorno dopo, i Vitelli mi portarono un altro cucciolo. La sera...». Si strinse nelle spalle. «Lo stesso accadde il terzo giorno. Il quarto giorno strangolai il cagnolino appena me lo misero tra le braccia. A quel punto, fui considerato pronto per essere istruito a diventare un soldato».

Quella risposta mi spaventò più di qualsiasi altra cosa che il signor Oliverotto avesse mai detto. Mi lasciò a rifletterci sopra, mentre saltava in groppa al cavallo con la cappa al vento e la cotta che tintinnava. Lo stallone sbuffò. Oliverotto si sporse verso il collo dell'animale, il suo volto emergeva dalla nuvola di vapore come un demone generato dall'Inferno.

«Potrebbe anche interessarvi che io abbia visto l'espressione del duca di Gandia, quando ha riconosciuto il suo assassino». Governò il cavallo finché non fu quasi del tutto fermo. «Quella notte ero presente, ma non l'ho ucciso io».

Oliverotto si girò con tanto vigore che la groppa del destriero mi scagliò nella neve. Quando riuscii ad alzare di nuovo lo sguardo, lo vidi allontanarsi tra un paesaggio che sembrava cosparso di vapore, come se si fosse librato in cielo con il suo cavallo.

Capitolo 21

Colui che inganna troverà sempre chi si lascerà ingannare.

Presi in considerazione di seguire le tracce di Oliverotto e del gruppo di Vitellozzo fino a Sinigaglia. Ma, ripensandoci, mi voltai nella direzione opposta. Mi si presentò subito uno spettacolo molto meno elegante di quel fastoso seguito che si era allontanato poco prima: la vittima dello scoppietto era ancora legata al palo. La quarta palla gli aveva portato via metà mascella.

Slegai il corpo insanguinato e lo distesi sulla neve, pregai brevemente per la salvezza della sua anima, poi mi avviai a passo sostenuto. Incontrai presto degli agricoltori, dai quali scoprii che Pesaro era la città più vicina, proseguendo sulla via Emilia; pensavo che vi avrei trovato l'esercito del Valentino, visto che il duca era diretto a Siniglaglia per il suo appuntamento con i condottieri.

Per la maggior parte del tragitto verso Pesaro passai per campi innevati, mulattiere e fossi d'irrigazione, perché avevo notato troppe compagnie di mercenari sulla strada; l'obbedienza e la disciplina dei soldati erano sempre dubbie, indipendentemente da chi li assoldava. Camminai al freddo per quasi tutta la notte e vidi dei fuochi da bivacco luccicare come stelle nella campagna buia. Supponevo che i condottieri avessero suddiviso le truppe in varie unità, una mossa intelligente per nascondere il loro vero numero fino all'arrivo a Sinigaglia. Mi chiedevo se il Valentino stesse cadendo in una trappola più pericolosa di quanto avessi immaginato.

Raggiunsi Pesaro all'alba del 30 dicembre: dovetti chiedere nella bottega di un sarto che giorno fosse. Mi dissero anche che il Valentino e il suo esercito si erano fermati a Pesaro la notte precedente, per poi ripartire alla volta di Fano nelle prime ore della mattina. La Fortuna mi favorì anche in quel caso; quando andai alla stufa[4] per avere altre notizie e lavare i vestiti, incontrai un messaggero che sapevo essere affidabile. In cambio di molti dei ducati che mi rimanevano, acconsentì ad andare a cavallo fino a Cesena, recuperare le mie carte, gli strumenti di scrittura e qualche abito, e tornare il prima possibile.

Trovai riparo in una stanzetta accanto alla stufa e, esausto, caddi subito in un sonno febbrile. Sognai di essere ancora nella casa di via di Piazza, dove al piano terra c'era un laboratorio che da un lato si apriva sulla strada, dall'altro su un cortile in condivisione con altre famiglie. Alla fine dell'estate ci mandavano il lino dai campi, già battuto e cardato, che pareva una matassa di capelli grigiastri tosati dalla testa di una gigantessa (almeno così mi sembrava a cinque anni). La mamma chiamava sempre varie donne per aiutarla a torcere le fibre del filo; spesso tesseva anche, come le mie sorelle, che erano di qualche anno più grandi di me. Quel giorno in laboratorio c'era una mezza dozzina di rocchetti, che mi ricordavano gli spaventapasseri in campagna: aste montate su un cavalletto a tre piedi sormontate da una matassa di capelli di lino, delle dimensioni di una testa femminile. Con la strana consapevolezza che a volte si acquisisce in sogno, sapevo che quelle matasse di lino rappresentavano le teste che avrei visto anni dopo a Cesenatico; sembrava, quindi, che il piccolo Niccolò stesse avendo un'orribile visione profetica.

Notai anche qualcuno sulla soglia che dava sulla strada. Il laboratorio era pervaso di luce, ma fuori la notte era buia, senza luna; il visitatore non era altro che un'ombra, una creatura senza volto come quella che avevo visto morire. Capii subito che quel visitatore era il maestro di un altro tipo di bottega, dove la carne umana era trasformata in un "disegno" perverso.

La sua voce strisciò come un serpente lungo il pavimento. Rabbrividii dalla testa ai piedi e mi sentii sollevare in aria. *Ci sei quasi, Niccolò. Al centro del mio labirinto. Ma non mi vedrai in volto finché non ti avrò voltato le spalle.*

[4] Con il termine "stufa", che alcuni fanno derivare dal tedesco *Stube*, nel Cinquecento si indicavano sia i bagni pubblici che quelli privati (*n.d.t.*).

Mi svegliai ricoperto di sudore come fossi in una vasca, avevo la fronte gelata e le parole sussurrate in sogno dal maestro di bottega che mi risuonavano ancora in testa. Per quanto la ragione mi dicesse che quella voce poteva appartenere solo a Vitellozzo Vitelli o Oliverotto da Fermo, una strana sensazione mi faceva dubitare che uno di quei due fosse un mostro dalle sembianze umane. Vitellozzo rimaneva un mistero, anche di persona. E, sebbene le parole terrificanti di Oliverotto si confacessero all'assassino, una voce fastidiosa dentro di me diceva che non era un uomo insolito; la sua brutalità ingiustificata e la sua cruda ambizione erano persino troppo comuni tra i condottieri. Era stato educato alla violenza e all'omicidio, non era nato con quegli istinti. Credevo che qualche piccola parte della sua anima tormentata si rammaricasse di quei crudeli insegnamenti, iniziati quando lo costrinsero a strangolare un cagnolino.

In realtà, vedevo solo che, nonostante le loro divergenze, Vitellozzo e Oliverotto (un padre spietato e il suo figlio ribelle) collaboravano per gettare sospetti sul Valentino. Naturalmente, erano troppo furbi per accusare direttamente il duca dell'omicidio di suo fratello; piuttosto, mi avevano guidato fino alla pagina mancante degli *Elementi* di Euclide, che forse Vitellozzo stesso aveva rimosso, per fingere che il Valentino vi avesse annotato qualche confessione mentre «cavalcava la capra». Oliverotto si era mosso in modo altrettanto sottile, quando aveva sottinteso di essere stato testimone dell'omicidio del duca di Gandia, ma senza brandire il coltello; i sospetti ricadevano, così, sul Valentino, poiché il duca sembrava proteggere qualche segreto che condivideva con Oliverotto.

Capii perché mi erano venuti a cercare come testimone: per poter gettare sospetti sul Valentino, così che i veri colpevoli continuassero a farla franca. Ma in parte ci erano riusciti, perché il nocciolo del dubbio rimaneva, persistente, come un seme nella scarpa.

Era già buio da diverse ore quando sentii bussare alla porta. Il messaggero entrò come il *deus ex machina* del teatro greco. Aveva stipato tutti gli abiti e i documenti che avevo lasciato a Cesena in un unico sacco di pelle, eccetto un pacchetto, avvolto in carta di scarsa qualità, che mi era stato inviato da Firenze.

Era quasi dal mio arrivo a Imola, tre mesi prima, che pregavo i miei corrispondenti fiorentini di mandarmi una copia delle *Vite parallele* di Plutarco, perché nessuna opera degli antichi (e men che mai dei moderni) illuminava con tanta cura il carattere e la natura di uomini eminenti; ero ansioso di cercarvi qualche spunto per comprendere l'impenetrabile Valentino. Ma avevo abbandonato la speranza che la mia copia arrivasse.

Dopo tutte le sventure che mi erano capitate, quando aprii quel pacchetto e vi trovai le *Vite parallele*, mi parve quasi un miracolo. Quell'edizione era stata stampata nella bottega di Bartolomeo de Zanis a Venezia; l'opera non era rilegata, si vedeva che era stata consultata spesso ed era annotata a margine. Mi presi un momento per ammirare la xilografia impressa sulla prima pagina, che rappresentava Teseo mentre uccide un centauro alle nozze di Piritoo e Ippodamia. Mi sembrava un'ironica rappresentazione di vari pensieri che affollavano la mia mente.

Andai alla porta accanto, per comprare un po' di candele dal proprietario della sauna. Volevo leggere le *Vite parallele* tutta la notte, se necessario; sapevo che probabilmente sarei stato a Sinigaglia prima della notte successiva, e mi sarebbero servite tutte le conoscenze possibili.

Sebbene i metodi di comparazione di Plutarco fossero diversi da quelli delle biografie di Svetonio, la sua opera mi fu molto utile per dividere i tiranni che usavano la crudeltà come espediente da quei pochi che, invece, provavano piacere nell'infliggere sofferenze. In effetti, Plutarco tratta proprio di questa distinzione quando confronta Marco Antonio, un esempio della prima categoria, con Demetrio, che Plutarco considera un caso sconcertante, perché pare traesse persino piacere fisico dalla violenza e dalla crudeltà.

Quindi, sia Svetonio, sia Plutarco avvaloravano la mia teoria che quegli uomini insoliti avessero una natura peculiare e immutabile, e che fossero nati con tale caratteristica. Una volta stabilito questo principio, mi rimaneva da capire come questi mostri fossero riusciti a ricoprire ruoli così importanti, quando qualsiasi persona ragionevole che li avesse osservati da bambini li avrebbe tenuti lontani dal potere, persino a costo di strangolare Caligola quando giocava ancora con le spade di legno. Gli uomini crudeli avrebbero anche potuto voler vedere sorgere un simile astro nascente, un po' come Vitellozzo Vitelli aveva educato Oliverotto da Fermo, per quanto quest'ultimo fosse stato riluttante a ricevere quell'istruzione. Perché, dunque, gli uomini buoni e giusti non avevano preso misure severe contro un bambino come Caligola?

Consumai mezza dozzina di candele prima di giungere a una rivelazione: tutti quegli uomini maledetti, quando erano ancora giovani, erano diventati dei maestri nell'arte dell'inganno. Il dittatore romano Silla, come Caligola, «era sottomesso con chi poteva fargli un favore, e severo verso chi ne richiedeva uno a lui, così era difficile dire se la sua natura fosse più insolente o servile». L'esecrabile Filippo di Macedonia aveva ingannato il suo mentore, il suo predecessore e protettore Aratus, uomo ammirevole e «implacabile nemico dei tiranni», a tal punto che Aratus non comprese appieno la sua crudeltà finché non si trovò a sputare sangue, perché Filippo lo aveva avvelenato lentamente. E questi uomini insoliti non si limitavano a mentire quando necessario, o anche solo a mentire spesso: sembravano vivere nell'inganno, come se le menzogne scorressero loro nel sangue.

Ciò mi spiegò perché non ero mai riuscito a riconoscere quell'uomo (e, in qualche modo, mi fornì una scusante); chiunque inganni per vivere deve essere per forza molto più abile delle persone comuni, che sono tentate di dire la verità per il senso di colpa e la vergogna di aver tradito la fiducia altrui.

Non riuscii, però, a spiegarmi come quegli uomini acquisissero le capacità di ingannare quando erano ancora dei ragazzi. Alcuni pittori nascono con quel dono; i maestri moderni sanno farne un uso ammirevole, e ingannano i nostri occhi tanto da farci credere che la natura sia stata equiparata, se non ri-creata nelle loro opere. Altri (diplomatici, capi di fazioni politiche, e soprattutto mercanti e banchieri), promettono una cosa e ne fanno un'altra, spesso prendendosi gioco della stessa persona due volte in un giorno. Però, anche il pittore o l'uomo di stato devono passare per un apprendistato; un bambino non può dipingere un ritratto come *La Gioconda* di Leonardo. Come faceva, dunque, quest'uomo ad aver perfezionato l'arte dell'inganno a un'età così precoce?

Alla luce tremolante della candela, gli posi direttamente la domanda: *Come hai imparato? Quali studi hai fatto, quali scuole? Qual è stato il tuo quadrivio dell'inganno*?

Sentii solo uno stoppino scoppiettante.

So perché non vuoi dirmelo, continuai. *Questo è il tuo segreto più oscuro, vero? Quello che difendi più gelosamente. Questo è il motivo per cui devo aspettare finché non mi volterai le spalle. Solo allora, la tua maschera diventerà solo un vetro trasparente.*

Solo allora, vedremo il volto del male.

Capitolo 22

Quel che rovina dai più alti colli
Più che altro i regni, è questo, che i potenti
Di lor potenza non son mai satolli.

Affittai un cavallo a Pesaro e partii di prima mattina, il 31 dicembre, per arrivare a Fano a metà mattinata. Scoprii, però, che l'esercito del Valentino era partito per Sinigaglia all'alba. Proseguii verso sud lungo una continuazione della via Emilia che taglia la costa e non scorre mai a più di un tiro d'arco dal mare; in certi punti, le colline sembrano alzarsi direttamente sulle onde.

La giornata era iniziata con un barlume di sole per poi farsi grigia, con pioggia e neve. Superai molti dei viandanti che seguivano il Valentino, diretti a sud, ma non vidi nessuno viaggiare nella direzione opposta. Potevo solo dedurne che Sinigaglia era già stata isolata: nessuno poteva uscire dalla città.

Ero ancora a miglia di distanza da Sinigaglia, quando vidi per la prima volta il fumo sollevarsi dalla città; si stagliava scuro sul cielo cinereo come i corvi che beccavano nella neve attorno a me. Sembrava che i bombardamenti fossero già iniziati.

A quel punto, vidi illuminarsi all'orizzonte il piano brillante dei condottieri. Come sospettavo, avevano attirato l'esercito decimato del Valentino a Sinigaglia, per poi circondare la città con le truppe che avevano tenuto nascoste nelle campagne.

Una tale violazione della buona fede avrebbe suscitato la disapprovazione di tutta Europa; il papa avrebbe avuto poche difficoltà a chiamare in aiuto i suoi alleati francesi per salvare il figlio.

A meno che, naturalmente, non potesse essere attestato che il Valentino si era reso colpevole di crimini tali da giustificare il tradimento; i condottieri avrebbero subito dimostrato che il duca era un fratricida, spinto dalla gelosia e dall'ambizione di uccidere il figlio prediletto del papa. Le prove della sua colpa comprendevano non solo la mappa disegnata dal suo ingegnere generale, ma anche una pagina rimossa da un libro di geometria per scolari, che di certo avrebbe avuto più valore se fosse rimasta solo un'indiscrezione, mentre l'originale restava nelle mani dei condottieri che l'avevano strappata dal testo.

Damiata sarebbe stata mandata a Roma ad avvalorare i sospetti che il papa già nutriva da tempo; le avrebbero senz'altro promesso la liberazione di suo figlio, in cambio delle accuse. Riavere il bambino non sarebbe stato difficile per i condottieri, una volta reso impotente il papa attraverso la sconfitta del Valentino. Io ero probabilmente uno dei tanti attori che avrebbero avuto il loro breve momento in quello spettacolo, perché sarei stato chiamato a testimoniare i fatti che dimostravano la colpevolezza del Valentino. I francesi, in particolare, avrebbero dato valore alla testimonianza di un inviato fiorentino.

In poche settimane, a capo di tutta Italia ci sarebbe stato l'uomo che aveva concepito questo schema e nascosto non solo una trappola ben ordita, ma anche un segreto orribile, un segreto che costava la vita a chiunque ne venisse a capo.

Alla fine della giornata, raggiunsi Sinigaglia; è una città sul mare, che il fiume Misa circonda come un serpente. L'anello del fiume forma una sorta di fossato, rendendo la città quasi un'isola, cinta da pietre color sabbia e delimitata a est da una rocca di concezione moderna che si affaccia sull'Adriatico.

Appena attraversai il fiume sentii delle urla provenire dalla città. Ancor prima di raggiungere le porte, dovetti oltrepassare una mezza dozzina di cadaveri, che erano stati già razziati. Molto probabilmente erano corpi di soldati; giacevano a lato della strada, con le braccia aperte e rigide, nudi, e velati solo di un sottile strato di neve. Ricordavo anche troppo bene le parole del signor Oliverotto, che mi avvertiva degli orrori che avrei visto se fossi arrivato «in tempo a Sinigaglia».

Le porte della città non erano chiuse, ma a proteggerle c'era un muro di cavalli, costituito da almeno venti unità montate e armate. Non era possibile stabilire se quei mercenari italiani fossero a servizio del Valentino o dei condottieri. Dall'interno della città sentii un grido distante come antifona a urla più soffocate; le guardie alla porta, però, avevano l'aria di starsene lì in attesa dell'inizio di un torneo. O magari che passasse qualcuno avventato quanto me.

Quando mi avvicinai, la maggior parte dei cavalieri si voltò a guardarmi; uno estrasse la spada con un movimento circolare del braccio. «Veneziano?», gridò.

Se dovevo morire per una risposta, che fosse almeno da cittadino della mia Repubblica. Gridai: «Fiorentino!».

Uno dei capitani avanzò e disse qualcosa allo spadaccino; lo riconobbi, era un ufficiale del Valentino che, una volta, aveva organizzato una scorta ad alcuni dei nostri mercanti per conto mio. Mi lasciò passare. Dopo che ci fummo scambiati i saluti, gli chiesi: «Qual è la situazione?»

«Abbiamo messo al sicuro la città per Sua Eccellenza». Delle gocce d'acqua congelata costellavano l'elmetto del capitano come perle sulla rete per capelli delle signore. «La fanteria e l'artiglieria di Vitellozzo sono là fuori». Indicò la campagna col braccio teso; era avvolta quasi del tutto nell'oscurità.

Quella situazione non mi sembrava particolarmente sicura; anzi, corrispondeva in pieno allo scenario che avevo immaginato sulla strada per Sinigaglia. Il Valentino era stato attirato entro le mura, mentre i condottieri, avvalendosi della superiorità delle loro forze, lo circondavano dall'esterno. In pratica, il duca era in trappola.

Valicai la porta e giunsi in una piazzetta cosparsa di blocchi di ghiaccio. Mi affacciai in una stradina della piazza, che era illuminata dal bagliore del fuoco; intanto, una mezza dozzina di soldati svizzeri (mercenari che, anche in questo caso, potevano essere a servizio di entrambe le armate) attraversarono un incrocio di corsa, con le loro lunghe picche appuntite come pennini. Su una di quelle picche era conficcata una testa umana, rigonfia e livida.

Pensai fosse meglio passare dai vicoli, e in quel modo mi avventurai sino al centro della città; non ci misi molto, perché l'area all'interno delle mura contava in tutto una dozzina di strade, sia in lunghezza, sia in larghezza. Arrivai a una piccola piazza circondata da palazzi di recente costruzione; al centro vidi una carrozza a baldacchino scortata da una dozzina circa di soldati, a piedi o a cavallo. Tra questi ultimi, riconobbi varie persone della cerchia ristretta del Valentino.

«Messer Agapito!», gridai, mentre procedevo verso di loro.

Il segretario del Valentino girò il cavallo. «Segretario! Sua Eccellenza la stava cercando!».

Senza altre spiegazioni, Agapito e gli altri cavalieri si allontanarono, lasciandomi con i soldati di fanteria e la carrozza. L'occupante del veicolo spostò la tenda e si affacciò alla finestrella.

«Messer Niccolò! Che ne pensate di tutto questo?».

Riconobbi il volto lungo, da levriero, di messer Gabriello da Bergamo, cittadino veneziano, un commerciante di grano mio conoscente. «Vedo che la città è in agitazione», dissi francamente, «e Vitellozzo Vitelli aspetta fuori col suo esercito».

Messer Gabriello indicò il palazzo più ampio della piazza, un grande edificio di pietre multicolori. «Pare che Vitellozzo sia là dentro. Con Oliverotto da Fermo e Paolo Orsini».

«Gli uomini del duca hanno detto che sono trattenuti come ostaggi?»

«No, non hanno detto niente. Li ho visti entrare io, poco dopo mezzogiorno. Una bella parata. Dopo, però, si è vista uscire solo la compagine del Valentino, e adesso girano voci di ogni tipo. Da un lato, si dice che Vitellozzo abbia circondato la città, pronto all'attacco; dall'altro, che i condottieri saranno esposti sulla piazza domani mattina, come Ramiro da Lorca a Cesena».

In realtà, neanche io sapevo cosa pensare: i tre condottieri potevano essere prigionieri, o forse, vista l'evidente superiorità numerica delle loro truppe, stavano negoziando i termini della resa del Valentino.

Messer Gabriello fece un cenno col capo in direzione di uno dei roghi, a qualche strada di distanza. Le fiamme, vivide quanto la visione di Ezechiele, erano circondate da un alone arancione che si sollevava sopra ai tetti; scintille e ceneri ardenti brillavano come lucciole nella colonna di fumo. «Ci sono anche voci che i mercenari svizzeri del duca stiano mettendo la città a ferro e fuoco».

«Forse per sottrarre il bottino al vincitore», dissi. «Di chiunque siano i soldati, o con chiunque si saranno alleati prima di notte, Sinigaglia rischia di diventare un'altra Capua».

«Mi sto occupando di negoziare la salvaguardia delle case e dei possedimenti veneziani», disse messer Gabriello. «Come sapete, i nostri commercianti occupano un quartiere intero della città. Se vi serve una stanza, potete venite con me».

Accettai volentieri. Fin quando non avessi capito che cosa stava succedendo, rimanevo solo un cieco che incespicava nelle stanze del palazzo della Fortuna.

Fu necessario attraversare solo quattro strade per raggiungere il quartiere veneziano, dove mi assegnarono una stanzina in un palazzo che consideravo piuttosto sicuro, perché lo stesso messer Gabriello alloggiava lì. L'edificio ospitava una riunione di mercanti veneziani; dopo essermi occupato del cavallo e del bagaglio, mi unii a loro presso il focolare della cucina. Quei gentiluomini sembravano essere usciti tutti dallo stesso stampo: barba e capelli corti e scuri contrastavano con guance pallide e magre, così che persino i più giovani avevano l'aria angustiata.

Avevo appena finito un graditissimo spezzatino caldo di galletto, servitomi da un calderone di rame, quando messer Gabriello mi chiamò da una parte. «Gli uomini del duca sono rientrati nel palazzo. Cosa credete che accadrà, adesso?».

Scossi il capo, facendo agitare le mille ipotesi che mi si affollavano in testa come un sonaglio. «In questo momento ho una sola certezza», gli risposi. «Che domani mattina l'Italia avrà un nuovo signore».

Appena lo dissi, mi tornò in mente quel che avevo letto in Plutarco proprio la notte precedente. Si dice che, quando il dittatore romano Silla iniziò la sua ascesa al potere, dai cieli scese un boato di «suoni di tromba così laceranti e lugubri che sorpresero e terrorizzarono tutto il mondo». Gli indovini etruschi credevano che il mondo fosse suddiviso in otto ere, ciascuna dominata da un tipo d'uomo differente; profetizzarono che quegli squilli di tromba segnassero l'alba di una nuova era, in cui un mondo del tutto diverso sarebbe stato guidato da «un nuovo tipo d'uomo».

Mi ritrovai a chiedermi se tutte le nostre "invenzioni" (artiglieria, stamperie, scienza, la rinascita delle lettere, delle arti e dell'architettura, oltre al nuovo mondo al di là del mare) avessero inaugurato, in effetti, un'età nuova, che sarebbe andata oltre qualsiasi concezione degli antichi. Forse, a guidare questa nuova era sarebbe stato proprio il mio uomo insolito.

«Sì, l'Italia avrà un nuovo signore», riflettei, «ma che Dio ci aiuti se sarà anche un uomo nuovo».

Prima che messer Gabriello potesse chiedermi spiegazioni riguardo a quest'affermazione criptica, dei soldati ci interruppero entrando direttamente in cucina, con le corazze e gli elmetti che riflettevano il fuoco, e fecero strada a un ufficiale che non avevo mai visto prima. Si fermò al centro del gruppo, appoggiò il palmo della mano sull'elsa della spada inguainata e gridò: «Il segretario fiorentino! È qui?».

Senza nessuna spiegazione fui ricondotto alla piazza centrale, davanti al grande palazzo che la dominava, lo stesso in cui, secondo messer Gabriello, durante il giorno erano entrati il Valentino e i suoi condottieri. Salii un'imponente rampa di scale e arrivai al "piano nobile", poi mi guidarono rapidamente attraverso un salone multicolore; ebbi poco tempo di osservare il gruppo di ufficiali, circa una dozzina, che si era radunato attorno a un tavolo, consultando una mappa. Tutti portavano l'armatura, eccetto un uomo alto in cappa di camoscio.

Non avevo visto Leonardo da quando mi avevano rapito nei pressi di Cesenatico, quattro giorni prima. Non potevo considerarlo un "compare", ma nelle ultime ore trascorse insieme avevamo condiviso grandi pericoli e rivelazioni sorprendenti; oltretutto, il suo assistente mi aveva salvato la vita. Quindi ero molto sollevato di rivederlo. Ma finché non avessi saputo di più sullo stato delle cose, non mi arrischiai a fare altro che un cenno di saluto.

Leonardo alzò gli occhi sopra le teste dei soldati e mi seguì con lo sguardo. Forse corrugò un po' la fronte, ma, tutto sommato, il suo volto trasparente non mi fornì indizi sulla situazione del duca.

Seguii la mia scorta in un'anticamera vuota, poi fui accompagnato in quella che doveva essere la camera da letto principale; sulla cappa di terracotta del caminetto, molto grande, era dipinto uno stemma che non avevo mai visto. Il letto era appoggiato contro la parete, mentre il centro della stanza era occupato da un tavolino ricoperto da dozzine di documenti. Al chiarore tremolante del fuoco si aggiungeva l'illuminazione più uniforme di uno dei globi luminosi di Leonardo.

Il Valentino sedeva con la schiena eretta su uno sgabello romano da campo, davanti a uno scrittoio sul quale poggiavano vari mucchi di fogli coperti della sua elegante scrittura. A differenza degli ufficiali all'esterno, non era armato, e portava solo una tunica nera e le calzebrache.

Appoggiò la penna, si alzò e, zelante come un servitore, si diresse verso una caraffa e vari calici d'argento che erano sistemati su un tavolo intarsiato; versò del vino per sé e si avvicinò con un altro calice. Il suo volto era completamente trasformato rispetto alla macchia pallida che avevo visto per mesi; la carnagione bruciata dal vento sembrava quella di un agricoltore, o di un condottiero durante una campagna militare. Mi sorrise in modo aggraziato, ma in quell'espressione non potei fare a meno di notare (e temere) una certa ferocia.

«Gioite con me, segretario», mi disse, porgendomi il calice e incoraggiando il brindisi con un cenno del capo. «Ho ottenuto quel che Dio e la Fortuna non potevano darmi. Dovete subito scrivere ai vostri superiori e dir loro che oggi ho posto fine alla tirannia, come avevo progettato quest'estate, ancor prima della cospirazione ordita ai miei danni. Ho usato questi uomini malvagi finché mi sono stati necessari, ma sempre mettendoli l'uno contro l'altro, così che le meschine tirannie dei condottieri finissero con la mia vittoria sui peggiori di loro. Oggi, è finita».

Non sapevo cosa rispondere.

Il Valentino mi fece segno di accomodarmi su una sedia imbottita. Si rannicchiò sul suo sgabello da campo e si piegò verso di me, con i gomiti sulle ginocchia. «Vitellozzo Vitelli è mio prigioniero, qui, in questa casa. Se battessi il piede per terra, mi sentirebbe. Lo stesso vale per Oliverotto da Fermo e Paolo Orsini. Gli uomini di Oliverotto che hanno fatto resistenza, qui in città, sono stati disarmati. Le truppe di Vitellozzo che vedete fuori dalle mura, adesso, sono ai miei ordini. Questa notte chiuderemo la faccenda, e domani marceremo su Corinaldo».

Il Valentino concluse con un sorriso serrato, ironico; aveva di nuovo ribaltato la situazione. Sapevo che era abile nel creare imperi di speranza a parole. Ma i suoi occhi spietati mi dicevano che non stava raccontando favole. Mi ricordai della nostra conversazione sulla scienza dell'anticipazione. Misi da parte tutte le mie teorie precedenti, e giunsi alla conclusione che, in qualche modo, il Valentino aveva fatto proprio quel che diceva: era riuscito ad anticipare i piani dei condottieri, per quanto avessero cercato di attirarlo in trappola.

Rapito e sorpreso, ascoltai il Valentino che continuava a parlare, trionfante, e descriveva come era riuscito a ingannare i condottieri: prima aveva negoziato un trattato fingendo di essere la parte più debole, poi aveva disperso le truppe in campagna, suddividendole in piccole unità; perciò, quasi tutti i fuochi da campo che avevo visto andando a Pesaro erano dei suoi soldati. Senza un accenno di rammarico, il duca mi disse che non si era sentito obbligato a rispettare un patto che aveva stretto sotto la minaccia di uomini che non intendevano mantenere la parola. È una regola di condotta che, a oggi, continuo a ritenere del tutto giusta, per quanto abbia suscitato molto sdegno tra tutti quelli che considerano *Il Principe* il manuale del diavolo. Chiunque voglia essere buono sempre e comunque, finirà con l'essere distrutto da tutti quelli che buoni non sono.

«Segretario, il loro piano era di condurmi qui e uccidermi ancor prima che entrassi in questo palazzo, poi prendere il comando delle mie poche truppe superstiti e marciare contro la vostra Repubblica. Stanno confessando tutti i dettagli, qua sotto». Si raddrizzò un poco e picchiò con la punta del piede sul pavimento. «Ma avevo già previsto il loro piano, ancor prima che lo concepissero. Ho lasciato che fosse la loro stessa natura a portarli alla distruzione. Dovevate esserci, questa mattina, quando li ho incontrati alle mura della città, per vedere i loro volti ipocriti, i baci e gli abbracci con i quali mi hanno salutato, come fossi uno sciocco. Questi maestri dell'inganno non credevano di poter essere ingannati, solo perché erano accecati dalle proprie ambizioni malvagie. Gli uomini non sono mai soddisfatti di quel che hanno, segretario». Il Valentino svuotò il suo calice rovesciando la testa all'indietro, e lo posò sul pavimento, accanto al suo sgabello. «Però, non si deve mai aspirare ad avere più di quanto non si possa stringere tra le mani». Serrò le mani bianche, vuote, attorno a un oggetto invisibile.

«Chiunque dipenda dall'esercito di un altro, dipende anche dalla sua buona volontà e dalla Fortuna. Ma ho deciso già da tempo di affidarmi soltanto alla mia, di volontà. Mi sono liberato dei condottieri; con i miei sforzi, ho salvato l'Italia».

Dopo avermi offerto quegli insegnamenti nell'arte del governo, che sono menzionati anche nel *Principe*, il duca passò con altrettanta abilità a un altro argomento. «Sono certo che ricorderete, segretario, che qualche mese fa ho invitato il vostro governo a farsi avanti e dichiararsi amichevole verso la mia persona e le mie imprese in Romagna. Se non lo farà, capirete bene che per me sarà difficile distinguere la Repubblica di Firenze dai miei nemici dichiarati. Il vostro governo ha pensato di attendere, per vedere se i miei nemici lo avrebbero sollevato da quella decisione, per quanto gli uomini che cospiravano ai miei danni fossero anche la minaccia più grave per il vostro stato. Ora, le vostre signorie si renderanno conto di quanto la mia vittoria sul nemico comune sia stata anche nel loro interesse. Non ho dubbi che i vostri superiori, quando saranno informati delle mie azioni, riconosceranno di essermi in obbligo e mi offriranno immediatamente il loro appoggio nelle campagne contro Città di Castello e Perugia. Così facendo, si dichiareranno miei alleati».

Si alzò di scatto e si mise davanti al caminetto, dandomi le spalle, come se la gratitudine che si aspettava dai fiorentini non fosse argomento di ulteriore discussione.

Non respiravo. Sapevo, naturalmente, che il duca era esigente nelle negoziazioni, e nessuno che avesse rischiato tanto per ottenere quella vittoria si sarebbe accontentato di regalarne i vantaggi a chi era rimasto semplicemente con le mani in mano. Ma voleva che il mio governo finanziasse degli attacchi immediati nell'Italia centrale: segnando quelle conquiste su una mappa, se ne sarebbe ricavato un cappio attorno alla stessa Firenze.

I nemici mortali del Valentino erano sconfitti, ma dov'era quella pace che voleva tanto disperatamente, quel nuovo mondo da costruire con Leonardo?

«Scriverò al mio governo», dissi, faticando a trovare le parole. Una volta tanto, ero lieto di non avere la facoltà di negoziare; iniziai anche ad apprezzare la saggezza dei Dieci della Guerra, che avevano mandato al Valentino un semplice intermediario.

Il Valentino si sedette di nuovo di fronte a me, con agio, come se intendesse abbassare le sue pretese. Ma il cuore mi rimase in gola.

«Sapete che Vitellozzo aveva intenzione di accusarmi dell'omicidio di mio fratello?». Aveva un tono più controllato. «Doveva essere il loro pretesto per rompere il trattato». Come pensavo. «Volevano usare il libro. L'ho avuto da Vitellozzo. Assieme alla pagina che aveva tagliato. Ve la mostro».

Il Valentino andò rapidamente al tavolo carico di documenti. Dai fogli estrasse una pagina piegata in due, a giudicare dalle dimensioni; un lato era coperto da un enorme sigillo di ceralacca. Non vidi cosa vi era impresso, perché il Valentino lo ripose velocemente. «Vitellozzo voleva che Damiata consegnasse questa pagina al papa».

Dovetti chiedere: «Dov'è ora Damiata?».

Scosse il capo. Non sapevo se esserne sollevato. «Ma credo che tornerà da me, a implorare pietà».

«E voi...?»

«Non lo so, ancora. Stiamo determinando i fatti».

«Suppongo vi aspettiate che almeno uno di loro confessi l'omicidio di vostro fratello».

Il Valentino mi guardò, con gli occhi stretti e la bocca serrata. «So chi ha ucciso mio fratello, segretario».

Non riuscivo a interpretarlo. Intendeva che Oliverotto e Vitellozzo avevano già confessato? Il suo sguardo mi dissuase dal fare altre domande, ma ero in preda al panico: avevano confessato anche che Damiata era loro complice?

Il Valentino indicò nuovamente il foglio sigillato. «Sapete cosa c'è scritto, segretario?».

Non riuscivo a parlare. «Non l'ho letto, Eccellenza».

Alzò lo sguardo senza vedermi. Capii subito dov'era con la mente.

«Alcune erano prostitute, altre no. Le donne che prendemmo in ostaggio a Capua». Dilatò le narici, come se avesse una mano sulla bocca e cercasse aria. «Ne presi una. Una delle innocenti. Del tutto innocente, una ragazza di quindici anni circa. Vergine. Ma acconsentì, come una servetta quando il signore le picchia sulla spalla di notte». Come aveva acconsentito Marietta, la notte del matrimonio, mentre i suoi zii battevano le pentole fuori dalla porta socchiusa. «Speravo di salvarla dal peggio, così mi sono rotolato nella stessa melma dei tedeschi e dei guasconi. Mi sono completamente disonorato». Era impallidito. «Mi sono macchiato per sempre».

Come per Damiata, temevo di fare altre domande. «Che è successo a quella ragazza?».

Annuì appena, ancora senza vedermi. «L'ho data a Oliverotto».

Fui costretto a immaginare le mani enormi di Oliverotto che stringevano il collo di quella povera ragazza, il suo volto che diventava viola. Era orribile anche solo pensare che avesse provato un istante di piacere tra le mani del suo strangolatore, come vantava Oliverotto; poco più di una bambina, strappata da casa, non poteva provare altro che paura. E pregai che, nell'attimo in cui si fosse resa conto di morire, avesse visto le braccia della Madre di Dio che l'accoglievano.

«Dovete andare, adesso, segretario», sussurrò il Valentino. Quando sbatté le palpebre, i suoi occhi brillarono. «Andate a scrivere al vostro governo. Parleremo più tardi».

Capitolo 23

> Ognuno vede quel che tu pari, pochi sentono quel che tu sei, e quelli pochi non ardiscono opporsi alla opinione de' molti [...].

Non tornai nella mia stanza, nel quartiere veneziano. I soldati del Valentino mi scortarono fino a un palazzo più vicino al centro, dove alloggiavano vari ambasciatori. Mi sistemai in una stanzetta senza finestra e preparai subito il dispaccio per i Dieci della Guerra. Scrissi, convinto che gli uomini del duca avrebbero letto il mio resoconto, perché già mi avevano fornito penna, inchiostro, carta e un messaggero in attesa. Il Valentino aveva capito, come nessun principe prima di lui, che la vittoria in sé è meno importante della velocità con cui la notizia del trionfo si diffonde in modo rapido e capillare nel mondo.

Quando finii di scrivere, il letto mi chiamava. Ma la notte in cui avrei potuto festeggiare la liberazione della mia famiglia, di Firenze e di tutta Italia, mi sentivo troppo agitato per dormire. Iniziai piuttosto a misurare la stanza a grandi passi, come un animale in gabbia; mi tormentava il pensiero che forse il mio "uomo insolito" non fosse poi così insolito. Noi italiani avevamo reso la guerra una professione stimata e redditizia, creando così uno stato di caos perenne, perché chiunque tragga profitto dalla guerra sarebbe un folle a cercare la pace. L'immortale Cincinnato, che lasciò l'aratro per portare i romani alla vittoria e poi tornò alla sua fattoria, nell'Italia di oggi sarebbe schernito come pazzo. Quando la guerra non ha mai fine, la sua brutalità corrompe tutti, inevitabilmente, e i più innocenti vivono gli orrori più atroci. Capua stava diventando la regola anziché una spaventosa eccezione.

Temevo che il duca Valentino avesse sguazzato nel fango di quegli uomini crudeli troppo a lungo per poter creare la sua nuova Italia senza difficoltà. Quel che mi turbava di più era che avevo anche visto quanto bramasse segretamente la nostra bella Firenze, forse non meno dei condottieri.

Alla fine scivolai sotto le coperte, ma riuscii solo a girarmi e rigirarmi, maledicendomi per non aver capito in anticipo l'inganno del duca. Ero ossessionato dalla faccia di un uomo, quando, in realtà, poteva essere senza volto come il suo apprendista: un qualunque uomo che annaspava per il potere nell'Italia odierna.

Ma c'era una domanda che mi impediva di attraversare la soglia del sonno: *Dov'era Damiata*?

Il breve assopimento in cui caddi, ore dopo, era agitato e pieno di sogni. L'ultimo fu proprio prima di svegliarmi. Tenevo la mano di mio padre, che mi sembrava incredibilmente reale, e camminavo con lui verso piazza della Signoria. Attraversammo Ponte Vecchio e superammo le facciate imponenti dei lanifici, tra i vessilli di tessuto che ricadevano dall'alto delle inferriate. Poi il cielo divenne nuovamente visibile; incorniciava la torre di Palazzo della Signoria, con il suo ballatoio merlato, simile alla dentatura di un Titano. Nella piazza di fronte a me, affollata come un campo di battaglia, c'era un immenso coro di ogni sorta di persona immaginabile, e tutti gridavano. Non capivo cosa dicessero, ma ogni conversazione, sia che coinvolgesse due o venti uomini, era una rassegna di gesti, cenni, sorrisi, sguardi torvi e alzate di spalle. Ne ero terrorizzato; la vita, che avevo trascorso per la maggior parte attaccato ai lacci del grembiule di mia madre, non mi aveva preparato a capire questo vocabolario confuso di parole, gesti ed espressioni.

D'un tratto mi ritrovai in via di Piazza, nella mia camera, com'era prima che iniziassi a condividerla con mio fratello Totto. Era buio, la casa e la strada erano avvolte dal silenzio. Scivolai fuori dalle coperte e mi misi in piedi, accanto al letto. La luce della luna filtrava tra le imposte. In quella luce argentea iniziai a mimare grandi svolazzi retorici, con il braccio proteso e i palmi sollevati, annuendo saggiamente; continuai a ripetere quelli e altri gesti silenziosi a lungo, nel buio.

Cosa stai facendo?

Mi si accapponò la pelle. C'era un altro bambino nella mia stanza. Lo vedevo a malapena, al buio; dalla statura pensai fosse molto più giovane di me, ma era troppo grande per essere Totto.

Faccio come gli uomini in piazza, risposi. *Li ho guardati con tanta attenzione e li imito così bene che scambieranno i miei gesti per i loro. Non si accorgeranno mai che sono solo un ragazzino ignorante.*

L'avevo fatto davvero, da bambino: mi alzavo spesso nel cuore della notte, proprio come nel sogno, e mi esibivo in quelle imitazioni. Presto iniziai anche ad ascoltare le parole che si scambiavano quegli uomini, ma continuavo a osservare ancor più attentamente le mani, gli occhi, le espressioni, persino come era posizionato il piede di uno, o quando un altro sollevava la scarpa. Presto imparai a leggere i volti e i gesti degli uomini come libri, non meno importanti dei testi di Dante e Cicerone.

Il ragazzino che mi aveva raggiunto nel sogno iniziò a piagnucolare. *Odio le loro facce.*

Improvvisamente, mi trovai all'interno della testa di quel bambino, e guardavo attraverso i suoi occhi. Non ero sorpreso, perché da sveglio ero solito entrare nelle menti dei grandi della storia, in modo molto simile; non era poi diverso dall'esaminare le rovine di una grande armata romana con gli occhi di Annibale, così da potergli chiedere dove sarebbe andato dopo Canne. Ma ora mi trovavo nella mente di un bambino spaventato, che guardava piazza della Signoria come facevo io alla sua età. E quel che vedeva era molto più spaventoso di qualsiasi cosa avessi mai visto io.

Non avevano volto. Le centinaia di uomini in piazza sembravano tutte maschere bianche senza vita, con fori per gli occhi e fessure al posto della bocca e del naso.

Mi svegliai di colpo.

Seduto sul letto, mi resi conto di essere tornato nella stanza che mi avevano messo a disposizione gli uomini del Valentino. Mentre guardavo nel buio, però, ero certo che l'autore di quella visione orribile fosse là con me. Accanto alla porta. E non era più un bambino.

«Adesso ti capisco», dissi rivolgendomi a quella presenza glaciale. «Dalla nascita, sei del tutto indifferente a quei sentimenti che animano gli altri, e rendono vivi i loro volti. Ai tuoi occhi, la nostra faccia è solo una maschera mortuaria. E ora so cosa devi fare, per vivere nel tuo strano regno di anime e sentimenti. Perché anch'io, una volta, ero un ragazzino che voleva disperatamente sembrare un uomo». Mi battevano i denti. «Posso solo immaginare lo sforzo immane di un piccolo mostro sconcertato, che sapeva per istinto animale di dover sembrare umano per sopravvivere».

Sentii un fruscio di abiti, poi un rumore stridente. In fondo al letto, le fiamme scoppiettavano nel braciere.

«Chi sei?». In realtà, non avevo idea di chi ci fosse, accanto a quel braciere: un uomo, una donna, un'ombra, una creatura di un sogno non terminato? «La duchessa di Ferrara». La voce era talmente sconvolta dalla rabbia che ancora non riuscivo a stabilire se la "duchessa" fosse in realtà un uomo o una donna. Ma vidi un abito e un velo bianco, trasparente. Una sottana che luccicava di pizzi dorati. Poi, la mia mente vacillante ricordò che la duchessa di Ferrara era Lucrezia, la sorella del duca Valentino, e non poteva essere a meno di cento miglia da lì.

Iniziò a strapparsi di dosso le vesti con tanta rabbia che cercai intorno a me qualcosa da poter usare come arma. Gettò il velo, l'abito, poi una parrucca bionda sul mio letto come se fossero infetti; ma quasi subito, la "duchessa" riprese l'abito e lo tenne davanti a sé come un'accompagnatrice fantasma a un ballo. Vidi il coltello quando iniziò a tagliarsi di dosso con foga il corsetto vuoto, strappando il velluto con un suono che richiamava quello di un macellaio che lacera la pelle di un animale.

Balzai in piedi.

«No, Niccolò, non ti avvicinare». La voce di Damiata era a malapena riconoscibile; solo quando vidi il suo viso, ora scoperto, e i capelli scuri tirati indietro, mi convinsi che era lei. Gettò gli abiti lacerati sul letto e si girò verso di me, ancora con il coltello in mano, come se mi vedesse per la prima volta.

«Ero ancora follemente innamorata di Juan, quando Cesare iniziò a sedurmi». Sembrava parlare nel sonno. «O io iniziai a sedurre lui. Neanche ricordo. Capisci, quanto è abile. Lo vedi così, adesso, il conquistatore della Romagna, temuto in tutta Europa, la speranza di una nuova Italia. Per me, allora, era un adorabile uccellino in gabbia. Triste e dimenticato. Con le sue canzoncine malinconiche». Sussultò in preda ai singhiozzi. «In tutto questo, c'era una cosa in cui credevo. Che il giorno in cui abbiamo tradito Juan, fossimo stati veramente amanti. Che Cesare mi amasse». Le sue spalle tremavano ancora. «Questa notte ho abbandonato anche quella tenue convinzione». Gettò uno sguardo al vestito sul letto, come se volesse riprendere a infierirvi. «Questa notte mi ha costretta a impersonare l'unica sposa che abbia mai desiderato davvero. La stessa donna che ha stretto a sé quel pomeriggio, quando sono stata tanto sciocca da pensare che abbracciasse me. Questa notte mi ha fatta vestire con l'abito da nozze di sua sorella».

«Questa notte?», chiesi stupidamente.

«Sono andata da lui, Niccolò. Questa notte».

Per implorare perdono, supponevo. Il prezzo del perdono era insopportabile non solo a lei, ma anche a me; però, sembrava ci fosse dell'altro. Cosa?

«Ho visto i suoi prigionieri, nella stanza accanto. Me li ha mostrati da un foro nel muro, come quello di una camera oscura. Oliverotto e Vitellozzo. Legati assieme, seduti schiena contro schiena. Entrambi i colli stretti dalla stessa garrota. Alla fine hanno implorato pietà, come donne. Li ho sentiti morire. Dopo, è iniziata la mia notte di nozze». Sbatteva continuamente le palpebre. «Il tuo mostro è morto, Niccolò. La tua città è salva».

«Damiata», le parlai deciso, per riscuoterla da quel sonno. «Non è morto». Mi fermai lì, speravo di non vedere il volto che ancora mi fluttuava davanti, la materializzazione del mio sogno. «Questa notte ho visto il volto del male».

Scosse la testa in un dissenso rabbioso. «Quando è finita, mi ha fatto guardare di nuovo da quel foro. Le loro facce erano diventate viola. C'era una pozza d'urina sotto ogni sedia».

Feci un passo verso di lei, ma sollevò il coltello e mi avvertì di stare indietro. Rabbrividiva, vestita solo della sottoveste. Poi, con più calma, disse: «Quando ero ancora una ragazza, mi insegnarono come rubare dalle stanze dei gentiluomini». Sorrise come se stesse ricordando con affetto una persona cara, che non c'era più. «Niccolò, la mia cioppa è sul letto. Ho messo qualcosa nella fodera. Puoi prenderla?».

Appena trovai l'apertura nell'orlo della pelliccia, presi un involucro e lo misi davanti alla luce del braciere. «L'ho vista solo qualche ora fa», dissi, guardando Damiata. «Nella stanza del Valentino. La stessa pagina che è stata tagliata dagli *Elementi* di Euclide». Era così pesante che sembrava fosse stata placcata d'oro. Finalmente vidi il sigillo di cera rossa, che copriva interamente un lato della pagina ripiegata in due: vi era impresso lo stemma del duca Valentino. «Quando ti ho lasciato a Cesena sono andata dai condottieri, di mia spontanea volontà. Sapevo che quella notte avevano preso il libro, in pianura. Il libro che credevo potesse provare la mia innocenza e salvare il mio bambino. Niccolò, ti ho lasciato senza una parola perché non volevo che mi seguissi. Ero certa che Vitellozzo ti avrebbe ucciso subito». Mi guardò con diffidenza.

Non mi convinsero tanto quelle parole, quanto la sincerità che avevo percepito nel suo sguardo, quando mi aveva lasciato nel campo innevato.

«Niccolò, Vitellozzo Vitelli voleva che portassi qualcosa al papa, qualcosa che si aspettava di ottenere qui a Sinigaglia».

Annuii. «Questa pagina».

«Credo di sì».

«Il Valentino insiste che è tutta una messinscena», dissi.

Si morse le labbra. «La mia unica speranza è che quella pagina possa farmi ottenere la libertà di mio figlio. Niccolò, credo a quel che hai detto a Vitellozzo; penso che su questo foglio il Valentino confessi cosa è successo a Capua. Cose che la Santa Sede non vorrebbe mai sapere. Oliverotto stesso ne ha parlato, l'ho sentito».

La stanza mi sembrò più fredda. «Questa notte?»

«Ho sentito le sue ultime parole, attraverso quel forellino nel muro. Mentre il Valentino lo guardava. Con l'occhio incollato a quel foro». Scosse la testa, confusa. «La sua voce sembrava così lontana. Come se venisse già dall'abisso dell'Inferno. Oliverotto implorava che risparmiassero sua moglie e suo figlio. Nonostante tutto, ho provato pietà per lui. "So che state guardando!", urlava. "Per l'amor del cielo, ho mantenuto il vostro segreto fino alla morte!"».

Ero già pronto a qualcosa del genere. Nonostante tutto, il pavimento sembrò crollarmi sotto i piedi. «Quel segreto che ha mantenuto Oliverotto. Non intendeva Capua». Quando Damiata mi guardò con gli occhi straniti, aggiunsi: «Oliverotto mi ha detto di aver visto morire Juan. Ma di non averlo ucciso».

Damiata si fece il segno della croce e sprofondò ai piedi del letto. «Allora Vitellozzo».

Un'ora prima, l'avrei creduto anch'io. In realtà, dovetti mettere a tacere tutti i miei dubbi prima di dire: «No, neanche Vitellozzo».

Damiata si alzò, riprese la cioppa dal letto e vi si avvolse, poi alzò lo sguardo verso di me. Le guance le brillavano di lacrime. «Mio caro Niccolò, vedi cose che gli altri non riescono a vedere. Come tutti i grandi doni, è anche la tua maledizione. Ma quando eravamo ancora a Imola, Oliverotto mi ha mostrato qualcosa che tu non hai visto. Settimane più tardi, quando ho capito cos'era, non te l'ho detto: credevo che ti avrebbero ucciso, se fossi andato da loro. Mi mostrò una spirale fatta con delle olive». Mi descrisse nei dettagli come Oliverotto avesse disposto le piccole olive sul piatto d'argento, molto tempo prima che Leonardo arrivasse alla spirale di Archimede. «Niccolò, mi stava provocando, e stava provocando il papa. E ha giocato con Leonardo. Li ha uccisi tutti: Juan, le donne di Capua, le streghe di Imola».

La mia fede nella mia scienza traballava come la fiammella morente di una candela. Mi ricordai di Damiata, seduta sul letto a Cesena che tracciava una spirale in aria, quando le dissi della mappa del male. Credevo al suo racconto, e al motivo per cui non mi aveva rivelato prima quelle cose. Ma, forse, la Fortuna aveva usato delle coincidenze per nascondere la verità. Ero sempre meno certo di quel che avevo visto.

«Se il Valentino ha confessato i delitti commessi a Capua, sarà sufficiente», disse Damiata, quasi per confortarmi. «Credimi, Niccolò». Sollevò il petto. «Sono già pronta a partire da qui e tornare a Roma. Scambierò questa pagina con il mio bambino. C'è una lancia in partenza per Venezia questa notte». Cinse le mie mani con le sue, senza toccare il pacchetto che vi era racchiuso in mezzo. «Niccolò, tesoro, ti affido la mia vita e quella di Giovanni. Devo chiederti di custodire questa pagina per me, finché non avrò sistemato tutto per la partenza. Vieni al molo tra un'ora. Ho pagato le guardie alla porta nord. Ma se mi arrestano, devi... usare questa pagina per salvare la tua gente, Niccolò. Se puoi, anche mio figlio… lascia il sigillo intatto. Altrimenti il papa dirà che è un falso».

Damiata corse alla porta quasi in silenzio. Si fermò sulla soglia.

«Niccolò, immagina una cosa per me… Sei un uomo anziano, nei suoi ultimi giorni, e li trascorri in una bella villa nei dintorni di Firenze». Sbatté le palpebre lentamente, le lacrime le tempestavano le ciglia. «Sei nel giardino, sotto al pergolato, i bambini della tua Primerana giocano intorno a te. E stai leggendo il *Simposio* di Platone, la parte in cui dice che l'amore è il nostro desiderio di interezza, perché ogni anima ha una metà mancante; passiamo tutta la vita a cercare quella metà e, appena la incontriamo, la riconosciamo subito. Tuttavia, l'anima non può conoscere l'oggetto del suo desiderio finché non lo vede; fino ad allora, la metà mancante è solo un "presentimento oscuro e vago". Così, mentre leggerai queste parole tra le api, le cicale che friniscono e i tuoi nipotini che ridono, la tua mente tornerà agli amori del passato, e saprai che tra tutti, ce n'è stato solo uno che ti abbia completato».

Mi sorrise tra i singhiozzi, come se avesse davvero assistito a quella visione. «Promettimelo, Niccolò. Promettimi che quando sarai vecchio, per un momento riporterai Damiata nel tuo cuore e immaginerai che le nostre anime si completavano».

Le lacrime mi si gelarono sul volto. «Prometto».

Capitolo 24

Chi è fortunato in amore, non giochi a carte.

Un'ora dopo che Damiata era uscita, mi avviai. La città era avvolta dal silenzio, mentre raccoglievano i corpi dalle strade e la neve cadeva senza un suono. Quando raggiunsi la porta nord, la trovai difesa da una dozzina di cavalieri, mercenari italiani. Damiata li aveva pagati bene; non tentarono neanche di fare un cenno mentre passavo.

La strada procedeva accanto alle mura per circa duecento braccia, prima di scendere verso il molo. La piattaforma poggiava su dei piloni di legno e si inoltrava sino al letto del fiume Misa, estendendosi dalle mura della città come una mensola. Legata al molo, c'era una lancia del tipo che si incontra sulle coste adriatiche, con un solo albero e lo scafo tozzo. Il colore della bordatura, in quercia scura, si distingueva a malapena da quello del fiume e del mare aperto, visibile a poca distanza. Sul ponte non si muoveva niente, si vedeva solo un tenue tremolio di luce che filtrava dalle imposte della cabina singola.

Attesi per circa mezz'ora accanto alla lancia, ascoltando i suoi tonfi regolari contro il legno del molo; non c'era altro suono che quello del mare. Alla mia sinistra si stagliava la rocca di Sinigaglia, con le sue torri arrotondate a un tiro d'arco da me. Mi turbinavano in mente tutte le vite che avrei potuto vivere prima del sorgere del sole. Solo poche finivano bene.

Quando vidi Damiata scivolare sulla neve, aggraziata come una ballerina, pensai che fosse l'unica sposa che avessi mai desiderato. A differenza del nostro precedente incontro (e del mio matrimonio), la sposa si gettò subito tra le mie braccia.

«Laodamia ebbe tre ore con il suo sposo tornato dall'Ade», sussurrò.

«Noi avremo a malapena tre istanti». Guardò verso la scaletta. «È tutto pronto. Devo andare». Iniziò a tremare.

«Mio Dio! Soldati! Arrivano!».

Un uomo corse giù dalla rampa d'accesso ghiacciata, con la cappa al vento e le gambe che si agitavano in modo quasi comico, nel tentativo di avanzare rapidamente. Si fermò a poca distanza da noi, con l'alito caldo che si condensava davanti al naso e alla bocca. Damiata gli fece cenno di andare con la mano ed egli tornò velocemente sulla rampa.

«Niccolò, devo averlo adesso».

In quel momento, il pacchetto che avevo addosso portava il peso di tutti i miei dubbi. Forse era solo un falso. O forse, quella pagina strappata da un testo di geometria per scolari avrebbe messo in moto dei destini che neanche la Fortuna poteva immaginare.

Dubitavo di poter muovere la mano, invece ci riuscii.

Damiata fece scivolare il pacchetto nella cioppa proprio quando i primi soldati comparvero in cima alla rampa. Attraverso la neve, vidi anche dei cavalieri sulla stradina accanto al muro; erano almeno una dozzina, accompagnati da soldati di fanteria, tutti armati.

Damiata mi afferrò per il mantello e mi spinse verso la parte centrale della nave. Da poppa emerse un marinaio, che si sporse sul parapetto per aiutarla a salire a bordo. Ma lei non si aggrappò subito alle sue braccia. Prima, si gettò tra le mie.

«Niccolò caro, credo, come gli antichi, che un grande amore varchi anche le rive fatali». La sua voce sembrava già il sussurro di un'ombra. «Fidati di me, compagno della mia anima. Ci rivedremo».

Con questa promessa, toccò le mie labbra con le dita. Forse era solo la mia immaginazione, un ricordo bellissimo e illusorio, ma in quel momento i suoi occhi erano diventati trasparenti, e dietro a quelle fiammelle blu potevo quasi vederle l'anima, mentre le tremava sulle labbra il più bello dei sorrisi.

Poi si girò a raggiungere le altre braccia, per iniziare il suo viaggio.

Non aveva ancora superato il parapetto che la prima freccia mi sfiorò la testa, quasi una stella cadente che friniva come una cicala.

In un istante la seguirono altre tre o più frecce; alcune si conficcarono nel legno, ma una trafisse la carne con un suono orribile, come di un melone che si spacca. Con un grugnito animalesco, il marinaio che aiutava Damiata cadde all'indietro, scivolò sopra il parapetto come un delfino issato sulla barca da un pescatore e scomparve dietro allo scafo.

Mi abbassai e guardai verso la rampa, dove mi aspettavo di vedere i balestrieri. Invece, una parata di cavalli si avventurava sul declivio ghiacciato, con gli animali che scivolavano, spaventati. Nessuno dei cavalieri aveva una balestra, né era pronto a far fuoco.

Le spolette si accesero per prime, quasi al di sopra della mia testa, illuminando come candele le mura bianche della città. Una, due, tre in un istante. Gli uomini stavano gridando, quindi non sentii le spolette sibilare, ma solo il tuono intenso che segue, quando gli scoppietti sputano fiamme.

I proiettili fischiarono e si andarono a schiantare, l'ultimo sulla vela. Poi ci fu un altro lampo di luce, attutito dalla nuvola di fumo che si era già formata attorno al bastione. Il proiettile colpì il molo accanto a me e sollevò solo uno sbuffo di neve, eppure produsse un suono simile a una palla che colpisce la carne.

Pensai di salvarmi gettandomi nella barca, ma le forti correnti del fiume l'avevano già allontanata troppo. Non presi neanche fiato e decisi di raggiungerla a nuoto. Mentre tendevo i muscoli per tuffarmi nell'acqua fredda, la mia mente era occupata da una sola terribile domanda: *Quando salirò su quella barca, troverò la mia amata che già sta diventando fredda? Che perde sangue, e con esso la vita a me tanto cara*?

Fui raggiunto alla schiena da un colpo così violento che pensai mi avrebbe gettato nel fiume. Prima di potermi domandare se mi avevano sparato, mi trovai con i piedi in avanti, disteso nella neve per un forte strattone. I fiocchi cristallini volavano tutto intorno a me.

Poi scese il silenzio: anche la neve sembrava aver smesso di cadere. Alzai lo sguardo sul volto insignificante, da bottegaio, di Michelotto; era l'ultima faccia che avevano visto Vitellozzo Vitelli e Oliverotto da Fermo, poche ore prima. Il boia del Valentino era dunque venuto a "salvarmi". In una mano teneva una torcia, quindi mi porse l'altra.

«Fermate il fuoco!».

Guardai verso la rampa. Come se Dio avesse agitato una mano, il velo di neve era scomparso immediatamente per comando divino. Il Valentino montava il suo destriero nero, ma era ancora vestito come poche ore prima, quando lo avevo lasciato; non portava neanche una cappa, aveva solo indossato gli stivali al posto delle pantofole.

Lo stallone avanzò a balzi, imperioso e calmo come il suo cavaliere. Il duca giunse a metà molo, guardò verso la città, forse per assicurarsi che i suoi tiratori gli obbedissero, poi fermò il cavallo. Per un attimo, cavallo e cavaliere restarono immobili, come una statua equestre.

A quel punto successe qualcosa di strano. Il vento non si era sollevato per gran parte della notte, eccetto qualche debole folata da est. D'un tratto, però, dal mare venne un forte afflusso d'aria, non del tipo che prelude a una tempesta, quanto piuttosto un immenso risucchio sibilante che, una volta passato, sembrò attirarci a sé con dolcezza.

Ho sempre pensato che sia stata la Fortuna a sospirare.

Capitolo 25

> Poi il diavolo lo condusse su di un alto monte e gli mostrò in un attimo tutti i regni del mondo.

Il Valentino girò il cavallo e lo spronò verso la rampa. Michelotto mi invitò a seguirlo (o me lo ordinò) con un gesto della sua mano enorme. Procedevamo a un passo così veloce che la mia mente era del tutto concentrata a mantenere l'andatura; rientrammo in città e presto giungemmo a un lungo ponte, che attraversava il fossato attorno alla rocca.

Sapevo già che mi avrebbero portato in una torre.

Ancora in fretta, attraversammo il ponte ed entrammo nel cortile della fortezza, una babele di lingue affollata da soldati di ogni tipo, come il mercato del sabato. Dall'angolo all'altra estremità del cortile, accedemmo a una grande torre circolare e salimmo per una scala a chiocciola, che si affacciava sulla terrazza alla sommità della torre. Quella piattaforma era larga circa venti braccia e aveva un parapetto di pietra abbastanza alto da nascondere gli artiglieri, circa una dozzina, tutti impegnati a spostare due massicci cannoni di ferro.

A supervisionare il tutto c'era l'ingegnere generale del Valentino; Leonardo era in piedi, accanto a una delle feritoie che foravano il parapetto in vari punti. Michelotto mi lasciò lì e scomparve di nuovo per la scala a chiocciola.

Leonardo mi lanciò solo uno sguardo, poi rivolse l'attenzione verso il mare, accigliato. Sotto di noi, la lancia in fuga era lontana e il suo scafo nero non era quasi più visibile; le vele sembravano galleggiare sull'acqua color inchiostro. Nel tempo che impiegai per salire lassù, aveva già ripreso a nevicare.

«Damiata è sulla barca», dissi senza fiato, faticando a parlare. «Credo abbia delle prove...». Mi resi conto di non aver tempo di esporre una teoria ancora avvolta da dubbi e incertezze. «Prove di… crimini. Il duca…».

Le voci sembrarono venire sia da davanti, sia dalle nostre spalle. Mi voltai, e vidi comparire la luce delle torce dalla scala. La testa del Valentino spuntò dal pavimento; per un istante sembrò sospesa sulla punta di una picca, come quella di Ramiro. Ma pian piano emerse anche il suo torace, intatto e quasi immobile, come se una mano enorme lo stesse sollevando dalle profondità della terra.

Seguito da Michelotto, il Valentino ci raggiunse a grandi passi, mi gettò un'occhiata e poi si rivolse a Leonardo. «Maestro, dovete calcolare traiettoria, peso e distanza per i bombardieri». Voleva fare fuoco sulla lancia in fuga.

Gli occhi grigioverde di Leonardo si muovevano talmente rapidi che pareva stesse contando tutti i fiocchi di neve attorno a lui. Avevo visto quello sguardo già una volta, quando lavorava alle sue misurazioni.

Senza una parola o un gesto, si girò e se ne andò.

Il volto completamente calmo del Valentino si rabbuiò subito. «Non vi ho dato il permesso di andarvene! Non osate allontanarvi da me come se non esistessi!».

Michelotto sciolse la garrota spagnola che portava attorno al polso e ne avvolse le estremità attorno ai pugni.

Leonardo si fermò all'inizio della scalinata. Il Valentino trattenne Michelotto posandogli una mano sul braccio.

«Lo sapete dove andrete ora, maestro?». Il Valentino non alzava più la voce, ma parlava in modo stranamente rauco. «Tornerete alla vostra bottega di pittura. Di voi non rimarranno altro che ritratti di prostitute e pareti decorate, dove i monaci succhiano la minestra. Non costruirete niente, e non lascerete niente per cui essere ricordato».

Leonardo oscillò lievemente prima di voltarsi. «Ricordo la tromba d'aria che attraversò l'Italia quando avevo quattro anni. Quell'enorme nuvola nera girava con una furia violenta e inesorabile, al suo passaggio travolgeva abitazioni, alberi e bestiame». Il maestro parlava con il tono sognante e la voce acuta di un ragazzino. «L'aveva preceduta una calma innaturale, come se il mondo avesse esalato l'ultimo respiro, e con esso avesse reso anche l'anima». Sbatteva le palpebre rapidamente. «Quando la tromba d'aria se ne andò, lasciò dietro di sé un fetore insopportabile, quasi avesse strappato le viscere della terra...». Leonardo piegò la testa. «È così che la Natura distrugge per dare nuova vita».

«Sì», disse il Valentino quasi in un sibilo. «Dobbiamo distruggere il vecchio mondo per poterne costruire uno nuovo».

Stranamente, quando Leonardo sollevò lo sguardo, posò gli occhi su di me, e pareva che stesse chiedendo consiglio a suo padre.

Scossi appena la testa.

Leonardo accennò un segno di assenso altrettanto rapido, poco più di uno scatto. E poi, il grande maestro dalla piccola città di Vinci si voltò e scese da quella scala seminascosta. Anche quando sparì del tutto, sentivo ancora la cadenza regolare dei suoi passi sulla pietra, che seguivano l'armonia di un universo visibile solo a lui.

«Il maestro tornerà da noi», disse calmo il Valentino, che sembrava considerare la defezione del suo ingegnere generale niente più di un capriccio passeggero. «Lo capisco. Un uomo di tale acume ogni tanto deve distogliersi dalle questioni pratiche». Poi, nel suo sguardo percepii qualcosa di simile alla compassione. «Così come capisco che voi siate stato incantato dalla stessa donna che ha sedotto me per tradire mio fratello». Gettò un'occhiata a Michelotto. «Segretario, sapevate che Vitellozzo Vitelli e Oliverotto da Fermo sono già morti?».

Annuii.

«Ho risparmiato Paolo Orsini. Sapete perché?».

Scossi il capo, cercando un nesso.

«Perché il signor Paolo non aveva cospirato con gli altri due per uccidere mio fratello». Il Valentino annuì, le narici ebbero un lieve tremito. «A quel tempo, gli Orsini volevano un accordo di pace con noi. I Vitelli, invece, in cerca di ulteriori profitti, volevano prolungare le ostilità. Come pensavano di fare con il loro piano attuale. Vitellozzo e Oliverotto hanno entrambi accoltellato mio fratello, lo hanno confessato prima di morire. Ma durante la confessione hanno fatto anche il nome di un altro complice». Sentii arrivare una coltellata nel mio, di petto. «La notte che mio fratello fu ucciso, Damiata mandò uno dei suoi bravi da Vitellozzo, per fornirgli i dettagli dell'itinerario che Juan avrebbe seguito, una volta uscito dal vigneto di mia madre». Il Valentino fece una pausa ed espirò grave. «Vi assicuro, speravo che non facessero il suo nome, segretario. Sentire Vitellozzo che lo pronunciava, quel grasso porco deforme e deleterio, è stato come strappare la parte di me che apparteneva solo a lei. Un pezzo della mia carne».

In quella notte di rivelazioni, per la prima volta mi sovvenne che il Valentino avrebbe potuto anche essere il padre di Giovanni; forse, l'adorato figlio di Damiata era la "carne" alla quale si riferiva il duca.

Il Valentino guardò verso il mare. «Damiata sa che le prove del suo crimine giungeranno presto a mio padre. Crede di potersi ancora salvare attenendosi al piano ideato da Vitellozzo. Volete sapere cosa ho scritto su quella pagina che sta portando a Sua Santità?».

Annuii. Mi sentivo di nuovo come quando avevo sette anni, e non avevo studiato bene la lezione per Ser Battista.

«Vedete, segretario, Sua Santità manifestò di preferire mio fratello a me molto prima di farlo capitano generale della Chiesa, e anni prima di diventare papa. "Duca di Gandia" avrebbe dovuto essere di diritto il mio titolo. Ma andò a Juan…». Sbuffò in segno di spregio. «Potrei farvi una lista, segretario. Ma adesso non ha più senso». Sollevò il braccio a indicare il mare. «Sotto l'effetto dell'unguento, ho scritto di mio pugno su quella pagina una sorta di lettera a mio padre. Gli ho confessato che, la notte in cui trovarono il corpo di Juan, ringraziai quel Dio che temevo mi avesse dimenticato. Quel Dio indifferente che, in un moto di grazia o giustizia (o magari, solo di codardia) aveva abbandonato Juan nelle mani della Fortuna e dei Vitelli. Questa, segretario, è la "confessione" che Damiata vuol portare a mio padre: volevo che mio fratello morisse. Se fossi cresciuto con più fede nel potere di Dio, avrei pregato per la sua morte già da quando ero ragazzino. Ma anche Dio sa che non ho niente a che fare con l'omicidio di Juan».

La spoletta della bombarda si accese con un sibilo pari a quello di cento scoppietti che si preparano a fare fuoco, illuminando a giorno i tiratori. Forse avevano trovato una traiettoria con i loro mezzi. All'inizio, la polvere esplose con un suono soffocato, poi, il muso arrotondato di ferro della bombarda emise una lunga fiammata. L'eco che accompagnò la parabola del proiettile sull'acqua mi fece tremare le ossa, e fu tanto intenso che, quando la palla cadde in mare senza provocare danni (con mio grande sollievo), sembrò poco più del suono di un sasso lanciato in una pozza.

«Segretario, sapete cosa farà mio padre quando leggerà quella cosiddetta confessione? Le mie parole, per quanto farneticate in uno stato di delirio, riapriranno in lui delle ferite mai rimarginate. Sua Santità è un uomo anziano. Mi pento di aver fatto inviare a Roma l'amuleto di Juan, quando l'abbiamo trovato sul corpo di quella donna... L'ha quasi ucciso. Proprio come temevamo per la sua vita anche nei giorni immediatamente successivi alla morte di Juan...».

Il Valentino scosse il capo rassegnato e sbatté le ciglia per staccarne i fiocchi di neve, come fossero lacrime. Non credevo affatto che stesse immaginando di perdere un amato patriarca. Ma forse c'era un fondo di verità nella sua preoccupazione: temeva di perdere il commerciante di concessioni, che aveva finanziato tutte le sue conquiste vendendo indulgenze e uffici ecclesiastici.

«Salite sul parapetto», disse il Valentino di punto in bianco, come se potessi capire la catastrofe imminente solo da quella prospettiva. «Voglio mostrarvi qualcosa».

Il parapetto di pietra bianca mi arrivava al torace e non era più largo di due braccia.

«Salite».

Appoggiai le mani sulla pietra, che era talmente fredda da inaridirmi la pelle, mi sollevai e raggiunsi il parapetto in ginocchio. Sotto di me, una stretta lingua di mare Adriatico sbatteva sulle rocce, nera e argentea di schiuma. All'improvviso il sangue mi defluì dalla testa e non fui in grado di sollevarmi in piedi. Ogni fibra del mio essere voleva restare attaccata a quella balaustra.

«Alzatevi, segretario».

Sollevai le mani dalla pietra gelida e mi misi in piedi, malfermo. Il mare, quasi calmo, mi sembrava sollevarsi in onde nere; il vento, solo una brezza, mi sembrava quasi una tempesta.

Quasi il Valentino fosse Lucifero che cade dal cielo, piombò in un istante sul parapetto, di fronte a me, balzando dalla piattaforma sottostante con una forza quasi innaturale. Doveva essere stato un gesto più impegnativo di quanto pensasse, perché, mentre si raddrizzava, il suo corpo iniziò a barcollare. Si tenne in equilibrio sollevando le braccia, a poca distanza da me.

Per un attimo pensai di lasciarlo cadere. Ma poi mi allungai verso di lui e ci aggrappammo l'uno all'altro come se giocassimo a civettino, in cui si lotta solo con le mani. Qui, invece di cercare di gettarci vicendevolmente a terra, ci tenevamo in equilibrio.

«Vedi cosa possiamo fare insieme?». Sembrava che il Valentino avesse pensato di fare questa dimostrazione sin dall'inizio. «Devo poter lavorare con Firenze. I tuoi superiori devono convincersi che abbiamo gli stessi obiettivi e interessi. E tu sei l'uomo più adatto per condurli verso la luce. Quando ti hanno mandato qui, i mercanti e i banchieri hanno fatto della loro vile e costante incertezza un'arte pericolosa. E tu lo sai, Niccolò». Era la prima volta che mi chiamava per nome. «Anche io so cosa significa veder sottovalutare le proprie qualità. Sei capace di fare molto di più del portavoce per i fiorentini. Ho potuto apprezzare le tue attente valutazioni degli eventi, la tua abilità di capire a fondo gli uomini, il tuo dono di saper anticipare le cose. Aiutami a convincere i tuoi compatrioti. Costruiamo questo nuovo mondo insieme».

In quel momento, vidi due nazioni: l'Italia che abbiamo oggi, sopraffatta dagli uomini più sciocchi, se non dai più crudeli; e poi, un'Italia dove si può sperare di vivere in pace e prosperità, libera dalle dominazioni straniere, sotto una sorta di *pax caesarea* imposta dal Valentino. Per un istante, non di follia ma, piuttosto, di trionfo della ragione sul sentimento, vidi il nuovo mondo che l'avrei aiutato a costruire.

Mi lesse negli occhi in modo più chiaro di quanto io non potessi leggere nel mio stesso cuore. «Guarda il mare, Niccolò. Guarda al di là del mare».

L'orizzonte nero sembrava infinito, un riflesso scuro del Paradiso che avevo visto tra le braccia di Damiata. Però, dopo un istante, ebbi la sensazione che su quel regno lontano si abbattesse una tempesta di vento, talmente distante che potevo sentire solo un lieve sibilo, un sussurro in un sogno. Quel sussurro mi diceva qualcosa che avevo intuito vagamente parlando con Annibale e con Cesare, una verità che restava in attesa, come un mondo da esplorare. *Una nuova era*. Mi alzai in volo sul mare notturno, varcai i confini dell'amore, dell'odio e di tutti gli altri sentimenti che crediamo diano vita alle nostre anime; la tempesta cantava di una nuova vita che non avevo mai immaginato, neanche tra le braccia di Damiata. Una vita caratterizzata da un potere e un prestigio tali che i miei piedi non avevano più bisogno di poggiare su quel parapetto, perché non ero più legato alla terra. Ero una creatura immortale che volava verso il suo posto tra le stelle del cielo.

Non avevo mai provato niente del genere.

«Adesso lo sai, vero, Niccolò? Questo è ciò che significa lasciare da parte la propria fragilità umana e sfidare la Fortuna, ogni giorno, in ogni cosa. Sai meglio di altri che se attendiamo che qualcuno o qualcosa si muova senza prenderne il controllo, noi italiani non saremo mai liberi in tutta la nostra vita». Le sue mani erano rigide come barre di ferro. «Vieni con me, Niccolò, e aiutami a sconfiggere la Fortuna».

«Nessuno sa vedere più lontano di voi, Eccellenza». Mi tremava la voce. Ero lontano dalla riva, libero da tutte le catene che mi trattenevano: la casa, la famiglia, la Repubblica. Persino Damiata mi era scivolata via dalle braccia.

Si piegò verso di me e mi studiò con lo sguardo, come per cercare una fessura nella mia anima in cui avessi potuto nascondere i miei segreti. «Anche tu pensi di vedere qualcosa, vero, Niccolò? Qualcosa che nessun altro è mai stato in grado di vedere. Credi di poter vedere me». L'espressione sfuggente del suo volto non si poteva definire un sorriso. «Dimmi, cosa vedi?».

Il Valentino non aveva le labbra dischiuse, ma sembrava che ne uscisse comunque un po' di vapore. Non fu un grande sforzo per lui spingermi fino a farmi sollevare i piedi dalla pietra; ero certo di scivolare nell'abisso. Poi, con altrettanta rapidità, mi afferrò saldamente, per dimostrare con quanta facilità poteva avere la meglio su di me. «Voglio che tu mi dica cosa pensi di sapere». Spinse ancora, spostandomi mani e piedi. «Se hai da fare un'accusa, falla».

Erano quasi le stesse parole che avevano spinto Oliverotto da Fermo a un atteggiamento di sottomissione, a Cesena. Ma, in quel caso, il Valentino aveva offerto a Oliverotto la possibilità di ritirare le accuse (e, in realtà, solo di ritardare la propria morte). Nel mio caso, mentre mi teneva saldamente, il Valentino non mi offriva neanche quel patto col diavolo. Potevo scegliere se tuffarmi nell'oscurità del mare gelido, oppure dichiarare la mia fede barcollante nella mia scienza umana, che non era provata, non era verificata e, forse, era anche senza valore.

Cominciai la storia dall'inizio. «Credo… che abbiate iniziato a osservarci da quando eravate molto giovane…».

Dovetti fermarmi. Guardai in basso e immaginai il mio corpo che cadeva sulle rocce. Solo in quel momento, stranamente, fui pervaso da una profonda calma, che prese il sopravvento sul terrore agghiacciante.

«Sin dai vostri primi anni di vita», dissi, con la voce ora salda, «avete osservato attentamente il linguaggio dei nostri gesti, le risate, le lacrime, persino le minime espressioni dei volti, per affinare sempre più la vostra arte, fin quando non siete stato in grado di crearvi delle maschere con la stessa abilità con cui Leonardo dipinge i suoi ritratti: più veri e aderenti alla Natura della vita stessa. Un simulacro di vita tanto convincente che solo voi sapevate esserci il vuoto dietro».

Un'altra spoletta fischiò, ne vidi la luce e ne sentii il calore alle spalle, mentre la fiammata si dirigeva verso il mare.

«Man mano che la vostra intelligenza maturava, non potevate più accontentarvi di imitarci soltanto. Iniziaste a guardare dentro di noi, leggendo i desideri, le paure, le aspettative che crediamo di tener racchiuse in petto. Dai segreti delle nostre anime avete modellato una maschera così malleabile che non è più neanche una maschera, non è così, Eccellenza? È uno specchio in cui ognuno di noi rivede le sue più grandi speranze. E le paure più terribili. Quando sbirciamo nella vostra imitazione di un'anima, vediamo solo noi stessi. In questo consiste l'astuzia del vostro stratagemma. Quando vi guardiamo, non facciamo altro che ingannare noi stessi. Solo quando ci girate le spalle, iniziamo a intuire il vostro vero volto».

Un'altra fiammata illuminò il cielo, e sentii il colpo della palla sulla roccia ai miei piedi. Ma il Valentino non batté ciglio. Con gli occhi e con le mani mi chiedeva di concludere.

«Adesso capisco perché dovete ucciderci», proseguii, spiccando il volo sulle ali della mia scienza (e aspettandomi di precipitare in mare come Icaro). «Il terrore, la sofferenza, le speranze alle quali ci attacchiamo fino all'ultimo momento mentre rendiamo l'anima a Dio; queste cose che vedete sui nostri volti, quando andiamo incontro alla morte, vi tengono in vita. Voi, voi che siete nato morto in tutto fuorché nella carne, potete vivere solo quando gli altri muoiono. I vostri enigmi, le vostre figure geometriche, il vostro reliquiario di teschi, sono svaghi che vi ricordano che un tempo avete vissuto e tornerete a vivere ancora, quando ucciderete di nuovo. Ci sarà sempre un nuovo "disegno", un nuovo rebus di carne umana. Nuovi massacri. Ma per quanti teschi possiate accumulare, non saranno mai sufficienti a riempire il vuoto che avete dentro». Qualcosa sembrava brillare nei suoi occhi. «Mi domando, Eccellenza, quando abbiate cominciato. Quando eravate ragazzo, sparivano già dei servitori da casa vostra?». Sentii il respiro bruciarmi nei polmoni. «O è iniziato tutto con l'omicidio di vostro fratello?».

Le nostre mani erano ancora allacciate, il Valentino mi contrastava con forza fisica indiscutibilmente superiore, anche se impiegavo ogni parte del corpo e tutta la mia volontà per salvarmi. Ogni istante convulso mi avvicinava sempre più alla morte, lentamente, prospettiva ben più terrificante di esser gettato giù dal parapetto con un solo gesto. Ma il mio avversario non batté mai ciglio. Non voleva perdersi il momento in cui la mia anima si sarebbe arresa.

La tempesta di vento in lontananza mi rombava nelle orecchie. In realtà, avevo sentito solo un sospiro che usciva dalle labbra del duca Valentino.

«Vai, allora», disse. «Se vuoi, informa le tue Signorie dei crimini di cui pensi mi sia macchiato dinanzi a Dio. Vai e rendi pubbliche le tue menzogne e le tue teorie senza senso, manda delle lettere accusatorie in tutta Italia. Le calunnie non porteranno alcun vantaggio alla tua Repubblica, e non macchieranno il mio onore più di quanto non abbiano già fatto le insinuazioni dei miei nemici, che andranno a loro eterno disonore. Il mondo intero vedrà che ho fatto giustizia a mio fratello, così come a quelle povere ragazze di campagna e alle donne di Capua, che non ne sono meno degne. I loro assassini sono morti questa notte».

Il Valentino lasciò andare le mie mani. «Vai, su, piccolo segretario», sussurrò. «Vai a raccontare a tutti quel che credi di sapere».

Prima di scendere da lassù, guardai il mare per un'ultima volta. L'oscurità che un momento prima mi era sembrata infinita, carica di promesse, ora sembrava soltanto una stanzetta scura, il sancta sanctorum di un dio minore che non era neanche presente, dietro il velo della neve. Non si muoveva niente, a parte la lancia in fuga, la cui vela non era più grande di uno dei fiocchi di neve davanti al mio viso: un puntino nell'acqua nera.

Parte quarta

Un bellissimo inganno

Firenze e Roma, 23 gennaio – 14 dicembre 1503

Capitolo 26

> […] la natura ha creato gli uomini in modo che possono desiderare ogni cosa, e non possono conseguire ogni cosa.

Pochi giorni dopo il trionfo del Valentino sui condottieri, la notizia della sua vittoria decisiva si era diffusa nelle corti e nelle capitali di tutta Europa. L'intero mondo cristiano ammirava il coraggio e l'astuzia che il duca aveva dimostrato a Sinigaglia; il suo ingegnoso stratagemma fu presto celebrato come "il bellissimo inganno". Nessun sovrano e nessuno stato si sentivano più al sicuro da lui.

Quanto al "piccolo segretario", per citare le parole del Valentino prima che ci separassimo, ritornai a Firenze il 23 gennaio, *Anno Domini* 1503, nella casa vuota di via di Piazza, la modesta abitazione dov'ero cresciuto e che mio padre mi aveva lasciato in eredità. Il giorno dopo il mio arrivo, Albertaccio Corsini, tutore di Marietta, la trascinò alla porta di casa tirandola per il braccio, se non per i capelli. Non feci l'Agamennone e non le chiesi cosa avesse fatto con il "cugino" di cui era innamorata, a casa di Pietro del Nero. Gli occhi tristi di Marietta esprimevano soltanto la mia stessa nostalgia, perché anche io immaginavo ogni giorno una vita infinitamente varia e sempre splendida accanto a Damiata. Versavo «d'antichi desir lagrime nove», come scriveva Petrarca, quindi lasciai che anche mia moglie si struggesse in santa pace.

Ma Marietta non tornò da sola. Portò a casa di mio padre anche la nostra bambina e, a quel punto, i miei dubbi sulla paternità si sciolsero come la brina a settembre. Mi fu sufficiente andare nella sua stanzetta, sollevare la mia fanciulla e tenerla fra le braccia: stringeva le manine, arricciava la bocca minuscola mentre farfugliava e si guardava intorno con quegli occhioni da cerbiatta, pieni di svago e meraviglia. La amavo così tanto che sentii il vento soffiarmi nelle orecchie, mentre volavo verso il culmine del cielo in un delirio di felicità.

Così, Marietta e io riprendemmo le nostre vite, legati soltanto dall'amore per nostra figlia e dal dolore per i nostri amori perduti. Dopo Sinigaglia, non passò notte che non mi svegliassi al buio chiedendomi se Damiata fosse rimasta uccisa da una freccia o da un proiettile, subito dopo che l'avevo stretta fra le braccia per l'ultima volta. Avevo fede nella mia scienza, ed ero convinto che il Valentino confessasse l'omicidio di suo fratello in quella pagina con il sigillo che Damiata aveva portato con sé nella lancia. Quindi, se Damiata fosse arrivata a Roma con quelle prove schiaccianti, avrebbe vibrato l'unico colpo che l'impero di san Pietro e Cesare non sarebbero stati in grado di sopportare.

Invece, nei mesi che seguirono a Sinigaglia, il figlio del papa ottenne piena libertà di riprendere le sue conquiste. Come avevo temuto, il Valentino abbandonò in fretta la vocazione alla pace che professava solo a parole, e iniziò ad assaltare le fortezze e le città del centro Italia con una furia implacabile. Papa Alessandro continuò a procurare un torrente infinito di ducati al suo capitano generale, perché vincesse la Fortuna e conquistasse i regni di tutto il mondo.

Nell'estate del 1503, il duca Valentino decise di rinunciare all'alleanza con il re di Francia, l'unico ostacolo che lo separava da obiettivi che aveva perseguito a lungo: Bologna, Venezia e, naturalmente, la nostra Firenze. Ritenevo che, a Sinigaglia, il Valentino non avesse iniziato solo la conquista dell'Italia: aveva messo gli occhi anche sul resto d'Europa.

Mentre osservavo rapito e inorridito l'ascesa del nuovo impero del Valentino, trovavo consolazione in una sola ipotesi disperata: se la lancia avesse raggiunto Venezia, Damiata non si sarebbe arrischiata a raggiungere Roma per il percorso più breve. In effetti, era consapevole che la destinazione della lancia fosse nota a tutti (il Valentino la conosceva anche quando la nave era sfuggita ai suoi cannoni), quindi, poteva essere sbarcata in qualche altro punto della costa ed essersi nascosta per settimane, se non per mesi.

Inoltre, anche se Damiata fosse riuscita ad arrivare a Roma con le dovute cautele (sempre che ci fosse riuscita), di certo non avrebbe potuto limitarsi a entrare in Vaticano e rivendicare suo figlio.

Quei ragionamenti, però, non mettevano a tacere i miei timori. Nonostante la promessa di rivederci ancora, Damiata mi aveva lasciato una sola certezza: il suo silenzio, che ormai durava da mesi, mentre il Valentino conquistava un territorio dopo l'altro.

Non avevo sentito più neanche l'assassino che mi aveva sussurrato i suoi segreti. A Firenze giunse voce delle atrocità che si erano consumate durante la campagna del Valentino nell'Italia centrale, e si parlava di giovani donne rapite, stuprate e uccise. Voci di quel tipo, però, accompagnavano sempre il percorso degli eserciti vittoriosi; nel caso delle recenti conquiste, la maggior parte della gente incolpava i mercenari spagnoli. Non avevo sentito parlare di smembramenti e cadaveri decapitati, quindi mi era difficile supporre che il mio uomo insolito, fuori dal comune si fosse macchiato di quei crimini. Nonostante i miei sforzi, non riuscivo più a entrare nel labirinto della sua mente; in definitiva, mi restava il dubbio che quella natura singolare fosse solo frutto della mia immaginazione. O forse, l'assassino era davvero morto a Sinigaglia, come sosteneva il Valentino e come credeva anche Damiata.

Per quanto temessi che la mia scienza si fosse rivelata inutile, temevo ancor di più di rivedere il Valentino. Rivederlo significava che avrei dovuto assistere alla morte della mia bella Firenze, divorata dalle fiamme e devastata dagli stessi orrori di Capua.

La Fortuna, tuttavia, aveva piani imperscrutabili. Nell'agosto 1503, al culmine del successo di suo figlio, papa Alessandro VI contrasse la febbre terzana, che era molto diffusa nella stagione calda. Dapprima sembrava che il papa si sarebbe rimesso, poi ebbe una ricaduta improvvisa e morì il 18 di quel mese. Così come la sua elezione a pontefice, anche il decesso di Rodrigo Borgia fu attribuito da molti, inclusi vari uomini di sapere, a un patto col diavolo, che gli avrebbe concesso undici anni (e otto giorni, stando ai numeri) sul trono di san Pietro, in cambio dell'anima che aveva reso nel suo ultimo respiro. Tutti i presenti riferirono queste sue ultime parole: «Va bene, va bene, arrivo, è giusto. Aspetta un momento».

Quindi, il Valentino aveva perso un sostegno indispensabile solo un anno prima di completare le conquiste che gli erano necessarie a mantenere saldo il potere anche dopo la morte del padre. Per di più, quando il papa venne a mancare, la stessa malattia portò il Valentino sull'orlo della tomba; lo salvarono solo la sua forza e resistenza proverbiali. Nonostante quei duri colpi, si rimise in salute e si accaparrò una parte abbastanza sostanziosa del tesoro del padre così da assicurarsi che il nuovo papa, Pio III, sarebbe stato eletto per servirlo a suo piacimento.

Quasi subito, la Fortuna colpì ancora: il papa scelto dal Valentino morì pochi giorni dopo l'incoronazione. Quando questa notizia raggiunse Firenze, il 19 ottobre, i Dieci della Guerra mi inviarono subito a Roma, perché assistessi all'elezione del nuovo papa e mi facessi un'idea delle sue intenzioni, soprattutto riguardo al duca Valentino, questione non di scarso interesse per noi.

A qualche giorno dal mio arrivo a Roma, il cardinale Giuliano Della Rovere fu eletto papa con il nome di Giulio II. Come cardinale, Giuliano Della Rovere era stato oggetto di ostilità da parte di papa Alessandro VI, che lo aveva persino esiliato da Roma. Tuttavia, Della Rovere aveva promesso di mettere da parte ogni risentimento in cambio dei voti del conclave che erano sotto il controllo del Valentino; i voti gli furono assicurati solo dopo che l'aspirante pontefice giurò solennemente che avrebbe nominato il duca capitano generale dell'esercito della Santa Romana Chiesa, carica che fino a quel momento aveva permesso al Valentino di ottenere grande potere e numerose conquiste.

Mentre tutta l'Europa era in trepidante attesa, la nomina promessa continuò a essere rinviata fino a dicembre. Gli Stati pontifici caddero presto in preda a disordini; con il pretesto di tutelare i loro interessi commerciali e proteggerli dalla crescente sregolatezza, i veneziani marciarono sulla Romagna. L'anno dei tre papi volgeva già al termine, ma Giulio II era ancora combattuto tra il timore che gli suscitava il duca Valentino e quello che gli suscitava Venezia, ed esitava a restituire il sacro ufficio al duca. Le dicerie iniziarono ad ammucchiarsi come sciacalli su una carcassa: molti diplomatici del Vaticano ritenevano che il Valentino sarebbe stato presto arrestato ed esiliato proprio da quell'Italia che sperava di ricostruire a sua immagine, perché, a suo tempo, il padre aveva negato un'arena alle ambizioni politiche del cardinale Della Rovere.

Rimasi quindi a Roma, da dove inviavo scrupolosamente le poche notizie disponibili e le voci più diffuse ai miei superiori di Palazzo della Signoria. Per ottenere informazioni più attendibili, il pomeriggio dell'8 dicembre 1503 mi trovai a presenziare al ricevimento di un ambasciatore che si tenne in Vaticano, nella Sala dei Santi. Era la stessa stanza decorata da una profusione di dorature e affreschi in cui il papa aveva affidato a Damiata l'incarico che avrebbe raccontato nella sua storia, e che è rimasto il soggetto principale della mia.

Sotto la volta blu cielo, che Pinturicchio aveva ornato di dèi pagani, il sacro aveva già ceduto il passo al profano, come spesso accadeva nelle stanze vaticane. Le vesti di damasco rosso dei cardinali presenti erano in tinta con nasi, gote e labbra macchiate di vino di Orvieto; se i cardinali erano una dozzina, le "cortigiane oneste" erano almeno il doppio, in un turbinare di damaschi impunturati d'oro, pietre incastonate, spalle color crema lisce come il velluto e seni lucidi come perle. Spille, anelli, reti per capelli e girocolli luccicavano di una pioggia di gemme e diamanti.

Gli ambasciatori sembravano prediligere i baveri di zibellino e i copricapo di velluto; grazie al mio intelletto e alla mia crescente reputazione di consigliere oculato, riuscivo ad avere accesso anche ai luoghi nei quali il mio guardaroba me lo avrebbe negato. Conversai con la delegazione di Urbino, formata dagli stessi gentiluomini che erano fuggiti dalla loro città un anno e mezzo prima, quando il Valentino li aveva attaccati da tutti i fronti come un fulmine a ciel sereno; il duca di Urbino fu costretto a cercare salvezza nelle fosse d'irrigazione, vestito solo della sua camicia. Ora questi urbinati erano giunti a Roma per ottenere la restituzione dei loro possedimenti e, in tal senso, la Fortuna aveva girato in loro favore.

Uno di loro, un gentiluomo elegante e maturo, stava narrando un fatto di alcuni giorni prima, che tutti vedevano come uno sconvolgimento dei cieli: «Il Valentino aveva richiesto udienza da più di un mese, quando infine il nostro duca Guidobaldo la concesse». Era lo stesso duca Guidobaldo che dovette fuggire in camicia. «Il Valentino si gettò in ginocchio davanti a lui, ascrivendo la colpa dell'accaduto alla sua giovinezza, a consiglieri malvagi, a cattivi collaboratori, alla terribile influenza del papa e di tutti quelli che lo avevano spinto a quell'impresa. Malediceva persino la memoria di suo padre, mentre garantiva la restituzione immediata della biblioteca, delle antichità e di tutti gli altri oggetti rubati al duca».

«Sarà bene che ci affrettiamo a recuperare quelle cose», disse uno dei suoi compagni, «perché il Valentino non resterà a lungo a Roma». Seguirono delle ipotesi a mezza voce su dove si trovasse il Valentino al momento. Poteva trovarsi al piano di sopra, proprio sulle nostre teste, magari rinchiuso e sorvegliato nelle stanze del cardinale di Rouen, oppure in una cella di Castel Sant'Angelo; là era destinato a finire, se non in una prigione napoletana, o in esilio in Spagna. Dove si trovasse rimaneva un mistero, ma le voci sulla sua rovina non stupivano meno della sua folgorante ascesa, iniziata dopo l'assassinio del fratello.

«In ogni caso, non credo lo rivedremo più», concluse il gentiluomo. Era convinto che la Fortuna avesse fatto giustizia; e un uomo saggio non dovrebbe mai esserlo.

Avevo bisogno di riflettere, così mi allontanai dalla cerchia e mi misi a osservare il più ricco e realistico degli affreschi di Pinturicchio, la *Disputa di santa Caterina di Alessandria coi filosofi*. Dipinta nella grande lunetta compresa nella volta dorata di fronte alla finestra, quella enorme rappresentazione era ampia quanto la stanza stessa. Era così realistica che sembrava la si potesse toccare: il risorto Juan di Gandia cavalcava il suo destriero bianco, vanitoso come un pavone nel suo turbante alla turca. Sua sorella Lucrezia era meno credibile nei panni della dotta santa Caterina, perché quei riccioli dorati e le labbra socchiuse non avevano uguali in nessuna delle cortigiane presenti nella stanza. Come altri prima di me, notai quanto somigliasse a Damiata, anche se forse nessuno aveva mai fatto quel paragone con una tale spina nel cuore.

Comunque, ad avere il ruolo più prominente era il giovane Cesare, anche se al tempo in cui fu dipinto l'affresco era di gran lunga surclassato dal fratello minore Juan. Capivo perché Pinturicchio avesse scelto Cesare come modello per l'imperatore Massimino, anche se ero altrettanto certo che il pittore non avesse compreso veramente perché quel volto era tanto pieno di ambizione e pensosa incertezza allo stesso tempo. Ma la mia scienza, per quanto valore potessero ancora avere quegli studi, mi offriva una teoria non dimostrata: come Nerone e Caligola, il giovane Cesare si era spesso nascosto dietro una maschera mite, in attesa del momento in cui avrebbe potuto dare libero sfogo alla sua vera natura. Temevo ancora che il duca di Urbino e i suoi gentiluomini fossero in preda a una pericolosa follia, se consideravano i rimorsi del Valentino qualcosa in più di uno specchio della loro stessa codardia e sottomissione.

Una voce tenorile girava tra la folla, cantando *Mal un muta per effecto*; si accompagnava con una lira da braccio a forma di busto femminile, arrotondata sui fianchi, sottile in vita, e nuovamente ampia all'altezza delle spalle, con una tacca sul fondo. Suonava il corpo di questa signora come fosse la sua amante, con l'archetto che volteggiava tra le punte delle dita, che accarezzavano ogni nota.

Fui assalito dai ricordi e, per un momento, mi sembrò veramente di tenere di nuovo Damiata tra le braccia. Avevo trascorso quasi sei settimane a Roma vedendo solo la sua apparizione; mi si manifestava ogni volta che incontravo una donna anche solo vagamente somigliante a lei. Per quanto potessi essere discreto, ero certo che fare domande in giro l'avrebbe messa in pericolo; passeggiavo spesso per i vicoli fangosi di Trastevere come un viandante smarrito, sperando a ogni passo che sarebbe comparsa da qualche porta buia, con le braccia protese per abbracciarmi, braccia che non fossero più quelle di un fantasma.

Il tenore cantava: «Mille prove ho già fatto io / In costei d'amor ver priva / In cui posi el pensier mio / Per volerla tener viva...». I suoi versi erano frecce che la Fortuna, piuttosto che Amore, scagliava nel mio petto. Nella stanza, il brusio iniziò a sfumare, come se quelle parole avessero ammutolito due dozzine di conversazioni.

Poi, anche il cantante lasciò cadere l'archetto sul fianco.

Era evidente che il duca Valentino fosse comodamente alloggiato negli appartamenti del cardinale di Rouen, proprio sopra di noi, piuttosto che in una cella di Castel Sant'Angelo. Quando mi accorsi di lui, guardava verso la *Disputa di santa Caterina*, e fissava se stesso nel ruolo dell'imperatore Massimino. Solo mentre il Valentino indicava quell'immagine, mi accorsi che teneva per mano un bambino di circa sei anni, vestito in tunica di velluto rossa e brache scarlatte, come un piccolo principe della chiesa.

Mi aspettavo che Giovanni fosse il ritratto di Damiata, ma ebbi difficoltà a riconoscere i lineamenti della madre nel volto del bambino. Vidi una lieve somiglianza nella bocca, che aveva labbra più piene di quelle del Valentino, e nella frangetta color sabbia che gli faceva ombra sugli occhi. Forse c'era anche traccia del naso lungo e sottile di Damiata, ma non era facile a dirsi sul volto di un bambino. Non avevo certezze.

Ma dovevo sapere per forza. Se il figlio di Damiata viveva ancora in Vaticano, i casi erano due: lei aveva fallito nel tentativo di riaverlo, oppure era morta.

Prima che potessi raggiungere i nuovi arrivati, il Valentino distolse gli occhi dall'affresco per rivolgerli ai presenti, con atteggiamento risoluto e del tutto indifferente. Si guardò intorno. Poi sollevò le mani, invitando la compagnia basita a riprendere le conversazioni interrotte dal suo arrivo. Come se l'avesse chiesto un sacerdote, tutti iniziarono a recitare rispettosamente il *Te Deum*, e nessuno lo declamava con più zelo dei gentiluomini di Urbino.

Sempre con la mano del bambino nella sua, il Valentino venne a salutarmi, o meglio, dovrei dire a presentarmi il piccolo. «Giovanni, ti voglio far conoscere il segretario fiorentino, messer Niccolò Machiavelli. Stringigli la mano».

Quando udii il nome del bambino, mi sentii trapassare il cuore. Giovanni mi porse la mano con grazia, ma tenne gli occhi bassi.

«Messer Niccolò». Il Valentino non mi dette la mano. Non si poteva dire che sembrasse diverso; il suo volto era pallido come era sempre stato nel periodo trascorso in Romagna, e continuava a vestire di nero: copricapo, guanti, tunica, brache e pantofole. Solo un osservatore molto attento avrebbe notato che i capelli erano più sottili, il loro vermiglio meno acceso, la pelle più tirata sulla mascella volitiva. Niente suggeriva che si fosse ripreso da una malattia che avrebbe mandato sottoterra chiunque altro.

«Per tutto il tempo che sei stato a Roma», disse il Valentino, «ho pensato di mandare qualcuno a chiederti di Leonardo». Lo disse con tanta franchezza, che il destino di Leonardo sembrava l'unico argomento di interesse comune tra noi. «Mi dicono che gli avete affidato l'incarico di fare qualcosa riguardo a Pisa».

Leonardo da Vinci era tornato a Firenze un mese dopo di me, nel febbraio di quell'anno. Nonostante le nostre infinite controversie, eravamo diventati "compari", oltre che collaboratori in un ingegnoso progetto per riannettere il nostro porto di mare, Pisa, al governo di Firenze. Era evidente che le spie del Valentino fossero ancora ovunque, anche se non mi sembrava probabile che conoscesse anche i dettagli del nostro piano. Forse sperava di seminare discordia tra di noi.

«Posso solo dire con certezza che il maestro non è tornato al vostro servizio», risposi, ricordando al Valentino l'erronea previsione di Sinigaglia, quando affermò che Leonardo avrebbe cambiato rapidamente idea e sarebbe tornato indietro.

Il Valentino annuì rispettosamente a quella battuta pungente, come se mi fossi limitato a ricordargli una sua perla di saggezza. Ma forse strinse gli occhi. «Non sai niente di lei, vero?».

Gli avevo lanciato una frecciata; rispose piantandomi un coltello in gola. Mi sentivo come se stessi soffocando nella verità.

Il mio silenzio dette al Valentino la risposta che si aspettava. «Ti ha mentito», disse. «Come ha mentito a me».

«Non ho sentito più niente». Mi immaginai di aver conseguito un qualche tipo di vittoria solo per averlo confessato. «Non significa che mi abbia mentito». Era possibile che lui sapesse perché non si era più fatta viva.

Le note di *Mal un muta* sembravano insinuarsi tra le conversazioni, che ora erano riprese; tutti gli occhi tornavano continuamente sul Valentino, in un'atmosfera carica di supposizioni.

Il Valentino fece un cenno col capo in direzione dei gentiluomini di Urbino, che si misero a ridacchiare naso a naso come topolini. «Proprio come prima di Sinigaglia, qualsiasi sciocco viene a dileggiare i miei metodi e mettere in dubbio il mio successo. Ma il nuovo papa si piegherà presto al mio "disegno". Sto portando avanti una grande impresa anche in questo momento».

«Il vostro "disegno"». La sola parola mi fece ghiacciare il sangue.

«Sì». Non avevo mai visto un'anima negli occhi verdi del Valentino, meno comunicativi di due pietre nere. In quel momento vidi qualcosa, ma niente che somigliasse a un'anima; piuttosto, era come un brulichio, un contorcersi di minuscoli spettri. «Un mondo in cui i capricci della Fortuna non dominano più, dove la vita e la morte trovano senso in uno scopo immutabile. Un "disegno" che neanche Dio ha immaginato». Guardò Giovanni, che rimaneva a capo chino. «Mio figlio sarà l'erede di tutto questo».

Il Valentino sollevò subito lo sguardo, conscio di avermi istillato nuovi dubbi. «Ti ha mentito anche su questo. Avrebbe privato suo figlio di quel che gli spetta di diritto. Del mondo che posso lasciargli in eredità». Scosse il capo con una tristezza che rispecchiava la mia, un'immagine così ben costruita che era del tutto credibile. «Hai avuto fede in una terribile Medusa; se vedessi com'è veramente quella donna, il sangue che ti scorre nelle vene si trasformerebbe in pietra». Il suo volto rattristato adesso mostrava un dolore così profondo e reale da spaventarmi. «Presto, Niccolò, non avrai altra scelta che guardare il volto della verità. O il volto del diavolo, come preferisci».

Si girò, lasciando che quella profezia mi riecheggiasse nelle orecchie. Ma Giovanni lasciò la mano del Valentino e rimase fermo ancora un momento; guardava le mattonelle di maiolica, come se fosse affascinato dai cimieri e dagli stemmi che si intrecciavano nelle decorazioni. Alla fine sollevò lo sguardo.

Non riuscii neanche a contenere il mio sussulto. Se qualche momento prima avevo immaginato l'abbraccio di Damiata, adesso potevo vedere il suo sguardo color oltremare, con tanta chiarezza che la mia amata sembrava dichiararsi innocente attraverso gli occhi disperati di quel bambino.

Capitolo 27

> Per questo gli uomini nocivi sono come industriosi lodati,
> ed i buoni come sciocchi biasimati.

Uscii dal Vaticano in un crepuscolo più luminoso di molti dei pomeriggi precedenti; le immancabili nuvole di pioggia erano svanite e il cielo aveva una tonalità brillante, color murice. Non rientrai alla locanda dove alloggiavo, in un borgo tra il Vaticano e il Tevere, zona di nuove costruzioni. Camminai, invece, lungo il Tevere ed entrai nella via Sancta, una strada percorsa dai pellegrini per andare dal Vaticano a Trastevere. Così come papa Alessandro aveva ampliato e lastricato nuovamente le strade tra San Pietro e il Tevere, il nuovo papa iniziò a restaurare la via Sancta; nell'arco di un centinaio di braccia circa, le vecchie case che si affacciavano sulla strada erano state abbattute e le nuove pietre da lastrico già sistemate. Quando la strada si strinse, le case erano di nuovo assiepate le une alle altre, anche se dietro abitazioni, negozi e stalle c'erano solo frutteti e pascoli. Si sentiva l'odore del contado anziché quello della città, l'odore della terra bagnata e del bestiame.

Nel poco tempo che impiegai a raggiungere Trastevere, il crepuscolo sembrava essersi fatto oscurità; tuttavia, conoscevo già il tragitto da seguire tra i vicoli stretti per arrivare alla basilica di Santa Maria, che svettava sulle abitazioni circostanti. Mentre passavo davanti all'entrata, sbirciai dentro e vidi che si celebravano i vespri; un sacerdote recitava i salmi, e le sue parole risuonavano tutto intorno a quell'altare lontano. Le candele accese brunivano gli immensi pilastri di marmo, sottratti a qualche antico tempio romano, rendendoli dello stesso color oro brillante dei tasselli che incorniciavano l'enorme mosaico raffigurante Cristo e i santi, la scintillante milizia celeste che si librava nella conca dell'abside. Se avessi creduto che nostro Signore fosse effettivamente presente, avrei invocato il Suo aiuto.

Ma in un mondo che Dio ha abbandonato alla Fortuna, potevo solo pensare che quella dea si trovasse di fronte un nemico la cui volontà implacabile non era da meno dei suoi capricci crudeli; un uomo che stava all'erta per trarre profitto dal caos che la sua avversaria aveva disseminato in tutta Italia. In mezzo a tutti i disordini che si erano verificati dopo la morte di suo padre (e il regno eccezionalmente breve del successore), il Valentino non avrebbe incontrato molte difficoltà a mettere una fazione contro l'altra, rovesciare alleanze e seminare sospetti, fino a diventare il solo su cui fare affidamento per andare avanti.

L'unico uomo che lo intralciava era il nuovo vicario di Cristo; papa Giulio II era sempre stato nemico di Rodrigo Borgia, e aveva abbastanza esperienza e perspicacia da diffidare del figlio del suo predecessore. Ma gli alleati dei Borgia nella Curia incalzavano il nuovo papa perché nominasse ancora il Valentino capitano generale della Chiesa, sia minacciandolo, sia promettendogli delle ricompense. Se voleva restare al potere (o, piuttosto, in vita) non sembrava che sarebbe stato in grado di opporsi.

Mi soffermai presso il portale della chiesa di Santa Maria a riflettere sull'eventualità di presentare un'offerta al nuovo papa: una testimonianza dei crimini del Valentino. Ma abbandonai subito l'idea: non avrei potuto dimostrare le mie affermazioni, che al momento erano poco più che teorie confuse, dalle quali nessun uomo ragionevole avrebbe potuto trarre niente di concreto. La montagna di sale di Cesenatico era stata spazzata nell'Adriatico, e comunque non conteneva indizi su chi fosse il colpevole; la pagina del libro di geometria per scolari, qualsiasi cosa potesse rivelare, era svanita insieme a Damiata, il cui figlio sfortunato era ancora ostaggio in casa Borgia.

Anche se fossi stato in grado di fornire una sorta di "confessione", dubitavo che papa Giulio se ne sarebbe servito. In realtà, piuttosto che cercare di condannare il Valentino per dei crimini commessi contro la sua stessa famiglia e qualche decina di donne senza nome, il nuovo papa avrebbe potuto facilmente raggiungere i suoi scopi sfruttando il fatto che il Valentino metteva a rischio alcune delle famiglie italiane più in vista: gli Orsini, gli Sforza, i Montefeltro di Urbino, oltre a una lunga lista di altre.

Tutto considerato, non contava cosa io (o chiunque altro) sospettassi del Valentino, né se lui fosse colpevole o innocente. Le sue brutali ambizioni politiche erano più che sufficienti; presto, sarebbe stata necessaria una mappa del mondo per tenerne il conto.

C'è una fontana davanti alla basilica di Santa Maria in Trastevere, un'antica vasca di marmo ottagonale; chi crede nei miracoli, è convinto che ne sia sgorgato olio santo proprio nello stesso giorno e nella stessa ora in cui nostro Signore nacque in Terrasanta. Mi fermai ad ascoltare i getti gorgoglianti che si sforzavano di produrre più acqua di un vecchio alle latrine. E non potei fare a meno di fermarmi anche a riflettere sulle nascite miracolose della mia famiglia.

Come ho già scritto, appena feci ritorno dalla Romagna, dovettero costringere Marietta a ritornare a casa nostra. Vivemmo sotto lo stesso tetto solo per due settimane, ma condividemmo anche il letto. Non avevo incoraggiato mia moglie, né le avevo chiesto niente, ma una notte mi svegliò da un sonno in cui avevo immaginato che fosse un'altra. Anche quando capii chi era, feci l'amore con lei come se mi aspettassi la più straordinaria delle metamorfosi: di vedere al mio risveglio il volto di Damiata.

Prima dell'alba, tuttavia, scivolai fuori dal letto coniugale, gravido, per così dire, di idee sui motivi che avevano spinto Marietta; se fosse rimasta incinta di suo "cugino" mentre ero in Romagna, avrebbe potuto dire che il padre ero io. E avrebbe anche potuto aspettarsi che credessi alla sua favola, perché ovviamente l'avevo già fatto prima.

Comunque, mi vestii in silenzio e non dissi niente. Anche quando iniziò a essere evidente che Marietta era incinta per la seconda volta, non lasciai trapelare alcun sospetto. Rimasi altrettanto impassibile quando lasciai Firenze mesi dopo, e Marietta già si lamentava dell'isolamento prenatale, prescrittole dal medico che i Corsini avevano mandato a prendersi cura di lei. Ero partito per Roma con la certezza che la data di nascita del nuovo bambino avrebbe risposto a tutte le mie domande.

Ma c'era un altro bambino che mi spingeva a pormi domande altrettanto difficili, che in quel momento mi si affollavano nella mente. Damiata era prigioniera da qualche parte, o era morta? Era stata gettata in mare, o arrestata mentre cercava di entrare in Vaticano? La sua vita era già finita su una ruota della tortura a Castel Sant'Angelo? O forse, si nascondeva a Trastevere, in attesa del momento più opportuno per liberare suo figlio, e magari stava elaborando un piano?

Speravo disperatamente in quest'ultima possibilità (o miracolo, in realtà). Così, lasciai la piazza di fronte alla chiesa di Santa Maria e mi addentrai in Trastevere, tra vicoli tortuosi che sembravano costruiti per confondere una bussola, e passaggi tanto stretti che le mie spalle sfioravano i muri. Durante la permanenza a Roma, avevo perlustrato un numero irragionevole di volte quelle garenne sporche e cosparse di rifiuti, ma mai di notte. Ora, le soglie e i portici della taverna, che di giorno sembravano stranamente deserti, si erano animati di una vita inquietante, e si riempivano del ticchettio dei dadi, o di voci che si levavano improvvise, chiacchierando in una dozzina di lingue e dialetti incomprensibili. E i silenzi che seguivano erano persino più sinistri.

Smarrito tra le svolte e i meandri di Trastevere, in uno di quei silenzi avvertii un lieve tintinnio. Mi si drizzarono i capelli sulla nuca. Non riuscivo a capire se il suono proveniva da dietro o da davanti, e proseguii di qualche passo verso una soglia che non poteva nascondermi, ma mi avrebbe almeno offerto riparo alle spalle. Anche se mi appiattii contro la porta cigolante, il gradino era così stretto che la punta dei piedi rimaneva nel vicolo.

All'improvviso, con il rumore di mille crepitacoli di carnevale (il fracasso attenuava notevolmente il suono delle campanelle), un gregge di pecore belanti si strinse convulsamente nel vicolo, correndo come se fuggisse dalla bestia dell'eterno abisso. Quando il gregge se ne fu andato, rimasi lì senza fiato, sicuro di aver visto un presagio, e di certo non uno di buon auspicio.

Un momento dopo che le groppe grigie delle ultime pecore furono scomparse nell'oscurità, seguite dal loro pastore avvolto nel mantello, vidi qualcosa che assomigliava a una maschera bianca fluttuare in un uscio che il gregge aveva appena sorpassato. Per un attimo, dovetti convincermi di aver assistito alla morte dell'Unicorno. Poi mi chiesi, con più razionalità, se il Valentino avesse mandato qualcuno a seguirmi. Forse pensava che l'avrei portato da Damiata.

Quella spia, comunque, era una donna, come era evidente dalla statura e dai contorni vaghi dell'ovale del volto. Una statura e una forma talmente familiari che, da bravo sciocco che non impara mai, corsi verso di lei.

Forse era più giovane di Damiata, ma il suo volto era coperto dalle pustole della sifilide. Cacciò fuori delle parole che mi erano del tutto incomprensibili, capii solo che era un invito. Quel discorso si concluse con un sorriso che scoprì dei denti talmente neri da farla sembrare una creatura del buio, visibile solo grazie alla sua maschera spaventosa.

Appena mi allontanai da quel volto orribile, il suo tono si fece rabbioso, e iniziò a emettere degli strani suoni acuti a ogni parola. Nella fodera del mantello tenevo sempre qualche moneta d'argento da offrire come mancia alla marea dei burocrati vaticani, perché senza denaro da quelle parti non si fa un passo. Gettai quei pezzi d'argento nel fango dietro di me, non tanto per gentilezza, quanto nella speranza che, impegnata a recuperare le monete, non mi avrebbe seguito come un destino avverso, gridandomi contro ingiurie e malefici.

Dovevo aver coperto tutta la distanza fino al borgo di corsa, perché quando finalmente aprii la porta della mia stanza e mi sedetti sul letto, il sudore mi gocciolava dalla fronte e si mischiava alle lacrime. Non piangevo per me stesso o per l'Italia, e per quel che entrambi avevamo certamente perduto. Piangevo per la mia Damiata e per il figlio che il Valentino aveva strappato non solo dalle braccia di sua madre, ma anche dalle mani della Fortuna, invidiosa e sconfitta.

In effetti, le pecore furono una sorta di presagio, perché il giorno seguente riprese a piovere ancora più forte, quasi stesse iniziando un nuovo diluvio universale. Un corriere bussò alla mia porta con una lettera dai Dieci della Guerra, in cui mi si sollecitava a portare a termine il mio incarico a Roma e tornare a Firenze. Ero decisamente lieto di soddisfare le richieste, poiché la città sul Tevere era divenuta solo un grande sepolcro delle mie speranze.

Trascorsi i giorni seguenti a colloquio con vari cardinali che erano in affari con i privati cittadini di Firenze, in più svolsi delle commissioni per conto del cardinale Soderini, che non mi avrebbe lasciato partire prima di avergli reso alcuni servigi.

Anche se si avvicinava il giorno della partenza, non riuscivo a dormire meglio. In parte, era perché da quasi un mese già sapevo che la questione rimasta in sospeso a casa non avrebbe mai avuto risposta. Il mio secondogenito, e primo figlio maschio, nacque il 9 novembre, dopo circa una quindicina di giorni dal mio arrivo a Roma: nove mesi dopo che Marietta era entrata nel mio letto. Nutrivo dei dubbi, e non ero l'unico a farlo, ma i miei colleghi fiorentini mi scrissero gioiose lettere in cui mi assicuravano che si sarebbero dissipati non appena avessi visto il mio fanciullo, che era «tale e quale» a me. Persino Marietta mi scrisse una lettera piena di lusinghe e sentimenti che non aveva mai manifestato prima a parole.

Quindi, non sapevo come mi sarei sentito nel vedere il bambino per la prima volta. Sapevo bene, però, cosa provavo per la mia Primerana; ero suo padre e le volevo bene perché ero stato presente la notte in cui era nata, anche se non ero certo di esserlo stato la notte in cui era stata concepita. In effetti, avevo solo una certezza riguardo alla paternità di entrambi i miei figli: nel caso avessi dichiarato pubblicamente di essere stato ingannato, rispedendo quella bambina adorabile, il suo fratellino e la loro madre dai Corsini, avrei agito sulla base di supposizioni che non potevano essere provate. Se fossi stato tanto fortunato da raggiungere la vecchiaia, avrei sempre vissuto nel dubbio di aver esiliato il sangue del mio sangue (e il sangue di mio padre) dalla casa di famiglia.

Non era però per i miei figli che mi risvegliavo ogni ora ad ascoltare il rumore della pioggia sulle tegole, con il cuore che mi doleva quanto le ossa. Era passato un anno da quando avevo stretto Damiata per l'ultima volta tra le mie braccia, e spesso riabbracciavo la sua immagine, trovando ogni volta lo spettro di lei vivo e caldo come il suo ricordo. A quel punto, era divenuto freddo come l'effigie marmorea di una tomba. Non vedevo più i suoi occhi, ma quelli di suo figlio, gli stessi che mi avevano sconvolto nella Sala dei Santi. Mi chiedeva di non lasciarlo nella casa del diavolo.

Ero a metà tra un sonno agitato e uno dei tanti risvegli, quando sentii qualcuno che bussava alla porta in modo talmente delicato, che il rumore restò quasi coperto dallo scroscio di un nuovo temporale. Mi alzai di scatto, convinto di stare per ricevere la notizia che il Valentino era stato nominato di nuovo capitano; o, forse, stavano per arrestarmi e sbattermi in prigione, anche solo per irritare i miei superiori a Palazzo della Signoria. O magari la mia fine sarebbe stata ben più rapida, se il Valentino avesse deciso di distruggere subito Firenze.

Mi vestii e aprii la porta. L'uomo che aspettava sulla soglia era scuro come un Moro e portava una cappa da bracciante fradicia di pioggia. Come molti degli abitanti di Trastevere, era di certo un figlio del Levante.

Mi studiò più attentamente di quanto non avessi fatto io con lui, poi fece un inchino e disse: «Messer Niccolò, ci fareste il favore di seguirci? Madonna Damiata mi ha mandato a chiamarvi».

Capitolo 28

> Io credo che questo sarebbe il vero modo di andare in Paradiso: imparare la via dello Inferno, per fuggirla.

Seguii la mia guida verso est, in direzione del Tevere. Passammo sotto i grandi bastioni funesti di Castel Sant'Angelo, poi attraversammo il ponte che porta lo stesso nome, assordati dal ruggito imperioso del fiume in piena, che scorreva pressappoco a una mano di distanza dalla massiccia campata del ponte. Giunti sulla riva opposta, proseguimmo verso valle, in via dei Banchi; la strada era un altro torrente, poiché l'acqua ci arrivava fino alle caviglie. Nel buio, vidi svettare su di me le facciate e le finestre ad arco di tutti quei palazzi, occupati da ufficiali del Vaticano, banchieri tedeschi o fiorentini e dai mercanti più ricchi di Roma. Era in uno di quei palazzi che un tempo viveva Damiata, e vendeva amore.

Poco dopo ci addentrammo tra le rovine dell'antico Foro romano, che è una sorta di pascolo dal quale si levano grandi opere d'arte: archi grandiosi, colonne spezzate e basiliche sparse incombevano al buio come costruzioni dei Titani. Quando iniziammo a risalire il colle Palatino, il fango si fece un'argilla bagnata che pareva avere le mani, da come mi afferrava i piedi. Alla sommità del colle, dove si trovano le rovine dei palazzi imperiali, la vegetazione spontanea incorniciava una serie di cupole vuote, come bocche stupite.

Poco prima di raggiungere la cima, la mia guida iniziò a svanire sottoterra. Era scomparsa quasi del tutto in una specie di tana da animale, quando si girò e mi disse: «Vi aiuto io».

Quando mi apprestai a scendere, mi sembrava di affrontare il ripido declivio di una collina; presi fiato (come se mi dovessi immergere nell'oceano) e infilai anche la testa sottoterra, ma i piedi persero la presa sul pendio e mi ritrovai ad agitarli nel vuoto. La guida mi afferrò prontamente per le ginocchia e, unendo i nostri sforzi, riuscii a scendere sul pavimento di quella che poteva essere stata la stanza segreta di Caligola.

Dopo avermi condotto sano e salvo in questa stanzetta umida e maleodorante, il mio Virgilio mi guidò lungo un tunnel, nel quale dovetti procedere chino, con i piedi che scivolavano nel fango; l'odore di pietra umida era così penetrante che quasi mi toglieva il fiato. Calcolando le distanze in modo approssimativo, mi resi conto che avevamo attraversato la collina da lato a lato. Superato il tunnel, fummo accolti da un altro uomo dalla carnagione scura che reggeva una torcia, e ci fece strada in una piccola rotonda sovrastata da una volta emisferica. L'acqua fangosa scorreva dalla cupola danneggiata con il rumore di un ruscello vivace.

Le mie guide iniziarono a discutere riguardo a un passaggio irregolare che si apriva sul pavimento, dal quale spuntava una scala a pioli. Mi inginocchiai accanto a loro per guardare giù; il pavimento era ad almeno dodici braccia da noi. Ai piedi della scala, delle assi sistemate su un paio di cavalletti formavano un tavolino. Su quel mobile rudimentale poggiava una lampada a olio, che illuminava il muro accanto al tavolo e rischiarava la parete opposta. Non riuscii a penetrare con lo sguardo l'oscurità che avvolgeva l'altra estremità di quella stanza enorme.

Sollevai gli occhi e mi rivolsi alla guida: «Madonna Damiata è laggiù?».

Rivolse i palmi delle mani verso l'alto e scosse il capo. Non dubitavo che ne fosse all'oscuro; avevo certamente a che fare con degli intermediari.

Questa volta, la mia guida non volle precedermi; con un gesto riguardoso, ma poco confortante, mi fece cenno di entrare per primo. Da solo.

Ci sono molti luoghi in cui siamo disposti ad andare in cerca di risposte, per quanto la prudenza ci consigli altrimenti. Il mio amico Amerigo Vespucci si chiese se il genovese Colombo, che aveva usato le mappe del nostro compatriota Toscanelli, avesse scoperto una terra sconosciuta, invece di trovare una nuova rotta per la Cina e l'India;

Amerigo rischiò la vita e la fortuna per ottenere la sua risposta. Quindi non dovrebbe essere difficile comprendere perché si è pronti a navigare qualsiasi mare, o scendere nelle profondità dell'Inferno, quando è in gioco la persona che ha l'altra metà della nostra anima.

Mentre scendevo la scaletta cigolante, i due uomini rimasero al piano superiore a guardarmi con gli occhi spalancati e la bocca semiaperta. Raggiunsi il pavimento: una melma gelida. Il silenzio era rotto soltanto dal suono attutito dell'acqua che gocciolava.

Sbirciai tra i miasmi dall'altro lato della stanza. Non ne emerse un volto, ma due; si delineavano rapidamente mano a mano che si avvicinavano alla lampada. Un uomo alto in compagnia di un ragazzino.

Giovanni aveva ancora il cappuccio sulla testa, mentre il Valentino aveva tirato indietro il suo. Portava una cappa tagliata sul davanti, che permetteva alla luce soffusa di riflettersi sulla corazza grigio argento. Dall'abbigliamento, sembrava fosse in cerca di guai.

«Bene, bene. Benvenuto Niccolò». Mi aspettavo che in quella stanza enorme la sua voce si sarebbe dispersa, invece riecheggiò fragorosa. «Alla fine ti troverai di fronte alla verità. Ti mostrerò chi ha ucciso mio fratello».

Sentii un'altra voce provenire dalle mie spalle. «Sta mentendo, Niccolò».

Gli occhi di Giovanni si illuminarono. «Mamma, mamma! Sono qui! Ti voglio bene, mamma! Ti voglio bene!».

Quando mi voltai, non vidi l'Afrodite dei miei sogni febbricitanti. Damiata si era trasformata nell'inflessibile Atena, con i capelli scuri tirati indietro come una sguattera in cucina, la pelle bianchissima e gli occhi velati.

«Voglio andare dalla mia mamma, Eccellenza», disse Giovanni abbastanza calmo, vista la situazione. Mi girai ancora, e vidi che il Valentino lo tratteneva posandogli la mano guantata sulla spalla esile.

«Aspetta solo un momento, tesoro mio adorato», disse Damiata. «Tuo zio prima deve avere qualcosa».

Damiata aprì la cappa di lana grigia, svelando un abito nero, anche in quel caso non molto più bello di quelli che portano le serve. Avanzò un passo alla volta e si girò a guardarmi solo quando raggiunse il tavolo rudimentale. I suoi occhi velati erano vuoti. Non riuscivo neanche a sentire il profumo che la seguiva sempre, solo l'odore acre dell'olio bruciato e un fetore simile alla putrefazione di una tomba.

«Niccolò, non sono io che ti ho mandato a chiamare», mi disse in tono calmo. «Non ti avrei mai messo in un simile pericolo. È lui che ti ha voluto qui».

Un brivido di paura mi percorse dalla testa ai piedi.

Damiata mise una mano nella cappa ed estrasse un involucro di carta blu. Capii subito che conteneva la pagina col sigillo che avevo visto per l'ultima volta a Sinigaglia.

Già da un anno sapevo che Damiata intendeva scambiare quel documento con la libertà di suo figlio, quindi mi domandavo perché non fosse stata in grado di trattare con il papa precedente. Mi spiegavo ancor meno perché il Valentino fosse così ansioso di ottenere quella pagina da volerla barattare col rilascio del bambino che aveva definito il suo erede. Anche se conteneva la confessione dell'omicidio di suo fratello, il padre, che avrebbe potuto vendicarsi su di lui dopo averla letta, era già all'Inferno da mesi. E, come ho già detto, il nuovo papa era molto più interessato alla minaccia che il Valentino poteva rappresentare per le famiglie più importanti d'Italia.

Non ebbi molto tempo per riflettere sulla questione; lo scambio avvenne così rapidamente che se avessi sbattuto le palpebre me lo sarei perso. Il Valentino si limitò a spingere in avanti il ragazzo e ghermire il pacchetto, al che Damiata e suo figlio si abbracciarono stretti, e il bambino gridò: «Mamma, sei tornata da me come avevi promesso! Mammina cara, quanto mi sei mancata!». Iniziò a singhiozzare e tirare su col naso. «Non andare via mai più, mammina mia. Mai, mai, mai...».

«Tesoro mio, tesoro adorato. La mamma rimarrà sempre qui. La mamma starà sempre, sempre con te». Damiata mi rivolse uno sguardo mentre abbracciava suo figlio: improvvisamente, i suoi occhi brillarono nel buio.

Il Valentino si affrettò ad aprire il pacchetto di carta blu. Quando si decise a parlare, lo fece in tono pacato, come se stesse solo commentando il colore dell'involucro. «Qualcuno ha rotto il sigillo».

Vidi Damiata cadere a terra, con il bambino ancora in braccio. D'istinto mi misi tra lei e il Valentino; prima ancora che potessi rendermi conto che l'aveva colpita, le mani guantate del duca mi piombarono sul collo come due falchi neri; l'oscurità mi avvolse tanto rapidamente che riuscii solo a stupirmi di quanto fosse semplice soffocare un uomo.

Riuscivo ancora a sentire Giovanni che strillava: «Mamma, mamma!». Mentre la vista mi si oscurava sempre di più, percepii il volto livido del mio assassino, finalmente senza maschera.

«Tuo padre!». Quelle parole mi sembravano essere scese dalla cupola sovrastante, invece era Damiata che gridava. «È tuo padre che ha rotto il sigillo! Tuo padre l'ha letta, il giorno prima di morire!».

«Bugiarda!». Il Valentino ululò quell'unica parola, come se in qualche modo avesse liberato le urla terrorizzate racchiuse nelle anime di tutte le sue vittime innocenti. Lasciò la presa.

Caddi in ginocchio, ansando e tossendo.

Damiata non si era neanche alzata dalla melma. Giovanni la tirava per un braccio. Con quel briciolo di razionalità che mi era rimasta, pensai: *Se il Valentino la aggredisse adesso, sarei in grado di fermarlo*?

Mi alzai boccheggiante e arrancai verso il tavolo per usare un'asse come arma.

«Puttana assassina e bugiarda!».

Con l'aiuto di suo figlio, Damiata si alzò. «Non l'ho ucciso io, Cesare». Si rivolse al Valentino usando il nome e il tono con cui si rivolgeva al giovane cardinale. «Sei stato tu, tu hai messo il coltello nel cuore di tuo padre».

Avevo le gambe malferme, ma raggiunsi il tavolo e raccolsi una delle assi. Una volta armato, sollevai lo sguardo: il Valentino era immobile come se Medusa lo avesse trasformato in pietra.

«Dovresti sapere quanto tempo ho impiegato per raggiungere Roma», gli disse Damiata, quasi calma. «Perché i tuoi uomini mi cercavano ovunque. E quando sono arrivata qui ho dovuto spostarmi continuamente, persino a Trastevere, perché buttavano giù le porte e perquisivano le taverne anche in quella zona. Ho vissuto così per mesi, sempre in fuga, proprio come sei anni fa, prima che nascesse mio figlio. Poi ho saputo che tu e il papa eravate entrambi ammalati. E ho capito che i tuoi uomini sarebbero stati distratti dalla necessità di prendersi cura di te e mettere al sicuro il tesoro del papa. Così, alla fine sono entrata in Vaticano. Il giorno prima che tuo padre morisse».

Damiata si pulì le mani fangose sulla cappa, poi le appoggiò sulle spalle del figlio e proseguì. «Non te lo ricordi perché anche tu deliravi dalla febbre. Ma dopo giorni di sofferenze atroci, tuo padre aveva iniziato a migliorare. Il Vaticano era sollevato. E ho trovato Burckardt». Burckardt era il maestro di cerimonia del Vaticano. «Gli ho detto che tuo padre doveva essere informato immediatamente di una questione urgente e confidenziale».

Spingendo il figlio dietro a sé, Damiata avanzò pian piano verso il duca. «In giorni migliori, Burckardt si era dimostrato ben disposto alle mie richieste, e in quell'occasione lo convinsi che le informazioni in mio possesso esigevano l'attenzione immediata di Sua Santità, perché avrebbero potuto migliorare le sue condizioni. Burckardt portò lo stesso foglio che hai tra le mani al capezzale di tuo padre malato, così che Sua Santità lo potesse leggere. Avevo lasciato intatto il sigillo, a garantirne l'autenticità».

Capii la piega che aveva preso il discorso, quindi mi misi ben saldo sui piedi e afferrai l'asse come fosse una mazza da torneo. Ma Damiata si era avvicinata così tanto al Valentino che avrebbe potuto ucciderla prima che io sollevassi un dito.

«Non dovetti attendere molto. Prima sentii un urlo di dolore spaventoso, l'ululato di un demone, poi Sua Santità iniziò a muggire come un toro, tanto che tutti i suoi servitori lo raggiunsero di corsa. "Bastardo figlio di puttana! Non sei mai stato mio figlio! Il mio Juan! Il mio Juan! Dov'è il mio bellissimo Juan? Il bastardo del diavolo si è preso il mio ragazzo!". Quelle sono state le ultime parole che ho sentito uscire dalla bocca di tuo padre. Quando sono entrata, dietro ai servitori, aveva il volto violaceo e tutti, inclusi i medici, si stavano prendendo cura di lui con sollecitudine. Ho ritrovato la pagina che aveva appena letto sotto il piede di uno di quei dottori ciarlatani, l'ho recuperata, e ho lasciato tuo padre nelle mani di Dio, che lo ha portato con sé nel giro di un giorno. Se Michelotto non avesse nascosto Giovanni, oltre ai gioielli e al tesoro, mi sarei ripresa anche mio figlio, senza dover passare attraverso tutto questo. I tuoi giochetti e ostacoli infiniti». A quelle parole, immaginai che avesse iniziato a trattare con il Valentino poco dopo la morte di papa Alessandro, forse per mezzo di intermediari; potevo immaginare i "giochetti" che aveva adoperato per attirarla là. «Adesso hai quello che vuoi. E io ho il mio adorato bambino».

Le mani di Damiata tremavano; mi rivolse un altro sguardo di supplica. Ebbi la certezza che eravamo due metà di una stessa anima, perché capii subito. Qualsiasi cosa fosse accaduta a lei, voleva che salvassi il bambino.

«Hai fatto leggere a mio padre una menzogna». La carnagione del Valentino era di nuovo pallida come sempre, ma la voce aveva mantenuto un tono rauco. «Era malato e non poteva capire cosa stava leggendo. L'hai ingannato, come hai ingannato e ucciso Juan. Come credi di poter ingannare me. Ho portato qui il tuo Giovanni in buona fede, ma non è mai esistita una prostituta onesta, vero?»

«Hai cercato di ingannare la Fortuna». Damiata fece un profondo sospiro, come fosse già sul patibolo, con l'accetta sollevata sulla testa. «Non hai saputo aspettare il tuo momento. Sei tu che hai tradito tuo padre, lo stesso giorno in cui hai tradito il mio povero, caro Juan. E me».

«La verità su di te è qui», disse il Valentino, mentre colpiva con una mano il foglio piegato che teneva nell'altra. Si girò verso di me come un pazzo in preda a uno scatto di violenza. «Questa è l'arma con cui ha ucciso mio padre, proprio come ha ucciso mio fratello, perché questo serpente ha mandato a Vitellozzo Vitelli un messaggio ben preciso».

Dal moto improvviso del suo braccio, immaginai che avrebbe finito di torcermi il collo. Invece, mi stava solo porgendo la pagina ripiegata. «Ha ucciso mio padre con delle mezze verità, e lui, nel suo stato, non era in grado di capirlo». Si ricompose e, per un attimo, mi rivolse lo stesso sguardo indagatore che aveva avuto sul muro a Sinigaglia. «Leggilo. Sarai l'unico a vedere la verità».

Damiata prese tra le braccia il figlio, con le mani ancora tremanti. Riposi l'asse sui cavalletti. Con la prudenza di chi sta dando da mangiare un pezzo di carne a un leopardo in caccia, afferrai il foglio che il Valentino mi tendeva.

Anche le mie mani tremavano, mentre avvicinavo alla luce della lampada il foglio ripiegato. Armeggiai per aprirlo; la pergamena, ancora cosparsa di cera, era rigida come corteccia d'albero. Ma quando riuscii a dispiegare il foglio, vidi che il margine interno era stato tagliato con un coltello. Il testo latino era vergato dalla stessa mano sbrigativa della copia degli *Elementi* di Euclide che mi aveva mostrato Vitellozzo Vitelli, ma l'ampio margine non presentava alcun disegno di forme geometriche. Invece, tutto lo spazio era occupato da annotazioni in un italiano corretto e colto, ma scribacchiato così di furia che in alcuni punti si sovrapponeva al testo originale.

Mi bastò leggere solo poche righe per essere certo di chi fosse l'autore.

Appena finii di leggere il resoconto che il Valentino aveva fatto del suo *traget di capra*, sollevai lo sguardo verso di lui. Il duca annuì in modo allusivo, poi, veloce come una vipera, mi strappò di mano la pagina.

Mi voltai verso Damiata. Restammo in silenzio per un po'; gli occhi ci bastavano per scambiarci parole tristi e angosciate. Alla fine le dissi: «Non ti aspettavi questo».

Scosse il capo, con gli occhi pieni di lacrime. «Tu sì, lo sapevo, Niccolò. Ma io non volevo vedere. È questa la triste verità. Non ci si consacra al diavolo perché si ama il male. Lo si ama perché è così bello. Se non fosse stato per la tua scienza, Niccolò, non ci avrei creduto neanche dopo averlo letto».

Per un momento, l'unico rumore fu il risuonare dell'acqua che scorreva sopra di noi. Poi, Damiata si rivolse al Valentino. «Si è sempre detto che Sua Santità avesse stretto un patto con il diavolo e che le sue ultime parole furono rivolte a Satana. Ma l'unico diavolo che tuo padre conosceva era nella sua stessa famiglia. Aveva scelto Juan, contro ogni logica, perché sapeva che se tu fossi diventato lo strumento delle sue ambizioni, avrebbe dovuto mettersi nelle mani del figlio che temeva più del demonio. E so molto bene perché ti temeva, perché l'intero mondo dovrebbe temerti. Perché sapeva che si sarebbe trovato ad amare quel diavolo che aveva in famiglia. Un amore che va oltre ogni ragionevolezza. Come ti ho amato io una volta. Come tutti noi ti abbiamo amato. Oltre ogni ragionevolezza». Le lacrime le impedivano di parlare. «Cercar Maria per Ravenna. Quando tuo padre mi ha mandata a Imola, nella sua anima corrotta sapeva che avrei finito per trovare Maria a Ravenna».

Con un altro movimento rapido come uno spasmo, il Valentino inclinò il capo verso Damiata. «Vieni qui».

Non avevo mai visto quella donna coraggiosa tanto spaventata. Ma i nostri figli ci rendono codardi. E il diavolo sa cosa temiamo di più.

«Vieni qui!».

Mi guardò, gli occhi supplicavano ancora.

Capii il sacrificio che esigeva la bestia di quel Labirinto. Le feci cenno di andare.

«Vai da messer Niccolò», Damiata disse a suo figlio. «È un amico molto caro e molto fidato. Fai tutto quello che ti dice». Fece il primo passo solo dopo che il figlio si fu spostato controvoglia al mio fianco.

Presi la mano di Giovanni e la tenni stretta.

Quando fu abbastanza vicina al Valentino da poter essere uccisa in un attimo, Damiata si fermò.

Vidi ancora quello strano brulicare d'immagini negli occhi del Valentino, come se tutte le anime perdute del *Giudizio Universale* di Signorelli vi fossero rimaste intrappolate. «Rimettiti il cappuccio», disse.

Riuscì a farlo a malapena, da quanto la paura le aveva paralizzato le mani. Nascose i suoi capelli tinti di nero e sistemò le mani su un fianco. Poi, rivolse un sorriso all'amante di un tempo, un sorriso così luminoso che quasi mi fece tremare le ginocchia. In un istante, era divenuta la stessa bellissima e vivace cortigiana che un giovane cardinale trascurato e inacidito aveva visto anni prima nel giardino di Ascanio Sforza.

Il Valentino sollevò una mano tremante e la avvicinò al suo volto. Quando, infine, fu in grado di toccarla, non fu un gesto sensuale, ma solo una carezza in punta di dita, come per convincere i suoi sensi increduli che quella dea era davanti a lui in carne e ossa. Le sorrise a sua volta, con un'espressione di desiderio e imbarazzo che non avevo mai visto tra le sue tante maschere. Forse immaginava che fosse sua sorella, come probabilmente aveva fatto il giorno che l'aveva conosciuta. Ma per la prima volta, vidi una vera speranza su quel viso che di solito imitava le (illusorie) speranze altrui.

All'improvviso si liberò della sua maschera. «Riprenditi tuo figlio. Quando lo guardo, non vedo niente di me. Vedo il debole e codardo Juan. Non può essere mio figlio. Portati via il tuo bastardo e quel buco da puttana dal quale è uscito. Allontanati da me prima che ti squarci a metà e ti strappi quel ventre malato!».

«Sali!», gridai a Giovanni, spingendolo verso la scala; ero certo che la Fortuna non ci avrebbe offerto occasione migliore. Non avrei mai preso una decisione più difficile, perché scelsi di voltare le spalle a Damiata nel momento di maggiore pericolo. Ma sapevo che non mi avrebbe mai perdonato, in questa o in un'altra vita, se avessi sacrificato suo figlio nella vana speranza di poterla salvare.

Il piccolo Giovanni non era affatto un codardo, perché dopo essere salito di qualche piolo della scala si girò a gridare: «Mamma, devi venire anche tu! Mamma, non ti lascio qui!».

Damiata aveva interpretato il suo ruolo con l'abilità dell'immortale Roscio, perché adesso i suoi occhi erano spalancati dal terrore. «Devi salire fino in cima, tesoro», disse a suo figlio con la voce che le tremava. «Messer Niccolò verrà con te». I suoi occhi presagivano morte, e mi scongiurarono ancora.

Guardai il Valentino. Non posso dire di aver visto un minimo cambiamento, una maschera che prendeva il posto di un'altra. Il suo volto si contraeva in scatti convulsi, non solo le sopracciglia o le labbra, ma anche la fronte e la pelle tirata della mascella. Mille metamorfosi si stavano verificando contemporaneamente, ma senza prendere alcuna forma. Come se la sua maschera dalle infinite varianti non sapesse più decidersi tra le molteplici illusioni che sapeva creare tanto facilmente.

Dire anche solo una parola sarebbe stato come provocare il diavolo (o la Fortuna). Ma gli parlai comunque: «Mi avete risparmiato per la seconda volta, Eccellenza». Mentre andavo verso l'uscita, afferrai Damiata e la tirai al mio fianco. «Una volta sulla pianura e poi a Sinigaglia. Ora mi avete fatto chiamare qui, di nuovo, come vostro testimone. Ma non credo che vogliate farmi assistere a un altro omicidio. Dovete lasciarli andare».

Non sembrava capire o persino ascoltare, perché la paralisi del suo volto proseguiva, incessante. Colsi l'opportunità per spingere Damiata dietro alle mie spalle e sussurrarle rapidamente: «Se speri di salvare tuo figlio, sali adesso».

Mentre la scala scricchiolava sotto i passi di Damiata, mi spostai verso il tavolo, come fosse un podio. «Avete visto qualcosa in me», dissi al Valentino. «Qualcosa che io stesso non sono in grado di vedere. Sapevate che sarei diventato un vostro discepolo. Più di chiunque altro, potevo capire che non temete alcun nemico mortale, perciò avete rivolto la vostra lancia contro la Fortuna stessa. Nessuno potrà mai vedere più chiaramente di me quell'Italia che intendevate creare per noi, una perfezione più grande di qualsiasi disegno divino. Eccellenza, vi giuro sulle anime di mia madre e di mio padre che andrò per il mondo a raccontare a tutti le meraviglie che ho visto. Le opere che soltanto voi avete realizzato».

Il volto contratto non dava alcun segno che avesse sentito, ma volli scommettere la vita che lo avesse fatto. Voltai le spalle al Valentino, sapendo che appena fossi salito sulla scala avrebbe potuto gettarsi addosso a me e spezzarmi il collo in qualsiasi momento, senza che mi accorgessi di stare per morire.

Quando appoggiai le mani sul primo piolo, pensai che mi fosse già stato concesso un miracolo. Guardai in alto, verso Damiata e Giovanni, che si erano arrampicati fin quasi all'apertura di quell'alto soffitto. Come Dante, di fortezza m'armai contro il terrore mortale, e iniziai la risalita dall'Inferno.

Una mano mi afferrò la caviglia. Mi paralizzò le gambe, più efficace dei veleni che avevo assunto per cavalcare la capra. Ma il Valentino non stava facendo forza: mi strinse la gamba nella morsa della sua mano senza cercare di tirarmi giù.

«Niccolò, sai bene quanto me che la Fortuna ci impone di correre a un passo che non può essere sostenuto da chi si limita a essere buono. Non nego che ci siano stati dei mali necessari. Ma credi che la tua Repubblica avrebbe prosperato sotto i Vitelli? Pensi che i soldati del re di

Francia omaggeranno le nostre donne, quando l'Italia giacerà ai loro piedi, spoglia e a pezzi?». Si interruppe, ma non lasciò la presa. Sopra di me, sentivo solo il suono dell'acqua che scrosciava nella rotonda. «Ho dato a te e al mio ingegnere generale gli strumenti per guardare nelle vostre anime. Vi ho offerto un'opportunità che la Fortuna non vi avrebbe mai concesso, neanche in cento vite. Guardare nei miei occhi e trovarvi il riflesso delle vostre ambizioni. Maestro Leonardo, che credeva di poter vedere tutto quel che gli altri uomini non vedevano, è stato costretto a distogliere lo sguardo».

«Io non lo farò mai», sussurrai con il fervore di una preghiera. «Ve l'ho giurato».

Il diavolo sotto di me emise un sospiro addolorato, come se avesse capito le sofferenze umane molto meglio di Dio. «Vai, allora». Mi domandai se fosse stato un suo ordine o se fossi stato io stesso a spronare le gambe paralizzate a salvarmi la vita. «Devi dire a tutti quelli che soffrono per la schiavitù e l'assenza di leggi che io sono l'unica strada. Di' loro quel che hai visto solo tu».

Mi tirai su un passo alla volta. Anche se era l'ultima cosa che avrei dovuto fare, quando fui quasi in cima alla scala, non potei fare a meno di guardare giù.

Il Valentino governava ancora il suo abisso, e guardava in alto, illuminato dalla lampada tremolante. Colsi solo un'immagine sfuggente del suo volto, ma era del tutto composto. Un volto dai lineamenti umani, e di un uomo molto bello, che al tempo stesso era disumano e vuoto come il viso deturpato di quella creatura torturata alla quale aveva lasciato mano libera sulla Romagna. *Ecco Dite*, pensai, citando Dante, *ogni parlar sarebbe poco.*

È come un foglio bianco, sul quale possiamo creare chiunque e qualsiasi cosa vogliamo.

Capitolo 29

[...] quello che noi amiamo una volta, sempre amiamo [...].

È giunto il momento di rivelare quel che lessi quando ero in quell'abisso: una testimonianza diversa dal solito, scritta sul margine della copia degli *Elementi* di uno scolaro. Credo che il testo che riporto qui vi corrisponda parola per parola, poiché la trascrissi a memoria poco dopo il fatto.

Come ho detto, era scritta in italiano e da una persona istruita, ma di fretta.

Padre, ditemi perché gradiste Abele e la sua offerta, ma non gradiste Caino e la sua offerta. Forse Caino non ne era più degno? Non aveva forse il coraggio di un leone? Non era forse un re guerriero? Non fu Caino a scendere in campo e conseguire una vittoria dopo l'altra, mentre Abele vi portava solo umiliazioni e sconfitte? Caino, la salvezza dell'Italia, non fu forse condannato a portare una mitra cardinalizia e guardare suo fratello che faceva sfoggio della sua vanità e delle sue prostitute? Caino non fu forse uno studente istruito e dotato, mentre Abele era uno sciocco ubriacone e donnaiolo? Ma voi, padre mio, gradiste Abele e la sua offerta, ma non gradiste Caino e la sua offerta. E ora mi chiedete, sì voi lo chiedete, Dov'è Juan, tuo fratello? Sento che me lo chiedete, i vostri occhi non smettono mai di chiedermelo. Perché me lo chiedete padre? Perché mi dite: Che hai fatto? Perché mi dite che la voce del sangue di mio fratello grida a voi dal suolo? Se sapete la verità, se dite di sapere che ho condotto i Vitelli da lui quella notte, se dite di avermi visto tagliare la sua gola e sigillare il mio patto col destino attraverso il suo sangue, se davvero sapete tutto questo, allora fate di me un ramingo e un fuggiasco sulla terra. Poi imponetemi un segno e mandatemi ad abitare nel paese di Nod. Ma non restate in silenzio, con questi sospetti che tradite a ogni sguardo. Scacciatemi dalla vostra casa, ma ditemi prima perché l'offerta di mio fratello era gradita, mentre la mia non lo era. Ditemi quante vittorie vi ha portato Abele. Ditemi perché Dio mi concederà tutti i suoi regni e voi non gradite la mia offerta.

I fratelli del Levante, che avevano atteso presso la rotonda, si dimostrarono disponibili a ricondurci fuori attraverso lo stesso percorso dell'andata. Quando sbucammo dal suolo, non uscimmo a riveder le stelle come Dante. La pioggia si era calmata, e ci presentava davanti tutta Roma, che era divenuta color grigio cenere nella nebbia leggera; il Tevere si avvolgeva attorno alla città come un enorme serpente. In lontananza, si vedevano i grandi palazzi del Vaticano e l'imponente struttura tondeggiante di Castel Sant'Angelo. Le rovine dell'antico Foro romano erano quasi ai nostri piedi.

Damiata mi strinse tra le braccia, un abbraccio carnale e ardente. «Caro, mio caro Niccolò, ho maledetto Dio quando ho visto che ti aveva fatto venire laggiù; ma ora ringrazio la Vergine che siamo tutti sani e salvi. Non avrei mai voluto scendere laggiù, ma ero talmente disperata, dopo un'attesa di mesi e mesi... prima ho aspettato che recuperasse la salute per eleggere il nuovo papa, che poi è morto... Sapevo che, se papa Giulio avesse restituito a Cesare la sua carica, forse avrei perso ogni possibilità, avrebbe potuto portare il mio Giovanni ovunque...». Soffocò un singhiozzo. «Pensavo che quel palazzo sepolto sarebbe stato la mia tomba. Ma almeno, mio figlio avrebbe saputo che ero tornata per lui. Invece tu ci hai salvato, Niccolò». Tese le braccia e mi spinse in avanti, in modo da potermi guardare. Gli occhi le ardevano. «Ho dei cavalli che ci attendono all'Arco di Settimio». Mi prese per mano. «Ci diremo tutto il resto laggiù».

Mentre scendevamo tutti e tre assieme, mano nella mano, la mia famiglia e la casa in via di Piazza divennero ricordi vaghi e lontani. Fosse durato anche cento anni, avrei assaporato ogni momento del nostro tragitto sulla collina fangosa, poi tra le pietre rovesciate del Foro. Quando, a metà strada, Damiata mi guardò e sorrise, pensavo che mi sarebbe esploso il cuore. La vita che avevo lasciato a Firenze era solo un'ombra in confronto a quella che vedevo oltre l'orizzonte della Fortuna, una vita da condividere con la donna che amavo così profondamente.

L'Arco di Settimio si stagliava nella nebbia, con le sue dimensioni che parevano pensate per un mondo dominato dai giganti. Alcuni bravi erano già a cavallo, sotto l'immensa campata centrale; parevano statue equestri dei romani dopo la vittoria contro i Parti, lo stesso trionfo che era inciso nella pietra, sia sulle vaste colonne, sia sulle enormi lastre di marmo. Quegli uomini avevano portato vari cavalli in più, come se avessero previsto di dover viaggiare a lungo e in fretta.

«Gli uomini del Valentino cercano il loro signore», disse uno dei bravi a Damiata appena arrivammo. «La maggior parte di loro è andata sul Palatino, ma ce n'è uno che sta ficcando il naso da queste parti».

Damiata si voltò verso di me, ma non ci abbracciammo. «Niccolò, non capivo perché Cesare volesse quel foglio, una volta morto suo padre. Sembrava essere solo parte del gioco. Ma come ti ho detto, ero disperata». Si morse le labbra. «Ora temo di avergli offerto le chiavi del Regno».

«No». Non la stavo solo consolando. In realtà, avevo visto qualcosa in quella pagina che neanche la mia scienza aveva anticipato. «È finito, adesso ne sono certo. Ma non per via del nuovo papa. Per lui è finita il giorno in cui hai portato quella pagina in Vaticano».

«Niccolò, non volevo che Rodrigo Borgia morisse. Pensai che la confessione di Cesare riguardasse Capua, e che le condizioni di salute del papa avrebbero giocato a mio favore per ottenere la liberazione del mio adorato figlio. Non ho visto quel che hai visto tu». Mi rivolse un sorriso malinconico.

«Il Valentino ci porta a voler essere ciechi», dissi, «con un'abilità senza precedenti. Questo è perché l'inganno è un'arte nata e cresciuta con lui. Il primo uomo che quella creaturina perduta e senz'anima abbia mai imitato è stato il più grande bugiardo del mondo cristiano, un padre la cui disonestà e ambizione erano superati solo da quelle del figlio, che lo osservava con tanta attenzione. Il figlio che, presto, Rodrigo Borgia iniziò a temere, e che, a modo suo, aveva emarginato. Era questo che tormentava il Valentino più di ogni altra cosa, che suo padre si allontanasse dalla propria immagine, dalla maschera che il figlio si era impegnato a forgiargli con tanta devozione. È questa la verità che ha ucciso il papa, capire che la propria cupidigia, disonestà e arrogante ambizione avevano trovato un'immagine speculare nel figlio che aveva sempre temuto».

Damiata si fece il segno della croce.

«Allo stesso modo, però», la rassicurai, «il Valentino è morto con suo padre. Ha perso lo specchio al quale tornava sempre, quando aveva bisogno di ritrovarsi». Questo era il Valentino che avevo visto poco prima, che provava e scartava mille maschere, nel disperato tentativo di trovare se stesso. «Ma credo che abbia sempre voluto infrangere quello specchio, perché gli ricordava anche che era solo l'immagine riflessa di un altro uomo. Doveva rubare o distruggere tutte le icone del cuore di suo padre, come sua sorella e suo fratello. Alla fine, ha mandato a suo padre anche l'amuleto di Juan. L'offerta finale di Caino, dopo che tutte le vittorie e le conquiste non erano riuscite a fargli prendere il posto del fratello nel cuore del padre, poteva solo essere la prova del fratricidio. Per quanto avesse bisogno del potere e del denaro del papa, il Valentino aveva una necessità ancora più impellente, che forse non ammetteva neanche a se stesso: portare suo padre sino a Ravenna, come hai detto tu, perché scoprisse la verità fatale». Gettai lo sguardo sulla città fantasma che sembrava ardere sotto la cenere attorno a me. «E ora, il Valentino è arrivato alla sua atroce verità. Poteva vivere solo come riflesso del padre. Senza di lui, è solo un'ombra».

«È un'ombra ancora pericolosa, Niccolò. Si pentirà di aver lasciato andare Giovanni e me. Ci seguirà».

«Sì, temo di sì».

«Mi sono preparata a questa eventualità». Damiata mi posò la mano sul braccio, quasi per consolarmi. «Hai dovuto dargli qualcosa in cambio, vero, Niccolò? Per averci risparmiato la vita».

«La sua resurrezione. Il suo istinto animalesco sa che la Fortuna gli ha sferrato un colpo fatale. Se non lo sapeva prima di questa notte, ora lo sa. Ma crede che io diventerò suo apostolo. Sono l'unico ad aver visto la mappa delle sue ambizioni, e quanto fosse estesa». Sospirai per quell'Italia che mi sfumava davanti agli occhi, un impero distrutto ancor prima di essere creato. «Ma ci credo. Non in lui, ma nell'Italia che aveva creato per me. Nel mio impero di speranza. Con il tempo, credo che troverò la saggezza e il coraggio di descriverla. Riempirò la pergamena bianca che mi ha donato questa notte».

Damiata strinse Giovanni a sé poi sollevò lo sguardo; i suoi occhi brillavano come fulmini all'orizzonte. «Più di qualsiasi altra cosa, il diavolo vuole che crediamo in lui. Ma adesso puoi essere certo che la tua famiglia starà bene, qualsiasi cosa tu decida di fare».

Capii subito a che decisione si riferiva. Vedevo solo i suoi occhi, eppure non era mai stata così nuda, neanche nel letto che avevamo condiviso.

La sua domanda fu altrettanto semplice e schietta: «Vuoi venire con noi?».

Anche se avevo sognato quelle parole mille volte, non avrei mai potuto immaginare come sarebbe stato sentirle davvero. Per la prima volta, avevo l'assoluta certezza che Damiata mi amava tanto quando la amavo io.

Finalmente capii una cosa: la ragione per cui non ero stato capace di scorgere la verità nella mia anima era perché fino a quel momento non ero stato in grado di scorgerla nella sua. A quel punto, sapevo chi ero. E sapevo cosa le avrei risposto.

Anche lei lo sapeva. Mi appoggiò le dita sulle labbra. «Lo so, Niccolò, lo so. Tesoro, ho visitato dei luoghi della tua anima che neanche conosci. Ho visto l'uomo che sarai, la tua profonda generosità e la tua grande intelligenza, il tuo coraggio smisurato, le cose che farai con la tua scienza umana... Ho sempre saputo come mi avresti riposto. Ma non avremmo mai avuto pace, finché non ti avessi fatto questa domanda».

«Io non avrò mai pace», dissi, quasi incapace di respirare; ero già salpato sull'oceano infinito del rimpianto. «Posso solo sperare che l'avranno i bambini di Firenze».

Gli occhi di Damiata si riempirono di lacrime, così come i miei. Mi prese le mani, ma non mi strinse a sé. Qualcosa in quel contatto era più eccitante e intimo del nostro abbraccio sulla collina.

«Amore, ti avevo promesso che ci saremmo rivisti, e la Fortuna mi ha permesso di mantenere la promessa». Non riusciva a battere le palpebre abbastanza rapidamente da scacciare le lacrime. «Ma adesso so che ti devo promettere che non ci vedremo mai più, non in questa vita.

Devo vivere per il mio Giovanni, e tu per la tua famiglia e per la tua Repubblica. Solo le nostre anime, che si sono cercate per tutti questi anni, non si separeranno mai».

Fu scossa da un singhiozzo e la presi tra le mie braccia, anche se sapevo che avrei trafitto il mio stesso cuore con una lancia fatale. Raccolsi il profumo dei suoi capelli come se fosse l'ultima volta che respiravo.

Si stringeva a me con la stessa disperazione con cui la stringevo io. «Adesso devi andare a casa, compagno della mia anima. Sii felice, e ricordati la tua promessa». A quel punto, sussurrò le ultime parole di quella vita che doveva finire. Con i sensi ottenebrati, non credetti (o non volli credere) di averle udite.

Nella vita, non ho mai provato un dolore più grande di quando sono rimasto sotto quell'arco antico a guardare Damiata che si allontanava, neanche quando mi hanno appeso a una corda al carcere delle Stinche. Durante la tortura, a un certo punto provi un benevolo intorpidimento. Sei lieto di separarti dalla tua vita. Quando Damiata partì, la separazione da quella vita, la vita che tanto desideravo fosse mia per sempre, fu un tormento al quale pensavo di non poter sopravvivere.

Fu Damiata stessa a offrirmi l'unico conforto possibile. Senza voltarsi, aiutò Giovanni a montare in sella, davanti a uno dei cavalieri, poi salì sul suo cavallo. Il gruppo svanì lentamente nella foschia, come se scomparisse tra le nebbie del tempo; il rumore degli zoccoli si faceva sempre più lontano, era l'eco di un impero perduto, un *memento* di come ogni cosa umana si dissolva inevitabilmente in polvere e in rovine.

Quando sembrò che l'avrei persa del tutto di vista, si voltò. È stato allora che ho sentito le sue ultime parole; le sussurrò a quella mente che era stata tanto caritatevole da risparmiare fino all'ultimo momento.

Ricordati di me, amore mio, anche quando raggiungerai la riva opposta del Lete, anche quando tornerò a essere solo un vago presentimento nella tua anima. Perché ti prometto, mio dolcissimo tesoro, mio Niccolò, che ci ritroveremo nella prossima vita.

Capitolo 30

Ed è, e sempre fu e sempre fia
che 'l mal succeda al bene, il bene al male
e l'un sempre cagion dell'altro sia.

La storia narrerà che Giulio II non ha mai nominato il duca Valentino suo capitano generale; questo papa guerriero si è armato di acciaio anziché di fede, e ha guidato di persona i propri eserciti sul campo. Quando papa Giulio fece in modo di rinchiudere il Valentino in prigione con una serie di astute bugie, prese del tutto alla sprovvista quel maestro dell'inganno. Come i condottieri che aveva raggirato a Sinigaglia, il Valentino non credeva di poter trovare un altro uomo che fosse pronto a infrangere le promesse quanto lo era lui; soprattutto, non credeva di trovarlo nel nuovo papa, che era stimato per la sua condotta onesta. Ma credo che, dopo aver sofferto tanto a lungo per i peccati di Rodrigo Borgia, papa Giulio avesse capito il figlio come pochi hanno fatto, e fu abbastanza saggio da non offrigli un'altra opportunità di fare da specchio alle speranze di tutta Italia.

Tuttavia, il Valentino continuò a combattere la Fortuna per il resto della sua vita, con tentativi disperati di sfuggire alla prigionia e ritornare al potere. Alla fine, fu esiliato in Spagna; là, mentre svolgeva incarichi minori per conto del re di Navarra, raggiunse il confine che il fato aveva tracciato per lui, tre giorni prima delle idi di marzo del 1507. Sebbene fosse a cavallo da solo, il Valentino attaccò una compagine formata da tre cavalieri armati e numerosi soldati di fanteria, e subì dozzine di ferite prima di abbandonare la sua battaglia contro il tempo e contro la Fortuna.

Se si esaminano i suoi sforzi per vincere la Fortuna, è inevitabile notare che fu proprio quel difetto della sua anima a fornirgli un grande vantaggio. Poteva uccidere senza esitazione e senza rimorsi, ingannare con una facilità e un'abilità derivategli dall'esperienza di una vita, indagare le speranze e le paure di tutta l'umanità con un acume innaturale: tutte queste caratteristiche si adattano perfettamente a un uomo che abbia l'ambizione di ricoprire cariche importanti e conseguire un vasto potere. Non importa, tuttavia, quanto in alto possa arrivare questo singolare tipo d'uomo, poiché rimane sempre schiavo della sua stessa natura. Il Valentino aveva un intelletto molto superiore a quello di Nerone, ma condannò se stesso a un ripugnante labirinto senza uscita fatto di crudeltà e inganni, proprio come Nerone era costretto a indossare una parrucca e uscire nottetempo dalla sua reggia dorata, a rischiare la vita per uccidere e rapinare i suoi sudditi, come un qualsiasi tagliagole dei bassifondi.

È lecito domandarsi perché, conoscendo la vera natura del Valentino, io abbia scritto nel *Principe*: «Non saprei quali precetti mi dare migliori a uno principe nuovo, che lo esemplo delle azioni sua». Non intendo scusarmi per questo giudizio, ma difenderlo, per prima cosa facendo notare che scrissi il mio trattatello dopo che noi fiorentini avevamo perso la nostra Repubblica e la nostra *libertas*; in effetti, tutta l'Italia era divenuta pressappoco quello che è oggi, una terra sopraffatta dai monarchi stranieri e dalle loro armate, come il Valentino stesso aveva profetizzato. E siccome in questa nostra Italia i principati e gli altri feudi insignificanti sono in numero molto maggiore delle repubbliche, era mia intenzione scrivere un'opera breve dedicata solo ai principati, senza prendere in considerazione quanto una repubblica possa assicurare il bene comune con risultati molto migliori di qualsiasi principato o monarchia. Tratto di questo argomento in modo molto più esauriente nei miei *Discorsi sopra la prima deca di Tito Livio*.

Il mio obiettivo, nel *Principe*, era mostrare all'Italia sconfitta un modello del suo salvatore, l'uomo perfetto per acquisire il potere quanto il *David* di Michelangelo Buonarroti è perfetto per illustrare la forma umana e lo spirito divino. Proprio come Michelangelo non rappresentò il suo *David* come un assassino e un adultero, neanche io ho voluto rappresentare nella sua interezza l'uomo che ho preso a modello. Piuttosto, sulla pagina vuota che il Valentino ha lasciato a tutti noi, ho voluto creare il mio tipo d'uomo insolito: un comandante dotato di talento prodigioso, giudizio infallibile, ambizione intrepida e una profonda conoscenza della condizione umana. Questo duca Valentino è diventato il mio inganno modellato ad arte, ma per un buon fine: la salvezza dell'Italia.

Sono certo che avesse previsto tutto questo, quando mi scelse come suo testimone. Sapeva che avrei posto il mio specchio davanti al suo volto, e l'avrei trasformato in un eroe il cui esempio sarebbe stato ricordato a lungo, dopo che la sua carne corrotta e i suoi piani malvagi sarebbero marciti all'Inferno. In realtà, nel corso degli anni, mi sono convinto che il Valentino volesse farmi leggere la confessione dell'omicidio del duca di Gandia, e mi abbia fatto chiamare in quell'antro per questo motivo. Per quanto sia stata fatale alle sue ambizioni, la pagina strappata dal libro di scuola per bambini era per lui una sacra scrittura, il suo libro della Genesi. All'inizio, non ha aspettato che la Fortuna o suo padre decidessero per lui, ma ha disegnato di persona la mappa del suo destino.

Comunque, sarei un ipocrita a non aspettarmi che, nonostante le mie buone intenzioni, *Il Principe* possa ispirare azioni malvagie in qualche altro uomo, se non altro perché la strada che porta alla casa del diavolo è la stessa per gli uomini buoni e per quelli malvagi, ed entrambi devono percorrerla. I tempi cambiano, ma la natura umana no. Uomini come il Valentino si troveranno avvantaggiati nella nostra nuova era, e ci diranno che i loro crimini sono solo resi necessari dai tempi. Ma si soffermeranno nella casa del diavolo, assaporeranno i prodotti della vendemmia, e inizieranno a prendervi gusto.

Poco prima di partire da Roma, ricevetti un grosso pacco dalla Banca Függer contenente le pagine che ho unito alla presente, ma neanche una parola in aggiunta. Lessi quei fogli soltanto a casa, seduto nella biblioteca che avevo ereditato da mio padre, quella stanzetta al secondo piano che è il mio tempio sacro. Posso solo dire che quelle pagine sono segnate dalle mie lacrime, oltre che da quelle di Damiata. Le sue parole hanno rivelato al mio intelletto ciò che la mia anima già sapeva: aveva mentito solo quando era in gioco la vita di suo figlio. In tutte le altre questioni, che fossero del cuore o della mente, mi è sempre stata del tutto fedele.

Seguendo lo stesso principio, Damiata ha mantenuto la sua ultima promessa: da allora, non l'ho più vista o sentita. Nonostante tutto, per anni ho continuato a vederla indugiare a ogni angolo di strada, scivolare attraverso ogni sala grande, sbirciare alla finestra di ogni città e di ogni paese. Sono certo di averla vista a una messa in scena della mia *Mandragola*, a Firenze, diversi anni fa; ma nella mia mente lei non è invecchiata come me. Eppure, adesso il suo Giovanni avrebbe, anzi ha, se Dio vuole, la stessa età che avevo io quando mi innamorai di lei.

Il tempo che scorre non ha cancellato niente, anzi ha reso i miei ricordi più vivi. Mantengo la promessa che le ho fatto ogni giorno, non solo quell'unico pomeriggio di cui si sarebbe accontentata. Presto, la cercherò nella mia prossima vita.

E, in realtà, non mi ha mai lasciato. Senza la sua presenza costante nella mia anima, sarei divenuto il Machiavelli del *Principe* (tutto quello di cui avevo bisogno era il Valentino), ma mai il Machiavelli dei *Discorsi*, e certamente non quello della *Mandragola* e della *Clizia*. Senza il suo amore, non avrei mai imparato ad amare Marietta. Damiata mi ha elevato alle più alte Sfere e alla luce più intensa, mi ha mostrato che l'amore può più di ogni altra cosa, in questo triste mondo; anche se so che voi, così come tutti gli amici con cui mi intrattengo, sarete stanco di sentire sempre il solito ritornello.

Quindi, qui finisce il mio resoconto di quei bellissimi e terribili inganni che ispirarono (e divennero) *Il Principe*. Vi lascio con quest'ultima verità, che governa tutte le vicende umane: anche se il Valentino era di un'altra opinione, non c'è disegno al mondo che possa opporsi ai costanti capricci della Fortuna. Solo l'amore può sconfiggerla.

Solo un grande amore, come mi è stato detto all'incirca una vita fa, può varcare anche le rive fatali.

Nota dell'Autore

Il punto di partenza delle ricerche per redigere *La congiura Machiavelli* sono stati gli otto volumi dell'opera completa di Niccolò Machiavelli (*Tutte le Opere*), che includono cinquantadue dispacci sulla legazione al duca Valentino, oltre a centinaia di lettere private, alcune delle quali fanno riferimento ai dettagli del periodo trascorso in Romagna e al drammatico epilogo di Sinigaglia (oggi Senigallia). Tutti gli eventi principali sono descritti in queste lettere e dispacci, che permettono anche uno sguardo approfondito sull'ammirazione mista a diffidenza del segretario fiorentino verso il Valentino, sulla sua frustrazione nei confronti del proprio governo e sul suo matrimonio problematico; nella documentazione, Machiavelli inoltra anche ripetute richieste ai propri colleghi fiorentini perché gli spediscano una copia delle *Vite parallele* di Plutarco.

La corrispondenza privata di Machiavelli rivela una fascinazione per cortigiane e attrici che durò una vita; il suo unico vizio sembrava consistere nell'intrattenere una serie di relazioni amorose entusiasmanti che confessava agli amici con palese entusiasmo. Le sue premure per un mulo maltrattato sono derivate da una delle sue ultime lettere, scritta poco prima della morte, avvenuta nel 1527; Machiavelli consiglia al figlio Guido di far del bene a un giovane mulo che era «impazato» per il troppo lavoro e gli dice: «Io voglio che tu lo sciolga. [...] gli cavi la briglia et il capestro, et lascilo andare dove vuole a guadagnarsi il vivere et cavarsi la pazzia».

L'idea che Machiavelli potesse essere il primo criminologo forense della storia è basata sul suo singolare approccio nell'analizzare gli eventi e gli uomini che li provocavano, un metodo senza precedenti per l'enfasi dedicata agli aspetti psicologici. Machiavelli descrisse la tecnica con cui "interrogava" i personaggi storici in una lettera del 1513: «Entro nelle antique corti degli antiqui uomini, dove [...] io non mi vergogno parlare con loro, e domandarli della ragione delle loro actioni; e quelli per loro umanità mi rispondono; [...] tutto mi transferisco in loro».

Leonardo da Vinci ha lasciato un resoconto della propria vita altrettanto voluminoso, ma molto meno organizzato, che annovera migliaia di pagine di taccuini, arbitrariamente compilate in "codici" dopo la sua morte. L'eclettica confusione del suo studio è testimoniata nei suoi stessi inventari; la sua mappa di Imola, a oggi, è conservata presso la *Royal Library* del Castello di Windsor. Nell'estate del 1502, Leonardo annotò in uno dei suoi taccuini che Vitellozzo Vitelli gli aveva promesso in dono un trattato di Archimede. Varie documentazioni attestano che Gian Giacomo Caprotti e Tommaso di Giovanni Masini vivessero con lui. Tutti i dettagli dell'opera anatomica e scientifica di Leonardo, così come i suoi concetti e la sua terminologia, sono derivati dai suoi taccuini. Ho apportato un'aggiunta alla biografia di Leonardo, supponendo che la sua incredibile fascinazione per i vortici fosse iniziata all'età di quattro anni, nell'agosto del 1456, quando vide un tornado dell'ampiezza di due miglia devastare un'ampia zona della sua nativa Toscana. E, naturalmente, ho offerto una spiegazione a uno dei grandi misteri della vita di Leonardo: dopo aver cercato per decenni un patrono che fosse capace di realizzare le sue visioni, perché Leonardo abbandonò improvvisamente la corte del Valentino mentre quest'ultimo era all'apice del potere e dell'ambizione?

Nei resoconti dell'epoca, Damiata è menzionata come l'amante che Juan Borgia, duca di Gandia, era in procinto di andare a trovare la notte in cui fu ucciso. "Madonna Damiata" fu sospettata dell'omicidio e indagata, ma si eclissò nel nulla quando le ricerche sull'omicidio del figlio prediletto del papa giunsero a una conclusione repentina e incerta. Il suo carattere vivace e la sua formazione culturale sono tratti da altre cortigiane, donne famose e colte come Veronica Franco e Tullia d'Aragona, oltre che ispirati dai *Dialoghi* di Pietro Aretino, che contengono un'impertinente rappresentazione della cultura delle cortigiane nella Roma degli inizi del sedicesimo secolo.

Zeja Caterina è basata su una strega e guaritrice romagnola chiamata Diamantina, che fu interrogata a lungo dall'Inquisizione nel 1603. Molti dettagli riguardanti la stregoneria in Romagna, incluso il *Gévol int la carafa* e l'uso di un testo di scuola come "libro degli incantesimi" per impressionare i clienti illetterati, sono tratti dalle trascrizioni di questo e altri processi alle streghe in Romagna. L'uso di unguenti narcotici per indurre il volo notturno delle streghe, o permettere loro di cavalcare la capra è riferito da numerose fonti di epoca rinascimentale (tra cui *La magia naturale* di Giovanni Battista Della Porta) insieme a formule e descrizioni dettagliate delle conseguenti allucinazioni e difficoltà motorie.

Il personaggio del Valentino rimane enigmatico e impegnativo per il romanziere quanto lo fu per i contemporanei, che ebbero grandi difficoltà a conciliare l'impronta messianica del suo regime con le voci sinistre riguardanti la sua vita privata. Nel sedicesimo secolo, i reati contro le donne o gli uomini di rango inferiore erano riportati solo di rado, quindi le informazioni disponibili sulle vittime del Valentino concernono soprattutto personaggi prominenti e di sesso maschile. A partire dalla morte di suo fratello, avvenuta nel 1497, il Valentino fu trascinato da una furia omicida che provocò almeno una mezza dozzina di vittime di alto profilo; i delitti erano pianificati nei dettagli, e andavano oltre qualsiasi necessità pratica o utilità politica. Il Valentino amava giocare al gatto e al topo con le sue vittime: spesso affidava loro degli incarichi escogitati con cura, oppure si assicurava che venissero informati dell'imminente arresto, poi attendeva settimane o mesi prima di far scattare la trappola. Dai resoconti disponibili delle sue numerose esecuzioni, emerge come prediligesse incontrare i condannati per un interrogatorio finale, per poi ritirarsi in un luogo appartato dal quale osservare Michelotto che eseguiva la condanna con la garrota.

Nel caso del Valentino, però, sono state riportate anche vittime femminili. Secondo una voce diffusa, aveva rapito e stuprato due donne di alto rango, crimini dei quali era quasi certamente responsabile. In tutta Europa circolò la storia che quaranta donne catturate a Capua (dove seimila uomini, donne e bambini furono massacrati dalle sue truppe) fossero state mandate a Roma per il suo "piacere"; la maggior parte degli storici, in seguito, considerò quei resoconti perlomeno plausibili. L'omicidio di alcune streghe in Romagna non è certo il tipo di delitto che potrebbe finire tra le pagine della storia, ma è ideato combinando le caratteristiche essenziali dei crimini documentati di Cesare Borgia: predilezione per il voyeurismo, smembramento, sadismo sessuale, impiego di enigmi e di giochi geografici.

Quindi, il modello del *Principe* di Niccolò Machiavelli era un vero e proprio Hannibal Lecter rinascimentale, un serial killer psicopatico altamente funzionale? Non avremo mai una diagnosi certa su un uomo che morì secoli prima che tali termini entrassero nella pratica clinica, o nella cultura in generale. Ma i tratti che sembravano più evidenti ai contemporanei del Valentino si conformano notevolmente all'odierna psicopatia, intesa in senso lato: personalità insolitamente persuasiva e manipolatrice, estrema freddezza emotiva, nessuna empatia o rimorso, narcisismo, inspiegabile propensione al rischio, immensa stima di sé, attitudine innata per le imitazioni, sensazione di essere stato trascurato durante l'infanzia e, infine, tendenza a far ricadere la colpa su altri.

A oggi, i professionisti della salute mentale continuano a mettere in discussione non solo i sintomi e le cause della psicopatia, ma persino il termine stesso (i clinici adottano più spesso l'espressione "disturbo antisociale di personalità"). In tal senso, il caso del criminale recidivo Jacopo, che ho tratto parola per parola dal noto *Le cause nascoste delle malattie*, offre una nota storica molto interessante. Benivieni credeva che l'impenitenza di Jacopo potesse trovare spiegazione in un'anomalia nella regione del cervello che definì «la sede della memoria»; le sue idee trovano un'eco sorprendente nella ricerca moderna, poiché la psicopatia è stata associata a disfunzioni in quel sistema di strutture neuronali simile a una mandorla conosciuto come amigdala, che gioca un ruolo chiave nel gestire la reazione alla paura e la memoria emotiva.

Qualunque fosse la condizione clinica del Valentino, l'analisi più approfondita del suo carattere ci è fornita da due uomini ai quali la storia lo lega in modo inscindibile: il suo padre e patrono, papa Alessandro VI, e il fautore della sua immortalità, Niccolò Machiavelli, che si mostrarono entrambi molto diffidenti nei suoi confronti. La storia ricorda poche decisioni più sconcertanti di quella di papa Alessandro, che scelse il fratello minore del Valentino, lo sfortunato Juan di Gandia, come strumento delle sue grandiose ambizioni secolari, mentre, senza alcuna logica, un capitano dotato di istinto, talento e capacità era relegato al ruolo di cardinale. Papa Alessandro era un conoscitore troppo fine della natura umana per aver sottovalutato le abilità eccezionali del Valentino, o non essere rimasto intimorito (come si diceva tra i contemporanei) dalla vera natura del figlio maggiore.

Per generazioni di studiosi, è rimasta altrettanto inspiegabile la marcata ambiguità dell'immagine del Valentino in Machiavelli, che lo celebrò nel *Principe* e, in altre opere, lo demolì con dure parole di condanna. Tuttavia, la trasformazione del Valentino da salvatore dell'Italia a proverbiale canaglia iniziò solo nel 1537, dieci anni dopo la morte di Machiavelli, quando Francesco Guicciardini, suo amico intimo e corrispondente, scrisse il classico *Storia d'Italia*. Il testo di Guicciardini era una condanna spietata del Valentino e, a differenza delle cronache precedenti, vi si affermava che il duca aveva ucciso suo fratello. In seguito, gli storici seguirono le orme di Guicciardini, e i micidiali difetti del Valentino influenzarono gli studiosi nel comprendere il motivo per cui Machiavelli lo aveva reso un esempio ne *Il Principe*. Il termine "machiavellico" iniziò a descrivere, o giustificare valori e comportamenti ai quali Niccolò si opponeva; a oggi, forse nessun altro aggettivo è stato altrettanto male interpretato e abusato nel lessico comune.

Comunque, se Machiavelli non avesse fatto del Valentino un modello per *Il Principe*, molto probabilmente non avrebbe raggiunto l'immortalità. L'opera magna di Machiavelli, *Discorsi sopra la prima Deca di Tito Livio*, rappresenta la sua vera filosofia politica: da ardente sostenitore della Repubblica fiorentina, Machiavelli preferiva la saggezza imperfetta del popolo al governo dei principi, e appoggiava con passione l'idea di un governo di rappresentanza. Il suo egalitarismo radicale non sarebbe divenuto una forza politica dominante prima di duecentocinquanta anni e oltre, con la rivoluzione francese e quella americana. *Il Principe* era, in realtà, solo il piano B di Machiavelli: descrive cosa fare quando una politica oculata è stata trascurata troppo a lungo, il caos regna incontrastato, e non resta che una scelta tra il despotismo efficace e inefficace.

L'abilità nella propaganda, il culto narcisistico della personalità, le tattiche militari da guerra lampo e l'efficienza della sua amministrazione non facevano del duca Valentino di Machiavelli solo il principe ideale per l'Italia del sedicesimo secolo, che era precipitata nella catastrofe. Il Valentino era anche il primo comandante moderno ad avvalersi di uno spietato e letale opportunismo; ha fornito un modello efficace e duraturo per tutti i sociopatici in cerca di potere, in ogni tempo e in qualsiasi ambito. La stessa *Realpolitik* amorale che ha portato i dittatori a commettere eccidi di massa, ora è studiata dagli amministratori delegati e promossa in guide alla carriera per affaristi e manager di medio livello.

Per ironia della Fortuna, il mondo incostante ancora non smette di dibattersi tra le due visioni opposte di Machiavelli. L'idealismo democratico dei *Discorsi*, tuttavia, è ricordato solo dagli studiosi, mentre *Il Principe*, con le severe soluzioni proposte alla vigilia della distruzione (e un segreto terrificante sepolto tra le righe) è divenuto un'icona letteraria e un punto di riferimento immutabile per la cultura popolare.

Riferimenti per le epigrafi dei capitoli, parti 2-4.

Capitoli 1, 4, 9: Niccolò Machiavelli, *Dell'arte della guerra*; capitolo 2: Niccolò Machiavelli, *Dell'Ingratitudine*; capitoli 3, 29: Niccolò Machiavelli, *Istorie fiorentine*; capitoli 5, 7, 8, 10, 11, 13, 14, 16, 18, 26: Niccolò Machiavelli, *Discorsi sopra la prima deca di Tito Livio*; capitoli 6, 12: Niccolò Machiavelli, *La mandragola*; capitolo 15: Niccolò Machiavelli, *Canti carnascialeschi*; capitoli 17, 21, 23: Niccolò Machiavelli, *Il Principe*; capitoli 19, 27: Niccolò Machiavelli, *Di Fortuna*; capitoli 20, 22, 30: Niccolò Machiavelli, *L'asino (d'oro)*; capitolo 24: detto romagnolo; capitolo 25: Matteo 4.8; capitolo 28: Niccolò Machiavelli, corrispondenza privata.

Indice

p. 6 *Ringraziamenti*
8 *L'Italia nel 1502*
11 *Personaggi*

15 A Messer Francesco Guicciardini

PARTE PRIMA
FATE ATTENZIONE A QUALE VERITÀ CERCATE

19 I
36 II
44 III
50 IV
59 V
73 VI
80 VII
87 VIII
101 IX
109 X
112 XI
119 XII
129 XIII
135 XIV
146 XV
153 XVI

p. 161 XVII
166 Al Magnifico Francesco Guicciardini

PARTE SECONDA
LA NATURA UMANA

169 Capitolo 1
177 Capitolo 2
184 Capitolo 3
189 Capitolo 4
201 Capitolo 5
208 Capitolo 6
214 Capitolo 7
220 Capitolo 8
229 Capitolo 9
236 Capitolo 10
244 Capitolo 11
247 Capitolo 12
258 Capitolo 13
265 Capitolo 14

PARTE TERZA
OLTRE LE RIVE FATALI

277 Capitolo 15
281 Capitolo 16
292 Capitolo 17
297 Capitolo 18
306 Capitolo 19
317 Capitolo 20
327 Capitolo 21
333 Capitolo 22
344 Capitolo 23
352 Capitolo 24
356 Capitolo 25

PARTE QUARTA
UN BELLISSIMO INGANNO

p. 369 Capitolo 26
379 Capitolo 27
386 Capitolo 28
398 Capitolo 29
404 Capitolo 30

408 *Nota dell'Autore*

Paperbacks
sezione Gli Insuperabili
Pubblicazione settimanale, 2 gennaio 2014
Direttore responsabile: Raffaello Avanzini
Registrazione del Tribunale di Roma n. 16024 del 27 agosto 1975
Stampato per conto della Newton Compton editori s.r.l., Roma
presso Puntoweb s.r.l., Ariccia (Roma)